Deathkiss - Süß schmeckt die Rache

LISA JACKSON

DEATHKISS

Süß schmeckt die Rache

Roman

Aus dem Amerikanischen von
Elisabeth Hartmann

Weltbild

Die amerikanische Originalausgabe erschien 2006 unter dem Titel
Fatal Burn
bei Kensington Publishing Corp., New York.

Besuchen Sie uns im Internet:
www.weltbild.de

Genehmigte Lizenzausgabe für Verlagsgruppe Weltbild GmbH,
Steinerne Furt, 86167 Augsburg

Published by arrangement with Kensington Publishing Corp.,
New York, NY, USA.
Übersetzung: Elisabeth Hartmann
Umschlaggestaltung: Johannes Frick, Augsburg
Umschlagmotiv: © Gareth Munden, London
Gesamtherstellung: CPI Moravia Books s.r.o., Pohorelice
Printed in the EU
ISBN 978-3-8289-8822-4

2010 2009 2008 2007
Die letzte Jahreszahl gibt die aktuelle Lizenzausgabe an.

Wenn ein Mörder mit dem Feuer spielt,
wird sich jemand die Finger verbrennen …

Prolog

Spätsommer
Der Wald bei Santa Lucia, Kalifornien

Er hatte sich verspätet.
Er warf einen Blick auf seine Armbanduhr, deren Digitalanzeige im stockdunklen Wald gespenstisch glomm.
Drei Minuten vor Mitternacht.
Verdammt!
Er würde es nicht mehr rechtzeitig schaffen, und er würde Aufmerksamkeit auf sich ziehen, etwas, was er unbedingt vermeiden wollte.
Er beschleunigte seine Schritte, trabte bergab über das unebene Gelände, bewaldetes Hügelland fern abseits jeglicher Zivilisation.
Eine einsame Gegend, in der ihn niemand entdecken würde.
Die Nachtgeräusche stahlen sich in sein Bewusstsein: das Rascheln von Herbstlaub im heißen Wind, das Knacken eines trockenen Zweiges unter seinen Füßen und das heftige Pochen seines eigenen Herzens, das Adrenalin durch seine Adern strömen ließ.
Er sah noch einmal auf die Uhr, die jetzt Mitternacht anzeigte, und biss die Zähne zusammen. Der Schweiß brach ihm aus allen Poren, seine Nerven waren aufs äußerste angespannt.
Langsam! Verrate dich nicht, indem du wie ein ange-

schossener Hirsch durchs Unterholz brichst! Besser, du kommst ein paar Minuten zu spät, als dass du durch den Lärm alles zunichte machst.

Er blieb stehen, holte ein paarmal tief Luft und nahm den Geruch des zundertrockenen Waldes wahr. Er schwitzte unter seiner dunklen Kleidung. Vor Hitze. Vor Anstrengung. Vor gespannter Erwartung. Und vor Angst.

Er wischte sich die Augen trocken und atmete zur Beruhigung tief durch. *Konzentrier dich. Sei bei der Sache. Erlaube dir* keinen *Fehler. Nicht heute Nacht.*

Irgendwo in der Nähe schrie leise eine Eule. Er wertete es als Omen, als gutes Omen. Na schön, er kam zu spät. Damit wurde er fertig.

Hoffentlich.

Als sich sein Puls beruhigt hatte, holte er aus der Tasche seiner enganliegenden Jacke die Skimaske hervor, zog sie hastig über den Kopf und rückte die Öffnungen für Augen und Nase zurecht.

Unter sich sah er das erste Licht in der Dunkelheit aufleuchten. Gleich darauf ein weiteres.

Taschenlampen.

Sie versammelten sich.

Ihm blieb beinahe das Herz stehen.

Aber es gab kein Zurück, jetzt nicht mehr. Er hatte sich festgelegt. Wie die anderen auch. Es bestand die Möglichkeit, dass er erwischt wurde, dass sie alle erwischt wurden, aber dieses Risiko gingen sie ein.

Er setzte seinen Abstieg fort.

Während der Vollmond höher stieg, legte er die letzte Viertelmeile unter Lebensbäumen und Tannen im Laufschritt zurück. Er zwang sich zur Ruhe, trat um die letzte Wegbiegung auf die Lichtung hinaus, wo die anderen vier warteten.

Alle waren schwarz gekleidet wie er, die Gesichter hinter dunklen Skimasken verborgen. Sie hatten sich mit etwa einem Meter Abstand voneinander in einem Kreis aufgestellt, in dem für ihn eine Lücke blieb. Ihre Blicke ruhten auf ihm, als er seinen Platz einnahm.

»Du kommst zu spät«, flüsterte eine rauhe Stimme. Der Größte der Gruppe starrte ihn an. Der Anführer.

Seine Muskeln verkrampften sich, und er nickte stumm. Es wäre sinnlos gewesen, Entschuldigungen vorzubringen.

»Fehler dürfen nicht passieren. Keine Verzögerungen!«

Mit geneigtem Kopf nahm er die Zurechtweisung hin.

»Mach das nicht noch einmal!«

Die anderen sahen ihn an, ihn, den Übeltäter.

Schließlich richtete die Gruppe ihre Aufmerksamkeit wieder auf den Anführer. Er war nicht nur größer als die Übrigen, sondern hatte auch eine Aura der Macht an sich, etwas Unbarmherziges – etwas, das Respekt einflößte ... und Angst.

»Wir fangen an«, fuhr dieser fort, zumindest für den Augenblick beschwichtigt.

Nach einem letzten Blick in die Runde bückte er sich, ließ sein Feuerzeug aufschnappen und hielt die Flamme an ein Häufchen Zweige, die knisternd Feuer fingen. Kleine Flammen züngelten blitzschnell den vorbestimmten Weg entlang. Der Wind trug den Geruch von brennendem Kerosin mit sich. Ein scharfer Zacken aus feurigem

Licht bildete sich heraus, dann ein weiterer, und schließlich war das Symbol, ein brennender Stern auf der Lichtung, vollständig.

»Heute Nacht geht es zu Ende.« Der Anführer richtete sich wieder auf und nahm seinen Platz an einer Spitze des Sterns ein. Die anderen verteilten sich auf die übrigen Zacken, wobei ihre Stiefel dem Feuer gefährlich nahe kamen. »Schluss!«

»Ist alles vorbereitet?«, fragte die Person zu seiner Rechten zischelnd.

»Ja.« Der Anführer sah auf die Uhr. Obwohl er nur flüsterte, war Befriedigung aus seiner Stimme herauszuhören, sogar Stolz. »Ihr alle wisst, was ihr zu tun habt. Heute Nacht bezahlt Ryan Carlyle für seine Taten. Heute Nacht muss er sterben.«

Das Herz des zu spät Gekommenen setzte einen Schlag aus.

»Moment! Nein! Das ist ein Fehler«, wandte ein anderer aus der Gruppe ein und schüttelte den Kopf, als kämpfte er mit moralischen Skrupeln. »Wir dürfen das nicht tun. Es wäre Mord. *Vorsätzlicher* Mord.«

»Es ist beschlossene Sache.« Der Anführer blieb fest.

»Aber es muss doch eine bessere Lösung geben.«

»Die Ausführung des Plans hat bereits begonnen. Niemand wird je davon erfahren.«

»Aber …«

»Ich sagte doch bereits, es ist beschlossene Sache.« In dem schneidenden Flüstern lag eine Warnung, keine weiteren Einwände zu erheben.

Aller Augen waren auf denjenigen gerichtet, der den Mut

aufgebracht hatte, zu protestieren. Er hielt noch einen Sekundenbruchteil stand, dann ließ er resigniert die Schultern hängen und schwieg.

»Gut. Dann sind wir uns also einig.« Der Anführer warf dem Aufsässigen einen letzten Blick zu, bevor er begann, den einfachen, aber wirkungsvollen Plan zu umreißen, mit dem Ryan Carlyles Leben ein Ende gesetzt werden sollte.

Niemand stellte Fragen.

Sie hatten verstanden.

»Sind wir uns einig?«, vergewisserte sich der Anführer. Alle außer dem Aufsässigen nickten. »Sind wir uns einig?«, fragte der Anführer noch einmal barsch. Nun gab auch der Letzte seinen Widerstand auf und senkte stumm den Kopf.

Der Anführer schnaubte zufrieden, blickte dann der Reihe nach die anderen drei an, die noch immer auf ihren Plätzen an den Zacken des Sterns standen. Dabei ließ er den Blick besonders lange auf dem Verspäteten ruhen.

Weil er ein paar Minuten nach dem vereinbarten Zeitpunkt eingetroffen war? Oder aufgrund eines tiefen, animalischen Misstrauens? Er spürte den Blick des großen Mannes auf sich lasten und erwiderte ihn fest.

»Ihr alle kennt eure Aufgaben. Ich verlange einwandfreie Arbeit.« Niemand erwiderte etwas. »Geht jetzt«, befahl der Anführer. »Jeder einzeln auf dem Weg, auf dem er hergekommen ist. Und sprecht mit niemandem über diese Angelegenheit.«

Inzwischen war das Kerosin verbrannt, und die Flammen des Sterns begannen um sich zu greifen. Die fünf Ver-

schwörer wandten sich vom Feuer ab und verschwanden im Wald.
Auch er folgte dem Befehl. Mit rasend klopfendem Herzen, alle Sinne aufs äußerste geschärft, lief er bergauf, wobei er sich hin und wieder umsah. So angestrengt er auch lauschte, er hörte nichts als seinen eigenen keuchenden Atem und das Seufzen des Windes in den Bäumen.
Er war allein.
Niemand folgte ihm.
Niemand würde je erfahren, was er geplant hatte.
Tief unten auf der Lichtung breitete sich das Feuer inzwischen weiter aus, kroch rasend schnell durch das sommertrockene Gras auf die Bäume zu.
Ihm blieb nicht viel Zeit. Trotzdem wartete er noch, suchte mit Blicken den dunklen Hügel ab. Die Sekunden verstrichen, bis er endlich hörte, wie weit entfernt ein Motor angelassen wurde. Dann, kaum eine Minute später, erwachte noch ein Auto oder Pick-up dröhnend zum Leben.
Los, los, dachte er, sah auf die Uhr und biss sich auf die Unterlippe. Schließlich ertönte das Geräusch eines dritten Motors, kaum hörbar, und verhallte in der Ferne. Gut.
Er wartete darauf, dass auch das vierte Fahrzeug gestartet wurde.
Eine Minute verging.
Er schob seine Skimaske hoch, wischte sich das Gesicht ab und zog sie dann wieder zurecht. Nur für alle Fälle.
Eine weitere Minute verstrich.
Was zum Teufel war da los?

Ein Schauder der Angst kroch ihm über den Rücken.

Keine Panik. Warte ab.

Aber so lange durfte es doch nicht dauern. Sie mussten es doch alle eilig haben, zu fliehen. Zwischen den Bäumen hindurch sah er die höher schlagenden Flammen. Bald würde jemand den Brand entdecken und ihn melden.

Verdammt!

Womöglich hatte der Anführer Argwohn gegen ihn geschöpft. Vielleicht war sein Zuspätkommen ein bedeutend schlimmerer Fehler gewesen, als er gedacht hatte, und jetzt spionierte der Anführer des geheimen Bundes ihm nach.

Mit geballten Fäusten starrte er wachsam in die Dunkelheit.

Bleib ruhig. Noch ist Zeit.

Erneut warf er einen Blick auf die Uhr. Kurz vor halb eins. Und das Feuer dort unten griff um sich, fraß sich prasselnd durchs Unterholz.

Den Brandgeruch in der Nase, lauschte er ... Hörte er da ein Motorengeräusch?

Fünf weitere Minuten lang stand er schwitzend da, alle Muskeln angespannt, bereit zur Flucht.

Immer noch nichts.

Scheiße!

Er durfte keine weitere Minute mehr vergeuden, und so entschied er sich, es zu riskieren. Geschmeidig rannte er bergauf in Richtung der kaum noch benutzten Holzfällerstraße hoch oben, doch an einer Weggabelung bog er scharf nach rechts ab und lief quer zum Hang weiter. Allmählich begannen seine Muskeln zu schmerzen. Dann

sah er endlich den Abgrund vor sich, eine tiefe Schlucht, die in der Berglandschaft klaffte.
Jetzt war es gar nicht mehr weit. Er konnte es noch schaffen.
Auf Anhieb fand er den großen Baum, der ihm schon früher als Brücke gedient hatte, balancierte vorsichtig über die rauhe Borke und zwischen geknickten Zweigen hindurch zum anderen Rand der Schlucht. Tief unten breitete das Feuer sich immer weiter aus, der Rauch stieg in dichten Wolken in den dunklen Nachthimmel.
Schnell!
An der Baumwurzel angelangt, sprang er ab und folgte unbeirrt einem Weg, der zu einem mannshohen Felsbrocken führte. Fünf Schritte oberhalb davon fand er einen vom Blitz gespaltenen und geschwärzten Baum, der aussah, als hätte Gott selbst ihn entzweigeschlagen.
Und am Stamm dieses Baumes stand sein Opfer.
An Händen und Füßen gefesselt, an die eine Hälfte des gespaltenen Baumstamms gebunden, den Mund zugeklebt, so wartete sein Gefangener auf ihn.
Er knipste die Taschenlampe an, sah, dass sich der Mann bei dem Versuch, sich zu befreien, die Handgelenke an den Fesseln blutig gescheuert hatte.
Vergebens.
»Die Information war richtig«, sagte er zu seinem Opfer, das die Augen weit aufriss. Schweiß lief dem Mann übers Gesicht. Er blickte wild um sich, als hoffte er auf Rettung. »Sie wollen Blut sehen.«
Der Gefesselte stieß unverständliche Laute aus.
»Dein Blut.«

Der Gefangene bäumte sich auf, zerrte an seinen Fesseln. Sein Peiniger empfand einen Anflug von Mitleid. Die Laute wurden schriller, als wollte der Gefesselte um sein erbärmliches Leben feilschen. Seine Augen traten hervor, und er schüttelte wild den Kopf. *Nein! Nein! Nein!* Als sei all das ein entsetzlicher Irrtum.

Doch was geschehen sollte, war ein Akt der Gerechtigkeit. Die Aussicht darauf wärmte ihm das Blut, jagte ihm Adrenalin in die Adern. Langsam zog er eine Zigarettenschachtel aus der Hosentasche. Er klopfte eine Filterzigarette heraus und steckte sie lässig zwischen die Lippen, während der armselige an den Baum Gefesselte voller Grauen zusah.

»O ja, sie wollen Ryan Carlyle noch heute Nacht tot sehen«, sagte er und zündete sich die Marlboro an, wobei er die Flamme mit der hohlen Hand vor dem Wind schützte. Papier und Tabak flammten kurz auf. Er atmete den Rauch tief ein, schmeckte ihn und spürte ihn in der Lunge.

Der Gefangene wand sich, trat mit weit aufgerissenen Augen und unter erstickten Angstlauten um sich. Blut rann von seinen Handgelenken.

»Und weißt du was? Ich will ihn auch tot sehen. Aber auf meine eigene Weise.« Der Gedanke an Ryan Carlyles Ableben und dessen Auswirkungen erfüllte ihn mit einem beinahe friedvollen Gefühl.

Sein Opfer wand und krümmte sich wie von Sinnen. Die Laute, die es ausstieß, klangen jetzt nicht mehr flehentlich oder verängstigt, sondern wütend. Und noch immer zerrte der Mann an den Fesseln, als glaubte er, sich retten zu können.

Zu spät.
Die Entscheidung war gefallen.
Sein Peiniger griff erneut in seine Tasche und zückte eine Spritze. Die Zigarette zwischen den Lippen, drückte er leicht den Kolben, so dass ein wenig klare Flüssigkeit aus der Hohlnadel austrat.
Der Gefangene war so fest an den Baumstamm gefesselt, dass es kein Problem war, ihm die Nadel in den bloßen Arm zu stechen. Anschließend trat er zurück und wartete darauf, dass die Droge Wirkung zeigte. Er sah zu, wie die Augen seines Opfers glasig und seine Bewegungen matter wurden. Schließlich hörte der Gefangene auf, sich gegen seine Fesseln zu wehren, und sah seinen Peiniger nur noch mit grenzenlosem Hass an.
Es war an der Zeit.
»Adios«, sagte er leise und ließ die brennende Zigarette auf den ausgetrockneten Waldboden fallen. Sofort glommen die Tannennadeln auf, und im nächsten Moment brannten das trockene Laub und die dürren Zweige leuchtend rot. Die Flammen folgten einer sorgfältig gelegten Spur rund um den Baumstamm.
Knack!
Ein kleiner Ast fing Feuer.
Zisch!
Ein Büschel Moos ging in Flammen auf.
Träge stieg der Rauch zum Himmel, während die Flammenspur den Baum umrundete. Er trat weiter zurück. Der Kopf des Gefangenen fiel schlaff zur Seite.
»Tut mir leid, Carlyle«, sagte er und schüttelte den Kopf, als der Mann wie in Zeitlupe ein letztes Mal versuchte,

seine Fesseln zu zerreißen, Seile aus Naturfaser, die zu Asche zerfallen und der Polizei keinen Anhaltspunkt bieten würden, da sie aus dem gleichen Material bestanden wie die Kleidung des Opfers. Nichts würde darauf hindeuten, dass der Mann gefesselt und an den Baum gebunden worden war, und selbst die Droge würde schon bald nicht mehr nachweisbar sein.

Er trat noch ein paar Schritte zurück, um sein Opfer durch die höher werdende Wand knisternder, gieriger Flammen hindurch zu betrachten. »Das war's«, sagte er mit tiefer Befriedigung. »Du bist ein toter Mann.«

1. Kapitel

Drei Jahre später

Hilfe!«, schrie sie, doch ihre Stimme versagte.

Von Angst getrieben, rannte sie mit bleischweren Beinen durch den Rauch und die Hitze. Rings umher tobte der Waldbrand. Sengende Höllenflammen loderten zum Himmel auf. Der Rauch war so dicht, dass er ihr fast den Atem verschlug, und der Brandgeruch stach in ihrer Nase. Ihre Lunge brannte. Ihre Augen tränten, die Haut warf Blasen.

Überall um sie herum stürzten verkohlte Äste zu Boden, splitterten krachend, während sie weiterlief. Funkenregen prasselte nieder und versengte ihre Haut.

»O Gott!«

Ihr war, als sei sie in den Höllenschlund gestürzt.

»Hilfe«, versuchte sie noch einmal zu schreien, doch kein Laut kam über ihre Lippen. »Bitte, hilf mir doch jemand!«

Aber sie war allein.

Dieses Mal war niemand in der Nähe, um ihr zu helfen.

Auch ihre Brüder, die sonst immer schnell zur Stelle waren, konnten sie jetzt nicht retten.

Oh, lieber Gott.

Lauf, verdammt noch mal! Beweg dich! Raus hier, Shannon! Schnell!

Sie stürzte vorwärts, stolperte, wäre beinahe gefallen, das

Feuer eine tobende Bestie mit heißem, stinkendem Atem, die mit knisternden Armen nach ihr griff, sie umfing, ihre Haut verbrannte.

Als sie schon glaubte, sie müsste in den Flammen sterben, wich das Feuer unvermittelt mit einem letzten Fauchen zurück und verschwand. Der schwarze Rauch verwandelte sich in dichten, weißen Nebel, und plötzlich lief sie über Felder voller glühender Asche. In der Luft lag der stechende Geruch von verbranntem Fleisch. Der Boden war eine endlose, ausgedörrte Wüste.

Und überall lagen Knochen.

Aufgetürmte Haufen angekohlter, ausgebleichter Knochen.

Zahllose Gerippe, alle mit Asche bedeckt.

Katzen. Hunde. Pferde. Menschen.

In ihrer Vorstellung nahmen die Skelette die Gestalt ihrer Verwandten an, die Schädel schienen Gesichter zu bekommen. Ihre Mutter. Ihr Vater. Ihr Kind.

Bei dem Gedanken an ihr Kind durchfuhr sie ein heftiger Schmerz.

Nein! Nein! Nein!

Es waren doch nur Skelette.

Niemand, den sie kannte.

Das konnte nicht sein.

Der Geruch nach Tod und dem ausbrennenden Feuer stach ihr in der Nase.

Sie wollte sich abwenden, flüchten, doch sie konnte keinen Schritt tun, ohne über die verstreuten Knochen zu stolpern. Sie stürzte, und unter ihrem Gewicht zerbrachen die Skelette. In Panik, wild um sich schlagend, versuchte sie, sich aufzurappeln, den schaurig knackenden Gerippen zu entkommen.

Rrrring.

Eine Sirene schrillte. Wie aus weiter Ferne.

Ihr Herz machte einen Satz. Da kam jemand!

Sie drehte sich um und sah, wie sich eines der Skelette bewegte, den grotesken, halbverbrannten Kopf wandte, um sie anzusehen.

Fetzen von verkohltem Fleisch hingen von den Wangenknochen, der Großteil des schwarzen Haares war verbrannt, die Augen waren tief in die Höhlen gesunken, doch es waren Augen, die sie erkannte, Augen, denen sie vertraut hatte, Augen, die sie einmal geliebt hatte. Und sie starrten sie an, blinzelten und bezichtigten sie stumm unaussprechlicher Verbrechen.

Nein, dachte sie panisch. Nein, nein, nein!

Wie konnte etwas so Grässliches lebendig sein?

Sie schrie, doch wieder versagte ihre Stimme.

»Ssshannon ...«, zischte die Stimme ihres Mannes boshaft. Trotz der Hitze überlief sie eine Gänsehaut. »Ssshannon.«

Es war, als würde sein Gesicht Form annehmen, das verkohlte Fleisch sich glätten, sich über die Knochen legen, als würden Nasenknorpel sich bilden, und die eingesunkenen Augen sahen sie starr an.

Sie versuchte noch einmal zu schreien.

Rrrring! Die Sirene. Nein – ein Telefon. Ihr *Telefon.*

Shannon fuhr hoch. Schweißgebadet und mit wild klopfendem Herzen saß sie aufrecht im Bett. Es war dunkel, sie befand sich in ihrem Zimmer unter dem Dach ihres kleinen Hauses. Überwältigt von Erleichterung schluchzte

sie auf. Es war ein Traum. Nur ein Traum. Nein, ein böser, perverser Albtraum.
Neben ihr auf dem Boden gab der Hund mürrisch Laut.
Wieder schrillte das Telefon.
»Jesus, Maria und Josef«, flüsterte sie – der Schreckensruf ihrer Mutter, den sie selbst nur selten benutzte. »Was ist nur los mit mir?« Sie strich sich das wirre Haar aus den Augen und atmete zitternd aus. Es war heiß im Zimmer, nicht der Hauch einer frischen Brise bewegte die Sommerluft. Sie warf die verschwitzte Bettdecke von sich, keuchend, als hätte sie einen Marathonlauf hinter sich.
»Ein Traum«, ermahnte sie sich selbst. Ein Druck hinter den Augen kündigte Kopfschmerzen an. »Nur wieder so ein verdammter Traum.«
Mit klopfenden Herzen nahm sie den Hörer ab. »Hallo?«
Keine Antwort.
Nur Stille ... und dann doch etwas ... leise Atemgeräusche?
Sie warf einen Blick auf den Wecker auf ihrem Nachttisch: 0:07 stand da in rot leuchtenden Digitalziffern, groß genug, dass sie sie ohne Kontaktlinsen erkennen konnte.
»Hallo!«
Sie war plötzlich hellwach.
Hastig schaltete sie die Nachttischlampe an. Wer rief sie so spät nachts an? Was hatte ihre Mutter immer gesagt? Nach Mitternacht passiert nichts Gutes. Ihr Herz raste. Sie dachte an ihre alten, gebrechlichen Eltern. Sollte ihnen etwas zugestoßen sein? War jemand aus ihrer Familie verletzt? Verschwunden? Oder Schlimmeres?

»Hallo?«, rief sie noch einmal lauter. Dann wurde ihr klar: Wenn etwas passiert wäre und die Polizei oder einer ihrer Brüder sie anriefe, hätte derjenige sich gleich gemeldet. »Wer ist da?«, fragte sie energisch und überlegte, ob ihr vielleicht jemand einen üblen Streich spielte.

»Hören Sie, wenn Sie sich nicht endlich melden, lege ich auf.« Immer noch hörte sie leise rasselndes, schweres Atmen. »Schön! Wie Sie wollen.« Sie knallte den Hörer auf die Gabel. »Blödmann«, knurrte sie leise und konnte sich nicht einmal damit trösten, dass der unbekannte Anrufer sie aus ihrem schrecklichen Albtraum erlöst hatte.

Verdammt, er war so lebensecht gewesen. So greifbar. So beunruhigend. Immer noch schwitzte sie, hatte Gänsehaut, glaubte den Rauch noch zu riechen. Sie fuhr sich mit der Hand über die Augen, atmete tief durch und schob die Bilder energisch von sich. Es war ein Traum, nichts weiter. Sie griff wieder nach dem Telefon und ließ sich die Rufnummern der letzten Anrufer anzeigen. Die Nummer des allerletzten, um 0:07 Uhr, war unterdrückt. Kein Name, keine Nummer.

»Natürlich«, brummte sie und versuchte das Unbehagen abzuschütteln. Es waren nur gelangweilte Kids, die wahllos irgendwelche Nummern anriefen. Oder? Stirnrunzelnd starrte sie den Hörer an. Wer sonst hätte es sein können?

Ihr Hund Khan, eine Promenadenmischung mit einem sichtbaren Anteil von Australischem Schäferhund in seinem gescheckten Fell und den unterschiedlichen Augen, bellte noch einmal leise. Er blickte von seinem Platz auf dem Bettvorleger hoffnungsvoll zu ihr empor und klopf-

te mit dem Schwanz auf den Holzfußboden, als erwartete er, dass sie ihn zu sich ins Bett ließ.
»Bist du verrückt?« Sie wälzte sich herum und kraulte ihn hinter einem Ohr. »Es ist Mitternacht, und du und ich, wir brauchen beide unseren Schlaf. Also komm nicht auf die Idee, aufs Bett zu springen, okay? Ich muss mir nur noch etwas gegen diese Kopfschmerzen holen.« Sie stand auf und ging barfuß ins Bad.
Als sie den engen Raum betrat, hörte sie, wie Khan mit einem dumpfen Aufprall aufs Bett sprang. »Runter!«, befahl sie und schaltete das Licht ein. Sie hörte, wie der Hund wieder auf dem Boden landete. »Untersteh dich, Khan.«
Du bist eine schöne Hundetrainerin, dachte sie, strich sich das Haar aus dem Gesicht und fasste eine Handvoll ihrer Locken. *Du bringst Such- und Rettungshunde in Katastrophengebiete, brennende Gebäude und sogar ins Wasser, aber diesen Köter kannst du nicht mal von deinem Bett fernhalten.*
Sie beugte sich über das Waschbecken, drehte mit der freien Hand das Wasser auf und trank direkt aus dem Hahn. Das Wasser spritzte in ihr erhitztes Gesicht, während die Reste des Albtraums immer noch in einem Winkel ihres Bewusstseins rumorten.
Nur nicht mehr daran denken!
Ryan war seit drei Jahren tot, und in dieser Zeit war sie des Mordes an ihm beschuldigt und freigesprochen worden. »Zeit, darüber hinwegzukommen«, ermahnte sie sich, nahm ein Handtuch von der Stange und trocknete sich Gesicht und Dekolleté ab. Ihr Therapeut hatte versichert, dass die Albträume allmählich nachlassen würden.

Bisher hatte sich das nicht bestätigt. Sie blickte in den Spiegel des Medizinschranks über dem Waschbecken und zuckte zusammen. Dunkle Schatten umgaben ihre geröteten Augen. Das kastanienbraune Haar war zerzaust und wirr vom unruhigen Schlaf. Feuchte Locken klebten an ihrer Haut, um Lippen und Augenwinkel zeichneten sich feine Sorgenfältchen ab.

»Das Gesicht eines Engels mit dem Mundwerk des Teufels«, hatte ihr Bruder Neville einmal nach einem besonders heftigen Streit gesagt, als sie etwa vierzehn war.

Aber nicht heute Nacht, dachte sie säuerlich, nahm einen Waschlappen aus einem offenen Regal, hielt ihn unter den Wasserstrahl und tupfte sich das Gesicht damit ab.

Neville. Er fehlte ihr immer noch entsetzlich, und wann immer sie an ihn dachte, krampfte sich ihr Herz schmerzlich zusammen. Da Neville sieben Minuten nach seinem Zwillingsbruder Oliver das Licht der Welt erblickt hatte, war er ihr, Shannon, genau genommen altersmäßig am nächsten, denn sie war als das letzte von Patrick und Maureen Flannerys sechs Kindern knapp zwei Jahre später geboren worden. Wenngleich Oliver und Neville als Zwillinge einander auf besondere Weise verbunden waren, hatte doch auch sie sich Neville so nahe gefühlt wie sonst keinem ihrer Geschwister.

Jetzt hätte sie Neville gern an ihrer Seite gehabt. Er hätte ihr das Haar gezaust, schief gelächelt und gesagt: »Du machst dir zu viele Sorgen, Shannon. Es war nur ein Traum.«

»Und ein Anruf«, hätte sie eingewandt. »Ein *gruseliger* Anruf.«

»Jemand hat sich verwählt.«
»Mitten in der Nacht?«
»Hey, irgendwo auf der Welt ist schon längst Morgen. Beruhige dich.«
»Klar«, murmelte sie leise. Als ob das so einfach wäre. Sie hielt den Waschlappen noch einmal unters Wasser, wrang ihn aus und legte ihn sich in den Nacken. Das Pochen in ihrem Hinterkopf wurde stärker. Im Medizinschrank fand sie ein Röhrchen Ibuprofen, schüttelte zwei Tabletten in ihre Handfläche und nahm sie mit einem weiteren großen Schluck Wasser aus dem Hahn ein. Ihr Blick fiel auf das Röhrchen mit den Schlaftabletten im Regal unter dem Spiegel, die Dr. Brennan ihr vor drei Jahren verschrieben hatte. Kurz erwog sie, ein paar zu schlucken. Aber morgen früh – nein, später an *diesem* Morgen – konnte sie es sich nicht leisten, benommen oder träge zu sein. Sie hatte Trainingsstunden mit mehreren neuen Hunden angesetzt und sollte außerdem den Kaufvertrag für ihr neues Haus unterschreiben, eine größere Ranch. Zwar würden bis zum Umzug noch Wochen vergehen, aber der Vertrag war bereits ausgehandelt.
Bei dem Gedanken an das Gut, das sie erwerben wollte, stiegen andere Sorgen in ihr auf. Erst letzte Woche, als sie die Grundstücksgrenze abschritt, hatte sie das Gefühl gehabt, dass sich jemand hinter den knorrigen Stämmen der schwarzen Eichen versteckte und sie beobachtete. Selbst Khan war ihr an diesem Tag gereizt erschienen. Nervös.
Hör auf damit, wies sie sich selbst zurecht. Im Gegensatz zu den meisten Hunden, die sie abrichtete, zeichnete sich Khan nicht unbedingt durch ein sicheres Gespür aus.

Niemand war ihr gefolgt, niemand hatte sie beobachtet. Sie befand sich schließlich nicht in irgendeinem Horrorfilm, verflixt noch mal. Außer ihr war niemand dort gewesen.

Der Grund für ihre Nervosität war einfach, dass sie ihr gesamtes Erbe und all ihre Ersparnisse in die neue Ranch investierte. Wer wäre da nicht ein wenig angespannt gewesen? Ihre Brüder waren gegen den Plan und nahmen kein Blatt vor den Mund, wenn es darum ging, sie auf das Ausmaß ihres Fehlers hinzuweisen.

»Das hätte Dad nicht gewollt«, hatte Shea ihr bei seinem letzten Besuch vorgehalten. Er stand auf der Veranda, rauchte eine Zigarette und sah sie an, als hätte sie den Verstand verloren. »Dad hat sein Leben lang gespart, jeden Cent dreimal umgedreht und klug investiert, und es würde ihm nicht gefallen, dass du deinen Anteil am Erbe für eine heruntergekommene, zugewucherte Farm vergeudest.«

»Du hast sie noch nicht einmal gesehen«, konterte Shannon unbeirrt. »Und komm mir nicht mit solchen Sentimentalitäten. Dad hatte immer Vertrauen in meine Entscheidungen.«

Shea bedachte sie mit einem düsteren, schwer zu deutenden Blick und sog heftig an seiner Zigarette. Er schien zu finden, dass sie ihren Vater überhaupt nicht gekannt hatte.

»Dad hat mir immer den Rücken gestärkt«, setzte sie hinzu, nun doch ein wenig verunsichert.

»Ich will's dir ja nur sagen.« Er blies den Rauch aus und warf die Kippe in den staubigen Kies des Platzes, der das

Haus von den Scheunen und den anderen Wirtschaftsgebäuden trennte. »Gib acht, Shannon, auf dein Geld und auf dich selbst.«
»Was soll das denn nun wieder heißen?«
Die Kippe glühte noch, ein dünner Rauchfaden stieg von ihr auf.
»Nur, dass du manchmal etwas ungestüm bist.« Er legte den Kopf schief und zwinkerte ihr zu. »Du weißt schon. Das gehört zum Fluch der Flannerys.«
»Hör auf damit. Das ist der größte Quatsch, den ich je gehört habe. Eben Moms Art, es Dad heimzuzahlen. Der Fluch der Flannerys – dass ich nicht lache.«
Er zog eine dunkle Augenbraue hoch. Eine Sekunde lang sah er aus wie eine dieser Teufelskarikaturen mit wissendlüsternem Grinsen und hochgezogenen Brauen. »Ich meine ja nur.«
»Sag, was du willst, ich kaufe die Ranch und damit basta.«
Jetzt, eine Woche später, gingen ihr Sheas Worte erneut durch den Kopf. Sie hatten fast wie eine Warnung geklungen.
Und Shea war nicht der Einzige, der sie warnte. Ganz und gar nicht! Auch ihre anderen Brüder hatten sie im Lauf der letzten Wochen bedrängt, erwachsene Männer, die sich offenbar einbildeten, sie noch immer unter ihre Fittiche nehmen zu müssen. Sie schnaubte verächtlich. Robert hatte ihr geraten, ihr Geld lieber auf die Bank zu bringen, dabei würde es dort nur geringe Zinsen einbringen. Robert! Dem Mann rann sein Erbteil durch die Finger wie Wasser. Er hatte sich einen Sportwagen gekauft und steckte so tief in der Midlife-Crisis, dass er sogar

Frau und Kinder verlassen wollte. Und Aaron, ihr ältester Bruder, hatte bereits einen Teil seines Geldes bei Spekulationen an der Börse verloren. Ganz zu schweigen von der Woche in Reno, wo er Gerüchten zufolge dreißigtausend Dollar am Black-Jack-Tisch gewonnen und wieder verspielt hatte. Sein anfängliches Glück hatte nicht angehalten, und Aaron reagierte seitdem empfindlich auf dieses Thema.

Dann war da noch Oliver, der sein gesamtes Geld Gott und der Kirche vermachte. Natürlich, dachte Shannon stirnrunzelnd und fragte sich, ob sein religiöser Fanatismus etwas mit ihr zu tun hatte. Das schlechte Gewissen nagte an ihr, als sie daran dachte, wie Oliver nach dem Unfall, als Ryan ums Leben gekommen und Neville kurz darauf verschwunden war, ultrareligiös wurde. Er hatte sogar die Priesterlaufbahn eingeschlagen und sollte bald die Weihe empfangen. Welche Rolle sie in seiner Bekehrung zum Glauben spielte, blieb unklar. Jedenfalls hatte die Tatsache, dass sie des Mordes an ihrem Mann bezichtigt wurde, dazu beigetragen.

Shannon schüttelte die Gedanken ab, wollte sich nicht auf dieses vertraute, aber bedrohliche Terrain begeben.

Sie vermutete, dass ihr Bruder Shea mit seinem Erbteil umsichtig wirtschaftete. Er war ja immer vorsichtig – in finanziellen Angelegenheiten ebenso wie überhaupt in seinem Leben. Shea war in sich gekehrt, nicht leicht aus der Reserve zu locken, aber immer bereit zurückzuschießen, und wenn nötig, kämpfte er mit harten Bandagen.

Wie kamen ihre Brüder dazu, ihr kluge Ratschläge geben zu wollen? Sie konnten ihre Pläne schlechtreden, so viel sie wollten, Shannon würde doch tun, was sie selbst für richtig hielt. Sie war mindestens so starrsinnig wie die vier. Wahrscheinlich lag es an der negativen Einstellung ihrer Brüder, dass sie so nervös war, als sie sich das letzte Mal auf dem überwucherten Grundstück aufhielt.

Aber warum war sie nur plötzlich so besorgt? Konnte nicht schlafen, fürchtete sich vor ihrem eigenen Schatten, schreckte nachts aus grauenhaften Albträumen auf?

Sie verzog das Gesicht und ließ den Waschlappen ins Becken fallen. Vielleicht war es Zeit, mal wieder ihren Therapeuten aufzusuchen. Vor einem Jahr hatte sie sich so gefestigt gefühlt, dass sie die wöchentlichen Sitzungen, mit deren Hilfe sie Ordnung in ihr Leben gebracht hatte, beendete.

Auch wenn ihr die Vorstellung nicht behagte – vielleicht gehörte sie ja zu den Menschen, die nicht dauerhaft ohne therapeutische Unterstützung zurechtkamen.

»Toll«, murrte sie.

Himmel, es war heiß. Die ganze Woche über hatte die Temperatur sich um 38 Grad bewegt, und selbst nachts war sie selten unter 25 Grad gesunken. Das Tagesgespräch im Ort drehte sich um die bedrohliche Dürre und natürlich um die ständig wachsende Waldbrandgefahr.

Shannon vermied es, noch einmal in den Spiegel zu sehen.

»Am Morgen siehst du besser aus«, redete sie sich zu, doch insgeheim fragte sie sich, ob sämtliches Make-up dieser Welt ausreichen würde, um ihr ein frisches Aussehen zu verleihen. Und wenn sie in wenigen Stunden die Kontaktlinsen einsetzen wollte, würde sie Unmengen Augentropfen benötigen.

Um den schalen Geschmack im Mund loszuwerden, massierte sie sich etwas Zahnpasta ins Zahnfleisch und spülte dann den Mund aus. Als sie mit Kraft den Hahn zudrehte, hörte sie die alten Leitungen unwillig ächzen. Immer noch hatte sie den stechenden Geruch von Feuer und Rauch in der Nase.

Sie trocknete sich den Mund ab und fragte sich, was sie gegen diesen Geruch tun sollte.

In diesem Augenblick hörte sie Khan knurren. Leise. Warnend.

Das Handtuch noch in der Hand, blickte sie durch die geöffnete Tür und erkannte den graubraunen Schatten des Hundes, der erneut aufs Bett sprang.

»Was zum Kuckuck …?« Shannon sah aus dem Fenster, und mit einem Schlag begriff sie: Der Rauchgeschmack in Nase und Rachen wollte nicht weichen, weil er mehr war als nur die Nachwirkung ihres Traums. Er war echt.

Ihr Herz drohte stehen zu bleiben. Sie rannte den Flur entlang. Khan hatte das Fell gesträubt und begann wild zu bellen.

Herrgott, was war da nur los?

Angst kroch ihr über den Rücken. Sie spähte durch das Insektenschutzgitter und sah nichts als dunkle Nacht. Eine schmale Mondsichel war über den Hügeln aufgegangen und erhellte die zwei Hektar jenseits der Grenze ihres Besitzes: eine Fläche dürrer, unkrautüberwucherter Wiesen, die als Bauland erschlossen werden sollten. Ein trockener Wind fegte plötzlich von Osten her durch das Tal, rüttelte an den Ästen der Bäume beim Haus und raschelte im verdorrten Laub.

Alles schien in Ordnung zu sein.
Bis auf den Geruch.
Shannons Angst wuchs.
Wieder knurrte Khan in Richtung des offenen Fensters.
Plötzlich wurde ihr bewusst, dass im Lampenlicht die Silhouette ihres Körpers zu sehen war. Sie schaltete das Licht aus und tastete in ihrer Nachttischschublade nach der Brille. Dabei suchte sie mit dem Blick die Umgebung ab. Nichts zu sehen … oder doch, dort bei der Südweide – war da nicht ein Glimmen? O Gott. Ihr Hals schnürte sich zu. Endlich fand sie die Brille, stieß in ihrer Hast, sie aus dem Etui zu nehmen, die Nachttischlampe um. Dann blickte sie wieder hinaus in die Dunkelheit.
Das Glimmen war verschwunden. Kein Lichtschein war zu sehen, nirgendwo Flammen … Aber der schwache Rauchgeruch blieb. Sie schmeckte ihn auf der Zunge.
Brannte es womöglich *im Haus*?
Aber warum schaute der Hund dann zum Fenster?
Sie griff zum Telefon, um Nate Santana anzurufen, der über der Garage wohnte. Doch dann fiel ihr ein, dass er für eine Woche verreist war, sein erster Urlaub seit Jahren. »Verdammt.« Sie biss die Zähne zusammen. Sonst fiel ihr niemand ein, den sie mitten in der Nacht hätte anrufen können. Nicht einmal ihre Brüder, die sie auch drei Jahre nach dem Vorfall immer noch für etwas wunderlich hielten.
Sie eilte über den Holzfußboden zu dem Erker auf der anderen Seite des Zimmers. Vorsichtig spähte sie aus dem Fenster, von wo aus sie den gekiesten Platz vor dem Haus und die Scheunen, Zwinger und Schuppen überblicken

konnte. Im gespenstisch fahlen Licht der Sicherheitslampen sah sie nichts Ungewöhnliches, nichts, was erklärt hätte, warum der Hund knurrte.

Vielleicht hat Khan eine Eule oder eine Fledermaus gehört.

Oder ein Reh oder einen Waschbären draußen auf der Wiese gewittert.

Und du selbst bist einfach überreizt durch den bösen Traum und den merkwürdigen Anruf …

All das erklärte jedoch nicht den Rauchgeruch. »Komm«, sagte sie zu dem Hund. »Wir sehen mal nach.« Ohne Licht zu machen lief sie die Treppe hinunter. Plötzlich stürmte Khan an ihr vorbei, wobei er sie beinahe umriss, und lief zielstrebig zur Haustür. In dem kleinen Eingangsflur blieb er stehen und reckte die Nase witternd in Richtung der Tür, sämtliche Muskeln angespannt.

Aber Shannon ließ sich von ihm nicht mehr täuschen.

Sie stellte sich auf die Zehenspitzen und lugte durch die kleine Glasscheibe in der Eichentäfelung der Haustür. Es war still draußen, der Wind hatte sich rasch wieder gelegt. Ihr Pick-up stand vor der Garage, dort, wo sie ihn abgestellt hatte, die Schuppen und Scheunen waren verschlossen, der Platz vor dem Haus leer. In den Fenstern von Nates Wohnung über der Garage brannte kein Licht.

Siehst du? Du hast dir mal wieder etwas eingebildet.

Khan stand regungslos bei der Tür und winselte. »Falscher Alarm«, sagte sie und schalt sich selbst im Stillen einen Feigling.

Aber seit wann war *sie* ein Feigling? Wann hatte sie ihre Abenteuerlust verloren? Sie, die mit so vielen älteren

Brüdern aufgewachsen war, die sich nie hatte einschüchtern lassen, sondern alles mitgemacht hatte, was die Jungen unternahmen – wann war sie zum Angsthasen geworden?

Shannon war in dieser Gegend aufgewachsen. Als Kind war sie ein richtiger Wildfang gewesen. Angst war ihr nahezu unbekannt. Noch vor ihrem vierten Geburtstag konnte sie ohne Stützräder Fahrrad fahren, und als sie achtzehn war, fuhr sie auf der Harley ihres ältesten Bruders über den Highway 101 in Richtung Süden, die ganze wilde Küste Kaliforniens entlang. Als Kind war sie ohne Sattel geritten, hatte auf dem Rodeo sogar am Fasslaufen teilgenommen. Mit fünfzehn war sie heimlich mit zwei Freundinnen zu einem Open-Air-Konzert zum Red Rocks Amphitheater bei Denver getrampt. Später hatte sie am Steuer von Roberts neuem Mustang Cabrio einen Unfall überlebt. Der Wagen landete mit dem Kühler voran im Graben, ein Totalschaden. Sie selbst war mit einem gebrochenen Schlüsselbein, einem verstauchten Handgelenk, zwei blauen Augen und einem angeschlagenen Ego davongekommen und hegte den Verdacht, dass Robert ihr den Vorfall nie verziehen hatte.

Kein Wunder, dass es dann, als sie sich verliebte, ebenso stürmisch zuging. Sie war Feuer und Flamme gewesen und hatte keine Sekunde lang für möglich gehalten, dass aus dieser Liebe etwas anderes als reines Glück entstehen würde.

»Idiot«, murmelte sie bei dem Gedanken an Brendan Giles, ihre erste Liebe. Wie dumm und unbedacht sie gewesen war, und später dann am Boden zerstört, als das dicke Ende kam …

Um die düsteren Gedanken zu vertreiben, öffnete sie den Kühlschrank und kramte hinter einem Sechserpack Cola light eine Flasche Mineralwasser hervor.

Als sie die Tür schloss, war es wieder dunkel in der Küche. Sie lehnte sich an die Arbeitsplatte und drückte die kalte Flasche an ihre Stirn. Der Schweiß lief ihr den Rücken hinunter.

Eine Klimaanlage. Das war es, was sie brauchte. *Eine Klimaanlage und eine Einrichtung, die verhinderte, dass irgendwelche Idioten sie mitten in der Nacht anriefen.*

Khan gab endlich seinen Posten bei der Tür auf, trabte an Shannon vorbei und scharrte an der Hintertür. Sein Nackenfell war nicht mehr gesträubt. Er drehte sich mit flehentlichem Blick zu ihr um, als könne er es kaum noch erwarten, endlich hinausgelassen zu werden und am nächstbesten Gebüsch sein Bein zu heben.

»Klar, warum nicht?«, sagte Shannon. »Tob dich ruhig aus.« Die Flasche noch immer an die Stirn gedrückt, entriegelte sie die Hintertür. »Aber lass das bitte nicht zur Gewohnheit werden. Schließlich ist es nach Mitternacht.«

Khan schlüpfte blitzschnell hinaus, und sie folgte ihm in der Hoffnung auf eine erfrischende Brise.

Doch die Nacht war heiß und still.

Atemlos.

Shannon trat auf die Veranda hinaus, da fiel ihr Blick auf etwas, was dort nicht hingehörte: ein Blatt Papier, an einen der Pfosten geheftet, die das Vordach stützten. Gänsehaut lief ihr über den Rücken. Aber vielleicht hatte es mit dem Zettel gar nichts weiter auf sich, vielleicht hatte ihr nur jemand eine Nachricht hinterlassen.

Mitten in der Nacht? Warum hat derjenige nicht stattdessen angerufen?
Das Blut drohte ihr in den Adern zu stocken. *Vielleicht war der Anrufer von vorhin ja derjenige, der das Papier an den Pfosten geheftet hatte.*
Sie trat zurück und tastete durch die Küchentür mit einer Hand nach dem Lichtschalter. Im nächsten Moment war die Veranda von zwei Glühbirnen hell erleuchtet.
Shannon blieb wie angewurzelt stehen und starrte auf das Blatt. Bei dem Anblick wurde ihr flau im Magen. Das Papier war angesengt, die Ränder schwarz und gewellt. Jemand hatte es mit einer grünen Reißzwecke an den Pfosten gepinnt.
Das Blut rauschte ihr in den Ohren. Als sie näher heranging, erkannte sie, dass es sich offenbar um eine Art Formular handelte. Sie rückte ihre Brille zurecht und las die teilweise vom Feuer unkenntlich gemachten Worte, die in der Mitte des Dokuments noch sichtbar waren.
Name der Mutter: Shannon Leah Flan…
Name des Vaters: Brendan Giles
Sie rang nach Luft.
Ihr Atem stockte.
Geburtsdatum: 23. Septemb…
Uhrzeit: 00.07 Uhr
»Nein!«, schrie sie, ließ die Wasserflasche fallen und hörte wie aus weiter Ferne, wie sie von der Veranda rollte. *23. September!* Ihre Gedanken überschlugen sich. Morgen. Nein, es war ja bereits nach Mitternacht, also war *heute* der 23. September, und der Anruf … O Gott, der Anruf war um Punkt 0.07 Uhr gekommen. Ihre Knie

drohten nachzugeben, sie lehnte sich gegen das Verandageländer und starrte in die Dunkelheit, als könne sie denjenigen sehen, der ihr das antat, der all den Schmerz wieder wachrufen wollte. »Du Mistkerl«, stieß sie mit zusammengebissenen Zähnen hervor. Trotz der heißen Nacht fror sie bis ins Mark.

Vor dreizehn Jahren, am 23. September, um genau sieben Minuten nach Mitternacht hatte Shannon ein dreitausendzweihundert Gramm schweres Baby zur Welt gebracht. Sie hatte das Kind danach niemals wiedergesehen.

2. *Kapitel*

Er stand am Feuer, spürte die Hitze und lauschte dem Prasseln der Flammen, die das zundertrockene Kleinholz verzehrten. Sämtliche Vorhänge waren geschlossen. Langsam knöpfte er sein Hemd auf. Moos fing Feuer, zischte, sprühte Funken, während das blütenweiße Hemd von seinen Schultern glitt.

Über dem Kaminsims war ein Spiegel angebracht. Darin sah er sich selbst beim Auskleiden zu, betrachtete seinen perfekt geformten Körper, dessen Muskeln sich geschmeidig unter seiner straffen Sportlerhaut abzeichneten.

Er blickte in seine Augen. Blau. Eisig. Eine Frau hatte sie als ›Schlafzimmeraugen‹ bezeichnet, eine andere als ›kalte Augen‹, wieder eine andere ahnungslose Frau hatte gesagt, es seien ›Augen, die zu viel gesehen haben‹.

Sie alle hatten recht, dachte er und lächelte. Ein ›mörderisches Lächeln‹, wie er einmal zu hören bekommen hatte. Bingo.

All diese Frauen ahnten nicht, wie nahe sie der Wahrheit gekommen waren.

Er sah gut aus und war sich dessen bewusst. Nicht so gut, dass man sich auf der Straße nach ihm umdrehte, aber doch interessant genug, dass Frauen, die ihn einmal angesehen hatten, nicht leicht wieder wegschauen konnten.

Es hatte eine Zeit gegeben, da hatte er die freie Auswahl gehabt und konnte fast jede Frau bekommen, die er wollte.
Er öffnete die Schnalle seines Ledergürtels und ließ ihn auf den Holzfußboden fallen. Die Hose glitt leicht über sein Gesäß und an den Beinen hinab und blieb um seine Fußknöchel liegen. Auf Boxershorts oder eine Unterhose hatte er verzichtet. Wozu auch? Es kam doch nur auf die äußere Erscheinung an.
Immer.
Sein Lächeln erstarb. Er trat näher an die Kamineinfassung heran und spürte wieder die Hitze, die die alten Steine abstrahlten. Auf dem glatten Holz des Simses standen gerahmte Fotos in Reih und Glied. Bilder, die er aufgenommen hatte, ohne dass die betreffenden Personen es bemerkten. Menschen, die bezahlen mussten. Die Kleine, die alte Dame, die Brüder. Alle ohne ihr Wissen auf Zelluloid gebannt.
Die Dummköpfe!
Hinter den Bildern lag sein Jagdmesser. Es hatte einen beinernen Griff und eine schmale Stahlklinge, die problemlos durch alles Lebendige schnitt. Fell, Haut, Muskelfleisch, Knochen, Sehnen – mit der nötigen Kraft ließ sich alles leicht durchtrennen.
Das Messer war seine zweitliebste Waffe.
Seine liebste Waffe bestand aus Benzin und einem Streichholz ... Aber manchmal reichte das nicht.
Er testete die Schneide an seiner Handfläche, und tatsächlich, obwohl er die Haut kaum berührt hatte, zeigte sich eine dünne Blutspur, rote Tröpfchen, die parallel zu

seiner Lebenslinie aus einem kaum sichtbaren Schnitt quollen.
Er erkannte darin eine gewisse Ironie. Ohne die anderen winzigen Narben in seiner Handfläche zu beachten – Spuren der Faszination, die das Messer auf ihn ausübte –, sah er zu, wie die rote Spur breiter wurde und zerlief. Als sich genug Blut gesammelt hatte, um einen dicken Tropfen zu bilden, hielt er die Hand übers Feuer. Er spürte die Hitze, die fast seine Haut versengte, und beobachtete, wie der Blutstropfen sich löste, fiel und in den gierigen Flammen zischend verdampfte.
»Heute Abend geht es los«, schwor er sich. Die erste Phase seines Plans hatte er bereits in die Tat umgesetzt: den Warnhinweis an sie. Binnen einer Stunde würde er die nächste Phase beginnen, indem er zügig nach Norden fuhr. Und bis zum folgenden Abend würde er den nächsten Schritt vollzogen haben. Er würde mit der alten Frau anfangen – wie nannte sie sich noch gleich? Ja, richtig: Blanche Johnson.
Er schnaubte verächtlich über ihren lächerlichen Versuch, ihre Vergangenheit zu vertuschen. *Er* wusste, wer sie in Wirklichkeit war, auch wenn sie sich, mit ihren Häkeltüchern behängt, als verschrobene alte Klavierlehrerin tarnte. Sie würde bezahlen, genau wie Shannon Flannery und die anderen bezahlen mussten.
Er wog das Messer in der Hand. Mit Blanche würde er anfangen, und dann, sobald er das Mädchen in die Falle gelockt hatte, war Shannon an der Reihe. Shannon und die Übrigen. Er ließ den Blick über die gerahmten Fotos wandern, bis er an einem etwas größeren Bild von

Shannon hängen blieb. Mit zusammengebissenen Zähnen betrachtete er das hinreißend schöne Gesicht.
Unschuldig und sexy, süß und doch verführerisch.
Und sündig wie die Hölle.
Er zeichnete mit dem Finger ihren Haaransatz nach; in seinem Unterleib regte sich etwas, als er ihre grünen Augen sah, die Nase mit den zarten Sommersprossen, die dichten Locken widerspenstigen kastanienbraunen Haares. Ihre Haut war hell, der Blick lebhaft, das Lächeln schmal, als ob sie spürte, dass er sich im Schatten der Bäume verbarg und die Kamera auf ihr herzförmiges Gesicht gerichtet hatte.
Der Hund, dieser räudige Köter, war von der anderen Seite des Waldes her aufgetaucht und hatte, als er Shannon erreichte, die Nase in die Luft gereckt, gezittert, geknurrt und ihn dadurch beinahe verraten. Shannon hatte dem Köter einen knappen Befehl zugerufen und einen Blick hinüber zum Wald geworfen.
Doch inzwischen schlich er sich bereits davon. Schlüpfte geräuschlos zwischen Bäumen und Büschen hindurch, entfernte sich mit der Windrichtung von ihr. Er hatte seine Fotos. Mehr brauchte er nicht.
Vorerst nicht.
Weil der richtige Zeitpunkt noch nicht gekommen war.
Aber jetzt …
Das Feuer glühte hell, schien lebendig zu pulsieren und tauchte den kalten Raum in einen warmen, rosigen Schein.
Noch einmal betrachtete er im Spiegel seinen perfekten Körper, dann drehte er sich um.
Er blickte über die Schulter und knirschte mit den makel-

los weißen Zähnen, denn der Spiegel zeigte ihm jetzt seinen Rücken. Ein grausiger Anblick: die Haut, vernarbt und glänzend, sah aus, als sei sie geschmolzen.
Er dachte an das Feuer.
An die Qualen, die er durchlitten hatte, als es ihm buchstäblich das Fleisch von den Knochen brannte.
Er würde es nie vergessen.
Nicht, solange er auf diesem gottverlassenen Planeten noch atmete.
Und diejenigen, die ihm das angetan hatten, würden bezahlen.
Aus den Augenwinkeln sah er noch einmal das Foto von Shannon. Schön und wachsam, als ob sie wüsste, dass ihr Leben sich grundlegend ändern würde.
Doch zunächst brauchte er den Köder.
Um sich die Frau gefügig zu machen.
Er lächelte vor sich hin. Was für ein Glück, dass die Tochter in Falls Crossing lebte, einer Kleinstadt in Oregon am Ufer des Columbia River.
Er kannte den Ort gut, war selbst dort gewesen. Er hatte gewartet. Beobachtet.
Es war Schicksal, dass die Tochter und die alte Frau, die sich Blanche nannte, einander kannten, dass sie am selben Ort lebten, dass er zwei Fliegen mit einer Klappe schlagen konnte … oder vielmehr mit zwei Streichhölzern.
Die Flammen im Kamin knisterten und fauchten.
Wie dumm sie alle waren.
Das Mädchen.
Die alte Dame.
Und Shannon.

Alle fühlten sich sicher in ihrem Leben, mit ihren Geheimnissen, ihren Lügen.
Wussten sie denn nicht, dass kein Mensch sicher war? Niemals?
Wenn sie dumm genug waren, sich in Sicherheit zu wiegen, dann stand ihnen allen ein böses Erwachen bevor.
Voller unbändiger Vorfreude schob er das Messer in die Scheide. Er hatte lange auf diese Gelegenheit gewartet. Hatte gelitten. Doch jetzt war er am Zug. An diesem Abend hatte er den Stein ins Rollen gebracht.
Aber das war erst der Anfang.
Er musste noch ein paar Kleinigkeiten erledigen, ehe er sich auf den Weg machte.
Nimm dich in acht, dachte er mit einem boshaften Lächeln, zückte noch einmal das Messer und sah zu, wie sich das Feuer auf der langen, scharfen Klinge spiegelte. *Ich komme, Shannon, o ja, ich komme. Und dieses Mal bringe ich mehr als eine Kamera und eine alte Geburtsurkunde mit.*

»Was zum Teufel hast du dir dabei gedacht?« Aaron stieß mit dem Zeigefinger nach dem angekohlten Stück Papier auf Shannons Küchentisch.
Es lag zusammen mit der Heftzwecke in einem Klarsichtbeutel auf der zerkratzten Eichenplatte, neben der Zeitung und einem Salz- und Pfefferstreuerset in Form von Dalmatinerhunden.
Es war brütend heiß in der Küche, obwohl der Ventilator auf Hochtouren lief. Khan lag auf einem kleinen Läufer bei der Hintertür und ließ Shannon nicht aus den Augen,

als erwartete er jeden Moment, dass sie einen Leckerbissen hervorzauberte.

Shannon schloss die Klappe des Geschirrspülers und drückte die Starttaste. Der Motor klickte, das Wasser begann zu rauschen. Endlich drehte sie sich zu ihrem Bruder um. »Was ich mir gedacht habe? Ich weiß es nicht. Ich musste mir wohl erst mal darüber klar werden, wie ich mit der Sache umgehe.«

»Drei verdammte Tage lang.«

»Ja, ganz recht. Drei Tage lang.«

Neulich nachts, nachdem sie die Urkunde gefunden hatte, war sie zunächst völlig schockiert gewesen. Als sie wieder einigermaßen klar denken konnte, hatte sie ein Paar Latexhandschuhe übergestreift, die sie immer anzog, wenn sie die Hundezwinger reinigte, die Urkunde von dem Pfosten gelöst und sie zusammen mit der Heftzwecke in einen Klarsichtbeutel gesteckt.

»Warum hast du mich nicht sofort angerufen, nachdem es passiert war?«

»Hör zu, Aaron, ich wusste einfach nicht, wie ich mich verhalten sollte, okay?« Sie wischte sich die Hände an einem fadenscheinigen Geschirrtuch ab. »Es ... es war ein Schock.«

»Das kann ich mir vorstellen.« Aaron fuhr sich mit einer Hand durch das dichte Haar, ging zum Kühlschrank und nahm ein Bier heraus. Als er sah, dass es sich um alkoholfreies handelte, verzog er das Gesicht, aber er riss die Dose trotzdem auf. Dann schwang er sich auf den Küchentresen, so dass seine langen Beine in der Khakihose vor dem laut summenden Geschirrspüler baumelten.

Schweißperlen standen ihm auf der Stirn und liefen an seinen Schläfen hinunter.
Shannons ältester Bruder war ihrem Vater wie aus dem Gesicht geschnitten. Das gleiche kantige Kinn, die gleichen stechenden blauen Augen, die gleiche gerade Nase, deren Flügel sich über dem gepflegten Schnurrbart blähten, wenn er gereizt war. Und genau die gleiche hitzige Wut, die jeden Moment aufflammen konnte. Seinem Jähzorn hatte Aaron es zu verdanken, dass er sowohl aus der Army als auch aus der Feuerwehr unehrenhaft entlassen worden war. Danach war er zu einem ortsansässigen Psychologen in Therapie gegangen, den er allerdings seit über einem Jahr nicht mehr aufgesucht hatte.
Momentan war er Single und betrieb eine eigene Detektei, ein in einen Sekretariats-Service eingebundener Ein-Mann-Betrieb.
Ohne den Blick auch nur eine Sekunde lang von seiner Schwester zu lösen, trank er ausgiebig aus der Dose und fragte dann: »Weiß sonst noch jemand davon?«
»Nur derjenige, der den Zettel hinterlassen hat.«
»Und du meinst, es war dieselbe Person, die dich in der Nacht angerufen hat.«
»Ja. Das muss alles genau geplant gewesen sein. Jemand wollte mir einen Mordsschrecken einjagen, und das ist ihm weiß Gott gelungen. Deswegen habe ich mich an dich gewandt …«
»Endlich mal.«
»Hör zu, ich hätte auch Shea anrufen könne, aber ich wollte die Polizei nicht hineinziehen, jedenfalls vorerst nicht, solange ich nicht weiß, was hier vorgeht. Oder ich

hätte Robert benachrichtigen können, doch ich glaube nicht, dass sich die Feuerwehr für diese Sache interessiert. Schließlich wurde nichts beschädigt.«

»Nur dein Seelenfrieden.«

»Allerdings«, flüsterte sie und schüttelte den Kopf.

»Nach dem Ausschlussverfahren bist du dann also darauf gekommen, mich anzurufen.«

»Das erschien mir nur logisch.«

»Seit wann denkst du logisch?«, fragte er mit einem leichten Schmunzeln.

»Weiß nicht. Vielleicht seit ich beschlossen habe, endlich erwachsen zu werden.« Sie nahm ein Gummiband von der Fensterbank und band ihr Haar zu einem Pferdeschwanz. Dann sah sie aus dem Fenster. Sie hatte die Hunde gefüttert, sich vergewissert, dass sie sicher im Zwinger waren, und anschließend nach den Pferden gesehen, bevor sie ihren Bruder anrief. Jetzt stand die Sonne bereits tief und warf lange Schatten über den Parkplatz und die Wirtschaftsgebäude, doch die Temperatur wollte und wollte nicht sinken. »Du bist doch Privatdetektiv. Ich dachte, du könntest dich der Sache annehmen.«

Aaron trank noch einen Schluck Bier, dann blickte er über die Schulter ebenfalls nach draußen. Mit einer Kopfbewegung wies er auf die Garage und die dunklen Fenster von Nate Santanas Wohnung und fragte: »Santana ist nicht da?«

»Nein.«

»Irgendwie seltsam, wie?«

»Zufall.« Shannon ärgerte sich und fragte sich nicht zum ersten Mal, ob es nicht doch ein Fehler gewesen war, sich an Aaron zu wenden. Eigentlich hatte sie den Anruf hauptsächlich deswegen immer wieder hinausgeschoben: Sie wollte nicht, dass ihre Brüder sich in ihre Angelegenheiten einmischten, und die drei sollten keinesfalls glauben, sie könne nicht selbst mit ihren Problemen fertig werden. Also hatte sie gezögert, am Ende aber doch entschieden, dass sie Aarons Fähigkeiten brauchte. Jetzt zog sie diese Entscheidung natürlich schon wieder in Zweifel.

»Ich dachte, du glaubst nicht an Zufälle.«

»Allerdings nicht.«

»Findest du es dann nicht merkwürdig, dass so etwas ausgerechnet passiert, wenn Santana zum ersten Mal seit langem für ein paar Tage nicht da ist?« Aaron wies auf das in Folie verpackte Stück Papier auf dem Tisch neben den Keramikhunden. »Ich dachte, ihr zwei versteht euch gut.«

»Wir sind Geschäftspartner, weiter nichts.«

»Kommt er mit, wenn du umziehst?«

»Ich weiß nicht, aber er wird auf keinen Fall mit im Haus wohnen.« Sie seufzte und beschwor ihren Bruder mit dem Blick, das Thema endlich ruhen zu lassen. »Zwischen Nate und mir ist nichts. Nicht, dass dich das etwas anginge.«

»Jetzt geht es mich durchaus etwas an.«

»Na schön. Aber wir beide sind lediglich Geschäftspartner und nicht etwa ein Paar, falls du etwas in der Richtung andeuten wolltest. Was den Umzug betrifft: Ich weiß es nicht. Wir verhandeln noch.«

Aaron knurrte etwas Unverständliches, doch er sprach

seinen Zweifel nicht aus. Gut. In nüchternem Ton fragte er: »Hast du jemals Kontakt zu deiner Kleinen aufgenommen?«

»Wie bitte?« Sie schrak auf.

»Das Kind, das du zur Adoption freigegeben hast, das gerade Geburtstag hatte. Hast du je Kontakt zu ihr aufgenommen?«

»Nein! Ich weiß noch nicht einmal, wo sie lebt.«

Bei dem Gedanken überwältigte sie der Schmerz, wie immer, wenn sie an ihr einziges Kind dachte, das sie nur einmal kurz im Krankenhaus gesehen hatte, unmittelbar nach der Geburt. Zu dem Schmerz kamen brennende Schuldgefühle, weil sie nicht stark genug gewesen war, ihr Kind allein aufzuziehen. Sie konnte sich noch so oft sagen, dass sie das Richtige getan hatte und dass ihre Tochter bei liebevollen Eltern, die sich sehnlichst ein Kind wünschten, besser aufgehoben war – die Zweifel schlichen sich doch in ihre Gedanken, in ihre Träume … Plötzlich schossen ihr heiße Tränen in die Augen.

Mit heiserer Stimme sprach sie weiter. »Ich habe daran gedacht. Himmel, ich wollte es so sehr. Aber, nein, ich habe es nie versucht, mich nie in so eine Liste im Internet eingetragen oder mich an Agenturen gewandt, die Adoptivkindern helfen, ihre leiblichen Eltern aufzuspüren.«

»Aber du hast mit dem Gedanken gespielt?«

Sie nickte.

»Hast du mit jemandem darüber gesprochen?«

»Nein.« Sie räusperte sich. »Ich dachte mir, vielleicht suche ich in ein paar Jahren nach ihr, wenn sie erwachsen ist.«

Aaron rieb sich das Kinn. »Was ist mit Giles?«
»Brendan?« Insgeheim hatte sie damit gerechnet, dass die Sprache auf ihren damaligen Freund, den Vater ihres Kindes, kommen würde.
»Ja. Hast du von ihm gehört?«
»Nein ... Nie wieder.«
Aaron runzelte die Stirn, als glaubte er ihr nicht ganz. Der Hund, der begriffen hatte, dass mit einem Leckerbissen nicht mehr zu rechnen war, stand auf, streckte sich und gähnte, wobei er seine schwarzen Lefzen und die Zähne zeigte.
»Nie mehr«, wiederholte sie, und die alte Wunde riss schmerzhaft wieder auf. Sie entdeckte einen Wasserflecken auf dem Tresen, wischte ihn mit dem Finger fort.
»Er ist der Vater des Kindes.«
»Ich *weiß*, Aaron, aber vergiss nicht, er hat sich aus dem Staub gemacht, als er erfuhr, dass ich schwanger war. Ist über die Grenze gegangen.«
»Das glaubst du.« Er sprang geschmeidig vom Tresen auf das alte, rissige Linoleum.
»Ich weiß es. Die ganze Stadt weiß es.« Sie hob abwehrend beide Hände. »Wir sollten ihn aus dem Spiel lassen.«
»Ich würde gern mit ihm reden.«
Ich nicht, dachte Shannon. Sie wollte Brendan Giles nie im Leben wiedersehen. »Er ist ein Feigling und hat sich nicht im Geringsten für das Kind interessiert. Aber wenn du ihn findest, gut. Versuch es.« Sie musste an den letzten Streit mit ihm denken, nachdem sie ihm eröffnet hatte, dass sie schwanger war. Sie erinnerte sich, wie sein hüb-

sches Gesicht sich zu einer hässlichen Fratze verzerrte, wie er höhnisch, beinahe angewidert den Mund verzog und ihr die Worte entgegenschleuderte, die sich in ihr Gedächtnis eingebrannt und ihr das Herz gebrochen hatten. »Weißt du«, gestand sie jetzt, »Brendan besaß die unglaubliche Frechheit zu sagen, das Kind wäre ja vielleicht gar nicht von ihm.«

»Das ist normal, so reagieren viele Männer.«

»Nein, normal ist es nicht. Es ist die Ausflucht eines Feiglings.«

»Du hättest auf einen Vaterschaftstest bestehen können.«

»Wozu? Um ihn zwingen zu können, etwas gegen seinen Willen zu tun? Damit er die Vaterschaft anerkannte? Seine Verpflichtung mir gegenüber erfüllte? Nein, Aaron, das kam nicht in Frage.«

»Wenigstens hast du ihn nicht geheiratet.«

Nachdem er die Worte ausgesprochen hatte, hingen sie schwer wie Blei in der heißen Küche. Sie beide mussten an Ryan Carlyle denken, den Mann, den sie geheiratet *hatte*. Und den sie nach Ansicht der Staatsanwaltschaft umgebracht haben sollte. Wohl eine noch schlechtere Wahl als Brendan Giles. Himmel, darin hatte sie ein sicheres Händchen. Kein Wunder, dass sie seit Ryans Tod jeder ernsthaften Beziehung aus dem Weg gegangen war.

Aaron sah auf die Uhr. »Kann ich das mitnehmen?«, fragte er und griff nach dem Klarsichtbeutel.

Als Shannon nickte, steckte er den Beutel mit dem angesengten Stück Papier ein. Dann bückte er sich und tätschelte Khans Kopf. »Wir sollten das alles zunächst für uns behalten«, schlug er vor. »Später weihen wir Shea ein, wenn es sein muss, aber vorher will ich mich etwas umhören und ein paar Nachforschungen anstellen.« Er trank sein Bier aus, zerdrückte die Dose und ließ sie auf dem Tresen stehen. Das bittere Lächeln, mit dem er Shannon ansah, erinnerte sie erneut an ihren Vater.

Aaron ging zur Tür, gefolgt von Khan. Die Hand am Türknauf, blieb er stehen und drehte sich noch einmal zu ihr um. Sein Lächeln erstarb. »Weißt du, Shannon, diese Sache gefällt mir nicht.«

»Mir auch nicht.«

»Wir sehen uns.«

Er nahm sie flüchtig in den Arm, tätschelte Khan noch einmal den Kopf und trat hinaus in den trockenen, heißen Abend. Es wurde jetzt rasch dunkler, die Sicherheitslampen hatten sich bereits eingeschaltet. Aaron ging zu seinem Wagen, stieg ein, drehte den Zündschlüssel und steckte sich gleichzeitig eine Zigarette an. Der Motor heulte auf, und er trat aufs Gas.

Shannon blickte dem Honda nach, bis die Rücklichter hinter den Bäumen verschwanden. Die Dunkelheit schien ihn zu verschlingen. Hastig schloss Shannon die Tür und prüfte das Schloss. Dann tastete sie automatisch nach Khans Halsband und hielt ihn dicht bei sich. In diesem Moment war sie froh, ihn zu haben. Es tat gut, nicht völlig allein zu sein.

3. Kapitel

Vergib mir, Vater, denn ich habe gesündigt.« Oliver Flannery senkte den Kopf. Er kniete nackt auf dem Waldboden und stellte das Gelübde, das er bald ablegen sollte, in Frage. Er hatte so hart auf dieses Ziel hingearbeitet: Pfarrer einer eigenen Gemeinde zu werden, dem Ruf zu folgen, sein Leben Gott zu weihen.

Und er war so unwürdig.

So verdammt unwürdig.

Er spürte den heißen, zärtlichen Hauch der Nacht auf seinem Rücken wie den Atem eines Dämons aus der Hölle.

So viele Menschen hatte er belogen!

So viele göttliche und menschliche Gebote hatte er übertreten!

Er war hierher gekommen, in den Wald, wo er zum ersten Mal den Ruf Gottes vernommen hatte, nicht als mächtig dröhnende Stimme, sondern als etwas Leiseres, beinahe Mildes, das in ihm allmählich zu einem Rauschen anschwoll, gewaltig wie die Meeresbrandung.

Er war auf einen Felsvorsprung hoch oben auf einem Berg gestiegen und hatte mit dem Gedanken gespielt, sich in die Tiefe zu stürzen. Während er dort stand, nackt wie jetzt, und im Begriff war, seinem Leben ein Ende zu setzen, die Zehen um die schartige Kante des Abgrunds gekrallt, war die Stimme in ihm erwacht. Anfangs hatte

sie ganz leise gesprochen, ihn beruhigt, das Rasen seines Herzschlags besänftigt.
Ergib dich mir, Oliver. Ich werde dich heilen, und im Gegenzug wirst du andere heilen. Vertrau mir. Glaube. Lass allen irdischen Besitz hinter dir. Folge mir, Oliver, und ich werde dir all deine Sünden vergeben.
»Alle?«, hatte er damals, vor so langer Zeit, geflüstert.
Vertrau auf mich.
Er hatte geschwankt, hatte mit geschlossenen Augen den Drang zu springen, den verführerischen Sog des ausgetrockneten Baches fünfzehn Meter unter sich gespürt. Doch als er bereits die Arme ausbreitete und sich auf den freien Fall gefasst machte, sprach Gott: *Ich vergebe dir.*
Oliver schlug die Augen auf und blickte hinab ins Tal. Schwindel erfasste ihn, und mit klopfendem Herzen trat er zurück. Schweiß rann ihm über Brust und Rücken. Hatte Gott tatsächlich zu ihm gesprochen? Oder wurde er verrückt, raubte das schlechte Gewissen, das seine Seele marterte, ihm schließlich auch den Verstand?
Vertrau mir, forderte die Stimme erneut. *Ergib dich mir.*
Oliver war auf die Knie gesunken. Tränen strömten über sein Gesicht, und er gelobte, von diesem Augenblick an Gottes ergebener Diener zu sein.
Doch er hatte versagt.
Alles, was er getan hatte, war eine einzige Lüge.
Und wieder einmal erwog er den einfacheren Weg, die rasche Lösung. Aber Selbstmord war feige. Und Sünde.
Noch eine Sünde.
Mit zusammengebissenen Zähnen ließ er sein erbärmliches Leben Revue passieren.

Er beugte sich tiefer hinab, bis er ausgestreckt in Gras und Laub lag, und flehte verzweifelt zu Gott, er möge seine Gebete erhören.
Er möge ihm vergeben.
Ihn leiten.
Doch in der Dunkelheit, in der eine schmale Mondsichel hinauf in den Sternenhimmel stieg, hörte er nur sein eigenes Herzklopfen und das Seufzen des heißen Windes, der im trockenen Laub und in den dürren Zweigen über ihm raschelte.
Ihm brach am ganzen Körper der Schweiß aus, und zugleich ließ ihm die Angst das Blut in den Adern gefrieren.
Gottes Stimme schwieg.
Das Einzige, was er hörte, war das Wispern der Dämonen in seinem Kopf, die ihn verlockten, in Versuchung führten. Ihm sagten, was er längst wusste: dass er unwürdig war.
»Hilf mir«, rief er laut. Quälender Schmerz durchfuhr ihn, Schuldgefühle drohten ihm die Luft abzuschnüren. Seine Finger krallten sich in die trockene Erde, ins Laub und in die Zweige, und abgestorbenes Gras schnitt in seine Haut. Ihm kamen die Tränen bei dem Gedanken an Jesus, der für seine, Olivers, Sünden am Kreuz gestorben war.
War das gerecht?
Nein.
Und trotzdem konnte er die Dämonen nicht beherrschen, die unentwegt um seine Seele rangen, konnte die hitzigen Impulse in seinem Inneren nicht unterdrücken.

Verzweifelt blickte er zum Himmel auf. Ob Gott ihn hörte? Ob er ihm gleichgültig war?

Oliver schloss die Augen und ließ sein Gesicht auf den Boden sinken, so dass ihm Staub in die Nase und die Kehle drang.

»Bitte, Vater«, betete er in seiner Not, »hilf mir.«

Doch er vernahm kein Wort des Trostes.

Fand keine Antworten auf seine Fragen.

Die Dämonen lachten.

Es schien, als hätte Gott ihn in dieser Nacht wahrhaftig verlassen.

Zum ersten Mal in ihrem Leben schwänzte Dani Settler die Schule.

Sie hatte ein schlechtes Gewissen deswegen, und es tat ihr leid, dass sie die Sportstunde versäumte, die letzte Unterrichtsstunde an diesem Tag. Sport war ihr Lieblingsfach, und sogar der Lehrer, Mr. Jamison, war cool. Einer der wenigen coolen Lehrer an der Harrington Junior High School.

Aber sie musste es tun. Sie *musste*. Obwohl die Schule erst vor drei Wochen begonnen hatte.

Sie schulterte ihren Rucksack und verließ das Gebäude durch eine Seitentür in der Nähe der Sporthalle. Rasch lief sie an einer Reihe von Lebensbäumen vorbei, die sie vor Blicken aus dem Schulgebäude schützte – insbesondere vor denen der wachsamen Miss Craig, der Aufsichtslehrerin mit dem verkniffenen Gesicht –, und dann huschte sie um die Unterstände der Bushaltestellen herum.

Sie schwitzte jetzt schon. Es war Ende September, aber

noch kein bisschen herbstlich. Nur staubiges, trockenes Laub, und über ihr am klar-blauen Himmel der sich auflösende Kondensstreifen eines Jets auf dem Weg nach Osten. Die Sonne brannte erbarmungslos, so dass die Luft vor Hitze flimmerte. Trotzdem beschleunigte Dani ihren Schritt und verfiel in Trab. Sie hatte vierzig Minuten für den Weg zum Internet-Café und wieder zurück, bevor die letzten Busse an diesem Tag abfuhren. In der Sportstunde würde sie als fehlend eingetragen werden, man würde ihren Dad anrufen, aber bevor er wirklich böse werden konnte, wäre sie längst zu Hause und hätte ihre Entschuldigung parat.

Hoffentlich würde es glimpflich ablaufen. Sie hasste es, ihren Dad zu verärgern, und noch mehr hasste sie es, ihn zu enttäuschen. Doch diesmal glaubte sie, keine andere Wahl zu haben.

Ohne sich umzublicken, trabte Dani eine Seitenstraße entlang und durchquerte den Park. Die Sohlen ihrer Nikes klatschten auf den Asphalt unter hohen grünen Fichten und den Eichen, die bereits die ersten Blätter abwarfen.

Im Internet-Café angekommen, würde sie ihren neuen E-Mail-Account einsehen. Die Adresse hatte sie sich bei ihrer Freundin Jessie eingerichtet, wobei sie falsche Angaben über sich selbst machte. Weder Jessica noch Andrea, deren Computer sie ebenfalls benutzte, wussten von ihrer neuen Adresse. Sie kannten sie nur unter DaniSet321, dem Nickname, und der E-Mail-Adresse, die sie für SMS und E-Mails an ihre Freunde benutzte.

Kein Mensch ahnte, dass es daneben neuerdings eine

zweite Adresse gab; denn jedes Mal, wenn sie den Computer einer Freundin benutzte, loggte sie sich zuerst unter DaniSet321 ein und wechselte dann, wenn niemand hinsah, zu ihrem anderen Benutzernamen. Die Gefahr, dass ihr jemand auf die Schliche kam, war gering, denn Andreas und Jessicas ältere Brüder hatten zusätzlich zu den gewöhnlichen Virenschutzprogrammen Anti-Spy-Software installiert. Dadurch wurden alle Informationen so sicher auf der Festplatte versteckt, dass wahrscheinlich selbst der Computer der CIA abstürzen würde, sollte jemand darüber versuchen, sämtliche Informationsschichten aufzudröseln, wie Stephen, Jessicas pickliger, technikbesessener älterer Bruder, voller Stolz verkündet hatte. Dani verdrängte die Tatsache, dass sie ihn oft genug als ›Blödmann von ungeahnten Dimensionen‹ bezeichnet hatte – diesmal musste sie ihm vertrauen.

Vor fast einem Jahr hatte sie angefangen, im Internet den Nickname GebSF0923 zu benutzen, und bisher schien niemand aus ihrem Umfeld etwas zu ahnen. Dani hatte den Namen gewählt, um jemanden, der nach ihr suchte, auf sich aufmerksam zu machen: Sie war in San Francisco zur Welt gekommen und hatte am 23. September Geburtstag.

Dass sie ihren Dad hinterging, bereitete ihr Gewissensbisse, aber er hätte sich furchtbar aufgeregt, wenn er davon erfahren hätte, und dabei war er ohnehin schon so im Stress. Nach außen hin gab er sich zwar cool, als ob es ihm nichts ausmachte, alleinerziehender Vater zu sein, aber sie wusste, dass es ihm in Wirklichkeit schwer zu schaffen machte. Seit kurzem hatte er angefangen, sich wieder mit Frauen zu verabreden. Dani fand die Vorstellung, dass er nach Mom eine andere heiraten könnte, zum Kotzen. Sie war froh, dass er allmählich über Ellas Tod hinwegkam, doch die Aussicht auf eine neue ›Mutter‹, die womöglich ein paar Kinder und einen Ex-Mann und andere lästige Verwandte mit in die Ehe brachte, begeisterte Dani nicht sonderlich.

Sie verfolgte ihre eigenen Ziele. Seit ihre Mutter gestorben war, hatte sie ein immer größeres Interesse an ihren leiblichen Eltern entwickelt, ja, sie war inzwischen regelrecht besessen von dem Wunsch, sie aufzuspüren. Und sie war schon so dicht dran!

Natürlich würden diese Menschen ihr niemals die Eltern ersetzen können. Ausgeschlossen! Aber trotzdem drängte es sie, Näheres über ihre Herkunft zu erfahren. Aus was für Familienverhältnissen stammte sie? Wo genau war sie zur Welt gekommen? Unter welchen Umständen? Hatte sie Geschwister oder wenigstens Halbgeschwister? Waren ihre Mutter und ihr Vater verheiratet? Vielleicht geschieden? Lebten sie überhaupt noch? Saßen sie womöglich im Gefängnis? War sie das Ergebnis eines One-Night-Stands, vielleicht sogar einer Vergewaltigung? Bei dem Gedanken schauderte sie. Entschlossen trabte sie weiter durch Seitenstraßen in Richtung Fluss.

Es hatte fast ein Jahr gedauert, bis endlich doch jemand in den Chat-Rooms, die sie besuchte, angedeutet hatte, dass Hoffnung bestand, ihre leiblichen Eltern zu finden. Oder wenigstens in Erfahrung zu bringen, wer sie waren. Diese Person nannte sich BJC27 und behauptete, selbst adoptiert zu sein und jahrelang nach ihren Eltern gesucht zu haben, die beide noch lebten. Mit siebenundzwanzig Jahren habe sie sie endlich kennengelernt. Zwar stritt der Vater immer noch ab, diese Tochter gezeugt zu haben, doch ihre Mutter hatte bei der Begegnung mit ihr geweint. Sie hatte sie auch mit ihren beiden Halbbrüdern bekannt gemacht. Das war das einschneidendste Ereignis in Bethany Janes Leben gewesen, und seitdem widmete sie ihre Freizeit anderen Menschen, die sich in einer ähnlichen Situation befanden, und ermutigte sie. Sie und Dani alias GebSF0923 tauschten E-Mails. Bethany Jane war überzeugt, ihr helfen zu können, und hatte über Adoptionen recherchiert, die vor dreizehn Jahren in der Umgebung von San Francisco stattgefunden hatten.

Anfangs war Dani misstrauisch gewesen. Sie hatte Bethany Janes Userprofil überprüft und erfahren, dass diese aus Phoenix stammte, ledig, Anfang vierzig und Bibliothekarin in einem kleinen College war. Zwar hatte Bethany nur ihre beiden Vornamen angegeben, aber Dani hatte über die Website des College herausgefunden, dass tatsächlich eine Bethany Jane Crandall in der Bibliothek arbeitete. Dort fand sie auch ein Bild von ihr. Die Google-Suche ergab mehrere Bethany Jane Crandalls, doch diese eine stand in Verbindung zu der Bibliothek, zu einem Lesezirkel und zu einer Organisation, die sich ›Geburts-Recht‹ nannte und sich der Unterstützung von Adoptivfamilien verschrieben hatte.

So weit, so gut.

In ihrer letzten Nachricht an GebSF0923 hatte Bethany Dani mitgeteilt, sie habe die Namen und Adressen ihrer leiblichen Eltern herausgefunden und werde ihr per

E-Mail Belege schicken. Dani konnte das Risiko nicht eingehen, diese Dokumente zu Hause oder bei Freundinnen abzurufen, und deshalb hatte sie sich für das Internet-Café im Norden der Stadt entschieden.
Gleich war sie dort! Ihr stieg bereits der Geruch des Flusses in die Nase, ein satter, modriger Duft, den sie lieben gelernt hatte, und hier und da erhaschte sie zwischen Häusern hindurch einen Blick auf den Columbia River, der stetig nach Westen strömte. Das Sonnenlicht blitzte auf dem bewegten grauen Wasser, das sich an der Grenze zwischen den Staaten Washington und Oregon eine tiefe Schlucht gegraben hatte.
Im Lauf der Jahre hatte ihr Vater sie gelehrt, den Fluss zu ehren. Er hatte Dani zum Windsurfen, zum Angeln und zum Segeln auf dem ständig bewegten, eiskalten Wasser des Columbia mitgenommen.
Sie waren entlang des Flusses am steilen Berghang der Schlucht geritten, sie hatten bei den Wasserfällen ihr Zelt aufgeschlagen.
Wieder meldete sich Danis Gewissen mit aller Macht. Travis Settler hatte sich größte Mühe gegeben, ihr das Leben in der Wildnis nahezubringen, sie zu lehren, für sich selbst zu sorgen und die Natur zu erhalten. Sie konnte ein Kanu lenken, mit Pfeil und Bogen jagen, Spuren lesen und Feuer machen. Er hatte ihr gezeigt, welche Pflanzen essbar und welche giftig waren. Kurz, er hatte alles getan, was in seiner Macht stand, um aus ihr einen starken, lebenstüchtigen Menschen zu machen.
Und wie lohnte sie ihm das?
Indem sie ihm ins Gesicht log!

Doch jetzt war sie der Wahrheit schon so nahegekommen, dass sie nicht mehr zurück konnte.
Als sie an einem Müllcontainer hinter dem Canyon Café vorbeikam, schreckte eine Katze auf, die sich dort gesonnt hatte, sprang fauchend herunter und huschte über den angrenzenden Parkplatz, wo sie sich unter einem schmutzigen weißen Lieferwagen mit Kennzeichen aus Arizona versteckte. Wahrscheinlich wäre Dani gar nicht aufgefallen, dass der Lieferwagen aus einem andern Bundesstaat stammte, wenn ihr Dad und sie nicht jahrelang auf langen Fahrten über Land ein Spiel daraus gemacht hätten, möglichst viele neue Kennzeichen aus verschiedenen Staaten zu entdecken. Hatte sie nicht erst gestern Nachmittag so einen Lieferwagen gegenüber der Schule stehen gesehen?
Die Katze hockte jetzt hinter einem der Hinterräder und sah Dani böse an, die ihren Schritt verlangsamte und sich mit dem Handrücken den Schweiß von der Stirn wischte. Dann schlüpfte sie unter das Vordach über der leeren Laderampe eines Lagers. Rasch, ehe jemand zur Hintertür herauskam, setzte sie ihren Rucksack ab und holte die Verkleidung heraus. Es war zwar eine recht dürftige Tarnung, aber es genügte, damit man sie nicht gleich auf den ersten Blick erkannte. Nur für den Fall, dass etwas schiefging und ihr Dad anfing, Fragen zu stellen.
Außerdem hatte sie in letzter Zeit das seltsame Gefühl, dass jemand sie beobachtete und verfolgte. Sie fürchtete, ihr Dad könnte Verdacht geschöpft haben und sie deshalb im Auge behalten. Unfug, sagte sie sich, das war nur ihr schlechtes Gewissen.

Sie verdrängte diese unliebsamen Gedanken, setzte die mitgebrachte Yankees-Baseballkappe auf und zog ein graues Sweatshirt in Übergröße an, das sie aus dem Fundbüro der Schule entwendet hatte. Dann kramte sie eine billige Sonnenbrille aus dem Rucksack, die sie in der Drogerie erstanden hatte, und schließlich vervollständigte sie ihre Verkleidung mit einer blauen Jogginghose, die jemand vor zwei Tagen im Umkleideraum vergessen hatte.

Die Schuhe behielt sie an. Von ihren Lieblings-Nikes wollte sie sich nicht trennen, allein schon für den Fall, dass sie überstürzt flüchten musste. Abgesehen von ihrer Schwindelei machte irgendetwas an ihrem Plan sie nervös. Vielleicht lag es daran, dass sie einfach albern aussah, furchtbar spießig und für den heißen Tag völlig unpassend angezogen. Auf diese Weise fiel sie womöglich mehr auf als ohne Verkleidung, aber ihr Plan stand nun einmal fest.

Sie steckte ihr Haar unter die Kappe, zog sich den Schirm tief ins Gesicht und setzte die Sonnenbrille auf. Sie schwitzte bereits furchtbar in dem riesigen, stinkenden Shirt. Zur Sicherheit schaltete sie auch noch ihr Handy aus.

Also, jetzt oder nie!

Eine Wespe summte ihr um den Kopf. Sie schlug nach dem Insekt, dann vergewisserte sie sich noch einmal, ob auch niemand ihre Verwandlung beobachtet hatte. Ihre Handflächen waren schweißnass, und sie nagte nervös an ihrer Unterlippe. Sie hatte alle, die sie kannte, angelogen. Selbst ihre beste Freundin, Allie Kramer, mit der sie sich nach der Schule am Schulbus treffen wollte.

Wenn sie es schaffte.
Schnell, schnell, schnell! Jetzt nur keine kalten Füße bekommen. Tu's einfach!
Aber die Angst, dieses Gefühl, von irgendwoher beobachtet zu werden, ließ sie nicht los.
Sie atmete tief durch und schulterte den Rucksack. Im selben Moment hörte sie aus der offenen Tür des Lagerraums lauter werdende Stimmen. Da kam jemand! Und bestimmt jemand, der sie und ihren Vater kannte. Mist!
Dani sprang von der Laderampe. Sie mochte sich gar nicht vorstellen, wie enttäuscht ihr Vater sein würde, wenn er erfuhr, was sie getan hatte.
Sie hasste diese Heimlichkeiten, doch seit dem Tod ihrer Mutter war er verschlossener denn je, was ihre leiblichen Eltern anging. Er sagte nur: »Wenn du achtzehn bist und es dann immer noch wissen willst, helfe ich dir.«
Achtzehn? Bis dahin dauerte es noch fünf Jahre. Nein, so lange konnte sie nicht warten.
Dani bog um eine Ecke, und da gerade kein Auto in Sicht war, überquerte sie bei einer Kneipe mit dem Namen ›Not Whole‹ ordnungswidrig die Straße. Was für ein alberner Name, dachte sie, während sie die Neon-Bierreklame im Fenster und die zerschrammte Tür betrachtete.
Dani schob eine widerspenstige Haarlocke zurück unter ihre Kappe und wischte sich den Schweiß aus dem Nacken. Tja, nach Moms Tod war ihr Dad wirklich komisch geworden. Himmel, auf einmal führte er sich auf, als sei sie aus Glas oder so, auf einmal wurde er böse, wenn sie ihm Fragen über ihre Herkunft stellte, auf einmal trank er viel mehr als früher, bis er dann endlich wieder anfing,

sich mit Frauen zu treffen. Und *das* war ein neuer Albtraum. Wenn Dad sich richtig fein machte, sich ordentlich frisierte und sich Aftershave und Eau de Cologne ins Gesicht schmierte, um Himmels willen.

Würg! Zum Kotzen!

Dani schauderte bei dem Gedanken. Früher hatte sie mit ihm über alles reden können, aber wenn sie jetzt die große Frage stellte – *Wer bin ich wirklich?* –, verschloss ihr Vater sich wie eine Auster. Seine blauen Augen verdunkelten sich, er presste die Lippen zusammen, und die Sehnen an seinem Hals traten hervor. Es war, als traute er ihr nicht, als hätte er Angst, sie würde ihn verlassen, wenn sie ihre leiblichen Eltern fände.

Also musste sie sich die Informationen hinter seinem Rücken beschaffen. Ihr Vater würde natürlich erfahren, dass sie die letzte Schulstunde geschwänzt hatte, aber sie hatte sich eine Entschuldigung zurechtgelegt: Sie hatte Regelschmerzen, und es war ihr zu peinlich, es dem Lehrer zu sagen. Auf dieses Thema würde ihr Vater nicht weiter eingehen. Sie würde ihm gleich, sobald sie heimkam, gestehen, dass sie die Sportstunde versäumt hatte – vielleicht hatte die Schule bis dahin noch nicht angerufen. Er würde sie ermahnen, so etwas nie wieder zu tun, und vielleicht würde sie ein paar Tage Hausarrest bekommen. Aber wahrscheinlich kam sie mit einer Standpauke davon.

Das war ihr die Sache wert. Endlich würde sie ein paar Antworten auf ihre Fragen bekommen.

Sie bog um eine weitere Straßenecke und stand vor dem Internet-Café. Mit einem Blick auf die Uhr stellte sie fest, dass sie pünktlich war. Das ›Wireless Gorge‹ war ein kleines, altes Haus mit einem wahren Labyrinth kleiner Büros. Eine pinkfarbene Neonreklame verkündete, dass es geöffnet hatte, und auf handgemalten Schildern waren die Angebote aufgelistet: Internetzugang, Fax, Kopieren, Drucken und so weiter.

Mit feuchten Händen trat Dani ein. Drinnen war es stickig, obwohl mehrere Ventilatoren liefen. Der Mann, der den Laden führte, saß vor einem Dutzend Monitoren, die mit einem Gewirr von Kabeln, Modems und Tastaturen verbunden waren. Er nannte sich Sarge, und Dani schätzte ihn auf etwa sechzig. Wie gewohnt hockte er auf seinem zerschlissenen Schreibtischstuhl. An seinem Hinterkopf breitete sich bereits eine Glatze aus, und die verbliebenen Haare trug er zu einem Pferdeschwanz gebunden. Die verklebten grauen Strähnen ringelten sich über den Rücken seiner Camouflage-Jacke. Als er hörte, dass die Tür geöffnet wurde, sah er sich um.

»Ich will nur meine E-Mails abrufen«, erklärte Dani hastig.

»Tu das.« Er deutete auf das Schild, auf dem der Preis pro Viertelstunde stand, und wandte sich wieder seinem Monitor zu. Anscheinend spielte er gerade eine überaus spannende Schachpartie.

Gut.

Er hatte sie kaum angesehen.

Dani zwängte sich an aufgestapeltem Kopierpapier vorbei in eine Nische mit fünf Monitoren, setzte sich an einen Computer in der hintersten Ecke, wo sie vom Fenster aus nicht zu sehen war, und loggte sich eilig mit ihrer neuen E-Mail-Adresse ein.

Sie hatte eine Nachricht von BJC27.
Mit klopfendem Herzen öffnete Dani die Mail, die seltsamerweise keinen Anhang hatte. Bethany meldete nur kurz und knapp: *Tut mir leid. Habe Probleme mit dem Versenden des Anhangs. Schicke ihn schnellstmöglich.*
Dani konnte es nicht fassen. Die Frau hatte *versprochen*, ihr heute alles zu senden. *Versprochen!*
So ein Reinfall! Innerlich kochend, antwortete sie rasch: *Bitte schnellstens schicken!*
Dann loggte sie sich aus. Einen Dollar vergeudet! Sie legte den Geldschein auf den Tresen und trat hinaus in die Gluthitze.
Wofür hatte sie nun all diesen Aufwand getrieben?
Für nichts und wieder nichts!
Nicht ein Fitzelchen an Information!
Sie musste ihren Dad anlügen, und beim nächsten Mal musste sie sich eine neue Ausrede einfallen lassen, um herkommen zu können. Aber erst wenn sie sich an Jessicas Computer überzeugt hatte, dass eine E-Mail *mit* Anhang eingetroffen war. Natürlich durfte sie es nicht riskieren, diesen am Computer ihrer Freundin zu öffnen, aber wenigstens konnte sie auf diese Weise vermeiden, noch einmal vergebens ins Internet-Café zu gehen.
Wütend und enttäuscht zog sie gerade ihr Sweatshirt aus, als sie den weißen Lieferwagen in der Seitengasse bemerkte. Sie stutzte – es schien sich um denselben schmutzigen Wagen zu handeln, den sie schon vor der Schule gesehen hatte.
Nein … dieser hier hatte ein Kennzeichen aus Idaho, sah aber aus wie derjenige, unter dem sich die Katze versteckt

hatte. Dieselbe Marke, dasselbe Modell, und er war auch genauso schmutzig. Im Vorbeigehen bemerkte sie, dass eine Tür nicht richtig geschlossen war. Dann hörte sie etwas. Es klang, als ob ein Welpe winselte. Himmel, hatte etwa jemand einen Hund in dieser überhitzten Blechbüchse zurückgelassen? Welcher Blödmann täte denn so etwas? Sie hielt inne. Plötzlich sah sie aus dem Augenwinkel eine Bewegung: Jemand stürzte sich auf sie.
Sie wollte wegrennen, aber es war zu spät.
Ein Mann sprang hinter dem Wagen hervor, packte sie und hielt sie mit einem Arm fest wie in einem Schraubstock. Mit der anderen Hand drückte er ihr einen Lappen auf Nase und Mund, der mit einer stinkenden Flüssigkeit getränkt war.
Nein! O Gott, nein!
Sie trat um sich und bäumte sich auf, doch er war zu stark.
Wenn es ihr nur gelänge, sich umzudrehen, um gezielt nach ihm treten und schlagen zu können. Sie wand sich wie ein Aal, aber vergebens.
Die Angst jagte Adrenalin in ihre Blutbahn.
Sie versuchte zu schreien, atmete dadurch aber nur noch mehr von dem ekligen Gestank ein. Was immer das Zeug sein mochte, es schwächte sie, ihr wurde schwindelig, und binnen Sekunden war sie völlig benommen.
Halbbewusstlos nahm sie wahr, dass sie in den Lieferwagen gezerrt wurde.
Nein! Nicht! Wehr dich! Flieh! Schrei um Hilfe!
Doch ihre Arme und Beine waren wie aus Gummi, und ihre Sicht verschwamm. In einem letzten Versuch stieß

sie ihrem Angreifer die Faust ins Gesicht, doch es war kaum mehr als eine Ohrfeige, ihre Finger schrammten völlig kraftlos über seine Wange. Ihr Arm war tonnenschwer.

Als er sie in den Lieferwagen zerrte, war da kein Hund, kein verängstigter Welpe, der in der Hitze litt. Die Laute kamen aus einem Kassettenrekorder.

Es war eine Falle gewesen.

Dieser Kerl hatte ihr aufgelauert.

Ihr kam der entsetzliche Gedanke, dass er sie umbringen würde. Ehe ihr die Augen zufielen, nahm sie noch flüchtig etwas wahr.

Es war ein schwarzer Müllsack aus Plastik, mit einem gelben Band zugeschnürt. Und aus einem winzigen Loch in dem Sack sickerte ein dünnes, dunkles Rinnsal, das aussah wie Blut.

Ihr wurde übel. Sie blickte mit glasigen Augen zu ihrem Angreifer auf und fürchtete, jeden Moment sterben zu müssen. Dann wäre sein Gesicht das Letzte, was sie sah.

Endlich versank sie in Dunkelheit.

4. Kapitel

Tage sind vergangen«, knurrte Travis Settler, der in ohnmächtiger Hilflosigkeit am Küchentisch saß. Ihm war eiskalt vor Angst um seine verschwundene Tochter. »Es kommt mir vor wie ein ganzes verdammtes Leben.«

Er schloss die Augen, lehnte sich auf dem alten Küchenstuhl zurück und versuchte, seine Wut und Angst zu dämpfen, indem er im Kopf bis zehn zählte. Als das nichts nutzte, zählte er einfach weiter. Elf, zwölf, dreizehn … Bei siebzehn hörte er auf, öffnete die Augen und begegnete dem Blick von Shane Carter, dem Sheriff von Lewis County.

Carter war ein großer, sehniger Mann, der in einem früheren Jahrhundert einen guten Cowboy abgegeben hätte. Er trug einen buschigen Schnurrbart, der beinahe schwarz war, ebenso wie sein Haar. Die harten, braunen Augen schienen einem Menschen bis in die Seele blicken zu können. Jetzt sah er Travis fest an. »Wir arbeiten daran.«

Der dritte Mann im Raum, Lieutenant Larry Sparks von der Oregon State Police, nickte bestätigend.

Sparks lehnte mit der Schulter an der Wand der Kochnische und trank Kaffee. Sein düsterer Blick verriet nicht einen Funken Humor, und seine gefurchte Stirn und die tief eingegrabenen Falten in seinem Gesicht besagten deutlich: Er war besorgt. Mehr als besorgt.

Allen war klar, dass ihre Chancen mit jedem Tag schwanden. Über dem Herd tickte die alte Uhr, wie um sie daran zu erinnern, wie schnell die Zeit verflog.

»Wir werden Dani finden«, sagte Carter im Brustton der Überzeugung. »Und wir werden das Schwein dingfest machen, das Blanche Johnson umgebracht hat.«

»Wann?« Nie in seinem Leben hatte Travis sich so machtlos gefühlt. Nicht einmal als vor drei Jahren seine Frau gestorben war. Damals hatte er Schmerz empfunden, mit dem Schicksal gehadert. Aber das hier ... »Zum Teufel!«, knirschte er, noch ehe Carter etwas erwiderte. Denn der Sheriff hatte keine Antwort auf diese Frage. Niemand wusste, wann oder – o Gott – *ob* man sie finden würde. Sie hatten Suchhunde eingesetzt. Die Polizei hatte Verstärkung von den Pfandfindern bekommen, und sogar die gesamte Nachbarschaft hatte mitgeholfen, den Ort und die bewaldete Umgebung von Falls Crossing abzusuchen. Sie hatten Plakate aufgehängt, die Medien um Unterstützung gebeten, die Öffentlichkeit zur Mithilfe aufgerufen. Und die Polizei und das FBI hatten Schüler und Lehrer der Schule befragt.

Bislang ergebnislos. Es gab keinerlei Ansatzpunkte, verdammt.

Er glaubte allmählich den Verstand zu verlieren.

Die Polizisten hatten jeden Quadratzentimeter von Danis Zimmer durchsucht. Sogar den Computer hatten sie mitgenommen, um darauf nach Hinweisen zu forschen, ob Dani im Internet Websites aufgesucht hatte, auf denen Pädophile ihre ahnungslosen Opfer kontaktierten.

Travis' Magen hatte sich bei dem Gedanken schmerzhaft

zusammengekrampft. Wenn irgendein perverses Schwein ihr auch nur ein Haar gekrümmt hatte ... Er wollte gar nicht daran denken. Doch nichts deutete darauf hin, dass Dani andere Seiten aufgerufen hatte als solche, die sich auf Hunde und den Tierschutz im Allgemeinen bezogen, stets auf der Suche nach einem weiteren Tier, dass sie retten und bei sich aufnehmen konnte. Als ob drei Katzen, ein Hund, zwei Pferde und sogar eine Schildkröte nicht reichten.

Er warf einen Blick auf den Käfig der Schildkröte, ein ausgeklügeltes Terrarium, das er und Dani zusammen entworfen hatten. Es stand jetzt unter dem Fenster in der Waschküche, und die Schildkröte versteckte sich in ihrem ›Häuschen‹, einer umgedrehten Plastikwanne, in die ein Eingang geschnitten war. Der gestreifte Kopf, die Beine und der Schwanz waren in den Panzer gezogen. Travis verstand das nur zu gut. Manchmal wollte auch er sich verstecken, dann wieder, wie jetzt zum Beispiel, war er so angespannt und voller Angst, dass er unbedingt etwas tun musste, ganz gleich, was!

Seit er vom Verschwinden seiner Tochter erfahren hatte, waren Wut und Angst seine ständigen Begleiter, und er hielt es keine Minute länger, nein, keine Sekunde länger aus, untätig herumzusitzen und zu warten. Die Uhr tickte laut, der Kühlschrank summte, und Travis Settler war überzeugt, er müsse den Verstand verlieren.

»Niemand hat die geringste Ahnung, wo mein Mädchen steckt«, sagte er mit rauher Stimme. »Außer dem Scheißkerl, der sie entführt hat.« Er atmete schwer. Dani, sein einziges Kind, mit ihrem unbändigen braunen Haar, den

Sommersprossen auf der Nase und diesen Augen, die mehr zu wissen schienen, als ihr Alter vermuten ließ ...
Sie war stark – er hatte sie dazu erzogen, eine starke Persönlichkeit zu werden –, aber, Herrgott, sie war ein Kind.
Und ganz allein mit irgendeinem Psychopathen ...
Vielleicht ist sie nur weggelaufen, wie die Polizei angedeutet hat. Vielleicht steht ihr Verschwinden in keinem Zusammenhang mit dem Mord an Blanche Johnson.
Gott, er wünschte sich von Herzen, Dani hätte lediglich über die Stränge geschlagen, vom Freiheitsdrang getrieben.
Aber das war Unsinn. Er wusste es. Die Polizei wahrscheinlich auch.
Er knirschte mit den Zähnen. Was machte sie wohl jetzt gerade durch? Wo zum Teufel steckte sie? War sie verletzt? Oder ... oder Schlimmeres? Er spürte einen Kloß im Hals, und seine Augen brannten. Aber er wollte nicht an das Schlimmste denken. Was hatte seine Tante immer gesagt, wenn es hart auf hart kam? »Solange noch Leben ist, besteht Hoffnung.« Nun, er konnte verdammt noch mal nur hoffen, dass noch Leben war ... Ein Loch, so groß wie Wyoming, klaffte dort, wo sein Herz hätte sein müssen.
Sein Blick wanderte zum Telefon, das das FBI mit einem separaten Headset ausgerüstet hatte, so dass Anrufe mitgehört werden konnten. Der Apparat blieb stumm. Verhöhnte ihn. Forderte ihn heraus zu glauben, seine Tochter sei in Sicherheit.
Lieber Himmel, Dani, wo bist du?
Er fuhr sich mit den Fingern durchs Haar.

Zum ersten Mal, seit er vor fast achtzehn Jahren aus seiner Spezialeinheit bei der Army ausgeschieden war, verspürte Travis das Bedürfnis, schnell zu handeln, nach einem festen Plan. Denjenigen, der ihm sein Kind gestohlen hatte, mit allen Mitteln zu verfolgen. Er biss die Zähne so fest zusammen, dass es schmerzte, ballte die Hände zu Fäusten und öffnete sie, wieder und wieder.

Schließlich sprach er die Worte aus, die zu äußern er sich bisher gescheut hatte. »Der Kerl, der sie entführt hat, wird nicht anrufen. Es wird keine Lösegeldforderung geben.«

»Es ist noch früh«, setzte Carter an, doch Travis' vernichtender Blick hinderte ihn weiterzusprechen. Carter war kein Mann, der gern log. So viel wusste Travis: Der Sheriff hielt nichts von Plattitüden. Gott sei Dank.

»Es ist nicht früh.« Travis schob seinen Stuhl zurück, die Beine scharrten über den zerkratzten Holzfußboden des kleinen Hauses, in dem er seit über einem Jahrzehnt lebte. »Das weißt du. Ich weiß es auch. Und Lieutenant Sparks …« – Travis wies mit einer Kopfbewegung auf Sparks, der aus einem angeschlagenen braunen Becher trank – »weiß es ebenfalls, nicht wahr, Sparks?«

Der Lieutenant antwortete nicht. Er warf Travis einen flüchtigen Blick zu, dann starrte er düster in seinen Becher. Sparks gehörte auch zu denen, die Lügen verabscheuten.

Travis ging barfuß ans Fenster, wo er morgens so oft gestanden, Kaffee getrunken und mit halbem Ohr die Frühnachrichten im Fernsehen gehört hatte, die im Wohnzimmer liefen, während Dani oben in ihrem Dachbodenzimmer gerade erst aufstand. Dabei hatte er gelegentlich ein

Reh durch den Garten laufen sehen oder einen Waschbären, der durch Äste der Bäume lugte, während über den Hügeln der Morgen graute. Inzwischen machte sich Dani, meist mürrisch, für die Schule fertig. Dazu brauchte sie nicht lange, denn im Gegensatz zu vielen anderen Mädchen interessierte sie sich mit ihren dreizehn Jahren noch nicht für Jungen. Sie schminkte sich nicht, färbte sich nicht die Haare und las auch nicht diese idiotischen Teenager-Zeitschriften. Natürlich würde sich das früher oder später unweigerlich ändern … Zumindest hatte Travis jederzeit damit gerechnet.

Sein Blick wanderte zur Treppe, als erwartete er, Dani dort zu sehen und endlich aus dem Albtraum, den er durchlebte, zu erwachen. Sogleich wies er sich innerlich zurecht: Hör auf! Sie ist nicht hier! Jemand hat sie gekidnappt, und du bist schuld, weil du nicht genügend aufgepasst hast!

»Mach dir keine Vorwürfe«, redete Shane ihm zu, als hätte er Travis' Gedanken gelesen.

Travis bedachte den Sheriff mit einem eisigen Blick.

Carter hatte leicht reden. Er war selbst nicht Vater, konnte ihn nicht verstehen. Auch wenn er eine enge Beziehung zu Jenna Hughes' Kindern aufgebaut hatte, es war doch nicht das Gleiche.

»Es nutzt nichts«, sagte Carter.

»Er hat recht«, pflichtete Sparks ihm bei. »Es nutzt überhaupt nichts.

»Und nutzt es etwas, hier herumzusitzen und zu warten?«, versetzte Travis mit einem düsteren Blick zum Telefon, das noch immer stumm blieb.

»Nein … Lass uns einfach unsere Arbeit tun.« In diesem Moment klingelte Sparks' Handy.
Travis sah erwartungsvoll den Polizisten an, der sich prompt meldete: »Sparks.«
Bitte, lieber Gott, gib, dass es Dani ist … dass sie gefunden wurde, dass sie wohlauf ist und nur ausgerissen war, wie die Polizei vermutet hat …
Sparks fing seinen Blick auf und erkannte wohl den Hoffnungsfunken in Travis' Augen. Der Lieutenant schüttelte knapp den Kopf und stellte seinen Becher auf dem Fensterbrett ab, das Handy am Ohr. Travis' Herz wurde schwer. Sparks nickte und sah auf die Uhr, während er ins Handy sprach. »Verstanden.« Er beendete das Gespräch, schob das Handy ins Etui an seinem Gürtel. »Muss los. Unfall auf der 84. Ich melde mich.« Er setzte den Hut auf. An der Tür hielt er noch einmal inne und sah Travis in die Augen. »Halt die Ohren steif.«
»Was bleibt mir anderes übrig?«
Sparks nickte Carter zu und ging. Die Insektenschutztür schlug hinter ihm zu.
Travis stand am Fenster und blickte dem Lieutentant nach, dessen Dienst-Jeep in einer Staubwolke die Zufahrt hinunterrollte.
Nachtschwarze Angst überfiel ihn. Was hatten sie bisher unternommen, um Dani zu finden? Nichts. Überhaupt nichts, verdammt noch mal. »Sogar denen da ist klar, dass es nicht um Lösegeld geht«, sagte Travis mit einem Blick auf die zwei Polizisten, die sein Grundstück sicherten. Sie hatten ihm bereits mitgeteilt, dass sie bald, wahrscheinlich noch heute, einpacken würden, was nicht hieß, dass sie

nicht weiterhin nach dem Rechten sehen würden. Irgendwer, vermutlich Monroe, würde täglich herkommen. Aber sie wären nicht mehr rund um die Uhr vor Ort.

Sogar die Presse hatte sich zurückgezogen, nachdem sie sich anfangs begierig auf den Fall gestürzt hatte. Die Anrufe und Besuche waren spärlich geworden und hatten schließlich ganz aufgehört, als die Reporter anderswo eine interessantere Story witterten. Ein Segen.

»Wir alle tun, was in unserer Macht steht«, sagte Carter.

»Tja, das reicht aber offenbar nicht«, versetzte Travis mit kaum unterdrückter Wut. Warum Dani? Warum war sie entführt worden, irgendwann vor der letzten Unterrichtsstunde des Tages? In den vergangenen schlaflosen Nächten hatte er sich diese Frage wieder und wieder gestellt. Eine Antwort fand er nicht.

Die Polizei ging weiterhin davon aus, sie sei weggelaufen. Davon war immer wieder die Rede. Aber Dani war noch nie zuvor von zu Hause ausgerissen.

Einmal ist immer das erste Mal. Niemand hatte es ausgesprochen, doch er hatte den Verdacht in ihren Augen gelesen und wusste, dass auch er selbst ein Verdächtiger war: ein alleinerziehender Vater, ein alleinerziehender Adoptivvater. Travis machte sich nichts vor; ihm war klar, dass sie sein gesamtes Leben unter die Lupe nehmen würden, jeden kleinen Fehltritt, den er sich geleistet hatte – von dem Faustschlag in Tommy Spanglers Gesicht, als er sechzehn war, und seiner Suspendierung von der High School bis zu der niedergeschlagenen Klage wegen Insubordination in der Army. Alles würde haarklein untersucht und ausgewertet werden.

Schön.
Er hatte nichts zu verbergen.
Er wollte nur seine Tochter zurück.
Travis rieb sich das bartstoppelige Kinn und dachte wieder einmal an den Tag ihres Verschwindens zurück.
Dani hatte morgens angerufen, weil sie ihre Übernachtungstasche vergessen hatte, und ihn gebeten, sie ihr zum Haus ihrer Klavierlehrerin zu bringen. Den Klavierunterricht hatte ihre Mutter organisiert, als Dani fünf Jahre alt war, und obwohl sie ihn hasste, bestand Travis darauf, dass sie weiter hinging – gewissermaßen als Hommage an seine verstorbene Frau.
Er war also zu Blanche Johnsons Haus gefahren, einem großen Gebäude im viktorianischen Stil mit Schnitzwerk und Blumenbeeten voller Petunien und Geranien in leuchtendem Rot und Rosa. Die Fenster hatten offen gestanden, doch seltsamerweise war keine Klaviermusik zu hören.
Stattdessen traf er auf Shane Carter und Jenna Hughes, Allie Kramers Mutter, die bereits vor dem Haus warteten. Travis litt immer noch ein wenig an verletztem Stolz, weil er sich eine Zeit lang sehr für Jenna interessiert hatte. Aber sie hatte sich für Carter entschieden. Mit einem verkrampften Lächeln ging er zu Jennas Jeep, um ihr Danis Übernachtungstasche zu geben.
»Notruf von Dani«, erklärte er, und sie plauderten ein wenig – er wusste nicht mehr, worüber –, bis er es roch: diese erste Ahnung von Rauch in der Spätsommerluft.
Sie waren zu dritt ins Haus gegangen, dessen Tür nur angelehnt war. Er hatte erschrocken festgestellt, dass der

Rauch aus dem hinteren Teil des Hauses kam. Zum Glück brannte jedoch lediglich eine Pfanne mit Fett in der Küche, und er brachte den Brand mit dem Feuerlöscher, den er bei der Hintertür fand, rasch unter Kontrolle.
Aber dann machten sie eine grausige Entdeckung, die ihm immer noch Schauer der Angst über den Rücken jagte: die Leiche von Blanche Johnson. Sie lag hinter dem Sofa in dem kleinen Salon, in dem sie ihren Unterricht abhielt. Notenpapier lag verstreut auf dem Boden.
Blanches Gesicht war teigig weiß, ihre glasigen Augen starrten zur Decke, auf dem Teppich unter ihr breitete sich eine Blutlache aus. In die Wand gekratzt und nachgezogen mit etwas, das wie Blut aussah, stand das Wort, das ihm seitdem nicht mehr aus dem Sinn ging: Abrechnung.
Er schloss die Augen. Dies war wohl der Albtraum aller Eltern. Er hatte nur einen Wunsch: sein Kind zurückzubekommen.
Und den Schweinehund umzubringen, der es entführt hatte.
Und wenn sie tatsächlich nicht entführt worden, sondern ausgerissen war?
Tief im Inneren gestand er sich ein, dass er nicht zum Alleinerziehenden geeignet war. Was, wenn dieser Vorfall womöglich die Folge seiner eigenen Unzulänglichkeit war?
Abrechnung, dachte er zum tausendsten Mal. Wer hatte das getan? Was sollte es bedeuten? Und, um Himmels willen, warum war Dani das Opfer?
Voller Grauen hatte er die Warnung an der Wand angestarrt. Dann war er ängstlich zur Schule gefahren, wo

Jennas Tochter Allie wartete. Sie war wütend, weil ihre Mutter sie hatte warten lassen, obwohl sie ihr doch per Handy Bescheid gegeben hatte, dass der Klavierunterricht an diesem Tag ausfiel.
Travis hatte keinen Anruf von seiner Tochter bekommen, obwohl sie doch ebenfalls ein Handy besaß.
Er stürmte in die Schule, wo eine selbstgefällige Sekretärin ihm mitteilte, seine Tochter habe eine Unterrichtsstunde versäumt.
Auf seine Nachfragen stellte sich heraus, dass weder die Sekretärin noch der Direktor oder sonst jemand in der verdammten Schule eine Ahnung hatte, wo seine Tochter steckte.
Er hatte lediglich erfahren, dass Dani in der letzten Unterrichtsstunde des Tages gefehlt hatte – Sport, bei Mr. Jamison, ihrem Lieblingslehrer –, und nicht einer der Schüler oder Lehrkräfte an der Harrington Junior High School konnte einen Hinweis darauf geben, was es mit ihrem Verschwinden auf sich hatte.
Es gab keinerlei Spuren, und alle Versuche, Dani auf ihrem Handy zu erreichen, schlugen fehl. Die Polizei befragte ihre Freundinnen und Bekannten, doch sämtliche Gespräche verliefen ergebnislos.
Es war, als hätte sie sich in Luft aufgelöst.
Nur dass zur gleichen Zeit Blanche Johnson gewaltsam gestorben war und eine Pfanne auf dem Herd hatte stehenlassen …
Abrechnung.
Die Botschaft hallte in seinem Kopf wider. Bezog sie sich nur auf Blanche oder auch auf Dani?

Und was sollte sie bedeuten?
Bislang hatte die Polizei keinen Hinweis darauf, wer Blanche Johnson ermordet hatte, und wie Travis wusste, verringerte sich die Chance, den Täter zu finden, mit jeder Stunde, die verstrich. Die Presse hatte ihn regelrecht belagert, Reporter aus weit entfernten Städten wie Denver und Seattle hatten ihn angerufen, und der lokale Fernsehsender hatte seine Bitte an den Kidnapper ausgestrahlt, ihm sein Kind zurückzugeben. Doch es hatte keine Reaktion darauf gegeben.
Travis ballte in ohnmächtiger Verzweiflung die Fäuste und starrte blicklos aus dem Fenster. Er musste etwas tun, irgendwas, um seine Tochter zurückzubekommen. Mit jedem Ticken der Uhr wurde ihm deutlicher bewusst, dass es an ihm lag. Er konnte sich nicht auf das FBI, die Staatspolizei oder den Sheriff verlassen.
Er musste die Angelegenheit selbst in die Hand nehmen. Dani war sein Kind, er trug die Verantwortung für sie, und sicher hoffte sie gerade in diesem Moment verzweifelt darauf, dass er sie rettete.
Er wandte sich Carter zu. »Ich kann nicht eine Minute länger hierbleiben.«
»Du musst. Für den Fall, dass ein Anruf kommt.«
»Es wird kein Anruf kommen«, sagte Travis tonlos. »Das wissen wir doch beide.«
»Du …«
»Ich muss sie finden. Ich.«
»Überlass das den Profis.«
»Wem denn? Mutt und Jeff da draußen?« Er wies mit einer Kopfbewegung auf die beiden FBI-Agenten. »Die

sind überzeugt, dass sie ausgerissen ist, aber mein Instinkt sagt mir, dass es nicht stimmt.« Er brauchte nicht zu erwähnen, dass er als Privatdetektiv etwas von solchen Dingen verstand.

Der Sheriff schien widersprechen zu wollen, doch dann nickte er nur knapp. »Mach keine Dummheiten.« Er sah Travis fest an.

»Nein.«

Carters Handy klingelte. Er meldete sich rasch, und sekundenlang keimte in Travis wieder die Hoffnung auf, dass es Nachricht von Dani gab, dass sie wohlauf war, dass …

Doch Carters Gesichtsausdruck sagte alles. Der Sheriff hörte aufmerksam zu und schüttelte den Kopf. Travis' Hoffnung zerrann wie Eis in der Wüste. Es war sinnlos. Sie würden nichts von ihr hören. Und außerdem hatte die Polizei genug mit dem Mord an Blanche Johnson zu tun.

Ohne einen weiteren Blick zu Carter ging er ins hintere Zimmer – sein Schlafzimmer, das er früher mit Ella geteilt hatte –, um seine Sachen zu packen. Travis wusste, wo er mit seiner Suche nach Dani anfangen würde. Er hatte der Polizei bereits einen Hinweis darauf gegeben, und es hatte geheißen, sie wollten ›der Sache nachgehen‹.

Nun, das würde er jetzt selbst tun, indem er diejenige Person genauestens unter die Lupe nahm, die er am meisten fürchtete, seit er Dani hatte: ihre leibliche Mutter. Er hatte die Frau in all diesen Jahren ständig im Auge behalten und wusste, dass sie keineswegs eine Heilige war. Vor einiger Zeit hatte sie sogar unter Mordanklage gestanden,

war jedoch freigesprochen worden. Er hatte darüber gelesen und nicht widerstehen können, sie sich leibhaftig anzusehen.
Die Gelegenheit ergab sich, als er beruflich in San Francisco zu tun hatte, wo er für eine Klientin einen zahlungsunwilligen Vater aufspüren musste. Er hatte einen kurzen Abstecher nach Santa Lucia gemacht und dort wie die Presseleute auf den Stufen des Gerichtsgebäudes gewartet. Reporter, mit Mikrofonen und Kameras bewaffnet, lauerten an strategisch günstigen Stellen. Schaulustige saßen unter den Bäumen. Es war zu Beginn des Frühlings gewesen, bleiches Sonnenlicht schien durch das Laub der Bäume und malte Fleckenmuster auf den Boden.
Kurz nach siebzehn Uhr kam Bewegung in die Menge, die Türen des Gerichtsgebäudes wurden geöffnet, und dann sah er sie: die Angeklagte. Sie war klein und zierlich und trug ein konservatives marineblaues Kostüm, das, wie Travis vermutete, ihre Anwaltskanzlei für sie ausgesucht hatte. Neben ihr gingen mehrere breitschultrige Männer, die dem Aussehen nach wahrscheinlich ihre Brüder waren. Außerdem begleitete sie ein älterer Herr mit weißer Mähne, einer Brille mit schwarzem Gestell und einem verkniffenen Gesicht. Travis vermutete, dass er Shannons Anwalt war. Seine teuer aussehende Aktentasche und sein makelloser grauer Anzug, die blaue Seidenkrawatte mit dem festen Knoten und das blütenweiße gestärkte Hemd wiesen ihn eindeutig als Juristen aus.
Die Gruppe ging die Stufen hinunter und zu einem Parkplatz, der an das Gebäude mit der Marmorfassade angrenzte. Shannon Flannery hielt sich sehr aufrecht, das

Kinn vorgereckt, die Augen hinter einer Sonnenbrille verborgen. Von ihrem Gefolge umringt wie ein verdammter Star, schritt sie zu den Wagen, ohne die Reporter zu beachten, die sie umschwärmten.

Die Kameras surrten, Mikrofone wurden ihr vor das Gesicht gehalten, die Reporter bombardierten sie mit Fragen.

»Ms Flannery, werden Sie zu Ihrer Verteidigung in den Zeugenstand treten?«, rief eine große, blonde Frau, während sie ihrem Kameramann Handzeichen gab.

Eine andere Stimme, diesmal männlich, brüllte: »Ms Flannery, Sie behaupten, Sie seien unschuldig, aber Ihr Anwalt hat von Misshandlungen gesprochen. Das klingt wie eine Verteidigung, so, als hätten Sie doch etwas mit dem Tod Ihres Mannes zu tun.«

»Und wie kommt es, dass Sie kein Alibi vorweisen können?«, warf ein jüngerer Mann mit dichtem, rotem Schnurrbart und gerötetem Gesicht ein. Er stand nicht weit von Travis entfernt und führte sich auf, als witterte er die Story seines Lebens. Wie die Wölfe, die sich um ein verwundetes Reh scharen, schoss es Travis durch den Kopf. »Man fragt sich, was Sie in der Mordnacht getan haben«, setzte der Mann hinzu.

Shannon versteifte sich, drehte sich langsam zu dem eifrigen Reporter um und schob ihre Sonnenbrille hoch, um sich die kastanienbraunen Locken aus dem Gesicht zu streichen. Es war ein schönes Gesicht mit markanten, aber regelmäßigen Zügen. Ihre Augen, tiefliegend und von auffallendem Grün, mit dichten, dunklen Wimpern, wurden schmal. Sie zog beinahe höhnisch die Brauen hoch und presste in stummer, beherrschter Wut die Lippen zusammen. Obwohl der Anwalt ihr warnend eine Hand auf den Arm legte, antwortete sie. »Kein Kommentar«, sagte sie langsam und deutlich, den Blick fest auf den Reporter neben Travis gerichtet, als sei dieser entweder taub oder strohdumm.

»Aber wo waren Sie in jener Nacht?«, beharrte der Mann.

Der Anwalt flüsterte Shannon etwas ins Ohr, doch sie beachtete ihn nicht. »Kein Kommentar«, wiederholte sie.

Als sie sich bückte, um ins Auto zu steigen, blieb ihr Blick einen Moment lang an Travis hängen.

Die Straßengeräusche, die Reporter, der Verkehrslärm, die Tauben auf dem Platz – alles schien schlagartig zu verstummen.

Ein Prickeln kroch seinen Nacken hinunter, und er hatte ein beklommenes Gefühl in der Brust.

Was er in ihrer Miene sah, erschreckte ihn: Da war Schmerz, Angst und noch etwas, eine Entschlossenheit, die ihm durch und durch ging. Diese Frau wirkte nicht wie eine, die den Verstand verloren und ihren Mann umgebracht hatte. Shannon Flannery schien jederzeit genau zu wissen, was sie tat.

Sie wirkte gefestigt und selbstsicher.

Wäre sie fähig, einen Mord zu begehen?

Vielleicht.

Ihr Blick war wie eine Herausforderung, und plötzlich überkam Travis das Verlangen, mehr über sie zu erfahren, eine Betroffenheit, die weit über das oberflächliche Interesse an ihr als der leiblichen Mutter seines Kindes hinausging.

Ohne den Blick von ihm zu wenden, setzte sie ihre Sonnenbrille wieder auf. Ein langer Augenblick verging, ehe sie sich abwandte und in den Wagen stieg. Erst jetzt bemerkte Travis, dass ihm der Schweiß von den Schläfen rann und seine Handflächen nass waren.

Er blickte dem Auto nach, bis es an der nächsten Ampel abbog. Die Menschenmenge löste sich auf, Travis jedoch stand noch lange da und starrte auf die Stelle, an der der Mercedes gestanden hatte.

Etwas in seinem Inneren hatte sich geöffnet.

Etwas Dunkles, etwas, das er nicht verstand und worüber er nicht nachdenken wollte, etwas, das einen Herzschlag lang in ihm schwang und dann verschwand.

Er dachte an Ella, die noch keine sechs Monate im Grab lag. Ella mit ihrem kurzen blonden Haar, dem strahlenden Lächeln und den Apfelbäckchen. Sie war geistreich und fröhlich gewesen, anfangs eine Freundin für ihn, später seine Frau und Geliebte. Eine warmherzige Frau. Eine gläubige Frau, die regelmäßig zur Kirche ging. Eine Frau, in deren Beisein er sich geborgen fühlte. Und eine unfruchtbare Frau.

Das genaue Gegenteil von Shannon Flannery.

Das schlechte Gewissen bohrte in ihm, und seit diesem Augenblick versetzte es ihm jedes Mal einen Stich, wenn er Shannons Namen hörte. Er hatte eine Akte über sie angelegt, die er in seinem Büro unter Verschluss hielt, und spätabends blätterte er manchmal darin.

Jetzt klang es verrückt, aber an jenem Tag vor beinahe drei Jahren hatte er eine Vorahnung gehabt, dass ihre Wege sich noch einmal kreuzen würden. Wegen Dani?

Oder war es etwas, worüber er lieber nicht nachdenken wollte?
Wie auch immer, es hatte sich bewahrheitet.
Er würde zu ihr in Kontakt treten.
Wegen seiner Tochter.
Ihrer Tochter.
Die verschwunden war.
Er verkrampfte sich innerlich, als er daran dachte, wie Dani damals, kurz nach seiner Reise nach San Francisco, angefangen hatte, ihn mit Fragen nach ihren leiblichen Eltern zu bestürmen. Als er abwehrend reagierte, hatte sie versucht, indirekt etwas aus ihm herauszubekommen. Er glaubte sogar, dass Dani versuchte, die Frau zu finden. Womöglich war sie auf die Adoptionspapiere gestoßen, ehe er sie in der geheimen Akte weggeschlossen hatte. Dani war klug und gewitzt, verstand es, ihren Charme spielen zu lassen, und konnte ihn mit großen Unschuldsaugen ansehen, auch wenn sie insgeheim etwas ausheckte.
Einmal hatte er sie zu Hause dabei ertappt, dass sie einen Chatroom für Adoptivkinder auf der Suche nach ihren leiblichen Eltern besuchte. Travis war überzeugt, dass sie einen Weg gefunden hatte, ihre Nachforschungen fortzusetzen, ohne dass er etwas davon mitbekam.
Verdammt. Er hätte offener mit ihr sprechen sollen, aber er hatte geglaubt, sie sei zu jung.
Auch wenn Shannon Flannery nicht selbst nach Dani gesucht hatte, bestand nun also die Möglichkeit, dass Dani sich ihrerseits auf den Weg zu ihrer leiblichen Mutter gemacht hatte. Oder jemand anders hatte sie fortgelockt.

Er verbot sich selbst, so zu denken. In Wahrheit konnte er auch völlig falsch liegen. Vielleicht interessierte sich Shannon Flannery nicht im Geringsten für das Kind, das sie zur Adoption freigegeben hatte. Das Gleiche galt für Brendan Giles, Danis leiblichen Vater. Aber dieser vage Anhaltspunkt war alles, was Travis im Moment hatte.

Natürlich wusste er, wo Shannon wohnte. Seit dem Moment vor dem Gerichtsgebäude, als ihre Blicke sich trafen, war Travis ihr auf der Spur geblieben. Er hatte sich eingeredet, er täte es, um sich auf den Tag vorzubereiten, an dem seine Tochter verlangen würde, ihre leibliche Mutter kennenzulernen. Jetzt jedoch, während er sein Rasierzeug in eine kleine Nylontasche packte, fragte er sich, ob nicht doch mehr dahintersteckte, eine tiefere Faszination.

Er schob den Gedanken von sich. Seine Dani, gerade erst dreizehn Jahre alt geworden, war verschwunden, und um nichts anderes ging es jetzt.

Mit einem flauen Gefühl im Magen packte Travis einige Jeans in eine Reisetasche, nahm wahllos zwei Hemden aus dem Schrank. Nach einem raschen Blick zur Tür holte er aus dem obersten Fach eine verschlossene Stahlkassette.

Darin befand sich seine Waffe.

Eine Glock, Kaliber fünfundvierzig. Vermutlich war es nicht nötig, bewaffnet aufzutreten. Schließlich plante er lediglich eine Begegnung mit der leiblichen Mutter seines Kindes. Doch er wollte für alle Fälle gerüstet sein. Vielleicht steckte Shannon nicht allein in dieser Sache. Zum Teufel, vielleicht steckte sie gar nicht drin.

Aber irgendwer hatte sein Kind in seiner Gewalt.
Und wenn er denjenigen fand, wollte er ihm etwas entgegenzusetzen haben.
Die Waffe fühlte sich gut an, hatte genau das richtige Gewicht. Travis schloss die Hand um das Griffstück, krümmte den Zeigefinger um den Abzug.
Die Pistole war nicht geladen.
Er packte sie in seine Reisetasche, steckte Munition ein.
Alles, was er sonst benötigte, befand sich bereits im Pickup: sein Nachtsichtgerät, ein kleines Fernrohr, Jagdmesser, Camouflage-Jacke und andere Ausrüstungsgegenstände, mit denen er seit seiner Zeit bei der Army vertraut war.
Travis zog den Reißverschluss der Tasche zu.
Er war bereit.
Ein letztes Mal spähte er durch die Jalousien zu den FBI-Agenten hinüber, die bei ihren Wagen standen.
Sie waren nutzlos!
Wenn eine Arbeit gründlich erledigt werden sollte, musste man sie selbst tun, das hatte er schon vor langer Zeit erkannt.
Sobald sich die zwei verabschiedeten, wollte er aufbrechen.
Und wenn du dich täuschst? Wenn Shannon Flannery gar nichts mit Danis Verschwinden zu tun hat?
Dann würde er weitersuchen. Und er würde nicht aufgeben, ehe er sein Kind gefunden hatte.

5. Kapitel

Wer war dieser Mistkerl?

Vorsichtig, damit er nicht bemerkte, dass sie wach war, öffnete Dani die Augen einen schmalen Spalt und musterte ihren Entführer. Es war Nacht, er saß am Steuer, der grünliche Schimmer vom Armaturenbrett beleuchtete sein Gesicht, und die Reifen seines Lieferwagens surrten über den Asphalt der Schnellstraße.

Sie hatte entsetzliche Angst, und ein Teil von ihr wollte am liebsten weinend zusammenbrechen und nach ihrem Vater rufen. Aber sie beherrschte sich, denn diese Befriedigung wollte sie dem Kerl nicht gönnen. Am besten tat sie ihm gegenüber noch verängstigter, als sie tatsächlich war, damit er glaubte, sie würde sich nicht wehren, nicht einmal versuchen zu fliehen. Dabei arbeitete ihr Verstand in Wirklichkeit auf Hochtouren. Sie durfte sich nicht von der Angst lähmen lassen.

Auf gar keinen Fall.

Wenn sie lebend aus dieser Situation herauskommen wollte, musste sie klug und geschickt vorgehen.

Ein Problem war allerdings, dass ihre Hände vor dem Körper gefesselt waren.

Seit sie vier Jahre alt war, nahm sie Unterricht in Taekwondo; sie besaß den schwarzen Gürtel und hatte zahlreiche Wettkämpfe gewonnen. Sie konnte ohne Sattel reiten, ziemlich zielsicher mit einer .22er schießen, und ihr Dad, der bei der Army in einer Elitetruppe gewesen war, hatte ihr auch gezeigt, wohin man am besten schlug, um einen Angreifer abzuwehren.

Aber sie war nicht auf der Hut gewesen, als dieser Kerl sie vor dem Internet-Café gepackt hatte. Das Internet-Café! Verdammt, war sie dumm gewesen. Dabei hatte sie sich immer für ziemlich clever gehalten, geglaubt, es mit beinahe jedem aufnehmen zu können, aber jetzt ... Der Spinner hatte sie hereingelegt. Bestimmt hatte er sich für BJC27 ausgegeben oder irgendwie herausgefunden, dass Dani E-Mail-Kontakt zu Bethany Jane Crandall unterhielt. Aber wie? Sie war doch so vorsichtig gewesen.

Jetzt kam sie sich völlig idiotisch vor.

Doch jetzt war keine Zeit, darüber nachzudenken. Sie hatte einen Fehler begangen – vielleicht sogar den Fehler ihres Lebens –, aber noch war sie nicht tot. Sie hatte sogar schon eine Idee, wie sie sich befreien könnte, auch wenn der Plan noch nicht ausgearbeitet war. Außerdem ging ihr das blutige Messer nicht aus dem Kopf, das sie hinten im Lieferwagen gesehen hatte. Er hatte es versteckt, als sie anhielten und er glaubte, sie sähe es nicht. Und dann war da noch der große, schwarze Müllsack ... Sie mochte sich gar nicht ausmalen, was womöglich darin steckte.

Bitte, lieber Gott, hilf mir.

Sie nagte an ihrer Unterlippe, eine Angewohnheit, die sie entwickelt hatte, als ihre Mutter krank geworden war. Aber sie unterdrückte den Impuls sofort wieder, um nicht zu verraten, dass sie wach war. Sie musste den Kerl in Sicherheit wiegen.

Mit fast geschlossenen Augen betrachtete sie in dem gespenstisch grünen Lichtschimmer seine Gesichtszüge. Eine gerade Nase, tief liegende Augen, ein harter Mund, Bartschatten auf Kinn und Wangen. Der Mann fuhr konstant zwischen neunzig und hundert Stundenkilometer. Das Radio war auf einen Nachrichtensender eingestellt, einen Sender in Santa Rosa, Kalifornien, wie Dani erkannt hatte.

Das passte: Sie hatte immer wieder verstohlene Blicke auf den Kilometerzähler geworfen, und nach der Entfernung und der Landschaft zu urteilen, die sie durchs Wagenfenster sah, befanden sie sich jetzt irgendwo im nördlichen Kalifornien.

Ihr Entführer war allerdings nicht auf direktem Weg hierher gekommen. Zuerst war er in Richtung Osten gefahren, nach Idaho hinein. Kurz nach Mitternacht war er bei einer Kleinstadt, die laut den Schildern am Highway etwa vierzig Meilen von Boise entfernt lag, auf einen Feldweg abgebogen. Eine ganze Weile lang war er zwischen hohem, ausgebleichtem Gras und ein paar mickrigen Bäumen hindurchgefahren, wobei Halme und Unkraut das Bodenblech streiften und der Lieferwagen durch Schlaglöcher holperte. Der Weg mündete in einen mit kniehohem, gelbem Gras bewachsenen Platz zwischen ein paar heruntergekommenen Gebäuden, die anscheinend leerstanden.

Der Mann hatte seinen Lieferwagen bei einer baufälligen Garage abgestellt, deren Fenster mit Brettern vernagelt waren. Nach einem raschen Blick zu ihr war er aus der Fahrerkabine gestiegen und hatte sich gestreckt. Er war

groß, ziemlich muskulös und schätzungsweise zwischen dreißig und vierzig.
Dani hatte beobachtet, wie er auf die Garage zuging und dabei in seiner Hosentasche kramte, bis er schließlich etwas hervorzog, das im schwachen Mondlicht metallisch glänzte. Ein Schlüssel. Die Tür der Garage ließ sich knarrend öffnen. Der Mann kehrte zum Wagen zurück, öffnete die Klappe zum Laderaum und nahm eine Reisetasche, den Werkzeugkasten und zwei Kisten heraus.
O Gott, dachte Dani verängstigt, hatte er etwa vor, mit ihr hierzubleiben? Gänsehaut kroch ihr über den Rücken bei der Vorstellung, mit dem Entführer allein in dem halbverfallenen Bauernhaus festzusitzen, das geradewegs aus einem Horrorfilm zu stammen schien.
Wie sollte sie von hier jemals entkommen?
Und wohin konnte sie flüchten in dieser einsamen Gegend?
Wenigstens hatte sie noch ihr Handy. Es war ihr gelungen, es heimlich aus der Tasche dieser bescheuerten Trainingshose zu ziehen und in ihrem BH zu verstecken, als er glaubte, sie sei noch bewusstlos von dem eklig stinkenden Zeug, mit dem er sie betäubt hatte.
Erst später hatte er ihr die Hände gefesselt. Doch sie wagte nicht, das Gerät hervorzuholen, aus Angst, es könnte ihr entgleiten. Außerdem fürchtete sie, wenn sie es einschaltete, würde der Signalton sie verraten. Es war ein altes Handy, noch nicht mit einem GPS-Chip ausgestattet wie die neueren.
Jetzt hockte sie in dem Lieferwagen und drehte ganz leicht den Kopf, um das Haus besser sehen zu können.

Der Putz an den Mauern war rissig und blätterte ab, die Türangeln waren verrostet. Eine Insektenschutztür schlug im leichten Wind. An einer Ecke war das Dach völlig eingefallen.

Von einem ehemaligen Pumpenhaus war nur noch ein Haufen Schutt übrig.

Es war so still hier draußen.

Dani hörte nichts als das Schlagen der Tür und ihren eigenen Atem.

Es kam ihr vor, als seien sie am Ende der Welt. Sie fröstelte trotz der Hitze. Wie lange würde sie hier mit ihm ausharren müssen? Sie warf einen angstvollen Blick in den Laderaum des Lieferwagens, wo immer noch der schwarze Plastiksack lag.

Gegen ihren Willen empfand sie den Drang, die gelbe Schnur aufzuknüpfen und den Sack zu öffnen.

Doch zugleich graute ihr davor, womöglich die zusammengekrümmte Leiche eines anderen Kindes vorzufinden, das er vor ihr entführt hatte, ein totes Mädchen, das sie aus leblosen Augen anstarrte.

Bei dem Gedanken wurde ihr übel, aber die Faszination, die von dem Sack und seinem Inhalt ausging, blieb. Das Blut war inzwischen auf dem schmutzigen Boden geronnen. Behutsam bewegte sie ihre gefesselten Hände auf den Sack zu und berührte ihn. Die Folie gab unter ihren Fingern nach, offenbar war etwas Weiches darin.

Ihre Phantasie ging mit ihr durch.

Sie musste sich zusammenreißen.

Vergiss den blöden Sack, ermahnte sie sich stumm. Überleg dir lieber, wie du hier rauskommst!

Dani atmete tief durch und wandte den Blick wieder nach vorn. Sie musste etwas unternehmen – aber was?
Während sie durch die Windschutzscheibe nach ihrem Entführer Ausschau hielt, versuchte sie, das Handschuhfach zu öffnen. Vielleicht würde sie darin Papiere finden – den Fahrzeugschein zum Beispiel oder eine Versicherungskarte oder irgendeinen Hinweis darauf, wer der Kerl war und was er wollte. Womöglich auch etwas, das sie als Waffe benutzen konnte, ein Taschenmesser oder einen Schraubenzieher … Aber das Handschuhfach war abgeschlossen.
Die Zeit arbeitete gegen sie. Dani brach der Schweiß aus – sie durfte sich die Chance zur Flucht nicht entgehen lassen! Verzweifelt suchte sie im dunklen Wageninneren nach irgendeinem Werkzeug, das sie am Körper verstecken konnte, um sich dem Kerl gegenüber einen Vorteil zu verschaffen. Nichts! Nicht einmal ein verdammter Kugelschreiber, den sie ihm in die Augen oder den Hals oder wohin auch immer hätte rammen können.
Verdammt!
In diesem Moment sah sie ihren Entführer in der Garage verschwinden.
Los, Dani!
Sie nestelte am Saum ihres Shirts und steckte die Finger in den BH. Vorsichtig, die Windschutzscheibe immer im Blick, schob sie das Handy, das an der Unterseite ihrer linken Brust lag, höher in den BH hinauf. Doch das Gerät war nass von Schweiß, rutschte ihr aus den Händen und drohte zu Boden zu fallen. Nein! Keuchend hielt sie es in ihren verschwitzten Fingern. Ihr Herz hämmerte wild.

Gott sei Dank. Sie hielt das Handy mit einer Hand und klappte es mit der anderen auf. Das Display leuchtete, die Musik setzte ein, ehe sie das Gerät stumm schalten konnte. Langsam, schrecklich langsam ging das Handy in Betriebsbereitschaft.
Nervös hielt sie durch die Windschutzscheibe nach ihrem Peiniger Ausschau. Sie konnte nur hoffen, dass er noch ein paar Minuten lang in der Garage blieb.
Die Leuchtanzeige auf dem Display zeigte, dass der Akku noch nicht ganz leer war. Noch nicht.
Dani rechnete mit tausend eingegangenen Nachrichten von ihrem Dad, aber nichts tat sich. Mit wachsender Verzweiflung bemerkte sie, dass kein einziger Empfangsbalken angezeigt wurde – offenbar gab es keinen Sender in der Nähe. Ihr Handy war hier nutzlos!
O nein!
Das durfte doch nicht wahr sein!
Zutiefst niedergeschlagen und den Tränen nahe, klappte sie das Handy zu und verstaute es mit einiger Mühe wieder in ihrem BH, wo es schmerzhaft gegen ihre Brust drückte.
Sie zwang sich, die Hoffnung nicht aufzugeben. Vielleicht bot sich später noch die Gelegenheit zu einem Anruf.
Es fiel ihr immer schwerer, still zu sitzen und zu warten. Noch einmal ließ sie den Blick durch die Fahrerkabine schweifen, über das Armaturenbrett, den Flaschenhalter und den Fahrersitz, bis ihr schließlich der überquellende Aschenbecher ins Auge fiel. Er war so voll mit zerdrückten Zigarettenstummeln, dass er sich nicht mehr schließen ließ.

Und an jeder Kippe befand sich die DNA des Dreckskerls.
Gut.
Ohne lange zu überlegen, rückte Dani hinüber und versuchte einen Stummel zu greifen. Im Augenblick nutzte ihr das zwar nichts, aber zumindest konnte sie später die Marlboro-Light-Kippe der Polizei übergeben. Die Ermittler würden sie im Labor untersuchen, das Ergebnis mit ihren gespeicherten Daten abgleichen und dadurch den Perversen fassen, so, wie man es immer im Krimi sah. Und wenn sie womöglich nicht imstande war zu reden … wenn sie schwer verletzt gefunden werden sollte oder gar … Sie schluckte mühsam und dachte an den Müllsack im Laderaum mit dem ekligen Blutrinnsal. O Gott …
Behutsam rückte sie noch ein wenig näher an den Fahrersitz heran.
Die Fesseln schränkten ihre Bewegungsfreiheit ein. Die Zeit lief ihr davon. Aber sie musste vorsichtig sein, damit keine Kippen aus dem Aschenbecher fielen und sie verrieten.
Sie fuhr sich mit der Zunge über die Lippen. Redete sich ein, es sei ein Spiel, wie Mikado, was sie gern mit Allie Kramer spielte. Dabei ging es darum, ein Plastikstäbchen aus dem Haufen kreuz und quer übereinanderliegender Stäbchen herauszuziehen, ohne dass sich die übrigen bewegten. Sie war recht geschickt darin. Aber dies hier war etwas völlig anderes und ganz und gar kein Kinderspiel.
Sie wischte sich die schweißnassen Handflächen an den Hosenbeinen ab und konzentrierte sich mit angehaltenem Atem darauf, eine der stinkenden, zerdrückten Kippen

aus dem vollen Behälter zu ziehen. Gerade als ihre Finger sich um einen Filter schlossen, zerriss ein lautes Dröhnen die Nacht, das Startgeräusch eines starken Motors. Das Licht zweier Scheinwerfer drang aus der offenen Garagentür. Dani fuhr vor Schreck zusammen, und schon prasselten Zigarettenstummel zu Boden – nicht zu übersehen!

Lieber Gott, sie hatte sich verraten!

Sie wollte sie gerade wieder aufsammeln und zurück in den Aschenbecher stopfen oder wenigstens unter den Sitz schieben, als ein schwarzer Pick-up aus der Garage schoss, dessen Scheinwerfer glühten wie die Augen eines Monsters.

Dani saß da wie erstarrt. Ihre Kopfhaut prickelte.

Ihr Entführer parkte den Pick-up auf der anderen Seite der Garage und lief über den Platz auf den Lieferwagen zu.

Danis Herz setzte einen Schlag aus.

O nein!

Er würde die verstreuten Zigarettenstummel sehen und sich denken können, was sie vorgehabt hatte!

Seine Schritte knirschten bedrohlich auf dem Kies.

Angst schnürte ihr die Kehle zu. Sie schob die Kippe in ihre Tasche und betete stumm, er möge nichts bemerken. Sie schwitzte vor Anspannung und Nervosität, zwang sich jedoch, weiterhin das zu Tode verängstigte kleine Mädchen zu spielen.

Was ihr in diesem Moment nicht schwerfiel.

Sie war kaum imstande zu atmen. Um jeden Preis musste sie verhindern, dass er sah, was sie angerichtet hatte.

Sie musste ihn ablenken!
Ihr Herz klopfte so laut, dass sie glaubte, er müsse es hören, und die Zigarettenkippe in ihrer Tasche fühlte sich bleischwer an. Oh, was für ein blöder Plan! Wenn er sie nun durchsuchte und das Handy fand!
Er stieg ein und warf ihr einen Blick zu, von dem ihr flau im Magen wurde. Dann drehte er wortlos den Zündschlüssel und fuhr bis an den Anfang des Feldwegs. Dort hielt er an, legte den Rückwärtsgang ein und steuerte den Lieferwagen in die verfallene Garage.
Dani wagte kaum zu atmen.
Sie hatte die entsetzliche Vorstellung, dass er sie dort zurücklassen würde. Sie an die Wagentür fesseln, knebeln und sie in dem dunklen, stinkenden Lieferwagen sterben lassen würde, bei dem toten Mädchen auf der Ladefläche.
O Gott!
Ihr Mund war staubtrocken.
Oder würde er sie mitnehmen?
Die Aussicht darauf war kaum weniger entsetzlich.
Sie hielt den Atem an und wartete.
Geschickt steuerte der Mann den Lieferwagen in die enge Garage. Als er auf die Bremse trat, erhellten die Bremsleuchten die kleine Garage mit einem gespenstischen roten Schimmer.
Mit einem zufriedenen Grunzen schaltete der Kerl in den Leerlauf und stellte den Motor ab. »Los, komm. Steig aus«, befahl er. Zugleich entriegelte er die Kindersicherung, durch die alle Türen außer der Fahrertür verschlossen gewesen waren. Als er diese öffnete, ging die Innen-

beleuchtung an. Er wandte sich zu Dani um, und seine Augen wurden schmal. »Mach keine Dummheiten.« Dann stieg er aus, blieb im engen Zwischenraum zwischen Tür und Wand stehen und ließ den Blick durch das Wageninnere schweifen.

Dani erstarrte.

»Los, mach schon.« Er nahm seine Marlboro-Schachtel aus der Fahrerkabine, eine alte Tankquittung und einen Notizblock. Dabei bemerkte er die Zigarettenkippen auf dem Boden. »Scheiße, was ist das denn?«

Sein Blick glitt zu Dani, die vorgab, es nicht zu bemerken. Sie mühte sich zum Schein mit dem Türgriff ab, tat, als wollte sie sich abstützen, und trat ›versehentlich‹ gegen das Armaturenbrett, wobei sie den übervollen Aschenbecher anstieß. Weitere Stummel fielen heraus.

»Ich kann nicht aussteigen«, jammerte sie. Ihr weinerlicher Tonfall war ihr selbst zuwider, sie spielte höchst ungern das klägliche, verängstigte Kind. Natürlich hatte sie Angst, aber dennoch wartete sie insgeheim nur auf eine Gelegenheit, ihren Peiniger dahin zu treten, wo es weh tat, und ihm die Augen auszukratzen.

»Himmel, du bist vielleicht blöd«, knurrte er und deutete auf die verräterischen Kippen. »Was hast du da angestellt? Wolltest du etwa fliehen?« Sein Lippen wurden schmal, und ein boshafter Glanz trat in seine Augen.

Dani bebte innerlich.

»Werd nicht übermütig, Kleine.« Er schlug die Fahrertür zu und stapfte eilig um den Wagen herum.

Dani öffnete die Beifahrertür und wäre beinahe hinausgestürzt. Kaum dass ihre Schuhsohlen den gestampften

Lehmboden der Garage berührt hatten, spürte sie den Griff ihres Entführers im Nacken. Der Geruch von Erde und jahrealtem Staub stieg ihr in die Nase, und sie glaubte, über sich etwas flattern zu hören. Eine Eule vielleicht oder eine Fledermaus.

Fast mühelos riss er sie hoch. »Hör zu«, fauchte er dicht an ihrem Ohr. Seine Bartstoppeln kratzten ihre Haut, sein Atem roch noch nach dem Rauch seiner letzten Zigarette. »Du tust, was ich dir sage, sonst wirst du es bereuen!«

Gänsehaut überlief sie, und sie fürchtete, sich vor Angst in die Hose zu machen. Schlimmer noch, ihr Handy rutschte an ihrer schweißnassen Haut hinunter.

Der Mann schlug die Wagentür zu und zerrte Dani mit sich. Ihre Füße suchten vergebens nach festem Halt, während er ihr ins Ohr knurrte: »Ich warne dich zum letzten Mal. Keine Tricks. Verstanden? Komm nicht auf dumme Gedanken!« Dabei schüttelte er sie grob, und das Handy rutschte noch tiefer.

Nein!

Verzweifelt versuchte Dani, die Arme an den Körper zu pressen. Aber sie spürte, wie das Handy weiter hinunterglitt.

Als er sie auf die Füße stellte, verlor sie das Gleichgewicht und taumelte gegen die Stoßstange des Lieferwagens. Das Handy fiel auf den Garagenboden. Sie verzog das Gesicht – jetzt würde er es jeden Moment entdecken.

»Beweg dich, Kleine. Wir haben nicht viel Zeit.«

Nervös stieß er sie vor sich her. Doch ihr Handy, das

dicht neben einem der Reifen lag, sah er nicht. Es drängte Dani, sich danach zu bücken, doch sie hatte keine Chance, es unbemerkt aufzuheben. Sie wollte wegrennen, schreien, aber im Augenblick war jeder Versuch, ihrem Entführer zu entkommen, aussichtslos. Das Gehöft war so abgelegen und einsam, dass niemand ihre Schreie gehört hätte.

Hilfe, betete sie stumm, während sie auf den schwarzen Pick-up zustolperte. Hilfe ... Bitte, lieber Gott, hilf mir!

Wenn ihm doch nur einmal ein Fehler unterliefe! Verzweifelt sah sie zu, wie er in aller Ruhe das Garagentor abschloss, bevor er sich ans Steuer setzte und das Fahrzeug auf die Straße lenkte, die in einem weiten Bogen verlief und schließlich nach Süden führte.

Jetzt, nach Tagen, die sich wie Monate anfühlten, wusste Dani dank des Radios, dass sie sich in Kalifornien befanden. Sie schickte ein weiteres Stoßgebet zum Himmel und hoffte, dass Gott sie erhörte.

Dass ihr Dad sie finden würde.

Doch ihr Entführer machte es ihm nicht leicht.

Fast täglich wechselte er die Kennzeichen aus. Dieser Wagen hatte anfangs ein Kennzeichen aus Idaho gehabt. Als sie jedoch weiter nach Osten kamen, in die Nähe der Grenze zu Montana, hatte der Entführer das Kennzeichen eines Geländewagens aus dem Staat Washington gestohlen.

Und die ganze Zeit, während sie im Zickzackkurs durch Wyoming, Colorado und Nevada fuhren, hielt Dani den Zigarettenstummel versteckt. Im Laderaum stand unter

einer Plane eine Campingtoilette, und wenn sie Bescheid sagte, dass sie musste, löste der Entführer ihre Fesseln und ließ sie dorthin, wobei er jedoch immer an den Hecktüren Wache hielt.
Verpflegung kaufte er an Drive-Ins oder Tankstellen, immer spät nachts, und dabei behielt er sie scharf im Auge, das Messer als sichtbare Drohung zur Hand.
Er hatte ihr nicht ein einziges Mal die Augen verbunden, seit er sie in den Lieferwagen gezerrt hatte. Das ängstigte sie, denn aus Filmen hatte sie gelernt: Wenn er sich nicht scheute, sie sein Gesicht sehen zu lassen, hatte er wahrscheinlich vor, sie umzubringen, damit sie ihn später nicht identifizieren konnte.
Bei dem Gedanken schnürte sich ihre Kehle zu, doch sie kämpfte die Angst nieder. Bisher hatte er sie am Leben gelassen. Er hatte sie kaum angerührt, außer, um sie in den Lieferwagen und wieder herauszuzerren, und wenn er sie ansah, schien er durch sie hindurchzublicken. Als sei sie für ihn nichts als eine Fracht, die er transportieren musste.
Er schwieg. War ernst. Die Art, wie er das Steuer umklammerte und wie er die Lippen zusammenpresste, wenn sie wegen Straßenarbeiten langsam fahren oder anhalten mussten, verriet eine unterdrückte Wut. Wenn er mit ihr sprach, bellte er Befehle oder ermahnte sie, zu tun, was er verlangte, dann werde ihr nichts geschehen.
Bisher hatte er sein Wort gehalten.
Was wollte er von ihr? Nein – daran mochte sie gar nicht denken.
Er warf ihr einen raschen Seitenblick zu, als hätte er ge-

spürt, dass sie ihn ansah. Sie schloss die Augen ganz und stellte sich schlafend, an die Scheibe des Beifahrerfensters gelehnt. Dabei hätte sie am liebsten geschrien.
»Ich weiß, dass du wach bist«, sagte er.
Seine Stimme klang tief und rauh, eine Reibeisenstimme. Dani hasste ihn. Weiß Gott, sie hasste ihn.
»Du kannst mir nichts vormachen. Also hör auf, mich anzuglotzen, ja?«
Er drückte den Zigarettenanzünder am Armaturenbrett; sie hörte das vertraute Klicken, dann das Knistern von Zellophan, als er eine neue Schachtel Zigaretten öffnete. Marlboro Lights. Der Anzünder sprang heraus; er bremste, und sie hörte ihn hantieren, dann roch sie den vertrauten, scharfen Zigarettenrauch. Er sog ihn in die Lunge, kurbelte das Fenster herunter, und die frische Luft mischte sich mit dem Geruch von brennendem Tabak.
Dani wagte noch einen Blick auf den Entführer und dachte an ihren Vater. Er würde kommen und sie retten. Sie wusste es. Aber wann? Und wie? Dieser Typ hinterließ kaum Spuren – wie groß war da die Chance, dass er angehalten wurde?
Dani ballte die gefesselten Hände zu Fäusten.
Ihr Dad würde sie irgendwie finden.
Er musste sie finden.
Und zwar schnell.

6. Kapitel

Travis stellte seinen Wagen anderthalb Meilen von Shannon Flannerys Haus entfernt ab. Er war von seinem Wohnsitz in Oregon aus in zwölf Stunden bis nach Santa Lucia in Kalifornien durchgefahren. An Shannons Zufahrt, die von der Hauptstraße abzweigte, war er bereits vorbei, denn er wollte nicht gesehen werden. So sehr es ihn auch drängte, sie sofort zur Rede zu stellen, er hielt es doch für besser, ihr Haus erst eine Weile zu beobachten und in der Umgebung nach Hinweisen auf Danis Anwesenheit zu suchen. Seine Informationen waren spärlich, sein Argwohn jedoch desto größer.

Es war Nacht. Ein Sichelmond und vereinzelte Sterne spendeten nur wenig Licht, die Temperatur lag über zwanzig Grad.

In schwarzer Kleidung, einen Rucksack auf dem Rücken, lief er verstohlen durch Nebenstraßen und verwilderte Grundstücke, erschreckte eine im Schatten verborgene Katze. Weiter unten an der Straße schlug ein Hund an.

Er nahm eine Abkürzung durch ein paar Seitengassen und um einen alten, stillgelegten Schießstand herum, bis er an den schiefen Maschendrahtzaun um das Grundstück neben Shannons gelangte. Hier waren neue Warnschilder mit dem Hinweis »BETRETEN VERBOTEN« aufgestellt, doch Travis beachtete sie nicht. Er lief am

Zaun entlang bis zum anderen Ende, wo er zwischen ein paar dürren Eichen hindurch warmen Lichtschein aus den Fenstern eines Hauses sah. Shannon Flannerys Grundstück, auf dem sie Such- und Rettungshunde abrichtete.

Vorsicht war geboten.

Er musste leise sein.

Sich gegen den Wind bewegen.

Er umrundete eine Wiese, bis er zu einer kleinen Baumgruppe gelangte, knapp dreißig Meter vom Haus entfernt. Dort schwang er sich über den Zaun, landete geschmeidig auf der anderen Seite und schlich im Schutz von Büschen und Gestrüpp an das zweistöckige Häuschen heran. Sie war zu Hause; er hörte ihre Stimme aus einem offenen Fenster, schnappte jedoch nur Gesprächsfetzen auf.

»… Ich sage doch … Ich weiß es einfach nicht …«, sagte sie gerade leise und ruhig, jedoch mit großem Nachdruck.

Dann schwieg sie, als lauschte sie auf die Antwort.

Im nächsten Moment sah er sie. Sie ging am Fenster vorbei, das Telefon am Ohr. Travis rührte sich nicht.

»… Tut mir leid … Hör zu, Mary Beth, Robert erzählt mir nichts, das weißt du doch …« Wieder entstand eine Pause. Sie blieb abrupt stehen, trat dann ans Fenster und ließ den Blick über die Wiese schweifen. Ihr rotes Haar leuchtete im Schein der Deckenlampe, sie hatte in äußerster Konzentration die Augenbrauen zusammengezogen und die vollen Lippen geschürzt.

Travis' Herz schlug heftiger; er war überzeugt, sie habe

ihn gesehen. Doch sie hob nur mit der freien Hand ihr Haar im Nacken an und nickte, als könnte ihre Gesprächspartnerin sie sehen.

»Das halte ich für keine gute Idee ... Genau ... Ich kann dir nicht sagen, was in ihm vorgeht. Ich glaube ...« Sie schloss die Augen, legte den Kopf in den Nacken und seufzte. Travis sah ihren schlanken, sonnengebräunten Hals, und im Ausschnitt der Bluse war der Ansatz ihrer Brüste zu erahnen.

Seine Kehle wurde eng, als er den Schweiß an ihrem Hals hinab in den Schatten ihres Dekolletés rinnen sah. Zum ersten Mal seit seinem Aufbruch aus Falls Crossing wurde ihm bewusst, wie albern er sich benahm, wie er nach jedem Strohhalm griff. Was konnte diese Frau schon von Dani wissen? Bestand überhaupt die Möglichkeit, dass Dani Kontakt zu ihr aufgenommen hatte? Was hatte er sich dabei gedacht, wie ein Wahnsinniger hierher zu rasen in der festen Überzeugung, diese Frau habe etwas mit dem Verschwinden seiner Tochter zu tun?

Er verzog den Mund.

»... Das würde ich an deiner Stelle nicht tun, Mary Beth. Hör zu, ich bin sicher nicht die Richtige, um Ratschläge zu erteilen, aber ...«

Wieder wurde sie unterbrochen. Sie straffte sich mit einem Ruck und lief hochrot an. »Es reicht. Das muss ich mir weder von dir noch von sonst wem sagen lassen. Gute Nacht.« Sie beendete das Gespräch. Mit zusammengebissenen Zähnen stieß sie etwas Unverständliches hervor, dann verschwand sie vom Fenster.

Travis stieß die Luft aus.

Was nun?
Er fuhr sich mit der Hand durchs Haar und wollte gerade wieder gehen, als er an der Hausecke eine Bewegung wahrnahm.
Ein Mensch oder nur ein Schatten? Er konnte es nicht erkennen.
Travis duckte sich instinktiv. Hatte sie ihn etwa entdeckt und war geräuschlos nach draußen geschlichen? Ohne den Blick von der Stelle zu lösen, wo er glaubte, jemanden unter den Bäumen gesehen zu haben, tastete er nach dem Nachtsichtgerät.
Doch die Erscheinung war bereits wieder verschwunden, und als er das Gerät endlich aus der Tasche gezogen hatte, sah er an der Stelle, wo er einen Menschen bemerkt zu haben glaubte, nichts als einen großen Wassertrog und eine hohe Pumpe.
Schwitzend ließ er das Nachtsichtgerät über das kleine Grundstück schweifen. Das Zirpen der Grillen übertönte fast das leise Motorengeräusch vom Freeway in ein paar Kilometer Entfernung und das Rumpeln eines Zuges auf fernen Gleisen.
Er hörte keine Schritte, sah niemanden um die Hausecken huschen oder unter den Bäumen Deckung suchen.
Seine Wahrnehmung hatte ihm wohl einen Streich gespielt.
Travis verstaute das Nachtsichtgerät sorgfältig wieder in seiner Tasche und überlegte, wie er jetzt weiter vorgehen sollte. Das Haus überwachen, beobachten, wer kam und ging?
Himmel, dachte er. Da stand er nun allein auf einer Wiese

und spionierte einer Frau nach, die er nicht kannte und die aller Wahrscheinlichkeit nach unschuldig war. Aber wo sonst konnte er ansetzen? Seit seiner Abreise hatte er sechsmal in Falls Crossing angerufen und mit den Ermittlern gesprochen.

Es war kein Anruf eingegangen.

Sie hatten keine neuen Hinweise gefunden.

Keine Spur von seinem kleinen Mädchen.

Scheiße, dachte er. Verdammte Scheiße.

Er straffte sich, kehrte Shannons Haus den Rücken und packte seine Gerätschaften ein.

Was hätte er davon, das Leben dieser Frau auf den Kopf zu stellen? Dass er verzweifelt war, gab ihm nicht das Recht …

BUMM!

Der Knall einer Explosion.

Die Erde bebte.

Glas zerbarst.

Was zum Teufel …?

Travis fuhr herum.

Shannons Haus war unbeschädigt, aber nicht weit davon stand eine Art Schuppen plötzlich in Flammen. Sie loderten aus dem Dach, und ein Funkenhagel prasselte auf den zundertrockenen Boden.

Travis rannte los.

Im Laufen zog er sein Handy aus der Tasche und tippte die Notrufnummer ein.

Es klingelte einmal, dann meldete sich eine Stimme: »Um was für einen Notfall handelt es sich?«

BAMM!

Eine weitere Explosion zerriss das Dach des Schuppens. Die Flammen schlugen zum Nachthimmel empor.
Hunde heulten.
Pferde wieherten.
»Es brennt«, schrie Travis ins Telefon, während er weiterhastete. »Zwei Explosionen auf Shannon Flannerys Grundstück.« Er rasselte die Adresse herunter, die er sich vor knapp einer Woche eingeprägt hatte. »Schicken Sie Löschfahrzeuge. Und Sanitäter.« Rauch wallte auf. Die Flammen prasselten gierig. Funken entzündeten trockene Zweige, Blätter und Gras.
»Gibt es Verletzte?«
»Weiß ich noch nicht. Haben Sie die Adresse?«, schrie er.
Die Frau wiederholte die Anschrift. »Die Einsatzfahrzeuge sind unterwegs.«
»Sie sollen sich beeilen!« Travis beendete das Gespräch, schwang sich über das Gatter auf Shannons Grundstück und rannte weiter.

BUMM!
Die Fenster klirrten.
Die Türen bebten.
Shannon, die gerade die Treppe hinaufstieg, hielt sich am Geländer fest. »Was war das?«, flüsterte sie. Ihr Herz begann zu rasen. Von Angst getrieben, hastete sie die Treppe hinunter.
Khan knurrte, schlug an und lief zur Haustür. Dort blieb er mit gesträubtem Nackenfell stehen, scharrte an der Tür und begann, laut und anhaltend zu bellen.

Shannon blickte aus dem Fenster neben der Tür und erstarrte.
Ein flackernder Schein durchdrang die Dunkelheit. Aus dem Dach des Geräteschuppens, nur wenige Meter vom Stall entfernt, schlugen Flammen. »O Gott, nein!«, schrie sie.
Sie riss ihr Handy aus der Ladeschale. Die Pferde! Die Hunde! Bereits auf dem Weg zur Hintertür, tippte Shannon die Notrufnummer ein und bekam sofort Anschluss.
»Um was für einen Notfall handelt es sich?«
»Hier spricht Shannon Flannery«, schrie sie ins Telefon und nannte ihre Adresse, während sie den Feuerlöscher neben der Hintertür von der Wand riss. »Hier hat es eine Explosion gegeben, und jetzt brennt ein Schuppen in der Nähe des Hauses. Schicken Sie sofort Hilfe!«
»Ist jemand verletzt?«
»Bisher nicht. Haben Sie die Adresse?«
»Ja.«
»Gut. Informieren Sie Shea Flannery von der Polizei. Er ist für Brandstiftung zuständig und außerdem mein Bruder!«
Sie beendete das Gespräch und schob das Handy in ihre Jeanstasche.
BAMM!!!
Eine weitere Explosion erschütterte das Haus. O Gott, bitte nicht die Tiere. Sie dachte an ihren Pick-up mit dem halbvollen Benzintank und an die Pferde und Hunde, die im Stall beziehungsweise in den Zwingern eingesperrt waren. Lieber Himmel, nein! Bitte nicht!

Sie stieß die Tür auf. Der alte Holzschuppen brannte lichterloh, das Feuer verbreitete sengende Hitze und beißenden schwarzen Rauch. Über das Prasseln der Flammen hinweg hörte sie das verängstigte Wiehern der Pferde und das aufgeregte Bellen der Hunde.
Wenn doch nur Nate hier wäre.
Und wenn endlich die Feuerwehr käme!
Wie lange würden sie brauchen? Fünf Minuten? Zehn? Bis dahin würde längst jeder einzelne Holzbau auf ihrem Gelände in Flammen stehen.
Sie zog ihre Stiefel an und machte den Feuerlöscher bereit. Er war zu klein, um gegen das Feuer im Schuppen etwas ausrichten zu können, doch das komprimierte Kohlendioxyd würde die Ausbreitung des Brandes verlangsamen, indem es eine schmale Schneise bildete, auf die die Flammen nicht übergreifen konnten.
Khan knurrte und drängte sich dicht an Shannon, aber obwohl er angstvoll jaulte, sperrte sie ihn im Haus ein. Als sie über die Veranda lief, hörte sie ihn drinnen bellen und scharren.
Ohne ihren Schritt zu verlangsamen, richtete sie die Düse des Feuerlöschers auf den Boden, wo dürre Zweige, Laub und Gestrüpp durch Funken in Brand zu geraten drohten. Dicker Schaum breitete sich aus.
Aus den Augenwinkeln sah sie einen Mann auf sich zueilen. Sie fuhr herum, versprühte CO_2, und er wich hastig aus.
»Hey! Passen Sie auf!«, brüllte er über das Tosen der Flammen hinweg.
»Wer zum Teufel sind Sie?«

»Ich habe den Brand bemerkt und die Feuerwehr angerufen. Ich dachte, ich könnte Ihnen helfen.«
Er trug Tarnkleidung, dunkle Jeans und Handschuhe.
Ach ja.
Sie richtete erneut den Feuerlöscher auf ihn, woraufhin er weiter zurückwich und beide Hände hob. »Greifen Sie mich an oder vertrauen Sie mir, das liegt ganz bei Ihnen!«, brüllte er. »Ich will Ihnen helfen!«
»Ich kenne Sie nicht!«
»Ich Sie auch nicht, aber Sie haben hier ein verdammtes Problem!«
Im Schuppen gab ein Dachbalken nach, und ächzend brach das Dach ein. Funken stoben gen Himmel. Der Fremde hatte recht: Ihr blieb nicht viel Zeit.
»Lassen Sie das lieber«, riet er und deutete auf den Feuerlöscher. »Der bringt nicht viel.«
»Ich muss aber!«, erklärte sie und lief in Richtung der Stallungen. Er folgte ihr, hielt jedoch Abstand für den Fall, dass sie ihn erneut mit dem Feuerlöscher abwehrte.
»Was haben Sie vor?«
»Ich muss die Tiere rauslassen.« Sie packte den Türgriff. Aus dem Inneren des Stalls erscholl das verängstige Wiehern und Schnauben von Pferden. Hufe trommelten auf den strohbedeckten Boden der Boxen. »Was sagten Sie, wer Sie sind?«
»Tut jetzt nichts zur Sache. Wirklich, Sie sollten sich in Sicherheit bringen. Das alles hier, die Gebäude, die Bäume, das Gras, kann binnen Sekunden in hellen Flammen stehen.«
»Ja, gleich.«

»Jetzt!«
»Ich kann nicht!« Shannon hatte keine Zeit für Diskussionen. Sie drehte sich zu dem Fremden um, sah sein Gesicht im gelblichen Feuerschein und fragte sich erneut, wer er sein mochte, dieser große Mann mit den breiten Schultern, den durchdringenden Augen und den Gesichtszügen wie aus Granit gemeißelt. Seine Nase sah aus, als sei sie wenigstens einmal gebrochen gewesen. »Es eilt«, schrie sie, so laut sie konnte. »Entweder Sie helfen mir, oder Sie lassen mich verdammt noch mal in Ruhe.«
»Was soll ich tun?«
Sie überlegte nicht lange. »Nebenan ist der Hundezwinger.« Sie wies auf das langgestreckte, niedrige Bauwerk zwischen Stall und Garage. »Lassen Sie die Hunde raus, okay? Ob sie weglaufen, ist mir gleich, lassen Sie sie einfach raus!«
Er machte sich bereits auf den Weg.
»Neben der Tür hängt ein Feuerlöscher. Wenn die Hunde befreit sind, setzen Sie den Feuerlöscher ein, wo es nur geht, und dann drehen Sie den Gartenschlauch auf. Er ist an der Westseite des Hauses angebracht!«
»Verstanden!«
Sie trat in den Stall, in dem ein Höllenlärm herrschte. Pferde stiegen, wieherten schrill vor Angst. Rauchgeruch lag in der Luft, sie hörte das Feuer draußen tosen und sah durchs Fenster die Flammen immer höher schlagen. Die Stallungen waren in blutroten, flackernden Feuerschein getaucht.
Den Feuerlöscher noch in der Hand, betätigte sie den Lichtschalter. Nichts geschah. »Verdammt!« Sie schlug

noch einmal auf den Schalter, aber vergebens. Schwitzend lief sie die Stallgasse entlang.

Die Pferde schäumten vor Angst, keilten mit aufgerissenen, rollenden Augen in ihren Boxen aus.

»Ruhig«, versuchte sie die Tiere zu beschwichtigen. »Es ist gut.«

Wo zum Teufel blieb die Feuerwehr?

Sie drückte den Lichtschalter am anderen Ende des Stalles.

Wiederum vergebens.

»Mist.«

Sie musste sich wohl oder übel im Dunkeln zurechtfinden, denn jetzt war keine Zeit, eine Taschenlampe zu suchen. Zum Glück kannte sie das Gebäude wie ihre Westentasche.

Schnell! Schnell!

Shannon tastete sich an der Wand entlang, entriegelte das breite Tor zur Koppel und stemmte sich dagegen. Die Torflügel schwangen auf, schlugen gegen die Außenmauer. Roter Lichtschein vom Feuer fiel in den Stall, und eine schwarze Rauchwolke drang herein. Rasch befestigte Shannon die Torflügel mit Keilen. Diese Seite des Stalls war vom Feuer abgewandt, die Koppel weitläufig, und am anderen Ende gab es ein Tor, durch das sie die Tiere notfalls evakuieren konnte.

Sie kehrte um und lief zu den Boxen.

Bam!

Shannon fuhr zusammen.

Die vordere Stalltür, durch die sie gerade hereingekommen war, schlug zu.

»Hey!«, rief sie, erhielt jedoch keine Antwort. Entweder hatte der Wind die Tür zugeschlagen, oder der Fremde, wer immer er sein mochte, hatte sie geschlossen.

Aber warum?

Großer Gott, darum konnte sie sich jetzt nicht kümmern. Sie musste die verdammten Pferde in Sicherheit bringen.

Den Feuerlöscher unter einen Arm geklemmt, tastete sie sich durch die Stallgasse zurück und öffnete die erste Box auf der rechten Seite, in der Nates schwarzer Wallach stand. Dabei sagte sie sanft: »Komm, mein Junge.« Die Aufforderung war überflüssig – das große Pferd schoss bereits mit Schaum vor dem Maul wie der Blitz aus der Box. Die Hufe klapperten laut auf dem Betonboden, der schwarze Schweif wehte.

Eines gerettet, jetzt noch sieben!

Schweiß lief ihr über Gesicht und Arme. Sie öffnete die gegenüberliegende Box, und eine reizbare kleine Schecke keilte aus. In ihrer Angst glitt sie auf dem Beton ab und schürfte sich die Flanke auf, als sie aus der Box stürmte, doch dann galoppierte auch sie ins Freie hinaus.

So weit, so gut.

Der Rauch wurde immer dichter, und Shannon musste husten, doch die Pferde würden entkommen. Während sie sich der nächsten Box zuwandte, hörte sie die Hunde bellen und hoffte inständig, dass der Fremde, der so plötzlich aufgetaucht war, sie ebenfalls befreien konnte.

Sie öffnete die Box auf der linken Seite, und eine Schimmelstute mit grauen Nüstern und Fesseln flüchtete ins Freie. Zwei weitere folgten gleich darauf.

Von Adrenalin getrieben, öffnete Shannon eine Box nach

der anderen, um Gedränge zu vermeiden und nicht selbst unter die Hufe zu geraten. Zwei Füchse, dann noch ein Rappe und ein Grauschimmel rannten auf die Koppel hinaus. Das Klappern ihrer Hufe übertönte das Prasseln und Tosen des Feuers.

Nur noch ein einziges Tier!

Dichte Rauchwolken waberten im Stall, so dass Shannon kaum noch etwas sehen konnte, als sie hustend die letzte Box erreichte. Sie riss die Tür auf, doch statt herauszustürmen, drängte sich die verschreckte Stute zitternd in eine Ecke. Ihr falbes Fell war schweißnass und von Schaum bedeckt.

»Komm schon, Mädchen«, redete Shannon ihr zu, schlüpfte in die Box und stellte den Feuerlöscher ab, um beide Hände frei zu haben. »Zeit, dass du hier rauskommst.« Die Stute schnaubte und zitterte, die Ohren zuckten nervös, man sah das Weiße im Auge. Shannon schnalzte ermutigend mit der Zunge, näherte sich behutsam, streckte die Hand nach dem Halfter der Stute aus.

Klirr!

Ein Fenster zersprang, ein Scherbenregen prasselte nieder.

Das Pferd wieherte schrill und schlug mit dem Vorderbein aus. Shannon wich zurück. »Na, na, Molly. Ganz ruhig. Komm jetzt.« Sie sprach leise, mit fester Stimme, zeigte keine Angst, dabei hätte sie das Tier am liebsten angeschrien, es solle rauslaufen zu den anderen, der verdammten Herde folgen. »Gehen wir«, sagte Shannon. Ihre Stiefelsohlen knirschten auf dem zersplitterten Glas, die Hitze versengte ihre Haut.

Im Hintergrund hörte sie über den Lärm des Feuers hinweg von ferne Sirenen. Die Feuerwehr! Gott sei Dank! Schnell, schnell! Bevor es zu spät ist!
Sie bewegte sich langsam, aber stetig, Auge in Auge mit dem Pferd, dann hob sie Hand ans Halfter. Ihr blieb keine Zeit, nach einer Leine zu suchen, sie musste die verschreckte Stute schnellstmöglich aus der Box und ins Freie bringen. Endlich bekam sie einen Lederriemen zu fassen. »Auf geht's.«
Das Pferd warf den Kopf zurück.
Shannon ließ nicht los.
Schmerz schoss durch ihre Schulter.
Die Stute stieg und hätte Shannon beinahe die Schulter ausgekugelt.
»Nein!«
Shannon, immer noch die Hand am Halfter, versuchte den ausschlagenden Vorderbeinen auszuweichen, doch ein Huf streifte ihre Schläfe.
Ein explosionsartiger Schmerz fuhr durch ihren Schädel. Sie taumelte zurück, ließ aber nicht los.
Dann traf ein Huf ihre bereits gezerrte rechte Schulter, schrammte an den Rippen entlang und schlug schließlich auf ihren Hüftknochen. Der Schmerz raste durch die gesamte Körperseite, und ihr drohte schwarz vor Augen zu werden.
»Nicht«, brachte sie mühsam heraus und hielt den Halfterriemen fest, als hinge ihr Leben davon ab. Wenn sie jetzt losließ, würde sie ihn nicht wieder zu fassen bekommen, und dann war das Pferd verloren. »Komm jetzt«, drängte sie und ignorierte die Schmerzen. Den Riemen

krampfhaft umklammert, zog sie behutsam und führte endlich das widerstrebende Pferd aus der Box.

Draußen toste das Feuer immer heftiger. Die Hitze wurde unerträglich.

Da bemerkte sie aus den Augenwinkeln einen Schatten im Stall.

Die Gestalt eines Mannes. O Gott, hatte dieser Idiot, der da vor ein paar Minuten so plötzlich aufgetaucht war, etwa gar nicht versucht, die Hunde zu retten?`

Sie wandte sich um, sah jedoch niemanden. Ihre Phantasie hatte ihr wohl einen Streich gespielt.

Die Stute brach seitlich aus und wollte wieder steigen, doch Shannon hielt sie fest, obwohl ihr Arm rasend schmerzte. Sie musste sich konzentrieren und zuerst einmal das Pferd nach draußen auf die Koppel bringen, wo es vor dem Feuer sicher war. Danach würde sie in den Zwingern nach dem Rechten sehen. Den Blick auf die offene Tür am Ende des Stalles gerichtet, die jetzt unerreichbar fern schien, ging sie weiter. Sie war der Ohnmacht nahe, ihre Schulter tat höllisch weh, und von der Stelle, wo der Pferdehuf sie getroffen hatte, rann Blut über ihre Haut.

»Komm schon, komm schon«, flüsterte sie, mehr zu sich selbst als an das Pferd gerichtet. »Du schaffst es.«

Vor ihr gähnte das offene Tor. Nur noch ein paar Schritte! Draußen leuchtete der Himmel in einem bedrohlichen Orangeton. Der Rauch trieb Shannon die Tränen in die Augen und reizte sie zum Husten, doch sie setzte tapfer einen Fuß vor den anderen. Sie hörte die Hunde bellen und betete, dass sie in Sicherheit waren, dass der Fremde sie freigelassen hatte.

Schweiß prickelte auf ihrer Hopfhaut, lief ihr über den Rücken. Die Schmerzen in ihrem Arm schwächten sie, ihre Beine waren wie aus Gummi. »Los«, drängte sie und schleppte sich weiter, als die Stute sich plötzlich aufbäumte, Shannon den Lederriemen aus den Fingern riss und ins Freie galoppierte.

Shannon wollte ihr nachlaufen, als sie erneut aus den Augenwinkeln eine Bewegung wahrnahm.

Ihr Herz setzte einen Schlag aus.

Eine dunkle Gestalt mit vermummtem Gesicht sprang auf sie zu, eine lange Stange in den Händen.

Der Mann, den sie vorher schon gesehen hatte!

Und er war bewaffnet!

NEIN! Sie täuschte nach links an und wich dann zur anderen Seite hin aus.

Doch ihre Bewegungen waren schwerfällig. Sie war so benommen, dass sie beinahe über ihre eigenen Füße stolperte.

KRACH! Der dicke Stiel der Mistgabel traf sie seitlich am Kopf.

Schmerz durchfuhr die ganze Gesichtshälfte, ihre Nase blutete, und auch aus einer Platzwunde quoll Blut. Nein … O Gott, nein!

Shannon hob abwehrend einen Arm, taumelte rückwärts in Richtung der offenen Tür.

»Shannon!«, rief eine Männerstimme von draußen. Es klang wie aus weiter Ferne. Verblüfft drehte sie sich um, stolperte mit weichen Knien weiter. Sie konnte kaum noch etwas sehen, und jeder Atemzug brannte wie Feuer in ihrer Lunge.

Nur noch ein paar Schritte!
»Shannon!«, rief die Stimme noch einmal.
»Hier bin ich. Hilfe!«, schrie sie, doch die Worte klangen erstickt, gingen im Lärm des Feuers unter.
Sie machte einen weiteren Schritt auf die Tür zu.
KRACH!
Ihr Hinterkopf schien zu explodieren.
Sie brach auf dem Zementboden zusammen.
Der Mann wollte sich erneut auf sie stürzen, eine schwarze Silhouette vor dem roten, flackernden Licht in den Fenstern.
Shannon schrie auf.
Er holte mit der Forke aus. Shannon wälzte sich rasch zur Seite und kam auf die Beine. Benommen, Blut spuckend, bekam sie das Ende der Heugabel zu fassen.
Sie umklammerte den glatten Holzstiel, warf sich mit ihrem ganzen Gewicht dagegen und hoffte, dem Kerl die Zinken in die Brust oder den Hals zu rammen. Doch der Angreifer riss scheinbar mühelos die Forke herum, so dass Shannon den Halt verlor und ausrutschte.
Sie stürzte, schlug mit der verletzten Schulter auf dem Betonboden auf. Mit einem Aufschrei krümmte sie sich zusammen, doch im nächsten Moment zwang sie sich, weiter zur offenen Tür hinzukriechen. Wenn sie sich jetzt der Ohnmacht ergab, würde es zweifellos ihr Tod sein. Der Kerl würde sie mit dem Forkenstiel erschlagen oder mit den Zinken erstechen.
Wieder die Sirenen, diesmal laut und durchdringend! Ihr Heulen durchschnitt die Nachtluft.
Hilfe war nahe … Sie krümmte sich zusammen zum

Schutz vor weiteren Schlägen, schloss die Augen. Es war so heiß … Sie bekam keine Luft … So sehr Shannon auch gegen die Bewusstlosigkeit ankämpfte, sie war im Begriff, den Kampf zu verlieren. *Jetzt nur nicht aufgeben!*
Es war vergebens. Völlig erschöpft, vom Schmerz überwältigt lag sie auf dem Boden, ihr Blut sickerte auf den Zement. Und dann umfing sie die Dunkelheit …

7. Kapitel

Travis öffnete den letzten Zwinger.

Ein Deutscher Schäferhund stürmte an ihm vorbei, hätte ihn in der Dunkelheit um ein Haar umgerissen und rannte der Meute aus Border-Collies, Labradors und einigen undefinierbaren Mischlingen hinterher.

Obwohl das Licht nicht funktionierte und die Zwinger dunkel waren bis auf das rote Glühen, das durch die Reihe kleiner Fenster hereindrang, war es ihm gelungen, sämtliche verängstigt heulenden Hunde freizulassen. Jetzt jagten sie über die Wiese davon, in den Wald hinein.

Travis dachte an den Mann, den er Sekunden vor der ersten Explosion gesehen hatte. Wer zum Teufel war er? Zweifellos hatte er den Brand verursacht. Aber warum?

Schweißgebadet, den Feuerlöscher, den er bei den Zwingern gefunden hatte, unterm Arm, lief er über die Koppel zu dem Feuer hinüber, sprühte in der Nähe des brennenden Schuppens Schaum auf den Boden und hielt im flackernden Feuerschein Ausschau nach Shannon.

Wo war sie?

Er sah nur die Pferde, die am anderen Rand der Wiese verstört umherrannten, und hörte ihr angstvolles Wiehern. Aber Shannon war nicht bei ihnen.

Noch einmal ließ Travis den Blick über die umliegenden Gebäude schweifen.

War sie zurück ins Haus gegangen?

Nein, entschied er. Nachdem sie die Pferde befreit hatte, wäre sie doch sicher zu den Zwingern geeilt, um sich zu vergewissern, ob er die Hunde gerettet hatte.
In der Ferne schrillten Sirenen, und ein weiteres Pferd, ein verstörtes Tier mit gelblichem Fell, schwarzen Fesseln, schwarzer Mähne und schwarzem Schweif, stürmte aus dem Stall. Es rannte in wildem Galopp an ihm vorbei und geradewegs auf den Rest der Herde zu, die sich unruhig am anderen Rand der Koppel zusammendrängte. Ob die Herde damit vollzählig war?
Und Shannon – war sie noch im Stall?
»Shannon!«, rief er mit einem raschen Blick zum Tor, während er noch immer Löschschaum um den Schuppen verteilte, um den Brand einzudämmen.
Sie konnte natürlich durch die Tür am anderen Ende wieder hinausgegangen sein, dieselbe, durch die sie den Stall betreten hatte. Doch Travis beschlich eine böse Ahnung.
Er ging zur offenen Stalltür, sah sich wachsam nach allen Seiten um. Die Hitze und der Rauch raubten ihm fast den Atem.
Inzwischen kam das Sirenengeheul immer näher, war schon fast ohrenbetäubend laut.
Plötzlich war der Feuerlöscher leer. Nur noch ein paar letzte Schaumflocken kamen heraus.
»Shannon!«, brüllte Travis noch einmal. Da bemerkte er vor dem Stall einen aufgerollten Schlauch, nur wenige Meter von einem Trog mit einem Wasserhahn entfernt. Er ließ den Feuerlöscher fallen, lief hin und rollte den Schlauch ab. Hastig schloss er ihn an den Wasserhahn an,

drehte diesen voll auf und begann das Stalldach nass zu spritzen. »Shannon!«

Wo zum Teufel blieb sie nur so lange? Hatte sich womöglich eines der Pferde verletzt, und sie musste es versorgen?

»Verdammt!«

Travis musste sich vergewissern. Er ließ den Schlauch zu Boden fallen, wo er sich wand wie eine sterbende Schlange. Als er das Tor fast erreicht hatte, hörte er sie schreien.

Es war ein spitzer, markerschütternder Schrei wie von einem Menschen in Todesangst.

»Shannon!« Er rannte durch das gähnende Tor in die Dunkelheit hinein.

Sie lag kaum drei Meter vom Tor entfernt, zusammengekrümmt in einer Blutlache.

»Gott, nein!«

Im nächsten Moment war er bei ihr.

Sie war übel zugerichtet. Ihr Gesicht war blutüberströmt, Blut rann auf den Zementboden. Lieber Himmel, hatten die Pferde sie etwa überrannt? Travis kniete neben ihr nieder. Von draußen war jetzt das Dröhnen schwerer Motoren zu hören, Reifen knirschten auf dem Kies.

Löschzüge!

Rettungswagen!

Sanitäter!

O Gott, bitte, wir brauchen Sanitäter!

Das Herz schlug ihm bis zum Hals. Rasch tastete er nach ihrem Puls, überprüfte ihre Atmung.

Sie atmete, der Puls ging regelmäßig, doch sie war bewusstlos und blutete stark aus einer Verletzung am

Hinterkopf. »Hierher!«, brüllte Travis, so laut er konnte. »Ich brauche Hilfe!« Er musste Shannon aus diesem verräucherten Stall hinausbringen, wagte jedoch nicht, sie zu bewegen – falls Wirbel verletzt waren, könnte er damit noch größeren Schaden anrichten.

Wo zum Teufel blieben die Rettungskräfte?

»Shannon!«, schrie er in dem Versuch, sie aus ihrer Ohnmacht zu wecken. »Shannon Flannery!«

Sie regte sich nicht. Im rötlichen Schein sah er ihr ehemals so schönes Gesicht, nun völlig zerschunden. Blut quoll aus Nase und Mund und begann bereits zu gerinnen, unter der Haut bildeten sich Blutergüsse. Travis riss ein Stück Stoff von seinem T-Shirt ab und bedeckte damit die offensichtlich schlimmste Platzwunde. Im nächsten Moment war die dunkle Baumwolle blutdurchtränkt. Mit den Zähnen und der freien Hand riss Travis weitere Stoffstreifen von seinem Shirt und versuchte, damit die Blutung an ihrem Hinterkopf zu stillen.

»Hilfe!«, brüllte er erneut.

Verdammt, hörte ihn denn niemand?

Er wagte nicht, die verletzte Frau allein zu lassen, um Hilfe zu holen. Stattdessen zog er, nachdem er die Wunde notdürftig versorgt hatte, sein Handy hervor, um über die Notrufzentrale den Rettungskräften Bescheid geben zu lassen.

Gerade als er es aufklappte, hörte er Schritte.

Gott sei Dank!

»Hierher!«, schrie er.

Jemand kam hastig auf ihn zu.

Travis atmete erleichtert auf. Noch immer am Boden

kniend, das Handy in der Hand, sah er sich um. Er erwartete, einen Feuerwehrmann oder Sanitäter zu sehen, doch der hochgewachsene Mann, der dicht vor ihm stehen blieb, trug ausgebleichte Jeans und ein zerrissenes T-Shirt. Er musterte Travis mit finsterem, argwöhnischem Blick.

»Wer sind Sie?«.

Travis ignorierte die Frage. »Diese Frau braucht Hilfe.«

»Das sehe ich selbst.« Der Unbekannte kniete neben Shannon nieder.

»Scheiße«, knurrte er und berührte sie sanft und vertraulich, als sei er daran gewöhnt, sie anzufassen. Travis empfand einen Anflug von Eifersucht, doch im nächsten Moment kam er sich selbst lächerlich vor. Hoffentlich konnte dieser Bursche Shannon helfen.

»Sind Sie Feuerwehrmann?«

Der Mann antwortete nicht, sondern konzentrierte sich ganz auf Shannon, als ob der Rest der Welt, das grauenhafte Inferno dort draußen, die verängstigten Pferde, dieses ganze Höllenszenario gar nicht existierten.

Er untersuchte die Verletzte äußerst behutsam. »Shannon«, flüsterte er kaum vernehmbar. »Wach auf. Hörst du mich?«

»Sie ist bewusstlos«, erklärte Travis gereizt.

Der Mann würdigte ihn keines Blickes.

»Ich hole Hilfe!« Obwohl er sie ungern verließ, lief Travis zum anderen Ende des Stalls, doch die Tür ließ sich nicht öffnen. Er stemmte sich mit der Schulter dagegen, hantierte am Riegel, bis sie endlich nachgab. Travis trat auf den Platz hinaus. Dort standen mehrere Fahrzeuge:

der Wagen eines Sheriffs, ein Tanklöschfahrzeug, ein Einsatzwagen und ein Rettungswagen. Feuerwehrmänner mit Schutzanzügen und Helmen brachten Gewinde an, rollten Schläuche ab und riefen einander Anweisungen zu, während sie den Brand einkreisten.

»He, Sie da!«, rief ein Feuerwehrmann, ein kleiner, drahtiger Kerl mit einem Sauerstoffgerät auf dem Rücken und einer Brechstange in der Hand. Sein Gesicht war ernst und entschlossen, der Blick durchdringend. »Ist da jemand drin?«, fragte er und zeigte auf Shannons Haus.

»Das weiß ich nicht. Ich glaube nicht, aber im Stall liegt eine verletzte Frau. Sie braucht ärztliche Hilfe, sofort!«

Der Feuerwehrmann wies auf die Sanitäter, die gerade aus dem Rettungswagen sprangen.

Travis machte sie auf sich aufmerksam. Die Feuerwehrmänner schleppten inzwischen Schläuche zum Brandherd und richteten mächtige Wasserstrahlen auf den brennenden Schuppen und die umliegenden Gebäude. Das Feuer zischte wütend, knisterte und fauchte, als sei es verärgert über den Angriff der Wassermassen.

»Da im Stall liegt eine Frau, die Besitzerin, Shannon Flannery. Sie ist bewusstlos«, erklärte Travis den Sanitätern. »Kopfverletzung. Platzwunden im Gesicht. Vielleicht auch innere Verletzungen.«

»Und Sie?«, fragte eine Sanitäterin, während sie ihm im Laufschritt zum Stall folgte. Sie war klein und schlank. Der Kollege, der neben ihr herlief, war ein untersetzter Mann, nur ein paar Zentimeter größer als sie.

»Mir fehlt nichts.«

»So sehen Sie aber nicht aus«, bemerkte sie stirnrunzelnd. Travis blickte an sich hinab: Jeans, Jacke und Shirt, alles war blutverschmiert.
»Das Blut ist nicht von mir«, sagte er, bereits an der Tür. »Hier entlang. Das Licht geht nicht.«
»Kein Problem.« Der Mann schaltete eine riesige Taschenlampe ein, die die Stallgasse vollständig ausleuchtete. Überall auf dem Boden waren blutige Fußabdrücke zu sehen.
»Treten Sie bitte nicht hinein!«, warnte der Sanitäter, doch es war zu spät – Travis hatte die Fußabdrücke bereits unkenntlich gemacht, als er losgelaufen war, um Hilfe zu holen. Womöglich hatte er damit wichtige Beweise vernichtet.
Shannon lag noch immer reglos beim hinteren Tor. Der hochgewachsene Mann kniete neben ihr und wich erst zurück, nachdem ihn die Sanitäterin mehrmals energisch dazu aufgefordert hatte.
»Lieber Gott«, stieß sie im Flüsterton hervor, während sie Latexhandschuhe überstreifte. »Das soll Shannon Flannery sein?« Dann blickte sie zu den beiden Männern auf. »Ist einer von Ihnen mit ihr verwandt?«
»Nein«, erwiderte Travis. Der andere Mann schüttelte wortlos den Kopf.
»Wissen Sie, ob es noch andere Verletzte gibt?«, fragte sie weiter und begann, Shannons Puls zu fühlen und ihre Atmung zu überprüfen.
»Ich weiß es nicht«, antwortete Travis. »Ich bin niemandem begegnet.«
»Wohnt hier sonst noch jemand?«

Der andere Mann ergriff das Wort. »Ich, aber ich war nicht zu Hause. Bin gerade erst zurückgekommen.«
Nate Santana, begriff Travis, und erneut regte sich eine leise Eifersucht.
Natürlich hatte er von Santana gewusst, hatte in einigen der Artikel über Shannon von ihm gelesen. Der Bursche war angeblich eine Art Pferdetrainer, ein ›Pferdeflüsterer‹, wenn man glauben wollte, was im Internet über ihn berichtet wurde.
Aber in keinem der Artikel, die Travis gelesen hatte, war von einer romantischen Beziehung zwischen Santana und Shannon die Rede gewesen. Ein kleiner Leckerbissen, den die Presse übersehen hatte? Santanas besorgtes Gesicht, die Art, wie er Shannon berührte und mit ihr sprach, all das verriet, dass die beiden nicht nur eine rein berufliche Beziehung verband. Wahrscheinlich waren sie ein Paar.
Travis musterte den großen Mann unbehaglich. Er hatte schwarzes Haar und Augen so dunkel wie Obsidian, umgeben von Krähenfüßen. Tiefe Falten hatten sich um seine Mundwinkel eingegraben.
»Wohnt außer Ihnen und Mrs. Flannery noch jemand auf dem Grundstück?«, fragte der Sanitäter.
»Nein.«
Von draußen drangen die Rufe der Feuerwehrleute zu ihnen herein, und durch die offene Tür waren Rauch- und Dampfschwaden zu sehen.
»Hatte sie Gäste? Irgendwelche Besucher?«
»Nicht, dass ich wüsste«, erwiderte Santana mit einem Seitenblick auf Travis.

»Okay. Also, was ist mit ihr passiert?«, fragte die Sanitäterin, während ihr Kollege über Funk meldete, dass es keine weiteren Verletzten gab.
»Sie hat die Pferde herausgelassen, weil sie fürchtete, das Feuer könnte auf den Stall übergreifen. Ich war nicht bei ihr, ich habe mich inzwischen um die Hunde gekümmert … Aber ich dachte, vielleicht wurde sie von den Pferden überrannt …«
»Das hier ist mehr als ein Huftritt«, widersprach die Sanitäterin. »Wie lange ist sie schon bewusstlos?«
Travis antwortete: »Etwa fünf Minuten, vielleicht auch sechs oder sieben.«
Flink und gekonnt bandagierte die Sanitäterin Shannons Kopf. Als sie die Verletzung am Hinterkopf sah, runzelte sie die Stirn. Dann riss sie Shannons Bluse auf und versorgte die Schürfwunden am Brustkorb. »Oberflächliche Fleischwunden«, stellte sie fest.
Als Nächstes leuchtete sie Shannon mit einer kleinen Lampe in die Augen. »Shannon Flannery!«, rief sie. «Shannon!« Keine Reaktion. »Wir bringen sie ins Krankenhaus. Vorsichtig mit ihrer Schulter.«
Während zwei weitere Kollegen, die inzwischen hinzugekommen waren, eine Trage aufklappten, sprach sie in ein Diktiergerät: »Das Opfer hat multiple Platzwunden im Gesicht und am Kopf …« Sie rasselte noch weitere Befunde herunter und schaltete schließlich das Gerät aus. »Sieht so aus, als hätte jemand sie brutal zusammengeschlagen.« Ihr Blick ruhte einen Moment lang auf der verschmierten Blutspur in der Stallgasse, ehe sie sagte: »Bringen wir sie ins Krankenhaus.« Die Sanitäter stabili-

sierten Shannons Genick und legten sie behutsam auf die Trage.

Travis' Magen krampfte sich zusammen. Was zum Teufel war ihr zugestoßen in den paar Minuten, in denen sie im Pferdestall war, während er sich um die Hunde kümmerte? Die Sanitäterin hatte recht: Shannon sah aus, als hätte jemand mit einem Baseballschläger auf sie eingedroschen. Und all das konnte nur passieren, weil ihre Tiere ihr so wichtig waren, dass sie ihr Leben für sie aufs Spiel setzte.

Er fühlte sich ganz elend.

»Sie beide erzählen jetzt den Ermittlern, was Sie über diesen Vorfall wissen«, befahl die Sanitäterin, dann hoben sie und ihr Kollege die Trage an und brachten Shannon zum wartenden Rettungswagen.

»Fangen wir mit Ihnen an«, schlug Santana vor und musterte Travis mit schmalen Augen. »Wer zum Kuckuck sind Sie, und wieso waren Sie ausgerechnet in dem Moment zur Stelle, als das Feuer ausbrach?«

8. Kapitel

Shea trat aufs Gas. Mit überhöhter Geschwindigkeit, heulender Sirene und rotierendem Blinklicht raste er durch die leeren Straßen der Stadt hinaus in den Vorort, wo seine Schwester wohnte.

Er konnte noch gar nicht fassen, was Melanie Dean aus der Notrufzentrale ihm mitgeteilt hatte: dass auf Shannons Grundstück ein Brand ausgebrochen war, den sowohl seine Schwester als auch ein Fremder gemeldet hatten. Melanie hatte ihm erklärt, der zweite Anruf sei von einem Handy ausgegangen, das auf einen gewissen Travis Settler aus Falls Crossing in Oregon angemeldet war. Wenige Minuten später erfolgten weitere Anrufe von Nachbarn sowie von Autofahrern, die den Brand von der Straße aus bemerkt hatten.

Shea bremste ab, um von der Hauptstraße abzubiegen, und öffnete das Fenster einen Spalt. Der stechende Geruch von Rauch und verkohltem Holz schlug ihm entgegen – ein Geruch, mit dem er aufgewachsen war.

Einer seiner Onkel war nach beinahe vierzig Dienstjahren bei der Feuerwehr in San Francisco gerade in den Ruhestand getreten, ein anderer Onkel war bei einem Einsatz ums Leben gekommen, in den Achtzigern, als er einen Waldbrand in Südkalifornien bekämpfte. Shea selbst hatte bei der Feuerwehr von Santa Lucia gearbeitet, bevor er fahnenflüchtig wurde und vor ein paar Jahren zur Polizei von Santa Lucia wechselte, wo er Fälle von Brandstiftung untersuchte.

Es lag den Flannerys im Blut.

Auch alle seine Brüder hatten irgendwann einmal mit der Feuerwehr zu tun gehabt, inzwischen hielt allerdings nur noch Robert die Tradition aufrecht.

Zwischen den Bäumen hindurch sah er Licht, und gleich darauf bog er um eine Kurve und hielt auf dem Parkplatz. Ein Bild der Verwüstung bot sich ihm: Von dem zweistöckigen Geräteschuppen, der in der Nähe des Pferdestalls gestanden hatte, war nichts als verkohlter Schutt geblieben. Angestrahlt von den Scheinwerfern eines Löschfahrzeugs, ein paar Laternen und starken Taschenlampen standen drei schwarze Mauern. Das Dach war eingestürzt, eine Außenwand ebenfalls, sämtlich Fenster waren geborsten. Aus den von Löschwasser durchtränkten Überresten stiegen noch dünne Rauchfäden auf. Zum Glück schien keines der übrigen Gebäude betroffen zu sein: Stall, Hundezwinger und Garage, auch das Wohnhaus hatten wahrscheinlich durch den Rauch Schaden genommen, aber alles in allem hatte Shannon Glück gehabt, denn der Schuppen war das unbedeutendste von allen Wirtschaftsgebäuden. Der Tatort war weiträumig mit gelbem Flatterband abgesperrt, nicht einmal das Haus war zugänglich.

Shea schaltete den Motor ab, zog die Handbremse an und stieg leise fluchend aus dem Wagen. Diese Nacht hatte es in sich. Er stapfte über den aufgeweichten Boden, durch Kies, Schlamm und Unrat. Mehrere Feuerwehrleute wa-

ren noch damit beschäftigt, aufzuräumen und Gerätschaften in das letzte verbliebene Löschfahrzeug einzuladen.
Ein Ü-Wagen eines lokalen Nachrichtensenders und zwei Streifenwagen der Polizei standen in einem seltsamen Winkel zueinander zu beiden Seiten der Zufahrt, weit genug voneinander entfernt, dass die großen Löschzüge problemlos zwischen ihnen hindurchpassten.
Auch die Reporter packten bereits ein. Shea runzelte finster die Stirn bei dem Gedanken daran, dass die Medien sich auf diesen Fall stürzen würden. Zweifellos würden sie den Brand auf Shannons Grundstück zum Anlass nehmen, die Vergangenheit wieder ans Licht zu zerren, die Zeit, als Shannon Flannery wegen Mordes an ihrem Scheißkerl von Ehemann vor Gericht gestanden hatte. Ryan Carlyle … Shea knirschte mit den Zähnen. Das Schwein hatte bekommen, was es verdiente. Man sollte die ganze Geschichte endlich vergessen.
Seine Mutter könnte es nicht ertragen, den Skandal noch einmal zu durchleben.
»Scheiße«, knurrte Shea. Er ließ sich von den Polizisten, die bereits vor Ort waren, Bericht erstatten und erfuhr, dass Shannon ins Santa Lucia General Hospital gebracht worden war. Die Brandursache war noch unbekannt. Sie herauszufinden war seine Aufgabe – und die des Ermittlers von der Feuerwehr von Santa Lucia, die nicht nur für die Stadt, sondern auch für die umliegende Berglandschaft zuständig war.
Shea als Polizist war oft anderer Meinung als der Brandermittler der Feuerwehr. Dieser war seiner Ansicht nach

ein anmaßender Spießer, dem es nur um Beförderung, gute Presse für sich selbst und medienwirksame Auftritte ging. Cameron Norris mochte die besten Abschlüsse in Kriminologie und Betriebswirtschaft vorzuweisen haben, aber von Bränden verstand er nun einmal nichts. Und der Blödmann hatte nie eingesehen, dass Shannon das Feuer, in dem ihr Mann umkam, nicht selbst gelegt hatte.

Zwei Cops bewachten das Grundstück und hielten die Leute fern, die in Scharen an den Ort des Geschehens strömten: Nachbarn, besorgte Freunde, Reporter und all die Gaffer, denen gar nicht bewusst zu sein schien, dass dies der Tatort eines Verbrechens war und die Spuren gesichert werden mussten. Alle wollten nur das Feuer sehen, diese wilde, alles vernichtende Bestie. Es faszinierte den Menschen, war wie ein lebendiges Wesen, das er zum Überleben brauchte und zugleich instinktiv fürchtete wie den Tod.

Shea zückte seine Dienstmarke. Die Kollegen warfen einen flüchtigen Blick darauf, nickten und setzten ihre Unterhaltung fort.

Als Shea über die Absperrung stieg, bemerkte ihn einer der Feuerwehrmänner, die Geräte in den Löschzug luden, und ließ seine Arbeit liegen.

Sein Bruder Robert.

Shea erkannte ihn selbst im Schutzanzug mühelos.

Patricks Söhne ähnelten ihm sämtlich, Robert jedoch war ihm, wie alle Verwandten fanden, ›wie aus dem Gesicht geschnitten‹. Er hatte sogar den gleichen raschen, sehr aufrechten Gang. »Was zum Teufel ist hier passiert?«, fragte Shea, sobald Robert in Hörweite war.

»Weiß nicht.« Robert löste den Kinnriemen, nahm seinen Schutzhelm ab und zog die Kapuze vom Kopf, unter der schweißnasses Haar und ein rußverschmiertes Gesicht zum Vorschein kamen. Robert war etwas kleiner als Shea, hatte aber das gleiche wellige, schwarze Haar, die strahlend blauen Augen und das kantige Kinn wie alle Flannery-Brüder. »Vor etwa einer Stunde ist ein Notruf eingegangen.« Er atmete tief durch und rieb sich den Nacken. »Mann, als ich Shannons Adresse gehört habe, hätte ich mir beinahe in die Hose gemacht.«
»Aber du hast sie nicht gesehen?«
»Nein. Sie soll ziemlich übel zugerichtet sein. Cuddahey hat sie flüchtig gesehen.« Er wandte sich zu dem Löschzug um, an dem Kaye Cuddahey mit einem Flansch beschäftigt war. Shea kannte sie. Groß, gutaussehend, spitzzüngig, mit drei Kindern und zwei Ex-Männern gesegnet, die zusammen keine fünfzig Cent wert waren.
»Rauchvergiftung? Verbrennungen?«
»Nein, wahrscheinlich von den Pferden niedergetrampelt. Cuddahey sagt, sie sähe aus, als hätte sie jemand mit einem Baseballschläger verdroschen.«
»Aber das kann ich mir gar nicht vorstellen.« Shea kratzte sich am Kinn. »Sie hat doch eine so gute Hand für die Tiere.« Er betrachtete den verkohlten Haufen, der einmal ein Schuppen gewesen war. Warum war das Gebäude so plötzlich in Flammen aufgegangen? Und was war Shannon zugestoßen?
Waren es tatsächlich die Pferde gewesen, die sie in ihrer panischen Flucht umgerissen und überrannt hatten?
Oder steckte womöglich mehr dahinter?

Wahrhaftig, diese Nacht hatte es in sich … der Geruch des gelöschten Feuers, die Windstille, das Gefühl, dass etwas abgrundtief Böses vor sich ging.
Shea hatte einen üblen Geschmack im Mund.
Alte Ängste meldeten sich zurück.
Die Richtung, in die seine Gedanken jetzt gingen, gefiel ihm nicht. Es war ein tödliches Terrain, das er nicht erforschen wollte. Niemals.
»Im Grunde sind es eben doch Wildtiere«, sagte Robert jetzt. »Wahrscheinlich sind die Pferde einfach in Panik geraten, als Shannon sie rausgelassen hat. Die Angst vor dem Feuer ist tief verwurzelt. Vielleicht ist sie ausgerutscht, oder ein Pferd hat sie umgerissen. Und dann sind die anderen über sie hinweggetrampelt.«
»Möglich«, räumte Shea ein, aber er glaubte nicht recht daran. Etwas war faul an der Sache.
»Wo wurde sie gefunden?«
»Im Stall.« Robert wies mit einer Kopfbewegung auf das Gebäude neben dem Schutthaufen. »Beim hinteren Ausgang, dem großen Tor zur Koppel.«
Das langgestreckte zweistöckige Gebäude war mit Flatterband abgesperrt. Shea hatte den Pferdestall ein paarmal von innen gesehen, als seine Schwester ein besonders bösartiges Pferd angeschafft hatte, das Santana zureiten wollte. Der Stall hatte Boxen für bis zu einem Dutzend Pferde, und in der Nähe des hinteren Tores lagen mehrere Kammern für Longen und Zaumzeug, Gegenstände des täglichen Gebrauchs sowie für Futter und einen verschlossenen Medizinschrank. Oben befand sich ein Heuboden.

Die dem Brand zugewandte Stallmauer war schwarz, mehrere Fenster waren geborsten.

»Ein Glück, dass es nicht auch den Stall erwischt hat«, dachte Shea laut.

»Oder die Tiere.«

»Wo sind die Pferde?«

»Santana hat sie zusammengetrieben und in ein Pferch am anderen Rand der Koppel gesperrt, weit weg vom Feuer. Die Hunde hat er auch sicher untergebracht, damit sie nicht die Spuren am Tatort vernichten.

»Was ist mit Shannons Hund?«, fragte Shea weiter und überblickte das Areal.

»Khan?« Wir haben ihn im Haus gefunden. Wohlauf und furchtbar beleidigt, weil er eingesperrt war, während es hier ordentlich rundging. Jetzt ist er bei den anderen Hunden.«

»Santana kümmert sich auch um ihn?«

»Ja.« Robert und Shea wechselten einen stummen Blick. Beide hegten insgeheim einen Groll gegen den Mann, der hier mit Shannon lebte und arbeitete. Sie trauten Nate Santana nicht über den Weg.

»Feiner Kerl«, bemerkte Shea sarkastisch. Robert verzog das rußverschmierte Gesicht. »Wo war Santana, als es passierte?«

»Gute Frage. Er erschien erst auf der Bildfläche, als Shannon die Pferde schon herausgelassen hatte. Soweit ich mitbekommen habe, war er eine Weile verreist. Shannon war wohl diese Woche allein.«

Sheas ungutes Gefühl verstärkte sich. Hier trafen ein paar merkwürdige Zufälle zusammen.

»Jedenfalls waren er und noch ein anderer Mann hier und haben versucht, Shannon zu helfen, bevor der Rettungsdienst kam«, berichtete Robert.

»Wer war dieser andere Mann?«

»Stammt nicht aus dieser Gegend. Settler heißt er, soviel ich weiß. Mehr habe ich nicht erfahren.«

Hinter ihnen sprang der Motor des Löschzugs dröhnend an. »Keine Ahnung, was es mit dem auf sich hat. Ich habe ihn nicht gesehen, und den Namen habe ich noch nie gehört. Aber der Captain hat's gesagt. Hör mal, ich muss wieder los.« Er wies mit dem Kopf auf das Löschfahrzeug.

»Wer ist eigentlich bei Shannon im Krankenhaus?«

»Oliver«, antwortete Robert. »Ich habe ihn angerufen, sobald ich erfuhr, dass Shannon etwas zugestoßen ist.«

Oliver, ihr jüngerer Bruder, war ebenfalls Feuerwehrmann gewesen, hatte den Beruf jedoch an den Nagel gehängt. In wenigen Wochen wollte er sein Priestergelübde ablegen. Shea verstand nicht, weshalb Oliver sich ausgerechnet zum Priester berufen fühlte. Ihre Mutter jedoch war entzückt gewesen, einen Geistlichen in der Familie zu haben. Maureen schien in letzter Zeit nicht viel Freude am Leben zu haben, schon seit Jahren wurde sie immer deprimierter, und so fand Shea, wenn es sie glücklich machte, sollte Oliver doch ein gottverdammter Priester werden. Sein Gelübde ablegen, für den Rest seines Lebens dem Sex und der Sünde abschwören. Himmel, irgendwer musste ja mal aus der Familientradition – oder war es eher eine Obsession? – der Brandbekämpfung ausbrechen.

»Wenn Oliver mit den Ärzten geredet und erfahren hat, wie es um Shannon steht, spricht er mit Ma.«
»Das dürfte heiter werden«, bemerkte Shea. Es konnte der letzte Nagel zum Sarg ihrer Mutter sein. Nicht genug damit, dass ihre Söhne Draufgänger waren wie ihr Vater, nein, auch die Tochter geriet immer wieder in Schwierigkeiten. Das schien in der Familie zu liegen – der Fluch der Flannerys, wie Maureen O'Malley Flannery es nannte. Sämtliche Flannerys hatten irgendwelche Leichen im Keller. Alle neigten dazu, Probleme heraufzubeschwören – welcher Art auch immer. »Wenn Shannon nur wieder gesund wird, dann ist alles andere unwichtig«, knurrte Shea.
»Das sagst du so.«
»Was soll das heißen?«
»Ich bin der Meinung, der Kerl, der hinter all dem steckt, muss dafür bezahlen, und zwar gehörig.«
»Das wird die Polizei besorgen«, sagte Shea.
»Ja, klar.« Robert schnaubte verächtlich. »Und ich werde vom Papst persönlich heiliggesprochen.«
»Hey, Flannery, kommst du endlich?«, rief Kaye Cuddahey Robert ungeduldig zu. Sie und Luis Santiago stiegen bereits in das Löschfahrzeug.
»Bis später«, verabschiedete sich Robert und lief zu seinen Kollegen hinüber. Sekunden später rumpelte das schwere Fahrzeug die Zufahrt entlang.
Shea schritt den Tatort ab, betrachtete den Schutt, versuchte sich vorzustellen, wie der Brand verlaufen sein könnte. Sobald die Überreste des Schuppens abgekühlt waren, würden er und ein paar Kollegen aus dem Krimi-

nallabor sowie der Brandermittler der Feuerwehr die verkohlten Überreste durchsuchen, um genau festzustellen, was geschehen war. Vielleicht konnte auch Shannon etwas erklären oder Santana oder der andere Kerl, der Fremde. Wie hieß er gleich? Settler? Wer mochte er wohl sein?

Shea ging zurück zu seinem Pick-up, zog Überschuhe und Handschuhe an und nahm seine Taschenlampe mit. Er stieg über die Absperrung und trat durch die offene Tür in den Stall.

Als er den Lichtschalter betätigte, war das Gebäude augenblicklich in voller Länge von gleißendem Neonlicht erhellt. Sein Magen krampfte sich zusammen, als er die Blutlache am anderen Ende sah. Vorsichtig, um keine Spuren zu vernichten, ging er außen um das Gebäude herum, blieb am Tor stehen und betrachtete die dunkle, halbeingetrocknete Pfütze. Sämtliche Blutspuren waren verschmiert, hier war vermutlich kein Beweismaterial mehr zu finden.

Er ging in die Hocke, blickte die Stallgasse entlang und versuchte sich vorzustellen, was geschehen war. Wo waren die blutigen Hufabdrücke? Wenn die Pferde Shannon überrannt hätten, müssten sie Spuren hinterlassen haben. Doch die einzigen Abdrücke, die er sah, waren die von Schuhsohlen. Der Größe nach zu urteilen, handelte es sich um Männerschuhe.

Ihm wurde flau im Magen. Seine bösen Ahnungen schienen sich zu bestätigen. Da hörte er ein weiteres Fahrzeug näher kommen, und Scheinwerferlicht drang vom Hof her durch die Tür.

Die Spurensicherung war eingetroffen.

Vielleicht würden sie jetzt etwas Licht ins Dunkel bringen.

Von einer sonnengebleichten Bank auf der hinteren Veranda der Hütte aus beobachtete er den Sonnenaufgang. Dabei trank er Cola aus der Flasche. Trotz der frühen Stunde war es bereits sehr warm, ein heißer, trockener Wind strich über das hügelige Land, durch die trockenen Flussbetten und den Wald.
Über den Bergen im Osten flammte Licht auf, glühende Orange- und Goldtöne schoben den Vorhang der Nacht zurück und strahlten wie Feuer … immerzu Feuer.
Ein Hase hoppelte durch das Dornengestrüpp bei der heruntergekommenen Hütte, in der seit Jahrzehnten niemand mehr gewohnt hatte. In einer dürren Eiche krächzte eine Krähe. Über ihm krochen gerade die Wespen aus ihren Nestern unter der Dachrinne, um sich zu wärmen.
Hier war sein Zufluchtsort.
Ein Ort, den niemand kannte.
Nicht einmal jemand, der ihm nahestand.
Sofern man das von irgendwem behaupten konnte.
Er trank einen weiteren Schluck aus der Flasche.
Die Kleine war drinnen, in einem Raum eingesperrt, in den nur durch eine kleine Dachluke etwas Tageslicht drang. Die Fenster waren mit Brettern vernagelt, die Tür war von außen verriegelt.
Bisher hatte sie keine Schwierigkeiten gemacht.
Kaum zu glauben, dass dieses verschüchterte kleine Ding eine Blutsverwandte von Shannon Flannery sein sollte. Ihre Tochter.

Sein Blick wanderte wieder zum langsam heller werdenden Himmel, er schob die Gedanken an das Mädchen von sich und betrachtete die glühenden Farben.
Die ihn wieder an das Feuer erinnerten.
Und an sie.
Sein Blut geriet in Wallung, wenn er an sie dachte.
Er war ihr so nahe gewesen, dass er sie riechen, ihre Angst spüren und hören konnte, wie sie nach Luft schnappte, als er zuschlug. Er fuhr sich mit der Zunge über die Lippen. Die Schläge waren gerade heftig genug gewesen, um ihr eine Platzwunde zuzufügen, ein paar kleine Knochen zu zertrümmern, aber nicht so stark, dass ihre Schönheit dauerhaft dahin war oder dass sie Wochen im Krankenhaus würde zubringen müssen.
Nicht stark genug, um tödlich zu sein.
Noch nicht.
Als er das Feuer legte, war ihm klar gewesen, dass sie zu den Pferden eilen würde. Entweder bevor oder nachdem sie die Hunde befreite – in jedem Fall würde sie sofort die Tiere retten und nicht warten, bis Hilfe eintraf.
Also hatte er gewartet. Hinter einer Getreidetonne verborgen, die Heugabel griffbereit, hatte er die Sekunden gezählt, sein eigenes schweres Atmen gehört, gespürt, wie sich sein Puls beschleunigte. Durch das Fenster hatte er sein Werk betrachtet, die Explosion gespürt, die die Scheiben bersten und den Boden erzittern ließ. Er hatte gehört, wie die Pferde in ihren Boxen angstvoll mit den Hufen scharrten, während die sich rasch ausbreitenden Flammen das alte Holz des Schuppens verschlangen, sich gierig durch das trockene Dach fraßen.

Gott, es war perfekt gewesen. Die Erinnerung daran erregte ihn aufs Neue.

Die zweite Explosion hatte die verschreckten Tiere vollends in Panik versetzt. Sie wieherten schrill und keilten aus, während die Hunde in ihren Zwingern bellten und winselten.

Von seinem Versteck aus konnte er auch die Haustür sehen und beobachten, wie Shannon mit einem armseligen kleinen Feuerlöscher herauskam. Genau wie er es erwartet hatte. Ihr kastanienbraunes Haar wallte offen um das ängstlich verzerrte Gesicht, ihr Körper war schlank und geschmeidig, mit hoch angesetzten Brüsten und einem knackigen kleinen Hintern.

Sie war zielstrebig über den Kiesplatz zum Stall hinübergerannt.

Alles lief wie am Schnürchen.

Bis plötzlich wie aus dem Nichts ein Mann auftauchte.

Jemand, mit dem er nicht gerechnet hatte.

Er musste sich in der Nähe versteckt gehalten haben.

Das sprichwörtliche Haar in der Suppe.

Sein Lächeln erstarb, als er an den Eindringling dachte.

Zum Glück hatte Shannon ihn angewiesen, die Hunde freizulassen, während sie sich um die Pferde kümmerte. Während der Fremde also zu den Zwingern eilte, öffnete sie die Stalltür und hastete die Gasse entlang bis zum anderen Ende. Auch das lief wie geplant. So blieb ihm genügend Zeit, die Tür zum Parkplatz zu schließen und zu verriegeln, um ihr den Fluchtweg abzuschneiden und sicherzustellen, dass er mit ihr allein blieb.

Jetzt erhob sich die Sonne über die Hügel im Osten, eine

glühende Scheibe, die alles vergoldete und die Nacht vertrieb.

Er trank einen großen Schluck von seiner Cola und leckte sich die Lippen bei der Erinnerung daran, wie er auf den richtigen Moment zum Zuschlagen gewartet hatte. Alle Muskeln aufs äußerste angespannt, das Rauschen seines eigenen Blutes in den Ohren – es war ein geradezu lustvolles Gefühl.

Seine Geduld wurde auf eine harte Probe gestellt, denn Shannon hatte jedes Pferd einzeln herausgelassen. Sie hatte beim großen Tor zur Koppel angefangen und sich in seine Richtung vorgearbeitet, bis sie endlich bei dem nervösen Falben angelangt war.

Er hatte die Stute zusätzlich in Panik versetzt, indem er sein Butanfeuerzeug vor ihrer Nase gezündet hatte, so nah, dass die Haare an ihren Nüstern versengt wurden. Das Pferd war gestiegen und hatte schrill gewiehert; es hatte ihn immer noch gewittert, während er wartete, hatte immer noch die hohe, heiße Flamme des Feuerzeugs gespürt.

Als Shannon sie schließlich befreien wollte, war die Stute bereits ganz außer sich vor Angst, und Shannon hatte sie nur mit größter Mühe aus der Box bekommen. Dabei hatte das Tier sie mit seinen Hufen verletzt.

Shannon hatte kaum einen Ton von sich gegeben.

So tapfer.

So selbstgerecht.

Und zum Untergang verurteilt.

Denn er hatte die Heugabel griffbereit.

Er hätte Shannon mit Leichtigkeit umbringen können,

doch er hatte andere Pläne. Auch wenn er bereits im Blutrausch war, musste er dennoch Geduld bewahren.
Zuerst mussten noch andere bezahlen. Er leerte die Flasche und warf sie ins Gestrüpp, woraufhin ein paar Finken erschrocken aufflatterten und zu schimpfen begannen.
Shannon sollte am Leben bleiben, bis alle anderen tot waren. Sie sollte mitbekommen, wie einer nach dem anderen starb, sollte den Schmerz des Verlusts erleiden, sich ihre Qualen vorstellen und wissen, dass auch sie selbst nicht überleben würde.
Keiner würde überleben.

9. Kapitel

Shannon fühlte sich grässlich.

Ihr gesamter Körper tat weh, ihr Gesicht pochte vor Schmerzen, und ihr Hinterkopf fühlte sich an, als müsse er explodieren.

Zudem fiel es ihr schwer, richtig wach zu werden; ihre Lider waren wie Blei, und als sie sich über die Lippen lecken wollte, gehorchte ihre Zunge ihr nicht richtig. Sie hatte einen säuerlichen Geschmack im Mund, die Zähne fühlten sich pelzig an.

Shannon hörte Stimmen – leise, gedämpfte Stimmen – und spürte, dass jemand ihren nackten Arm berührte.

Versuchsweise blinzelte sie mit verquollenen Augen, schloss die Lider aber gleich wieder, denn das grelle Licht schmerzte.

»Sie wacht auf«, sagte eine leise Frauenstimme.

Es dauerte einen Moment, bis Shannon begriff, dass sie nicht zu Hause in ihrem eigenen Bett lag, sondern im Krankenhaus. Allmählich kehrte ihre Erinnerung bruchstückhaft zurück. Das Feuer im Schuppen fiel ihr wieder ein, wie sie aus dem Haus gelaufen war, draußen den Fremden getroffen hatte … die verängstigten Pferde, das prasselnde Feuer und schließlich der Überfall.

»Mrs. Flannery kommt zu sich«, stellte die leise Frauenstimme fest. »Sehen Sie nach, ob Dr. Zollner noch hier ist.«

»Ich habe sie vor zehn Minuten im B-Flügel gesehen«, erwiderte eine jüngere Stimme.

»Gut. Suchen Sie sie bitte und sagen Sie ihr Bescheid.«

Shannon bemühte sich, ihren Erinnerungen einen Sinn abzugewinnen. Wer hatte ihr da im Stall aufgelauert und versucht, sie umzubringen?

Ihr Herz raste, ihr Atem ging heftiger, als sie an den Schmerz, die Angst, das Grauen zurückdachte. War der Mann, der sie überfallen hatte, derselbe, der auch das Feuer gelegt hatte? Und der barmherzige Samariter, der plötzlich aufgetaucht war, unmittelbar nach den Explosionen – wer war er? Freund oder Feind? Hatte er womöglich das Feuer gelegt und dann, als sie aus dem Haus kam, vorgegeben, ihr helfen zu wollen, nur um ihr nachher im dunklen Stall aufzulauern und sie anzufallen? Hatte er eigentlich seinen Namen genannt?

Ihr Kopf dröhnte, das Nachdenken strengte sie zu sehr an.

»Shannon?«

Die Frauenstimme – vermutlich die einer Krankenschwester – kam näher. »Shannon, können Sie mich hören? Shannon?«

»Ja«, brachte sie mühsam heraus.

»Wie fühlen Sie sich? Können Sie die Augen öffnen?«

Shannon verzog schmerzlich das Gesicht und blinzelte ein paarmal. Vor sich sah sie eine zierliche Schwester mit kurzem, gesträhntem Haar, Nickelbrille und Grübchen.

»Wie fühlen Sie sich?«, fragte sie noch einmal und tastete sanft am Handgelenk nach Shannons Puls.

Grauenhaft!

Als wäre ich von einem Laster überfahren worden, mindestens.
»Das fragen Sie noch?«, flüsterte sie mühsam.
Die Mundwinkel der Schwester zuckten. »So schlimm?«
»Schlimmer.«
»Wenn die Frau Doktor Sie untersucht hat, erhöhen wir die Dosis Ihrer Schmerzmittel«, sagte die Schwester und sah sie aus ihren dunklen Augen mitleidig an. »Wissen Sie, wo Sie sind?«
»Im Krankenhaus.«
»Aber nicht in irgendeinem Krankenhaus, wohlgemerkt. Sie sind offizieller Gast im Santa Lucia General, dem besten Krankenhaus weit und breit … Nun ja, zumindest sollen wir Ihnen das sagen.«
Shannon drehte vorsichtig den Kopf und stellte fest, dass sie sich in einem Einzelzimmer mit blassgrünen Wänden, sterilen medizinischen Gerätschaften, einem Fernseher an der Wand und einem Tischchen befand, auf dem Blumensträuße in Vasen und mehrere Topfpflanzen standen.
Die Leute hatten bereits Blumen geschickt?
Dann musste einige Zeit vergangen sein.
Panik stieg in ihr auf.
»Wie lange war ich bewusstlos?«, fragte sie mit einem Blick auf den Infusionsständer an ihrem Bett.
»Sie wurden vorletzte Nacht eingeliefert.«
Shannons Blick wanderte zum Fenster. Draußen dämmerte es, auf dem Parkplatz gingen bereits die Laternen an.
»Was ist passiert? Was ist mit meinen Pferden?« Ein Adrenalinstoß vertrieb mit einem Schlag ihre Benommenheit.

»Sicher geht es ihnen gut.« Die Schwester schob ihr ein Digitalthermometer unter die Zunge, las die Temperatur ab und legte ihr die Manschette eines Blutdruckmessgeräts um den Arm. Sie drückte das Stethoskop in die Ellenbeuge, dann trug sie die Werte in ihre Karte ein.

Ungeduldig fragte Shannon: »Ist meine Handtasche hier? Meine Brieftasche? Mein Handy?«

»Ich glaube nicht. Sie sind mit dem Rettungswagen eingeliefert worden. Nach einem Brand. Sie hatten keine persönlichen Dinge bei sich, außer Ihrer Kleidung und Ihrer Armbanduhr.«

Shannon warf einen Blick auf ihr Handgelenk.

»Sie liegt im Schrank.«

»Ich brauche ein Telefon«, sagte Shannon, der Panik nahe. Bestimmt hatten ihre Brüder sich um die Tiere gekümmert und Nate angerufen. Oder, falls sie ihn nicht erreichen konnten, Lindy, die ihre Buchführung machte und sicher jemanden auftreiben konnte, der die Pferde und Hunde fütterte, tränkte und bewegte. »Und dann muss ich raus hier.«

»Auf dem Nachttisch steht ein Telefon«, erwiderte die Schwester. »Aber die ganze Zeit über waren Angehörige von Ihnen hier, im Wartezimmer. Einer von ihnen, ein großer Polizist …«

»Shea.«

Die Schwester nickte. »Er lässt Ihnen ausrichten, dass Ihre Familie sich um alles kümmert, auch um Ihr Haus, Ihren Betrieb und die Tiere. Sie sollen sich keine Sorgen machen und schnell gesund werden.«

»Keine Sorgen machen?« Unmöglich.

»Ist er hier?«

»Ich weiß es nicht. Irgendjemand ist bestimmt noch da, aber Ihre Mutter ist nach Hause gefahren.«

Shannon atmete tief durch. Die Vorstellung, dass ihre Familie zwei Tage lang im Krankenhaus ausharrte, alles für sie regelte, sich Sorgen um sie machte, verstärkte den pochenden Kopfschmerz. Sie stellte sich vor, wie ihre Mutter betete, die Perlen ihres Rosenkranzes durch die arthritischen Finger gleiten ließ, während Oliver sie tröstete. Robert war sicher angespannt: In seiner Ehe kriselte es, so dass er genügend eigene Probleme hatte. Aaron, der Hitzkopf, war bestimmt rasend wütend und brannte darauf, den Täter selbst zur Rechenschaft zu ziehen. Und Shea war wie immer die Stimme der Vernunft, ruhig, mit beherrschter Wut.

»Hallo, Shannon.« Eine große Frau im weißen Kittel trat ins Zimmer und stellte sich als Dr. Ingrid Zollner vor. Sie trug das blonde Haar straff nach hinten frisiert, hatte markante Gesichtszüge und Fältchen an den Augen und den Mundwinkeln. Ihr Lächeln war müde und gezwungen.

Dr. Zollner stellte Shannon ein paar Fragen, dann untersuchte sie sie, prüfte ihr peripheres Sehvermögen, erkundigte sich, wie stark ihre Schmerzen seien, begutachtete die Verbände im Gesicht, am Kopf und am Körper. Sie erklärte Shannon das Ausmaß ihrer Verletzungen.

»Sie wurden bewusstlos eingeliefert, mit einer Gehirnerschütterung, die durch einen Schlag auf den Hinterkopf verursacht wurde, und mit zahlreichen Prellungen. Es ist fast ein Wunder, dass keine Knochen gebrochen sind.

Ihre Schulter war ausgerenkt, und Sie haben Blutergüsse an den Rippen.«
Noch einmal untersuchte sie Shannons Kopfverletzung. »Alles in allem haben Sie Glück gehabt, würde ich sagen.«
»Glück?«, wiederholte Shannon. Die Schwester regulierte den Tropf. »So fühle ich mich nun wirklich nicht.«
»Es hätte sehr viel schlimmer ausgehen können.« Die Ärztin lächelte nun nicht mehr und sprach in völlig sachlichem Ton. »Sie haben keinen Hirnschaden davongetragen. Sie benötigen keine Operation, keine Gesichtschirurgie. Angesichts des brutalen Angriffs können Sie also wirklich von Glück sagen.«
Shannon verzichtete darauf, ihr zu widersprechen.
Dr. Zollner verschränkte die Arme vor der Brust und erklärte: »Die Polizei möchte Sie sprechen. Ich habe den Herren gesagt, sofern Sie einverstanden sind, dürfen sie für ein paar Minuten zu Ihnen, länger nicht. Die Polizisten sind ziemlich hartnäckig, aber wenn Sie sich dem nicht gewachsen fühlen, lassen wir sie noch warten.«
»Nein, sie sollen ruhig kommen«, sagte Shannon. »Und können Sie mir sagen, wann ich nach Hause darf?«
Die Ärztin zog eine Augenbraue hoch. »Bald.«
»Wie bald?«
Ehe Dr. Zollner etwas erwidern konnte, piepte ihr Rufmelder. Sie las die Nummer im Display und runzelte die Stirn, dann sah sie Shannon nachdenklich an. »Voraussichtlich können Sie morgen früh entlassen werden. Ich möchte Sie noch über Nacht zur Beobachtung hier behalten. Eine Gehirnerschütterung sollte man ernst nehmen.«

»Ich weiß, aber ich muss meine Tiere versorgen. Ich habe …«

»Sie müssen erst einmal gesund werden«, unterbrach sie die Ärztin. »So lange kann sich jemand anders um Ihre Haustiere kümmern.«

»Nein, Sie verstehen nicht …«

Aber Dr. Zollner war bereits zur Tür hinaus.

»Toll«, murrte Shannon.

»Dr. Zollner ist eine vielbeschäftigte Frau«, sagte die Schwester und zwinkerte ihr zu. »Reden Sie erst einmal mit der Polizei, und ich gebe inzwischen Ihren Angehörigen Bescheid, dass Sie wach sind und sie Sie bald besuchen können. Vielleicht möchten Sie auch etwas essen.«

Erst jetzt wurde Shannon bewusst, dass sie gewaltigen Hunger hatte. »Ja, gern«, sagte sie.

»Ein gutes Zeichen.« Die Schwester ging hinaus, und die Schmerzmittel begannen zu wirken.

Wenige Minuten später kamen zwei Detectives ins Zimmer, Cleo Janowitz und Ray Rossi. Janowitz war dünn wie ein Model und fast so groß wie ihr Partner, beinahe einsachtzig. Sie hatte schulterlanges, glattes schwarzes Haar, und ihre goldenen, mandelförmigen Augen waren scharf und eindringlich. Die Polizistin war hübsch, hatte aber nichts Weiches oder Herzliches an sich. Ihr Lächeln war schmal.

Rossi sah aus, wie man sich Kojak in jungen Jahren vorstellt: große Nase, große braune Augen, rasierter Schädel … Nur sein schmales Kinnbärtchen und die Apfelbäckchen störten diesen Eindruck.

»Mrs. Flannery«, begann Janowitz, offenbar die Ranghöhere. »Mir ist klar, dass Sie sich nicht besonders gut fühlen, und deshalb wollen wir es kurz machen. Aber wir müssen Ihnen ein paar Fragen zu dem Vorfall in der vorletzten Nacht stellen.«

»Schießen Sie los.« Shannon drückte einen Knopf, um das Kopfende ihres Bettes ein wenig anzuheben. Es war ein seltsames Gefühl, hier in diesem Krankenhausbett vernommen zu werden, mit der Infusion im Arm und all den Verbänden.

»Ist Ihnen klar, dass wir Brandstiftung vermuten?«, fragte Janowitz, während sie einen Stift und einen Spiralblock aus ihrer Schultertasche hervorzog. Rossi stellte inzwischen ein Diktiergerät auf Shannons Nachttisch.

»Ich dachte es mir«, antwortete sie. Nachdem sie zuerst die angesengte Geburtsurkunde auf der Veranda gefunden hatte und dann im Stall überfallen worden war, wusste sie, dass jemand es auf sie abgesehen hatte. Die Frage war nur, wer und warum.

»Die Kollegen von der Spurensicherung werten noch das Beweismaterial aus, und meines Wissens arbeitet auch der Brandermittler der Polizei, Shea Flannery, an dem Fall. Er ist Ihr Bruder, nicht wahr?«

»Ja.«

»Er sitzt übrigens draußen im Wartezimmer, aber wir wollten zuerst mit Ihnen reden.«

Es gab Shannon eine gewisse Sicherheit, dass wenigstens einer ihrer Brüder in der Nähe war. Auch wenn ihre Familie sie oft genug an den Rand des Wahnsinns trieb, im Notfall konnte sie sich doch immer auf sie verlassen.

»Was wollen Sie wissen?«

Janowitz sah sie eindringlich an. »Zunächst einmal, wie es zu Ihren Verletzungen gekommen ist. Wir haben Blut am Stiel einer Heugabel gefunden, Stiefelabdrücke, zum Teil ebenfalls blutig. Alles deutet darauf hin, dass Sie überfallen wurden.«

Shannon erwiderte: »Jemand hat mir im Stall aufgelauert.« Im Geiste durchlebte sie die Szene erneut, die Panik der Pferde, ihre eigene Angst. »Er hat mich angegriffen.«

»Können Sie die Person beschreiben?«, fragte Janowitz.

»Schwierig – es war dunkel, und ich glaube, er trug eine Art Maske. Er war schätzungsweise einsachtzig groß und muskulös – glaube ich jedenfalls, aber alles ging so schnell …«

»Und die Kleidung?«

»Dunkel …« Shannon versuchte sich zu erinnern. »Vielleicht schwarz, ich weiß es nicht genau …«

»Jeans?«, fragte Rossi nach.

»Kann sein.«

Rossi bohrte weiter: »Langärmelige Kleidung? Jacke? Handschuhe?«

»Ich … Ich kann es nicht sagen, nicht mit Sicherheit.«

»Ist Ihnen irgendetwas an dem Angreifer aufgefallen? Benutzte er Rasierwasser, roch er nach Benzin?«

»Ich weiß es nicht, der Rauchgeruch war viel zu stark.«

»Hat er etwas gesagt? Würden Sie möglicherweise seine Stimme wiedererkennen?«

»Nein. Er hat kein Wort gesprochen«, antwortete Shannon.

»Wie genau ist der Angriff abgelaufen?«

Sie schluckte. »Wie gesagt, er muss im Stall auf mich

gewartet haben, bis ich möglichst weit vom Tor zur Koppel entfernt war. Ich hatte alle Pferde bis auf eins hinausgelassen, aber mit dem letzten gab es Probleme. Eine Stute, Molly. Sie war völlig außer sich vor Angst und kam nicht aus der Box. Ich musste sie am Halfter packen und mit Gewalt herauszerren. Dabei ist sie gestiegen und hat mich mit dem Huf getroffen ...« Shannon streckte die Hand nach dem Wasserglas aus. Rossi reichte es ihr.
Shannon räusperte sich und berichtete weiter, woran sie sich erinnerte. Janowitz stellte zwischendurch Fragen und kritzelte in ihren kleinen Spiralblock, währen Rossi zuhörte, ohne sie zu unterbrechen.
Nein, Shannon hatte keine fremden Fahrzeuge auf dem Grundstück gesehen.
Nein, sie hatte in letzter Zeit niemanden in der Nähe ihres Hauses bemerkt, der dort nichts zu suchen hatte.
Ja, manchmal hatte sie tatsächlich das Gefühl, verfolgt oder beobachtet zu werden. Sie konnte es sich selbst nicht erklären.
Nein, sie hatte keine Ahnung, wer das angesengte Stück von der Geburtsurkunde ihrer Tochter auf die Veranda gebracht oder um genau 0:07 Uhr an deren dreizehntem Geburtstag angerufen hatte, aber, ja, sie glaubte, dass ein Zusammenhang zwischen all diesen Vorfällen und dem Brand bestand.
Shannon war plötzlich furchtbar müde. Sie gähnte, was einen stechenden Schmerz in ihren Rippen verursachte. Ihre Konzentration ließ nach, sie wollte nicht mehr an den Brand denken.
Doch Janowitz war noch nicht fertig. »Da war ein Mann

auf dem Gelände, ein Fremder. Sie sind ihm begegnet, als der Brand ausbrach.«

»Mhm.« Shannon dachte an den Mann, der plötzlich aus dem Schatten aufgetaucht war und den sie losgeschickt hatte, damit er die Hunde aus den Zwingern ließ. Sie hatte ihn im schwachen Licht nur undeutlich erkennen können: ein großer, athletisch gebauter Mann mit scharfen Zügen. »Ich weiß seinen Namen nicht.«

Janowitz blätterte in ihren Notizen, doch Shannon vermutete, dass sie gar nicht nachzusehen brauchte. Die Polizistin wirkte hochkonzentriert und hatte bestimmt ein verdammt gutes Gedächtnis. »Travis Settler.«

Der Name sagte ihr nichts. »Settler?«

»Sie kennen ihn also nicht?«

Shannon schüttelte den Kopf. »Nein. Aber …« Ihr fiel ein, dass sie einen Moment lang das Gefühl gehabt hatte, ihn schon einmal gesehen zu haben. Sie wollte das eigentlich gar nicht erwähnen, es schien so verrückt, woher sollte sie ihn kennen? Doch die Polizistin sah sie erwartungsvoll an, und so sprach sie weiter. »Na ja, als ich ihn in dieser Nacht gesehen habe, da … da hatte ich … so ein komisches Gefühl, als ob ich ihm schon mal begegnet wäre. So eine Art Déjà-vu. Aber das war wohl nur Einbildung.«

»Er stammt aus Falls Crossing.«

Shannon zuckte mit den Schultern. »Wo ist das?«

»In Oregon. Nahe der Grenze zu Washington.«

»Nie gehört.«

»Der Ort ist nicht gerade berühmt.« Der Anflug eines Lächelns umspielte Janowitz' Mund. Sieh an, die knallharte Polizistin hatte einen Sinn für Humor.

»Und der Name Travis Settler sagt Ihnen auch nichts?«
»Nein, ich kenne niemanden, der so heißt.« Shannon drehte vorsichtig den Kopf und blickte zum Fenster hinaus. Kam ihr der Name bekannt vor? Ihr fiel nichts dazu ein. »Müsste ich ihn kennen?«, fragte sie und wandte sich wieder der Polizistin zu. Sie bemerkte einen Anflug von Skepsis in Janowitz' Blick, als wüsste sie mehr, als sie preisgab. Auch ihr Kollege, Rossi, sah Shannon sehr ernst an.
»Moment mal.« Shannons Puls ging schneller. »Was ist los? Wer ist dieser Settler?«
Janowitz überging die Frage. »Glauben Sie, dass es Travis Settler war, der Sie überfallen hat?«
»Nein … Ich …« Aber konnte sie es wissen? Sie hatte angenommen, er sei zu den Hunden gegangen, aber womöglich hatte er auch nur zum Schein die Richtung eingeschlagen und war unbemerkt zurückgekehrt. »Nein, ich glaube nicht, dass er es war. Warum sollte er so etwas tun?«
»Was glauben Sie denn, wer es war?«
»Keine Ahnung. Es war dunkel. Ich war verletzt; die Stute hatte mich mit dem Huf getroffen.«
»Schildern Sie uns den Ablauf noch einmal ganz genau«, verlangte Janowitz, deren scharfem Blick nichts entging. Plötzlich fühlte Shannon sich sehr verletzlich. Diese Polizisten wussten entschieden mehr über den Vorfall als sie selbst, und sie benahmen sich, als hätte sie etwas zu verbergen.
»Also, ich sah das Feuer«, begann sie, und dann ging sie trotz ihrer Erschöpfung noch einmal Schritt für Schritt die Ereignisse dieser schrecklichen Nacht durch: wie sie

rasch den Feuerlöscher geholt hatte, damit zum Stall gerannt war, auf Settler traf, die Pferde befreite, wobei sie aufpassen musste, nicht überrannt zu werden, Mollys Widerstand, das Gefühl, als zerreiße es ihre Schulter, als das Pferd stieg, und dann, nachdem sie das wild gewordene Tier endlich ins Freie manövriert hatte, der plötzliche Überfall.

»Es war also kein Licht im Stall?«

»Es funktionierte nicht.«

»Die Sicherungen waren ausgeschaltet«, warf Rossi ein.

»Wie bitte?« Shannon sah ihn ungläubig an.

»Das Licht im Stall funktionierte nicht, weil die Sicherungen für das Gebäude ausgeschaltet waren. Entweder von selbst durch das Feuer, oder jemand hat es absichtlich getan. Haben Sie die Sicherungen ausgeschaltet?«

»Nein, natürlich nicht ...«

Janowitz ergänzte: »Die Sicherungen für die Zwinger waren ebenfalls aus.«

Shannon glaubte, ihr müsse das Herz stehen bleiben. Wie sorgfältig war dieser Angriff im Voraus geplant gewesen? Wie lange hatte der Kerl sie schon beobachtet? Sich auf ihrem Grundstück herumgetrieben? Die Tat vorbereitet? Sie fröstelte, als sei es plötzlich eiskalt im Raum.

»Mrs. Flannery«, fuhr Detective Janowitz fort, nun mit etwas sanfterer Stimme. »Haben Sie Feinde, gibt es jemanden, von dem sie sich vorstellen können, dass er Ihnen etwas antun will?«

Shannon schloss die Augen. Ihr fielen spontan ein Dutzend Namen ein, Namen von Leuten, die ihr Beleidigungen entgegengeschleudert hatten. Verleumdungen.

Die glaubten, sie sei vor drei Jahren in dem Mordprozess zu Unrecht freigesprochen worden. Sie hatte gehofft, der Hass und die Verbitterung würden sich im Lauf der Jahre legen …

Jetzt war sie nicht mehr so sicher. Ihr Kopf schmerzte trotz der Medikamente wie rasend. All die Gefühle von damals, die Wut, der Kummer, die Angst stiegen wieder in ihr auf. Wer könnte ihr Schaden zufügen wollen? Ryans Familie, das lag nahe. Seine Mutter, sein Vater und die diversen Cousins hatten nach der Verhandlung Rache geschworen. Seine Freundin, Wendy Ayers, hatte Shannon nach der Urteilsverkündung beinahe angespuckt. Wendy hatte Ryan eindeutig als ihren Besitz betrachtet, obwohl Shannon zum Zeitpunkt seines Todes noch mit ihm verheiratet war.

Und da waren auch noch andere, Bekannte von ihm, Arbeitskollegen, Freunde, die nicht glauben konnten, dass ein Mann mit so viel irischem Charme und so gutem Aussehen gegenüber seiner Frau grob, geschweige denn handgreiflich geworden war …

Ihr Magen krampfte sich zusammen bei der Erinnerung. »Wenden Sie sich an meinen Bruder Shea, er wird Ihnen einige Personen nennen können.«

Janowitz ließ sich nicht so leicht abspeisen. Sie trat etwas näher ans Bett, und auf ihrer Stirn erschien eine steile Falte. »Und Sie? Was glauben Sie, wer Ihnen ans Leder will? Ein enttäuschter Liebhaber oder jemand, mit dem sie mal zusammengearbeitet haben? Was ist mit Nate Santana? In der fraglichen Nacht war er angeblich verreist, tauchte dann jedoch plötzlich auf.«

»Nate war es nicht«, erwiderte Shannon fest, obwohl sie tief im Inneren selbst auch nicht recht wusste, was sie von dem Mann halten sollte, den sie eingestellt, mit dem sie so viele Stunden verbracht und der ihr dennoch so wenig von seiner Vergangenheit erzählt hatte. Aber sie wusste, dass er sie mochte, und konnte sich nicht vorstellen, dass er etwas mit dieser Gewalttat zu tun hatte … oder?

»Haben Sie zurzeit eine Beziehung?«

»Nein, im Moment nicht. Mein Ex-Mann, Ryan Carlyle, ist tot, aber darüber wissen Sie ja sicher Bescheid.«

»Was ist mit dem Vater des Kindes, das Sie zur Adoption freigegeben haben?«

»Brendan?« Sie schnaubte verächtlich. »Er hat sich aus dem Staub gemacht, als er erfuhr, dass ich schwanger war, damals vor fast vierzehn Jahren. Ich habe nie wieder von ihm gehört. Seine Eltern sagen, er sei in Mittel- oder Südamerika.«

»Und andere Freunde?«

Sie verneinte und spürte, dass sie rot wurde. »Nichts Ernstes. Ich hatte seitdem … seit Ryans Tod zwei Männerbekanntschaften. Der eine, Reggie Maxwell, behauptete, er käme aus L. A., aber wie sich herausstellte, lebte er drüben in Santa Rosa mit seiner Frau und drei Kindern. Als ich das erfuhr, habe ich Schluss gemacht.« Bei der Erinnerung ballte sie die Fäuste vor Wut und Scham darüber, so betrogen worden zu sein.

»Und der andere?«

»Keith Lewellyn, ein Anwalt aus San Francisco. Unternehmensrecht. Wir haben uns fünf-, sechs-mal getroffen, dann ist die Beziehung im Sande verlaufen. Wer mir wirklich feindlich gesonnen ist, sind Ryans Freunde und Angehörige.«

Janowitz zückte erwartungsvoll ihren Stift.

Rossi streichelte sein Bärtchen.

Das Diktiergerät lief immer noch.

»Sie wissen ja sicher, dass ich des Mordes an meinem Mann angeklagt war«, sagte Shannon ruhig, doch dabei krallte sie die Finger ins Laken. »Donald Behringer war der Staatsanwalt. Ich wurde freigesprochen, aber viele Leute hielten mich dennoch für schuldig, darunter auch Behringer. Fast ein Jahr lang bekam ich Hassbriefe, und die Familie meines Mannes ging natürlich auf die Barrikaden.« Sie räusperte sich und sah die beiden Polizisten offen an. »Ich habe sogar Morddrohungen bekommen. Die habe ich angezeigt.«

»Wissen Sie, von wem diese Morddrohungen kamen?«

Shannon verzog das Gesicht und berichtete von der Familie Carlyle, insbesondere von den Cousins ersten Grades, den Carlyle-Geschwistern, die so lautstark ihre Überzeugung kundgetan hatten, sie habe Ryan umgebracht. Liam hatte Briefe an die Lokalpresse geschrieben. Kevin warf ihr finstere Blicke zu, wann immer er ihr begegnete, und tat alles, um sie einzuschüchtern. Mary Beth, Shannons Schwägerin, hatte sie des Mordes bezichtigt und gegen sie ausgesagt. Selbst die gewöhnlich so stille Margaret hatte sie verteufelt. Und dann war da noch Wendy, Ryans Freundin. Die Hassbriefe waren allerdings größtenteils anonym gewesen.

»Mit der Zeit ließen die Drohungen nach. Seit etwa einem Jahr, vielleicht auch anderthalb, hatte ich keinen Ärger mehr. Ich dachte, es sei endlich vorbei.«

»Das, was Ihnen zugestoßen ist, muss nicht unbedingt in einem Zusammenhang mit dem Tod Ihres Mannes stehen«, sagte Janowitz. »Viel wahrscheinlicher ist, dass es mit dem Kind zu tun hat, das Sie zur Adoption freigegeben haben. Das Mädchen ist verschwunden.«

»Verschwunden?« Shannon hob mit einem Ruck den Kopf, und ihre Müdigkeit war plötzlich wie weggeblasen. »Was soll das heißen? Von wo verschwunden?«

»Travis Settler, der beim Ausbruch des Feuers auf Ihrem Gelände war, ist der Adoptivvater Ihrer Tochter. Er hält sich zurzeit in Santa Lucia auf, weil das Mädchen vor über einer Woche nicht von der Schule nach Hause gekommen ist.«

»Mein ... Baby?«, flüsterte Shannon erschüttert, unfähig zu begreifen, was Janowitz da sagte. Ihr Kopf dröhnte.

»Ja. Das Mädchen, das vor dreizehn Jahren geboren wurde. Und dessen Geburtsurkunde Sie auf Ihrer Veranda gefunden haben.«

Shannon hatte das Gefühl, als ob die Welt zusammenbräche.

Janowitz sah ihr fest in die Augen. »Ich glaube nicht, dass das ein Zufall ist.«

10. Kapitel

Dani spähte durch die Ritze zwischen Tür und Rahmen, durch die ein schmaler Lichtstreifen in ihre Kammer fiel. Sie konnte den Wohnraum sehen und den aus Naturstein gemauerten Kamin an der Wand gegenüber. Auf dem Sims standen gerahmte Fotos, anscheinend Porträts, allerdings waren die Gesichter auf diese Entfernung nicht zu erkennen. Dani sah drei Bilder, der übrige Teil des Simses lag nicht in ihrem Blickfeld.

Neben den Fotos lagen ein Jagdmesser und eine Schachtel Streichhölzer, ein Feuerzeug sowie eine Pistole – lauter Dinge, die Dani gut würde gebrauchen können, sofern es ihr gelang, aus diesem Raum zu entkommen.

Und daran arbeitete sie. Sie hatte einen Plan.

Über dem Kamin hing ein Spiegel. Er hatte blinde Flecken und Sprünge, die das Bild etwas verzerrten, doch Dani konnte darin das Gesicht ihres Entführers, einen Teil des Raumes und die Tür sehen, hinter der sie selbst eingesperrt war.

Manchmal durfte sie sich in der Hütte frei bewegen. Außer dieser kleinen Schlafkammer gab es ein übelriechendes Bad, eine winzige Küche, die anscheinend nie benutzt wurde, und den Wohnbereich, wo er den Großteil seiner Zeit zubrachte, wenn er sich in der Hütte aufhielt.

Wenn er fortging, sperrte er sie jedes Mal wieder in die Kammer und verriegelte die Tür. Dass er die Hütte so häufig verließ, war günstig für sie, denn es bot ihr Gelegenheit, ihre Flucht vorzubereiten. Bisher hatte er sie zwar nie grob behandelt, doch sie spürte, dass es nur eine Frage der Zeit war, bis er ihr etwas antun würde. Sie musste sich in Sicherheit bringen. Inzwischen erkaufte sie sich ein wenig Freiraum, indem sie weiterhin die Rolle des verängstigten, gefügigen kleinen Mädchens spielte, doch auf Dauer würde sie das nicht retten.

Ihre Kammer war mit einem Schrank, einer Camping-Toilette und einer Pritsche ausgestattet. Der Entführer hatte ihr einen Schlafsack gegeben, dazu ein Kissen ohne Bezug, das sie jedoch nicht benutzte, weil es unangenehm roch. Auf den moderigen Dielen lag ein großer Flickenteppich.

Die Fenster waren von außen mit Brettern vernagelt, nur durch ein Dachfenster konnte sie ein winziges Stückchen Himmel sehen und bekam ein wenig frische Luft. Ohne diese Luke wäre sie sicher vor Hitze umgekommen, denn die Holzwände waren nicht isoliert, so dass es die meiste Zeit brüllend heiß war.

Jetzt war es Nacht. Sie glaubte einen Schimmer von Mondlicht wahrzunehmen, doch abgesehen davon war es dunkel. Und still. Nur das Summen und Zirpen von Insekten war von draußen zu hören.

Der Kerl vollzog wieder einmal sein abscheuliches Ritual. Dani beobachtete ihn durch die Türritze.

Der Ablauf war jeden Abend der gleiche: Zuerst zündete er mit dem Butangasfeuerzeug das Feuer im Kamin an.

Die gleiche Art Feuerzeug benutzte ihr Dad immer, um den Grill anzuzünden.
Als sie an ihren Dad dachte, krampften sich ihre Eingeweide zusammen, und sie konnte nur mühsam die Tränen zurückhalten. Sie schloss die Augen. Was, wenn er sie nicht fand? Wenn dieser Perverse seine Spuren so gründlich verwischt hatte, dass nicht einmal ihr Vater – trotz all seiner Erfahrungen als Jäger und Fährtensucher und seiner Ausbildung in der Spezialeinheit der Army – herausbekam, wo sie steckte?
Wo mochte er jetzt sein, ihr Dad? Suchte er noch nach ihr? Oder hatte er bereits aufgegeben? Nein … Das täte er nicht. Travis Settler setzte ganz sicher Himmel und Hölle in Bewegung, um sie zu finden. Wenn er doch nur bald käme. Inzwischen wünschte Dani sich inbrünstig, sie wäre nie auf die Idee gekommen, nach ihren leiblichen Eltern zu forschen. Damit hatte alles angefangen … Es war ihre Schuld.
Sie blinzelte gegen die Tränen an und ermahnte sich selbst, sich zusammenzureißen. Sie musste sich darauf konzentrieren, wie sie diesen Spinner überlisten konnte.
Er setzte inzwischen nebenan sein Ritual fort.
Das vergilbte Zeitungspapier und die dünnen Zweige im Kamin fingen augenblicklich Feuer. Gierige Flammen schlugen höher und leckten an dem Anmachholz und den kleinen Scheiten, die er auf den Rost geschichtet hatte.
Zufrieden legte er das Feuerzeug wieder auf den Kaminsims, stand barfuß da und betrachtete sich im Spiegel.
Dann folgte der wirklich sonderbare Teil: Er begann sich vor dem prasselnden Feuer langsam auszuziehen, beinahe

als führte er einen bizarren Striptease auf. Nur für sich selbst, ohne weiteres Publikum.
Dani hatte natürlich noch nie einen richtigen Striptease gesehen, wusste aber alles Wichtige darüber von einer Freundin, deren alleinerziehende Mutter zum vierzigsten Geburtstag die Vorführung eines Strippers geschenkt bekommen hatte. Der Mann war zu der Feier ins Haus gekommen, hatte gesungen und sich dabei entkleidet. Danis Freundin hatte gesagt, es sei richtig ekelhaft gewesen, obwohl der Stripper ein heißer Typ in den Zwanzigern war. Er hatte die Krawatte, Smoking, Hemd und alles bis auf einen kleinen Stringtanga abgelegt.
Als Dani jetzt ihrem Entführer zusah, konnte sie der Freundin nur beipflichten. Trotzdem beobachtete sie ihn fasziniert. Was in diesem Spinner vorgehen mochte?
Zuerst knöpfte er sein Hemd auf und ließ es, ohne den Blick vom Spiegel zu wenden, zu Boden fallen. Als Dani seinen Rücken sah, schnappte sie wieder einmal nach Luft. Der Anblick war grauenhaft: Die Haut war vernarbt, von glänzenden Brandmalen bedeckt, und schien zu straff gespannt, währen der übrige Körper makellos und durchtrainiert aussah. Was war dem Mann zugestoßen? Und warum führte er sich so sonderbar auf?
Jetzt öffnete er den Reißverschluss seiner Jeans, ließ sie an den Beinen hinuntergleiten und stieß sie mit den Füßen zur Seite. Eine Unterhose schien er nicht zu tragen, oder er hatte sie zusammen mit der Jeans abgestreift. Dann stand er nackt da, dem Feuer zugewandt, mit dem Rücken zu Dani. Sein Körper war gebräunt bis auf den vernarbten Rücken und den muskulösen Hintern.

Dieser Mann war topfit, das war nicht zu übersehen. Straffe Haut, kein Gramm Fett, ein gestählter, durchtrainierter Körper, nur dass die Schultern und der halbe Rücken von diesen grauenhaften Verbrennungen entstellt waren. Sein Gesicht jedoch war unversehrt und auf brutale Weise schön. Sehr blaue Augen, dichtes, schwarzes Haar, ein kantiges Kinn und ein schmaler, grausamer Mund.

Jetzt verstand Dani, was Frauen meinten, wenn sie einen Mann als ›teuflisch gutaussehend‹ bezeichneten. Dieser hier war tatsächlich ein Teufel.

Er nahm ein Ölfläschchen vom Kaminsims und begann, sich am gesamten Körper einzuölen, so dass seine gebräunte Haut im Feuerschein golden glänzte.

Der Mann schien selbstverliebt bis zur Besessenheit.

Jetzt brannte das Feuer hell, gierige Flammen tanzen und prasselten. Er lächelte sein Spiegelbild an und berührte sich … da unten.

Widerlich!

Beim ersten Mal hatte Dani gedacht, er wolle onanieren, und beschlossen, dass sie *das* nicht mit ansehen musste!

Doch stattdessen pinkelte er ins Feuer. Dabei wandte er den Blick vom Spiegel zu dem Urinstrahl, der zischend in die Flammen traf.

Der Geruch zog zu Dani hinüber, und ihr wurde übel.

Doch sie biss die Zähne zusammen, entschlossen, bis zum Ende zuzusehen, in der Hoffnung, zu begreifen, was mit ihm los war.

Sobald er gepinkelt hatte, war das Ritual beendet.

Einfach so.

So langsam, wie er sich ausgezogen hatte, so eilig schlüpfte er jetzt wieder in seine Kleider, beinahe, als müsse er die verlorene Zeit aufholen. Das Feuer erlosch, nur Reste rotglühender Kohle glommen noch in der Asche, als er sein Hemd überstreifte und die Hose hochzog.

Dani schlich zurück zu ihrer Pritsche, stellte sich schlafend und betete, er möge nicht erkennen, dass sie wach war. Sie wusste, dass er nach ihr sehen würde, denn das tat er jeden Abend. Er öffnete die Tür so weit, dass Licht auf ihr Gesicht fiel. Manchmal hatte sie das Gefühl, dass er sie eine halbe Ewigkeit lang anstierte.

Sie gab jedes Mal vor zu schlafen, hielt die Augen geschlossen, aber nicht zu fest, den Mund leicht geöffnet und versuchte, regelmäßig zu atmen. Manchmal wälzte sie sich auch auf die andere Seite und seufzte wie im Schlaf. Dabei bebte sie die ganze Zeit innerlich, fürchtete, er könne von seiner Routine abweichen, an ihre Pritsche treten, sie anfassen …

Bei dem Gedanken wurde ihr ganz übel, doch sie zwang sich zu einer entspannten Haltung. Was auch immer geschah, sie musste ihre Rolle spielen, bis sich eine Gelegenheit bot, ihn außer Gefecht zu setzen oder wegzulaufen.

Bis jetzt hatte er nie einen Fuß in ihre Kammer gesetzt, schien sich nicht im Geringsten für sie zu interessieren.

Sie hatte immer noch keine Ahnung, wer er war, und jeder Versuch, ihn in ein Gespräch zu verwickeln, war gescheitert.

Seit der Entführung hatte er kaum mit ihr gesprochen, nur ein paar knappe Befehle.

»Geh in dein Zimmer.«

»Was guckst du?«
»Iss und halt die verdammte Klappe.«
Zum Essen ließ er sie am Tisch sitzen, wo sie hinunterwürgte, was er ihr vorsetzte – Bohnen aus der Dose, Spaghetti aus der Dose, Eintopf aus der Dose. Er erhitzte die Konserven über dem Feuer, in das er jeden Abend hineinpisste. Bei dem Gedanken daran drehte sich Dani der Magen um, doch sie zwang sich zu essen, denn sie musste bei Kräften bleiben, wenn sie aus diesem grässlichen Gefängnis entkommen wollte. Zu trinken gab er ihr eine Flasche Wasser und manchmal auch eine Cola.
In der wenigen Zeit, die sie außerhalb ihrer Zelle verbringen durfte, versuchte sie sich die Hütte genau einzuprägen, hielt Ausschau nach möglichen Fluchtwegen, merkte sich die Lage der wenigen Fenster und der zwei Türen. Es gab weder einen Fernseher noch ein Telefon und auch keinen Strom. Die Hütte war baufällig, die Tür zu ihrer Kammer primitiv mit Haken und Öse verriegelt, die aussahen, als seien sie bereits vor einem halben Jahrhundert angebracht worden.
Wenn er sie herausließ, damit sie sich die Beine vertreten konnte, war er stets an ihrer Seite, hatte sie immer fest im Blick, jeden Muskel angespannt für den Fall, dass sie eine falsche Bewegung machte. Ein Fluchtversuch wäre zwecklos.
Dani hätte gern gewusst, wohin ihr Entführer jeden Abend nach seinem seltsamen Ritual verschwand. Er blieb stundenlang fort, kam oft erst am nächsten Tag zurück, als wohnte er woanders oder hätte einen Job, als führte er ein Doppelleben.

Er war ein Verrückter, so viel stand fest. Sie hörte, wie er sich zum Ausgehen fertigmachte. Auch das lief jeden Abend gleich ab: Zuerst verriegelte er die Tür ihrer elenden Kammer, dann hörte sie draußen die alten Dielenbretter der Veranda unter seinen Schritten ächzen, und ein paar Minuten später ertönte aus der Ferne das Motorengeräusch.

Dani wusste, dass er den Pick-up ein Stück von der Hütte entfernt in einem alten Unterstand abseits der Straße abgestellt hatte. Sie hatte die windschiefe Bretterbude in der Nacht gesehen, als er sie hierher verschleppte. Seitdem war sie nur noch selten ins Freie gekommen, und wenn, dann unter strenger Bewachung. Während dieser wenigen kostbaren Minuten bemühte sie sich verzweifelt herauszufinden, wo sie war. Soweit sie wusste, befanden sie sich noch in Kalifornien. Sie waren durch Kleinstädte und Weinberge und durch das Valley of the Moon gefahren, mussten also irgendwo in der Gegend sein, die ihr Vater als ›Weinland‹ bezeichnete. Aber wo war das?

Von der Hütte aus waren keinerlei Motorengeräusche zu hören, folglich befanden sie sich fernab jeglicher Schnellstraße. Allerdings war Dani bereits mehrmals mitten in der Nacht vom Lärm eines vorüberdonnernden Zuges aufgewacht. Die Bahnlinie musste ganz in der Nähe verlaufen, denn die gesamte Hütte hatte gebebt, als der Zug vorbeifuhr.

Jetzt lag Dani schwitzend auf der Pritsche, fragte sich, wohin diese Züge fuhren, woher sie kamen, wie weit der nächste Bahnhof entfernt war. Und sie zählte die Sekunden, bis in der Ferne der Motor des Pick-ups ansprang.

Angestrengt lauschend betete sie, dass er wirklich die ganze Nacht über fortblieb und nicht nur zum Wagen gegangen war, um irgendetwas zu holen.

Der Kerl sollte verschwinden, für immer. Sie würde hier nicht sterben, nein, sie würde diesem heißen, stickigen Gefängnis entkommen.

Sie brauchte lediglich Zeit, um ihren Plan auszuführen.

Viel Zeit.

Allein.

Endlich hörte sie, wie der Motor stotternd ansprang.

Gott sei Dank.

Dani entspannte sich. Sie hatte ein paar Stunden gewonnen. Sie wälzte sich von der Pritsche und kroch zielstrebig zu dem kleinen Schrank, in dem sie etwas entdeckt hatte, was hoffentlich ihre Rettung sein würde. Während ihre Augen sich allmählich an die Dunkelheit gewöhnten, tastete sie die Bodendielen ab, bis sie die eine verzogene Diele fand, aus der ein Nagel ein wenig herausstand.

Sie lächelte. Diese Kleinigkeit war dem Spinner entgangen; er dachte, in der Kammer sei sie sicher verwahrt. Irrtum, du Mistkerl!

Sie benutzte einen ihrer Socken als Handschuh, fasste den Kopf des Nagels und begann daran zu rütteln und zu ziehen, um das Nagelloch zu weiten in der Hoffnung, irgendwann diesen verrosteten alten Nagel aus dem morschen Holz zu lösen.

Schweiß trat ihr auf die Stirn.

Der Nagel stach durch die Socke, und sie legte den Baumwollstoff doppelt, spürte aber trotzdem noch die scharfen Kanten, die sich in ihre Finger gruben. Verbissen arbeite-

te sie weiter, ignorierte den Schmerz, selbst als ihre Finger zu bluten begannen.
Der Nagel, wenn sie ihn denn aus dem Boden lösen konnte, war ihr Schlüssel in die Freiheit.

»Mir ist es völlig gleich, wie du es anstellst – hol mich hier raus«, verlangte Shannon in ihrem Krankenhausbett.
Doch ihr Bruder Shea ließ sich nicht darauf ein. Er stand in der offenen Tür des kleinen Zimmers und schüttelte den Kopf. »Das halte ich für keine gute Idee.«
»Und wenn schon, tu's einfach. Du bist schließlich bei der Polizei – lass deine Beziehungen spielen, mach den Leuten Druck, schüchtere sie meinetwegen ein, aber hol mich um Gottes willen hier raus.« Sie schwang die Beine über die Bettkante und gab sich Mühe, sich den Schmerz in Schulter und Rippen nicht anmerken zu lassen. Diese Verletzungen waren wohl die schlimmsten, schlimmer noch als die Platzwunde am jetzt teilweise rasierten Hinterkopf, die mit sieben Stichen genäht worden war.
Die Mahlzeit, die die Schwester ihr gebracht hatte – klare Brühe, roter Wackelpudding und ein mickriges Putenbrust-Sandwich –, hatte sie nicht angerührt. Ihr Hunger war augenblicklich vergessen, als sie von Travis Settler und seiner Tochter erfuhr. Nein, falsch, von ihrer Tochter.
»So geht das nicht«, widersprach Shea, aber sie ließ sich nicht damit abspeisen.
»Meinetwegen, dann begehe ich eben Fahnenflucht.« Sie ließ sich behutsam von der Bettkante gleiten und stellte fest, dass ihre Beine sie trugen.
»Shannon, sei doch vernünftig.«

»Jetzt hör mir mal zu, ja? Die Ermittler haben mir verraten, dass der Mann, der mir während des Brandes über den Weg gelaufen ist, der Adoptivvater meiner Tochter ist. Angeblich ist das Mädchen verschwunden.«

»Ja, das stimmt.«

»Und warum hast du mir nichts davon gesagt?«

»Ich wollte damit bis zu deiner Entlassung warten.«

»Betrachte mich ab sofort als entlassen. Meine Tochter wird also tatsächlich vermisst?«

Shea nickte düster. »Ja, schon seit einer ganzen Weile. Settler ist hergekommen, weil er denkt, du könntest etwas mit der Entführung zu tun haben.«

»Das ist mir ein feiner Kerl. Sein Kind kommt ihm abhanden, und sein erster Gedanke ist, *ich* hätte was damit zu tun? *Ich?* Die darauf vertraut hat, dass die Adoptiveltern für das Mädchen sorgen, es lieben und beschützen würden? Die das Kind seit dreizehn verdammten Jahren nicht gesehen hat?« Shannons Stimme begann zu zittern. Sie räusperte sich – gerade jetzt durfte sie sich nicht von Gefühlen überwältigen lassen, sondern musste sich beherrschen und einen klaren Kopf bewahren. »Was ist mit seiner Frau?«, fragte sie. »Damals bei der Adoption haben sie mir gesagt, mein kleines Mädchen käme zu einem Ehepaar, das sich sehnlichst Kinder wünscht und selbst keine bekommen kann.«

»Die Frau ist tot.«

Shannon stockte der Atem. »Oh.« Ihr Zorn fiel ein wenig in sich zusammen. Einen Moment lang empfand sie Mitleid mit dem alleinerziehenden Vater, der nicht nur mit seiner eigenen Trauer, sondern zudem mit dem Schmerz

seines Kindes fertig werden musste. Wie sehr mochte er gelitten haben … »Was ist passiert?«
»Mit der Frau? Ich weiß es nicht genau, sie ist wohl an einer Krankheit gestorben. Schon vor ein paar Jahren. Seitdem lebt Settler mit der Tochter allein.«
»Und jetzt ist sie verschwunden!« Ihre Wut flammte erneut auf. Was war das für ein Vater, der nicht auf seine Tochter aufpassen konnte? Ihr Kind? Vom Verstand her war ihr klar, dass so etwas täglich geschah, Kinder wurden entführt oder liefen von zu Hause davon – aber doch nicht ihre Tochter, das heißgeliebte Baby, das sie so widerstrebend hergegeben hatte. Sie hatte sich lange dagegen gesträubt, aber am Ende hatte sie sich doch einreden lassen, es sei das Beste für ihre Tochter, bei einem liebevollen Ehepaar aufzuwachsen, das alle ihre Bedürfnisse erfüllen konnte … Und nun hatte es ein böses Ende genommen. Shannons Augen brannten. Sie rang um Fassung. »Das darf alles nicht wahr sein«, flüsterte sie und schluckte krampfhaft.
Entschlossen ging sie von ihrem Bett zum Schrank hinüber. Bei jeder Bewegung hämmerte ihr Kopf, und ein stechender Schmerz durchfuhr ihren Körper, doch sie verzog keine Miene. Im Schrank hing ein zerschlissener gelber Frotteebademantel, den einer ihrer Brüder ihr von zu Hause gebracht hatte. Der Bademantel hatte schon bessere Tage gesehen, und auf einem Aufschlag befand sich ein Kaffeefleck, der sich nie ganz hatte auswaschen lassen. Außerdem standen im Schrank ein Paar abgetragene marineblaue Slipper mit Keilabsatz. Ihre blutverschmierten Stiefel waren entsorgt worden.

»Perfekt«, kommentierte sie trocken und schlüpfte in die Hausschuhe.
»Es hat wohl keinen Sinn, dir das ausreden zu wollen?«
»Nein.«
»Offenbar hast du vergessen, dass du immer unsere Kleine warst, Shan.« Shea war mit seinem Latein am Ende. Er wollte die Zigarettenschachtel aus der Tasche ziehen, doch dann fiel ihm wieder ein, wo er sich befand. Er ließ die Hand sinken.
»Nun, jetzt bin ich aber eine erwachsene Frau, und es ist an der Zeit, dass ich meine Angelegenheiten selbst in die Hand nehme.«
»Aber ich soll trotzdem meine Beziehungen spielen lassen, um dich hier rauszupauken.«
Sie lächelte wider Willen. »Für irgendwas muss ein großer Bruder ja gut sein.« Damit band sie den Gürtel des Bademantels über dem albernen Krankenhaus-Nachthemd zu. Ihr blieb nichts anderes übrig, als das Krankenhaus in diesem Aufzug zu verlassen. »Also tu, was zu tun ist, und dann lass uns fahren.«
»Du meinst, ich soll dich nach Hause bringen?«
»Später. Zuerst muss ich noch woanders einen Besuch machen.«
»Einen Besuch?«
»Du weißt doch, wo Travis Settler sich aufhält, nicht wahr?«
Shea presste die Lippen zusammen. »Ich kann dich nicht zu ihm bringen.«
»Natürlich kannst du.«
»Shannon, ich rate dir dringend davon ab, mit diesem

Mann Kontakt aufzunehmen. Er steht nach wie vor unter Verdacht.«

»Das ist mir gleich.«

»Du könntest die Ermittlungen beeinträchtigen«, wandte Shea ein und tastete unwillkürlich erneut nach seinen Zigaretten. »Ich kann nicht zulassen, dass du mit ihm sprichst.«

»Und warum nicht? Ich will nur, dass er mir ein paar einfache Fragen beantwortet. Zum Beispiel, wo zum Teufel meine Tochter steckt. Überhaupt, seit wann bist du eigentlich so versessen auf Regeln? Das sieht dir gar nicht ähnlich.«

Er stand an der Tür, der sprichwörtliche Fels in der Brandung.

»Entweder du hilfst mir, oder ich ziehe die Sache im Alleingang durch«, drohte sie und ging zum Nachttisch, wo das Telefon stand. »Ich kann Nate anrufen. Er würde bestimmt sofort herkommen. Oder ich rufe mir ein Taxi. Oder aber du fährst mich einfach dahin, wohin ich will.« Sie hob den Hörer ab.

Shea gab es auf. »Scheiße! Warum musst du nur so verflucht dickköpfig sein?«

»Ich bin eben eine Flannery«, versetzte sie. Die Pferde mochten in Sicherheit sein und die Hunde gut versorgt, in diesen Dingen hätte sie sich auf andere verlassen können. Aber ihre Tochter war verschwunden. Sie konnte nicht tatenlos herumsitzen.

»Schön. Du hast gewonnen«, knurrte Shea. »Ich kümmere mich um den Papierkram für deine Entlassung. Aber du sprichst selbst mit den Ärzten, lässt dir Anwei-

sungen geben und Rezepte. Danach fahre ich dich nach Hause, damit du deine Sachen holen und dich umziehen kannst. Wenn du unbedingt mit Settler reden willst, dann doch nicht ausgerechnet im Krankenhaushemd.«
»In Ordnung.« Shannon musste sich eingestehen, dass er recht hatte. Wenn Settler sie in diesem Aufzug sah, würde er glauben, sie sei nicht ganz bei Verstand.
»Und noch etwas«, fuhr Shea fort. »Ich kenne den Kerl nicht, und ich traue ihm nicht über den Weg. Also werde ich dich auf keinen Fall einfach bei ihm absetzen. Wir gehen zusammen. Das ist meine Bedingung.«
Ohne zu zögern, legte Shannon den Hörer wieder auf. »Einverstanden.«
Es war an der Zeit, dass sie Travis Settler persönlich kennenlernte.

11. Kapitel

Travis schaltete das Licht in seinem kleinen Motelzimmer aus, öffnete die Jalousien und sah aus dem Fenster. Am anderen Rand des asphaltierten Platzes stand hinter einer Reihe Minivans, Limousinen und Geländewagen ein neutrales Polizeiauto an der Straße. Derselbe silberne Ford Taurus, der ihn schon früher am Tag verfolgt hatte. Sehr unauffällig, dachte er stirnrunzelnd. Er schloss die Jalousien wieder, stellte die Klimaanlage auf höchste Stufe, schaltete den Fernseher ohne Ton ein und warf sich auf das Bett.

Was um alles in der Welt hatte sich auf Shannon Flannerys Grundstück abgespielt?

Ganz offensichtlich ging es hier um mehr als nur um Brandstiftung – jemand hatte das Feuer ganz gezielt gelegt, um Shannon in eine Falle zu locken. Sie war so darauf konzentriert gewesen, ihre Tiere zu retten, dass der Angreifer ein leichtes Spiel hatte.

Travis wischte sich den Schweiß von der Stirn. War es nicht auch denkbar, dass der Überfall gar nicht geplant war? Dass der Brandstifter, als Shannon ihm in die Quere kam, in Panik geraten war und sie niedergeschlagen hatte, um dann zu flüchten … Nein, dachte Travis. Hier steckte bedeutend mehr dahinter.

Was wusste er über Shannon Flannery? Zunächst einmal

war sie Danis leibliche Mutter. Sie war nie mit dem Vater verheiratet gewesen, und das Kind hatte sie zu einer privaten Adoption freigegeben, abgewickelt über die Anwaltskanzlei Black, Rosen und Tallericco, die sich vor mehr als zehn Jahren aufgelöst hatte.
Darüber hinaus wusste er, dass sie vor Gericht gestanden hatte, weil sie beschuldigt wurde, ihren Mann ermordet zu haben. Den Aussageprotokollen zufolge war die Ehe unglücklich gewesen, und Ryan Carlyles Frau hatte per einstweiliger Verfügung erwirkt, dass er sich ihr nicht mehr nähern durfte. Gerüchte über Affären waren im Umlauf, Spekulationen, er sei ein unter dem Namen ›der unsichtbare Feuerteufel‹ bekannter Verbrecher, denn mit seinem Tod war eine Serie von Brandstiftungen plötzlich abgerissen.
Manche glaubten, Carlyle habe den Waldbrand, in dem er ums Leben kam, selbst gelegt und sei dann von den Flammen eingeschlossen worden, möglicherweise weil er beim Rückzug gestürzt war und sich verletzt hatte.
Andere glaubten, seine Frau habe es satt gehabt, von ihm betrogen und misshandelt zu werden, habe ihn in den Wald gelockt, dort irgendwie außer Gefecht gesetzt und dann Feuer gelegt. Tatsache war: Die Flammen hatten Ryan Carlyle zur Unkenntlichkeit verbrannt, gut zweihundert Hektar kalifornischer Wildnis vernichtet und drei Feuerwehrmänner in die Notfallambulanz gebracht.
Und was hat all das nun mit Dani zu tun?
Nichts! Überhaupt nichts!
Er war auf der falschen Fährte.
Travis streckte sich quer über das Bett aus, öffnete den

Minikühlschrank, der zugleich als Nachttisch diente, und entnahm ihm ein Bier, das er vorhin gekauft hatte, zusammen mit einer völlig überteuerten Pizza, die abscheulich geschmeckt hatte.

Den Tag über hatte er weitere Nachforschungen angestellt, war bei der Zeitungsredaktion und in der Bibliothek gewesen, und die ganze Zeit war ihm die Polizei in diesem schmutzigen silbernen Taurus gefolgt. Kein Wunder, er war schließlich zu dem Zeitpunkt, als das Feuer ausbrach, auf dem Grundstück gewesen. Dass er den Notruf alarmiert hatte, konnte Tarnung sein. Seine Kleidung wies Blutflecken auf, Shannons Blut, und sie kannte ihn nicht. Hinzu kam noch all das belastende Material, das sie in seinem Pick-up gefunden hatten.

Er drehte den Verschluss von der Bierflasche und schnippte ihn quer durchs Zimmer in den Abfalleimer unter dem verschrammten Schreibtisch.

Die Polizei hatte ihn fast eine Stunde lang vernommen und ihn dann gehen lassen, aber seitdem wurde er beschattet.

Er konnte ihnen nicht verübeln, dass sie ihn im Visier hatten. Lästig war es dennoch.

Während er einen tiefen Zug aus der Flasche trank, kreisten seine Gedanken erneut um die Frage, wer es wohl auf Shannon Flannery abgesehen hatte.

Er hatte diese Frau immer als Feindin betrachtet, hatte befürchtet, sie könnte irgendwann nach der Tochter suchen, die sie vor dreizehn Jahren weggegeben hatte, und sein Leben ins Chaos stürzen. Er war nicht einmal sicher, ob die private Adoption rechtmäßig war. Jahrelang hatte Travis befürchtet, Shannon könnte es sich anders überlegen, könnte versuchen, ihre Tochter zurückzufordern, Dani könnte ihm genommen werden.

Nach Ellas Tod wuchs seine Besorgnis sich beinahe zum Verfolgungswahn aus, aber jetzt … Nachdem er erlebt hatte, wie Shannon Flannery sich dafür einsetzte, ihre Tiere zu retten, und dann selbst brutal zusammengeschlagen wurde, war er ihr gegenüber milder gestimmt.

Vielleicht war sie gar nicht der Feind.

Wer war es dann?

Wer hatte sein Kind in seiner Gewalt?

Er trank sein Bier aus und stellte die Flasche auf dem Nachttisch ab. Wenn er doch nur Dani wieder bei sich hätte, mehr wollte er gar nicht.

Die Kehle wurde ihm eng; in seiner Wange zuckte ein Muskel. Er klappte sein Handy auf und tippte die Kurzwahl für Shane Carters Nummer ein. Natürlich würde Carter ihn von sich aus anrufen, wenn es Neuigkeiten in Bezug auf Dani gab, aber Travis hatte dennoch das Bedürfnis, nachzufragen.

Es klingelte einmal.

Zweimal.

»Carter«, meldete sich der Sheriff.

»Travis hier. Wollte nur wissen, ob es was Neues gibt.« Es gelang ihm nicht, den verzweifelten Unterton in seiner Stimme zu unterdrücken.

»Bisher noch nicht«, erwiderte Carter und räusperte sich.

»Keine Lösegeldforderung?«

»Nein.«

»Keine neuen Anhaltspunkte, keine Spuren?« Wenn es doch wenigstens ein Fünkchen Hoffnung gäbe.
Carter zögerte kurz, ehe er antwortete: »Nicht direkt, aber wir überprüfen da gerade etwas.«
»Was?«, fragte Travis, und sein Herz schlug vor Angst heftiger. O Gott, bitte gib, dass sie nicht die Leiche eines Mädchens gefunden haben, dessen Identität gerade im Labor festgestellt wird. Er schloss ganz fest die Augen und umklammerte das Handy, als hinge sein Leben davon ab.
»Earl Miller, der drüben in Janssens Eisenwarenladen arbeitet, meint sich zu erinnern, dass er an dem Tag von Danis Verschwinden einen weißen Lieferwagen mit Kennzeichen aus Arizona gesehen hat. Er glaubt, es war ein Ford, ist sich allerdings nicht sicher. Den Fahrer hat er nicht gesehen. Und eine weitere Person, Madge Rickert, hat einen ähnlichen Wagen morgens gegen halb neun in einer Seitenstraße in der Nähe der Schule stehen gesehen, als sie mit ihrem Hund spazieren ging. Sie erinnert sich daran, weil sie ihren Chihuahua daran hindern musste, das Bein an einem der Hinterreifen zu heben.«
»Etwa um die Zeit ist Dani zur Schule gegangen.«
»Womöglich hat der Entführer sie beobachtet.«
»Herrgott.« Travis konnte kaum atmen, seine Brust war wie zugeschnürt. Die Polizei ging inzwischen also auch von einer Entführung aus.
»Hör zu, Travis, bisher ist völlig ungewiss, ob diese Spur zu etwas führt, aber im Augenblick ist sie unser einziger Ansatzpunkt. Wir hören uns bei Blanche Johnsons Nachbarn um, ob dort jemand einen solchen Lieferwagen gesehen hat.«

Travis nickte. Sie glaubten beide nicht, dass Danis Verschwinden und der Mord an Blanche Johnson zufällig zeitlich zusammenfielen. »Halte mich auf dem Laufenden.«

»Versprochen. Und du mach inzwischen keine Dummheiten«, ermahnte Carter ihn. »Die Polizei von Santa Lucia hat sich bei mir nach dir erkundigt.«

Travis seufzte. »Das dachte ich mir.«

»Ich musste ihnen erklären, was hier vorgefallen ist und warum du dich in Santa Lucia aufhältst. Sieht aus, als stecktest du in Schwierigkeiten.«

»Gewissermaßen«, gestand Travis. »Was haben sie gesagt?«

»Eine ganze Menge. Über den Brand. Darüber, dass die Frau, die die leibliche Mutter deines Kindes ist, überfallen wurde und du am Tatort warst.« Travis befürchtete Schlimmes. »Gut, ich habe ihnen versichert, dass du ein anständiger Kerl bis, entschlossen, deine Tochter zu finden, und dass du niemals zu gewalttätigen Maßnahmen greifen würdest.« Der Sheriff legte eine Pause ein. »Ich hoffe doch, darauf kann ich mich verlassen?«

Travis griff nach der Fernbedienung und schaltete den Fernseher aus. »Ich habe den Brand nicht gelegt, falls du das meinst, und ich habe ganz sicher nicht Shannon Flannery zusammengeschlagen. Aber, ja, ich war am Ort des Geschehens.«

»Mit einem Jagdmesser, einem Nachtsichtgerät und einer geladenen .45er, unter anderem.«

»Ich besitze einen Waffenschein.«

»Das weiß ich, aber so etwas muss die Kollegen natürlich

stutzig machen. Du warst am Tatort, hattest deinen Wagen aber eine Meile entfernt geparkt. Als sie den Pickup durchsuchten – mit Durchsuchungsbeschluss übrigens –, fanden sie noch so einiges. Zum Beispiel eine richtige Akte über Shannon Flannery, mit Fotos, Notizen und Zeitungsausschnitten über sie. So etwas sieht nicht gut aus, da muss doch der Eindruck entstehen, du wärst versessen auf die Lady, womöglich ein Stalker.«

Travis schloss die Augen. Das alles war ihm selbst klar, Carter brauchte es ihm nicht unter die Nase zu reiben.

»Du kennst die Gründe.«

»Die Kollegen vor Ort aber nicht.«

»Ich habe ihnen alles erklärt.«

»Trotzdem verlangt ihr Job, dass sie misstrauisch sind.«

Travis nickte. Sein Blick fiel auf den Spiegel über der kleinen Kommode. Hohlwangig sah er aus, müde und unrasiert. Als hätte er tagelang weder geschlafen noch gegessen. Sein Haar war zerrauft, die Falten um Mund und Augen waren tiefer als gewöhnlich. Am Haaransatz standen Schweißperlen.

Er sagte: »Ich wollte nicht mit der Tür ins Haus fallen und dieser Frau irgendetwas unterstellen, solange ich nicht wusste, ob sie überhaupt etwas mit der Sache zu tun hat. Ich wollte mich erst einmal umsehen. Herausfinden, ob Dani hier irgendwo steckt.«

»Und?«

»Keine Spur von ihr.« Travis rieb sich mit der freien Hand die Augen. Stellte sich das Gesicht seiner Tochter vor. Wo zum Teufel war sie? Wer immer sie entführt haben mochte, in diesem Moment hätte er den Kerl umbringen können.

»Du glaubst also nicht, dass Shannon Flannery in die Entführung verwickelt ist?«

»Nein«, erwiderte Travis heiser. »Inzwischen nicht mehr.«

»Dann solltest du das der Polizei erklären und machen, dass du fortkommst. Sofern sie dich gehen lassen.«

Wieder schloss er die Augen, lauschte auf das Rauschen der Klimaanlage. »Wie meinst du das?«

»Fakt ist, du stehst unter Tatverdacht, Travis. Im Hinblick sowohl auf die Brandstiftung als auch auf den Überfall.«

»Und ich sage dir noch einmal: Ich halte das für keine gute Idee.« Shea steuerte seinen Pick-up vom Krankenhausparkplatz.

»Da bist du nicht der Einzige.« Shannon kauerte neben ihm, an die Beifahrertür gelehnt, und warf ihm einen bösen Blick zu. »Ich habe es begriffen, okay? Aber du wirst deinen Teil der Abmachung einhalten.«

»Also gut.«

Sie hatte den Sicherheitsgurt angelegt und bemühte sich zu verbergen, dass jedes Mal, wenn der Wagen über eine holperige Stelle fuhr, stechender Schmerz durch ihre Schulter und die Rippen fuhr. In der Hand hielt sie einen Plastikbeutel mit einem Fläschchen Vicodin aus der Krankenhausapotheke und zwei Seiten mit Anweisungen von der ungehaltenen Frau Dr. Zollner. Doch Shannon wollte vor ihrem Gespräch mit Travis Settler keine Tabletten nehmen. Sie war ohnehin noch etwas benommen von den Medikamenten, die sie bereits bekommen hatte.

»Sehe ich so schlimm aus?«, fragte sie.
Ihr Bruder zog eine Augenbraue hoch. »Schlimmer.«
»Du könntest mich ruhig ein bisschen aufmuntern.«
»Du solltest lieber nach Hause fahren und dich pflegen.«
Shannon warf einen Blick in den Spiegel. Shea hatte recht, sie sah wirklich furchtbar aus. Sosehr es sie drängte, endlich etwas zu unternehmen, in diesem Zustand konnte sie Settler nicht gegenübertreten. »Lass mir ein paar Minuten Zeit, mich zu Hause etwas zurechtzumachen. Dann will ich diesen Kerl persönlich kennenlernen.«
»Recht so.« Shea drückte den Zigarettenanzünder, nahm seine Marlboro-Schachtel von der Ablage und schüttelte mit einer Hand eine Zigarette heraus, während er mit der anderen lenkte. »Übrigens, Shannon, wahrscheinlich ist jetzt nicht der günstigste Zeitpunkt, diese Sache zur Sprache zu bringen. Aber ich möchte wissen, warum du mir nichts von der angesengten Geburtsurkunde und dem nächtlichen Anruf in der letzten Woche gesagt hast.«
»Ich habe es Janowitz und Rossi mitgeteilt.«
»Aber erst heute.«
»Ja.«
»Als dir keine Wahl mehr blieb. Mich hast du nicht benachrichtigt.«
»Das hätte den Brand auch nicht verhindert.«
»Wahrscheinlich nicht.«
Der Zigarettenanzünder klickte. Shea ließ die Scheibe auf seiner Seite ein wenig herunter und zündete sich die Zigarette an. Er fuhr jetzt durch das Geschäftsviertel der Stadt, vorbei an einem alten Hotel im spanischen Stil mit rotem Ziegeldach, Palmenkübeln und hohen, gewölbten Decken

mit sanftgoldenem Stuck. Das Grundstück war hell erleuchtet, das Gebäude wurde angestrahlt, so dass die Terrakottaziegel auf dem Dach und die üppige Bepflanzung am Eingang gut zur Geltung kamen.

»Warum hätte ich denn die Polizei rufen sollen?«, fragte Shannon. Sie witterte, dass Shea es auf einen Streit anlegte.

»Weil du belästigt wurdest. Du hättest die Polizei und mich verständigen müssen.«

»Ich wollte die Sache nicht unnötig aufbauschen.«

»Du meinst, du wolltest nicht in die Schlagzeilen«, korrigierte er und bremste vor einer roten Ampel in der Nähe eines kleinen Lädchens. »Nicht schon wieder.« Er rauchte nachdenklich und wartete darauf, dass die Ampel auf Grün schaltete. Dabei sah er zweimal auf die Uhr.

Shannon sagte ruhig: »Ich wollte, dass Aaron sich erst mal der Sache annimmt.«

Shea warf ihr einen Seitenblick zu. »Warum Aaron?« Er stieß den Rauch durch die Nase aus. Als die Ampel auf Grün schaltete, gab er Gas.

»Erstens ist er Privatdetektiv, und er steht nicht wie du mit der Polizei in Verbindung, oder wie Robert mit der Feuerwehr, oder mit der Kirche wie …«

»Wie Oliver, ja, ich verstehe. Aber Aaron ist nur deshalb Privatdetektiv, weil er sich nicht zum Polizisten eignet. Bei der Feuerwehr ist er rausgeflogen, und er ist kein Heiliger, deshalb will die Kirche ihn auch nicht.«

»Worauf willst du hinaus?«, fragte Shannon.

»Dass er nun wirklich nicht die beste Wahl war.«

»Anscheinend nicht«, sagte sie leise und klappte die Sonnenblende herunter. »Denn offenbar hat er den Mund nicht gehalten.«

»Hey, da hat er ausnahmsweise einmal das Richtige getan. Außerdem hast du ja selbst Janowitz und Rossi informiert.« Er drückte die Zigarette im übervollen Aschenbecher aus.

Shea hatte natürlich recht, und trotzdem ärgerte es Shannon, dass Aaron ihren anderen Brüdern gegenüber nicht dichtgehalten hatte.

Schweigend fuhren sie durch die Vororte und an ein paar kleinen Ranches vorbei, bis sie an dem Brachland vorüberkamen, das als neue Baufläche ausgewiesen war.

Die nächste Zufahrt war ihre. Shea trat auf die Bremse und bog ab. Shannon wusste nicht, was schlimmer war: die körperlichen Schmerzen bei jedem Schlagloch und jeder Bodenwelle oder die Gefühle, die sie beim Anblick der Brandstelle überwältigten.

Die Sicherheitslampen tauchten die geschwärzten Mauern in bläuliches Licht. Der Tatort war noch immer mit gelbem Flatterband abgesperrt. Und alles wirkte leer. Still. Leblos.

»Wo ist Nate?«, fragte sie. Sein Geländewagen stand nicht auf dem Parkplatz, und die Fenster seiner Wohnung über der Garage waren dunkel.

Shea zuckte mit den Schultern. »Keine Ahnung.«

Unbehaglich sagte Shannon: »Ich sehe lieber mal nach den Tieren.«

»Das übernehme ich. Du gehst rein und ziehst dich um.«

»Meinst du wirklich?«

»Ja.«

In ihren Slippern schlurfte sie zur Haustür, doch diese war abgeschlossen, und Shannon hatte keinen Schlüssel.
»Warte. Ich schließe dir auf.« Shea öffnete die Haustür mit einem Schlüssel, den Shannon ihm vor langer Zeit einmal gegeben hatte.
Als sie eintrat, rechnete sie damit, dass Khan ihr entgegenstürzte, doch das Haus war leer und still. Kein Geräusch von Hundepfoten auf der Treppe, kein begeistertes Jaulen, kein Schwanzwedeln und Betteln um Streicheleinheiten. Nur der Wasserhahn in der Küche tropfte, und der Kühlschrank summte. Shannon machte Licht und blieb im Flur stehen. Alles war so, wie sie es zurückgelassen hatte, und erschien ihr doch verändert, beinahe unwirklich. Als sei sie nicht nur wenige Tage, sondern Jahre fort gewesen.
Sie ging in die Küche, drehte den Hahn fest zu und bemerkte, dass die Bananen und Äpfel im Korb auf dem Tisch verfaulten. Das Ladegerät ihres Handys befand sich an seinem Platz, und ihre Handtasche stand augenscheinlich unberührt auf dem Küchentresen.
Shea fragte durch die offene Haustür: »Alles in Ordnung?«
»Ja. Nur dass Khan nicht da ist.«
»Entweder hat Santana ihn zu sich genommen, oder er ist bei den anderen Hunden«, vermutete Shea.
»Wahrscheinlich.« Doch das ungute Gefühl blieb. Alles sah aus wie immer, aber die Atmosphäre des Häuschens hatte an Wärme und Behaglichkeit eingebüßt. Shannon rieb sich die Arme, als ob sie fröstelte, dabei war es noch immer brütend heiß.

»Ich suche ihn und sehe nach den Tieren. Du machst dich frisch.« Er sah wieder auf die Uhr. »Kommst du allein die Treppe hoch?«

Sie zwang sich zu einem Lächeln. »Ich denke schon. Halte ich dich etwa auf? Hast du eine heiße Verabredung oder so?«

»Was?« Shea schrak auf, dann grinste er. »Nein … Nichts. Nur eine Angewohnheit.«

Shannon glaubte ihm nicht recht, sagte jedoch nichts dazu.

»Ich lasse die Tür offen. Ruf mich, wenn du mich brauchst«, ermahnte er sie, dann machte er auf dem Absatz kehrt und eilte im Laufschritt zu den Stallungen. Er wirkte nervös. Überreizt. Aber das galt wohl für sie alle.

Unter Schmerzen schleppte sie sich Stufe für Stufe die Treppe hinauf. In ihrem Zimmer mit dem ungemachten Bett angekommen, wusch sie sich ein wenig, legte farblosen Lippenstift und etwas Wimperntusche auf und zog mit einigen Schwierigkeiten Jeans und ein Stricktop an. Das Bücken bereitete ihr große Schmerzen, deshalb schlüpfte sie einfach in ein Paar Flip-Flops. Dann mühte sie sich vergebens ab, ihr Haar zu bändigen. Es lockte sich wild, und am Hinterkopf war eine kahle Stelle, wo ihr Kopf rasiert und die Kopfhaut mit einer Reihe sauberer Stiche genäht worden war. Behutsam schob sie ein paar Strähnen über die empfindliche Stelle, band die widerspenstigen Locken zu einem Pferdeschwanz zusammen und betrachtete sich prüfend im Spiegel.

Sie sah ein wenig besser aus, aber einen Schönheitswettbewerb würde sie nicht gewinnen.

Egal, für ein Gespräch mit Travis Settler musste es reichen.

Auf dem Weg nach unten hörte sie von der Zufahrt her ein Motorengeräusch. Scheinwerferlicht durchdrang die Dunkelheit, als sie ins Freie trat. Sie erwartete Nate Santana, vielleicht mit Khan auf dem Beifahrersitz, doch stattdessen sah sie den neuen Sportwagen ihres Bruders Robert, einen BMW, dessen silberne Lackierung im Lampenlicht beinahe flüssig wirkte. Er hatte das Auto an dem Wochenende gekauft, als er aus dem Haus ausgezogen war, in dem er mit Mary Beth und ihren beiden Kindern gewohnt hatte. Shannons Meinung nach war der schnittige Wagen nur ein weiteres Symptom seines Leidens, das unter dem Namen Midlife-Crisis bekannt war.

Robert war nicht allein: Aaron saß auf dem Beifahrersitz. Als die beiden ausstiegen, kam Shea aus dem Hundezwinger und eilte auf seine Brüder zu.

»Was soll das denn werden?«, fragte Shannon und kniff misstrauisch die Augen zusammen. »Ein Hinterhalt?« Mit einem Blick in die finsteren Gesichter fügte sie hinzu: »Von den Brüdern Grimm?«

»Sehr witzig«, knurrte Robert.

»Und wo steckt Oliver?«, erkundigte sich Shannon.

»Bei Mom … Oder in der Kirche«, antwortete Robert. »Du weißt doch, im Weinberg des Herrn ruht die Arbeit nie.«

»Raus mit der Sprache«, forderte sie und sah Shea vorwurfsvoll an. »Wenn ihr euch verbündet habt, um mir mein Treffen mit Settler auszureden, dann vergesst es. Das wird euch nicht gelingen.«

»Wir wollen nur, dass du über alle wichtigen Tatsachen Bescheid weißt«, sagte Aaron.

»Wo wir gerade von Tatsachen reden – was hast du eigentlich zu der Tatsache zu sagen, dass du dich nicht an unsere Abmachung gehalten, sondern den beiden erzählt hast, was ich dir anvertraut hatte?« Sie deutete auf Robert und Shea.

»Nach diesem Vorfall fand ich, sie müssten es erfahren.« Shannon ließ sich nicht so leicht besänftigen. »Also, was wollt ihr?«

»Gehen wir doch erst mal rein und setzen uns«, schlug Shea vor. Jetzt wurde Shannon klar, warum er alle paar Minuten auf die Uhr gesehen hatte: Es war eine Falle. Er hatte sie hergebracht, um noch einmal gemeinsam mit den beiden Brüdern zu versuchen, sie von ihrem Vorhaben abzubringen. Toll. Genauso wie damals, als sie noch klein war, die Jüngste der sechs Flannerys, das einzige Mädchen.

»Macht es kurz«, verlangte sie, während alle vier am Küchentisch Platz nahmen. Ein halbes Dutzend winziger Fruchtfliegen schwirrte über dem Korb mit den Bananen und Äpfeln.

»Die Ermittler haben an der Brandstelle eine seltsame Entdeckung gemacht«, begann Shea. »Am Brandherd wurde augenscheinlich Kerosin ausgegossen, und zwar in einer bestimmten Form. Das Muster ist auf dem Betonboden, also auf einem nicht brennbaren Untergrund, zu erkennen.«

»Und das heißt?«, fragte Shannon unbehaglich.

»Es heißt, dass der Brandstifter dieses Muster mit Ab-

sicht erzeugt hat, damit wir es finden.« Shea zog einen kleinen Notizblock aus der Gesäßtasche. »Die Brandspur hatte diese Form, sieh mal ... ein Fünfeck, oder auch eine Raute, von der eine Spitze abgeschnitten wurde.«
Shannon betrachtete die Figur und schüttelte den Kopf. »Und?«
»Es ist die gleiche Form wie bei der Geburtsurkunde, die du auf der Veranda gefunden hast. Das Original befindet sich im Labor, aber hier habe ich eine Kopie. Sieh mal: Die Ecken sind so abgeflämmt, dass eine ganz ähnliche Form entstanden ist. Ich wette, das Papier wurde sehr sorgfältig mit einem Schutzmittel eingesprüht, damit es nicht vollständig verbrannte, sondern diese Form zurückblieb.«
Shannons Mund war plötzlich ganz trocken, als sie die Kopie der Geburtsurkunde ihres Kindes auf dem Tisch neben Sheas Zeichnung liegen sah.
»Nicht identisch, aber auffallend ähnlich.«
»Aber da ist noch etwas in der Mitte der Figur«, stellte Shannon bei näherem Hinsehen fest und zeigte auf Sheas Block. »Eine Zahl. Eine Sechs ... oder eine Neun.«
»Eindeutig eine Sechs«, erklärte Aaron. »Wenn wir davon ausgehenden, dass die Geburtsurkunde nicht auf dem Kopf steht und dass die Feuerspur die gleiche Form hat, dann weist die Spitze des Fünfecks nach unten. So.«

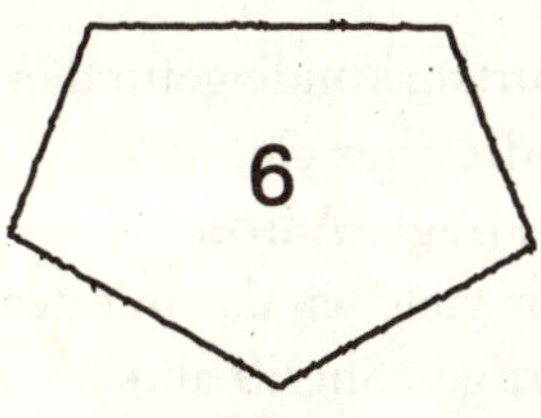

Mit heftig klopfendem Herzen starrte sie auf die Papiere. Sollte das ein makaberer Streich sein? Nein ... eine Drohung. Eine dreiste, herausfordernde Warnung. Trotz der drückenden Schwüle überlief es sie eiskalt. Eine Drohung, die irgendwie mit dem Kind zusammenhing, das sie seit der Geburt nicht mehr gesehen hatte ... »Was hat es zu bedeuten?«, fragte sie flüsternd. Ihre Brüder starrten wortlos vor sich hin. Ihre blauen Augen waren dunkel vor Zorn, ihre Münder verkniffen, die Kiefermuskeln traten hervor.

Schließlich ergriff Shea das Wort. »Wir hatten gehofft, dass dir etwas dazu einfällt.«

Sie schüttelte langsam den Kopf. »Nein, nichts. Wer könnte ...?«

»Wir werden ihn finden«, sagte Aaron mit Nachdruck, doch Shea und Robert blickten zweifelnd drein.

»Vielleicht sollten wir das Travis Settler zeigen.« Shannon schwirrte der Kopf bei dem angestrengten Versuch, einen Zusammenhang zwischen dem Adoptivvater ihres Kindes, dem Brand und der angesengten Geburtsurkunde auf ihrer Veranda herzustellen. »Das alles kann doch nicht zufällig zusammentreffen: Er kommt nach Santa Lucia, meine Tochter ist verschwunden, und ich finde einen Teil ihrer Geburtsurkunde an ihrem Geburtstag auf meiner Veranda ...«

»Als du die Geburtsurkunde gefunden hast, war er noch in Oregon«, wandte Shea ein.

»Bist du sicher?«, fragte Aaron.

»Sieht so aus. Wir gleichen das mit der Polizei von Oregon und dem dortigen Sheriff ab.«

»Aber er war zufällig genau zu dem Zeitpunkt hier, als das Feuer ausbrach«, sagte Robert.

»Das stimmt.« Shea nickte.

Shannon straffte die Schultern. »Also, worauf warten wir noch? Reden wir mit ihm.«

12. Kapitel

Der letzte Mensch, den Travis zu sehen erwartete, als er die Tür öffnete, war Shannon Flannery. Doch da stand sie unter dem Vordach der Veranda vor dem Motelzimmer. Ihr Gesicht war voller Schnittwunden und Prellungen, selbst das dickste Make-up hätte diese Blutergüsse nicht überdecken können. Sie schien sich allerdings auch keine große Mühe gegeben zu haben, sie zu kaschieren. Shannon stand zwischen drei Männern, die um einsachtzig groß waren und einander auffallend ähnelten – allem Anschein nach waren sie Brüder. Zwei von ihnen erkannte Travis wieder: Sie hatten Shannon damals nach der Gerichtsverhandlung aus dem Gebäude und zum Wagen begleitet; den dritten hatte er noch nie gesehen.

»Travis Settler?«, fragte Shannon und sah ihm forschend ins Gesicht. Ihr Arm ruhte in einer Schlinge, und ihre Haltung war steif. Er dachte an die Verletzungen am Brustkorb und die blutende Wunde am Hinterkopf. Das Weiße in ihren Augen wies ebenfalls kleine Einblutungen auf. »Ich bin Shannon Flannery, aber das wissen Sie ja. Wir sind uns auf meinem Grundstück begegnet, nachdem jemand den Schuppen in Brand gesteckt hatte.«

»Ganz recht.«

»Ich hatte Sie nach Ihrem Namen gefragt, aber Sie haben ihn mir nicht genannt.«

»Dazu war keine Zeit.«
»Aber sicher«, versetzte sie mit unverhohlenem Zynismus.
Travis konnte es ihr nicht verübeln, das klang wirklich nach einer lahmen Ausrede.
»Mir scheint, wir müssen miteinander reden, Settler.«
Als er ihre Begleiter ansah, stellte Shannon sie ihm rasch vor. »Dies sind meine Brüder: Shea, Brandermittler bei der Polizei von Santa Lucia, Robert arbeitet bei der hiesigen Feuerwehr, und Aaron ist Privatdetektiv.«
Aaron deutete ein Nicken an. Er war eine Spur kleiner als seine Brüder, etwas stämmiger und ließ die Schultern ein wenig hängen. Ein buschiger Schnurrbart bedeckte seine Oberlippe, und in seinem Blick lag etwas Düsteres, Rätselhaftes.
Travis misstraute ihm auf Anhieb.
Was er von den anderen beiden halten sollte, wusste er noch nicht recht.
»Wie ich hörte, sind Sie der Adoptivvater meiner Tochter, die verschwunden ist«, sagte Shannon, bebend vor Zorn. Ihre grünen Augen sprühten Funken. »Was zum Teufel ist hier los?«
»Ich glaube, ich habe einen Fehler begangen.«
»Allerdings, einen verdammt großen Fehler. Was ist jetzt, bitten Sie uns endlich herein, oder soll ich vielleicht hier draußen stehen bleiben?«
Ihre Begleiter hatten bisher kein Wort gesprochen, sondern starrten ihn nur an, als sei er der leibhaftige Satan. Travis dachte an das kleine Motelzimmer, in dem nur ein Stuhl und zwei Doppelbetten standen. Er konnte sich

nicht vorstellen, auf so engem Raum mit dieser Furie von Frau und den drei finsteren, misstrauischen Brüdern zusammengepfercht zu sein.

»Wie wäre es, wenn wir unser Gespräch ins Restaurant verlegen?«, fragte er und wies mit einer Kopfbewegung auf das ›El Ranchito‹, das dem Motel angeschlossene Imbiss-Restaurant. »Ich lade Sie zu einem Drink ein.«

Sheas Augen verengten sich misstrauisch.

»Das Zimmer ist zu eng für uns alle«, erklärte Travis. Er holte seine Brieftasche, die drinnen auf dem Schreibtisch lag, trat auf die Veranda hinaus und schloss die Tür hinter sich. »Einverstanden?«, fragte er Shannon und ignorierte die Männer. Er würde mit ihr verhandeln, schön und gut, aber nicht mit der ganzen testosterongeladenen Bande.

»Ich verzichte auf den Drink«, erwiderte sie, »aber mit dem Restaurant bin ich einverstanden.«

»Gut. Gehen wir.«

Sie überquerten den Parkplatz und betraten das kühle, dämmrige Restaurant. Travis hielt Shannon und ihrem Gefolge die Pendeltür auf und steuerte dann auf einen großen Ecktisch beim Fenster zu, in sicherer Entfernung von den zwei glatzköpfigen Billardspielern und der Gruppe junger Männer mit Baseballkappen, die am Fernseher über der Bar eine Sportsendung verfolgten.

Sie setzten sich. Travis entging nicht, dass Shannon vor Schmerz das Gesicht verzog, als sie ihm gegenüber Platz nahm. Zwei ihrer Brüder plazierten sich neben sie. Shea ließ sich am Kopfende nieder.

Travis wusste nicht recht, wo er anfangen sollte.

Noch ehe er ein Wort gesprochen hatte, erschien eine

Kellnerin, die offenbar nicht bemerkte, dass diese kleine Gruppe nicht in Partystimmung war. Sie nahm munter plappernd die Bestellung auf und ging dann zurück zum Tresen.

»Ich muss mich bei Ihnen entschuldigen«, setzte Travis an. »Ja, ich bin Danis Vaters. Meine Frau und ich haben sie vor dreizehn Jahren adoptiert.« Die Kehle wurde ihm eng, und der Druck auf seiner Brust war beinahe unerträglich. »Sie haben recht: Dani ist verschwunden. Es gibt bisher sehr wenig Hinweise darauf, was ihr zugestoßen ist, und ich war es leid, untätig herumzusitzen und auf einen Anruf zu warten, der nie erfolgen würde.«

»Und wenn doch einer kommt?«, fragte Shannon, deren Haut um die Blutergüsse herum bleich geworden war, tonlos. »Was ist, wenn der Entführer versucht, Kontakt zu Ihnen aufzunehmen?«

»Für diesen Fall halten sich Leute bereit.«

»Und wenn der Entführer nur mit Ihnen sprechen will?«

»Ich trage mein Handy immer bei mir. Der Anruf würde an mich weitergeschaltet.« Plötzlich fühlte er sich alt und müde, und das Gefühl, als Vater versagt zu haben, lastete schwer auf ihm. »Es wird aber niemand anrufen, Shannon.«

Ihre Schultern versteiften sich, als er sie so vertraulich anredete. »Glauben Sie etwa, sie ist von zu Hause weggelaufen?«

»Nein.« Er schüttelte den Kopf. »Dani hat so etwas nie auch nur angedeutet. Wir hatten auch keinen Streit, oder nur selten …« Er sah ihre Besorgnis, ihre Gier nach

Informationen über das Kind, das sie fortgegeben hatte.
»Hören Sie.« Travis hob die Hände. »Ich bin wirklich ratlos.«
Die Kellnerin unterbrach das Gespräch, indem sie vier Flaschen Bier und ein Mineralwasser für Shannon brachte, dazu ein Körbchen mit Tortilla-Chips und eine kleine Schale mit Nüssen.
Nachdem sie sich wieder entfernt hatte, beugte Travis sich zu Shannon vor. Sie wich unwillkürlich zurück. »Ich habe bereits eingestanden, dass es falsch von mir war, anzunehmen, Sie hätten etwas mit Danis Verschwinden zu tun. Aber ich wusste einfach nicht, wo ich sonst ansetzen sollte, und meine Tochter hat sich in letzter Zeit verstärkt für ihre leiblichen Eltern interessiert.«
»Und was haben Sie ihr gesagt?«, fragte Shannon.
»Dass sie noch warten sollte. Ich wollte ihr alles erzählen, wenn sie achtzehn ist und reif genug, um damit umzugehen.«
»Aber Sie haben mich ausfindig gemacht. Sie sind hergekommen, mit Waffen und weiterer Ausrüstung. Sie sind um mein Haus herumgeschlichen.« Shannon lief rot an, ihr Blick war hart. »Sie haben mich ausspioniert. Sie haben geglaubt, ich hätte sie entführt. Und woher weiß ich, dass nicht Sie es waren, der meinen Schuppen in Brand gesetzt hat?«
»Ich habe mir in letzter Zeit sicher einige Dummheiten erlaubt, aber glauben Sie mir, ich habe keinen Brand gelegt.«
»Sie waren dort«, stellte Shea fest. Er hatte beide Hände um seine Bierflasche gelegt, trank jedoch nicht.

»Und zwar bewaffnet, mit allen möglichen Spionagegeräten ausgerüstet, und in Ihrem Wagen wurden Informationen über Shannon gefunden«, ergänzte Aaron.
»Ich habe voreilige Schlüsse gezogen, weil ich nicht wusste, wo ich sonst mit der Suche beginnen sollte.«
Shannon stieß mit dem Zeigefinger nach ihm. »Und deshalb haben Sie beschlossen, mir nachzuspionieren?«
»Ich habe lediglich nach meinem Kind gesucht.« Travis seufzte, lehnte sich auf dem Stuhl zurück und trank einen großen Schluck Bier, ohne etwas zu schmecken. Er hielt ihrem Blick stand und ignorierte die drei Brüder. »Ich habe nach jedem Strohhalm gegriffen. Es tut mir leid.« Er seufzte. »Aber mit dem Brand hatte ich nichts zu tun. Wirklich nicht. Ich war in der betreffenden Nacht gerade erst aus Oregon eingetroffen und wollte mich zunächst ein wenig umsehen.«
»Und da sind Sie, statt an meine Tür zu klopfen oder mich anzurufen, wie ein Dieb in der Nacht auf meinem Grundstück herumgeschlichen.«
»Ich wollte Sie nicht gleich mit Vorwürfen konfrontieren, sondern erst etwas mehr über Sie erfahren.«
»Indem Sie mir nachspioniert haben.«
»Ja.«
»Sie Dreckskerl!«
Er beugte sich erneut vor, wobei er ihre Seife und noch einen Hauch des Desinfektionsmittels aus dem Krankenhaus roch, und sagte sehr eindringlich: »Eines müssen Sie verstehen, Mrs. Flannery …« Alle drei Brüder spannten die Muskeln, als wollten Sie sich im nächsten Moment auf ihn stürzen. Travis ließ sich nicht einschüchtern – eine

tätliche Auseinandersetzung wäre ihm beinahe lieb gewesen, dadurch hätte er seinem aufgestauten Frust endlich Luft machen können. Er beugte sich noch weiter zu Shannon hinüber und flüsterte mit rauher Stimme: »Um mein Kind zu finden, würde ich alles tun, begreifen Sie das nicht? *Alles*. Also entschuldigen Sie bitte, wenn Sie sich belästigt fühlen, weil ich Sie ausspioniert habe – ja, das habe ich, und ich täte es jederzeit wieder, ohne mit der Wimper zucken. Alles täte ich, wenn ich dadurch Dani zurückbekäme!«

»Ganz der fürsorgliche Vater.« Shannon konnte ihre Verachtung nicht verbergen.

Die Spitze traf ihn, doch er ließ sich nicht unterkriegen. »Ich konnte eben nicht ausschließen, dass Sie etwas mit Danis Verschwinden zu tun hatten.«

»Und, sind Sie nun endlich überzeugt, dass ich nichts damit zu tun habe?«

»Ich denke schon. Nur weiß ich jetzt überhaupt nicht mehr, wo ich weitersuchen soll«, erklärte er düster. »Nun, nachdem ich hier auf dem Holzweg war, werde ich wohl nach Falls Crossing zurückkehren, sobald die Polizei den Tatverdacht gegen mich fallen lässt, was recht bald geschehen dürfte ...« Er warf einen Blick zu Shea, der stocksteif am Kopfende des Tisches saß.

Shannon schluckte. Einen Moment lang schwiegen sie alle fünf. Billardkugeln klickten. Im Fernsehen lief jetzt Baseball statt Golf.

Schließlich atmete Shannon tief durch und sagte: »Nur damit Sie's wissen, Settler, in einem Punkt stimmen wir beide überein: Ich würde ebenfalls alles, aber auch alles tun, um sicherzustellen, dass es meiner Tochter gut geht.« Um seine Einwände vorwegzunehmen, fuhr sie rasch fort: »Dass ich sie zur Adoption freigegeben habe, bedeutet nicht, dass ich sie nicht liebe und keine mütterlichen Gefühle für sie hege. Ich habe sie fortgegeben, gerade *weil* ich sie liebte, und ich liebe sie bis heute. Es … Es war das Beste für sie. Glauben Sie mir, wenn ich davon nicht überzeugt gewesen wäre, hätte ich es niemals getan. Und jetzt …« Sie biss die Zähne zusammen, und ihr Kinn begann zu zittern. Mit äußerster Anstrengung unterdrückte sie ihre aufwallenden Gefühle. »Jetzt sollten wir aufhören, uns gegenseitig anzufeinden, okay? Wir müssen an einem Strang ziehen. Und … Ich weiß etwas, das uns womöglich weiterbringt.«

Travis schwieg abwartend.

Shannon wechselte einen raschen Blick mit ihren Brüdern. Travis sah, wie der Polizist, Shea, kaum merklich nickte.

»Es war vielleicht doch kein so großer Fehler, hierher zu kommen.«

»Was?« Travis starrte sie erwartungsvoll an. »Haben Sie etwa Kontakt zu Dani? Wissen Sie, wo sie steckt?«

»Nein, nein.« Shannon hob abwehrend eine Hand. »Langsam, Cowboy. Ich habe keine Ahnung, wo meine, hm, Ihre Tochter ist. Habe sie nicht mehr gesehen, seit sie zehn Minuten alt war.« Ihr Blick verschattete sich flüchtig. Travis bemerkte einen schmerzlichen Zug in ihrem Gesicht.

»Aber …?«

Shannon berichtete ihm von dem nächtlichen Anruf, von

ihrem Gefühl, beobachtet zu werden, und von der angesengten Geburtsurkunde, Danis Geburtsurkunde.

Travis fühlte sich, als hätte jemand ihm einen Tritt in die Magengrube versetzt. »Verdammte Scheiße!«, zischte er und schlug mit der Faust auf die Tischplatte, so dass das Körbchen mit den Tortilla-Chips hüpfte. An der Bar fuhren mehrere Köpfe zu ihm herum.

Einer der Männer am Billardtisch fluchte, weil er vor Schreck den Stoß verrissen hatte, und funkelte Travis wütend an. Sein Gegenspieler verbiss sich mühsam das Grinsen.

Travis beachtete die Leute nicht. »Wer hat das getan?«

Shannon schüttelte ratlos den Kopf. »Wer tut so etwas?«

Sein Verstand arbeitete auf Hochtouren. Zwischen Danis Verschwinden und der angesengten Geburtsurkunde musste ein Zusammenhang bestehen. Aber wie sah er aus? Und wer, verdammt, steckte hinter all dem?

Seine Nerven waren zum Zerreißen gespannt. Wütend sah er Shannons Brüder an, die das Gespräch ungerührt verfolgt hatten. Aaron, der Aalglatte, warf sich Erdnüsse in den Mund, als seien es Pillen und er selbst ein Süchtiger auf der Suche nach einem schnellen High. Der mittlere Bruder, der Feuerwehrmann, wie hieß er gleich – Bob, Rob, nein, Robert –, drehte seine Flasche zwischen den Handflächen. Der dritte, der Brandermittler, Shea, hatte das Bier noch immer nicht angerührt und auch nicht von den Chips genommen. Die Arme vor der Brust verschränkt, musterte er Travis. Sein Blick war scharf wie der eines Falken, der auf jede kleinste Bewegung lauerte, um dann auf seine Beute niederzustoßen.

Travis wandte sich wieder Shannon zu. »Sie wissen doch noch mehr«, bohrte er mit leiser Stimme nach, während die Gäste an der Theke sich wieder ihren Drinks und der Sportsendung zuwandten. »Haben Sie Dani gesehen? Von ihr gehört?«

»Nein. Ich hatte bis heute keine Ahnung, dass sie nicht mehr sicher und wohlbehalten bei ihrer Familie ist. Als ich den Anruf bekam und die Geburtsurkunde fand, dachte ich, jemand wolle mir einen grausamen Streich spielen. Wie Sie sich vorstellen können, bin ich auch früher schon belästigt worden. Sie wissen ja sicher alles über meine dunkle Vergangenheit.«

Travis erwiderte nichts.

»Ich wollte nicht schon wieder solches Aufsehen, darum habe ich mich nicht an die Polizei gewandt.« Sie schlug die Augen nieder. »Stattdessen habe ich Aaron gebeten, Nachforschungen anzustellen. Er ist schließlich Privatdetektiv. Ähnlich wie Sie, wenn ich recht verstanden habe …«

Travis überging in die indirekte Frage. Er fixierte den Bruder mit dem Schnurrbart. »Und was habe Sie bislang herausgefunden?«

»Nichts. Die Geburtsurkunde war eine Kopie. Nach dem Brand habe ich sie der Polizei übergeben«, erklärte Aaron und kaute weiter seine Erdnüsse.

Shea fügte hinzu: »Sie befindet sich jetzt im Labor. Das Papier und die Brandspuren werden analysiert. Außerdem haben wir Shannons Grundstück nach Beweismaterial abgesucht, nach Fußspuren, Fingerabdrücken, Zigarettenkippen, irgendetwas, was der Täter hinterlassen haben könnte. Bisher haben wir nichts gefunden. Das angesengte Papier weist keine Fingerabdrücke auf.« Er zog ein Blatt hervor und legte es auf den Tisch, offenbar eine Kopie der halbverbrannten Urkunde.

»Herrgott.« Travis betrachtete die wenige Schrift, die noch zu entziffern war. Gerade genug, dass deutlich wurde, worum es sich handelte. »Dieser Typ macht sich weiß Gott viel Arbeit«, stellte er an Shannon gerichtet fest. »Er wollte, dass Sie anfangen, sich Gedanken um Dani zu machen.«

Sie nickte und rieb sich mit der freien Hand den Arm in der Schlinge, als ob sie fröstelte. »Aber ich hatte keine Ahnung, wo sie war, bei wem sie lebte, dass sie verschwunden war …«

»Der Entführer muss damit gerechnet haben, dass ich hierher komme.«

»Woher sollte er wissen, dass Sie über Danis leibliche Eltern informiert sind?«

»Vielleicht hat er es nur vermutet«, dachte Travis laut. »Oder er hat es irgendwie herausgefunden.«

»Aber wie?«

»Das weiß ich nicht. Meine Frau und ich haben mit niemandem darüber gesprochen, und selbst sie wusste nicht so viel wie ich. Nach ihrem Tod, als Dani immer mehr Fragen stellte, habe ich weitere Informationen eingeholt.« Er erwähnte nicht, dass er Shannon damals vor dem Gerichtsgebäude gesehen hatte. Das spielte jetzt keine Rolle. »Jedenfalls wollte jemand, dass ich herkomme«, setzte er hinzu.

»Glauben Sie?«, entgegnete Shea unwirsch.

»Darauf möchte ich wetten.«

»Ziemlich an den Haaren herbeigezogen, wenn Sie mich fragen«, mischte sich Aaron ein. Dabei sah er Travis an, als bezichtigte er ihn Tausender unsäglicher Verbrechen.

»Mag sein. Aber es ist wohl kaum ein Zufall, dass ich jetzt hier bin, wo die Geburtsurkunde verbrannt wurde. Da muss ein Zusammenhang bestehen.«

Die Brüder gingen nicht darauf ein. Shannon ebenso wenig. Travis hatte das Gefühl, dass sie ihm immer noch etwas verschwiegen. »Was wissen Sie sonst noch?«

»Nichts, worüber wir mit Ihnen reden könnten.«

»Ich bin Danis Vater, verdammt noch mal«, entgegnete er leise, aber eindringlich.

Shannon konterte: »Trotzdem könnten Sie das Feuer auf meinem Grundstück gelegt haben.«

Er schüttelte den Kopf. »Ich sagte doch bereits, mit der Brandstiftung hatte ich nichts zu tun«, widersprach er gereizt. »Und, nur damit Sie's wissen, an der Sache mit der Geburtsurkunde kann ich gar nicht beteiligt gewesen sein. Sie sagten doch, dass sich der Vorfall gegen Mitternacht an Danis Geburtstag ereignet hat – in der fraglichen Nacht war ich bei meiner Tochter. Sie hatte Übernachtungsbesuch.«

Shea nickte. »Das haben wir überprüft. Sheriff Carter konnte es bestätigen: Die Tochter seiner Verlobten war bei Dani.«

Die Erinnerung tat Travis weh. Ja, Allie und sechs weitere zwölf- bis dreizehnjährige Mädchen hatten bei ihnen übernachtet und ihn an den Rand des Wahnsinns getrieben. Doch wenn er jetzt daran zurückdachte, empfand er nichts als ein überwältigendes Schuldgefühl.

»Der Brandstifter ist wahrscheinlich derselbe, der die Geburtsurkunde angesengt hat.« Er dachte an die dunkle Gestalt, die er beim Feuer bemerkt hatte. »Ich glaube, ich habe den Täter in jener Nacht gesehen.«

»Wie?«, flüsterte Shannon und riss die Augen auf.

»Das habe ich in meiner Aussage gegenüber den anderen beiden Detectives bereits erwähnt – Janowitz und Rossi. Übrigens ist mir nicht entgangen, dass einer der beiden oder sonst einer Ihrer Kollegen mich beschattet. Dieser silberne Taurus da auf der anderen Straßenseite – kaum zu übersehen.«

Ein Muskel in Shea Flannerys Wange zuckte kaum merklich.

»Warum hast du mir nichts davon gesagt?« Shannons Wut richtete sich jetzt gegen ihren Bruder.

»Wir sind noch mit der Auswertung der Vernehmungsprotokolle beschäftigt. Aber du konntest es ja nicht erwarten, Settler kennenzulernen.«

»Was verschweigst du mir sonst noch?«

»Nichts«, antwortete Shea hastig.

Zu hastig, wie Travis fand. Was zum Teufel hatte der Cop zu verbergen? Und was war mit den anderen Brüdern? Auch sie schienen eine ganze Menge mehr zu wissen, als sie verrieten.

»Sie haben also den Mann gesehen, der das Feuer gelegt hat?«, fragte Shea.

»Ich habe lediglich beobachtet, dass sich kurz vor der Explosion jemand bei den Wirtschaftsgebäuden herumtrieb. Aber ich habe ihn nicht erkannt und weiß auch nicht, wie er aussah«, erklärte Travis, um die nächste Frage vorwegzunehmen. »Ich hatte ein Nachtsichtgerät bei mir, kam jedoch nicht dazu, es zu benutzen, bevor die Hölle losbrach.«

»Aber sie haben tatsächlich gesehen, dass in jener Nacht noch ein Mann auf meinem Grundstück war?«, vergewisserte sich Shannon noch einmal, als hätte sie nicht richtig verstanden.

Travis nickte. »Er war schätzungsweise so groß wie ich und schwarz gekleidet. Ich habe keinerlei Fahrzeuge gesehen, und der Mann hatte überhaupt nichts Auffälliges an sich. Ich könnte ihn bei einer Gegenüberstellung mit Sicherheit nicht identifizieren.« Dasselbe hatte er bereits den beiden skeptischen Detectives erklärt.

»Verdammt«, knurrte Shannon und strich sich das Haar aus der Stirn.

»Es könnte Santana gewesen sein«, warf Robert ein und sah Travis mit hochgezogenen Augenbrauen an, wie um ihn aufzufordern, er solle den Mann bezichtigen.

»Nate war es nicht!«, protestierte Shannon und errötete vor Empörung. »Fang nicht immer wieder von ihm an. Ich habe dir bereits gesagt, er täte niemals etwas, was mir oder den Tieren schadet!«

Zornig stieß sie den Atem aus, und trotz ihrer Verletzungen machte sie den Eindruck, als hätte sie nicht übel Lust, ihre Brüder der Reihe nach zu erwürgen.

Travis war insgeheim beeindruckt von ihr. Aber dass sie Santana so vehement verteidigte, versetzte ihm zugleich einen Stich, auch wenn er es sich selbst nicht eingestehen mochte.

»Was denken Sie?«, fragte Shea ihn. »Könnte er es gewesen sein? Sie sind Santana ja im Stall begegnet, nachdem sie Shannon gefunden hatten.«

Shannon bedachte Travis mit einem finsteren Blick. Ihre Augen und Lippen wurden schmal, als wollte sie ihn warnen, das Sakrileg bloß nicht auszusprechen.

»Möglich«, räumte er ein und trank einen Schluck aus seiner Flasche, ohne Shannons Blick auszuweichen. »Wie gesagt, ich konnte nichts Näheres erkennen.«

Zorn blitzte in ihren Augen auf. »Nate war es nicht«, beharrte sie. »Darüber müssen wir uns endlich einig sein, sonst brauchen wir gar nicht weiterzureden.«

»Er hat kein Alibi«, gab Aaron zu bedenken.

»Schluss jetzt!«, befahl sie.

Travis wunderte sich, dass plötzlich niemand mehr ihn zu verdächtigen schien. Zugleich empfand er eine heimliche Freude darüber, dass Shannons Brüder offenbar nicht viel für Santana übrighatten. Er nahm die Gelegenheit wahr, eine Frage zu stellen, die ihm schon länger auf den Nägeln brannte. »Was ist eigentlich mit Danis Vater ... ihrem leiblichen Vater?«

Shannon verkrampfte sich sichtlich. Ihre Stimme klang ruhig, aber offenbar musste sie sich sehr beherrschen. »Er hat mich verlassen, sobald er erfuhr, dass ich schwanger war. Niemand weiß, was aus ihm geworden ist, nicht einmal seine Eltern. Angeblich hält er sich in Mittel- oder Südamerika auf.«

»Das behaupten sie zumindest«, warf Robert ein und leerte seine Flasche.

»Er könnte zurückgekehrt sein.« Aaron hatte aufgehört, Erdnüsse in sich hineinzustopfen.

»Was?« Shannon schrak auf und durchbohrte ihren Bruder mit einem wütenden Blick. »Brendan ist wieder hier?«
»Hey, immer langsam«, beschwichtigte Aaron sie. »Das ist lediglich eine Vermutung. Nachdem du mich gebeten hattest, Nachforschungen zu der angesengten Geburtsurkunde anzustellen, habe ich auch in dieser Richtung Informationen eingeholt. Soviel ich weiß, ist niemand mit Brendan Giles' Pass eingereist, aber seinen Aufenthaltsort konnte ich bisher nicht ermitteln. Ich bleibe dran.«
»Shannon, du solltest dich nicht unnötigerweise beunruhigen ...«, setzte Shea an.
»Versuch nicht, mich zu beschwichtigen!« Vor Empörung blähten sich ihre Nasenflügel. »Hör auf, den großen Bruder rauszukehren. Ich habe allen Grund, beunruhigt zu sein, immerhin wurde mein Kind entführt!«
Ehe er etwas erwidern konnte, wandte sie sich mit entschlossener Miene an Travis. »Ich habe lange gezögert, Sie danach zu fragen. Aber jetzt ...« Sie atmete lange und zittrig aus und schloss sekundenlang die Augen, um sich zu fassen. »Sie haben doch sicher ein Foto von meiner Tochter, ich meine, von Ihrer Tochter ... von Dani.«
Er nickte. »Ich habe eines bei mir, ja.«
»Darf ich es sehen?«
»Shannon, das ist keine gute Idee«, warnte Aaron.
»Er hat recht«, pflichtete Shea ihm bei. »Das würde dich doch nur noch mehr belasten.«
»Zeigen Sie es mir«, drängte sie Travis. »Bitte.«
Travis hatte ebenfalls seine Bedenken, mochte es jedoch nicht ablehnen. Natürlich wollte sie ihr Kind sehen.

Nicht nur aus Neugier – diese Situation musste auch ihren Mutterinstinkt wecken.
Er zog seine Brieftasche hervor und klappte sie auf. Unter einer Klarsichtfolie steckte das Schulfoto vom letzten Jahr. Ein neuerlicher Schmerz durchfuhr ihn: In diesem Jahr würde Dani den Fototermin wohl versäumen, und ebenso viele andere Veranstaltungen. Herrgott, er musste sie so schnell wie möglich aufspüren. Dabei war ihm klar, dass die Chance, eine vermisste Person wiederzufinden, mit jeder Minute geringer wurde.
Nein, so durfte er nicht denken. Er musste zuversichtlich bleiben. Sich konzentrieren. Er würde sie finden. Irgendwie …
Zögerlich zog Shannon die Brieftasche zu sich heran.
»Da, das ist ein Schulfoto. Es wurde im letzten Oktober aufgenommen, ist also ungefähr ein Jahr alt«, erklärte Travis. Shannon blätterte weiter zu einem Schnappschuss, der ihn und Dani zeigte, wie sie auf einem Felsblock saßen und stolz ihren Fang des Tages, zwei silbrige, 30 Zentimeter große Forellen, hochhielten. Travis musste schlucken. Er erinnerte sich gut an diesen Herbstmorgen: Sie waren vor Tagesanbruch auf den Beinen gewesen, die Sterne hatten noch hoch über den Baumwipfeln gefunkelt, und neben ihrem Lagerplatz plätscherte der Gebirgsbach dahin. Sie hatten mit Fliegen geangelt, jeder so viel, wie erlaubt war. Ihm wurde die Kehle eng, und er drängte die Erinnerung zurück in einen fernen Winkel seines Bewusstseins.
Es gab noch weitere Schulfotos. Eines zeigte Dani in einer Softball-Ausrüstung, die etwa drei Nummern zu groß

für sie war, aufgenommen in der sechsten Klasse. Shannon presste die Lippen zusammen und strich mit einem Finger an Danis Kinnlinie entlang.

Sie betrachtete jedes Bild eingehend, verschlang es geradezu mit den Augen, als sei sie ausgehungert nach Informationen über das Kind, das sie zur Adoption freigegeben hatte. Tränen traten ihr in die Augen, sie blinzelte, griff nach einer Serviette und putzte sich die Nase. Schließlich reichte sie die Brieftasche über den Tisch zurück. »Wenn … wenn es Ihnen nichts ausmacht«, sagte sie und räusperte sich, »hätte ich gern den einen oder anderen Abzug.«

Sie sah so elend aus, dass Travis alle Vorbehalte vergaß.

»Überleg es dir gut«, mischte Robert sich ein. Auch er wirkte angespannt. »Ich, hm, ich habe selbst Kinder und sehe sie nicht so oft, wie ich gern möchte, und … Vielleicht ist es besser, wenn du nicht zu großen Anteil an ihr nimmst.«

»Zu spät«, sagte sie und hob den Blick zu Travis. »Wenn es Ihnen nichts ausmacht.«

Er konnte ihr die Bitte nicht abschlagen. Den Arm in der Schlinge, das geschundene Gesicht, das verzweifelte Flehen in ihren Augen konnte er nicht ignorieren. »Ich besorge Ihnen Abzüge. Inzwischen …« Er zog ein zusammengefaltetes Stück Papier hervor und reichte es ihr.

»Lieber Gott«, flüsterte Shannon, als sie das Suchplakat, das er angefertigt hatte, auseinanderfaltete. Darauf war ein Farbfoto von Dani abgedruckt. Travis blickte in das Gesicht seiner Tochter, umrahmt von wilden Locken, mit großen, grüngoldenen Augen, die über der geraden, sommersprossigen Nase funkelten. Ihr Kinn war spitz, der Mund lächelte breit. Über dem Gesicht stand in Großbuchstaben das Wort VERMISST. Neben dem Foto waren eine Beschreibung, sein Name und die Kontaktadresse zu lesen.

Shannon schloss die Augen, griff sich mit zitternder Hand an die Stirn. Das Bild ihres Kindes auf einem Suchplakat …

»Wenn Sie möchten, können Sie es behalten.«

»Danke.«

»Herrgott, Shannon, tu's nicht!«, mischte Aaron sich ein. »Denk lieber daran, warum wir hier sind.«

Gute Idee, dachte Travis wider Willen. Er konnte diesen Kerl nicht leiden, musste jedoch Distanz halten zu der Frau, denn sie stellte immer noch eine Bedrohung dar. Aber auch wenn er sie nicht als Verbündete betrachtete, gab sie ihm doch zu denken, und er glaubte, dass ihre Tränen echt waren. Wie oft musste sie es in den vergangenen dreizehn Jahren bereut haben, dass sie ihr Kind weggegeben hatte … Und irgendwie steckte sie in dem Schlamassel mit drin. Warum sonst wäre Danis Geburtsurkunde an ihrem Geburtstag auf Shannons Veranda hinterlegt worden?

Shannon starrte auf das Poster, als könne sie sich nicht sattsehen. Schließlich faltete sie es zusammen und schob es in die Hosentasche. Travis trank sein Bier aus und beschloss, da er sich ohnehin schon auf unsicherem Terrain bewegte, noch einen oder zwei Schritte weiterzugehen.

Er deutete auf den Arm, den sie in der Schlinge trug, und fragte: »Und wie geht's Ihnen?«

»Was?«, entgegnete sie gedankenverloren. »Oh.« Ein schwaches Lächeln. »Tja, was glauben Sie wohl?«

»Wie von einem Laster überrollt?«

Sie räusperte sich. »Das kommt der Sache ziemlich nahe.«

Er nickte. Dann schob er seinen Stuhl zurück und winkte die Kellnerin herbei. »Ich schätze, für heute Abend haben wir nichts weiter zu besprechen.« Er sah sie an. »Oder haben Sie noch Fragen?«

»Eine noch.« Sie blickte ihm fest in die Augen. »Ich kann Ihnen vielleicht besser behilflich sein, als Sie denken. Ich trainiere Such- und Rettungshunde.«

»Versprechen Sie sich denn etwas davon, Hunde einzusetzen?«

»Ich weiß nicht. Sie ist ja nicht von hier entführt worden, aber dieser Mann, den Sie gesehen haben ... Falls er sie in seiner Gewalt hat ... Haben Sie etwas bei sich, was nach ihr riecht? Ein Kleidungsstück, eine Haarbürste, irgendetwas?«

Er dachte an Danis Sweatshirt, das hinter dem Sitz in seinem Pick-up steckte. Konnte er Shannon vertrauen? Was hatte er zu verlieren? Vielleicht war es ein Fehler, mit ihr zusammenzuarbeiten, doch sie schien wirklich helfen zu wollen, und ihm selbst gingen die Ideen aus. »Ja, ich denke schon.«

Sie schob ihren Stuhl zurück. »Holen wir es.«

Wie aufs Stichwort erschien die Kellnerin mit der Rechnung. Shannon griff danach, doch Travis kam ihr zuvor. »Ich habe Sie eingeladen«, sagte er und legte seine Kreditkarte auf das kleine Tablett. Shannon widersprach nicht. Ihre Brüder tranken aus und erhoben sich.

Zwei Minuten später unterschrieb Travis für die Drinks und ging zur Tür. Die Flannery-Eskorte folgte ihm auf den Fersen. Draußen schlug ihm die Hitze der Nacht entgegen.

Auf dem Parkplatz wartete eine Frau bei einem BMW.

»Okay, Robert«, sagte sie mit giftigem Lächeln. »Wo zum Kuckuck steckt deine Hure?«

Travis sah die Flannerys an. Was ging hier vor?

13. Kapitel

Shannon blieb wie vom Donner gerührt stehen.
Der Asphalt des beinahe leeren Parkplatz strahlte Resthitze ab. Zwei Limousinen, ein Minivan und ein Geländewagen standen vor dem Motel. Ein paar weitere Fahrzeuge waren in der Nähe des Restaurants abgestellt. Und dort wartete eine Frau.
Mary Beth, das Gesicht voller Verachtung und Wut, lehnte am Kotflügel von Roberts neuem BMW. Zierlich, mit hinreißender Figur und kurzem, glattem Haar, das blauschwarz schimmerte, stellte sie beim Anblick der Flannerys sozusagen die Stacheln auf. An ihrem Finger baumelte ein einzelner Schlüssel, der in der bläulichen Parkplatzbeleuchtung glänzte. Mary Beth hielt ihn hoch und schürzte die Lippen. Die Drohung war eindeutig: Sie beabsichtigte, den glänzend silbernen Lack des BMW zu zerkratzen.
In fünf Meter Entfernung stand ihr Bruder Liam neben seinem eigenen Wagen. Sein Haltung und sein Blick drückten deutlich aus, dass er es auf eine Konfrontation anlegte. Wenn er Streit suchte, würde er ihn finden.
Shannon konnte es nicht fassen. Es war wie ein seltsamer, surrealistischer Film, eine schlechte Kopie der Straßenkampfszene in West Side Story.
Sie wollte nichts damit zu tun haben.

»Bleibt hier«, sagte Robert zu seinen Geschwistern und überquerte im Laufschritt den Parkplatz. »Was tust du hier?«, fragte er, entriss Mary Beth den Schlüssel und zerrte sie von seinem Auto fort.

»Ich suche dich.«

»Wo sind die Kinder?«

»Seit wann interessiert dich das?« In gespieltem Schock legte sie die freie Hand auf die Brust, während er das andere Handgelenk fest umklammert hielt.

»Wo sind Elizabeth und RJ?«, zischte er erneut.

»Bei meiner Schwester. Margaret passt auf sie auf.«

»Damit du mich verfolgen kannst?«

»Genau.« Mary Beth spielte die Rolle der gekränkten Märtyrerin ausgezeichnet. Abgesehen davon, dass Liam im Hintergrund lauerte, ein großer, bedrohlicher Schatten, wie ein Leibwächter.

»Hast du den Verstand verloren?«, fragte Robert.

»Nein, Schätzchen«, antwortete sie höhnisch, »aber du. Und, wo zum Teufel steckt deine verdammte Hure? Vielleicht in einem dieser Luxusapartments?« Sie rümpfte abfällig die Nase und wies auf die Türen des billigen Motels. »Ich will mit ihr reden.«

»Cynthia ist nicht hier.«

»Cynthia«, wiederholte sie zischend wie eine Schlange. »Bist du sicher?« Erneut deutete sie auf das Motel, in dem Travis Settler wohnte. »Soll ich wirklich glauben, dass sie sich nicht in einem dieser Zimmer verkriecht?«

»Ja, verdammt noch mal«, versetzte Robert. »Fahr nach Hause, Mary Beth. Hol die Kinder. Du machst dich doch nur lächerlich.«

»Ich? Aber Schätzchen …«
»Mary Beth, bitte, das hier ist nicht der richtige Ort«, unterbrach Shannon sie und trat einen Schritt vor, doch Shea hielt sie mit eisernem Griff an ihrem gesunden Arm zurück.
»Das musst du ja wissen«, höhnte sie. Mary Beth war in Fahrt, und das Publikum schien ihr durchaus willkommen zu sein. »Tu nicht so, als läge dir etwas an der Familienehre oder unserem Ruf oder ähnlichem Mist«, fuhr sie ihren Mann an. »Wer fährt denn in einem schicken neuen Sportwagen herum, den er sich nicht leisten kann? Wer schläft mit einer stadtbekannten Schlampe? Bricht sein Ehegelöbnis? Vernachlässigt seine Kinder? Zieht in eine Junggesellenwohnung, obwohl er zu Hause eine Familie hat?«, schleuderte sie ihm entgegen. »Herrgott, Robert, jetzt tu du bloß nicht so zimperlich.«
Robert fuhr auf. »Mary Beth, es reicht!«
»Mir auch«, fauchte sie. Auf der anderen Seite des BMW näherte sich Liam.
Shannon wäre am liebsten im Boden versunken. Das hier war so typisch für Mary Beth, die Meisterin dramatischer Szenen. Auch wenn Shannon ein gewisses Mitgefühl für ihre Schwägerin empfand, verabscheute sie doch einen öffentlichen Skandal. Davon hatte sie für ihr Leben genug, und sie war wütend auf ihren Bruder, diesen Idioten. Entweder er blieb bei seiner Frau und war ihr treu, oder er sollte sich scheiden lassen. Aber Mary Beth unter die Nase zu reiben, wer seine derzeitige Geliebte war, das musste nun wirklich nicht sein.
»Das geht zu weit«, knurrte Shea leise. Er ließ Shannons

Arm los, ging auf seinen Bruder zu und sagte mit einer Kopfbewegung zu Mary Beth: »Kannst du sie nicht fortschaffen?« In diesem Moment fuhr ein Auto auf den Parkplatz. Die Scheinwerfer streiften die Gruppe.

»Misch dich nicht ein, Shea«, fauchte sie ihn an. »Das hier ist nicht dein Problem.«

»Doch, wenn ihr euch in aller Öffentlichkeit streitet, durchaus.« Shea funkelte seine Schwägerin aus schmalen Augen an, dann wandte er sich seinem Bruder zu. »Schaff sie fort, Robert. Bevor es Beschwerden gibt. Bevor jemand die Polizei holt.«

»So macht man das, wie?«, fragte Mary Beth und fuhr zu ihrem Schwager herum. »Alles unter den Teppich kehren, damit nur niemand davon erfährt. Tja, ich lasse aber nicht zu, dass eine hergelaufene Hure mein Leben und das meiner Kinder ruiniert. Wir haben auch unsere Rechte!«

Shannon hielt es keine Sekunde länger aus. Sie trat vor und sagte ruhig: »Shea hat recht. Dies ist weder der richtige Ort noch der richtige Zeitpunkt.«

»Was verstehst du denn davon!«

»Denk doch mal an die Kinder!«

»So wie er?«, schoss sie zurück und befreite mit einem Ruck ihren Arm aus Roberts Griff. Ihr strömten jetzt Tränen aus den Augen, ihre Wimperntusche zerlief. »So wie du?« Sie sah Shannon böse an. Liam kam näher und blieb an der Fahrerseite des BMW stehen. »Ihr Flannerys denkt immer nur an euch selbst. Ihr wisst nicht, wie es ist, ein Kind zu haben, ein Kind wirklich großzuziehen, jemanden wichtiger zu nehmen als sich selbst«, schleuderte sie ihnen hasserfüllt entgegen. »Und als dein Mann dir

Schwierigkeiten machte, hast du da etwa einfach den Mund gehalten? Aber nein!« Sie zeigte mit dem Finger auf Shannon. »Du hast einen Weg gefunden, ihn loszuwerden, nicht wahr? Ryan musste sterben, verdammt!«
»Es reicht!«, fauchte Robert.
Shannon funkelte die tobende Frau wütend an. Mary Beth war zutiefst verletzt und hätte am liebsten jeden, der mit ihrem treulosen Mann zu tun hatte, in der Luft zerrissen.
»Schaff sie weg«, wiederholte Shea.
Aaron, der sich bisher zurückgehalten hatte, legte den Arm um Mary Beths Schultern.
»Rühr sie nicht an«, warnte Liam.
»Halt die Klappe«, schoss Aaron zurück. Dann sagte er ruhiger zu Mary Beth: »Hey, MB, lass es gut sein. Komm, ich bringe dich nach Hause. Wir holen die Kleinen bei Margaret ab.«
»Du elender Scheißkerl!« Sie schüttelte seinen Arm ab. »Vergiss es! Du bist der Schlimmste von allen, Aaron, und das will was heißen! Und mach mich gefälligst nicht an!«
»Was?« Aaron wich verblüfft zurück.
»Tu nicht so ahnungslos. Du versuchst doch schon seit Jahren, mich anzubaggern.«
»Herrgott, Mary Beth, was redest du denn da«, sagte Aaron peinlich berührt, doch jetzt schaltete sich Robert ein.
»Es reicht!«, sagte er zu seiner Frau. »Steig ein, verflucht noch mal!« Er öffnete die Beifahrertür seines Sportwagens.

»Warum?«

»Wir reden, okay? Aber steig endlich ein, verdammte Scheiße.«

»Tu's nicht«, riet Liam ihr.

Augenscheinlich wollte Mary Beth sich weigern, doch in diesem Moment trat der Motelmanager hinaus auf den Parkplatz, ein untersetzter Mann mit unübersehbar quer über die Glatze gekämmten Haaren. Er blickte finster zu der Gruppe hinüber und schrie mit warnend ausgestrecktem Zeigefinger: »Gibt's hier ein Problem? Das will ich nicht haben, hören Sie? Streiten Sie sich anderswo, sonst rufe ich die Polizei.« Seine kleinen Augen fixierten Robert und Mary Beth. »Das ist mein Ernst! Macht, dass ihr wegkommt!«

Robert sah seine Frau böse an. Mary Beth, mit zusammengepressten Lippen und verschmiertem Make-up, stieg fluchend in den Wagen. Robert schlug die Tür zu, ging rasch zur Fahrerseite und zog die Schlüssel aus der Tasche. Hastig, als hätte er Angst, seine Frau könnte im letzten Moment flüchten, setzte er sich ans Steuer. Sekunden später raste der Wagen mit heulendem Motor davon. Die Übrigen blickten den Rückleuchten nach, bis sie um die nächste Kurve verschwanden.

»Scheiße!« Liam bedachte die Flannerys mit einem letzten vernichtenden Blick und ging zurück zu seinem schwarzen Jeep. Beim Ausparken verfehlte er nur knapp den Kotflügel eines Minivan. Mit quietschenden Reifen fuhr er vom Parkplatz.

»Was hat er wohl mit der Sache zu tun?«, fragte Aaron und blickte dem Jeep nach.

»Wer weiß?« Shannon verstand Ryans gesamte Familie nicht. Sie warf einen Blick auf Travis Settler, doch der hielt sich heraus.

»Mary Beth hat nicht alle Tassen im Schrank«, murmelte Aaron, zog eine Schachtel Zigaretten und ein Feuerzeug aus der Tasche und steckte sich eine Filterzigarette an. »Ich bin ihr nie im Leben zu nahe gekommen.« Er blies Rauch aus dem Mundwinkel. Dabei rann ihm Schweiß in die Koteletten. »Sie ist völlig verrückt.«

»Das war sie schon immer.« Shea wandte sich an Travis Settler. »Tja, jetzt haben Sie wohl mehr von der Familie Flannery mitbekommen, als Ihnen lieb sein kann.«

»Jede Familie hat ihre Probleme«, sagte Travis abschließend.

»Mag sein. In unserer Familie gibt es jedenfalls einige Verrückte.« Shea forderte Shannon mit einer Geste auf, in seinen Pick-up zu steigen, doch sie drehte sich zu Travis um und erinnerte ihn: »Danis Sachen?«

»Ach ja, einen Augenblick.« Er lief zu seinem Wagen.

Als er außer Hörweite war, sagte Shea leise: »Ich finde nicht, dass du dich da einmischen solltest, Shannon.«

»Ich stecke längst mitten drin.«

»Du weißt doch überhaupt nichts über diesen Kerl.«

»Ich weiß, dass er der Vater meines Kindes ist und dass Dani in Gefahr schwebt. Das reicht.« Ihr Bruder wollte widersprechen, doch dann gab er es auf. Und das war gut so. Sie war müde, gereizt, und Mary Beths öffentliche Szene war ihr peinlich. Vor allem aber war sie wütend auf ihren anderen Bruder. Sie hätte Robert am liebsten erwürgt.

Travis kam zurück und reichte Shannon ein rotes Kapuzenshirt. »Mehr habe ich nicht bei mir.«
»Es sollte reichen. Das Problem ist, dass wir keinen Anhaltspunkt haben, wo wir mit der Suche beginnen müssen«, sagte Shannon. »Wir werden eine Menge Glück brauchen. Kommen Sie morgen zu mir, dann überlegen wir, wie wir vorgehen wollen.«
»Ich komme«, versprach Travis. Shannon stieg in Sheas Wagen.
»Wenn du dich schon darauf einlassen willst, dann lass es uns richtig machen«, sagte Shea, kramte auf der Ladefläche und reichte Shannon einen Klarsichtbeutel. Sie steckte Danis Shirt hinein.
Shannon bezweifelte, dass ihre Tochter sich irgendwo in der Nähe aufhielt, wollte sich die Chance zu helfen aber nicht entgehen lassen, selbst wenn sie nur wenig ausrichten konnte.
Shea saß am Steuer, Shannon in der Mitte, und Aaron zwängte sich auf den Platz neben ihr. Dabei schimpfte er leise über Mary Beth. »Was ist nur in sie gefahren?«, knurrte er.
Shannon wollte die peinliche Angelegenheit am liebsten vergessen. Sie traute Travis Settler nach wie vor nicht ganz, und es war ihr unangenehm, dass er Zeuge privater Familienstreitigkeiten geworden war. Sie wollte nicht, das er allzu viel über sie wusste.
Doch der letzte Blick auf ihn im Rückspiegel brannte sich tief in ihr Bewusstsein ein: breite Schultern, hartes Kinn, starke Ausstrahlung.
Am Tisch im Restaurant hätte sie blind sein müssen, um

seine scharfen Gesichtszüge, die sonnenbraune, wettergegerbte Haut nicht zu bemerken. Sie spüre, dass er ein harter Brocken war, und sie stellte sich vor, dass sein Lächeln eine Frau bis in die Seele treffen würde. Aber er war angespannt, von dem Drang getrieben, seine Tochter zu finden. Was ihn in ihren Augen nur noch attraktiver erscheinen ließ.

Attraktiv?

Himmel, wohin verstiegen sich ihre Gedanken?

Es lag wahrscheinlich an den Schmerzmitteln.

Oder an dem Schock, den Adoptivvater ihres Kindes kennenzulernen.

Oder an den Fotos, die er ihr gezeigt hatte.

Travis Settler zu begegnen, dem Vater ihrer Tochter, war schwer gewesen, aber noch schwerer war es, die Bilder des jungen Mädchens zu sehen, zu dem ihr Baby herangewachsen war. Innerlich zitterte sie immer noch. Die Fotos hatten einen ungeheuren Schmerz in ihr ausgelöst, ein Gefühl tiefster Einsamkeit.

Du hättest sie nicht weggeben sollen. Du hättest ihr erstes Weihnachtsfest mit ihr erleben sollen. Du hättest ihr das Radfahren und das Reiten, die Achtung vor Tieren beibringen sollen. Sie hätte wie du in Saint Theresa ihre Erstkommunion begehen sollen. Es hätte Fotos geben sollen, auf denen sie auf deinem Schoß sitzt, nicht auf dem von Travis Settlers Frau. Deine Tochter hätte mit ihren Onkeln und ihren Großeltern aufwachsen sollen, und vor allem hättest du, Shannon Flannery, sie beschützen sollen. Vor so etwas – vor dem Grauen, das sie jetzt womöglich durchmacht.

Shannon hatte rasende Kopfschmerzen, und der Kloß in ihrem Hals machte es ihr fast unmöglich zu schlucken. Wo war Dani? Lebte sie überhaupt noch? Hoffte sie verzweifelt auf Rettung? Oder war das Unvorstellbare bereits geschehen?

Der Pick-up holperte durch ein Schlagloch, und ein scharfer Schmerz schoss durch ihre Rippen. Ihr Kopf dröhnte. Sie musste dringend nach Hause, um Schmerztabletten zu schlucken und mindestens hundert Stunden zu schlafen.

Dann konnte sie sich dem Chaos wieder stellen, zu dem sich ihr Leben entwickelt hatte.

Das Gespräch zwischen ihren Brüdern hatte sie kaum noch verfolgt, doch nun fiel erneut Mary Beths Name.

»Ein Miststück«, lautete Aarons Urteil.

»Krank im Kopf … Wie der Rest ihrer Familie«, pflichtete Shea ihm bei. »Sieh dir doch Liam und Kevin an.«

»Ja, warum zum Teufel war Liam eigentlich heute Abend bei ihr?«

»Als moralische Unterstützung«, sagte Shannon.

Aaron schnaubte verächtlich. »Ausgerechnet er! Was weiß der Kerl schon von Moral?«

Im Stillen pflichtete Shannon ihm bei: Die Carlyles waren wirklich krank im Kopf. Ryans Vettern Liam und Kevin waren berüchtigt für ihr aufbrausendes Temperament. Sie explodierten beim geringsten Anlass. Wie oft hatte sie selbst während ihrer Ehe mit Ryan auf Familienfesten der Carlyles die Wutausbrüche der Brüder miterlebt?

Inzwischen hatten sie die Stadt hinter sich gelassen und fuhren über hügeliges Land. Als die Unterhaltung aussetzte, wurde Shannon bewusst, dass Aaron sie abwartend ansah. Offenbar hatte er ihr eine Frage gestellt, doch sie war so in Gedanken versunken gewesen, dass sie es gar nicht wahrgenommen hatte.

»Was?«

»Ich wollte wissen, ob du Settler seine Geschichte abnimmst. Dass er rein zufällig zur Tatzeit auf deinem Grundstück war«, wiederholte Aaron.

»Ich weiß nicht recht, was ich glauben soll«, gestand sie.

Shea bremste vor einer Kurve ab. »Ich auch nicht.«

»Ich bin noch dabei, ihn zu überprüfen«, sagte Aaron. »Ich glaube, unser Freund hat eine ganze Menge zu verbergen. Ein verteufelter Zufall, dass er aus seiner Kleinstadt im Norden von Oregon ausgerechnet in der Nacht, in der Shannons Schuppen brennt, bei ihr ankommt. Das gefällt mir nicht.«

»Mir auch nicht«, stimmte Shea zu.

In dem Punkt hatte Aaron recht, dachte Shannon. Das konnte wirklich kein Zufall sein. Andererseits hielt sie ihn nach dem heutigen Gespräch nicht mehr für einen Brandstifter. Und zu dem Zeitpunkt, als sie die Geburtsurkunde fand, war er noch gar nicht in der Gegend gewesen.

Shea drosselte das Tempo und bog von der Landstraße ab. Im Scheinwerferlicht des Dodge sah Shannon die knorrigen Bäume entlang ihrer Zufahrt. Bald würde sie endlich in ihrem eigenen Bett liegen. Es schien ihr, als seien Jahrhunderte vergangen, seit sie zuletzt in dem Zimmer im ersten Stock ihres Häuschens geschlafen hatte – des Häuschens, in dem sie früher mit ihrem Mann

gelebt hatte. Ryan. Doch das lag lange zurück. Sie trauerte ihm nicht nach, auch wenn seine Verwandten ihr leid taten, denn sie hatten sehr unter dem Verlust gelitten.
Der Carlyle-Clan hielt nun einmal zusammen wie Pech und Schwefel. Früher, bevor sie Ryans Frau geworden war und Robert Mary Beth geheiratet hatte, waren sie alle in Saint Theresa zur Schule gegangen.
Die Flannerys und die Carlyles waren teils untereinander befreundet, zumindest aber immer gute Bekannte gewesen.
Bis sie den Fehler machte, einen von ihnen zu heiraten.
Doch daran mochte sie jetzt gar nicht denken.
Als die Garage in Sicht kam, stellte Shannon erleichtert fest, dass in Nates Wohnung Licht brannte. Gleich darauf wurde die Tür über der Garage geöffnet, Nate eilte die klappernde Außentreppe herab und überquerte mit langen Schritten den Platz, während Shea den Wagen abstellte. Khan lief neben ihm her.
Shannon ging das Herz über vor Glück. Himmel, wie hatte der Hund ihr gefehlt.
Aaron stieg als Erster aus und half dann Shannon. Währenddessen kläffte Khan vor Freude, winselte und wedelte begeistert mit dem Schwanz. Shannon bückte sich vorsichtig, um ihn hinter den Ohren und am Rücken zu kraulen.
»Ich freue mich ja auch, dich wiederzusehen«, sagte sie zu dem Hund, der schier außer sich war.
»Er hat dich furchtbar vermisst. Hat Tag und Nacht geheult. Immer wieder wollte er mich dazu bringen, ins Haus zu gehen und nach dir zu suchen. Ein paarmal habe

ich ihm den Gefallen getan, aber irgendwann fand ich, es reicht.« Nate war ernst, seine blauen Augen nachtdunkel. »Wie geht es dir?«

»Ich habe mich schon mal besser gefühlt«, antwortete sie mit einem gequälten Lächeln. »Entschieden besser.«

»Ich finde, Shannon sollte jetzt schlafen gehen«, mischte sich Aaron ein. »Bleibst du hier?«

»Sicher.«

Aaron und Shea begleiteten ihre Schwester und den übermütigen Hund ins Haus. Drinnen begannen sie darüber zu streiten, wer bei ihr bleiben sollte.

»Keiner!«, schrie sie schließlich entnervt, nachdem sie bereits zweimal versichert hatte, sie käme allein zurecht. »Nate ist nebenan, und wenn etwas ist, kann ich euch beide ja telefonisch erreichen.«

»Mir wäre es aber lieber, wenn jemand bei dir im Haus wäre. Vielleicht Lily?«, schlug Shea vor.

Shannon atmete tief durch. »Lily hat einen Mann und drei Katzen. Du« – Sie stieß Shea den Zeigefinger gegen die Brust – »hast eine Frau, die dich ohnehin kaum zu sehen bekommt, und Aaron, du weißt so gut wie ich, dass wir beide uns früher oder später in die Haare bekommen würden. Wirklich, ihr braucht euch keine Sorgen um mich zu machen«, beteuerte sie und schob ihre Brüder zur Tür. Endlich ließen sie sie widerstrebend allein.

Sobald sie gegangen waren, verriegelte Shannon die Haustür und zog das Plakat mit dem Bild von Dani Settler aus der Tasche. »Ach, Baby«, flüsterte sie und betrachtete zärtlich das frische Gesicht des Mädchens. »Bitte, lieber Gott, gib, dass sie am Leben ist und dass wir sie unversehrt finden«, flüsterte sie und bekreuzigte sich zum ersten Mal seit wenigstens sechs Jahren.

Bisher hatte das Ungeheuer – so nannte Dani ihren Entführer inzwischen in Gedanken – ihr Vorhaben nicht entdeckt. Sie lag auf der Pritsche, blickte durchs Dachfenster in den Himmel hinauf und wünschte, sie fände eine andere, einfachere Möglichkeit zur Flucht.
In den vergangenen drei Nächten hatte sie, solange sie wach bleiben konnte, an dem widerspenstigen Nagel gearbeitet. Sie machte Fortschritte, der Nagelkopf ragte mittlerweile schon mehr als einen halben Zentimeter aus dem Bodenbrett und ließ sich leichter bewegen als zu Beginn, aber sie konnte ihn noch immer nicht herausziehen.
Außerdem musste sie aufpassen, dass ihre Finger nicht allzu wund wurden – er würde es sehen und Verdacht schöpfen.
Wenn ihr Plan aufgehen sollte, musste sie sehr, sehr vorsichtig zu Werke gehen.
Doch sie hatte das Gefühl, dass die Zeit drängte. Ihr Entführer wurde nervös. Dani spürte die Veränderung in ihm, sah die Rastlosigkeit und die Vorfreude in seinen Augen.
Himmel, der Kerl war unheimlich, und sein abendliches Ritual vor dem Kamin war einfach nur krank! Noch immer wich er nicht von seiner Routine ab, aber neulich abends hatte er auffallend zufrieden gewirkt. Und Dani hatte Blutflecken auf seinem Hemd bemerkt.
Wieder musste sie an den Müllsack denken, den er in der

Garage in Idaho zurückgelassen hatte. Was steckte darin? Wessen Leiche hatte er dort auf der verlassenen Farm versteckt?

Nur nicht dran denken! Dani zwang sich aufzustehen, kroch in den engen, stickigen Schrank und gab sich Mühe, nicht auf das Scharren und Nagen der Ratten unter den Bodendielen zu hören. Wieder zog sie ihre Socken aus, die inzwischen angefangen hatten zu stinken, und legte sie doppelt, um ihre Finger zu schützen. Dann machte sie sich an die Arbeit.

Während sie an dem Nagel zog und rüttelte, lief ihr der Schweiß übers Gesicht und tropfte von ihrer Nase. Ihre Finger schmerzten und verkrampften sich bereits nach wenigen Augenblicken, doch Dani gab nicht auf. Sie war so sehr in ihre Arbeit vertieft, dass sie das Motorengeräusch beinahe überhörte.

Dani erstarrte.

Er war zurück?

Jetzt schon?

Der Motor verstummte.

Vielleicht war es jemand anders.

Rettung?

Hastig schlüpfte sie aus dem Schrank und zog ihre Socken wieder an. Sie war schweißüberströmt.

Draußen auf dem Kies knirschten Schritte.

Mist!

Dani drehte sich um. Dabei stieß sie mit dem Kopf an und konnte nur mühsam einen Aufschrei unterdrücken.

Die äußere Tür wurde geräuschvoll geöffnet.

Hastig kroch sie auf ihre Pritsche.

Schon hörte sie den Riegel an ihrer Tür scharren.
Sie schloss die Augen.
Die Tür wurde aufgestoßen, und der Strahl einer Taschenlampe huschte durch die Kammer.
Danis Herz hämmerte, ihre Nerven waren gespannt wie die Saiten von Mrs. Johnsons altem Klavier.
»Was machst du?«, knurrte er. Sie rührte sich nicht, stellte sich schlafend.
»Ich habe gefragt, was du machst!« Er durchquerte die Kammer und trat gegen das Gestell der Pritsche.
Dani fuhr zusammen. Es war zwecklos, weiter so zu tun, als hätte sie geschlafen. Er hatte sie ohnehin durchschaut.
»Ich musste mal.«
Er richtete die Taschenlampe auf die leere Camping-Toilette neben dem Bett. »Sieht aber nicht so aus.«
»Ich war gerade aufgestanden, da habe ich Sie kommen gehört, und ich wollte nicht, dass Sie reinkommen, wenn ich gerade … auf dem Topf hocke.«
Er schnaubte verächtlich.
Dani konnte ihn nicht sehen, es war zu dunkel. Im nächsten Moment leuchtete er ihr mit der Taschenlampe ins Gesicht, so dass sie völlig geblendet wurde.
Er ließ den Lichtstrahl durch den Raum wandern, über die Pritsche, die Camping-Toilette und die vernagelten Fenster bis hinauf zur Dachluke, und vergewisserte sich, dass alles unverändert war. Schließlich leuchtete er den Schrank an.
Dani wäre am liebsten in einem Mauseloch verschwunden. Hatte sie womöglich irgendwelche Spuren hinterlassen? Was, wenn er den vorstehenden Nagel bemerkte?

Ihr Herz schlug so heftig, dass sie glaubte, er müsse es hören. Fieberhaft überlegte sie, wie sie ihn ablenken könnte. Schließlich sagte sie das Erste, was ihr in den Sinn kam. »Ich habe Durst.«
»Was?« Wieder richtete er die Taschenlampe auf ihr Gesicht. Sie hob schützend eine Hand.
»Ich habe Durst.«
»Pech. Da wirst du bis morgen früh warten müssen.«
»Aber …«
»Ich sagte: Vergiss es. Himmel, du kannst vielleicht lästig sein.« Damit verließ er die Kammer. Sekundenlang sah Dani seine Silhouette vor der Glut des Feuers abgezeichnet. Außer der Taschenlampe hatte er noch etwas in der Hand, etwas Kleines, Eckiges … Kurz bevor er es in die Tasche schob, erkannte sie ein Handy.
Lieber Gott, wenn sie es nur irgendwie in die Finger bekommen könnte!
Hatte man in diesen Bergen überhaupt Empfang?
Warum trug er jetzt plötzlich ein Handy bei sich?
Woher hatte er es?
Von zu Hause, Dummkopf. Er wohnt irgendwo hier in der Nähe. Vergiss nicht, er hat noch ein zweites Leben. Wenn du das Handy an dich bringen könntest, würdest du vielleicht erfahren, wer der Dreckskerl ist. Und könntest Hilfe rufen!
Für einen Moment flackerte Hoffnung auf, erlosch aber sogleich.
Er schloss die Tür, vergewisserte sich, dass sie sicher verriegelt war, und ging wieder.
Niedergeschlagen ließ Dani sich auf ihre Pritsche sinken.

14. Kapitel

Kommen Sie morgen zu mir, dann überlegen wir, wie wir vorgehen wollen. Shannons Angebot ließ Travis keine Ruhe, während er sich an die Arbeit machte. Konnte er ihr trauen?

Er wusste es nicht.

Aber hatte er überhaupt eine andere Wahl?

Wohl kaum.

Er warf einen Blick auf die Uhr und beschloss, dass es noch nicht zu spät war, um Carter anzurufen. Zwar versprach er sich nicht viel davon, aber es tat gut zu wissen, dass noch jemand etwas unternahm, um seine Tochter aufzuspüren.

Der Sheriff meldete sich vor dem zweiten Klingeln. »Carter.«

»Hier ist Travis. Gibt es was Neues?«

»Nicht viel. Und du passt auch auf, dass du nicht in Schwierigkeiten gerätst?«

»Ich gebe mir Mühe.«

»Großartig«, versetzte Carter sarkastisch. »Tja, wir haben möglicherweise einen weiteren Anhaltspunkt, aber viel ist es nicht. Erinnerst du dich an Madge Rickert?«

Travis wusste sofort, wer gemeint war. »Die Frau, die beim Gassigehen mit ihrem Hund in der Nähe der Schule einen weißen Lieferwagen gesehen hat?«

»Ja. Die Dame hat sich offenbar richtig in die Sache reingesteigert. Sie ist zu einem Hypnotiseur gegangen, der ihr helfen sollte, sich an das Kennzeichen zu erinnern.«

»Funktioniert so was?«

»Manchmal anscheinend schon, auch wenn es keine besonders wissenschaftliche Vorgehensweise ist. Wie auch immer, sie hat sich also hypnotisieren lassen, und was passiert? Sie nennt tatsächlich eine Reihe von Ziffern und Buchstaben, die zusammen ein Kennzeichen aus Arizona ergeben.«

Travis' Herz setzte einen Schlag aus. Seine Finger umklammerten das Handy fester. »Und?«

»Das Kennzeichen gehört zu einem schwarzen Chevrolet TrailBlazer, aber pass auf, jetzt kommt's: Das hintere Nummernschild wurde vor sechs Wochen als verloren gemeldet. Wir haben mit dem Besitzer gesprochen. Er glaubte, es in der Waschanlage verloren zu haben, aber wir nehmen an, dass es womöglich gestohlen wurde.«

Travis lehnte sich mit der Schulter an die Wand seines Motelzimmers.

»Es kommt noch besser. Der Besitzer des Blazer weiß nicht genau, wie lange das Kennzeichen schon fehlte, als er es bemerkte. Und wie sich herausstellte, hatte er gerade eine zweiwöchige Campingreise hinter sich. Ausgehend von Medford, Oregon, nach Süden über die Siskiyou Mountains. Ein paar Nächte hat er in der Nähe vom Lake Tahoe gezeltet.«

Travis schloss die Augen. »Das liegt ziemlich genau auf gerader Linie zwischen Falls Crossing und Santa Lucia.«

»Genau. Das FBI prüft die Zulassungen von weißen

Ford-Econoline-Lieferwagen der Jahrgänge, auf die die Beschreibung passt, sowie alle Transaktionen im Zusammenhang damit, aber es ist die sprichwörtliche Suche nach der Nadel im Heuhaufen. Manchmal vernachlässigen Leute beim Autokauf den erforderlichen Papierkram. Der Wagen kann bereits durch mehrere Hände gegangen sein, bevor sich jemand wirklich die Mühe machte, ihn vernünftig registrieren zu lassen. Viele Fahrzeuge sind ohne Versicherung und ohne Anmeldung unterwegs.«

Travis' Hoffnung schwand. »Aber ihr sucht nach dem Lieferwagen.«

»Ja.« Carter zögerte. »Ich brauche dir nicht zu erzählen, dass der Entführer das Fahrzeug womöglich längst hat verschwinden lassen.«

»Ja, dumm ist er nicht«, sagte Travis bedrückt.

»Und was hast du inzwischen herausgefunden? Hast du mit Danis leiblicher Mutter gesprochen?«

»O ja.« Travis berichtete Carter mit knappen Worten von dem Gespräch mit ihr und erwähnte auch die angesengte Geburtsurkunde, die sie auf ihrer Veranda gefunden hatte. Carter versprach, die Informationen an das FBI weiterzugeben. Er ermahnte Travis noch, die Aufklärung des Falls der Polizei zu überlassen, doch ihm war klar, dass Travis nicht so schnell aufgab. »Tu einfach nichts, was du später bereuen müsstest«, sagte Carter.

»Dein Rat kommt zu spät.«

»Ja, das dachte ich mir.«

Nachdem sie noch ein paar Worte gewechselt hatten, beendeten sie das Gespräch. Travis dachte nach. Seit er Shannon Flannery kennengelernt und von der angeseng-

ten Urkunde erfahren hatte, betrachtete er die Vorfälle aus einem anderen Blickwinkel. Seine Angst hatte eine Richtung bekommen. Inzwischen schien die Annahme, dass Danis Verschwinden etwas mit ihrer leiblichen Mutter zu tun haben könnte, gar nicht mehr so abwegig.
Er ermahnte sich selbst, die Situation nüchtern und rational zu betrachten, als handelte es sich bei der Entführung seiner Tochter um einen Fall, den er für einen Außenstehenden bearbeitete. Die folgenden vier Stunden brachte er damit zu, sich noch einmal alles vor Augen zu führen, was er über Shannon Flannery wusste, damit er am nächsten Tag, wenn er sie auf ihrer Ranch aufsuchte, gut vorbereitet war.
Zwar hatte die Polizei sein Notebook und die Akte über Shannon beschlagnahmt, aber er hatte die Zeitungsartikel und sonstigen Dokumente eingescannt, und den USB-Stick, auf dem er seine Computerdaten sicherte, hatten sie nicht gefunden. Vorhin hatte er ein neues Notebook gekauft, und noch bevor Shannon Flannery so überraschend vor seiner Tür stand, hatte er bereits die Daten vom Stick auf die Festplatte übertragen.
Die angesengte Geburtsurkunde auf Shannons Veranda, der Brand auf ihrem Gelände … Und ihr Mann war damals bei einem Waldbrand ums Leben gekommen, der offenbar vorsätzlich gelegt worden war. Jemand hatte also gewollt, dass Ryan Carlyle starb und seine Leiche verbrannte. Vielleicht, um Beweise für den Mord zu vernichten, aber vielleicht steckte auch noch mehr dahinter. Feuer, kam es ihm in den Sinn. All diese Vorfälle hatten etwas mit Feuer zu tun.

Und dem Tod von Ryan Carlyle war eine ganze Reihe von Brandstiftungen vorangegangen. Damals hatte man von einem ›unsichtbaren Feuerteufel‹ gesprochen, und als die Serie gleichzeitig mit dem Tod von Shannon Flannerys Mann abriss, war der Verdacht aufgekommen, er sei dieser Feuerteufel gewesen.

In einer Zeitspanne von zwei Jahren waren sieben Gebäude in Flammen aufgegangen. Wie durch ein Wunder gab es dabei nur ein Todesopfer: eine Frau namens Dolores Galvez, die sich in einem leerstehenden Restaurant aufhielt, niemand wusste, warum.

Kein einziger Feuerwehrmann war bei der Bekämpfung der Brände auch nur verletzt worden, das Feuer hatte auf kein angrenzendes Gebäude übergegriffen. Zwar war der Verdacht aufgekommen, dass die Gebäude, sämtlich leerstehend, womöglich wegen der Versicherung in Brand gesetzt worden waren, doch das blieb reine Spekulation. Es gab keinerlei Zusammenhang zwischen dem Lager, dem Restaurant, zwei alten Mietshäusern, zwei Einfamilienhäusern und einer leerstehenden Privatschule. Sofern der ›unsichtbare Feuerteufel‹ nicht im Auftrag der jeweiligen Eigentümer arbeitete, war die Versicherungstheorie nicht haltbar. Dass es sich in allen Fällen um ein und denselben Täter handelte, galt als gewiss – sämtliche Brände waren mit demselben ferngesteuerten Gerät entfacht worden.

Mit Ryan Carlyles Tod hörte die Brandserie also auf, aber es wurde nie bewiesen, dass er der Brandstifter gewesen war.

Zufall?

Travis glaubte es nicht.

Was wusste Shannon über die damaligen Brände? Bestand eine Verbindung zu den jüngsten Ereignissen? Und wie war eigentlich der Brand im Schuppen ausgelöst worden? Travis erinnerte sich, eine Explosion gehört zu haben. War es möglich, dass der Brandstifter ebenfalls mit Fernsteuerung gearbeitet hatte?

Travis massierte seinen verspannten Nacken und nahm sich noch ein Bier aus dem Minikühlschrank. Stirnrunzelnd verfolgte er seinen Gedanken weiter. Angenommen, Ryan Carlyle sei unschuldig gewesen – es wäre dennoch ziemlich abwegig zu glauben, der ›unsichtbare Feuerteufel‹ sei nach all den Jahren zurückgekehrt. Aber vielleicht gab es einen Nachahmer, jemanden, der Insiderinformationen über die ursprünglichen Taten besaß und die Verbrechen des ›unsichtbaren Feuerteufels‹ jetzt imitierte. Verdammt.

Er trank einen Schluck und setzte sich wieder an den Schreibtisch. Grübelte, ob er etwas übersah, etwas Wesentliches, einen Zusammenhang zwischen den Vorfällen vor drei Jahren und den jetzigen. Noch einmal las er seine Unterlagen durch, Wort für Wort, und konzentrierte sich diesmal auf Ryan Carlyles Persönlichkeit.

Wenige Wochen nachdem Carlyle bei einem Waldbrand ums Leben kam, war einer von Shannons Brüdern, Neville, verschwunden. Die Flannerys behaupteten, sie hätten nie wieder von ihm gehört. Kurz darauf war Nevilles Zwillingsbruder Oliver psychisch völlig entgleist und wurde für ein paar Wochen in eine Klinik eingewiesen, ehe er zu Gott fand und beschloss, Geistlicher zu werden.

Was könnten diese beiden Vorfälle – Nevilles Verschwinden und Olivers Nervenzusammenbruch – mit den Bränden zu tun haben und, was noch viel wichtiger war, mit Danis Entführung?

Wer hatte das Mädchen in seiner Gewalt?

Ein Kerl, der gestohlene Autokennzeichen benutzte, wahrscheinlich auch Blanche Johnson umgebracht hatte und in irgendeiner Verbindung mit Shannon stand.

Travis' Magen krampfte sich zusammen. Wieder musste er sich selbst ermahnen, sachlich zu bleiben, die Fakten zu sehen, zu denken wie ein Privatdetektiv, nicht wie ein verzweifelter Vater.

Was wusste Shannon, was verschwieg sie ihm, sei es absichtlich oder nur, weil sie es für unbedeutend hielt?

Hatte sie wirklich eine so weiße Weste, wie sie und ihre Brüder vorgaben?

Travis kniff die Augen zusammen und sah ihr geschundenes und doch entschlossenes Gesicht vor sich, das energische Kinn, den schön geschwungenen Hals, der noch besser zur Geltung kam, wenn sie das Haar nach hinten frisiert trug.

Er biss die Zähne zusammen, dann leerte er seine Flasche in einem Zug.

Eine Strategie reifte in ihm heran.

Vielleicht sollte er Shannon nicht mit so offener Feindseligkeit begegnen, sondern seine Wut beherrschen und versuchen, dieser Frau näherzukommen, um zu erfahren, wie sie – sei es durch Zufall oder Absicht – in dieser Sache drinsteckte.

Er ließ die Männer in Shannons Leben Revue passieren.

Ihr erster Freund, Brendan Giles, Danis leiblicher Vater, hatte das Land verlassen und war nie zurückgekehrt.
Ryan Carlyle, ihr Ehemann, war ermordet worden.
Ein Bruder, Neville, war verschwunden.
Sein Zwillingsbruder hatte einige Zeit in der Psychiatrie verbracht.
Aaron, der Hitzkopf, den er kurz zuvor kennengelernt hatte, war bei der Feuerwehr hinausgeworfen worden … Warum? Travis kreiste seinen Namen ein.
Erst im vergangenen Jahr war Shannons Vater an einem plötzlichen Herzinfarkt gestorben, ein Mann, der, obwohl in den Siebzigern, bis dahin gesund und robust gewesen war.
Und in den Jahren nach dem Tod ihres Mannes hatte Shannon noch zwei weitere kurze Beziehungen gehabt: mit Keith Lewellyn und Reggie Maxwell. Zwei Taugenichtse.
Lewellyn war Anwalt und wechselte die Frauen wie die Hemden; vielleicht reizte ihn an Shannon die Tatsache, dass sie berühmt-berüchtigt war. Der andere, Maxwell, war nur einen Monat lang mit ihr zusammen gewesen und war, wie sich herausstellte, verheiratet.
Diese Beziehung ging zu Ende, bevor sie richtig begonnen hatte. Angeblich – so sagten die Leute in der Stadt – hatte Shannon den Kerl nach drei Verabredungen einfach fallen lassen, wahrscheinlich, als sie erfuhr, dass er eine Frau hatte.
Und dann war da noch Nate Santana.
Der Geheimnisvolle.
Bei dem Gedanken an ihn überkam Travis erneut eine

absurde Eifersucht, die er jedoch sogleich unterdrückte. Hier war kein Raum für Gefühle.
Also, was wusste er über Santana? Der Mann wohnte auf Shannons Grundstück. Er stand in dem Ruf, gut mit temperamentvollen Pferden umgehen zu können. Er hatte im Gefängnis gesessen, weil er zu Unrecht wegen Mordes verurteilt wurde. Offiziell war er Shannons Partner, wahrscheinlich aber auch ihr Liebhaber.
Das alles behagte Travis nicht.
Wie ihm neuerdings so vieles nicht behagte.

Es war spät. Shannons Brüder waren vor ein paar Stunden gegangen, und sie hatte Nate überzeugen können, dass sie in der Nacht allein zurechtkam. Offenbar hatte er ihr geglaubt, denn als sie eine Tasse Wasser in die Mikrowelle stellte und dabei aus dem Küchenfenster schaute, sah sie in seiner Wohnung kein Licht mehr.
Das Telefon klingelte. Sie stellte die Zeitschaltuhr der Mikrowelle ein und hob den Hörer des Wandtelefons ab. »Hallo?«
»Ist er da?«, fragte eine weibliche Stimme. »Shannon? Ist Robert bei dir?« Mary Beth Flannery sprach schrill, eine Oktave höher als gewöhnlich, und ihre Wut war beinahe mit Händen zu greifen. Offenbar war es Robert nicht gelungen, sie zu beschwichtigen.
»Natürlich nicht, Mary Beth. Ich habe ihn zuletzt gesehen, als ihr beide ins Auto gestiegen seid.«
»Er ist weg. Mit den Kindern.«
»Dann … dann ist er vielleicht in seiner Wohnung«, schlug Shannon vor. Innerlich verfluchte sie ihren Bru-

der, den Schürzenjäger. Warum konnte Robert nicht die Finger von anderen Frauen lassen?

»Da hab ich schon angerufen«, knirschte Mary Beth. »Verdammt. Er ist mit meinen Kindern bei ihr! Ich weiß es!«

»Woher willst du das denn so genau wissen?«, entgegnete Shannon und verzog das Gesicht, als ihr bewusst wurde, wie unaufrichtig sie klang. Lieber Himmel, würde Robert denn tatsächlich die Kinder in dieses Chaos hineinziehen?

»Natürlich weiß ich es. Und du weißt es auch und jeder Einzelne auf der Feuerwache und in dieser ganzen elenden Stadt. Sogar die Kinder wissen Bescheid. Ach, Scheiße ... Es ist so schrecklich ... so gemein!« Sie schluchzte auf.

Shannon verbiss sich ihre Ratschläge – Mary Beth würde sie sowieso nicht hören wollen. »Tja, was soll ich dazu sagen?«

»Du brauchst gar nichts zu sagen.« Mary Beth begann leise zu weinen. Sie war einmal Shannons beste Freundin gewesen. Jetzt war sie ihr fremd.

»Ich weiß selbst nicht, warum ich dich angerufen habe«, brachte Mary Beth heraus. »Wahrscheinlich weil du vorhin versucht hast, mich zu erreichen ... Ich dachte, du wüsstest vielleicht etwas ... Ach, Scheiße. Es war wohl ein Fehler ...«

»Das alles tut mir wirklich leid, Mary Beth. Ich weiß, es ist schwer für dich. Aber ich habe dich nicht angerufen ...«

Das leise ›Ping‹ der Mikrowelle ertönte.

»Aber natürlich hast du. Deine Nummer steht doch in der Anruferliste. Warum zum Teufel streitest du es ab?«

»Nein, wirklich, ich habe dich nicht …«
»Großer Gott, Shannon. Du bist genauso wie die anderen, wenn nicht noch schlimmer. Lüg mich nicht an. Du und deine widerlichen Brüder … Ich hätte Robert niemals heiraten dürfen! Um nichts in der Welt!« Sie knallte den Hörer auf.
Shannon stand wie erstarrt. Mary Beths Worte hallten in ihrem Kopf nach: Du bist genauso wie die anderen, wenn nicht noch schlimmer … Sie biss die Zähne zusammen. Es gab noch andere Vorwürfe, die auf ewig zwischen ihnen standen: hasserfüllte, wütende Anklagen, die sie ihr Leben lang verfolgten.
»Du hast Ryan umgebracht, ich weiß es«, hatte Mary Beth einmal gesagt, kurz nach der Verhandlung, als Shannon ihr zufällig am Feinkostregal des Lebensmittelgeschäfts in der Stadt begegnet war. »Ganz gleich, wie dein Anwalt mir im Zeugenstand das Wort im Mund umgedreht hat, ganz gleich, wie der Richter entschieden hat, du hast ihn so eindeutig umgebracht, als hättest du ihn eigenhändig mit Benzin übergossen und das Streichholz angezündet.«
Shannon, völlig erschüttert über Mary Beths rasende Wut, hatte sich zur Wehr gesetzt. »Ich habe meinen Mann nicht umgebracht«, hatte sie zum hundertsten Mal beteuert, während sie die Blicke anderer Leute spürte, der Frauen, die halbgefüllte Einkaufswagen mit Kindern im Kindersitz schoben, des erschrockenen Verkäufers hinter der Salattheke, dessen Hand mit einer Kelle voller Nudelsalat auf halbem Weg zum Plastiktöpfchen innehielt.

Mary Beth besaß immerhin so viel Anstand, die Stimme zu senken. »Ich bin deine Schwägerin, Shannon, aber ich bin nicht deine Freundin, dass das klar ist. Nicht mehr.« Und damit schob sie ihren Einkaufswagen weiter zum Gemüsestand.

Shannon hatte sich beschämt und elend gefühlt.

Jetzt schloss sie die Augen und zählte langsam bis zehn. Sie hörte die Wanduhr ticken und den Kühlschrank leise summen. »Wahrhaftig, der Fluch der Flannerys«, flüsterte sie. Ihre verteufelt gut aussehenden Brüder mit dem hinreißenden Lächeln schienen einer wie der andere jeglichen Ärger magisch anzuziehen. Sie selbst – das einzige Mädchen in der ›Brut‹, wie ihr Vater Patrick seinen Nachwuchs zu bezeichnen pflegte – ähnelte ihren Brüdern zwar äußerlich weniger, sondern schlug mit ihrer zierlichen Figur, der unbändigen kastanienbraunen Lockenmähne und den grünen Augen eher nach ihrer Mutter Maureen. Aber während diese zeitlebens geradezu zerbrechlich wirkte und bei der Geburt der Zwillinge beinahe gestorben wäre, war Shannon eigensinnig und sportlich wie ihre Brüder und bereitete ihren Eltern nicht weniger Kummer als diese. Maureen war eine gottesfürchtige Frau, die sich fest an die strengen katholischen Glaubensvorschriften hielt und ihre Kinder häufig warnte, dass der Teufel nie fern sei. Die Jungen jedoch – bis auf Oliver vielleicht – hatten ihre fürchterlichen Warnungen vor Sünde und Strafe in den Wind geschlagen. Und Shannon trat zum Entsetzen ihrer Mutter in die Fußstapfen ihrer Brüder, indem sie so ziemlich alle Regeln übertrat. Es brach ihrer armen Mutter das Herz. Das Schlimmste war

natürlich, dass sie schwanger wurde, ehe sie verheiratet war.
Shannon spürte wieder den Stich im Herzen, als sie sich daran erinnerte, wie ihr Vater an dem Abend, als er von ihrer Schwangerschaft erfuhr, die Schultern hängen ließ. Er stand im Wohnzimmer, eine erloschene Zigarre zwischen den Lippen, mit dem Rücken zu ihr an einen Fensterrahmen gelehnt. Doch sie sah sein Gesicht in der Glasscheibe gespiegelt, die Augen kalt und hart vor Hass, die Haut hochrot angelaufen. »Ich bringe ihn um«, donnerte er.
»Nein, Dad«, flüsterte Shannon und kämpfte gegen die Tränen an. »Das tust du nicht.«
»Dieser erbärmliche Schuft muss dich heiraten.«
»Ausgeschlossen«, wehrte sie ab. »Er will mich nicht. Er will das Kind nicht, und deshalb will ich ihn nicht. Es wird keine Hochzeit geben.«
Ihre Mutter saß mit aschfahlem Gesicht in einem Ohrensessel. »Jesus, Maria und Josef«, sagte sie mit einem müden Seufzer. »Shannon Mary Flannery, du wirst den Vater meines Enkelkindes heiraten, und zwar schnellstmöglich. Ich benachrichtige auf der Stelle Pater Timothy.«
»Nein!« Wenn Shannon sich je im Leben einer Sache völlig sicher gewesen war, dann war es, dass sie nicht die Frau dieses Mannes ohne Rückgrat werden wollte, den sie zu lieben geglaubt hatte.
»O doch, du wirst heiraten«, knirschte ihr Vater. Er trat hinter den Sessel seiner Frau und legte eine große schwielige Hand auf Maureens zarte Schulter. »Und wenn ich den Jungen mit der Flinte vor den Altar jagen muss, er wird dich heiraten.«

»Das sind doch vorsintflutliche Ansichten«, wehrte Shannon ab und straffte sich. »Ich kann das Kind allein großziehen.«
»Heilige Jungfrau Maria! Das kommt nicht in Frage.«
Ihre Mutter erhob sich ruckartig. Es kam selten vor, doch in dieser Situation zeigte sie einen eisernen Willen. Sie wies anklagend mit dem Finger auf ihre Tochter und verkündete: »Ich spreche mit Pater Timothy und mit Brendans Mutter und …«
»Nein! Halte dich da raus. Ich erledige das!« Shannons Wangen glühten. Jetzt liefen die Tränen doch. Der Gedanke an eine Konfrontation mit Brendans Eltern versetzte sie geradezu in Panik. Sie hatte die beiden nie gemocht, und die jetzige Situation machte alles noch schlimmer. Bevor sie ein weiteres Wort herausbrachte, hob sich ihr Magen, und es stieg ihr säuerlich in die Kehle. Es war, als könne das Kind in ihrem Leib alles hören und verstehen, als wolle es laut dagegen protestieren.
Sie flüchtete aus dem Zimmer und lief in das winzige Bad unter der Treppe, wo sie eine ganze Weile lang würgte. Erschöpft und keuchend biss sie schließlich die Zähne zusammen und schwor sich zu tun, was das Beste für das Kind war. Sie war sicher, es allein aufziehen zu können. Nicht mit der Hilfe ihrer missbilligenden Mutter, nach deren Ansicht dieses Kind in Sünde empfangen worden war. Nicht mit der Hilfe einer Horde von Brüdern, die selbst ihre eigene Mutter oft genug als unmoralische Draufgänger bezeichnete. Und nicht in Santa Lucia, wo sie jederzeit damit rechnen musste, Brendan auf der Straße zu begegnen.

Shannon schluckte noch einmal krampfhaft, dann betätigte sie die Toilettenspülung und betrachtete ihr blasses Spiegelbild über dem Waschbecken. Im Wohnzimmer stritten ihre Eltern unterdessen weiter. Ihr Vater empörte sich über ›junge Böcke, die ihr Ding nicht in der Hose lassen konnten‹, ihre Mutter erregte sich wortreich über den ›Fluch der Flannerys‹, den sie immer dann zur Sprache brachte, wenn etwas nicht so lief, wie es sollte. Shannon sah ihre Mutter geradezu vor sich, wie sie hastig das Kreuz über ihrer mageren Brust schlug, wie immer, wenn sie von Schicksalsschlägen sprach.

Noch jetzt, vierzehn Jahre später, schoss Shannon das Blut in die Wangen, wenn sie daran zurückdachte, wie sie ihren Eltern gestanden hatte, dass sie im dritten Monat schwanger war.

»Der Fluch der Flannerys«, sagte sie noch einmal laut, und ihre Gedanken wanderten wieder zu ihrem Bruder Robert. Noch immer aufgewühlt von Mary Beths Anruf, nahm Shannon die Tasse mit Wasser aus der Mikrowelle. Sie fand eine Packung mit verschiedenen Kräutertees, die Sheas erste Frau, Anne, ihr vor langer Zeit zu Weihnachten geschenkt hatte, entschied sich für einen Beutel mit Himbeeraroma und hängte ihn in die dampfende Tasse. Kurz erwog sie, Robert anzurufen, verwarf den Gedanken jedoch gleich wieder.

Mary Beth hatte recht. Jeder in der Stadt wusste von seiner Beziehung mit Cynthia Tallericco, denn Robert war aus ihrem gemeinsamen ländlichen Zuhause in eine eigene Wohnung umgezogen und hatte sich überhaupt nicht die geringste Mühe gegeben, sein Tun zu verbergen. Während seine früheren Flirts heimlich und kurzlebig waren, schien diese Affäre von Dauer zu sein. Sie war öffentlich bekannt. So bekannt, dass es Mary Beth und ihren zwei Kindern peinlich war. Doch das störte Robert offenbar nicht.

Er beharrte eigensinnig auf der Scheidung, behauptete, dass er Cynthia liebte. Und er ließ sich auch von niemandem aus seiner Familie hineinreden. Er fand, es sei an der Zeit für etwas Neues und Mary Beth solle endlich ›anfangen zu leben‹. Mary Beth als gläubige Katholikin weigerte sich, beharrte darauf, Robert werde schon wieder ›zur Vernunft kommen‹, und benutzte die Kinder als Bauernopfer in einem eskalierenden Kleinkrieg.

Wann schlägt Liebe in Hass um?, fragte Shannon sich düster. Ihre eigene Ehe war auf einem blutigen emotionalen Schlechtfeld gestorben.

Sie ging mit ihrer Teetasse wieder hinauf ins Schlafzimmer. Vom Fensterplatz aus konnte Shannon den Garten und hinter dem Zaun das Grundstück sehen, das gerade verkauft worden war und als Bauland für ›siebzig neue, finanzierbare Eigenheime‹ ausgewiesen wurde.

Ein weiterer Grund für ihren Entschluss umzuziehen. Diese gut zwei Hektar sollten schon bald Teil der sich ausbreitenden Vororte von Santa Lucia werden. Sie brauchte mehr Platz für die Arbeit mit ihren Tieren.

Die Ranch, die sie gekauft hatte, war für ihre Zwecke ideal, und es würde ihr bestimmt gut tun, einige der Schrecken hinter sich zu lassen, die sie in diesem Haus durchlebt hatte. Als sie das Fenster öffnete und den aufsteigenden Mond am Nachthimmel sah, das Zirpen der

Zikaden und Grillen hörte, erschien ihr die Dunkelheit unheilverkündend.
Sie blickte hinaus in die Nacht und hatte das Gefühl, im Dunkel seien Augen verborgen, die sie beobachteten.
Ein Schauer kroch über ihren Rücken.
Der Fluch der Flannerys, dachte sie erneut und sah im Geiste ihre Mutter vor sich, wie sie damals an jenem schicksalsträchtigen Tag ausgesehen hatte, gebrochen, Entsetzen und Verdammnis in ihrem Blick, als Shannon sagte: »Ich bin schwanger.« Dieses Bild hatte sie nie wieder losgelassen.
»Zeit, dass du darüber hinwegkommst«, ermahnte sie sich jetzt, schlüpfte aus den Schuhen und ging barfuß ins Bad. Doch in ihrem Kopf geisterten Bilder von Dani Settler. Stumm betete sie, die Kleine möge bald wohlbehalten wieder bei ihrem Vater sein. Dort war ihr Platz, bei Travis Settler. Shannon hatte keinen Anteil an ihrem Leben.
Ihr Herz krampfte sich zusammen, während sie eine Schmerztablette aus dem Röhrchen schüttelte. Ihre Rippen taten wieder weh, Kopfschmerzen kündigten sich an. Dann griff sie nach der Haarbürste und entwirrte ihre Locken. Sie bürstete heftig, ignorierte den Schmerz, als könne sie all das abbürsten, wenn sie sich nur genügend anstrengte. Irgendwann ließ sie die Bürste sinken und vergrub minutenlang das Gesicht in den Händen.
Sie hatte Angst um die Tochter, die sie nicht kannte und vielleicht nie kennen würde. Sie war krank vor Angst.
Geistesabwesend ging sie zurück in ihr Schlafzimmer, wo der Tee auf ihrem Nachttisch stand. Ihre Gedanken kreisten unablässig um Dani. Sie zog das Plakat aus der Hosen-

tasche, strich es mit der flachen Hand glatt und stellte das Bild an ihrem Bett auf. »Bitte, halt durch, Baby«, flüsterte sie. Noch immer den Tränen nahe, kroch sie ins Bett und knipste das Licht aus.

Sie würde Dani finden. Gemeinsam mit Travis. Der Mann strahlte eine solche Kraft aus, eine solche Entschlossenheit. Sie würde ihm helfen, ihre Tochter zu finden.

Er beobachtete sie aus einiger Entfernung, das Fernglas auf Shannons Ranch gerichtet. Anscheinend war sie allein im Haus. Der ideale Zeitpunkt.

Er zog ihr Handy aus der Tasche und wählte die Nummer.

Es klingelte einmal.

Zweimal.

Beim dritten Klingeln meldete sich die Frau: »Hallo?«

Er wartete.

»Hallo?«

Wieder sagte er nichts.

»Shannon?«, riet die Frau. Ihre Stimme wurde schärfer. »Hör zu, ich weiß nicht, was für ein blödsinniges Spielchen du mit mir treibst, aber wenn du nicht endlich mit dem Mist aufhörst, rufe ich die Polizei!« Sie knallte den Hörer auf die Gabel.

Er lächelte im Dunkeln. Keine Sorge, dachte er und steckte das Handy wieder ein. Die Polizei kommt schneller, als du denkst, schneller, als dir lieb ist.

Es war Zeit, den Einsatz zu erhöhen. Heute Abend. Freudige Erwartung brachte sein Blut in Wallung.

O ja, die Polizei würde schon bald unterwegs sein.

15. Kapitel

Dieser Scheißkerl!« Mary Beth schleuderte die Schuhe von sich, so dass die hohen Absätze gegen die Wand ihres halbleeren begehbaren Kleiderschranks polterten. Dieser Kleiderschrank gehörte zu den Dingen, die sie auf Anhieb geliebt hatte, als sie und Robert vor fünf Jahren in dieses Haus eingezogen waren. Jetzt schien er sie zu verhöhnen. Ihre Seite war reichlich gefüllt mit Kleidungsstücken, Roberts Seite hingegen leer bis auf seine alte College-Jacke, die schief auf dem einzigen Bügel hing. Sie schloss die Augen, dachte daran, wie er diese Jacke in der Schule getragen und sich wie ein Macho aufgeführt hatte. Sie hatte sich Hals über Kopf in ihn verliebt und geglaubt, mit ihm könne sie für den Rest ihres Lebens glücklich werden.

Welch ein Witz, dachte sie verächtlich. All die Freitagabende, an denen sie ihm beim Fußballspielen zugesehen hatte, und anschließend trafen sie sich, fanden immer irgendwo ein ungestörtes Plätzchen ... Sie hatte mehr Zeit mit ihm allein verbracht, als gut für sie war.

Sie hatte auf ihn gewartet, solange er das College besuchte, und sich sogar bemüht, nicht enttäuscht zu sein, als er beschloss, in die Fußstapfen seines Vaters zu treten und bei der Feuerwehr von Santa Lucia zu arbeiten.

Ein weiterer Fehler.

Von dem Zeitpunkt an war ihr Leben die Hölle gewesen. Seufzend schaltete sie das Licht in der Ankleidekammer aus. Himmel, hier drinnen war es stickig. Die Klimaanlage versagte mal wieder, und Robert weigerte sich, die Reparaturkosten zu tragen.

Was für ein Idiot.

Mary Beth öffnete die Schlafzimmerfenster, dann die im Wohnzimmer. Viel Kühlung brachte es nicht, denn draußen ging kaum ein Lufthauch.

Robert, Robert, Robert.

Warum kam sie nicht über ihn hinweg?

Sollte sie sich von dem Dreckskerl scheiden lassen?

Ihre Eltern, der Gemeindepfarrer und ihre Kinder waren dagegen. Und wenn schon. Würde Gott es ihr wirklich verübeln?

Nein, aber die Kinder. Sie würden es nie verwinden.

Sie blies sich die Ponyfransen aus den Augen. Nein, sie war dazu verdammt, bei ihrem Mann zu bleiben, bis der Tod sie schied. So, wie sie sich an diesem Abend fühlte, würde das vielleicht gar nicht mehr lange dauern. Himmel, sie hätte den Mistkerl von Herzen gern erschossen!

Nein, nicht wirklich.

Aber sie hätte ihm zumindest liebend gern einen Mordsschrecken eingejagt.

Von Anfang an hatte es immer andere Frauen gegeben, schon im letzten Collegejahr. Doch sie war überzeugt gewesen, dass er ihr nach der Hochzeit treu sein würde. Das traf natürlich nicht ein. Nach einer Weile hatte Mary Beth überlegt, ob ein Kind wohl alles ändern würde – und so kam es dann auch. Zumindest für ein paar Jahre nach

Elizabeths Geburt. Doch nach einiger Zeit begann ihr Mann wieder, für lange Abende zu verschwinden, ohne dass sie wusste, wo er steckte. Also wurde sie erneut schwanger, und dieses Mal schenkte sie ihm einen Sohn. Jetzt musste es doch klappen!

Aber sie irrte sich. Wieder einmal.

Sie ging durch die Kinderzimmer, warf ein paar Spielsachen in die dafür vorgesehenen Kisten und hob Kleidungsstücke auf, die sie durch den langen Flur in den kleinen Wirtschaftsraum neben der Küche trug, gleich hinter der Tür zur Garage.

Sie steckte die Schmutzwäsche in den Korb auf dem Trockner, versuchte, mit einem von RJs Socken ein Spinnennetz wegzufegen, schloss dann die Tür und ging zurück zur Küche. Sie hatte längst beschlossen, sich den Rest der bereits angebrochenen Flasche Wein zu genehmigen – ihr persönliches Hausmittel zur Stärkung ihres Selbstvertrauens. Wahrhaftig, der Wein hatte ihr vorhin schon gut geholfen, bei der Konfrontation mit ihrem Mann auf dem Parkplatz dieses verkommenen, verschwiegenen Motels. Scheiße, was dachte Robert sich eigentlich?

»Er denkt überhaupt nicht«, sagte sie laut. »Es sei denn, sein Gehirn sitzt tatsächlich in seinem Schwanz.« Sie traute ihm nicht, hatte ihm noch nie trauen können.

O ja, er hatte geschworen, an diesem Abend nicht zu seiner Schlampe zu gehen. Als sie ihm nicht glaubte, ihn anzuschreien begann, ihn, als sie schließlich zu Hause waren, sogar ohrfeigte, führte er sich auf, als sei alles nur ihre Schuld.

Er war zusammengezuckt, hatte die Hand erhoben, aber nicht zurückgeschlagen. Er hatte sie nur angestarrt, mit düsterem, unergründlichem Blick, und sie gewarnt: »Nimm dich in acht, Mary Beth. Du glaubst doch an die Bibel – denk daran, wie steht geschrieben? ›Wer Wind sät, wird Sturm ernten.‹«

»Wenn das so ist, du elender Spießer, dann wirst du bis in alle Ewigkeit in der Hölle schmoren!«

»Dann werden wir uns dort wohl wiedersehen.«

Danach hatte er sich in sein verdammtes Auto gesetzt und war mit heulendem Motor davongerast. Ein BMW! Dabei waren sie bis über beide Ohren verschuldet! Auch das schob er auf sie. Weil sie nicht arbeiten ging. Deswegen hatten sie angeblich kein Geld.

Dabei versorgte sie schließlich die Kinder – seine Kinder. Zählte das denn gar nicht?

»Blödmann«, zischte sie, nahm die Flasche Chardonnay aus dem Kühlschrank und zog den Korken heraus. Sie füllte ein langstieliges, hohes Glas mit dem lieblichen bernsteinfarbenen Wein und schob den Gedanken von sich, dass Robert und sie seit Jahren keine Flasche Wein mehr zusammen getrunken hatten.

Das Glas in der einen, die Flasche in der anderen Hand ging sie in das geräumige Badezimmer, stellte beides auf den Rand der Wanne und zog sich aus. Zuerst die enge Hose, dann die Bluse, die ihrer Meinung nach gerade tief genug ausgeschnitten war, um Roberts Interesse zu wecken. Sie hatte versuchen wollen, ihn zurückzuerobern, und sich zu diesem Zweck einen knappen schwarzen Push-up und einen dazu passenden grauenhaften Stringtanga gekauft. Als sie sich jetzt im Spiegel betrachtete, kam sie zu dem Schluss, dass sie gar nicht übel aussah für eine Frau, die zwei Kinder von beinahe neun Pfund zur Welt gebracht hatte. Sie ging ins Fitness-Studio und bemühte sich, ihren Körper in Form zu halten, doch alles, was sie von Robert zu hören bekam, waren Klagen über die Kosten des Sportvereins und des Personaltrainers, der ihr geholfen hatte, ihr Programm auszuarbeiten.

Es musste doch eine Möglichkeit geben, ihn zurückzugewinnen. Nur wie? In der Vergangenheit hatte es mit Sex geklappt, aber dieses Mal ... Ach, zum Teufel, dieses Mal führte er sich auf, als sei er verliebt. Verliebt! In eine zweimal geschiedene, kinderlose Anwältin. Das alles durfte nicht wahr sein.

Ihre Wut kochte wieder hoch. Sie zog den BH und den Slip aus – beziehungsweise den Fetzen, den niemand bei klarem Verstand als Slip bezeichnet hätte –, ließ heißes Wasser in die Badewanne laufen und schaltete die Düsen des Whirlpools ein. Heute Abend wollte sie die Abwesenheit der Kinder ausnutzen. Sie nippte an ihrem Wein, gab Duftöl und Schaumbad ins Wasser, hüllte sich in einen kurzen Bademantel und lief in RJs Zimmer. Aus einer Schublade seiner Kommode bediente sie sich mit Schokoriegeln. Exquisite Pralinen wären ihr lieber gewesen, aber für heute mussten Snickers und Bounty reichen. Sie riss die Hülle eines Riegels auf, biss in die Schokolade und seufzte genüsslich. Solchen Luxus gönnte sie sich selten.

Nur mit dem Bademantel bekleidet ging sie weiter ins Schlafzimmer und suchte ihre Lieblings-CD von den Dixie Chicks heraus. Sie schob sie in den CD-Player, drehte die Lautstärke auf und ging zurück ins Bad, wo sich auf dem Wasser bereits weiße Schaumberge bildeten. Rasch leerte sie ihr erstes Glas Wein beziehungsweise eher das dritte, wenn sie die zwei mitzählte, die sie getrunken hatte, bevor sie Liam angerufen und Robert gestellt hatte. Sie füllte das Glas nach, knabberte an der Schokolade und hängte den Bademantel an einen Haken neben der Wanne.

Bevor sie ins Wasser stieg, zündete sie die Deko-Kerzen auf dem Sims vor dem Milchglasfenster und auf der gekachelten Badeinfassung an und schaltete die grelle Deckenlampe aus. Die Kerzen flackerten leicht.

Das Bad sah verlockend aus.

Sie ließ sich ins heiße Wasser gleiten, genoss, wie es sie seidig umfing und ihre müden Knochen wärmte. Sie griff in den Schaum und blies ihn von der Handfläche, lächelte dabei sogar ein wenig. Obwohl die Temperatur draußen weit über zwanzig Grad lag, liebte sie es, sich in einem heißen Bad zu aalen, damit der Stress von ihr abfiel.

Sie trank ihren Wein jetzt etwas langsamer.

Ein Dutzend kleine Teelichte wurden vom Spiegel und dem Fenster über der Badewanne reflektiert. Trotz allen Kummers erwachte ein Fünkchen Hoffnung in ihr.

Sie würde Robert zurückerobern.

Es war ihr noch immer gelungen.

Diesmal war der Kampf nur ein bisschen schwerer als sonst.

Robert würde nie aufhören, sie zu betrügen, dieser Tatsache musste sie ins Auge blicken. Er würde niemals einer Frau treu sein.

Der Wein machte sie ein wenig benommen. Es hieß immer, man dürfe Alkohol niemals in Kombination mit Antidepressiva zu sich nehmen. Doch sie schluckte die Tabletten schon seit Roberts letzter Affäre und hatte dennoch nicht aufgehört zu trinken. Bisher hatte sie damit nie Probleme gehabt.
Ein, zwei Gläser Wein schadeten bestimmt nicht.
Sie strich sich den Badeschaum über die Brüste und sang die Ballade von Herzschmerz und Kummer mit. Eines der folgenden Stücke auf der CD handelte davon, dass eine Frau ihren gewalttätigen Ehemann ermordete.
Wie Shannon es getan hatte.
Mary Beth war ebenso wie der Rest ihrer Familie überzeugt, dass Shannon ihren Cousin Ryan auf dem Gewissen hatte. Sie hatte eine Kontaktsperre gegen ihn erwirkt, und nachdem Ryan dagegen verstoßen hatte, tauchten Fotos von Shannon mit Blutergüssen auf. Ryan schwor, er sei nicht für die Verletzungen verantwortlich.
Nun ja, Ryan war allerdings ein harter Brocken gewesen.
Wenn Mary Beth mit ihm verheiratet gewesen wäre, ja, vielleicht hätte sie dann auch nach einer Möglichkeit gesucht, ihn loszuwerden. Verwandtschaft hin oder her, er war ein Mistkerl ersten Ranges gewesen.
»Schlechtes Blut«, pflegte ihre Mutter in Bezug auf Ryan zu sagen. Aber woher wollte sie etwas über Ryans Blut wissen? Er war adoptiert worden, bevor Mary Beth zur Welt kam.
Shannon wiederum war früher ihre beste Freundin gewesen. Deswegen war es ihr verdammt schwergefallen, vor

Gericht gegen sie auszusagen. Wie hätte sie selbst denn gehandelt, wenn sie immer wieder zusammengeschlagen worden wäre? Hätte sie es einfach so erduldet? Nie im Leben! Hinzu kam, dass Shannon damals, nach einem der schlimmsten Vorfälle, eine Fehlgeburt erlitten hatte.
Mary Beth runzelte die Stirn. Sie wollte nicht an Shannon und deren Probleme denken. Sollte sie doch zusehen, wie sie damit fertig wurde. Mary Beth hatte genügend eigene Sorgen. Sie trank noch einen Schluck. Von draußen glaubte sie den Nachbarshund bellen zu hören. Sie drehte den Stiel des Weinglases zwischen den Fingern und sang mit, als der nächste Song einsetzte. Plötzlich spürte sie, wie ein Hauch heißen Sommerwindes durch den Raum strich und die Schaumberge über ihren Brüsten erzittern ließ. Sie erschrak, doch dann fiel ihr wieder ein, dass sie selbst die Fenster geöffnet hatte.
Wahrscheinlich reagierte sie wegen des Weines so nervös. Chardonnay hatte die Eigenart, ihr immer gleich zu Kopf zu steigen. Deshalb liebte sie ihn so. In letzter Zeit sehnte sie sich geradezu nach seinem einlullenden Zauber, mit dem sie nach den Streitereien und Wortgefechten mit ihrem Mann ihre Nerven beruhigte. Seufzend leerte sie das zweite Glas, ließ den Kopf zurücksinken und schloss die Augen. Allmählich lockerten sich im heißen Wasser ihre Verspannungen.
Robert würde zu ihr zurückkehren.
Es war nur eine Frage der Zeit.

Beinahe geräuschlos entfernte er das Insektenschutzgitter vom Schlafzimmerfenster. Im Raum war es dunkel, nur ein schmaler Lichtstreifen fiel durch den Spalt der angelehnten Badezimmertür. Musik pulsierte durchs Haus. Das Blut rauschte in seinen Ohren. Mit behandschuhten Händen zog er die Überschuhe aus Kunststofffolie an. Die laute Musik übertönte die schwachen Geräusche, die seine Schritte auf dem Teppich verursachten. Im dunklen Schlafzimmer stehend roch er den Duft ihres Parfüms, der sich mit den Gerüchen von Seife und Badeöl mischte. Bebend vor Erwartung lugte er durch den Türspalt. Sie lag mit geschlossenen Augen in der Wanne und ahnte nichts von seiner Anwesenheit, nichts davon, dass sie gerade ihre letzten Atemzüge tat. Das Wasser leckte nach den dunklen Haarfransen in ihrem Nacken, Spuren von Wimperntusche zogen sich über ihre Wangen. Ihr Lippenstift war verwischt; Spuren davon befanden sich am Rand des leeren Weinglases, das auf der Einfassung der Badewanne stand.

Die Düsen des Whirlpools rauschten, das Wasser sprudelte um den Körper der Frau, und der Schaum auf der Wasseroberfläche begann bereits in sich zusammenzufallen. Er sah ihre Brüste unter dem Schaum, die großen, dunklen Warzenhöfe nur teilweise verdeckt, die Brustwarzen aufgerichtet. Sie trug nichts als eine dünne, goldene Halskette, an der ein Kreuz mit winzigen Diamanten hing. Die Steine blinkten im flackernden Licht.

Ihre Haut sah seidig und straff aus. Er stellte sich vor, mit den Händen über ihre intimsten Stellen zu streichen. Er leckte sich die Lippen, spürte, wie diese schmutzigen alten Lustgefühle in ihm erwachten. Sein Glied regte sich sogar ein wenig, er gierte danach, die nasse Haut zu spüren. Im Geiste malte er sich aus, wie er sich an ihrer glänzenden Haut rieb, und spürte beinahe, wie das Badeöl sein Glied umhüllte und wie sie es mit ihren Händen verstreichen würde.

Er glaubte, laut aufstöhnen zu müssen.

Sein Atem ging schwer, sein Blut war heiß vor Begehren, doch er zwang die fleischlichen Gelüste nieder.

Nein!

Nicht mit ihr.

Nicht mit dieser hier.

Nicht jetzt.

Überhaupt nicht.

Er hatte sein Werk zu verrichten.

Ein tödliches Werk.

Mary Beth Carlyle Flannery war erst der Anfang.

Schweiß trat ihm auf die Stirn. Er streckte vorsichtig die Hand aus und öffnete die Tür ein weniger weiter, gerade genug, um durch den Spalt schlüpfen zu können.

Sie regte sich nicht. Ihre Lider zuckten nicht einmal. Die dunklen Wimpern lagen still auf ihren Wangen. Falls sie eine Veränderung in der Atmosphäre spürte, zeigte sie es nicht. Trotzdem war er vorsichtig, wagte kaum zu atmen.

Er trat näher an die Badewanne heran.

Der Boden unter seinen Füßen knarrte.

»Robert?«, murmelte sie und blickte auf.

Im selben Moment stürzte er sich auf sie und umklammerte ihren Hals. Sie riss erschrocken die Augen auf, schlug um sich und begann zu schreien, doch er drückte mit seinem ganzen Gewicht ihren Kopf unter Wasser.

Sie trat nach ihm und kratzte, doch sein Neoprenanzug

schützte ihn, und ihre Beine wühlten nur hilflos das Wasser auf.
Aber sie war stark. Durchtrainiert. Und das Adrenalin verlieh ihr zusätzliche Kräfte. Sie wand sich, bäumte sich mit ihrem ganzen Körper auf und kam keuchend und hustend wieder an die Oberfläche. Sie packte seine Handgelenke und versuchte, seinen Griff zu lösen, mühte sich verzweifelt ab, ihn zu verletzen, sich aus seiner Umklammerung zu befreien.
Vergebens, er hielt sie fest.
Zwang sie erneut unter Wasser, bis ihr Hinterkopf auf dem Wannenboden aufschlug und ihr kurzes, schwarzes Haar um ihr Gesicht wirbelte und tanzte.
Mary Beth stieß Luftblasen aus, während sie sich weiter mit Händen und Füßen wehrte.
Kerzen fielen vom Wannenrand, verloschen zischend im Wasser, rollten über den Boden und hinterließen kleine Wachspfützen. Schaum bedeckte Wände und Boden.
Sie war stärker, als er erwartet hatte, aber seine Hände drückten sie unerbittlich an den Wannenboden. So sehr sie sich auch wehrte, es half ihr nichts.
Er spürte ihre Panik, sah zu, wie ihre Augen in Verzweiflung aus den Höhlen traten, sah den Ausdruck des Entsetzens auf ihrem Gesicht. An der Wasseroberfläche lösten sich die letzten Schauminseln auf.
Er lächelte.
Allmählich spürte er, wie ihre Kräfte nachließen, ihre Bewegungen träge und schwach wurden. Trotzdem hielt er sie noch immer fest, und die ganze Zeit drang laute Musik vom CD-Player herüber.

Schließlich kämpfte sie nicht mehr.
Es war vorbei.
Mary Beth starrte ihn aus dem Wasser mit glasigen Augen an.
Er hielt sie noch drei weitere Minuten lang unter Wasser, um ganz sicher zu sein, dass sie tot war.
Dann ließ er den Großteil des Wassers ablaufen, bis ihr Körper nicht mehr vollständig bedeckt war. Nachdem er die Tote zu seiner Zufriedenheit gebettet hatte, legte er ein Handtuch über den Rand der Badewanne, so dass es bis ins Wasser reichte. Als Nächstes zog er an dem Gürtel des Bademantels, der neben der Wanne hing, bis ein Ende davon ebenfalls die Wasseroberfläche berührte. Das andere steckte noch in den Gürtelschlaufen.
Er arbeitete rasch, goss Badeöl ins Wasser, und um sicherzustellen, dass es brannte, nahm er aus seiner Bauchtasche eine Flasche mit seiner eigenen Ölmischung, hergestellt aus leicht entflammbaren Flüssigkeiten. Er leerte den gesamten Inhalt in das übrige Badewasser, das Mary Beth umgab.
Plötzlich setzte die Musik aus.
Stille umfing ihn.
Er erstarrte.
War etwa jemand ins Haus gekommen, und er hatte es nicht gehört, weil er so vertieft in sein Werk war und die verdammte Musik so laut lief?
Er lauschte mit angehaltenem Atem. Sein Herz klopfte wild, und ihm brach der Schweiß aus.
Doch er hörte nichts als das Summen des Kühlschranks in der Küche und draußen, ein paar Häuser weiter, das

scharfe, wütende Gebell eines kleinen Hundes. Als ob der verdammte Köter wüsste, dass etwas passiert war.

Beeil dich, verdammt. Keine Zeit zu verlieren.

Nachdem er sich überzeugt hatte, dass er allein war, brachte er sein Werk zügig zu Ende.

Mit einem Lippenstift, den er bei Mary Beths Schminkutensilien gefunden hatte, zeichnete er etwas auf den Spiegel. Dann zog er ein ganz besonderes kleines Päckchen aus der Tasche, das er ins Waschbecken legte.

Das Übrige war einfach. Mit einem letzten Blick auf Mary Beth ließ er eine Kerze in die Wanne fallen.

Flammen loderten auf, breiteten sich blitzschnell über die gesamte Oberfläche der Flüssigkeit aus und erfassten das Handtuch und den Gürtel. Dunkler, beißender Rauch stieg auf, der immer dichter wurde, je höher die Flammen schlugen. Es knisterte und zischte.

Mary Beth war jetzt ganz von Feuer umgeben, der Raum in einen golden flackernden Schein getaucht. Er musste verschwinden. Auf der Stelle. Sich losreißen von dem faszinierenden Anblick von brennendem Haar und versengter Haut.

Eilig verließ er das Haus auf demselben Weg, auf dem er hereingekommen war: durch das Fenster. Draußen schlich er in der Dunkelheit an Büschen und Zäunen entlang, versteckte sich hinter einer Garage, als ein Auto vorbeifuhr. Im Wagen lief das Radio so laut, dass die Bässe sogar das Dröhnen des starken Motors übertönen. Am Steuer des frisierten Pick-ups mit den überbreiten Reifen saß ein Halbwüchsiger.

Als der Pick-up vorbei war, atmete er einmal tief durch

und sprintete dann weiter. Er rannte eine Gasse entlang und war noch vier Blocks vom Haus entfernt, als die erste Sirene durch die Nacht schallte.
Zu spät, dachte er und stieg schwer atmend in seinen Wagen. Ihr kommt verdammt noch mal zu spät.

In der Ferne heulten Sirenen.
Feuer!
Shannon schlug die Augen auf. Innerlich begann sie zu zittern.
Etwas war passiert. Etwas Schreckliches. Mit einem Blick auf die Uhr stellte sie fest, dass sie noch nicht einmal zwei Stunden im Bett war und kaum geschlafen hatte.
Ohne Licht zu machen, stand sie auf und trat ans Fenster.
Kein Feuerschein. Du bist in Sicherheit.
Sie holte tief Luft und ging nach unten, um sich zu vergewissern. Hinter ihr scharrten Khans Krallen auf dem Holzfußboden – er folgte ihr die Treppe hinunter. Als sie zur Haustür hinausging, war der Hund an ihrer Seite und reckte witternd die Schnauze.
Hier brannte es nicht.
Alles war ganz normal.
Dennoch schauderte Shannon, und ihr Blick fiel auf die Überreste des Schuppens. Sie redete sich selbst zu, nicht gleich in Panik zu geraten, schließlich brannte es jeden Tag irgendwo. Dieses Sirenengeheul war kein Grund, gleich durchzudrehen.
Und doch …
Sie kehrte ins Haus zurück und ging in die Küche, um

Shea auf dem Handy anzurufen. Es klingelte viermal, dann sprang die Mailbox an.

»Gib's auf«, sagte sie zu sich selbst, doch gleich darauf versuchte sie es mit Aarons Nummer. Er meldete sich beim dritten Klingeln.

»Shannon«, begrüßte er sie, offenbar hellwach und etwas außer Atem. Nach den Nebengeräuschen und Aussetzern zu urteilen war er im Auto unterwegs.

»Ich weiß, es klingt verrückt«, platzte Shannon heraus, »aber ich habe gerade Sirenen gehört, und jetzt werde ich dieses komische Gefühl nicht los. Es ist fast wie eine Vorahnung, dass das Feuer womöglich … Ach, ich weiß nicht, dass es womöglich irgendwas mit dem Brand bei mir zu tun hat.« Sie schüttelte den Kopf, als sie sich selbst reden hörte. »Herrgott, ich weiß ja, das klingt nach Verfolgungswahn.«

Aaron zögerte.

Augenblicklich schlug Shannons Herz wie rasend. »Was ist los?«, fragte sie.

»Es brennt bei Robert.«

»Wie bitte?!«

»Beruhige dich, es sieht aus, als könnten sie das Haus retten, oder zumindest zum größten Teil. Ich habe bereits mit Shea gesprochen.«

Shannons schlimmste Befürchtungen schienen sich zu bestätigen.

»War jemand zu Hause?«, fragte sie angstvoll. Mary Beth hatte vorhin am Telefon gesagt, Robert sei fort und habe die Kinder mitgenommen … Aber von wo aus hatte sie angerufen? War sie selbst zu Hause?

»Weiß ich nicht.«
»O Gott!«
»Ich bin auf dem Weg dorthin. Bleib, wo du bist. Ich rufe dich an, sobald ich Näheres weiß.«
»Das hättest du wohl gern.«
»Geh nicht zur Brandstelle.«
»Von wegen.«
»Wirklich, Shannon. Du weißt genau, dass die Feuerwehr keine Gaffer gebrauchen kann.«
»Robert ist auch mein Bruder«, sagte sie wütend. »Mary Beth und die Kinder gehören zu meiner Familie ...« Sie betete stumm, dass die Kinder in Sicherheit waren. Bei ihrer Tante Margaret oder sonst irgendwo. Wenn nur niemand zu Hause war ... Shannon beendete das Gespräch, ohne Aaron zu beachten, der ihr noch immer ausreden wollte, zur Brandstelle zu fahren.
Eilig schlüpfte sie in ihre Jeans sowie ein langärmeliges Shirt und band ihr Haar zurück. Khan ließ sie zu Hause. Zehn Minuten später saß sie in ihrem Pick-up und fuhr los. Sie hatte sich kurz gefragt, ob sie Nate alarmieren sollte, entschied sich jedoch, ihn lieber nicht zu stören. Erst dann fiel ihr auf, dass sein Explorer nirgends zu sehen war. Hatte er nicht wie gewohnt vor der Garage gestanden, als sie mit ihren Brüdern aus der Stadt gekommen war? Sie glaubte es, erinnerte sich aber nicht genau. Und ohnehin hatte sie im Augenblick anderes im Kopf.
Sie trat so heftig aufs Gas, dass der Pick-up einen Satz nach vorn machte.
Noch ein Brand.
Wieder bei jemandem aus ihrer Familie.

Wie konnte das sein? Von Angst getrieben, achtete sie nicht auf das Tempolimit, als sie in die Stadt hineinfuhr und den vertrauten Straßen folgte. Sie roch den Rauch, sah die blinkenden Lichter, bevor sie in die Straße einbog, in der ihr Bruder und seine Frau seit Jahren wohnten.

Böse Vorahnungen quälten sie. Ihre Gedanken kreisten um Robert und seine Familie. Bilder schossen ihr durch den Kopf: der Hochzeitsempfang der beiden ... Mary Beth in ihrem bodenlangen, mit Perlen bestickten Kleid, als nach dem rituellen Anschneiden der Hochzeitstorte auf das Brautpaar angestoßen wurde. Ihr erster Tanz. Mary Beths Freudentränen. Später dann die Geburt ihrer Tochter Elizabeth, ihre Taufe in der Kirche St. Theresa. Und ein paar Jahre darauf wurde Robert Junior geboren. Shannon erinnerte sich noch genau an den Tag: Sie hatte vor dem Kreißsaal gewartet, um ihren jüngsten Neffen zu begrüßen. In rascher Folge kamen ihr Familientreffen in den Sinn, bei den Carlyles, bei den Flannerys. Robert und Mary Beth hatten entweder geturtelt wie Jungverheiratete oder überhaupt nicht miteinander gesprochen, weil sie sich wieder einmal gestritten hatten.

Shannon bog um die letzte Kurve und sah das reine Chaos vor sich.

Ab dem Wohnblock neben Roberts Haus war die Straße abgesperrt. Ein Löschzug und zwei Feuerwehrautos standen vor Roberts Haus beim nächsten Hydranten. Polizeiautos mit rotierendem Blinklicht parkten auf der Straße. Dutzende von Nachbarn und Gaffern standen herum, von den Einsatzfahrzeugen angelockt. Auf der anderen Straßenseite parkte der unvermeidliche Ü-Wa-

gen, ein Reporter hatte sich bereits vor der Brandstelle in Positur gestellt.
Flammen loderten zum Himmel empor, schwarze Rauchwolken wallten auf. Shannon wurde flau im Magen. Bitte, lieber Gott, gib, dass niemandem etwas zugestoßen ist. Bitte, bitte.
Die Feuerwehrleute hatten die Situation unter Kontrolle. Schläuche verliefen quer über die Straße und den Rasen. Männer und Frauen in Schutzanzügen spritzten Wasser auf das Dach und die Nachbarhäuser. In das Tosen und Prasseln der Flammen mischte sich ein lautes Zischen, und Dampf stieg auf.
Trotz ihrer schmerzenden Rippen trabte Shannon im Laufschritt die vor Nässe glänzende Straße entlang. Der Rauch reizte sie zum Husten, als sie sich einen Weg durch das Gedränge der Menschen bahnte, die den Brand und die Löscharbeiten fasziniert beobachteten.
An der Polizeiabsperrung wurde Shannon aufgehalten.
»Bleiben Sie bitte hinter der Absperrung, Madam«, befahl ein stämmiger Polizist.
»Aber das ist das Haus meines Bruders!«
»Zurückbleiben, Madam.«
»Ist noch jemand darin? Bitte, wissen Sie etwas darüber?«, fragte sie verzweifelt. Ihr Blick glitt über die Feuerwehrleute in Helmen und Schutzanzügen, die alle gleich aussahen. War Robert unter ihnen?
Natürlich nicht. Es ist nicht seine Schicht. Du hast ihn erst vor ein paar Stunden gesehen.
Und Mary Beth?
Die Garage war geschlossen, so dass sie nicht wissen

konnte, ob ein Auto darin stand. Und die Kinder … O lieber Gott, die Kinder. Sie mussten einfach in Sicherheit sein.

»Ist … War jemand im Haus?«, wiederholte sie ihre Frage.

»Hören Sie, Lady, fahren Sie lieber wieder nach Hause. Sie werden es früh genug erfahren«, versetzte der Polizist unwirsch.

»Kommt nicht in Frage. Wo ist der polizeiliche Brandermittler? Shea Flannery?«

Ein weiterer Polizist mit fliehendem Kinn und bleistiftdünnem Oberlippenbart sagte mit einer Handbewegung nach hinten: »Ich glaube, er ist dort drüben, aber Sie dürfen nicht hinter die Absperrung.«

»Ich bin die Schwester des Hauseigentümers! Womöglich befindet sich jemand aus meiner Familie im Haus!«

»Umso mehr Grund, hinter der Absperrung zu bleiben.«

Jemand fasste sie von hinten am Ellenbogen, und sie fuhr herum in der Erwartung, dass ein weiterer Macho-Polizist oder -Feuerwehrmann von Santa Lucia sie fortführen wollte. Stattdessen sah sie Travis Settler vor sich. Ein Teil von ihr wollte sich gehenlassen, ihm in die Arme sinken. Sie brauchte jemanden, der sie festhielt und ihr sagte, dass alles wieder gut werden würde.

Stattdessen blickte sie zu ihm auf und fragte: »Was machen Sie denn hier?«

»Ich habe die Sirenen gehört. Das Motel ist nur eine halbe Meile von hier entfernt. Ich dachte … Herrgott, ich weiß selbst nicht, was ich dachte.« Seine Augen waren dunkel wie die Nacht. »Aber nach dem Brand neulich auf Ihrem

Grundstück musste ich einfach herkommen und nachsehen, und jetzt …« Er schüttelte den Kopf. Tiefe Falten zogen sich von den Nasenflügeln bis zu den Mundwinkeln.

»Es ist ein Albtraum«, flüsterte Shannon. Die von Rauch und Dampf geschwängerte Luft stach ihr in der Nase. Dann entdeckte sie Shea, der mit dem Feuerwehrhauptmann sprach, und Aaron, der sich durch die Menge zu ihr nach vorn drängte. Über allem hing ein feiner Sprühnebel vom Löschwasser.

»Ich habe Robert erreicht«, teilte Aaron ihr mit. Eine tiefe Erleichterung durchströmte Shannon – ihrem Bruder war nichts zugestoßen. »Er ist auf dem Weg hierher.«

»Was ist mit den Kindern? Und mit Mary Beth?«

»Die Kinder sind bei Margaret. Mary Beth war hier, als er abfuhr.«

»Hier …!« Sie schlug die Hand vor den Mund. Im nächsten Moment ermahnte sie sich selbst, nicht gleich vom Schlimmsten auszugehen. Vielleicht hatte Mary Beth sich ja rechtzeitig vor dem Feuer in Sicherheit gebracht. »Hat jemand sie gesehen?«

Aarons Blick war sehr ernst, eine steile Sorgenfalte stand zwischen seinen Augenbrauen, und Travis, der noch immer ihren Ellenbogen hielt, verstärkte seinen Griff. Aaron schien etwas erwidern zu wollen, doch dann schweifte sein Blick wieder ab, über Shannons Schulter hinweg, und er biss die Zähne zusammen. »Bleib hier«, befahl er und ging raschen Schrittes weiter. Er drängte sich an einer Gruppe von Männern und Frauen in Morgenmänteln

und Hausschuhen vorbei, die mit ausdruckslosen Gesichtern wie hypnotisiert das Schauspiel verfolgten.
Shannon reckte den Hals und sah, worauf Aaron zusteuerte.
Robert hatte seinen geliebten BMW mit laufendem Motor stehen gelassen und rannte zwischen den Gaffern hindurch. Sein Gesicht war vor Entsetzen verzerrt, seine Augen schwarz vor Angst. Aaron versuchte, mit ihm Schritt zu halten, redete auf ihn ein, doch Robert schien ihn nicht zu hören. Sein Blick war starr auf das Haus gerichtet, er beschleunigte seinen Schritt, bahnte sich einen Weg durch die Menge und lief, ohne die Polizisten zu beachten, auf die Haustür zu.
»Mary Beth!«, brüllte er mit vor Angst heiserer Stimme.
Ein bulliger Feuerwehrmann stellte sich ihm in den Weg.
»Niemand darf ins Haus«, sagte er. Dann erkannte er Robert und kniff verblüfft die Augen zusammen. »Robert?«
»Meine Frau ist da drin!« Robert drängte sich an seinem Kollegen vorbei zur Tür. Der Feuerwehrmann unternahm keinen Versuch, ihn zurückzuhalten.
Shannon stürmte hinter ihm her, gefolgt von Travis und Aaron.
»Mary Beth!« Robert sprintete die Treppe hinauf, wobei er immer zwei Stufen auf einmal nahm.
Shannons Augen tränten vom Rauch, doch sie lief weiter, die Treppe hinauf und in den Flur, wo zwei Feuerwehrmänner am Boden knieten.
Dort blieb sie wie vom Donner gerührt stehen.
Einer der beiden Männer öffnete gerade den Reißver-

schluss eines langen schwarzen Sacks. Der andere hielt eine Leiche, so verbrannt, dass sie kaum als Mary Beth zu erkennen war.

»Lieber Gott!«, flüsterte Aaron erschüttert.

»Sehen Sie nicht hin«, warnte Travis Shannon, aber es war zu spät. Ungläubig und von Grauen geschüttelt starrte sie auf die verkohlten Überreste ihrer Schwägerin, die noch vor kürzester Zeit eine vitale, junge Mutter gewesen war. Ihr wurde übel, und ihr Verstand weigerte sich zu begreifen. Das konnte nicht Mary Beth sein! Nein! Shannon taumelte zurück bis an die Türschwelle zum Zimmer ihres Neffen und erbrach sich heftig. Travis blieb an ihrer Seite, Aaron stand mit kreideweißem Gesicht reglos da.

»Schafft die Leute raus!«, befahl jemand.

Währenddessen zischte und fauchte das ersterbende Feuer, Asche wehte aus den geborstenen Fenstern.

Und alles, die Sirenen, Funkgeräte, die gebellten Befehle und das Poltern schwerer Stiefel, wurde übertönt von einem gellenden Klageton, der Shannon durch Mark und Bein ging.

Im rußgeschwärzten Flur sah sie Robert, der zwischen zwei Feuerwehrmännern stand, auf die Knie fallen.

16. Kapitel

Kommen Sie, ich bringe Sie hier raus«, sagte Travis. Shannon war immer noch übel, und ihre Rippen schmerzten, doch sie antwortete mit zittriger Stimme: »Nein, ich muss bei Robert bleiben. Ich kann jetzt nicht gehen.« Sie hatte einen ekligen Geschmack im Mund und fühlte sich wie durch die Mangel gedreht.

»Hier können Sie doch nichts ausrichten. Ihre Brüder werden sich um ihn kümmern.«

»Aber ich muss mit ihm reden ... Ich muss ...« Hilflos hob sie eine Hand. In diesem Moment betrat Shea das gedrängt volle Wohnzimmer. Er bahnte sich einen Weg durch die kleine Gruppe von Feuerwehrmännern und ging neben seinem Bruder in die Hocke. Robert weinte hemmungslos. Sein Gesicht war aschfahl, er war wie unter einer unerträglichen Last in sich zusammengesunken. Was hätte sie sagen können, um seinen Schmerz zu lindern, sein Gewissen zu erleichtern?

»Er hat recht«, pflichtete Aaron Travis bei, den Blick ebenfalls auf die zwei Brüder gerichtet. Robert auf den Knien, Shea, der neben ihm hockte und leise auf ihn einredete.

»Aber ich möchte ... helfen.«

»Gut«, sagte Aaron. »Du kannst Oliver anrufen. Er soll zu Mom gehen, es sei denn, du willst es tun.«

Shannon fühlte sich entsetzlich schwach. »Sie muss es erfahren«, bestätigte sie tonlos. »Aber ich habe kein Handy. Meins ist verschwunden.«
Travis bot ihr sein Gerät an. »Hier, nehmen Sie meins.«
Shannon zögerte nicht. »Danke.« Sie wandte sich Aaron zu. »Ich rufe Oliver an, dann fahren wir gemeinsam hin«, sagte sie und hob den Blick zu Travis. »Ich kann jetzt noch nicht nach Hause.«
»Verstehe.« Er hielt noch immer ihren Arm. »Ich fahre Sie.«
»Ich bin mit meinem eigenen Wagen hier.«
Aaron wandte ein: »Wirklich, Shannon, du solltest jetzt nicht fahren. Aber ich muss hier bleiben, vielleicht kann ich helfen.« Aaron sah Travis einen Moment lang forschend an, dann richtete er seine Aufmerksamkeit wieder auf seine Brüder.
Widerwillig sah Shannon ein, dass sie im Augenblick tatsächlich wenig für Robert tun konnte. So gut ihr Verhältnis zu ihm auch war, die Brüder untereinander verband etwas, woran sie nie wirklich teilgehabt hatte. Vielleicht lag es daran, dass sie die einzige Tochter der Familie war und noch dazu die Jüngste. Das grenzte sie in zweierlei Hinsicht von ihren Brüdern ab.
Sie wählte Olivers Nummer. Als sie Travis' Handy ans Ohr hielt, roch sie einen Hauch von seinem Aftershave. Das Rufzeichen ertönte sechsmal, dann sprang die Mailbox an.
»Er meldet sich nicht.«
Aaron runzelte die Stirn. »Ich dachte, Priester sind rund um die Uhr im Dienst.«

»Noch ist er kein Priester«, entgegnete Shannon und fügte hinzu: »Ich fahre zu Mom.«
Aaron musterte sie sehr ernst. »Bist du auch sicher, Shan?«
»Ganz sicher.« An Travis gewandt, erklärte sie: »Ich denke, das sollte ich lieber allein erledigen. Trotzdem danke.«
Er ließ ihren Arm los, und sie drängte sich zwischen den Feuerwehrleuten hindurch zur Tür. Draußen war die Zahl der Gaffer inzwischen weiter angewachsen. Darunter befand sich auch ein Mann im Pyjama, der einen Hund an der Leine führte. Shannon bahnte sich einen Weg durch die Menge, wich Pfützen, schlammigen Stellen und den Fahrzeugen aus, die kreuz und quer geparkt standen, und suchte nach ihrem Wagen. Eine Konfrontation mit ihrer Mutter war das Letzte, was sie sich jetzt wünschte, aber jemand musste Maureen Flannery zur Seite stehen, wenn sie erfuhr, dass ihre Schwiegertochter bei einem Brand ums Leben gekommen war.
Shannon fand, sie könne damit nicht bis zum nächsten Morgen warten – womöglich stand ihre Mutter früh auf und hörte die Nachrichten, oder eine Bekannte rief an, um ihr Beileid auszusprechen.
Shannon wappnete sich innerlich.
Ihre Mutter hatte schon zahlreiche Unglücks- und Todesfälle erlebt und kannte auch die allgegenwärtige Gefahr eines Brandes, aber sie würde dennoch am Boden zerstört sein, wenn sie erfuhr, dass die Mutter ihrer Enkelkinder tot war.
Womöglich ermordet?

Hat dich selbst nicht erst kürzlich jemand überfallen und fast umgebracht, und das ebenfalls, während es brannte …

Shannon überlief es eiskalt bei der Vorstellung, dass irgendwo da draußen in der Dunkelheit ein Mörder lauerte, ein krankhafter Verbrecher, und dass es womöglich derselbe war, der Dani Settler in seiner Gewalt hatte.

Sofern das Mädchen überhaupt noch lebte.

Shannons Knie begannen zu zittern. Sie weigerte sich, etwas anderes zu denken, als dass das Mädchen am Leben war. Dani war entführt worden, aber sicher nicht ermordet.

Sie durfte sich jetzt nicht in ihre Angst hineinsteigern, sondern musste stark sein und sich um ihre Mutter kümmern. »Eins nach dem anderen«, ermahnte sie sich.

Und was ist mit Mary Beths Familie? Mit ihren Kindern? Wer sagt es ihnen?

Shannons Herz wurde noch schwerer bei dem Gedanken, dass ihre Nichte und ihr Neffe jetzt ohne Mutter aufwachsen mussten. Vielleicht heiratete Robert ein zweites Mal, aber eine Stiefmutter konnte die leibliche nie ersetzen.

Shannon warf einen Blick zurück und sah Travis Settler, der neben Aaron stand und ihr nachblickte. Es erschien ihr nicht sonderbar oder unheimlich, sondern eher beruhigend. Es gab ihr ein gutes Gefühl. Als könnte sie sich auf ihn verlassen.

Als sie ihr Auto erreichte, musste sie feststellen, dass es völlig zugeparkt war. Ein Ü-Wagen, ein Polizeiauto und mehrere weitere Fahrzeuge blockierten ihr den Weg. »Verdammt«, knurrte sie.

Durch die beschlagene Windschutzscheibe sah sie sich um. Tropfen von Kondenswasser liefen am Glas hinunter, so dass sie alles um sich herum unwirklich verzerrt sah. Sie entdeckte Travis, der die meisten der Gaffer ein Stück überragte. Er kam auf ihren Wagen zu. Shannon kurbelte das Fenster herunter.

Ihr Herz schlug ein wenig schneller, und sogleich kam sie sich albern vor.

»Kommen Sie«, sagte er, als er die Fahrertür erreichte. »Wir können mit meinem Wagen fahren. Ich werde mich nicht einmischen, versprochen.«

»Also gut, einverstanden.« Sie ertrug es nicht, noch eine Sekunde länger untätig zu sein. »Wo haben Sie geparkt?«

»Ein paar Straßen weiter.«

»Geschickt«, räumte sie ein, während sie nebeneinander durch dunkle Gassen bis zu einer beinahe menschenleeren Straße gingen, wo Travis' Wagen stand.

Er öffnete ihr die Beifahrertür des Pick-ups, ging dann um den Wagen herum und setzte sich ans Steuer. »Sie müssen mich lotsen«, sagte er und fuhr an.

»An der nächsten Kreuzung rechts, an der Ampel links und dann immer geradeaus bis Greenwich, etwa anderthalb Meilen«, erklärte sie. »Dort wieder rechts. Von der Abzweigung aus sind es noch etwa vier Häuserblocks.«

Travis lächelte ihr zu. »Greifen Sie bitte früh genug ein, falls ich einen Fehler mache.«

Sie stutzte und fragte sich, ob seine Worte doppelsinnig gemeint waren. Doch dann entschied sie, dass sie überreagierte. Der lange Tag und die furchtbare Tragödie gingen ihr an die Nieren. Himmel, ihr graute vor dem, was ihr jetzt bevorstand. Ihre Mutter, die ohnehin einen Hang zum Theatralischen hatte, würde gewiss völlig zusammenbrechen.

Schweigend fuhren sie durch die Straßen. Travis verzichtete darauf, das Radio einzuschalten, aber Shannon fand die Stille nicht unbehaglich. Sie sah durch das Seitenfenster hinaus. Nur wenige Autos kamen ihnen entgegen. Plötzlich lief eine graue Katze dicht vor ihnen auf die Straße. Travis riss das Steuer herum, um dem Tier auszuweichen.

»Herr im Himmel!«, knurrte er.

Shannon sah der Katze nach, die in einem Gebüsch verschwand. Dann wanderten ihre Gedanken wieder zu Mary Beth. Sie konnte es noch immer nicht fassen, dass diese Frau, mit der sie ihre Kindheit verbracht hatte, tot war. Im Geiste sah sie wieder die verkohlte Leiche vor sich, und ihr Inneres krampfte sich zusammen.

»Wer tut so etwas?« Ohne sich dessen bewusst zu sein, sprach sie die Frage laut aus.

»Der Kerl, der Dani hat.«

Sie wandte den Kopf und sah Travis zum ersten Mal, seit sie ins Auto gestiegen war, direkt ins Gesicht. »Sie denken, das alles hängt zusammen? Der Brand auf meiner Ranch? Mary Beths … Tod? Aber warum?«

»Mary Beths Ermordung, Shannon. Ihre Schwägerin wurde umgebracht.«

Shannon schüttelte den Kopf, sträubte sich gegen die grauenhafte Erkenntnis. »Woher wissen Sie das?«

»Ich weiß es eben. Jede Wette, dass bei den Ermittlungen Hinweise auf Brandstiftung gefunden werden.«

»Aber warum? Was hat Mary Beth mit Dani zu tun? Und was hatte es mit dem Brand auf meinem Grundstück auf sich?«

»Sagen Sie's mir.«

»Ich weiß es nicht!« Sie rückte von Travis ab, sah ihn an und fragte sich, was sie überhaupt von diesem Mann wusste. Nicht besonders viel, abgesehen davon, dass er sich entsetzlich um sein verschwundenes Kind sorgte. Und dennoch saß sie jetzt in seinem Auto, auf dem Weg zu ihrer Mutter, um ihr die schreckliche Nachricht von Mary Beths Tod zu überbringen. »Sie geben mir immer noch die Schuld an Danis Verschwinden, stimmt's?«

»Nein«, entgegnete er fest. »Aber Sie stehen in irgendeinem Zusammenhang damit. Wozu sonst die angesengte Geburtsurkunde? Der Kerl, der mein Kind hat, reibt es uns unter die Nase. Er fordert uns heraus.«

»Aber welcher Sinn steckt dahinter?«

»Ich weiß es nicht.«

»Oh, hier müssen Sie abbiegen.« Shannon deutete auf die Greenwich Avenue, eine von hohen Bäumen gesäumte Straße. Die Wurzeln hatten stellenweise das Pflaster des Gehsteigs hochgedrückt.

Travis bog scharf ab und fuhr die schmale Straße zwischen lauter gleich aussehenden zweistöckigen Wohnblöcken entlang. Gleich darauf hatten sie das Haus von Shannons Eltern erreicht, ein schmuckloses Gebäude, dessen pastellgrüner Fassadenanstrich durch zu viele Jahre in der Sonne Blasen geworfen hatte.

Das Dach musste erneuert werden, und die enge Zufahrt war von Unkraut und Gras überwuchert, das ebenso vertrocknet und ausgebleicht war wie der Rasen vor dem Haus.

»Soll ich Sie begleiten?«

»Ich komme schon allein zurecht.«

»Dann warte ich hier.«

»Das ist nicht nötig.«

»Ich weiß. Trotzdem.«

Shannon wollte widersprechen, doch sein entschlossener Gesichtsausdruck verriet ihr, dass es zwecklos wäre. Er würde es sich nicht ausreden lassen. Außerdem hatte sie jetzt weder die Kraft noch die Zeit für Diskussionen.

Sie sah unbehaglich zum Haus hinüber. Das Unvermeidliche ließ sich nicht länger hinauszögern. »Darf ich noch einmal Ihr Handy benutzen?«, fragte sie.

»Bitte.«

Sie tippte die Nummer ein. Ihre Mutter meldete sich bereits nach dem zweiten Klingeln. Sie klang verschlafen, aber dennoch angespannt – als sei ihr trotz ihrer Schläfrigkeit klar, dass ein Anruf um diese Zeit nichts Gutes bedeuten konnte. »Hallo?«

»Hi, Mom, ich bin's, Shannon.«

»Shannon? Was ist passiert?« Ihre Stimme klang jetzt angstvoll, alarmiert. Shannon sah vom Wagen aus, wie sich das Schlafzimmerfenster ihrer Mutter im ersten Stock erhellte – sie hatte die Nachttischlampe eingeschaltet. »Ist alles in Ordnung mit dir? Was machen die Kopfschmerzen?«

»Ich stehe hier bei dir vor dem Haus. Mach bitte die Tür auf.«

»O mein Gott, was ist denn los?«, fragte Maureen, und

Shannon sah jetzt hinter der Jalousie den Schatten ihrer Mutter, die aufstand und den Bademantel vom Pfosten am Fußende des Bettes nahm.

»Lass mich rein, Mom, dann erkläre ich dir alles.«

»Herrgott, was ist denn nur schon wieder passiert?«

Shannon beendete das Gespräch, gab Travis das Handy zurück und stieg aus dem Wagen. Als sie gerade den Rasen überquert hatte, ging auf der Veranda das Licht an, das Schloss klickte, und hinter dem Insektenschutzgitter öffnete sich die Haustür. Maureen Flannery, klein und zerbrechlich, das rote Haar von einer Art Netz zusammengehalten, stand in einem abgetragenen Chenille-Bademantel vor der Gittertür. »Was ist passiert?«, fragte sie wieder eindringlich, mit angstvoller Miene, während sie den Riegel der Insektenschutztür löste.

Shannon hatte sich bereits zurechtgelegt, was sie sagen wollte. »Es geht um Mary Beth, Mom. Es hat einen Unfall gegeben.« Sie schlüpfte ins Haus, in dem der Geruch von Staub, Reinigungsmittel, Bratfett und Zwiebeln hing. Sofort stiegen in ihr Erinnerungen an ihre Kindheit mit ihren lauten, ungestümen großen Brüdern auf: wie Shea und Robert das Treppengeländer hinunterrutschten, wie Aaron heimlich von der Veranda aus mit seiner Steinschleuder auf das Vogelhäuschen zielte, wie Neville und Oliver im Apfelbaum im Garten ein Baumhaus bauten, es dann jedoch halbfertig aufgaben, um lieber auf dem Dachboden ein Fort zu errichten. Und sie, Shannon, war bei all dem immer mit von der Partie gewesen. Obwohl ihre Mutter versucht hatte, ihr Interesse am Kochen und Nähen, an Gartenarbeit oder sogar am Schreiben zu wecken, war sie immer die Erste, die drängelte, wenn es darum ging, in einem Pappkarton die Treppe hinunterzurutschen oder eine Wasserbombenschlacht zu schlagen, in der sie grundsätzlich den Schlauch bediente.

Wie oft hatte Maureen ihr Haus als ›Tollhaus‹ bezeichnet.

Jetzt war alles ordentlich aufgeräumt, jedes Buch stand an seinem Platz im Regal. Das einzige Geräusch war das Ticken der Kuckucksuhr im Eingangsflur.

»Was ist mit Mary Beth? Ist sie verletzt? Nun erzähl schon«, drängte Maureen.

Shannon musste sich überwinden weiterzusprechen. »Mary Beth ist verunglückt, Mom. Sie ist tot.«

»Tot? Nein!« Alle Farbe wich aus Maureens Gesicht.

»Doch, Mom, es ist leider wahr.«

Maureen begann zu zittern. Sie lehnte sich mit der schmalen Schulter an den Türrahmen. »Aber ich habe sie erst kürzlich noch … O Gott …« Sie schwieg einen Moment lang fassungslos, dann setzte sie mit aufsteigender Panik hinzu: »Und die Kinder?«

»Elizabeth und RJ geht es gut. Sie sind bei Mary Beths Schwester Margaret.«

»Und …«

»Auch Robert ist wohlauf.« Das war eine Lüge. Er mochte körperlich unversehrt sein, aber emotional war er am Boden zerstört.

»Aber wie ist das denn nur passiert?«

»Es hat gebrannt.«

»Gott im Himmel!« Maureen bekreuzigte sich. »Schon wieder ein Brand?«, flüsterte sie. »Jesus, Maria und Josef.«

Halbunbewusst bekreuzigte sie sich noch einmal mit hastigen Bewegungen. »Das ist der Fluch der Flannerys.«
»Den gibt es nicht, Mom.«
Maureen sah ihre einzige Tochter aus schmalen, blutunterlaufenen Augen an. »Erzähl das Mary Beth.« Steifbeinig ging sie in die Küche und schaltete auf dem Weg dorthin alle Lampen an. Shannon folgte ihr und sah, wie ihre Mutter aus einer Schublade das Notfallpäckchen Zigaretten hervorkramte. Maureen hatte jedes Mal, wenn sie schwanger wurde, das Rauchen aufgegeben, war aber immer wieder in die alte Gewohnheit zurückgefallen, sobald das Baby drei Monate alt war. Erst als Shannon fünf war, gab ihre Mutter das Rauchen endgültig auf, nur in Ausnahmesituationen griff sie doch noch zu der Schachtel, die sie ›für den äußersten Notfall‹ aufbewahrte.
Jetzt wickelte sie mit zitternden Fingern die Zellophanhülle von dem Päckchen, klopfte eine Filterzigarette heraus und riss ein Streichholz an. »Erzähl mir alles, was du weißt.«
»Bisher weiß ich noch gar nichts Näheres«, gestand Shannon.
Maureen inhalierte den Rauch tief und schüttelte das Streichholz, bis die Flamme verlosch. »Wo war Robert zu dem Zeitpunkt?«
»Ich weiß es nicht.«
»Bei diesem Weibsstück, der Tallericco? Bei deiner Anwältin?«
»Sie war nicht meine Anwältin, sie hat mir damals nur geholfen, die Adoption abzuwickeln«, sagte Shannon.

Erst jetzt erkannte sie bestürzt diese Verbindung. Als sie ihr Kind zur Adoption freigab, hatte sie sich an das Anwaltsbüro Black, Rosen und Tallericco in San Francisco gewandt, und Cynthia Tallericco, damals gleichberechtigte Teilhaberin, hatte sich für ihren Fall interessiert. Eine Angestellte hatte ihr bei den bürokratischen Dingen geholfen, aber Cynthia hatte sie beraten und getröstet.

Inzwischen war Cynthia zweimal geschieden, aus dem Anwaltsbüro ausgestiegen und nach Santa Lucia umgezogen, wo sie Robert kennengelernt hatte. Die heiße Affäre dauerte bereits drei oder vier Monate, und vor knapp sechs Wochen war Robert aus dem Haus ausgezogen, in dem er mit Mary Beth und den Kindern gelebt hatte.

Jetzt war Roberts Frau tot, bei einem Brand umgekommen, und die Tochter, die Shannon weggegeben hatte – mit Hilfe des Anwaltsbüros, in dem Cynthia Tallericco arbeitete –, war verschwunden. Konnte all das Zufall sein?

Es klingelte an der Tür. Maureen fuhr zusammen. »Noch mehr Katastrophenmeldungen?« Sie zog noch einmal an ihrer Zigarette, dann löschte sie sie unter dem Wasserhahn und warf den nassen Stummel in den Abfalleimer unter dem Spülbecken. Als es erneut läutete, schritt sie forsch durch den langen Flur, dessen Wände mit gerahmten Fotos von ihren Kindern bedeckt waren, zur Haustür.

Shannon nahm an, es sei Travis, aber stattdessen spähte ihr Bruder Oliver durch eine der kleinen Scheiben im oberen Drittel der Tür.

»Gott sei Dank«, stieß Maureen hervor und ließ ihn

herein. Kaum war Oliver eingetreten, brach sie zusammen. »Du weißt es also schon?«, fragte sie unter Tränen.
»Von dem Brand? Und Mary Beth?«
»Aaron hat angerufen und mir eine Nachricht hinterlassen.« Oliver warf seiner Schwester einen seltsamen Blick zu, den diese nicht zu deuten vermochte. Dann legte er seiner Mutter tröstend einen Arm um die Schultern. »Ich bin gekommen, so schnell ich konnte.«
»Danke.«
»Wollen wir zusammen beten?«
»Ja.«
»Shannon?« Er sah sie erwartungsvoll an.
Shannon fand die Vorstellung unpassend, auf dem alten Teppich im Wohnzimmer zu knien, während Oliver vor ihnen stand und betete. Überhaupt hielt sie nichts von seinem Entschluss, Priester zu werden. Er hatte von jeher einen Hang zum Religiösen, aber nachdem Ryan in dem Waldbrand ums Leben gekommen war und Oliver seinen Zwillingsbruder verloren hatte, war er als gebrochener Mann in einer psychiatrischen Klinik behandelt worden. Nach seiner Entlassung zitierte er Bibelsprüche und redete von seiner Berufung, deutete sogar an, mit Gott gesprochen zu haben. Daran hatte Shannon sich nie gewöhnen können. Während alle anderen in der Familie Olivers neu entdeckte tiefreligiöse Ader akzeptierten, stand sie dem Ganzen nachhaltig skeptisch gegenüber.
Ihr Bruder Aaron glaubte, Olivers religiöser Eifer sei auf den Verlust zurückzuführen, den er erlitten hatte, als Neville, sein Zwilling, verschwand. Doch für Shannon reichte diese Erklärung nicht aus.

»Glaubst du, er weiß, was Neville zugestoßen ist?«, hatte sie Aaron gefragt.
Aaron zuckte mit den Schultern. »Ich glaube kaum.« Er schüttelte den Kopf. »Es ist verdammt rätselhaft.«
Darin musste Shannon ihm recht geben. Sie fragte sich, ob Neville sich aus dem Staub gemacht hatte wie Brendan oder einen Unfall gehabt hatte oder womöglich ermordet worden war. Es war so merkwürdig. Neville war einfach … verschwunden. Die Presse und der Bezirksstaatsanwalt waren überzeugt gewesen, Neville habe Shannon geholfen, ihren Mann zu ermorden. Sie hätten gemeinsam Ryan betäubt, ihn in den Wald gezerrt und das Feuer gelegt, um die Leiche zu verbrennen und alle Beweise für den Mord zu vernichten.
Neville war daraufhin angeblich untergetaucht, um nicht gegen seine Schwester aussagen zu müssen oder selbst in Verdacht zu geraten.
Doch das war reine Spekulation.
Und, wie Shannon wusste, natürlich haltloser Unfug.
Was es mit Nevilles Verschwinden tatsächlich auf sich hatte, wusste sie allerdings selbst nicht. Jedenfalls hatte es Oliver so zu schaffen gemacht, dass er schließlich den Verstand verlor und anfing, mit Gott zu sprechen.
»Ich denke, ich gehe jetzt lieber«, sagte sie zu ihrer Mutter. Dabei wunderte sie sich insgeheim, wie fremd ihr Bruder ihr geworden war.
»Wartet der Mann da draußen auf dich?«, fragte Oliver.
»Welcher Mann?«, versetzte Maureen sofort, an Shannon gewandt. Diese bedachte Oliver mit einem Blick, der ihn hätte töten können.

»Er hat mich hergefahren. Anders kam ich nicht von der Brandstelle weg, mein Wagen war zugeparkt.«

»Warum hast du ihn denn nicht ins Haus gebeten? Und wer ist er überhaupt?«, wollte Maureen wissen.

»Er heißt Travis Settler. Das Ganze ist ein wenig kompliziert, und es ist wirklich schon sehr spät.«

»Gehst du mit ihm?«

Shannon hätte um ein Haar gelacht. Ob sie mit Travis Settler ging? Lieber Himmel, wie viel einfacher als die Wahrheit das wäre! »Nein, Mom, er ist nur ein Fr…, ein Bekannter, der sich angeboten hat, mich hierher zu fahren.«

»Ein barmherziger Samariter«, warf Oliver ein. Die Formulierung bereitete Shannon ein gewisses Unbehagen – hatte sie Travis nicht im Stillen selbst so bezeichnet, nachdem sie überfallen worden war? Dabei war er in Wirklichkeit alles andere als ein barmherziger Samariter. Er war nur zu einem Zweck nach Santa Lucia gekommen. Er hatte ihr heimlich nachspioniert. Um Himmels willen, er hatte sie verdächtigt, sein Kind entführt zu haben. Und er hatte sie nur deswegen gerettet, weil er sich zum Zeitpunkt des Überfalls gerade auf ihrem Grundstück aufhielt. Anfangs hatte sie sogar geglaubt, er könnte der Angreifer gewesen sein, doch seit sie ihn ein wenig näher kannte, hatte sie ihre Meinung geändert. Sie vertraute ihm beinahe.

Aber nur beinahe.

»Klar«, sagte sie jetzt, um das Thema abzuschließen. »Ein barmherziger Samariter. Das ist er wohl.«

Und dann ging sie, ehe ihre Mutter noch mehr Fragen stellen konnte, ehe sie selbst etwas sagte oder tat, was sie später bereuen würde.

Sie ließ die Insektenschutztür hinter sich zufallen. Travis stand bei seinem Wagen, an den Kotflügel gelehnt, und behielt das Haus im Auge.

»Sie hatten einen Besucher«, bemerkte er.

»Oliver, mein Bruder.«

»Derjenige, der Priester werden will. Ja, ich weiß.«

»Gibt es eigentlich irgendetwas, was Sie über meine Familie *nicht* wissen?«, fragte Shannon gereizt, während Travis ihr die Wagentür öffnete. Er wollte ihr beim Einsteigen behilflich sein, doch sie warf ihm einen Blick zu, der nur allzu deutlich besagte: Finger weg. Sie wollte um keinen Preis auf ihn angewiesen sein, so sehr die Schmerzen in ihrer Schulter ihr auch zu schaffen machten. Als sie schließlich auf dem Beifahrersitz saß, wartete sie darauf, dass der Schmerz nachließ. »Gibt es irgendwelche Geheimnisse, die wir Flannerys vor Ihnen bewahren konnten?«

»Mehr als genug«, gestand Travis mit einem schwachen Lächeln, das ihn ganz besonders attraktiv erscheinen ließ. Shannon wandte hastig den Blick ab, und Travis schlug die Beifahrertür zu.

Während er um den Wagen herumging, beobachtete sie ihn verstohlen: ausgreifende Schritte, gerader Rücken, schmale Hüften … Die Art von Problem, die sie weder wollte noch brauchte.

Sie rief sich innerlich zur Ordnung. Was war nur los mit ihr? Warum beschäftigte der Mann sie so sehr?

Als sie den Sicherheitsgurt anlegte, musste sie beinahe nach Luft schnappen. Die Wirkung der Schmerzmittel war schon seit Stunden verflogen, und sie fühlte sich wie zerschlagen. Der Schmerz tobte in Rippen, Schulter und Hinterkopf, sie war erschöpft, von Angst und Trauer erfüllt.

Reiß dich zusammen!

Travis stieg ein und schloss die Tür. Die Innenbeleuchtung schaltete sich aus, und wieder waren sie einander so nahe, dass sie sein Aftershave roch. Sie betrachtete sein Profil. Travis Settler war stark, gutaussehend, mit hartem Kinn, gerader Nase und tiefliegenden Augen, denen nichts zu entgehen schien. Seine Lippen waren schmal, sein Haar zerzaust und ungekämmt, und ihn umgab eine Aura purer, nüchterner Männlichkeit – hart, energisch, zu Taten bereit.

Er legte den Gang ein und fuhr an. Shannon bemerkte seine Armbanduhr, eine schlichte, funktionelle Uhr an einem kräftigen Handgelenk, das momentan auf einem straffen, jeansbekleideten Schenkel ruhte. Sie konnte sich die Muskelstränge unter der Jeans gut vorstellen. Und seinen festen, muskulösen Leib. Und die Kraft in seinen Händen und Fingern.

Sie stutzte.

Wohin zum Teufel verirrten sich ihre Gedanken?

Offenbar war sie erschöpfter, als sie geglaubt hatte.

Travis warf ihr einen raschen Blick zu, und in diesem Moment wusste sie: Er hatte bemerkt, dass sie ihn musterte. Shannon wäre am liebsten im Boden versunken, doch sie straffte sich, blickte ihn mit gleichmütig hochgezogener Augenbraue an und hoffte, dass er nicht sah, wie rot sie wurde. Sie musste das Fenster öffnen, um frische Luft hereinzulassen.

Ja, er war unübersehbar männlich.
Ja, er war sexy.
Ja, es war lange her, dass sie sich für ein Mann interessiert hatte.
Na und?
Hatte sie, was Männer anging, nicht ihre Lektion gelernt? Vielleicht war sie noch benommen von den Medikamenten. Dies war nun wirklich nicht der geeignete Zeitpunkt für solche Gedanken. Erst heute Nacht war Mary Beth ums Leben gekommen, sie selbst litt noch unter den Folgen des Überfalls neulich, und ihre Tochter – seine Tochter – war nach wie vor verschwunden. Demnach sollte Sex das Letzte sein, woran Shannon dachte, das Allerletzte. Oder ein attraktiver Mann. Oder wie es sich anfühlen würde, wenn eine dieser großen, schwieligen Hände an ihren Rippen emporstrich und ihre Brust berührte.
Sie schauderte. Kam es daher, dass sie mit der eigenen Sterblichkeit konfrontiert worden war? Entstand daraus eine geschärfte Wahrnehmung? Ein erhöhtes Verlangen nach Intimität? Sie durfte nicht so für Travis Settler empfinden … am allerwenigsten für Travis Settler.
Wütend auf sich selbst, rückte Shannon ihren Pferdeschwanz zurecht. Sie brauchte Abstand von diesem Mann, musste die Intimität beenden, die in der engen Fahrerkabine entstanden war.
Travis beschleunigte, der Fahrtwind pfiff ins Wageninnere und zerrte ein paar widerspenstige Strähnen aus dem Gummiband, das Shannons Pferdeschwanz zusammenhielt. Sie verzog das Gesicht, als sie die Schulter bewegte, und verbiss sich einen Fluch. Als der Schmerz nachließ,

stieß sie langsam den Atem aus. Verstohlen sah sie noch einmal zu diesem Fremden hinüber, der sich in ihr Leben gedrängt hatte, diesem Mann, der der Vater ihrer Tochter war.
Seine Männlichkeit erfüllte ihre Sinne. Sie fühlte sich schwach und verletzlich. Doch das durfte sie jetzt nicht zulassen.
Travis hielt den Blick fest auf die Straße gerichtet, sah nur zweimal kurz in die Rückspiegel, bevor er auf der fast leeren Straße die Spur wechselte, doch Shannon vermutete, dass er sie aus den Augenwinkeln beobachtete und dass ihm keine ihrer Regungen, keine noch so kleine Geste entging.
In die Stille hinein sagte er unvermittelt: »Also, ich weiß zwar einiges über Sie und Ihre Familie, aber noch längst nicht alles.« Shannon wandte den Kopf, froh, dass er sie aus ihren Gedanken riss. »Zum Beispiel weiß ich nicht, warum der Kerl, der meine Tochter in seiner Gewalt hat, Sie in die Angelegenheit mit hineinzieht. Ebenso wenig weiß ich, warum einer Ihrer Brüder Priester werden will und warum sein Zwillingsbruder verschwunden ist. Ich habe auch keine Ahnung, warum Danis Entführer Brände legt, und vor allem weiß ich nicht, wer der verdammte Kerl ist und was er meinem Kind angetan hat!« Urplötzlich war seine äußerlichen Ruhe dahin. »Hier ist irgendwas im Gange, was ich nicht durchschaue und was mir eine Mordsangst einjagt. Ich komme um vor Sorge, fühle mich so verdammt machtlos, und, ja, ich will genauestens über jeden Bescheid wissen, der auch nur im Entferntesten mit Ihnen und Ihrer Familie in Verbindung steht,

denn offenbar interessiert sich der Scheißkerl, der Dani entführt hat, für diesen Personenkreis. Sie sind mein einziger Anhaltspunkt, und ich will, verdammt noch mal, alles über Sie erfahren, weil es mir vielleicht weiterhilft.«

»Aber Sie denken nicht, dass ich etwas mit der Entführung zu tun habe«, stellte sie klar, als er vor einer Ampel bremste.

»Nicht mehr.« Das rote Licht schien gespenstisch ins Wageninnere.

»Gut.« Shannon wusste nicht recht, ob sie ihm glauben sollte, aber sie zwang sich, den Blick von ihm zu lösen, und sah durch die Frontscheibe hinaus in die Nacht. Noch immer zogen Rauchschwaden durch die Luft.

An der Abzweigung zu Roberts Haus fuhr Travis weiter geradeaus, auf geradem Weg aus der Stadt hinaus. »Hey, Moment mal! Sie haben die Abzweigung verpasst«, protestierte Shannon.

»Sie sind jetzt nicht in der Lage zu fahren.«

»Wie bitte? Haben Sie den Verstand verloren? Ich kann meinen Wagen doch nicht einfach dort stehen lassen. Wohin fahren Sie überhaupt?«

»Zu Ihnen. Sie können einen Ihrer Brüder anrufen und bitten, den Wagen abzuholen, oder Sie selbst holen ihn morgen früh.«

»Bis dahin ist er längst abgeschleppt worden.«

»Soviel ich weiß, haben Sie gute Beziehungen zur Polizei.«

»Kommt nicht in Frage! Drehen Sie um. Bringen Sie mich zu meinem verdammten Wagen und hören Sie auf, den Macho heraushängen zu lassen, okay? Sie müssen sich nicht aufführen wie John Wayne in einem schlechten Fünfziger-Jahre-Film und der kleinen Frau sagen, was sie zu tun hat. Ich kann mit meinem eigenen Wagen nach Hause fahren.«

»Zu spät.«

Shannon blieb der Mund offen stehen. »Sie sind unmöglich!«

»Sie sehen furchtbar aus, und mir ist nicht entgangen, wie Sie sich bemühen zu verbergen, dass Sie Schmerzen haben. Es war eine lange, harte Nacht, und ich finde, dass ich Sie nach Hause bringen sollte.«

»Was Sie finden, Settler, ist mir egal. Es ist mein Leben! Meins!« Wütend stieß sie mit dem Finger gegen ihre Brust. »Und es ist mein Wagen und meine Entscheidung und … Oh …« Stechender Schmerz durchfuhr ihre Rippen und raubte ihr die Kraft zum Widersprechen. Wie zum Beweis für das, was Travis gesagt hatte. Sie sog scharf den Atem ein, schloss die Augen und verfluchte im Stillen ihre Schwäche. »Also gut, in Ordnung«, sagte sie leise, als sie wieder atmen konnte. Sie blickte ihm forschend ins Gesicht, entdeckte jedoch keine Spur von Selbstgefälligkeit. Travis sah sie nur kurz mit großem Ernst an. »Bringen Sie mich nach Hause. Tun Sie, was Sie nicht lassen können.«

Seine Lippen zuckten leicht.

Er lächelte beinahe.

Aber nur beinahe.

17. Kapitel

Was zum Teufel war nur in ihn gefahren?

Wer war er, dass er ihr vorschrieb, was sie zu tun hatte, sich weigerte, sie zu ihrem verdammten Pick-up zu fahren, sie herumkommandierte? Travis bremste vor der Zufahrt zu ihrem Haus ab. Er konnte selbst nicht glauben, was er getan hatte. Diese Frau hatte einfach etwas an sich, das ihn zwang, die Führung zu übernehmen. Er hatte gewusst, dass sie litt, nicht nur seelisch, sondern auch an ihren körperlichen Verletzungen. Trotzdem hatte er nicht das Recht, ihr Leben in die Hand zu nehmen.

Und doch hatte er sich nicht zurückhalten können.

Selbst als sie aufbrauste, hatte er ihren Protest ignoriert. Dabei war das gar nicht seine Art – er gehörte nicht zu den Männern, die immer glaubten, alles besser zu wissen, anderen ihren Willen aufzwangen und keine Meinung außer der eigenen gelten ließen.

Während er den Weg zu ihrem Haus entlangfuhr, fragte er sich, was ihn wohl dort erwartete.

Ein wutschnaubender Nate Santana?

Einer von Shannons Brüdern?

Travis wappnete sich für eine etwaige Konfrontation, doch als er die letzte Wegbiegung nahm, sah er keine Fahrzeuge auf dem Parkplatz stehen, und nirgendwo im Haus brannte Licht.

Er schaltete den Motor ab.
»Tja, ich muss mich wohl bei Ihnen bedanken.« Shannon löste den Sicherheitsgurt und öffnete die Tür. Die Innenbeleuchtung schaltete sich ein. Travis bemerkte, wie blass sie war. Die Blutergüsse in ihrem Gesicht zeichneten sich deutlich ab, und sie hatte dunkle Ränder unter den Augen.
»Schlafen Sie erst mal aus. Ihren Pick-up können Sie morgen früh abholen.«
»Meinen Pick-up! Darf ich ein letztes Mal Ihr Handy benutzen? Es tut mir leid, aber ich habe meins verloren.« Sie hob hilflos eine Hand und ließ sie matt wieder sinken. »Bin noch nicht dazu gekommen, es zu suchen, und ich fürchte, bis ich im Haus bin, habe ich schon wieder vergessen, dass ich jemandem Bescheid geben muss. Mir schwirrt der Kopf.«
»Kein Problem.«
Er reichte ihr sein Handy, und sie tippte eine Nummer ein.
Sie saß noch immer neben ihm, einen Fuß aufs Trittbrett gestützt, die verblichene, abgetragene Jeans straff gespannt. »Hey, bist du noch am Schauplatz …? Ja, wirklich grauenhaft … Ich kann es mir nicht vorstellen, und Robert … Ich weiß. Hör zu, ich war bei Mom, und sie war ziemlich fertig, aber Oliver ist gekommen, um mit ihr zu beten oder was auch immer, und ich schätze, sie kommt zurecht … Hmm … Sag mal, würdest du mir einen Gefallen tun? Kannst du meinen Pick-up einparken? Ich konnte ihn vorhin nicht wegfahren, er war zugeparkt. … Ich habe mich nach Hause bringen lassen … von Settler.« Sie warf

ihm einen flüchtigen Blick zu, dann nickte sie, als ob der Bruder am anderen Ende der Leitung sie sehen könnte. »Keine Sorge. Ich komme klar … Der Schlüssel steckt im Zündschloss. Wir sehen uns morgen. Danke, Aaron.« Sie klappte das Handy zu und gab es Travis zurück. »Mission erfüllt.« Shannon stieg aus, dann drehte sie sich zu Travis um und sah ihm ins Gesicht. »Danke.«

»Kein Problem.«

»Nein, ich meine: für alles.« Sie schenkte ihm den Hauch eines Lächelns, eine Spur von Wärme. Ihr sonst so schönes Gesicht war eine Maske von Kummer, Schmerz und völliger Erschöpfung.

»Gern geschehen.«

»Ich würde Sie ja hereinbitten«, sagte sie, hob eine Hand und ließ sie wieder sinken. Sie sprach den Satz nicht zu Ende, aber Travis verstand dennoch.

»Ein anderes Mal. Ich komme morgen her. Beziehungsweise heute, nachher.«

»Um zu sehen, ob die Hunde Witterung von Dani aufnehmen können.«

Er nickte ernüchtert bei dem Gedanken an seine vermisste Tochter. Mit leisem Schrecken wurde ihm bewusst, dass er immer deutlicher Shannons Ähnlichkeit mit Dani erkannte. Er warf einen Blick zum Haus. »Haben Sie jemanden, der auf Sie aufpasst?«

»Ich habe Khan.« Sie lächelte. Das erste echte Lächeln, das er bei ihr sah. Etwas in seiner Miene veranlasste sie anscheinend, noch mehr zu lächeln.

»Sie Meisterdetektiv«, spottete sie. »Sie sind doch derjenige, der in meinem Privatleben herumwühlt, um mein

Haus herumschleicht, mir mit dem Fernglas nachspioniert. Nun, habe ich wohl jemanden, der auf mich aufpasst?« Sie schlug die Wagentür zu und sah ihn durchs offene Fenster an. »Sagen Sie's mir. Morgen frage ich Sie ab.«

Sie hob zum Abschied die Hand, ging zur Haustür, schloss sie auf und schaltete außen und innen das Licht ein, bevor sie sich zu ihrem Hund niederbeugte. Khan wedelte mit dem Schwanz und winselte freudig. Nachdem Shannon ihn begrüßt hatte, lächelte sie Travis noch einmal zu, dann verschwand sie im Haus, und er hörte, wie sie die Tür abschloss.

Travis ließ den Motor an. Wo mochte Santana sein? Schon neulich bei dem Brand war er nicht da gewesen, warum ließ er sie wohl in dieser Nacht schon wieder allein?

Während Travis seinen Pick-up auf dem Kiesplatz wendete, hielt er Ausschau nach einem weiteren Fahrzeug, doch der Parkplatz war leer. Möglich, dass Santanas Wagen in der Garage stand, aber Travis hatte so ein Gefühl, dass der Kerl sich nicht auf der Ranch aufhielt. Er warf einen Blick auf die Uhr. Es war spät, Stunden nach Mitternacht. Wo steckte Santana? Und wo war er in der Nacht gewesen, als Shannon überfallen wurde?

Nachdenklich ließ er den Blick über die Wirtschaftsgebäude schweifen, bis er an den rußgeschwärzten Überresten des Schuppens haften blieb.

Wer steckte hinter diesen Taten?

Herrgott, wo war Dani?

Verzweiflung und Angst bohrten in ihm. Mit einem leisen Fluch trat er aufs Gas, dass der Kies aufspritzte.

Die Zeit lief ihm davon. Das Monster, das seine Kleine in der Gewalt hatte, wurde immer dreister und gefährlicher. Jetzt war eine weitere Frau tot, und Travis war verdammt sicher, dass der Mord an Mary Beth Flannery in einem Zusammenhang mit Danis Entführung stand.
Er konnte nur hoffen, dass seine Tochter noch lebte.

Oliver war allein.
Die Kathedrale war menschenleer, geradezu gespenstisch leer.
Hastig schlug er das Kreuzzeichen und kniete auf dem kalten Steinboden nieder. Dabei schmerzten seine Knie, die Folge einer alten Sportverletzung.
Er nahm die Schmerzen an. Wünschte sich, er könnte mehr ertragen. Dann würde das Böse vielleicht auf ewig aus seiner Seele verbannt.
Doch es blieb, ein düsteres Krebsgeschwür, das langsam um sich griff.
»Vergib mir, Vater, denn ich habe gesündigt«, betete er verzweifelt.
Hoch über dem Altar blickte der Sohn Gottes auf ihn nieder. Gepeinigt, blutend, die Dornenkrone auf dem Haupt, litt er am Kreuz. Reglos. Ein starres Bild aus Gips und Farbe, das ihn stumm ansah.
Erneut bekreuzigte Oliver sich und flehte, der Heilige Geist möge über ihn kommen, das Gute möge ihn erfüllen. Betete um Vergebung für seine Sünden.
Doch sein Blick schweifte ab zum Boden unter den Fenstern, wo Schatten spielten und tanzten.
Die Strahlen der aufgehenden Sonne fielen durch das

farbige Glas und malten bunte Flecken auf den kalten Steinboden der Kathedrale.
Das Farbenmuster erinnerte ihn an das Kaleidoskop seines Bruders Neville.
Stundenlang hatte er es vor dem Auge gedreht und die tanzenden, wirbelnden, sich stetig verändernden Muster bewundert. Aber Neville hatte das Spielzeug, das er von seinem Geburtstagsgeld gekauft hatte, eifersüchtig gehütet. Er versteckte es in der Matratzenritze im oberen Etagenbett.
Oliver hatte es gefunden.
Und es behalten.
Als Neville entdeckte, dass sein Schatz verschwunden war, bezichtigte er Oliver, doch dieser stritt alles ab und schwor, er habe gesehen, wie Aaron sich an dem Etagenbett zu schaffen machte. Er hatte Neville eingeredet, Aaron sei der Schuldige war, und Neville hatte die Wahrheit nie erfahren.
Aaron war immer ein leichtes Opfer gewesen.
Oliver hatte seine Beute in einer hohlen Eiche am Rande des Parks versteckt, drei Straßen von seinem Elternhaus entfernt. Ein Pfad führte durch ein Waldstück und den Garten des alten Henderson zu dem kleinen Grundstück neben einem Baseballfeld, einem sogenannten Spielplatz, der in Wirklichkeit nur aus einer verrosteten Schaukel und einem Klettergerüst bestand. Doch da war dieser eine besondere Baum. Oliver hatte Stunden hoch oben in den Ästen der knorrigen Eiche verbracht, durch das magische Glas geschaut und sich von den bunten Bildern inspirieren lassen.

Er hatte seinem Zwillingsbruder die Lüge nie gebeichtet. Überhaupt hatte er sehr viele Sünden niemals gestanden. Denn er war innerlich vergiftet. Das hatte er jetzt erkannt, und der Gedanke daran quälte ihn unablässig. Er flüsterte ein Gebet, doch sein Blick wanderte wieder zu den bunten Mustern auf dem Boden, die ihn an andere Orte erinnerten. Dunkle Verstecke. Knarrende Flure mit Buntglasbildern von Jesus und Maria und den Jüngern ... Ein seltsames, beinahe verführerisches Prickeln überlief ihn, als er an den düsteren Ort dachte ... den einsamen Ort ... den Ort, an den man ihn gebracht hatte, damit er von seiner Krankheit genas.

Our Lady of Virtues.

Sie hatten diesen Ort als Krankenhaus bezeichnet.

Aber er wusste es besser.

Krankenhäuser waren Orte der Heilung.

Dieser Ort jedoch – mit seinen tropfenden Wasserhähnen, knarrenden Treppen und verborgenen Fluren – war unheilvoll. Ein kühler Lufthauch strich durch die Apsis, als sei etwas Kaltes, Unseliges vorbeigezogen. Er hatte es mehr als einmal gespürt.

Er senkte den Blick auf seine Handgelenke, sah die Narben, inzwischen fünfundzwanzig Jahre alt, und spürte ein heftiges Aufbegehren. Rasch neigte er den Kopf und begann wieder zu beten.

Inbrünstig. Verzweifelt.

Gott musste ihn erhören und die Dämonen fernhalten.

Aber es war vergebens.

Die Dämonen würden wiederkommen.

Sie kamen immer wieder.

Das Telefon neben ihrem Bett klingelte, und Shannon griff unwillig nach dem Hörer. Sie gab die Hoffnung auf Schlaf endgültig auf. Es war erst halb zehn Uhr morgens, und sie hatte bereits einen Anruf von ihrer Mutter über sich ergehen lassen, die ankündigte, dass sie und Oliver später am Tag Shannons Pick-up bringen würden. Dann kam ein weiterer Anruf von Lily, die sich schockiert über Mary Beths Tod zeigte, und wenig später ein dritter von Carl Washington, der ein Interview wollte. Kaum hatte sie das Gespräch mit dem Reporter beendet, klingelte das Telefon erneut.

»Hallo?«, meldete sie sich gereizt.

»Wie geht es Ihnen?«

Travis Settler. Sie erkannte die kräftige Stimme sofort. Ihr Herz schlug schneller, und auch wenn sie sich selbst albern dabei vorkam, musste sie daran denken, wie nahe sie einander in der vergangenen Nacht gewesen waren, im dunklen Innenraum seines Pick-ups.

Sie setzte sich im Bett auf und lehnte sich gegen das Kopfteil. »Ganz gut.«

»Haben Sie Ihren Wagen wieder?«

»Einer meiner Brüder bringt ihn mir nachher.«

»Gut. Ich dachte, wir sollten jetzt mit den Hunden anfangen.«

Er hatte es eilig, verständlicherweise. »Geben Sie mir eine Stunde Zeit. Ich habe noch zu tun.«

»In Ordnung.« Er legte auf, und Shannon stieg aus dem Bett.

»Wer rastet, der rostet«, sagte sie leise. Khan hob sein zerfetztes Ohr, rührte sich jedoch nicht von seinem Platz auf der Bettdecke. »Ja, ich rede mit dir.« Sie kraulte sein Fell und ging dann in die Dusche. Ihr Hinterkopf pochte noch immer schmerzhaft, ihre Augen brannten. Sie hatte nur wenige Stunden geschlafen, und es war ein wenig erholsamer Schlaf gewesen, gequält von Albträumen über Mary Beth.

Das heiße Wasser der Dusche tat gut, und es gelang Shannon, sich die Haare zu waschen, ohne allzu viel Shampoo in die Augen zu bekommen oder die genähte Wunde an ihrem Hinterkopf zu berühren. Sie entschied, die nassen Locken an der Luft trocknen zu lassen, putzte sich die Zähne und legte Lippenstift und Wimperntusche auf.

Das Gesicht, das sie aus dem Spiegel ansah, war nicht unbedingt für Hollywood geeignet, aber daran war nun einmal nichts zu ändern.

Sie zog eine frische, abgewetzte Jeans und ein T-Shirt mit V-Ausschnitt an. Ihre Rippen und die Schulter fühlten sich erheblich besser an.

»Sauberkeit ist alles«, sagte sie zu Khan, der sich auf dem Bett räkelte. Dann ging sie noch einmal ins Bad und schüttelte eine Vicodin-Tablette aus dem Röhrchen. In Gedanken plante sie den bevorstehenden Tag. Travis Settler war der erste Punkt auf ihrer Tagesordnung, dann musste sie sich um die Hunde, ihre Mutter, ihre Brüder und wer weiß um wen sonst noch kümmern. Sie zögerte einen Moment, die Tablette noch in der Hand, und nahm sich vor, ab sofort nichts mehr einzunehmen, was stärker war als rezeptfreie Mittel. Sie brauchte heute einen klaren Kopf. Normalerweise nahm sie keine Medikamente, und sie wollte die Schmerzmittel so schnell wie möglich wieder absetzen. Wenn die Schmerzen unerträglich wurden, gut, dann konnte sie immer noch eine Tablette einnehmen, wenn nicht, hieß es eben ›Augen zu und durch‹, wie ihr Vater zu sagen pflegte.

Ihr Vater.

Bei dem Gedanken an ihn fragte sie sich, was er zu diesen Brandstiftungen und Todesfällen gesagt, was er unternommen hätte ... Patrick Flannery war ein Mann der Tat gewesen und hatte oft genug Gesetze missachtet, wenn es dem Zweck dienlich war. Sein Beruf war ihm wichtiger als seine Frau und die sechs Kinder; er war ein sachlicher Mensch, dessen Trinkgewohnheiten und Gesetzesverstöße ihn jedoch letztendlich seinen Job gekostet hatten.

»Ach, Pop«, flüsterte sie, sah im Geiste sein Gesicht vor sich und glaubte, ihn sagen zu hören: Kopf hoch, Shannon. Das Leben ist nicht immer einfach, aber stets interessant.

Leider bedeutete ›interessant‹ mitunter auch schmerzhaft. Sie brauchte sich nur an den grauenhaften Anblick von Mary Beths verbrannter Leiche zu erinnern.

Shannon gab die Tablette zurück ins Röhrchen, stellte es in den Medizinschrank und schloss die Spiegeltür.

Stattdessen nahm sie ein paar Ibuprofen. »Frühstück«, erklärte sie Khan, schluckte die Pillen ohne Wasser, beugte sich dann vor und spülte mit ein paar Schlucken direkt aus dem Wasserhahn nach.

Der Hund tappte vor ihr her die Treppe hinunter und in die Küche, wo Shannon die Kaffeemaschine befüllte. Während der Kaffee durchlief, fütterte sie Khan und warf einen Blick nach draußen. Die Sonne stand schon hoch, und durch ein offenes Fenster wehte warmer, trockener Wind herein. Ein weiterer Tag, an dem die Temperatur weit über dreißig Grad steigen würde. Es war ein Sommer der Dürre und der ständigen Angst vor Waldbränden.

Wie in dem Jahr, als Ryan starb.

Shannon mochte nicht an jenen atemlosen, heißen Spätsommer denken, in dem die Strom- und Wasserversorgung knapp geworden war. Ständig hatte es irgendwo in der Umgebung gebrannt.

Die Hitze und die Angst hatten die Menschen reizbar gemacht. Shannon hatte es in Ryans Gesicht gesehen, und ihr war klar gewesen, wenn er erfuhr, dass sie die Scheidung wollte, würde er erst recht wütend werden. Die einstweilige Verfügung, die ihm verbot, sie noch länger zu behelligen, war in ihren Augen nur ein wertloser Fetzen Papier.

Vor Ryan und seiner Wut gab es kein Entkommen. Nicht einmal ihre Brüder hatten sie beschützen können. Und niemand konnte verhindern, dass sie ihr Baby verlor. Niemand hatte es vermocht. Sie spürte einen Kloß im Hals, als sie an ihre zweite Schwangerschaft zurückdachte. Sie schloss ganz fest die Augen, und die alte Trauer und Wut strömten auf sie ein. Ihre Hand krampfte sich um die Kante des Küchentresens. Wie sehr hatte sie sich dieses Kind gewünscht, obwohl es von einem Mann gezeugt worden war, der ihr immer fremder wurde, die Frucht einer lieblosen Ehe, die bereits nach kurzer Zeit in die Brüche ging. Dieses Kind, ihr Sohn, Ryan Carlyles Sohn, war das einzig Gute gewesen, was aus ihrer unglücklichen, gewalttätigen Beziehung entstanden war. So wenig sie Ryan selbst nachtrauerte, so sehr schmerzte sie noch immer der Verlust ihres Kindes.

Der Kaffee war durchgelaufen. Sie schenkte sich eine Tasse ein, suchte vergeblich im Kühlschrank nach Kaffeesahne. Nachdem sie einen Schluck getrunken hatte, machte sie sich auf die Suche nach ihrem Handy, konnte es jedoch nicht finden. Schließlich gab sie es auf und ging nach draußen, wobei Khan voranstürmte. Nates Pick-up stand wieder einmal nicht an seinem gewohnten Platz. Allmählich machte Shannon sich Gedanken um ihn. Die Sorge wich jedoch der Verblüffung, als sie nach den Pferden sah und feststellte, dass sie bereits gefüttert und getränkt worden waren. Jetzt standen sie auf der Koppel, knabberten an vertrockneten Grasbüscheln oder drängten sich aneinander und vertrieben mit dem Schweif die Fliegen.

Shannon warf einen Blick zu den Fenstern von Nates Wohnung hinüber. Wo steckte er? Während der ganzen Zeit ihrer Zusammenarbeit kannte sie ihn als Frühaufsteher, der die Tiere je nach Jahreszeit bei Tagesanbruch auf die Weide ließ. Neuerdings jedoch schien sein gewohnter Ablauf durcheinandergeraten, und er war öfter abwesend als zu Hause.

Sicher, sie beide betreuten unabhängig voneinander die Tiere, und keiner kontrollierte den anderen … Doch dieses Verhalten war merkwürdig, es sah Nate so gar nicht ähnlich.

Oder? Was wusste sie eigentlich von ihm? Im Grunde nicht viel. Was führte er im Schilde? Wieso diese Unregelmäßigkeiten?

Nun, im Augenblick war es sinnlos, sich darüber den Kopf zu zerbrechen. Shannon beschloss, später mit ihm zu reden, wenn er wieder auftauchte. Was immer die Gründe für sein ungewöhnliches Verhalten sein mochten, eigentlich ging es sie nichts an.
Es sei denn, er hatte irgendwie mit den Bränden zu tun …
»Ausgeschlossen«, sagte sie leise und ärgerte sich selbst darüber, dass ihr überhaupt ein solcher Gedanke kam. Sie öffnete die Tür zum Hundezwinger und wurde sofort von aufgeregtem Bellen, Kläffen und sogar einem Heulen von Tattoo, dem einzigen Bluthund in der Meute, empfangen. Shannon begrüßte die Hunde einzeln und ließ sie heraus, damit sie sich austoben konnten. »Ihr alle bekommt noch einen Tag Urlaub«, erklärte sie, »außer dir.« Sie tätschelte Atlas, dem riesigen Deutschen Schäferhund, den Kopf, der so groß war wie der eines Bären. Zum Lohn stieß er mit der Nase gegen ihr Bein und verlangte nach mehr. Zu den anderen Hunden gewandt sagte Shannon: »Aber morgen gehen wir wieder an die Arbeit. Ernsthaft. Klar?«
Tattoo bellte heiser.
Cissy, ein nervöser Border-Collie mit halb weißem, halb schwarzem Gesicht, beachtete sie kaum, denn sie pirschte sich gerade hochkonzentriert an Atlas heran. Seine Größe schien sie in keiner Weise einzuschüchtern. Den Blick fest auf Atlas gerichtet, lag Cissy lauernd da, während der große Hund am Zaunpfahl das Bein hob und sie ignorierte.
»Tut mir leid, Cissy«, sagte Shannon. »Ich glaube nicht, dass Atlas dich versteht. So sind die Männer.«

Die Hündin hob den Kopf, als hätte sie tatsächlich verstanden. Die Übrigen reagierten indessen ihre überschüssige Energie ab, indem sie um Shannon herumsprangen. Außer Khan waren es nur fünf Hunde, die alle ihr gehörten. Gewöhnlich hielt sie mindestens doppelt so viele, die sie teils abrichtete, teils in Pflege hatte; doch im Lauf der letzten drei Monate hatte sie wegen des bevorstehenden Umzugs den Bestand auf ihre eigenen Hunde reduziert.

Während sie sich streckten, sich im trockenen Gras wälzten und um den Zwinger herum schnupperten, wanderte Shannons Blick wieder einmal unwillkürlich zu der Brandstätte – dunkel und gespenstisch, ein Anblick, der gar nicht zu diesem strahlenden Tag passte. Wer hatte den Schuppen angezündet, in dem sie lediglich Futtermittel, altes Zaumzeug und ein paar beinahe vergessene Gerätschaften aufbewahrt hatte? Und warum?

Sie sah Molly auf der Koppel stehen, hinter einem Schecken. Die Schweife beider Pferde zuckten, die Ohren waren ständig in Bewegung, um die lästigen Fliegen abzuwehren.

Shannon biss sich auf die Unterlippe und kniff grübelnd die Augen zusammen. Der Angreifer hatte lediglich den Schuppen angezündet, nicht das Wohnhaus, und er hatte sie zwar bewusstlos geschlagen, aber nicht getötet, obwohl er die Gelegenheit dazu gehabt hätte.

Wer immer er war, er wollte ihr Angst einjagen. Macht über sie ausüben. Und sie wissen lassen, dass er ihr einziges Kind in seiner Gewalt hatte.

Also musste es jemand gewesen sein, der wusste, wie

wichtig dir das Mädchen war, wie schwer es dir gefallen war, das Baby wegzugeben. Ein Verwandter? Ein Freund? Ein Vertrauter?

Schließlich hatte sie ihre Schwangerschaft nicht geheim gehalten. Viele Leute in der kleinen Stadt hatten davon gewusst.

Und was hat Dani Settlers Entführung mit Mary Beths Tod zu tun?, fragte sich Shannon. Warum hatte der Dreckskerl sie am Leben gelassen, dann aber Mary Beth ermordet? Entsetzlich.

Shannon lehnte sich an das Gatter. Ein leichter Wind wirbelte Staub auf und trieb trockenes Laub über die Wiesen. Wie schon die ganze Nacht hindurch kreisten ihre Gedanken auch jetzt um Mary Beth. Sie konnte es einfach nicht fassen, dass ihre Schwägerin tot war.

Atlas kam zu ihr und schmiegte sich an ihr Bein. Shannon tätschelte seinen breiten Kopf und lächelte schwach. Er war ihr bester Spürhund. Selbstbewusst, aber nicht aggressiv, gesellig, wobei er jedoch stets zuverlässig gehorchte. Seine Intelligenz und seine gute Nase machten ihn zu einem hervorragenden Spür- und Rettungshund.

»Braver Junge«, sagte Shannon und kraulte ihn hinter den Ohren. »Später arbeiten wir zwei zusammen. Versprochen.« Er wedelte mit seinem langen Schwanz.

Allmählich machte die Hitze Shannon zu schaffen, sie fühlte sich zerschlagen und hatte Schmerzen, doch sie nahm sich zusammen.

Sie trieb die Hunde in die Zwinger zurück. Auf dem Rückweg zum Haus hörte sie das Telefon klingeln. Sie lief, so schnell es ihre Verletzungen erlaubten, und erreichte beim vierten Klingeln die Küche, gerade als der Anrufbeantworter ansprang. Im Display stand die Nummer des Anrufers. Es war Shea. Shannon nahm den Hörer ab und meldete sich. »Hi, was gibt's?«

»Eine ganze Menge«, erwiderte Shea. Er klang angespannt. »Erstens: Wie es aussieht, wurde Mary Beth ermordet.«

Travis hatte also recht gehabt. Shannon begann innerlich zu zittern. »Es ist so unfassbar.«

»Weil ich ein Angehöriger bin, hat man mir dringend nahegelegt, die Ermittlungen jemand anderem zu überlassen. Du bekommst wahrscheinlich bald einen Anruf von Nadine Ignacio; sie ist meine Stellvertreterin und leistet gute Arbeit.«

»Du bist suspendiert?«

»Das hat niemand gesagt«, widersprach er, und es klang ein wenig bitter. »Ich bin immer noch der Leiter der Abteilung Brandermittlung, soll mich aber aus Fällen heraushalten, die meine Familie betreffen, einschließlich des Brandes bei dir. Ich gelte als befangen.«

»Das wird ja immer besser.«

»Angeblich geschieht es nur zu meinem eigenen Schutz.«

»Glaubst du das?«

»Natürlich nicht, aber was soll ich tun?«, versetzte er trocken. »Die Kollegen werden dir also noch mehr Fragen stellen, Nadine ebenfalls, und jetzt wohl auch noch jemand vom Morddezernat, wahrscheinlich Detective Paterno.«

»Wer ist das?«

»Er war jahrelang bei der Polizei in San Francisco. Inspektor bei der Mordkommission. Er hat unter anderem im Fall Cahill ermittelt, der vor ein paar Jahren durch die Presse gegangen ist.«

»Daran erinnere ich mich nicht.«

»Nun ja, der Fall hat Aufsehen erregt; es ging um einen Promi mit Amnesie. Wie auch immer, Paterno geriet dadurch ins Rampenlicht, und das hat ihm offenbar nicht gefallen. Vor eineinhalb Jahren ist er nach Santa Lucia umgezogen. Ich weiß von ihm, dass er gute Arbeit leistet. Und er ist fair. Du kannst ihm vertrauen.«

»Warum sollte ich nicht?«, fragte Shannon. Ihr dämmerte, dass Shea sie vor irgendetwas warnen wollte.

»Weil die Vernehmung etwas unangenehm werden könnte, Shannon. Ich habe eben eine Stunde lang mit Paterno gesprochen, und er interessiert sich nicht nur für den Brand in Roberts Haus, sondern auch für das Feuer auf deinem Grundstück, für das Verschwinden von Dani Settler, und er gräbt sogar die alte Geschichte vom ›unsichtbaren Feuerteufel‹ und Ryans Tod wieder aus.«

Sheas Sorge übertrug sich auf Shannon. »Die Geschichte vom ›unsichtbaren Feuerteufel‹? Wieso denn?«

»Das weiß ich nicht. Er will wohl alles in Betracht ziehen, was irgendwie von Bedeutung sein könnte. Er arbeitet eben sehr gründlich.«

Etwas am Tonfall ihres Bruders machte Shannon misstrauisch. »Du verschweigst mir etwas«, warf sie ihm vor.

»Hör mal, ehrlich, ich darf weder mit dir noch mit sonst jemandem über die Ermittlungen sprechen«, fuhr er sie an. Seine überstrapazierten Nerven ließen ihn schließlich doch im Stich. »Ich wollte dich nur über den Stand der Dinge informieren.«

Shannon wusste, dass es sinnlos wäre, weiter in ihn zu dringen; Shea würde sich stur stellen. Also wechselte sie das Thema. »Hast du Robert gesehen? Wie geht es ihm?«

»Schlecht, wie du dir sicher denken kannst. Er zerfleischt sich selbst vor Schuldgefühlen. Anscheinend war er der Letzte, der Mary Beth lebend gesehen hat. Hinzu kommt der Streit vor dem ›Ranchito‹, für den es reichlich Zeugen gibt – uns vier, Settler, Liam und den Motelmanager – und deshalb …«

»… steht er unter Verdacht.« Natürlich wurde er verdächtigt – der abtrünnige Ehemann, der eine Affäre mit einer anderen hatte, ein Mann, der sich von seiner klammernden Frau scheiden lassen wollte, während sie sich mit Händen und Füßen dagegen sträubte.

»Ja, aber nicht nur er. Es gibt eine ganze Reihe von Leuten, die nicht gut auf Mary Beth zu sprechen waren.«

»Nicht gut auf jemanden zu sprechen zu sein ist noch lange kein Motiv für einen Mord«, wandte Shannon ein. Insgeheim fragte sie sich, worauf Shea hinauswollte.

»Wann hast du eigentlich das letzte Mal mit Mary Beth gesprochen?«

»Ich?«, fragte Shannon verblüfft.

»Ja, du … Paterno wird dich danach fragen, so wie uns alle.«

»Tja, ich habe sie ja auf dem Parkplatz gesehen, und später hat sie mich zu Hause angerufen.« Shannon dachte an das Gespräch. »Sie klang, als hätte sie getrunken, und redete wirres Zeug. Sie war immer noch sauer auf Robert.

Ich vermute, er hat sie zu Hause abgesetzt und ist dann weitergefahren. Jedenfalls beklagte sie sich bitterlich und wollte wissen, wo er steckt. Du weißt schon, das Übliche.«

»Sie hat nicht irgendetwas Sonderbares geäußert?«

»Alles war sonderbar, Shea.«

»Aber sie hat dich angerufen, oder?«

»Habe ich das nicht gerade gesagt?«

»Ich dachte nur, ob du vielleicht bei ihr angerufen hast.«

»Nein. Warum sollte ich?«, fragte Shannon. »Aber seltsam war es schon, denn sie behauptete, ich hätte sie angerufen und sie hätte mich daraufhin zurückgerufen. Als ich ihr erklärte, sie müsse sich irren, wurde sie richtig aggressiv und behauptete steif und fest, sie hätte meine Nummer in ihrer Anruferliste gesehen oder so. Ich dachte, sie hätte einfach zu viel getrunken. Wieso?«

»Und du bist dir ganz sicher?«

»Natürlich, Shea! Sie hat mich angerufen«, betonte Shannon erneut. Als Shea schwieg, beschlich sie wiederum das Gefühl, dass er ihr etwas verheimlichte. Etwas Wichtiges. Und Unerfreuliches. »Was ist los? Glaubst du mir nicht? Dann überprüf doch ihre Anrufe.«

»Das tun wir bereits.«

»Gut!« Sie stieß sich vom Schrank ab und goss ihren Kaffeerest in die Spüle. »Dann wird sich ja bald alles klären.« Da dieses Gespräch zu nichts führte, wechselte sie erneut das Thema. »Hat schon jemand mit Mom gesprochen?«

»Oliver ist letzte Nacht bei ihr geblieben, und ich habe heute Morgen bei ihr reingeschaut. Ich weiß nicht, ob Robert oder Aaron sie besucht haben.«

»Ich rufe sie an.
»Das wäre gut.« Shannon hörte im Hintergrund gedämpfte Stimmen; offenbar war Shea nicht mehr allein. »Was? Ja. Moment noch«, sagte er, ebenfalls gedämpft, und dann an sie gerichtet: »Also, Shan, ich muss jetzt Schluss machen. Wir reden später.« Er legte auf, bevor sie sich verabschieden konnte, aber das war nichts Außergewöhnliches. Sheas Verstand eilte seinem Körper immer zwei Schritte voraus.

Nachdem sie aufgelegt hatte, fröstelte sie innerlich. Trotz der Hitze hatte sie das Gefühl, als erstarrte ihr Körper langsam, aber sicher zu Eis.

»Hör auf«, ermahnte sie sich streng. Im selben Moment hörte sie einen Pick-up über die Zufahrt rumpeln. Sekunden später kam Travis Settlers Fahrzeug in Sicht.

18. Kapitel

Das Ungeheuer war zurück!

Danis Herz schlug ihr bis zum Hals. Sie war so damit beschäftigt gewesen, den alten Nagel loszubekommen, dass sie den Pick-up nicht gehört hatte. Nachdem er in der vergangenen Nacht nicht zurückgekommen war, hatte sie geglaubt, er werde sie auch den Tag über allein lassen. Doch jetzt polterten seine Stiefel über die knarzenden Bodenbretter der Veranda.

Sie warf ein paar schmutzige Kleidungsstücke über den Nagel, kroch hastig aus dem Schrank und warf sich aufs Bett. Ihr Herz hämmerte, als sie das Schloss klicken hörte und die Tür geöffnet wurde.

Schwere Schritte näherten sich.

Entsetzt bemerkte sie, dass sie die Schranktür offen gelassen hatte. Aber jetzt war keine Zeit mehr, sie zu schließen.

Im nächsten Moment wurde die Tür zu ihrer Kammer so heftig aufgestoßen, dass sie gegen die Wand schlug. Erschrocken blickte Dani zu ihm auf und wusste, dass etwas geschehen war.

Etwas Schlimmes.

Seine sonst so gleichmütige Fassade war dahin. Sein Haar war ungekämmt, seine Pupillen klein wie Stecknadelköpfe, und er strahlte eine Verzweiflung aus, die sie bis ins

Innerste entsetzte. Sie hoffte inbrünstig, dass er nicht in den Schrank blickte und den Nagel sah, der inzwischen fast einen Zentimeter weit aus dem Boden ragte.

Verschwitzt, staubbedeckt und schwer atmend baute er sich vor ihrer Pritsche auf. Er wirkte, als stünde er unter Strom. »Steh auf!«, befahl er und wies mit einer abrupten Geste in den Wohnbereich. Den offenen Schrank schien er gar nicht wahrzunehmen. »Gehen wir.«

»Wohin?«

»Da rein.« Ein Muskel über seinem Auge zuckte. Dani schwieg, so gern sie auch gewusst hätte, was passiert war. Dass er in der Nacht nicht zurückgekehrt war, wich von der gewohnten Routine ab.

Sie ging hinaus in den Wohnbereich.

»Setz dich«, befahl er und deutete auf den baufälligen Kamin. »Und lass dir keine Dummheiten einfallen.«

Dann begann er Feuer zu machen. Er musste durchgedreht sein – trotz der Hitze im Raum schichtete er zerknülltes Papier, Kleinholz und größere Scheite auf und zündete dann das Papier an. Dabei wiegte er sich auf den Fersen vor und zurück und grunzte zufrieden, als die Flammen knisternd immer höher schlugen, bis das Feuer lichterloh brannte.

Zum ersten Mal hatte Dani Gelegenheit, die Fotos auf dem Kaminsims näher zu betrachten. Sie stellte fest, dass es sich um sechs Bilder handelte, offenbar ziemlich alte Aufnahmen. Vier davon waren Porträts von ernsten jungen Männern, die einander stark ähnelten: glänzend schwarzes Haar, durchdringende blaue Augen, deren Blick herausfordernd wirkte, und schmale Lippen. Ein weiteres Bild zeigte ein junges Hochzeitspaar. Die Frau trug ein langes, weißes Brautkleid mit Schleier, der Mann einen Smoking. Dem Aussehen nach hätte er einer der vier jungen Männer auf den Porträtfotos sein können, zu einem anderen Zeitpunkt aufgenommen. Das letzte Bild war das Porträt einer Frau. Bei dem Anblick krampfte sich Danis Herz zusammen. Die Frau hatte rötlich braunes Haar, große, grüne Augen, und sie lächelte, wobei ein wenig von ihren Zähnen zu sehen war. Es schien, als belustigte sie sich heimlich über irgendetwas. Sie stützte die Wange in eine Hand und hatte die Finger in die kastanienbraunen, wilden Locken geschoben.

»Wer sind die Leute auf den Fotos?«, wollte Dani wissen. Tausend Fragen schwirrten ihr durch den Kopf.

Ihr Entführer antwortete nicht.

»Die Männer sind alle miteinander verwandt, nicht wahr? Sind sie Brüder?«

Er kniete vor dem Kamin und starrte ins Feuer, doch jetzt blickte er mit einem Ruck auf, als hätte er Dani völlig vergessen. Er runzelte finster die Stirn. »Du fragst zu viel.«

»Wer sind sie?«, beharrte Dani.

»Halt den Mund.« Der Mann erhob sich rasch und streckte die Hand nach dem Kaminsims aus. Im ersten Moment dachte Dani, er wolle die Bilder mitsamt Rahmen verbrennen, doch stattdessen legte er seine Taschenlampe dort ab und zog dann ein kleines Diktiergerät und ein zusammengefaltetes liniertes Stück Papier aus der Tasche. Der Rand des Blattes war ausgestanzt, wie von einem kleinen Spiralblock abgerissen. Darauf standen wenige Zeilen.

Der Entführer hockte sich neben Dani und hielt ihr das Diktiergerät hin. »Lies«, wies er sie an.
Dani überflog die in Blockbuchstaben geschriebenen Worte:

MOMMY, HILF MIR. BITTE, MOMMY. ICH HABE ANGST. KOMM UND HOL MICH HIER RAUS. ICH WEISS NICHT, WO ICH BIN, UND ICH HABE ANGST, DASS ER MIR WAS ANTUT. BITTE, MOMMY. BEEIL DICH.

Dani sah ihren Entführer an. Er roch nach Rauch und nach Schweiß. »Meine Mutter ist tot«, flüsterte sie. Ein tiefer Schmerz überkam sie bei dem Gedanken an Ella Settler, die überbehütende Mutter, die sie zur Sonntagsschule geschickt, fast jeden Abend vor dem Schlafengehen mit ihr Mathe und Geschichte gepaukt hatte und sich keine Frechheiten gefallen ließ. Dani biss sich auf die Unterlippe, um das Zittern zu unterdrücken. Wie sie sich damals gegen die strengen Moralvorstellungen ihrer Mutter aufgelehnt hatte. Vielleicht war das der Grund dafür, dass der Gott, an den Ella so felsenfest glaubte, ihre Mutter zu sich genommen hatte. Um sie, Dani, zu bestrafen. Und womöglich war sie in die Hände dieses Geisteskranken gefallen, weil sie eine so undankbare Tochter gewesen war. Sie verbiss sich ein Schluchzen und blinzelte gegen die heißen Tränen an, die in ihren Augen brannten. Vor diesem Widerling konnte sie, wollte sie nicht zusammenbrechen.
»Mach schon«, knurrte er.

Dani sah ihn an. »Was wollen Sie damit?«
»Das geht dich nichts an.«
»Ich sagte doch, sie ist tot«, protestierte Dani erneut mit belegter Stimme.
»Aber deine leibliche Mutter nicht«, fauchte der Entführer. Dani hatte das Gefühl, als würde ihr der Boden unter den Füßen weggerissen. »Die Frau, die du so dringend finden wolltest – sie lebt noch.«
»Sie wissen, wo sie ist?«, fragte Dani fassungslos, besann sich dann jedoch darauf, diesem Perversen nicht zu trauen. Womöglich war auch dies nur ein mieser Trick.
Doch dann kam ihr schlagartig die Erkenntnis. Ihr Blick huschte zum Kaminsims, von wo die hübsche junge Frau mit dem kastanienbraunen Haar aus dem Bilderrahmen auf sie herabsah.
»Kapiert?«, höhnte er.
Dani sprang auf, griff nach dem Bild und starrte die Frau an, die zum Zeitpunkt der Aufnahme nicht älter als zwanzig gewesen sein konnte. »Das ist sie, nicht wahr?« Ihr Herz raste. »Wo ist sie? Was wollen Sie ihr antun? Wer sind die Männer auf den anderen Fotos?«
»Sprich einfach auf das Band, dann passiert niemandem etwas.«
Dani umklammerte den billigen Rahmen so fest, dass das Metall sich in ihr Fleisch grub. Aber sie war es leid, sich herumkommandieren zu lassen. Ihre leibliche Mutter war irgendwo in der Nähe! Bestimmt! Deswegen hatte der Kerl sie hierher verschleppt. Sie betrachtete erneut das Bild der schönen Frau, die sie zur Welt gebracht und dann weggegeben hatte. Warum? Wer war sie?

Dieser Mistkerl wusste es.

Und mit diesem Wissen hatte er sie in die Falle gelockt.

»Ich sagte, sprich auf das verdammte Band, dann passiert niemandem was!« Er riss ihr grob das Bild aus der Hand. »Dir passiert nichts, deiner Mom passiert nichts und deinem Dad passiert auch nichts.«

»Meinem Dad? Wissen Sie, wo er ist?«, drang sie in ihn.

Er schwieg, aber das selbstgefällige Lächeln, das um seine Mundwinkeln spielte, sagte alles.

»Wo?«

»Mach dir keine Gedanken darüber.«

»Wo ist er?« Dann glaubte sie zu begreifen. »Sie reden von meinem leiblichen Vater. Stimmt's? Aber ich meine meinen Adoptivvater, er ist mein richtiger Vater. Travis Settler. Der andere Typ … Der zählt nicht.«

In den Augen des Entführers blitzte es flüchtig auf, und seine Nasenflügel schienen sich leicht zu blähen. »Mir egal, wer für dich ›zählt‹ und wer nicht. Sprich aufs Band. Ich gebe dir noch fünf Minuten.« Er warf einen Blick auf die Uhr, dann holte er ein großes Jagdmesser hinter der Kamineinfassung hervor. Langsam zog er die Klinge aus der Scheide. Dani musste an den bluttriefenden Müllsack in dem Lieferwagen denken, mit dem er sie entführt hatte. Was hätte sie davon, jetzt ihr Leben zu riskieren, indem sie sich weigerte zu tun, was verlangte?

Vielleicht war ihre leibliche Mutter steinreich, und er wollte die Aufnahme dazu benutzen, Lösegeld zu fordern.

Sie nahm das Diktiergerät und überlegte, ob es eine Möglichkeit gäbe, in der Aufnahme einen versteckten Hinweis auf ihren Aufenthaltsort unterzubringen, doch sie wusste ja selbst nicht, wo sie sich befand. Außerdem blieb ihr keine Zeit, lange darüber nachzudenken. Das Einzige, was sie dem Empfänger mitteilen konnte, war, dass sie noch lebte … zumindest zum Zeitpunkt der Aufnahme.

Der Entführer stand vor ihr, die Arme vor der breiten Brust verschränkt, das Messer in der rechten Hand. Ihr blieb keine Wahl – sie musste tun, was er verlangte.

Vorerst.

Aber bald schon würde sie fliehen.

Inzwischen hatte sie den Nagel in dem Bodenbrett im Schrank fast gelöst.

Sie schaltete das Diktiergerät ein, und während ein Eichhörnchen über das Dach der verfallenen Hütte huschte, begann sie, laut zu lesen. »Mommy, hilf mir. Bitte, Mommy. Ich habe Angst …«

Wütend griff er nach dem Diktiergerät, schaltete es aus und spulte das Band zurück. »Dummes Gör!« Er wurde hochrot im Gesicht, und seine blauen Augen verengten sich vor Zorn zu schmalen Schlitzen. »Ich weiß, dass du nicht so blöd bist, also lass diese Spielchen. Lies den Text jetzt noch mal, aber diesmal nicht so, als würdest du aus einem verdammten Schulbuch ablesen, klar? Es soll sich echt anhören. Man soll hören, dass du Angst hast.«

»Aber ich weiß nicht, wie …«

Plötzlich ging er neben ihr in die Hocke, legte einem Arm um ihre Taille und hielt ihr das Messer ans Gesicht.

Um ein Haar hätte sie sich in die Hose gemacht.

Den Mund dicht an ihrem Ohr, flüsterte er: »Ich muss dich wohl ein bisschen motivieren, dir auf die Sprünge helfen.« Er drückte die Breitseite der Klinge an ihre Wange. Dani hätte vor Angst beinahe aufgeschrien.

Sie zitterte. Das kalte Metall der Messerklinge berührte ihre Haut, und sie wagte kaum zu atmen. Sie spürte die Wärme seines muskulösen Körpers dicht an ihrem. Ihr brach der Schweiß aus, ihr war übel vor Angst. Das Feuer knisterte und prasselte.

»Okay«, fuhr er mit leiser, beinahe sinnlicher Stimme fort. Er schien nun wieder einigermaßen beherrscht. »Versuchen wir's noch einmal ...«

Khan schlug an.

Shannon sah zu, wie Travis Settler seinen Pick-up neben der Garage abstellte und ausstieg. Seine Miene wirkte gefasst, düster und entschlossen. Eine Sonnenbrille verbarg die Augen, sein Haar war gekämmt, und das Sonnenlicht spielte auf ein paar blonden Strähnen. Seine Jeans schien dieselbe zu sein wie am Vorabend, dazu trug er abgetretene Laufschuhe und ein T-Shirt, das schon bessere Tage gesehen hatte und an den Schultern spannte. Nachdem er die Wagentür zugeschlagen hatte, streckte er sich, wobei sein T-Shirt hochrutschte und ein gebräunter, flacher Waschbrettbauch sichtbar wurde, mit einer schmalen Spur von Haar, die im Bund seiner tiefsitzenden Jeans verschwand.

Shannon riss sich von dem Anblick los. Sie redete sich ein, dass die Hitze, die plötzlich in ihr aufstieg, viel mehr mit dem warmen Wetter als mit Travis' nackter Haut zu tun hatte.

Sei nicht albern, schalt sie sich selbst. Im Augenblick

hatte sie wahrhaftig genug andere Sorgen. Sie gab sich einen Ruck, wandte sich vom Fenster ab und verließ die Küche, um Travis an der Haustür zu empfangen.
»Guten Morgen«, grüßte er, und wieder beschleunigte ihr Puls.
»Gleichfalls.« Sie brachte ein Lächeln zustande und hielt die Tür auf. Khan rannte hinaus und sprang eifrig um Travis herum.
»Ein toller Wachhund«, bemerkte Travis.
»Vielleicht hat er Vertrauen zu Ihnen.«
»Vielleicht hat er Vertrauen zu jedem.«
»Nein, Settler, es liegt nur an Ihrem einnehmenden Charakter. Wissen Sie, Hunde spüren so etwas.«
Er kniff skeptisch die Augen zusammen. »Und Hundetrainerinnen verstehen sich weiß Gott auf dumme Sprüche.«
»Manchmal«, gab Shannon zu, und ihre Mundwinkel zuckten ein wenig. Nach all dem Stress der vergangenen paar Tage tat es ihr richtig gut, einmal weniger ernsthaft zu sein. »Wie wäre es mit einer Tasse Kaffee, bevor wir anfangen?«
Travis, der sich gerade zu Khan gebückt und ihm den Kopf getätschelt hatte, blickte erfreut auf. »Sie können wohl Gedanken lesen.«
»Ja, ich bin ein Medium.« Sie führte ihn in die Küche, nahm zwei Becher aus dem Schrank, und Khan, glücklich über die Gesellschaft, stürmte vor und untersuchte seinen leeren Futternapf. Shannon griff nach der Glaskanne und schenkte den ersten Becher voll. »Allerdings sagt mir mein ›sechster Sinn‹, dass ich leider weder Sahne noch Zucker im Haus habe.«

Travis lachte leise und legte seine Sonnenbrille auf den Küchentresen. Shannon blickte in seine Augen, die so blau waren wie der Himmel im Juni.

»Ich trinke meinen Kaffee gern schwarz.«

»Gut.« Sie füllte auch den zweiten Becher und reichte ihm den größeren. »Und? Haben Sie inzwischen etwas Neues erfahren?«

»Über Dani?« Sein Lächeln erstarb, seine Miene verdüsterte sich. »Kein Wort.« Er kostete seinen Kaffee und trank dann einen großen Schluck. Als Shannon ihn fragend ansah, setzte er hinzu: »Das heißt, das stimmt nicht ganz. Ich habe mit dem FBI, der hiesigen Polizei und auch mit der Behörde in Oregon gesprochen.« Er blickte finster in seinen Becher und schüttelte den Kopf. »Aber wenn Sie meinen, ob es etwas Konkretes oder Neues in diesem Fall gibt – nein, nichts.«

Shannon hatte natürlich mit einer solchen Antwort gerechnet, aber insgeheim hatte sie dennoch gehofft, es könnte einen Hoffnungsschimmer geben, ein Anzeichen dafür, dass Dani noch am Leben war. Entmutigt sah sie Travis an, dem die Niedergeschlagenheit deutlich anzusehen war. Hinter der Fassade des harten, entschlossenen Mannes verbargen sich Schmerz und Schuldgefühle.

»Sie werden sie finden«, redete Shannon ihm zu, obwohl sie selbst nicht recht überzeugt davon war. Dennoch, wenn irgendjemand Dani finden würde, dann er.

»Sagt Ihnen das auch Ihr sechster Sinn?«, fragte er, zog eine Augenbraue hoch und trank einen weiteren Schluck Kaffee, während er sich gegen den Schrank lehnte.

»Eher mein Glaube.«

Er schnaubte. »Davon könnte ich im Augenblick eine ganze Menge gebrauchen.« Dann, als sei ihm selbst bewusst geworden, wie niedergeschlagen er klang, fuhr er fort: »Aber Sie haben recht. Ich werde sie finden.« Er zögerte, sah ihr fest in die Augen und setzte dann mit Nachdruck hinzu: »Oder bei dem Versuch umkommen.«

Sie glaubte ihm. »Hoffen wir, dass es dazu nicht kommt.«

»Amen.«

»Haben Sie wegen Mary Beth mit der Polizei gesprochen?«

»Ja, ich hatte heute Morgen eine Unterredung mit ein paar Leuten von der Brandermittlung.«

»Janowitz und Rossi«, vermutete sie. »Die beiden haben mich im Krankenhaus vernommen.«

»Dann haben Sie Paterno also noch nicht kennengelernt?«

Shannon schüttelte den Kopf.

»Sie werden ihn kennenlernen. Ich hatte heute Morgen das Vergnügen. Paterno ist vom Morddezernat. Da Ihre Schwägerin umgebracht wurde, ist er nun für den Fall zuständig, und er glaubt, dass ein Zusammenhang zwischen all diese Vorfällen besteht, den Bränden und auch Danis Entführung.«

Ihr Magen krampfte sich zusammen. »Weiß man schon Näheres über diesen Zusammenhang?«

Travis zuckte mit den Schultern. »Ich denke, man wird Sie unter die Lupe nehmen. Sie sind das nächstliegende Bindeglied.«

Shannon, die gerade den Becher an den Mund heben

wollte, hielt mitten in der Bewegung inne. »Ich weiß aber nicht, was Dani zugestoßen ist.«
»Dann werden wir es herausfinden müssen, wie?« Die Härte wich aus seinem Blick, und zum ersten Mal, seit Shannon ihn kannte, hatte sie das Gefühl, sie beide könnten vielleicht doch an einem Strang ziehen.
»Ja«, stimmte sie zu, »wir müssen unser Bestes tun.«
»Also los. Fangen wir mit Ihren Hunden an.« Mit einem Schluck leerte er den Becher. Shannon ließ den Rest ihres Kaffees auf dem Tresen stehen.
Draußen war es bereits brüllend heiß. Ein kaum spürbarer Windhauch strich durch das dürre Laub der Bäume, Flecken von Sonnenlicht sprenkelten den Boden. Die Brandstätte war in der Hitze der letzten Tage getrocknet, mit einem Ende des gelben Flatterbandes spielte müde der Wind.
Travis sah sich um. »Ich frage mich, wieso ausgerechnet der Schuppen. Ich meine, der Brandstifter hätte doch ebenso gut den Zwinger anzünden können oder den Pferdestall oder Ihr Haus.«
»Ja, das habe ich auch schon überlegt. Aber die Tiere hätten Lärm gemacht.«
»Ich schätze, er hätte es zu verhindern gewusst. Immerhin ist es ihm gelungen, hier unbemerkt herumzuschleichen.«
»Ihnen doch auch.«
Travis schüttelte den Kopf. »Ich bin nie in die Nähe des Hauses gekommen.«
»Aber er«, dachte Shannon laut, und bei der Erinnerung an jene grauenhafte Nacht überlief sie erneut eine Gänsehaut. Sie ertappte Travis dabei, dass er sie anstarrte, und

bemerkte ihr eigenes Spiegelbild in den Gläsern seiner Sonnenbrille. »Das war bestimmt nicht einfach.« Wie zum Beweis öffnete sie die Zwingertür und wurde sofort mit wildem Bellen, Kläffen und Heulen begrüßt. »Die Tiere sind unruhig«, stellte sie fest. »Obwohl sie schon Futter, Wasser und Auslauf hatten. Aber ihr müsst noch eine Weile warten, bis ich euch wieder rauslasse«, sagte sie zu den drängelnden Hunden und streichelte im Vorbeigehen jedem kurz den Kopf.

Beim ernsthaften Training, insbesondere wenn sie mit fremden Hunden arbeitete, nahm sie sich jedes Tier einzeln vor, bewegte es, arbeitete mit ihm und wandte sich dann dem nächsten zu. Erst wenn jeder Hund seine Lektionen für den Tag absolviert hatte, ließ sie alle gemeinsam draußen herumtollen. Manche Hundetrainer lehnten das ab, Shannon jedoch war der Meinung, dass Hunde als Rudeltiere sich in der Meute wohler fühlten. Erst die Arbeit, dann das Vergnügen. Zeit zum Spielen war ihrer Meinung nach wichtig. Nachher, wenn sie mit Atlas fertig war, würde sie die Hunde wieder wie gewohnt frei laufen, schnüffeln und toben lassen.

»Nur fünf?«, fragte Travis.

»Mit Khan sechs. Ja, zurzeit beherberge ich keine Hunde außer meinen eigenen.«

»Aber sie genießen nicht das Privileg, im Haus zu wohnen?«

»Nur zeitweise, abwechselnd. Aber alle diese Jungs hier … oh, und Mädels, entschuldige, Cissy«, unterbrach sie sich und kraulte der Border-Collie-Hündin das Fell. »Als Welpen habe ich sie alle im Haus aufgezogen. Wie gesagt, von Zeit zu Zeit wohnt jeder mal bei mir, aber alle zusammen, das wäre doch ein bisschen viel«, sagte sie mit einem Blick auf Khan. »Der da ist natürlich entsetzlich verwöhnt. Ich nenne ihn den ›Auserwählten‹, und er benimmt sich entsprechend.« Sie tätschelte Khans Kopf, und er leckte ihre Hand. »Sehen Sie, was für ein Charmeur er ist?« An den Hund gewandt, bemerkte sie: »Heute zeigst du dich von deiner besten Seite, wie?«

Khan wedelte mit dem Schwanz, als hätte er jedes Wort verstanden.

»Ein Hund muss sich das Recht, mein Schlafzimmer zu teilen, verdienen.«

Travis sah sie von der Seite an. »Khan schläft bei Ihnen?«

»Meistens, ja. Eigentlich soll er ja in seinem Bett bleiben, das in meinem Zimmer unter dem Fenster steht, aber oft genug schleicht er sich mitten in der Nacht auf mein Bett, und dann bin ich gewöhnlich zu müde, um mich zu wehren. Das Schlimmste ist, er schläft gern in der Bettmitte, und ich wache dann immer ganz an den Rand gedrängt auf. Nicht wahr?«, sagte sie zu dem Hund und streichelte ihn erneut. Sie richtete sich auf und sah Travis an. »Ist das ein Problem?«

»Wohl kaum, nur ...«

»Nur was?«, fragte sie und griff nach der Hundeleine.

»Ich dachte nur, ein Hund im Bett wäre vielleicht nicht allzu willkommen, wenn ...«

»Wenn was? Wenn ich fernsehen will oder ... Oh, Sie meinen, wenn ich nicht allein bin?«, fragte sie, erstaunt über diese intime Frage. »Sie nehmen kein Blatt vor den Mund, wie?«

»Es kam mir nur so in den Sinn.«
Sie zuckte mit den Schultern. »Darüber mache ich mir Gedanken, wenn das Problem sich stellt.« Sie hakte die Leine an Atlas' Halsband ein, dann holte sie aus einem Spind im Zwinger den Plastikbeutel mit Danis Sweatshirt. »Komm, Alter«, sagte sie zu dem Hund, und zu Travis gewandt erklärte sie: »Atlas ist mein bester Spürhund. Wenn es hier irgendeine Fährte gibt, wenn Dani sich in der Nähe aufhält, wird er sie wittern. Allerdings sind die Aussichten nicht besonders gut.« Sie führte den Hund nach draußen. »Erstens ist, wie wir beide wissen, die Chance, dass der Entführer Dani in diese Gegend gebracht hat, sehr gering. Zweitens ist die Umgebung meines Hauses durch den Brand, die vielen Menschen und das Löschwasser kontaminiert. Und drittens sind mehrere Tage vergangen, seit der Täter auf meinem Grundstück war ... mit Sicherheit ohne Dani. Ich glaube nicht, dass wir hier mit den üblichen Verfahren weiterkommen, aber wir wollen sehen, ob der Hund möglicherweise eine Fährte findet. Sie sollten sich aber keine allzu großen Hoffnungen machen.«
»Hoffnung ist alles, was ich habe.«
Shannon streifte ein Paar Handschuhe über und nahm das Sweatshirt ihrer Tochter aus dem Plastikbeutel. Dabei bemühte sie sich, sachlich zu bleiben und sich nicht von Gefühlen überwältigen zu lassen, doch das Herz tat ihr weh, als sie den Hund an dem Kleidungsstück schnuppern ließ, und sie betete stumm, dass Atlas etwas finden möge.
Irgend*etwas.*

Einen winzigen Hoffnungsfunken.
Travis an ihrer Seite wirkte angespannt.
»Such!«, befahl sie dem Hund, und Atlas stürmte los. Die Nase dicht am Boden, umrundete er in raschem Tempo das Areal.
»Woher wissen Sie, ob er Witterung aufgenommen hat?«, fragte Travis.
»Er zeigt es mir«, erklärte Shannon, doch während sie Atlas folgte und zusah, wie er Gebäude und Wiesen umrundete, schwand ihre Hoffnung zusehends.
Der Schäferhund gab sich alle Mühe.
Er suchte die Gegend um den Zwinger, die Garage, das Haus, den Stall und den niedergebrannten Schuppen ab, dann lief er die Zufahrt entlang, aber nicht ein einziges Mal kehrte er zu Shannon zurück, bellte oder signalisierte sonst irgendwie, dass er Danis Witterung aufgenommen hatte.
Er lief im Zickzack, kehrte um, zog immer weitere Kreise. Er überquerte Koppeln und ausgetrocknete Felder, lief durch den Wald, folgte einem Wildwechsel, kroch unter einem Zaun hindurch und suchte die Wiesen der Umgebung ab, einschließlich des Baulandes, von dem aus Travis in der Brandnacht Shannons Haus beobachtet hatte.
Vergebens – der Hund fand einfach keine Witterung.
»Fehlanzeige«, stellte Travis fest, nachdem er und Shannon fast zwei Stunden lang Atlas gefolgt waren. Er rieb sich den Nacken und seufzte resigniert. »Wieder nichts.«
»Wie ich befürchtet hatte.« Shannon schwitzte, und der Schmerz in ihrer Schulter wurde immer stärker, je höher die Sonne stieg. Sie kraulte den Deutschen Schäferhund,

lobte ihn und zog ein paar Kletten und Grassamen aus seinem dichten Fell. Dann ließ sie ihn ausgiebig aus einem großen, flachen Metallnapf trinken, den sie mit einem Schlauch füllte, und brachte schließlich gemeinsam mit Travis den Hund zurück in den Zwinger.

»Wir wussten von vornherein, dass kaum Aussicht auf Erfolg bestand«, sagte sie, konnte ihre eigene Verzweiflung jedoch nicht verleugnen. Sie fühlte sich entsetzlich hilflos, und ihnen beiden war klar, dass die Chancen, das Mädchen zu finden, mit jedem weiteren Tag schwanden.

»Trotzdem danke, dass Sie es versucht haben«, sagte Travis, und als sie ihm das Sweatshirt zurückgeben wollte, fügte er hinzu: »Behalten Sie es. Vorläufig. Vielleicht gibt es später noch eine Chance, wenn wir genauer wissen, wo wir zu suchen haben.«

Sie spürte einen Kloß im Hals. Noch eine Chance?, dachte sie, schwieg jedoch und nickte. »Okay.«

»Ich melde mich … Und ich soll Sie wirklich nicht zu Ihrem Pick-up fahren?«

»Nicht nötig. Oliver bringt ihn her.«

»Der Priester?«

»Der Beinahe-Priester«, korrigierte Shannon. Schwalben flogen um das Dach des Pferdestalls. »Er hat die Weihe noch nicht empfangen.« Sie sah die Frage in Travis' Blick und setzte hinzu: »Ich weiß auch nicht, warum gerade er angeboten hat, mir den Pick-up herzubringen. Vermutlich ist Shea zu beschäftigt, Robert ist völlig fertig wegen Mary Beths Tod, und Aaron … wie auch immer.«

»Wenn Sie meinen.«

Sie lächelte gezwungen. »Ich habe ja Ihre Telefonnummer, falls ich Hilfe benötige, aber das glaube ich nicht. Und Nate ist sicher auch bald zurück.« Sie sah zur Garage hinüber und konnte sich einer gewissen Besorgnis nicht erwehren.

Travis folgte ihrem Blick. »Wo steckt er?«

»Keine Ahnung.« Shannon war kurz davor, sich Travis anzuvertrauen und ihm von ihren Sorgen zu erzählen, doch etwas an der Art, wie er fragte, hielt sie zurück. »Ich werde es wohl erfahren, wenn er wieder da ist.« Sie zwang sich zu einem Lächeln, dabei war ihr klar, dass sie Settler nichts vormachen konnte.

»Tja, also dann … Ich melde mich, wenn ich etwas Neues erfahre. Und nochmals danke, dass Sie bei der Suche nach Dani geholfen haben.«

»Gern geschehen«, erwiderte Shannon. Sie ist schließlich auch meine Tochter, setzte sie im Stillen hinzu, doch das auszusprechen war überflüssig.

Travis zögerte noch einen Moment lang und sah sie schweigend an. Sein Blick rührte an Verbotenes, drang tief in ihre Seele. Shannon hatte das Gefühl, dass er sie küssen wollte, dass nur seine eigenen Vorbehalte und Zweifel ihr gegenüber ihn daran hinderten.

Und das war gut so, denn sie wusste nicht, wie sie reagieren sollte, falls er versuchen würde, sie in seine Arme zu ziehen. Allein der Gedanke daran ließ ihr Blut heißer aufwallen, als gut für sie war. Im Stillen ermahnte sie sich streng, sich diesen Unfug aus dem Kopf zu schlagen. Er hatte sie angesehen – na und?

19. Kapitel

Anthony Paterno trommelte mit den Fingerspitzen auf die Schreibtischplatte, studierte die fünf Seiten Notizen, die er vor sich ausgebreitet hatte, und versuchte, die vorliegenden Fakten miteinander in Verbindung zu bringen. Die Tür zu seinem Büro im Polizeipräsidium von Santa Lucia stand einen Spalt offen. Von draußen drangen die vertrauten Geräusche herein: das Klingeln von Telefonen, das Stimmengemurmel, das Rattern von Druckern, gelegentlich auch Gelächter, das alles halbübertönt vom stetigen Rasseln der überbeanspruchten, altersschwachen Klimaanlage.

Das gedrungene Backsteingebäude war beinahe achtzig Jahre alt und durch mehrere Renovierungen keineswegs schöner geworden, fand Paterno, der einen Hang zur Ästhetik hatte. Derjenige, der die hässlichen, stuckverzierten Flügel zu beiden Seiten des ursprünglichen Gebäudes entworfen hatte, war offenbar mehr auf Funktionalität als auf die Optik bedacht gewesen.

In diesem Teil der Weinregion, weit landeinwärts von seiner ehemaligen Heimat San Francisco gelegen, herrschte ein heißes Klima. Statt des Ausblicks auf die Bucht oder den Pazifik gab es hier nur weites Hügelland mit Weinbergen zwischen kleinen Städten, die vom Tourismus lebten. Eine hübsche Gegend, aber wärmer, als ihm lieb war. Er hatte einige Zeit gebraucht, um die Umstellung zu verkraften, und war überall auf die Klimaanlage angewiesen: im Auto, in seiner Wohnung und auch im Büro. Dieser Sommer war der vierte, den er in dieser Region erlebte, und bisher der schlimmste. Die Hitzewelle hielt an, die Temperaturen sanken selbst nachts selten unter dreißig Grad.

Der Wasserstand in den Reservoirs sank, das Stromnetz war überlastet, weil zu viel Energie für Kühlung und Klimatisierung verbraucht wurde, so dass Stromausfälle an der Tagesordnung waren, und ständig drohte die Gefahr von Waldbränden – ein Funke reichte aus, um die verdorrten Wiesen und zundertrockenen Wälder in Flammen aufgehen zu lassen.

Er fühlte sich häufig unwohl. Sicher hätte es ihm gut getan, etwa fünfzehn Pfund abzunehmen, aber bisher hatte er noch kein Gramm Gewicht verloren und keinen Fuß ins Fitness-Center gesetzt.

Er lockerte seine Krawatte, lehnte sich auf seinem Stuhl zurück und ließ noch einmal alle Fakten über Mary Beth Flannerys Tod Revue passieren. Das war seine Arbeitsweise. Ein rätselhafter Fall wie dieser ging ihm unter die Haut, und er dachte Tag und Nacht kaum an etwas anderes. Fälle, die einfacher lagen, erzeugten nicht dieses Prickeln in ihm, diesen Drang, den Mörder zu überlisten, den Wettlauf mit der Zeit zu gewinnen, ehe er erneut zuschlug.

Denn dass das geschehen würde, stand für Paterno fest. Hinter diesen Gewalttaten steckte mehr. Der Kerl trieb ein Spiel, verbreitete Angst und Schrecken und forderte

die Polizei heraus, indem er absichtlich Spuren hinterließ.
Warum sonst tauchte immer wieder dieses merkwürdige Symbol auf?
Warum sonst legte er es darauf an, die Polizei und alle anderen Beteiligten wissen zu lassen, dass Dani Settlers Entführung etwas mit dem Tod von Mary Beth Flannery zu tun hatte?
Paterno las noch einmal den Teil seiner Aufzeichnungen durch, der sich mit dem Opfer befasste.
Mary Beth Flannery war dreißig Jahre alt, Mutter zweier Kinder und hatte, wie man munkelte, kurz vor der Scheidung von ihrem Mann gestanden, Robert Flannery, einem Feuerwehrmann. Sie hatte eine hohe Lebensversicherung, über fast eine halbe Million Dollar. Doch sie sträubte sich gegen die Scheidung. Ihr Tod befreite Flannery von dem Ehejoch und bescherte ihm gleichzeitig eine Menge Geld.
Und Robert Flannery steckte in finanziellen Schwierigkeiten. Da war zunächst einmal das Haus, das schwer mit Hypotheken belastet war. Alles Pfändbare darin war bereits abgeholt worden. Hinzu kamen Kreditschulden und die Leasing-Raten für einen brandneuen BMW.
Robert Flannery hatte weiß Gott ein Motiv, seine Frau umzubringen, aber warum sollte er einen so ausgeklügelten, inszenierten Mord begehen? Das passte nicht. Es sei denn, er wollte den Verdacht von sich ablenken, indem er den Anschein erweckte, hier sei derselbe Täter am Werk gewesen wie bei den bisherigen Vorfällen. Das hielt Paterno allerdings für wenig wahrscheinlich.

Robert Flannery erschien ihm sehr impulsiv – eine Tat derart kompliziert zu planen, sähe ihm nicht ähnlich. Wenn er seiner Frau den Tod gewünscht hätte, wäre er eher der Typ, der einen Auftragskiller anheuerte oder einen Unfall inszenierte. Aber nicht etwas so Bizarres, beinahe Rituelles. Dazu hätte er gar nicht die Vorstellungskraft aufgebracht.

Wer war es dann?

Wieder trommelte Paterno mit den Fingern auf die Tischplatte und furchte die Stirn.

Es gab noch andere, die Mary Beth sicher gern aus dem Weg gehabt hätten, nicht zuletzt Cynthia Tallericco, Roberts Geliebte. Doch wiederum stellte sich die Frage nach dem Grund für die ausgeklügelte Vorgehensweise, die präzise Planung und nach der Verbindung zu Dani Settlers Verschwinden.

Interessant war allerdings, dass Tallericco maßgeblich an der Durchführung der Adoption von Shannon Flannerys Tochter beteiligt gewesen war.

Zufall?

Paterno glaubte nicht an Zufälle.

Warum sollte Cynthia Tallericco oder sonst jemand dieses Symbol auf den Spiegel malen? Und auf den Rucksack?

Den Rucksack hatte die Spurensicherung im Waschbecken gefunden. Er war angesengt, im Übrigen aber unbeschädigt – offenbar war das Material mit einer flammenabweisenden Substanz behandelt worden. Der Mörder musste ihn im Voraus präpariert und dann am Tatort zurückgelassen haben.

Paternos Stuhl knarrte, als er aufstand. Er beugte sich noch einmal über seinen Schreibtisch und betrachtete die merkwürdigen Symbole, die an zwei Tatorten gefunden worden waren. Das erste hatte die Form eines Fünfecks. In der Mitte stand die Ziffer sechs. Oder vielleicht eine Neun, wenn man die Form andersherum betrachtete.

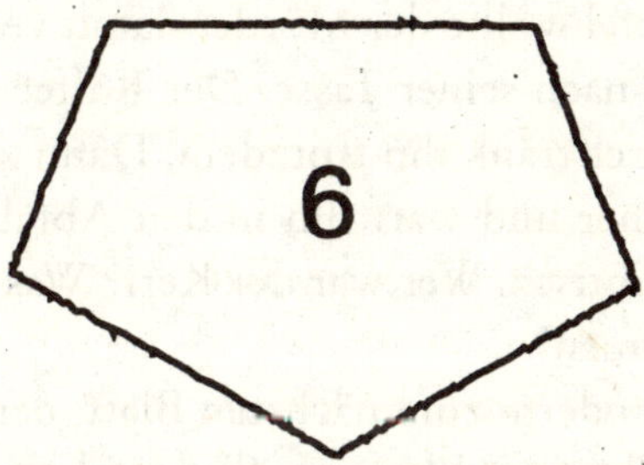

Das zweite Symbol war offenbar Teil eines fünfzackigen Sterns, dem die untere linke Zacke fehlte. An der betreffenden Stelle stand die Ziffer fünf. Die untere rechte Spitze war mit gestrichelten Linien gezeichnet, und darin stand, ebenfalls gestrichelt, die Ziffer zwei. Der Rest des Sterns bestand aus kräftigen, durchgezogenen Strichen.

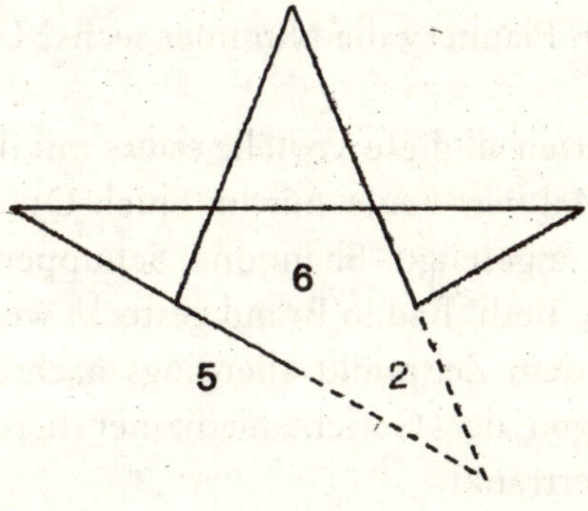

Paterno betrachtete die Zeichnungen mit gefurchter Stirn. Wenn er sie übereinander legte, deckten sich die Formen, so dass die Ziffer sechs in der Mitte des bruchstückhaften Sterns stand.

Demnach war es tatsächlich eine Sechs und keine Neun, wenn alle Ziffern aufrecht stehen sollten.

Was zum Teufel wollte der Mörder damit vermitteln?

Paterno griff nach seiner Tasse. Der Kaffee war kalt geworden, aber er trank ihn trotzdem. Dann zerdrückte er den Pappbecher und warf ihn in den Abfalleimer unter seinem Schreibtisch. Wer war der Kerl? Was für ein Spiel trieb er mit ihnen?

Sein Blick wanderte zum nächsten Blatt: dem mit seinen Notizen zu Shannon Flannery. Sie stand im Mittelpunkt der Geschehnisse, dessen war er sicher. Das Kind, das sie vor dreizehn Jahren zur Adoption freigegeben hatte, Dani Settler, war verschwunden. Auf ihrer Veranda hatte sie ein angesengtes Stück der Geburtsurkunde gefunden, und auf ihrem Grundstück hatte es einen Brand gegeben. In beiden Fällen war das Fünfeck in Erscheinung getreten, das offenbar die Innenfläche dieses Sterns bildete.

War Shannon Flannery die Nummer sechs? Und was bedeutete das?

Jedenfalls hatten all diese Vorfälle etwas mit ihr zu tun.

Und jedes Mal war Feuer mit im Spiel: Die Geburtsurkunde war angesengt, Shannons Schuppen niedergebrannt, Mary Beth' Bad in Brand gesteckt worden. Letztere war zu dem Zeitpunkt allerdings nach den vorläufigen Aussagen der Gerichtsmediziner bereits tot, im Badewasser ertränkt.

Paternos Telefon summte. Ohne den Blick von seinen Notizen zu lösen, hob er den Hörer ans Ohr. »Paterno.«

»Uns liegen jetzt erste Ergebnisse der toxikologischen Untersuchung von Mary Beth Flannery vor«, teilte Jack Kim ihm mit. »Nichts Überraschendes. Ihr Alkoholspiegel lag zwar über der Promillegrenze fürs Autofahren, aber nicht über der fürs Baden.« Der lahme Witz des Forensikers kam nicht recht an. »Sonst gibt es nichts Neues. Die Autopsie ist für übermorgen angesetzt.«

»Gut.« Paterno beendete das Gespräch und schob seine Aufzeichnungen über Shannon Flannery zusammen. Er wartete immer noch auf die Akte zum Tod ihres Mannes vor drei Jahren. Wenn er sie vorliegen hatte, würde er sie haarklein studieren. Irgendetwas an dieser Frau stimmte nicht. Zu viele Menschen aus ihrem Umfeld waren entweder ums Leben gekommen oder vom Erdboden verschwunden. Wo zum Teufel steckte der Vater ihres Kindes, Brendan Giles? Und was war aus ihrem Bruder Neville geworden? Flüchtig überlegte Paterno, ob die beiden wohl ebenfalls eines gewaltsamen Todes gestorben waren, so wie ihr ungeliebter Mann. Zeugenaussagen zufolge war Neville Flannery knapp drei Wochen nach dem Mord an Ryan Carlyle zuletzt gesehen worden. Er hatte seine Arbeit aufgegeben, angefangen, sich merkwürdig zu verhalten, und war dann … einfach verschwunden. Unwahrscheinlich.

Paterno nahm sich vor, mehr über Shannons vermissten Bruder in Erfahrung zu bringen. Menschen verschwanden nicht einfach so. Da war etwas faul.

Aber was?

Er rekonstruierte nach bestem Wissen den Mord an Ryan Carlyle und die darauffolgende Anklage gegen Shannon. Die Beweislage war schwach, aber der Bezirksstaatsanwalt schien versessen darauf zu sein, dass sie verurteilt wurde.

Die Staatsanwaltschaft berief sich auf ein paar ziemlich simple Fakten. Shannon Flannerys Mann hatte sie geschlagen. Es lagen Krankenhausberichte zu den Verletzungen vor, die sie bei zwei dieser Gelegenheiten davongetragen hatte. Beim ersten Mal behauptete sie, im Pferdestall gestürzt zu sein, beim zweiten Mal jedoch, als er ihr mit seinen Schlägen den Kiefer gebrochen hatte, hatte sie nicht mehr versucht, die Misshandlung zu vertuschen. Sie erstattete Anzeige, doch Ryan Carlyle kam gegen Kaution auf freien Fuß und wurde erneut gewalttätig. Dieses Mal erlitt Shannon eine Fehlgeburt. Sie setzte eine Kontaktsperre durch und reichte die Scheidung ein. Bevor es dazu kam, verstieß er gegen die einstweilige Verfügung – er ließ sich nicht den Zutritt zu seinem eigenen Haus verwehren.

Aber seine Frau schien damit gerechnet zu haben und hatte ihm eine Falle gestellt. Mit der Hilfe ihres Bruders Aaron hatte sie ein Video- und Audio-System installiert, das Carlyles Gesetzesbrüche aufzeichnete.

Wie auf ein Stichwort war der dumme Kerl tatsächlich aufgetaucht und über sie hergefallen. In seiner Rage fand Carlyle die Überwachungsgeräte und schlug sie kurz und klein.

Shannon landete wieder einmal im Krankenhaus.

Eine Woche nach ihrer Entlassung wurde Ryan Carlyles

verkohlte Leiche gefunden. Er war bei einem Waldbrand ums Leben gekommen. Die Verteidigung hatte zwei mögliche Erklärungen für den Brand: Entweder Carlyle war der berüchtigte Feuerteufel gewesen und hatte das Feuer selbst gelegt, oder es war von nachlässigen Campern verursacht worden. Der zundertrockene Wald musste, als der Wind drehte, sofort in Flammen aufgegangen sein, und Carlyle hatte in der Falle gesessen, vom Feuer eingeschlossen. Achthundert Hektar staatlicher Waldfläche waren verbrannt. Und Ryan Carlyle ebenfalls.

Es gab keinerlei Beweise dafür, dass Shannon mit dem Brand in Verbindung stand.

Obwohl sie kein Alibi hatte (sie behauptete, zum fraglichen Zeitpunkt allein mit ihren Hunden zu Hause gewesen zu sein), hatte die Verteidigung die Theorie des Staatsanwalts so überzeugend in Zweifel gezogen, dass Shannon Flannery Carlyle freigesprochen wurde. Ob zu recht, darüber schieden sich die Geister.

Ryan Carlyles Familie, einschließlich seiner Cousine Mary Beth, hatte sich öffentlich über das Urteil empört. Die Presse stürzte sich mit Begeisterung auf den Fall. Es wurde hitzig darüber spekuliert, ob Shannon Flannery tatsächlich mit einem Mord davongekommen war.

Nur wenige schienen der Meinung zu sein, dass der Gerechtigkeit Genüge getan worden war.

Paterno wischte sich den Schweiß von der Stirn. Die Temperatur in seinem Büro lag über dreißig Grad, obwohl die Klimaanlage rumpelte und ächzte und der Ventilator ihm fast die Papiere vom Schreibtisch blies.

Der Ermittler reckte sich und trat ans Fenster, von wo aus er zwei Stockwerke tief auf den Gehsteig hinunterblicken konnte. Fußgänger schlenderten vorbei, Tauben flatterten und kleine Glasstückchen im Beton reflektierten das Sonnenlicht. Die Bewässerung der Grünanlagen war vorübergehend eingestellt worden, und die Bäume entlang der Straße sahen welk aus, vergilbte Blätter hingen schlaff von den beinahe kahlen Zweigen. Die Luft über dem dichten Verkehrsstrom flimmerte vor Hitze.

Paterno war bislang weder von Shannon Flannerys Schuld noch von ihrer Unschuld überzeugt. Er beabsichtigte, sämtliches Beweismaterial zu sichten, sobald die Kisten mit den Akten aus dem Lager heraufgeschafft worden waren, in dem sie seit drei Jahren unter Verschluss gehalten wurden.

Er wusste selbst nicht recht, was er in diesen Dokumenten zu finden hoffte, aber möglicherweise würde irgendetwas darin ihm helfen, die jüngsten Ereignisse zu verstehen.

Seine Gedanken kehrten zu der Frage zurück, wohin Brendan Giles verschwunden war. Seine Familie lebte immer noch in der Gegend, vielleicht sogar in Santa Rosa. Paterno nahm sich vor, jeden, der Giles gekannt hatte, zu kontaktieren, um in Erfahrung zu bringen, was aus ihm geworden war. Auf dieselbe Weise hatte er bereits versucht, den Verbleib von Neville aufzuklären, dem Bruder, der nach Ryans Tod spurlos verschwunden war. Auch er schien wie vom Erdboden verschluckt. War Neville in den Mord an Carlyle verwickelt gewesen? War er schuldig und deshalb untergetaucht? Oder hatte ihn jemand zum Schweigen gebracht und die Leiche verschwinden lassen?

Die Brüder würde er auch noch einmal unter die Lupe nehmen.

An die Fensterbank gelehnt, grübelte er wieder einmal darüber nach, was Mary Beth Flannerys Tod mit der Entführung eines jungen Mädchens in Oregon zu tun haben könnte.

Das Telefon riss ihn erneut aus seinen Überlegungen. Paterno ließ sich nicht gern beim Nachdenken stören, und so meldete er sich unwirsch: »Paterno.«

»Hey, Tony, weißt du was?«, begrüßte ihn Ray Rossi. »Die Fingerabdrücke auf dem Rucksack – wir haben herausgefunden, von wem sie stammen.«

»Lass mich raten: Travis Settler.«

»Bingo«, bestätigte Rossi. »Der Kandidat hat hundert Punkte.«

»Sonst noch was?«

»Bisher keine weiteren Entsprechungen. Wir vermuten, dass die übrigen Abdrücke von der Kleinen stammen.«

»Wird wohl so sein«, sagte Paterno. »Ich nehme ihn mir vor.«

Der Pick-up blieb vor der Garage stehen.

Shannon, die am Schreibtisch saß und Rechnungen durchsah, hörte das Motorengeräusch und eilte zur Tür. Oliver, in Freizeithose und Golfshirt, stieg aus der Fahrerkabine. Khan war vor Aufregung völlig aus dem Häuschen und lief zu ihm, um sich streicheln zu lassen.

»Entschuldige, dass es so lange gedauert hat«, sagte

Shannons Bruder. »Es war nicht leicht, Mutter zu überreden.«

»Mom?«

»Sie kommt gleich.« Er hob einen Stock vom Boden auf und warf ihn quer über den Kiesplatz. Khan jagte hinterher. »Ich brauche jemanden, der mich zurück in die Stadt fährt«, erklärte Oliver.

»Ich hätte dich doch fahren können.«

»Davon wollte Mom nichts hören. Oh, wow ...« Sein Blick fiel auf den niedergebrannten Schuppen. »Vorsätzliche Brandstifung, hieß es?«

»Ja.« Shannon hörte das Schnurren des gewaltigen Buick ihrer Mutter nahen. Gleich darauf parkte Maureen O'Malley Flannery, die mit ihrem leuchtend roten Haar aussah, als käme sie geradewegs aus einem Schönheitssalon, ihren Wagen neben Shannons Pick-up.

Toll, dachte Shannon und machte sich auf neuerliche Szenen gefasst.

Ihre Befürchtungen wurden bestätigt.

Während sie ihre Mutter in die Küche begleitete, musste sie einen unentwegten Redeschwall über sich ergehen lassen, von der ›armen Mary Beth‹ über ›Ich wüsste wirklich gern, was dein Bruder sich gedacht hat‹ bis hin zu ›Warst du noch einmal beim Arzt? Wie geht es dir?‹. Shannon bot ihr Instantkaffee an, woraufhin Maureen sie streng ansah.

»Um diese Tageszeit? Ich hätte lieber Eistee, wenn es nicht zu viel Mühe macht.« Damit nahm sie an dem runden Kaffeetisch Platz. Shannon räumte rasch ihre Papiere und den Taschenrechner zusammen und legte alles auf den Küchentresen, bevor ihre Mutter sich einen Einblick in ihre Finanzlage verschaffen konnte. Nicht dass sie etwas zu verbergen gehabt hätte, sie wollte lediglich verhindern, dass ihre Mutter sich Sorgen machte und nach ihrem Kontostand oder den Hypothekenzahlungen erkundigte.

»Ich verstehe es einfach nicht«, fing Maureen erneut an.

Oliver bestand indessen darauf, dass Shannon sich zu ihrer Mutter an den Tisch setzte, während er selbst das Eisteegranulat aus dem Schrank nahm und ein Glas zubereitete.

»Wer könnte nur auf die Idee gekommen sein, Mary Beth etwas zuleide zu tun? Und die armen Kinder ...«

Oliver, beflissen wie immer, stellte das Glas vor ihr ab, aber Maureen nahm es kaum wahr.

»Ich sage dir, das ist der Fluch der Flannerys«, verkündete sie, nahm eine Papierserviette aus dem Halter auf dem Tisch und tupfte sich die Augen.

»Das hast du gestern Nacht schon behauptet.«

»Aber es ist doch wahr!«, fuhr Maureen auf.

Wenn sie sich etwas in den Kopf gesetzt hatte, ließ sie es sich nicht so leicht wieder ausreden. Außerdem war sie noch sichtlich aufgewühlt von den Ereignissen der vergangenen Nacht.

»Wir haben eben nichts als Pech«, sagte sie mit einem Schniefen.

Das war ihr persönliches Mantra, schon seit Shannon denken konnte.

»Es hat euren Vater umgebracht. Erst deine Schwangerschaft und dann diese Sache mit Ryan. Die Anzeige wegen häuslicher Gewalt, die einstweilige Verfügung, der Mord, anschließend die Behauptungen, er sei der ›unsichtbare

Feuerteufel‹ gewesen, und Neville ... der gute Neville ... ach, lieber Gott ...«

Sie hielt inne, um sich zu bekreuzigen. Oliver legte ihr eine Hand auf die Schulter und sah seiner Schwester in die Augen. Sie wechselten einen Blick stummen Einverständnisses: So war ihre Mutter nun einmal, und wenn sie in Fahrt war, blieb einem nichts anderes übrig, als ihre Tiraden über sich ergehen zu lassen.

Erschüttert von ihrer eigenen Theatralik begann Maureen leise zu schluchzen. Trotz allem tat sie Shannon leid.

»Ganz zu schweigen von Aarons unehrenhafter Entlassung aus der Feuerwehr, und jetzt ... Jetzt schon wieder ein Brand, und Mary Beth ist tot. Denkt nur an die arme Elizabeth und den kleinen RJ. Was soll aus ihnen werden, ohne Mutter?«

»Ich weiß es nicht, Mom, aber Robert wird schon für sie sorgen.«

»Darum bete ich zu Gott.« Sie atmete zitternd ein. »Er war in letzter Zeit so ... abgelenkt.«

»Er wird für seine Kinder da sein«, beteuerte Oliver. Er lehnte am Küchenschrank und stützte sich mit einer Hand auf dem Tresen auf.

»Dieser schreckliche Brand. Wenn das kein Fluch ist, was dann?«

»Mutter«, mahnte Oliver leise.

Shannons Kopfschmerzen meldeten sich zurück. Vielleicht hätte sie doch eine Schmerztablette nehmen sollen.

»Und was ist mit dem Feuer bei dir, Shannon? Sieh dich doch an, wie der Kerl dich zugerichtet hat!«

»Diese Vorfälle haben nichts mit Flüchen oder Dämonen

oder Teufeln zu tun«, entgegnete Shannon. »Mit Pech, vielleicht ... nun ja, bestimmt ... und mit einem Verrückten, der uns fertigmachen will, aber nicht mit einem Fluch.«

Oliver musste natürlich seinen frommen Kommentar dazu abgeben. »Wir sollten immerhin dankbar sein, dass Shannon nichts Schlimmeres zugestoßen ist.«

»Aber Mary Beth ...«

Ein paar Minuten später entschuldigte sich Oliver, er müsse jetzt wieder los. Shannon gab sich Mühe, sich ihre Erleichterung nicht anmerken zu lassen. Sie geleitete die beiden nach draußen und sah zu, wie Oliver Maureen beim Einsteigen in ihren Buick behilflich war.

Bevor er sich ans Steuer setzte, nahm er Shannon beiseite und zog sie in den Schatten einer Schwarzeiche. »Da ist noch etwas, was du wissen solltest.« Er sah sich unruhig nach allen Seiten um und schien nicht recht zu wissen, wie er anfangen sollte.

»Was denn?«

Er zögerte noch immer.

»Lass das Theater. Moms Auftritte reichen vollkommen. Also, was gibt's?«

Er kratzte sich am Kinn, wich ihrem Blick aus. »Na ja, ich bin nicht ganz sicher, nicht hundertprozentig, aber ich glaube, nein, ich bin doch ziemlich überzeugt, dass ich letzten Sonntag beim Gottesdienst Brendan gesehen habe.«

»Brendan?«, vergewisserte sich Shannon verblüfft. Bilder vom Vater ihres Kindes schossen ihr durch den Kopf. Brendan im Smoking, als er sie zum Oberstufenball abholte; Brendan, der ihr bei ihrer Abschlussfeier aus dem Publikum zuwinkte; Brendan mit ihr im Schlafzimmer seiner Wohnung; Brendans kreideweißes Gesicht, als sie ihm eröffnete, sie sei schwanger …

»Ja, Brendan Giles«, bestätigte er, mühsam beherrscht. »Oder zumindest jemanden, der ihm sehr ähnlich sah. Er stand hinter der letzten Bankreihe, ganz hinten in der Kirche.« Oliver schüttelte den Kopf. »Ich sage das nur sehr ungern, und es kann natürlich sein, dass ich mich irre. Ich habe ihn so lange nicht gesehen, seit dreizehn, nein, vierzehn Jahren nicht mehr. Aber … ich glaube …« Oliver schluckte krampfhaft und schlug die Augen besorgt zum Himmel auf. »Ach, ich weiß nicht, vielleicht hätte ich besser gar nichts gesagt. Aber ich fand, du solltest es wissen.«

»Das war schon richtig«, versicherte Shannon, noch immer fassungslos. »Hast du versucht, ihn anzusprechen?«

»Nach dem Gottesdienst wollte ich zu ihm gehen, aber ich wurde unterwegs aufgehalten, musste erst alle möglichen Gemeindemitglieder begrüßen, und dann …« Oliver zuckte so schwer mit den Schultern, als ruhte die gesamte Last der Welt auf ihnen. »Dann war er fort. Verschwunden.« Er schnippte mit den Fingern. »Beinahe als wäre er nie da gewesen … Als hätte ich mir nur eingebildet, ihn zu sehen.«

»Eine Halluzination«, sagte sie gedehnt.

»Verrückt, nicht?«

Shannon erwiderte nichts.

Auf der Beifahrerseite des Buick wurde die Tür geöffnet. »Oliver?«, rief ihre Mutter. »Kommst du? Es ist entsetzlich heiß hier drin.«

»Gleich, Mom.« Er sah seine Schwester noch einmal mit gequälter Miene an. »Ich muss los.«

»Ja.«

Er gab Shannon einen flüchtigen Kuss auf die Schläfe und wandte sich ab. Sie blieb unter der Eiche stehen. Brendan war zurück? Ausgerechnet jetzt, kurz nachdem sie erfahren hatte, dass ihr Kind entführt worden war? Ihr gemeinsames Kind?

Oder hatte Oliver sich doch geirrt? Hatte er sich nur eingebildet, Brendan zu sehen?

Sie blickte der bronzefarbenen Limousine nach, die ihre Zufahrt entlangfuhr und in der Nachmittagshitze Staub aufwirbelte.

Wenn Brendan wieder in Santa Lucia war, hatte er sich bestimmt bei seinen Eltern gemeldet. Nicht wahr? Sie mussten wissen, ob er sich momentan hier an der Westküste aufhielt, gerade zu dem Zeitpunkt, als das Kind, das sie beide gezeugt hatten, in Lebensgefahr schwebte.

Der Albtraum, den sie durchlebte, wurde immer rätselhafter.

Mit einem flauen Gefühl im Magen lief Shannon zurück ins Haus, blätterte im örtlichen Telefonbuch und wählte mit zitternden Fingern die Nummer, so sehr es ihr auch widerstrebte.

Natürlich meldete sich der Anrufbeantworter. In dem Gefühl, kostbare Zeit zu verschwenden, hinterließ sie ihren Namen, ihre Telefonnummer und die Bitte, sie zurückzurufen.

Sie konnte nur hoffen, dass irgendwer sich die Mühe machte.

20. Kapitel

»Der gehört Dani«, erklärte Travis. Seine Kehle war wie zugeschnürt. Voller Wut und böser Ahnungen betrachtete er den Rucksack. »Sie hatte ihn bei sich, als sie an jenem Tag zur Schule ging.« Ratlos und sorgenvoll sah er den Detective an. »Wo haben Sie ihn gefunden?«

»Im Haus der Flannerys, am Tatort.«

»Sie war dort?«, flüsterte er entsetzt.

»Das glaube ich kaum. Ich nehme an, der Mörder hat ihn dort hinterlassen, so wie die Geburtsurkunde auf Shannon Flannerys Veranda.«

»Aber warum?«, wollte Travis wissen.

»Das weiß ich nicht. Jedenfalls wollte er, dass wir den Rucksack finden.«

»Und Sie haben keine weitere Spur von ihr gefunden?«, fragte Travis gepresst. »Sie war nicht etwa …«

»Sie war nicht dort«, versicherte Paterno eilig. »Es gibt keinerlei Hinweise darauf, dass sie auch nur in die Nähe des Hauses gekommen ist.«

Travis atmete tief durch. Vielleicht war Dani doch noch wohlauf … Er hoffte es inständig.

»Ich hoffe, Sie könnten vielleicht eine Erklärung für das hier haben.« Paterno schlug die Klappe zurück, wobei er nicht zuließ, dass Travis den Rucksack anfasste. Auf der Innenseite war, offenbar mit Kohle, der seltsame unvollständige Stern mit Zahlen und gestrichelten Linien gezeichnet. »Haben Sie das schon mal gesehen?«

»Nein. Keine Ahnung, was es darstellen soll.« Travis studierte die Zeichnung eingehend. »Das war früher nicht da.«

»Sind Sie sicher?«

»Ja.«

»Könnte es sein, dass Ihre Tochter mit Drogen oder Sekten zu tun hat oder …«

Travis schlug mit der Faust auf Paternos Schreibtisch. »Hören Sie, Detective«, fauchte er wütend, »diese Frage habe ich der Polizei in Oregon und dem FBI schon tausendmal beantwortet. Dani nimmt keine Drogen. Sie geht nicht mit Fremden. Sie ist nicht weggelaufen.« Seine Nackenmuskeln waren so gespannt, dass sie schmerzten. Er hätte diesen voreingenommenen, spießigen Polizisten am liebsten erwürgt. »Meine Tochter ist das Opfer, begreifen Sie das denn nicht? Das Opfer. Verdrehen Sie nicht die Tatsachen, tun Sie lieber Ihre verdammte Pflicht und finden Sie sie.«

»Genau darum bemüht sich jede einzelne Polizeibehörde in Kalifornien und Oregon.«

»Wo zum Teufel ist sie dann? Hm? Bei dem Perversen, der das da getan hat?« Wütend stieß er mit dem Zeigefinger nach dem angesengten Rucksack. »Bei dem Kerl, der mindestens eine Frau umgebracht und Shannon Flannery überfallen hat? Mein kleines Mädchen befindet sich in der Gewalt dieses Mannes?« Er ballte in ohnmächtigem Zorn die Fäuste. »Wir wissen beide, dass all diese verfluchten Vorfälle irgendwie zusammenhängen, und meine

Tochter steckt mittendrin. Wir wissen auch, dass ihre Überlebenschancen rapide sinken, je mehr Zeit vergeht. Also, Detective Paterno, warum finden Sie nicht endlich mein Kind, statt mir blöde Fragen nach Sekten und Drogen zu stellen?«

Travis wartete die Antwort nicht ab, sondern verließ türenknallend das Büro. Er empfand den übermächtigen Drang, jemandem mit der Faust ins Gesicht zu schlagen.

Die Polizei drehte sich im Kreis.

Genau wie der Scheißkerl, der seine Tochter hatte, es wollte! Der verdammte Schweinehund trieb ein Spiel mit ihnen. Mit dem Leben seines Kindes!

Aber Travis war finster entschlossen.

Und zu allem bereit.

Wenn dieser abartige Verrückte Dani auch nur ein Härchen gekrümmt hatte, war er so gut wie tot. Travis würde ihn umbringen. Mit Vergnügen.

›Hüte dich vor Griechen, die Geschenke bringen.‹ Lautete so nicht ein altes Sprichwort? Im Augenblick schien es durchaus zutreffend, fand Shannon. Ihr Nachbar, der stattliche Grundstücksmakler Alexi Demitri, der ihr das neue Grundstück in den Bergen verkauft hatte, überreichte ihr voller Stolz einen pummeligen, blonden Welpen. Shannon hatte, nachdem ihre Mutter und Oliver fort waren, Aaron angerufen und ihm mitgeteilt, dass Brendan Giles gesehen worden war. Aaron hatte versprochen nachzuforschen, und als wenig später jemand an die Tür klopfte, hatte sie geglaubt, er sei es. Doch stattdessen stand Alexi auf der Schwelle.

»Ich musste einfach irgendwas tun«, sagte er. »Sie haben in der letzten Zeit so viel durchgemacht.« Er wies auf die Stelle, wo der Schuppen gestanden hatte. »Ich habe gehört, was Ihrer Schwägerin zugestoßen ist. Es tut mir so leid.«

»Mir auch«, sagte Shannon, verblüfft über seine freundliche Geste.

»Und Sie? Geht es Ihnen besser?«

»Ein wenig«, antwortete sie mit einem Lächeln, während er ihr das lebhafte kleine Fellbündel in den Arm drückte. Ihre Kopfschmerzen waren nur noch ein dumpfes Pochen, doch die Schulter und die Rippen erinnerten sie noch nachdrücklich an den Vorfall. Und ihr Gesicht sah nach wie vor aus, als hätte sie nach der dritten Runde gegen den derzeitigen Champion im Schwergewicht verloren.

Das Hündchen schmiegte sich an sie, und sie verlor auf der Stelle ihr Herz an das weiche, karamellfarbene Kerlchen. Khan, allgegenwärtig und eifersüchtig, sah skeptisch zu dem Welpen auf und winselte.

»Pssst«, beruhigte Shannon ihn. »Du bist nach wie vor meine Nummer eins.«

»Als ich hörte, dass Sie so viel Unglück erlitten haben«, sagte Alexi, »hatte ich den Wunsch, Ihnen etwas zu schenken, was Sie aufmuntert.«

Einen *Hund?*, dachte Shannon ungläubig. Zwar hatte sie nach dem Überfall Topfpflanzen, Karten und Blumen erhalten, aber niemand war auf die Idee gekommen, ihr mit seinen Genesungswünschen ein Tier zu schenken. Sie dachte an all die Hunde, die sie bereits beherbergte, die trainiert werden mussten, obwohl sie selbst noch nicht wieder völlig gesund war. Ein Welpe war das Letzte, was sie im Moment brauchen konnte.

In diesem Augenblick leckte der Kleine ihr Kinn, und ihr Herz schmolz dahin. Er roch nach Hundebaby, war warm und weich und kuschelig. Und unheimlich süß.

Vielleicht hatte Alexi recht. Vielleicht fehlte ihr gerade dieser kleine Labrador noch zu ihrem Glück.

Als hätte er ihre Gedanken gelesen, grinste Alexi und zeigte dabei ein wenig von den Goldfüllungen seiner Schneidezähne. »Der Beste aus dem ganzen Wurf, das können Sie mir glauben, und so klug! Die Kleine ist unglaublich schlau!« Er reichte ihr die Impfbescheinigungen vom Tierarzt.

Shannon überflog die Papiere und steckte sie ein.

»Und warum haben Sie sie nicht verkauft?«, fragte sie, lehnte sich an den Türpfosten und spürte die Hitze des Tages bis in die Knochen.

Alexis dunkle Augen blitzten. »Diese wollte ich nicht verkaufen. Ich hätte es nicht ertragen, sie einem Fremden zu überlassen, ganz gleich, was sie eingebracht hätte.« Er nickte heftig, wie um sich selbst zu überzeugen. Dann kramte er aus seiner Tasche ein paar Schlüssel hervor. Sie glitzerten in der Sonne. Brandneu.

»Was ist mit dem übrigen Wurf?«, fragte Shannon.

»Nun, meine Tochter hat einen Welpen genommen, und mein Neffe suchte auch gerade einen Hund. Zwei sind bei der Geburt gestorben – wirklich ein Jammer –, und diesen hier, Skatouli, den Besten, habe ich für Sie reserviert.« Er lächelte breit und reichte ihr die Schlüssel. »Die sind für die Hintertür neben dem Holzschuppen. Ich musste das Schloss auswechseln und habe, wie gesagt, vergessen, sie Ihnen zu bringen«, erklärte er.

Die Schlüssel gehörten zu der Immobilie, die sie gerade von ihm gekauft hatte, einer Ranch mit acht Hektar, fünfzehn Meilen weiter an der Landstraße. Ein idealer Ort, um ihr Trainingsgelände für die Spür- und Rettungshunde zu erweitern, wie Shannon fand. Ein Ort für einen Neubeginn, ein Ort, der nicht mit Erinnerungen an die Vergangenheit belastet war, und – wie sie jetzt mit einem Blick auf die rußgeschwärzte Wand des Pferdestalls dachte – ein Ort, an dem sie vor dem Kerl, der ihr nachstellte, sicherer war.

»Was bedeutet Skatouli?« Sie steckte die Schlüssel ein.

»Das ist ein griechisches Kosewort.« Er winkte ab, als sei die genaue Bedeutung unwichtig. »Alle Großmütter – yiayiàs – nennen ihre geliebten Enkel Skatouli …« Doch er errötete, und die Haut auf seiner Glatze färbte sich in der Nachmittagshitze leuchtend rot.

»Skatouli«, wiederholte Shannon und drückte den goldenen Labrador an sich. »Ich weiß gar nicht, was ich sagen soll. Das wäre doch nicht nötig gewesen … Trotzdem, danke.« Sie streichelte das weiche Fell des Welpen, während der kleine Schwanz an ihrer Brust wild hin und her fegte. Khan winselte und strich um ihre Beine.

»Gern geschehen. Und bitte, werden Sie bald gesund!« Ein besorgter Ausdruck trat in Alexis dunkle Augen. »Diese Sache mit dem Brand und mit Ihrer Schwägerin … sehr beunruhigend … nicht gut.«

Offenbar hatte er in der Zeitung gelesen oder in den

Fernsehnachrichten gehört, dass Brandstiftung vermutet wurde.

»Sehr wahr«, stimmte sie ihm zu.

»Geben Sie acht, Shannon. Seien Sie vorsichtig.«

»Immer.«

»Wirklich, Sie sollten einen Sicherheitsdienst kommen lassen, der Ihnen eine Alarmanlage einbaut und Überwachungskameras. Hier.« Er zückte eine lederne Brieftasche und entnahm ihr eine Visitenkarte. »Wenn ich nicht gerade Grundstücke verkaufe, betreibe ich zusammen mit meinem Schwager einen Sicherheitsdienst.« Er reichte ihr die Karte einer Firma namens Safety First, angesiedelt in Santa Rosa.

»Sie verkaufen also Häuser und legen Ihren Kunden nahe, eine Alarmanlage einbauen zu lassen?«

Er hob die Schultern. »Man tut, was man kann.«

»Ganz schön geschäftstüchtig.«

Sein Lächeln wurde breiter. »Vielleicht ziehen Sie eine Alarmanlage für dieses Haus und für das neue in Betracht. Sicherheit geht über alles.«

»Safety first«, sagte sie und betrachtete die Karte, während sie den lebhaften kleinen Hund festhielt. Sie dachte an die Kameras, die sie damals auf Aarons Anraten hin installiert hatte und die Ryan zertrümmert hatte, als er sie entdeckte.

»Ja ... Genau.« Alexi winkte lässig zum Abschied und ging dann zu seinem Wagen, einem weißen, wohl zwanzig Jahre alten Cadillac, der in der Sonne glänzte. Während er die Fahrertür aufschloss, setzte er über das Dach hinweg hinzu: »Sie werden den Kauf des neuen Hauses bestimmt nicht bereuen.«

»Das will ich hoffen«, entgegnete sie, doch die Bemerkung kam ihr seltsam vor.

Er wendete geschickt und fuhr über die Zufahrt davon. Shannon stand auf der Veranda und blickte dem Wagen nach, der über den Weg zwischen den schattenspendenden immergrünen Eichen holperte.

»Weißt du, Skatouli«, flüsterte sie, »er ist schon reichlich sonderbar. Gut, dass du jetzt bei mir bist.« O ja. Als sei er hier vor jeder Gefahr sicher. Sie gab dem Welpen einen Kuss auf den samtweichen Kopf. Ein reinrassiger Labrador? Unwahrscheinlich, zumal er ein Geschenk war. Etwas an Alexis Verhalten – ein bisschen zu sehr das Klischee des aalglatten Gebrauchtwagenhändlers – störte sie. Dennoch, sie hatte das Haus von ihm gekauft und erst vor einer Woche den Vertrag unterschrieben.

Bevor ihr ganzes Leben auf den Kopf gestellt wurde.

Die Staubwolke, die der Cadillac aufgewirbelt hatte, legte sich allmählich. Shannon kam zu dem Schluss, dass sie Probleme herbeiredete.

»Komm mit ins Haus«, sagte sie zu dem Welpen und verzog das Gesicht, als er sich gegen ihre Rippen drückte. »Vorsicht.« Sie wäre beinahe über Khan gestolpert, als sie den kleinen Hund ins Haus trug.

Der Welpe zitterte unter dem plötzlichen Ansturm neuer Gerüche, Anblicke und Geräusche. Shannon drückte den Kleinen noch fester an sich. »Ist ja gut«, sagte sie und machte ihn behutsam mit Khan bekannt. Khan betrachtete das Fellbündel mit seinen ungleichen Augen, beschnupperte es und schnaubte wie angewidert, dann trottete er zu seiner Wasserschüssel. »Siehst du«, flüsterte Shannon

Skatouli zu, als der alte Hund geräuschvoll schürfte, »er mag dich jetzt schon.«
Sie setzte den Welpen in den Maschendrahtverschlag in der Küchenecke , holte Welpenfutter und Wasser für ihn und wartete. Der kleine Hund winselte und versuchte, am Gitter hinaufzuklettern, während Shannon seine Papiere in einem Aktenschrank im Wirtschaftsraum verstaute und dann wieder einmal nach ihrem verflixten Handy suchte.
Sie hatte es zum letzten Mal benutzt, als sie bei dem Brand die Notrufzentrale benachrichtigte. Was danach aus dem Handy geworden war, wusste sie nicht mehr.
Wenn sie es nicht bald fand, musste sie die Karte sperren lassen und sich ein neues besorgen.
Sie wählte auf dem Festnetzgerät ihre Handynummer, auch wenn sie es schon mehrmals erfolglos versucht hatte. Das Rufzeichen ertönte, im Haus war jedoch nichts zu hören.
Oder war da nicht doch ein schwaches Klingeln, das durch das offene Fenster hereindrang? Nach dem vierten Rufzeichen hörte sie ihre aufgezeichnete Ansage und legte auf. Dann drückte sie die Wahlwiederholungstaste und ging nach draußen. Dieses Mal hörte sie nicht nur das Rufzeichen, sondern auch in einiger Entfernung den Klingelton ihres Handys. Sie folgte dem Geräusch bis zum offenen Fenster ihres Pick-ups, bevor wiederum die Voicemail ansprang.
Shannon öffnete die Tür und blickte ins Wageninnere … Das Handy lag nicht am gewohnten Platz, nämlich im Getränkehalter neben dem Schalthebel. Auch nicht auf

dem Armaturenbrett oder dem Beifahrersitz ... Sie sah im Handschuhfach nach – nichts. Nach einigem Suchen fand sie es schließlich unter dem Fahrersitz.

Wie kam es dorthin?

Jemand musste es unter den Sitz gelegt haben.

Ihr Herz setzte einen Schlag aus. Wieder hatte sie das unheimliche Gefühl, dass jemand sie beobachtete. Sie sah sich um, bemerkte jedoch nichts Ungewöhnliches. Die Pferde grasten auf der Koppel, Khan schnupperte um den Wassertrog herum, die anderen Hunde schliefen ruhig in der Nachmittagssonne, und Nate war immer noch nicht zurück.

Gereizt klappte sie ihr Handy auf und wollte die Nachrichten abrufen, doch ein Signalton zeigte an, dass der Akku so gut wie leer war. Bevor die Verbindung zum Netz hergestellt war, wurde das Display schwarz und ließ sich nicht wiederbeleben. »Verdammt«, knurrte sie, schlug mit dem Handy in ihre Handfläche und gab dann auf. Wer hatte das Gerät gefunden und es, ohne ein Wort zu sagen, in ihren Pick-up gelegt, nein, versteckt? Travis? Nein. Nate? Sie nahm sich vor, ihn danach zu fragen. Aber wann sollte er es getan haben? Bestimmt nicht in der Brandnacht.

Und dann fiel es ihr wie Schuppen von den Augen.

So deutlich, als hätte er ihr die Wahrheit ins Ohr geflüstert, erkannte sie, dass der Brandstifter derjenige war, der das Handy in ihren Pick-up gelegt hatte. Derselbe Abartige, der die angesengte Geburtsurkunde hinterlegt, Dani entführt und Mary Beth ermordet hatte.

Und sie selbst hatte gerade jegliche Fingerabdrücke, die

er dabei hinterlassen haben könnte, zunichte gemacht. Aber wahrscheinlich war der Täter ohnehin auch in dieser Hinsicht umsichtig gewesen.

Eine Gänsehaut überlief Shannon. Sie drehte sich langsam um, ließ den Blick über ihr Haus, die Zwinger, den Stall, den abgebrannten Schuppen schweifen, als erwartete sie, ihn in irgendeinem Winkel zu entdecken: einen gefährlichen, finsteren Fremden, der es genoss, sie zu quälen.

Wer war er? Warum hatte er Mary Beth umgebracht, sie selbst jedoch verschont?

Weil sein Werk noch nicht vollendet ist. Und er will, dass du es weißt. Es macht ihm Spaß, dir Angst einzujagen.

»Schwein«, zischte Shannon. Wieder musste sie an Dani Settler denken. Ihr Kind. Travis' Kind. *Halte durch, Schätzchen … Wir finden dich. Ganz bestimmt.*

Sie ging ins Haus, schloss das Handy ans Ladengerät an und wählte dann Nates Handynummer. Zum Teufel mit seinem Freiraum. Sie brauchte ihn. Jetzt.

Doch er meldete sich nicht, und seine Mailbox war voll.

»Verdammt«, knurrte Shannon. Ihre Gedanken schweiften zu Travis ab. Sie wollte mit ihm reden, ihn sehen. Er war zwar erst seit ein paar Stunden fort, doch ihr erschien es wie eine Ewigkeit.

»Ach, reiß dich zusammen«, ermahnte sie sich. Was war nur in sie gefahren? Ausgerechnet sie, die gegenüber ihren überbehütenden Brüdern immer so sehr auf Eigenständigkeit bedacht war. Die nach dem Grauen, das sie als Mrs. Ryan Carlyle erlebt hatte, die Ehe strikt ablehnte. Und die schon damals als junges Mädchen, als sie Brendan Giles eröffnete, dass sie schwanger war, solch harsche Zurückweisung erfahren hatte. Sie hatte keinerlei Veranlassung, in Travis Settler mehr zu sehen als Danis Vater, einen verzweifelten Mann, der nach seinem Kind suchte. Was sie jetzt brauchte, war Zeit zum Nachdenken, weit fort von der Brandstelle, vom Telefon, fort von dem albernen Gefühl, dass finstere Augen jede ihrer Bewegungen verfolgten.

»Ich bin bald zurück«, versprach sie dem Welpen, der schlafend auf seinem Kissen lag. »Träum süß.«

Dann nahm sie die Schlüssel zu ihrem Pick-up. Sie musste raus. Sie war zu lange mit ihren Gedanken allein gewesen.

Wieder dachte sie an Nate. Seit sie ihm von ihren Plänen berichtet hatte, eine neue Ranch zu kaufen, stand etwas zwischen ihnen, wie eine Mauer, Stein für Stein aus Emotionen errichtet.

Seltsam war auch, dass er seit dem Brand nicht ständig in ihrer Nähe geblieben war, aber vielleicht war es auch eine Gnade Gottes, wie ihr Bruder Oliver sich ausgedrückt hätte.

Shannon beschloss, zur Ablenkung etwas Sinnvolles zu tun. Sie begann, Vorräte in den Pick-up zu laden, die sie bereits vor einer Weile eingekauft hatte, um sie in ihr neues Heim zu bringen. Es war beschwerlich, die Kisten mit Reinigungsmitteln, Farbe, Papierhandtüchern, Toilettenpapier und so weiter zu verladen, aber Shannon arbeitete beharrlich, verbissen. Stunden vor Sonnenuntergang war endlich auch die letzte Kiste Lysol auf der Ladefläche verstaut. Trotz ihrer empfindlichen Schulter und der

lädierten Rippen tat es Shannon gut, endlich wieder körperlich zu arbeiten, es bereitete ihr Befriedigung, etwas geleistet zu haben, und lenkte sie von ihren Grübeleien ab, wenn auch nur für kurze Zeit.
Sie pfiff nach Khan, öffnete die Tür der Fahrerkabine, und er sprang über ihren Sitz hinweg auf seinen Platz an der Beifahrerseite. »Du bist ganz schön verwöhnt«, bemerkte sie lächelnd und drehte den Zündschlüssel. Unbeabsichtigt fuhr sie so heftig an, das Kies aufspritzte.
Tief in Gedanken versunken, hätte sie beinahe die Abzweigung zu ihrem neuen Haus verpasst. Die Zufahrt war überwuchert, Dornengestrüpp und Rankgewächse wuchsen um das rostige, stets offene Tor, das schief in den Angeln hing. Sie bremste abrupt, wobei Khan beinahe das Gleichgewicht verloren hätte.
»Entschuldigung«, sagte Shannon und lenkte den Pickup auf den Privatweg. Die Furchen des unbefestigten Weges waren so tief, dass das trockene Unkraut dazwischen am Bodenblech des Pick-ups scharrte. Unter Bäumen hindurch fuhr Shannon ins Vorgebirge hinauf. Holpernd und rumpelnd kämpfte sich der Wagen langsam aufwärts. Shannon schaltete herunter und nahm sich vor, ein paar Wagenladungen Kies zu bestellen.
Wenn ihr Leben wieder in normalen Bahnen verlief. Sofern das jemals wieder der Fall sein würde.
Nach einer letzten Biegung gelangte sie auf eine Lichtung am Rand eines klaren Sees. In Ufernähe stand ein weitläufiges Haus, erbaut in der Zeit zwischen den Weltkriegen. Es war zwei Stockwerke hoch, doch das Obergeschoss war seit Jahren unbenutzt. Eine gepflegte Scheune,

ein Stall, eine Doppelgarage und mehrere Schuppen befanden sich am nördlichen Ufer des aus einer Quelle gespeisten Sees. Ein Bootshaus und ein Anlegesteg ragten ins Wasser hinein, über dem Libellen schwirrten. Forellen schwammen dicht unter der Oberfläche.

Gleich als Shannon die Ranch zum ersten Mal sah, hatte sie sich zu Hause gefühlt, auch wenn sie sich selbst nicht erklären konnte, warum. Dieses merkwürdige, ein wenig heruntergekommene Gehöft hatte es ihr angetan. Sicher, hier musste noch viel Arbeit investiert werden, aber Gebäude und Grundstück waren größer als ihr derzeitiges Zuhause, abgelegener, und was das Wichtigste war: Hier erinnerte nichts sie an die Vergangenheit.

Außerdem befanden sich die Wirtschaftsgebäude im Unterschied zu dem alten Haus doch in recht gutem Zustand, und das Grundstück war ideal für das neue Leben, das sie sich nach Ryans Tod aufgebaut hatte. Sie malte sich aus, wie sie ihre Tätigkeit erweitern, größeres Gewicht auf die Ausbildung von Rettungshunden legen und sie in ihrem eigenen See trainieren würde.

Und auf der großen Wiese hinter der Scheune könnte Nate mit den Pferden arbeiten.

Nate.

Sie hatte noch immer nichts von ihm gehört.

Ihre Beziehung war etwas Einzigartiges. Die meisten Leute hielten sie für ein Liebespaar – zwei Sonderlinge, die auf demselben Grundstück lebten, zwei Einzelgänger. Doch obwohl nichts Wahres an den Gerüchten war, die in Santa Lucia kursierten und nach denen sie und Nate eine Affäre hatten, unternahm Shannon nichts gegen das

Gerede. Nate arbeitete mit den Pferden, sie mit den Hunden. Nate hatte achtzehn Monate im Gefängnis zugebracht, bevor seine Verurteilung wegen Mordes aufgehoben wurde, weil neue DNA-Analysen seine Unschuld bewiesen. Und sie selbst war beschuldigt worden, ihren Mann ermordet zu haben … Nein, sie beide waren kein Paar, bisher jedenfalls nicht. Das lag allerdings an ihr, nicht an ihm, und vermutlich war es der Grund dafür, dass es in letzter Zeit Unstimmigkeiten zwischen ihnen beiden gab: Nate versuchte, ihr den Grundstückskauf auszureden, weil er glaubte, sie wolle sich durch den Ortswechsel von ihm distanzieren.

Shannon verzog das Gesicht. Sie wollte nicht darüber nachdenken, wie er für sie empfand, denn tief im Herzen wusste sie, dass sie sich nie in ihn verlieben würde. Womöglich wäre er einfach der ›Richtige‹ für sie, auch wenn ihre Brüder anderer Meinung waren. Aber sie hatte sich nun einmal noch nie den ›Richtigen‹ ausgesucht. Im Augenblick war der einzige Mann, den sie interessant fand, Travis Settler, und die bloße Vorstellung, sich mit ihm einzulassen, war schlicht absurd, so attraktiv er als Mann auch sein mochte. Er hatte sie immerhin verdächtigt, seine Tochter entführt zu haben, und ihr mit geradezu militärischer Ausstattung nachspioniert. Seit er nach Kalifornien gekommen war, wurde alles immer schlimmer.

Nein, Travis Settler war eindeutig ein Mann, um den sie einen weiten Bogen machen sollte. Alles andere wäre ein großer Fehler, und sie hatte wahrhaftig schon genug Fehler begangen.

Sie brauchte nur an Brendan zu denken, mit dem sie in

ihrer High-School-Zeit gegangen war, ein Freund ihres Bruders Robert. Was war daraus entstanden? Und dann natürlich Ryan, der Mann, den sie in ihrer Enttäuschung geheiratet hatte – der größte Fehler ihres Lebens. Die beiden Männer, mit denen sie sich seit Ryans Tod getroffen hatten, waren nicht der Rede wert.

Shannon schauderte, als sie an ihren Mann dachte. Was für ein Albtraum. Und die Erinnerungen an alles, was er ihr angetan hatte, waren in dem Haus noch immer gegenwärtig, auch wenn sie schon längst aus dem Eheschlafzimmer im Erdgeschoss ausgezogen war, das sie jetzt als Arbeitszimmer nutzte, sich ein neues Bett gekauft und es im Obergeschoss aufgestellt hatte.

In dem neuen Haus würde sie einen neuen Anfang machen, mit einem offenen, strahlenden Horizont, sagte Shannon sich, während sie Farbeimer, Malerrollen, Abstreifer, Reinigungsmittel und ein paar Artikel für den täglichen Bedarf wie Toilettenpapier, Küchentücher und Müllbeutel auslud und ins Haus schaffte.

Die Küchenwände waren mit altem Kiefernholz verschalt, die Dielenböden waren verschrammt. Der Kamin bestand aus Flusssteinen und war jahrelang nicht benutzt worden. Vermutlich nisteten entweder Vögel oder Wespen darin. Doch vor ihrem inneren Auge sah sie den Raum, wie er mit frisch gestrichenen Wänden, abgeschliffenen, glänzend polierten Holzböden, lackierten Wandschränken und neuen Fliesen auf den Arbeitsflächen aussehen würde. Ein paar Teppiche strategisch verteilt zwischen dem alten Schaukelstuhl und dem antiken Sofa, ein munter prasselndes Feuer im Kamin …

Besonders praktisch fand sie den angebauten Holzschuppen. Man erreichte ihn von der Küche aus durch einen Vorraum der zu beiden Seiten des Hauses offenen Veranda, der gleichzeitig als Waschküche diente. Der Schuppen war lang und schmal, mit durchhängendem Dach, und am anderen Ende führte eine Tür zum Hof hinaus. Dort würde sie die Hundezwinger einrichten, mit abgetrennten Auslaufflächen, die auf einen großen Trainings- und Spielplatz mündeten.

Es wäre perfekt!

»Der Himmel auf Erden«, murmelte sie ironisch – dass es so etwas nicht gab, war ihr sehr wohl klar. Sie nahm den Schlüssel, den Alexi ihr gegeben hatte, und öffnete die Tür zum Schuppen. Der Geruch von trockenem Holz, Sägemehl und Schmutz stieg ihr in die Nase. Shannon wedelte ein paar Spinnweben fort, die von der reparaturbedürftigen Decke hingen, und durchquerte den Raum bis zur Hintertür. Dabei betrachtete sie prüfend die Mauern. Sie würde eine Wärmedämmung einbauen müssen, Installationen, Stromversorgung, Heizung und mehr Fenster, um für die Hunde Tageslicht hereinzulassen. Und den morschen Dielenboden musste sie durch Beton und Fliesen ersetzen lassen. Das würde eine Menge Zeit und Geld kosten, aber Shannon sparte schon dafür, seit sie sich vor drei Jahren entschlossen hatte umzuziehen.

Sie wollte gerade die hintere Tür des Schuppens aufsperren, als sie bemerkte, dass diese unverschlossen war. Der glänzende neue Riegel war nicht vorgeschoben.

Als sie die Klinke betätigte, öffnete die Tür sich knarrend. Eine schadhafte Treppe führte in den zugewucherten Garten, durch den ein unkrautbewachsener Weg zum Törchen führte.

Unbehagen überkam Shannon.

Warum machte Alexi sich die Mühe, einen brandneuen Riegel anzubringen, ließ die Tür dann jedoch unverschlossen?

Ein Versehen?

Oder war jemand eingebrochen?

Sie trat ins Freie, drehte sich langsam um und suchte mit dem Blick noch einmal Haus und Grundstück ab. Den Gedanken an einen Einbruch schob sie von sich. Wenn sich jemand für dieses Haus interessierte, dann gab es dafür sicher eine harmlose Erklärung. Vielleicht waren es Teenager auf der Suche nach einem Ort, wo sie eine Party feiern konnten – allerdings deutete nichts im Haus darauf hin, es lagen keine leeren Bierflaschen herum, keine Zigarettenkippen oder sonstiger Müll. Möglicherweise gab es auch einen weiteren Interessenten, der hoffte, der Verkauf käme nicht zustande. Oder aber ein Wanderer oder Jäger war zufällig auf das Haus gestoßen und neugierig geworden.

Nichts Bedrohliches.

Nichts Ernstes.

Sie nahm nur immer gleich das Schlimmste an, weil in der letzten Zeit so viel Düsteres und Rätselhaftes geschehen war. »Erschrick doch nicht vor deinem eigenen Schatten«, redete sie sich selbst zu, verriegelte die Tür und vergewisserte sich, dass sie fest verschlossen war. Wahrscheinlich war es wirklich nur ein Versehen gewesen, nichts weiter.

Sie verließ den Holzschuppen und rief nach Khan. Dann stapfte sie durch das hohe Gras zur Vorderfront des Hauses und blickte auf den See hinaus. Der alte Anlegesteg war bis auf ein paar morsche Planken noch intakt. Shannon ging bis an den Rand, zog Schuhe und Strümpfe aus und tauchte die Füße ins kühle Wasser. Es war ein himmlisches Gefühl! Sie öffnete ihren Pferdeschwanz, ließ ihr Haar auf die Schultern fallen, lehnte sich mit einem Seufzer zurück und schloss die Augen.

Sie mochte weder Nate noch ihren Brüdern oder sonst irgendjemandem erklären, warum es sie zu diesem Umzug drängte. Es war allein ihre Entscheidung gewesen, dieses Anwesen zu kaufen. Mochten die anderen doch darüber denken, was sie wollten. Vor drei Jahren hatte sie beschlossen, sich auf ihre eigenen Beine zu stellen und sich nicht mehr von ihren Brüdern abhängig zu machen oder bevormunden zu lassen. Gut, Shea und Robert und Aaron hatten ihr in der letzten traumatischen Zeit zur Seite gestanden, aber das gab ihnen nicht das Recht, sich in ihre Entscheidungen einzumischen. Damit war jetzt Schluss.

»Schluss«, sagte sie laut. Sie fröstelte, als hätte sich eine Wolke vor die Sonne geschoben. Doch als sie die Augen aufschlug, war der Himmel nach wie vor klar, die Sonne unverändert golden und strahlend.

Seltsam.

Shannon rieb sich die schmerzende Schulter und hielt nach ihrem Hund Ausschau. Er stand stocksteif da, das Fell gesträubt, den Blick starr auf den Wald jenseits des Zauns gerichtet.

Shannons Muskeln spannten sich an.
Ohne sich zu rühren, stieß Khan ein warnendes Knurren aus.
»Was ist los?«, flüsterte Shannon und griff nach ihren Schuhen und Strümpfen. So allein auf dem Steg sitzend, die Füße im ruhigen Wasser, hatte sie sich unbefangen wie ein Schulmädchen gefühlt, aber das war dumm. Wusste sie es denn nicht besser? Hatte sie keine Lehre aus dem Überfall und Mary Beths Tod gezogen? So schutzlos, wie sie hier gesessen hatte, war sie leichte Beute für …
Hör auf! So darfst du nicht denken! Du musst dein Leben weiterleben und darfst nicht dem Gefühl nachgeben, dich verkriechen zu müssen.
Aber Mary Beth war tot. Auf grausame, brutale Weise ermordet.
Und Dani Settler war verschwunden.
Hatte sie zugelassen, dass der Wahnsinn, die Angst ihr an den Ort folgten, der ihre sichere Zuflucht werden sollte?
Sie atmete tief durch und blickte zum dunklen Waldrand hinüber. Dort war nichts zu sehen, kein Mensch weit und breit. Dennoch wich die Gänsehaut auf ihren Armen nicht, und sie wurde das Gefühl nicht los, beobachtet zu werden.
Wütend auf sich selbst rief sie dem Hund einen scharfen Befehl zu, und Khan, immer noch knurrend, klemmte den Schwanz zwischen die Beine und lief zum Pick-up.
»Du bist ein Weichei«, sagte sie zu dem Hund, nachdem sie eingestiegen war, und kraulte ihm das Fell. Dann legte sie den Gang ein. »Wirklich, du bist ein furchtbares Weichei!«

Und du auch, Shannon!

Sie schaltete das Radio ein und hörte noch das Ende der Wettervorhersage, während sie den Pick-up in weitem Bogen in Richtung Zufahrt lenkte.

»... andauernden Hitzewelle ist kein Ende in Sicht. Die Temperatur erreicht über vierzig Grad, es herrscht weiterhin erhöhte Waldbrandgefahr ...«, verkündete der Sprecher gerade, als Shannon in den Rückspiegel sah.

Augenblicklich schlug ihr das Herz bis zum Hals.

Da war er!

Durch den aufgewirbelten Staub erkannte sie undeutlich eine dunkle Gestalt im Spiegel, sah flüchtig, wie jemand zwischen den Bäumen hindurchhuschte.

Sie schnappte nach Luft.

Trat auf die Bremse und fuhr herum, um aus dem Heckfenster zu sehen. Hinter dem Pick-up legte sich allmählich der Staub.

Die Luft flimmerte vor Hitze, verzerrte die Sicht.

In den Schattensprenkeln unter den schwarzen Eichen war niemand zu sehen. Kein Übeltäter lauerte bösartig im Halbdunkel. Nichts Bedrohliches schlich sich durchs Dickicht.

Shannon warf einen Blick auf den Hund. Khan sah sie erwartungsvoll an. Sein Fell war jetzt nicht mehr gesträubt.

Außer dem Summen des Motors, dem leisen Zwitschern der Vögel und dem Zirpen von Insekten im Gras war nichts zu hören. Shannon entspannte sich. »Idiotin«, schimpfte sie mit sich selbst. Sie wollte hierher ziehen, um den Geistern der Vergangenheit zu entkommen ...

nicht um sie hierher mitzunehmen. Auf keinen Fall. Langsam ließ sie die Bremse los und fuhr die Zufahrt hinunter, wobei sie immer wieder in den Rückspiegel blickte.

Nichts regte sich.

Alles war wie immer.

Wenig später bog sie um eine Kurve, so dass das Gehöft am Waldsee ihren Blicken entzogen war.

Vermutlich hatte sie sich die Gestalt im Spiegel nur eingebildet, dachte Shannon, während der Pick-up weiter über die unbefestigte Straße holperte. Sie hatte sich von der Nervosität des Hundes anstecken lassen. Vielleicht hatte Khan ein Reh oder einen Fuchs gesehen, womöglich sogar einen Puma.

Aber du hast einen Mann gesehen.

Aufrecht. Auf zwei Beinen.

Um sich zu beruhigen, schaltete sie das Radio ein, fand einen Sender mit Rockmusik und sang, während sie auf den Highway auffuhr, einen Springsteen-Song mit, den sie noch aus ihrer Jugendzeit kannte. Sie durfte nicht zulassen, dass ihre lebhafte Phantasie mit ihr durchging. Sie wollte nicht die Gefangene ihrer Angst werden.

Dieses Mal nicht.

Nie wieder.

21. Kapitel

Danis Finger bluteten in den mittlerweile durchlöcherten und schmutzigen Socken. Sie arbeitete hart, zerrte aus Leibeskräften an dem verdammten Nagel, um ihn aus der Bohle zu ziehen. »Komm schon, komm schon«, beschwor sie ihn leise. Sie wusste, dass die Zeit ihr davonlief, und auch ihre Geduld war bald am Ende. Der Spinner konnte sie nicht für immer hier gefangenhalten, das war ihr klar. Sie hatte beobachtet, dass er immer unruhiger, immer gereizter wurde. Häufig stapfte er vor dem Kaminfeuer auf und ab, und er hatte sich angewöhnt, sein Messer auf den Steinen neben der Feuerstelle abzulegen, so, dass die Glut sich in der blanken Klinge spiegelte.

Sie dachte daran, wie er diese Klinge an ihre Wange gepresst, sie damit bedroht hatte, und zitterte innerlich. Nie wieder wollte sie sich in diese Lage bringen. Nie wieder.

Ihre Finger schmerzten, aber sie gab nicht auf. »Komm schon, du blödes Ding!« Sie spürte jetzt, wie der Nagel sich bewegte.

»Komm schon!«

Mit einem letzten Ruck löste sich der Nagel.

Dani wäre beinahe hintenüber gefallen.

Mit klopfendem Herzen betrachtete sie den langen Metallstift, umfing ihn durch die Socke hindurch mit der Hand.

Ja! Die Freiheit war in greifbare Nähe gerückt. Sie wäre am liebsten sofort ausgebrochen, wusste aber, dass es Selbstmord gewesen wäre. Wenn er sich schon auf dem Rückweg befand, würde er sie womöglich abfangen. Er war jetzt schon seit einigen Stunden fort, und neuerdings konnte sie nie vorhersagen, wie bald er in die Hütte zurückkehren würde.

So gern sie jetzt gleich in den Wald hinausgelaufen wäre, sie wagte es nicht. Es war noch Tag – sie musste ihre Flucht auf die Nacht verschieben, wenn er aufgebrochen war, um seinen üblen Machenschaften nachzugehen, wie auch immer sie aussehen mochten.

In den letzten paar Tagen hatte sie ihn bei jeder Gelegenheit durch die Türritze beobachtet. Sie wusste, wo er eine Ersatztaschenlampe aufbewahrte. Das Messer nahm er gewöhnlich mit, doch es gab noch weitere Gegenstände, die sie brauchen konnte, zum Beispiel das Feuerzeug, mit dem er jeden Abend den Kamin anzündete. Es würde ihr vielleicht gute Dienste leisten. Und das Bild von ihrer Mutter, verdammt, das würde sie auch mitnehmen.

Viel konnte sie allerdings nicht tragen, denn er hatte ihr vor ein paar Tagen ihren Rucksack weggenommen. Aber sie war immer noch im Besitz der Zigarettenkippe, die sie gut versteckt tief in ihrer Tasche verwahrte. Wenn sie außerdem ein paar Gegenstände aus der Hütte mitnahm, fand die Polizei vielleicht Fingerabdrücke darauf und konnte so das elende Schwein stellen.

Sie konnte es kaum erwarten.

Aber ihre Gedanken eilten zu weit voraus.

Zunächst einmal musste sie den Nagel verstecken, und

das ging am besten, indem sie ihn zurück in sein Loch steckte. Sie hatte das Loch in dem alten Holz ausreichend geweitet, um den Nagel jederzeit problemlos wieder herausziehen zu können.

Dani lächelte vor sich hin und betrachtete den langen Metallstift.

Am liebsten hätte sie ihn dem Kerl tief in den Hals gerammt. Oder ihn mit ihren Taekwondo-Künsten in die Knie gezwungen. Oh, wie gern hätte sie ihn fertiggemacht. Andererseits – er unterschätzte sie zwar und wusste nicht, wozu sie fähig war, aber umgekehrt hatte sie auch keine Ahnung von seinen Fähigkeiten. Womöglich hatte er ebenfalls den schwarzen Gürtel. Er war muskulös und durchtrainiert – sie hatte während seines abendlichen Rituals genügend Gelegenheit gehabt, seinen Körper zu betrachten. So abstoßend das Schauspiel auch war, sie hatte dadurch doch einiges erfahren. Er war ein harter Kerl, viel größer und kräftiger als sie. Wenn er ihr etwas antun wollte, hätte sie ihm wenig entgegenzusetzen.

Deshalb durfte sie ihn nicht reizen.

Aber sie konnte auch nicht einfach tatenlos herumsitzen und warten, bis er beschloss, dass er sie nicht länger brauchte.

Ihr Blick ruhte noch immer auf dem Nagel … Er war schätzungsweise knapp fünfzehn Zentimeter lang. Groß genug für ihre Zwecke.

Bald würde das Ungeheuer zurückkommen. Ihr wurde fast übel bei dem Gedanken, ihm wieder nahe sein zu müssen. Erneut überkam sie der überwältigende Drang, auf der Stelle zu fliehen. Sollte sie es etwa doch riskieren?

Sie blickte zum Dachfenster auf und sah, dass es später Nachmittag war, vielleicht früher Abend. Schatten krochen über den Himmel, was bedeutete, dass die Sonne im Westen schon tief am Himmel stand. Und wenn er nicht so bald zurückkam? Womöglich vertat sie gerade ihre letzte Chance zur Flucht.
Sie umklammerte den Nagel.
Wenigstens könnte sie sich ein wenig in der Hütte umsehen …
Da glaubte sie in der Ferne ein dumpfes Motorengeräusch zu hören.
Mist!
Angst packte sie.
Verlier jetzt bloß nicht den Mut. Du musst ihn nur noch ein paar Stunden länger ertragen.
Eilig schob sie ihr Werkzeug wieder in das Loch im Schrankboden und warf sich aufs Bett. Sie musste warten. Musste ihn noch eine Nacht ertragen.
Abscheu würgte sie in der Kehle.
Heute Nacht.
Ganz gleich, wie.
Wenn er nach ihr gesehen, ihr zu essen gegeben und sein schauriges Ritual vor dem Feuer vollzogen hatte, würde er wieder gehen. Dann war der richtige Zeitpunkt.
Später, in dieser Nacht, wenn er fort war, würde sie fliehen.

Als Shannon zu Hause ankam und ihren Wagen vor der Garage abstellte, hatte ihre Unruhe sich beinahe gelegt. Während der Fahrt hatte sie sich selbst zugeredet, sie sei einfach müde und überreizt. Vielleicht hatte sie sich ja doch nur eingebildet, den Mann gesehen zu haben. Nach all den Ereignissen der letzten Tage waren ihre Nerven nun einmal zum Zerreißen gespannt. Sie sehnte sich nach einem ausgedehnten Bad, vielleicht bei Kerzenschein mit einem Glas Wein ... und Muße, um ihre Gedanken zu ordnen, oder, noch besser, um ihre Gedanken schweifen zu lassen. Wenn sie ein wenig Zeit für sich hatte, gelang es ihr vielleicht endlich zu verstehen, was vorging, und ihre Ängste zu überwinden.

Die Belastungen, die sie hier quälten, durften nicht auf ihre Träume vom neuen Heim übergreifen.

Mit einem Seufzer stieg sie aus dem Wagen. Khan sprang mit einem Satz auf den staubigen Boden, rannte davon und hob das Bein an seinem Lieblingszaunpfahl. Sämtliche Hunde liebten diesen alten, knorrigen Pfosten, und Shannon verbrachte die folgenden zehn Minuten damit, ihn mit dem Wasserschlauch abzuspritzen.

»Zwecklos, den Geruch bekommst du nicht ab«, sagte Nate hinter ihr. Shannon fuhr erschrocken zusammen.

Der Schlauch geriet außer Kontrolle, und das Wasser spritzte nach allen Seiten, bis sie ihn wieder fest im Griff hatte.

Ihr Haar, ihre Arme und ihre Bluse waren tropfnass. »Verdammt«, schimpfte sie, aber im Grunde tat das kalte Wasser gut. Es erfrischte sie.

»Entschuldige.«

Er lächelte flüchtig, seine Zähne blitzten weiß in starkem Kontrast zu seiner gebräunten Haut. »Du Mistkerl, das hast du mit Absicht getan, nicht wahr? Es macht dir Spaß, dich an Leute anzuschleichen.« Er öffnete den Mund, um etwas zu erwidern, doch Shannon brachte ihn mit einer Handbewegung zum Schweigen. »Überleg dir gut, was du sagst, bevor du wieder einmal von dem Erbe deiner indianischen Vorfahren anfängst, klar?« Sie richtete den Schlauch auf sein Gesicht. »Ich hätte nicht übel Lust, dich dort zu treffen, wo es die beste Wirkung erzielt.« Damit senkte sie den Schlauch, so dass ihre neu entdeckte Waffe auf seinen Schritt zielte.

Nate hob abwehrend die Hände. »Schon gut, Madam«, sagte er gedehnt in einer armseligen Imitation eines lächerlichen Hollywood-Cowboy-Dialekts. »Ich ergebe mich.«

»Das sind genau die Worte, die ich am liebsten aus dem Mund eines Mannes höre«, versetzte sie und bückte sich nach dem Hahn, um das Wasser abzudrehen. Ein stechender Schmerz erinnerte sie daran, dass ihre Rippen bei weitem noch nicht verheilt waren. »Immerhin stinkt der Pfahl nicht mehr so sehr, dass es jeden Streuner im Umkreis von hundert Meilen zum Pinkeln hierher zieht.«

»Du würdest dich doch darüber freuen und jeden einzelnen in deine Obhut nehmen.«

Sie lachte leise, wobei erneut ein stechender Schmerz durch ihre Rippen zog. Er hatte recht: Sie hatte bisher jeden streunenden Hund, den sie fand, bei sich aufgenommen. »Ich bin doch nicht der heilige Franz von Assisi«, sagte sie und wischte sich die Hände an ihrer Blusen trocken.

»Nicht?«

»Ganz bestimmt nicht.«

»Aber die heilige Shannon?«

»Es gibt keine heilige Shannon.«

»Bist du sicher?«, entgegnete er.

»Hm … nein.« Sie zuckte die Schultern und pfiff nach Khan. »Meine Schulzeit und der Religionsunterricht in St. Theresa liegen schon eine Weile zurück. Aber ich glaube, wenn jemand mit dem Namen Shannon heiliggesprochen worden wäre, wüsste ich davon.« Sie musterte Nate und stemmte eine Hand auf die Hüfte. »Wo zum Teufel hast du gesteckt?«

»Hatte einiges zu tun. Der Pick-up macht Ärger. Jetzt ist er in der Werkstatt. Einer der Mechaniker hat mich nach Hause gefahren.«

»Du hättest wenigstens mal anrufen können.«

»Habe ich. Auf deinem Handy. Aber du hast nicht zurückgerufen.«

»Ich hab's versucht, aber deine Mailbox war voll. Außerdem war mein Handy eine Zeitlang verschwunden«, sagte sie. Die rätselhafte Art, wie es wieder aufgetaucht war, beunruhigte sie noch immer.

»Tja, jedenfalls habe ich immerhin versucht, dich zu erreichen.«

Wenn auch nur halbherzig, dachte sie, sprach es jedoch nicht aus.

»Ich habe von der Sache mit Mary Beth gehört. Es tut mir leid.«

»Ja, mir auch.«

»Die Polizei geht davon aus, dass es Mord war?«

Shannon nickte. Der Humor und die Herzlichkeit, die eben noch zwischen ihnen geherrscht hatten, verflüchtigten sich angesichts der düsteren Tatsache.

»Wie nimmt Robert es auf?«

»Ich habe ihn nicht mehr gesehen, seit es passiert ist, aber meine Brüder und meine Mutter sagen, er ist ziemlich am Boden.«

»Und die Kinder?«

»Ich weiß es nicht. Bestimmt ist es nicht leicht für sie.« Sie stützte die Unterarme auf die oberste Latte des Gatters. »Die Polizei nimmt an, dass der Täter derselbe ist, der meinen Schuppen niedergebrannt hat.«

Nates Blick glitt kurz zur Brandstelle hinüber, dann sah er Shannon ins Gesicht. »Und der dich überfallen hat.«

»Und, wie es aussieht, Dani Settler entführt hat.«

»Deine Tochter.«

Sie zog eine Augenbraue hoch. »Ich kann mich nicht erinnern, dir all meine tiefen, dunklen Geheimnisse anvertraut zu haben.«

Achselzuckend versetzte er: »Santa Lucia ist eine Kleinstadt. Jeder weiß über jeden Bescheid.«

»Dich eingeschlossen?«

»Nur die Menschen, die mir wichtig sind«, sagte er und wies dann, bevor sie etwas erwidern konnte, mit einer Kopfbewegung in Richtung Koppel, wo die Pferde grasten. »Ich möchte dir etwas zeigen.«

»Was denn?«

»Komm mit.« Als sie zögerte, setzte er hinzu: »Glaub mir, Shannon, was ich entdeckt habe, wird dich interessieren.«

Ihre Neugier war geweckt, und so folgte sie Nate bis zu dem Zaun, der die Koppel hinter dem Pferdestall einfasste. Dort genossen die Tiere die letzten Strahlen der

Abendsonne. Ein paar zupften an den wenigen trockenen Grasbüscheln, die sich auf der Koppel noch fanden, während der Rotschimmel sich im Staub wälzte und mächtige Wolken aufwirbelte, die seinen Körper fast völlig einhüllten. Nur die auskeilenden Beine waren noch sichtbar. Andere Pferde standen nur da, wandten ihnen die Köpfe zu und beobachteten sie aus dunklen Augen.

»Warte hier«, wies Nate sie an und nahm einen Lederriemen von einem Haken im Stall, um dann durchs Gatter zu schlüpfen und sich der kleinen Herde unter den Zweigen eines Erdbeerbaums zu nähern. Die Tiere hoben die Köpfe und blickten ihm entgegen. Er ging zielstrebig auf sie zu, redete mit fester Stimme auf sie ein.

Molly, die Falbstute, die gescheut hatte, als Shannon sie in der Brandnacht aus der Box holen wollte, war immer noch unruhig. Während die anderen Pferde sich wieder den trockenen Grashalmen zuwandten, schien sie im nächsten Moment durchgehen zu wollen. Sie blähte die Nüstern, rollte die Augen, und die Muskeln unter ihrem gelbbraunen Fell zitterten.

Nate trat dichter an sie heran. Die Stute schnaubte ängstlich, ließ jedoch zu, dass er die Führleine an ihrem Halfter einhakte. Zärtlich klopfte er ihr auf die Schulter und führte sie zum Zaun.

»Sie ist immer noch nervös«, bemerkte Shannon und schlug nach einer Bremse, die ihr um den Kopf schwirrte.

»Das wäre ich an ihrer Stelle auch.« Nate war plötzlich sehr ernst, seine dunklen Augen nahmen einen finsteren Ausdruck an. »Sieh dir mal ihr Kinn und das Maul an«, forderte er Shannon auf.

Sie betrachtete das Gesicht der Stute. Dunkle Augen waren misstrauisch auf sie gerichtet. Molly versuchte sich aufzubäumen, als Shannon sie über den Zaun hinweg streicheln wollte, doch Nate hielt sie fest. »Ich sehe nichts«, sagte Shannon. »Worauf soll ich achten? … Oh.« Sie erkannte die dunklen Stoppeln an Mollys Maul. »Moment mal. Da fehlen ja Haare.«

»Sie fehlen nicht einfach, ich glaube, sie wurden abgeflämmt.«

»Abgeflämmt?«, wiederholte sie und entdeckte ein paar schwarze Stoppeln. »Bei dem Brand?«

»Davor.«

»Wie bitte?« Sie starrte ihn entgeistert an.

»Von dem Kerl, der dich überfallen hat.«

»Aber warum?« Noch während sie die Frage stellte, fanden ihre sich überschlagenden Gedanken die einzige Antwort, die einen Sinn ergab. »O nein …«

»Um sie in Angst und Schrecken zu versetzen«, sagte Nate tonlos. »Damit Molly nicht mehr zu bändigen war. Um dich zu zwingen, die Box zu betreten, so dass du mit dem verstörten Tier in der Falle saßest.« Ein Muskel in seiner Wange zuckte, und er fügte hinzu: »Der Täter hat die ganze Sache sehr sorgfältig geplant. Und er hat Molly nicht nur erschreckt, sondern regelrecht gequält. Schau hier.« Er zeigte Shannon einen Flecken dunkler Haut am Maul der Stute, offensichtlich eine Verbrennung.

»O nein.« Shannon betrachtete das Pferdemaul eingehender und sah die Stelle jetzt ganz deutlich. Übelkeit stieg in ihr auf. »Wer ist denn pervers genug, so etwas zu tun?«

»Jemand, der wild entschlossen und zu allem bereit ist. Jemand, der einen mörderischen Hass auf dich hat. Er muss eine Fackel oder ein Feuerzeug oder einen brennenden Stock benutzt haben.«

»Verdammt!« Shannon war zutiefst erschüttert über diese Grausamkeit. Sie ließ die Szene, auf die Nate sich bezogen hatte, noch einmal Revue passieren: Sie hatte versucht, Molly anzufassen, sie zu streicheln, doch das Pferd hatte den Kopf zurückgeworfen. »Hast du das der Polizei gemeldet?«

»Noch nicht«, erwiderte er. Shannon verstand seine Abneigung gegen die Ordnungshüter: Nate war ebenso wie sie in der Vergangenheit zu Unrecht des Mordes angeklagt worden. Achtzehn Monate seines Lebens hatte er im Gefängnis verbracht. Er traute der Polizei nicht. »Ich dachte mir, du würdest es ihnen vielleicht selbst sagen wollen.«

»Das werde ich tun«, sagte sie und griff automatisch in die Tasche, in der normalerweise ihr Handy steckte, doch dann fiel ihr ein, dass es zum Aufladen im Haus lag.

Himmel! Ihr Blick wanderte von Nates besorgtem Gesicht zu der Herde. »Sind noch weitere Tiere verletzt?«

»Nicht, dass ich wüsste.«

»Hast du auch die Hunde untersucht?«

»Ja.«

»Gut.« Zwar war sie unsagbar empört über Mollys Verletzung, zugleich jedoch erleichtert, dass keine weiteren Hinweise auf solche abscheuliche Tierquälerei vorlagen.

»Vielleicht ist es an der Zeit, eine Alarmanlage zu installieren, um dein Haus, den Stall und die Zwinger zu schützen.«

Er öffnete den Haken der Führleine und ließ Molly frei. Schnaubend trabte die Stute hinüber zu den übrigen Pferden, wo sie stehen blieb, mit dem Schweif zuckte und nervös die Ohren spielen ließ.

»Ich lasse in meinem neuen Haus eine anbringen. Es muss sowieso renoviert werden. Und Alexi Demitri war heute hier. Er sagt, er besitzt eine Firma, die die Installation vornehmen kann.«

»Ich mag diesen Mann nicht«, sagte Nate tonlos.

»Das sagtest du bereits.«

Er presste die Lippen zusammen und trat durchs Gatter. »Du solltest deine Pläne noch einmal überdenken. Bis zum Umzug dauert es noch eine Weile, und die Gefahr droht doch offenbar gerade jetzt, ganz akut. Vielleicht solltest du auch hier etwas unternehmen.«

Damit hatte er allerdings recht: Sie musste noch ein paar Wochen lang hier wohnen, und die Vorstellung, dass ihr Angreifer nach Belieben hatte kommen und gehen können, verursachte ihr Gänsehaut. Womöglich war der Täter sogar im Haus gewesen, und falls er zurückkam … Ihr Magen krampfte sich zusammen. »Ich werde Alexi jetzt gleich anrufen«, sagte sie.

»Warum war er eigentlich hier?« Die Sonne sank tiefer, und die Schatten auf den Wiesen wurden länger. Khan war der Suche nach Eichhörnchen im Holzhaufen müde, trabte heran und winselte um Nates Aufmerksamkeit. Nate kraulte den Hund gewohnheitsmäßig hinter den Ohren. »Was wollte Demitri?«

»Er hat mir die Schlüssel zum Holzschuppen auf dem neuen Anwesen gebracht.«

Nates Gesicht nahm einen verbissenen Ausdruck an; die Haut spannte sich über seinen hohen Wangenknochen. »Ich dachte, nach allem, was geschehen ist, würdest du vielleicht doch nicht umziehen wollen.«

»Aber vielleicht bin ich dort oben sogar sicherer.«

Er schnaubte. »Das Gehöft ist noch abgelegener.«

»Hör mal, das haben wir doch alles längst durchgesprochen. Alexi hatte übrigens noch einen anderen Grund für seinen Besuch.«

»Nämlich?«

»Er wollte mir sein Beileid wegen Mary Beths Tod aussprechen. Und außerdem hat er mir ein Geschenk gebracht.«

Nate zog eine Augenbraue hoch und straffte sich.

»Einen Welpen.« Sie zögerte. »Komm, ich zeige ihn dir.«

»Er hat dir einen Hund geschenkt?«, vergewisserte sich Nate skeptisch. »Mhm.« Shannon war bereits auf dem Weg zur Hintertür. Mit drei langen Schritten hatte Nate sie eingeholt, und gemeinsam gingen sie über die Veranda. Die alten Bodendielen knarrten unter seinen Stiefeln. Als Shannon die Hand nach dem Türgriff ausstreckte, berührte Nate ihren Arm – der erste Körperkontakt seit dem Feuer. »Warte mal«, sagte er leise. »Wie geht es dir eigentlich?« Sein Blick verriet, wie ernst es ihm mit der Frage war.

»Ganz gut.« Sie sah ihn mit einem nicht ganz echten Lächeln an. »Hast du nicht selbst mal gesagt, dass ich zäh wie Leder bin?«

Er senkte den Blick. »Könnte ja sein, dass ich mich geirrt habe.«

»Nein!«
Sie öffnete die Tür, und er ließ die Hand sinken. Nates Problem war, dass bei ihm alles sehr tief ging, das wusste sie. Seine Gefühle waren alles andere als oberflächlich, auch wenn er sie häufig verbarg.
In der Küche trat sie an den Verschlag, in dem der Welpe bereits wieder aufgewacht war. Das kleine Fellknäuel hüpfte und sprang in seinem Gefängnis herum. Behutsam beugte sich Shannon über den Maschendraht und nahm den zappelnden kleinen Hund auf den Arm. »Skatouli«, sagte sie, während der Welpe ihr begeistert das Gesicht leckte. »Komm, ich will dich Nate vorstellen.« Shannon reichte dem hochgewachsenen Mann das Hündchen, und wie so ziemlich jedes Tier wurde auch Skatouli in Nates großen, schwieligen, unendlich sanften Händen augenblicklich ruhig. »Eine reinrassige Labradorhündin … Ohne Papiere, versteht sich.«
»Quatsch«, versetzte Nate ruhig. »Ebenso gut könntest du behaupten, ich sei ein reinblütiger Cherokee oder Khan hier ein preisgekrönter Australischer Schäferhund.« Er sah auf, streichelte jedoch noch immer den kleinen Hund. Khan, der seinen Namen gehört hatte und ohnehin stets im Mittelpunkt stehen wollte, drängte sich an Nates Beine. Er winselte erwartungsvoll, bellte dann mürrisch. Der Welpe erschrak und stieß ein hohes Kläffen aus.
»Ich weiß. Aber sie ist süß und wahrscheinlich auch klug.«
»Ich habe dir doch gesagt, du darfst Demitri nicht trauen«, betonte Nate noch einmal. »Der Kerl hat hinterhältige Motive und ist nicht so uneigennützig, wie er tut.«

Shannon seufzte. »Das höre ich nicht zum ersten Mal.«
»Und du ignorierst es. Wie immer.«
»Nicht wie immer. Ich nehme deine Ratschläge an, wenn ich sie für vernünftig halte. Sieh den Tatsachen ins Gesicht, Santana, es geht nicht nur um Demitri. Du traust überhaupt keinem Menschen.«
Er stieß einen abschätzigen Laut aus, und Shannon lachte leise. Sie hatten schon öfter über dieses Thema gesprochen. »Außerdem gefällt mir die neue Ranch.«
»Ich weiß. Zwecklos, noch länger darüber zu diskutieren«, sagte Nate. »Es ist ja beschlossene Sache.« Die Falten um seinen Mund gruben sich noch etwas tiefer ein.
Shannon ging nicht weiter auf seine ablehnende Haltung ein. Auch ihm wollte sie nicht erklären, was der eigentliche Grund für ihren Umzug war: dass sie den Geistern der Vergangenheit entkommen wollte. Als sie aufsah, begegnete sie Nates verhangenem Blick. Manchmal war es ihr, als besäße er die Fähigkeit, bis in ihre tiefste Seele zu schauen, ihre Gedanken zu lesen.
Vorsicht, Nate, vielleicht gefällt dir nicht, was du dort siehst.
»Suchst du was?«, fragte sie.
»Ich versuche nur, aus dir klug zu werden.«
»Das wird dir nie gelingen, Santana.«
Er lächelte. »Lass mir Zeit.«
Sie wussten beide, dass es nie so weit kommen würde. Als er ihr den Welpen übergab und die Küche verließ, spürte sie doch einen kleinen Stich im Herzen.
Nates ruhige Überlegenheit, seine augenscheinliche Gelassenheit verbargen einen wahren Orkan in seinem

Inneren. Vielleicht war das der Grund, warum Shannon nie mit ihm intim geworden war. Oder weil sie wusste, dass er sie liebte. Er hatte die Worte nie ausgesprochen, aber sie lagen dicht unter der Oberfläche, das ahnte sie.
»Vielleicht bist du einfach völlig durchgedreht«, sagte sie leise zu sich selbst, während sie ihm durchs Fenster nachblickte und sich fragte, warum dieser Mann ihr nicht annähernd so unter die Haut ging wie Travis Settler.

Er hatte sich dumm verhalten.
Übereifrig.
Hatte sich von seinen Gefühlen hinreißen lassen.
Alles war bis ins Kleinste geplant. Er hatte so lange auf genau den richtigen Augenblick gewartet, und nun das!
Er durfte sich keinen weiteren Fehler erlauben, sagte er sich, als er durch die länger werdenden Schatten unter den vereinzelt stehenden Schwarzeichen und Erdbeerbäumen schlich. Im Tarnanzug glitt er geräuschlos hinüber zu dem Weg, der an eine stillgelegte Kiesgrube führte. Dort hatte er seinen Pick-up abgestellt. Er schwitzte, sein Herz hämmerte, Adrenalin schoss durch seine Adern.
Er war so verdammt dicht dran!
Mühelos joggte er durch die zunehmende Dämmerung, sprang geschmeidig über einen umgestürzten Baum auf dem Weg. Er war hervorragend in Form und der Aufgabe, die vor ihm lag, ohne weiteres gewachsen. Hatte er das nicht bereits unter Beweis gestellt, als er die arme Mary Beth besuchte?
Der Glücksfall, dass Shannon ausgerechnet dieses Stück

Land gekauft hatte, erfüllte ihn mit freudiger Erwartung. Einen geeigneteren Schauplatz für die Ausführung seines Plans hätte es nicht geben können. An einer Weggabelung bog er links ab und legte die letzte Viertelmeile bis zur Kiesgrube im Dauerlauf zurück.

Sein Pick-up stand bereit.

Und seine Beute – nein, sein Köder – befand sich in einem sicheren Versteck, ein harmloses Kind, so verstört, dass es ihn kaum anzusehen wagte. Nur ganz selten wurde sie etwas lebhafter, mutiger. Das wunderte ihn jedes Mal. War sie wirklich so ängstlich, wie sie schien? Manchmal geradezu gelähmt vor Angst? Oder war sie klüger, als er dachte?

Er musste vorsichtig sein.

Keine weiteren Fehler, ermahnte er sich, verlangsamte den Schritt und atmete tief durch. Keinen einzigen Fehltritt mehr. Er war so dicht dran.

Ohnehin hatte er bereits viel zu lange gewartet.

Er dachte an seine beiden nächsten Opfer. Stellte sich das Feuer vor – wie es wuchs, himmelwärts loderte, wie die Sterne hinter Rauch und heißen, hungrigen Flammen verschwanden und der Geruch von brennendem Holz und verkohltem Fleisch die Luft erfüllte.

Er schloss die Augen, malte sich aus, wie die Funken gen Himmel stoben.

O ja! Vorfreude entfachte eine Glut in ihm und füllte die Leere tief in seinem Inneren.

Dieses Mal würde er nicht so lange warten.

Ein Feuer würde das nächste entzünden … wie die Träger

der olympischen Fackel die Flamme von Stadt zu Stadt trugen.
Feuer würde auf Feuer folgen.
Ja!
Es war Zeit, die Sache zu beschleunigen.

22. *Kapitel*

»Vertrau mir«, flüsterte er, den Mund dicht an ihrem Ohr. Sie lagen nackt im Dunkeln. Die Laute von Fröschen und Zikaden erfüllten die Nacht. Über ihnen ragten die Bäume auf. Der Wind raschelte in den trockenen Zweigen, der Oktobermond zog über den wolkenlosen Sternenhimmel.

Ihr Herz pochte wild, ihr Atem ging flach, während sie sich auf einem Bett aus trockenem Laub wälzten, das bei jeder Bewegung raschelte. Ihre nackten Körper waren schweißbedeckt, der Wind, der durch die Bäume strich, trocken wie der Atem eines Drachen und ebenso heiß. In der Ferne bellte ein Hund. Oder war es ein Wolf?

Obwohl sie spürte, dass sie etwas ungeheuer Gefährliches tat, konnte Shannon nicht aufhören. Sie war hitzig vor Verlangen, ihre Leidenschaft ebenso entflammt wie die seine.

Ein Prickeln überlief ihren ganzen Körper, das Begehren pochte dumpf in ihren Schläfen.

Sie wollte diesen Mann, sie musste ihn haben.

Seine Lippen waren warm und sinnlich, sein nackter Körper, straff, muskulös, rieb sich an ihrer bloßen Haut. Er berührte sie intim. Liebevoll. Sein Mund fand den ihren, und sie erwiderte seinen Kuss begierig. Sie wollte ihn. Ganz und gar.

Tu's nicht, Shannon, dieser Mann bedeutet Gefahr, warnte ihr Verstand. Er bringt nichts als Dunkelheit und Tod. Doch sie ignorierte die Warnungen, überließ sich ganz der puren animalischen Sinnlichkeit des Augenblicks.
Seine Hände waren groß und schwielig. Erfahren. Sie spreizten sich auf ihrem Rücken, die Finger krallten sich gierig in die Grübchen über ihren Gesäßbacken.
O Gott, sie sehnte sich schmerzlich nach ihm. Zitterte vor Erregung. Schwitzte, als seine Lippen eine warme, feuchte Spur zogen, sinnlich über ihre Wange glitten, unter ihr Kinn, an ihrer Kehle entlang, und seine Zunge sich schließlich in die Halsgrube bohrte.
»Du willst mich«, sagte er, und der Wald schien in Schweigen zu verfallen. Seine Stimme war tief und wohltönend. Sie spürte die Vibration an ihrem Körper. Eine Hand ertastete ihre Brust, spielte mit der rosigen Brustwarze. »Du willst mich.«
Sie schluckte krampfhaft und sah zu ihm auf.
»Sag es.«
Sie versuchte zu sprechen, aber ihre Stimme versagte.
»Sag es.«
Diese magischen Finger rieben ihre Brustwarze dringlicher, beinahe schmerzhaft.
Die Frösche hatten aufgehört zu quaken.
Er beugte sich über sie und küsste ihre Brust. Sie bäumte sich auf, und er zog sie fester an sich, so dass ihr Rücken sich durchbog. Sie klammerte sich an ihn, wusste, dass es kein Zurück mehr gab. Sie wollte ihn. Verzweifelt. Trotz der leise mahnenden Stimme in ihrem Kopf, die sagte, dass es ein Fehler war.

Dass es gefährlich war.
Tödlich.
Und über ihnen ein leises Knistern auf dem Waldboden, ein dünner Rauchgeruch.
»Sag es«, verlangte er.
»Ich … ich will dich«, stieß sie hervor, und der Atem stockte ihr heiß in der Lunge.
Die Grillen zirpten nicht mehr.
Hör jetzt auf, solange es dir noch möglich ist, drängte ihr Verstand in der einsetzenden Stille.
Tief im Inneren spürte sie ein Sehnen, sie stellte sich vor, wie es wäre, ihn in sich zu fühlen.
Es war so lange her … so verdammt lange.
Das Laub raschelte bedrohlich, als er den Kopf hob. Im Mondschein blickte sie zu ihm auf. Seine Augen waren mitternachtsblau, sein Haar schimmerte silbern, sein Gesicht war erwartungsvoll angespannt. Herrgott, er war schön.
Sie strich mit den Händen über seine Brust und dann tiefer hinab, über seine Rippen, seinen Leib, ihre Finger tasteten sich vor, bis er über ihr scharf den Atem einsog und flüsterte: »Ja, o ja.«
Der Hund bellte nicht mehr.
Eine dichte, schwarze Wolke schob sich vor den Mond, und plötzlich bemerkte sie ein orangerotes Glühen am Horizont. Ein dumpfes Tosen drang an ihr Ohr, und Rauch brannte in ihrer Lunge, ihren Augen. Sie war umgeben von Bäumen, deren Stämme sich vor den vorwärts rasenden, unerbittlichen, wütenden Flammen schwarz abzeichneten.

Feuer!
Sie hob den Blick zu ihrem Geliebten, doch er war fort, schien sich verflüchtigt zu haben wie der Rauch in der Luft.
Das Feuer wütete heiß. Kam immer näher.
Und sie war allein.
Shannon riss die Augen auf. Der Schrei erstarb in ihrer Kehle. Mit wild klopfendem Herzen erkannte sie ihr Schlafzimmer, sah das Sonnenlicht durchs Fenster fluten, warf einen Blick auf die Uhr auf dem Nachttisch und stöhnte auf. Es war schon nach acht. Zum ersten Mal seit dem Überfall hatte sie tief und fest geschlafen.
Bis der Traum sie ins Bewusstsein zurückgeholt hatte. Dieses Mal gehörten das Feuer, der Rauchgestank nicht der Wirklichkeit an. Der Brand hatte nur in ihrem Traum stattgefunden. Gott sei Dank.
Sie richtete sich auf, schwang die Beine über die Bettkante und dachte über den Traum nach, in dem sie beinahe mit einem Fremden geschlafen hätte. Im Lauf des Traums hatte sie den Mann für Travis Settler gehalten; sie hatte auf ihn reagiert, als seien sie längst miteinander intim, ein Liebespaar.
»Herr im Himmel«, flüsterte sie, und Khan, der sich in die Bettdecke gekuschelt hatte, hob den Kopf und gähnte. Unten winselte der Welpe. »Zeit zum Aufstehen.« Sie reckte sich, in Gedanken noch immer bei dem Traum. War der Mann, der nackt bei ihr gelegen hatte, Travis gewesen? Es war so wirklichkeitsnah gewesen, und trotzdem ... Die Gesichtszüge des Mannes, der sie berührt, der solche Lust in ihr geweckt hatte, blieben verschwommen.

Er blieb gesichtslos.

Namenlos.

»Du bist völlig durchgedreht«, schalt sie sich selbst, und ihr Blick fiel auf das Bild von Dani Settler, das an ihrer Nachttischlampe lehnte. Sie nahm das Blatt in die Hand und seufzte, spürte wieder die Last der Welt auf ihren Schultern. »Wir werden dich finden«, sagte sie zu dem Foto des lächelnden Mädchens und hoffte, es möge wahr sein.

Sie zog Jeans und ein Sweatshirt an, schaltete die Kaffeemaschine ein und versorgte die Hunde, einschließlich des neuen Welpen, der gar nicht genug bekommen konnte von dem Welpenfutter, das sie vorrätig hatte. »Was ist mit dir?«, fragte sie den Kleinen, als Skatouli auch den letzten Brocken vertilgt hatte und erwartungsvoll zu ihr aufblickte. »Hat Alexi dir etwa nichts zu fressen gegeben?« Sie schmuste ein Weilchen mit der kleinen Hündin, führte sie dann Gassi und setzte sie zurück in ihren Verschlag, bevor sie sich an die Arbeit machte und die anderen Hunde versorgte. Sie bekamen Futter und frisches Wasser, dann trainierte Shannon die Tiere einzeln. Anschließend reinigte sie die Zwinger mit dem Wasserschlauch.

Als sie fertig war, zeigte die Uhr schon nach elf, und ihr Magen knurrte. Sie ging in die Küche, wo sie vier Nachrichten auf dem Anrufbeantworter vorfand – zwei davon von ihrer Mutter, die verlangte, dass sie sich gegen siebzehn Uhr zu einem ›Familientreffen‹ einfand.

»Klingt aufregend«, sagte Shannon leise zu sich selbst. Der dritte Anruf war von einer Frau, die eine Unterbringung für ihren Hund suchte, der vierte von Anthony

Paterno, dem Detective, der die Ermittlungen im Mordfall Mary Beth Flannery leitete. Er bat sie, ihn zurückzurufen, um einen Termin zur Vernehmung zu vereinbaren.

»Noch aufregender«, knurrte Shannon, wählte aber trotzdem seine Nummer. Sie erreichte ihn nicht und hinterließ ihrerseits eine Nachricht.

Sie hatte gerade aufgelegt, als sie Nate über den Parkplatz aufs Haus zukommen sah. Wenige Sekunden später klopfte er an die Hintertür, öffnete sie und zog seine Stiefel aus.

»Wollte nur mal nach dir sehen«, sagte er lächelnd. »Wie geht's dir?«

»Besser. Körperlich zumindest.« Ihre Rippen schmerzten immer noch, und die genähte Kopfverletzung fing an zu jucken, doch die bohrenden Kopfschmerzen hatten nachgelassen, und auch der Schmerz in ihrer Schulter war inzwischen erträglich. »Der Gedanke an Mary Beth ist natürlich noch immer schrecklich.«

Er nickte. Um das Thema zu wechseln, holte Shannon Becher aus dem Schrank. »Wie wär's mit einem Kaffee?«

»Klingt gut.« Auf Socken betrat er die Küche und musterte den Welpen, der zu ihm aufsah und mit dem Schwanz wedelte. »Weißt du, sie braucht einen neuen Namen.«

Shannon sah zu, wie Nate die kleine Hündin mit seinen großen Händen hochhob, wofür das Tierchen ihm begeistert das Gesicht leckte.

»Und warum?«

Nate verbiss sich ein Grinsen. »Ich glaube nicht, dass sie sich gern Scheißerchen nennen lässt.«

»Was?«

»Skatouli heißt frei übersetzt Scheißerchen.«
»Du machst Witze.«
»Nein. Ich habe im Internet nachgeforscht.« Er setzte den Welpen zurück ins Ställchen, ohne sein Winseln zu beachten, und widmete sich Khan, der dringend Streicheleinheiten einforderte. »Manche Leute finden das vielleicht niedlich, aber ich persönlich meine, du könntest dir was Besseres einfallen lassen.«
»Jetzt freust du dich wohl, wie?«, sagte sie und warf ihm einen scherzhaft vernichtenden Blick zu, während sie Kaffee einschenkte und ihm einen Becher reichte.
»Ich sagte doch, dass ich Demitri nicht traue.«
»Ja, ich weiß.« Sie seufzte und nippte an ihrem Kaffee. »Wie wär's mit Bonzi?«
»Himmel, das ist fast genauso schlimm. Was heißt das?«
»Keine Ahnung. Mir gefällt der Klang.«
»Gib dem Hund eine Chance. Sie braucht einen ... richtigen Namen.«
»Wie Fido oder Stromer oder Goldlöckchen?«
»Goldlöckchen ist nicht schlecht.«
»Goldlöckchen ist bescheuert, Nate«, versetzte Shannon, trank einen großen Schluck Kaffee und ging vor dem Ställchen in die Knie, um der kleinen Hündin in die braunen Augen zu sehen. »Wie wär's mit Marilyn?«
»Wie bitte?«
»Sie ist blond und schön und Marilyn Monroe ist Kult ... Deshalb.«
»Monroe gefällt mir besser.«
»Nein. Klingt so männlich.«
»Bonzi auch.«

Sie überging den Seitenhieb. »Ich finde den Namen gut!«

»Marilyn?« Er ließ sich das Wort auf der Zunge zergehen und zog skeptisch eine Augenbraue hoch. »Auf jeden Fall tausendmal besser als Skatouli.«

Shannon lachte, und sie und Nate gingen dazu über, ihren Arbeitsplan für die Pferde und Hunde für die übrige Woche festzulegen. Sie vermied es, von ihrer neuen Ranch zu sprechen, um Nate nicht unnötig aufzubringen. Eine Viertelstunde später stellte er seinen Becher ab und ging wieder an die Arbeit.

»Schließ die Türen ab, auch tagsüber«, riet er ihr von der Veranda aus, wo er seine Stiefel anzog. »Was hier im Gange ist, lässt mir keine Ruhe.«

»Mir auch nicht, aber ich glaube, tagsüber kann ich mich im Haus sicher fühlen.«

Er schüttelte den Kopf. »Es geschehen zu viele sonderbare Dinge.« Er richtete sich auf. »Lass uns lieber auf Nummer sicher gehen, okay?«

»Okay. Aber du solltest einen Ersatzschlüssel bereithalten für den Fall, dass ich mich aussperre.«

»Versteck einen in der Garage, an der Wand hinter der Ausziehleiter. Häng ihn dort an den Nagel. Da findet ihn niemand.«

»Gute Idee.«

»Und du erkundigst dich auch nach einem Sicherheitsdienst? Aber möglichst nach einem, der nichts mit Demitri zu tun hat.«

»Auf der Stelle«, versprach sie.

Sein Blick verriet deutlich, dass er ihr nicht glaubte. Nate überquerte den Parkplatz und stieg die Außentreppe zu

seiner Wohnung hinauf. Auf dem oberen Absatz blieb er stehen. »Es ist mein Ernst, Shannon, ich werde in der nächsten Woche häufig unterwegs sein … Ich suche lieber selbst jemanden.«
»Ich sagte doch, ich rufe an.« Sie sahen einander über den Kiesplatz hinweg an.
Als er sich zur Wohnungstür umwandte, rief Shannon plötzlich: »Nate?« Er hielt inne und sah sie fragend an. »Warum bist du in der nächsten Woche nicht hier? Kannst du es mir sagen?«
Shannon Herz schlug heftig. Bitte sag mir, was du treibst. Einen Augenblick lang glaubte sie, er würde tatsächlich antworten.
Er presste die Lippen zusammen und schien angestrengt nachzudenken, sagte dann jedoch nur: »Manchmal ist alles anders, als es scheint.« Mit dieser kryptischen Bemerkung betrat er seine Wohnung.
Damit war Shannons Frage keineswegs beantwortet. Sie sah ihm ratlos und ein wenig beunruhigt nach. Zwar verteidigte sie ihn gegenüber anderen, aber insgeheim wusste sie manchmal selbst nicht recht, was sie von Nate halten sollte.
Wo hatte er in der Brandnacht gesteckt?

Er prüfte wie gewohnt den Riegel, vergewisserte sich, dass der Haken in die Öse griff und die Kleine nicht entkommen konnte. Anfangs hatte er befürchtet, sie könnte sich befreien, wenn sie sich oft genug mit ihrem ganzen Gewicht gegen die Tür warf, doch seine Sorge war überflüssig gewesen. Sie hätte gar nicht den Mut aufgebracht,

etwas so Abenteuerliches wie einen Fluchtversuch zu unternehmen.
Zumindest hatte es den Anschein.
Stirnrunzelnd starrte er die verschlossene Tür an. Seltsam, dieses Mädchen – nach dem, was er durch den Internetkontakt über sie erfahren hatte, erwartete er einen kleinen Wildfang mit Grips und Mumm in den Knochen. Sie hatte mit ihren Schießkünsten und dem schwarzen Gürtel in irgendeiner Kampfsportart geprahlt. Sie hatte behauptet, ohne Sattel im Galopp reiten, ein Zelt aufbauen, jagen und angeln zu können – all das hatte ihr Vater ihr angeblich beigebracht.
Bisher schien es, als steckte nicht viel dahinter.
Er betrachtete nachdenklich den Riegel.
Man durfte nicht alles glauben, was die Leute im Internet erzählten. Alleinstehende auf der Suche nach einem Partner machten falsche Angaben über ihr Alter, ihr Gewicht oder ihr Einkommen. Viele versuchten, sich zu profilieren, um das eigene Ego zu befriedigen. Und Jugendliche waren in dieser Hinsicht wahrscheinlich die Schlimmsten, behaupteten im Internet alles Mögliche über sich.
Er rieb sich das Kinn, dann stellte er mit einem Blick auf die Uhr fest, dass ihm nicht mehr viel Zeit blieb. Es war später Nachmittag. Er schlug mit der Faust gegen die Tür. »Ich bin gleich zurück«, brüllte er laut durch die dicken Bohlen, woraufhin das Mädchen doch tatsächlich aufschrie. Als jagte bereits der Klang seiner Stimme ihr einen heillosen Schrecken ein.
Die Sache kam ihm spanisch vor. Er kniff die Augen zusammen und fragte sich, ob sie ihm etwas vormachte.

Mehrmals hatte er sie dabei ertappt, dass sie ihn anstarrte, jede seiner Bewegungen verfolgte. Er wusste, dass sie durch die Türritze spähte, wenn er ihr den Rücken zukehrte, denn in dem fleckigen, gesprungenen Spiegel über dem Kaminsims konnte er erkennen, was hinter ihm vor sich ging. Für sie hatte er sein gewohntes Ritual ausgebaut. Wahrscheinlich machte der Anblick eines nackten Mannes sie ordentlich an. Schön und gut. Er machte das Beste daraus. Angst war eine gute Motivation, die ideale psychologische Waffe.

Er ließ sie seine Muskeln sehen und machte eine große Show daraus, mit seinem Messer umherzustolzieren, die Klinge in der Glut zu erhitzen und ein schwieriges Krafttraining zu absolvieren, um ihr ohne Worte zu zeigen, wie stark und gewalttätig er war.

Nur für den Fall, dass sie auf dumme Gedanken kam.

Womöglich an Flucht dachte.

O nein, dachte er. Im Leben nicht.

Du weißt es zwar noch nicht, aber du bist zum Untergang verdammt.

Wie deine Mutter.

»Es tut mir so leid, was Mary Beth zugestoßen ist«, sagte Shannon, als sie ihren Bruder zum ersten Mal nach der Tragödie wiedersah.

»Ja, ich weiß«, antwortete er und wich ihrem Blick aus. Die Geschwister standen in der ordentlich aufgeräumten Küche ihrer Mutter. Es roch nach altem Bratfett und Lysol, wie schon seit vier Jahrzehnten. Der einzige Geruch, der fehlte, war der nach den Zigarren ihres Vaters.

Zwar war Patrick zum Rauchen in das kleine Kaminzimmer oder auf die Veranda verbannt worden, doch das Tabakaroma hatte stets im Haus gehangen, wie zur Erinnerung daran, wer das Familienoberhaupt war.
Gott sei Dank, dass er die jüngsten Ereignisse nicht mehr erleben musste.
Patrick war ein begeisterter Feuerwehrmann gewesen, wie schon Generationen von Flannerys. Jetzt war Robert der Letzte der Familie, der den Beruf noch ausübte.
Welche Ironie des Schicksals, dass seine Frau ausgerechnet bei einem Brand ums Leben gekommen war.
»Wie geht es den Kindern?«, fragte Shannon in das Schweigen hinein.
»Es geht so. Elizabeth leidet unter Albträumen. RJ spricht nicht über den Vorfall, sondern scheint damit zu rechnen, dass Mary Beth jeden Augenblick wie durch Zauberei zurückkommt.« Roberts Stimme klang belegt, er räusperte sich. »Das Begräbnis wird schwer für sie sein.«
»Für uns alle«, pflichtete Shannon ihm bei. »Vielleicht solltest du die Kinder zu einem Therapeuten schicken.«
»Ja, Cynthia hält das auch für eine gute Idee.«
Shannon straffte den Rücken. Zwar redete sie sich ein, dass sie Roberts Beziehung akzeptierte – es war schließlich sein Leben –, aber es erschien ihr pietätlos und irgendwie unangemessen, so kurz nach Mary Beth' Tod von Cynthia zu sprechen.
»Wo sind die beiden jetzt?«
»Noch immer bei Mary Beth' Schwester, Margaret … Ich muss mir überlegen, wie ich die Betreuung nach der Schule organisiere.« Er schloss die Augen, als würde ihm jetzt

erst klar, wie viel seine Frau eigentlich für ihn und für seine Kinder getan hatte. »Es ist ein verfluchter Albtraum«, flüsterte er, dann schien er selbst erschrocken über seine Ausdrucksweise und setzte rasch hinzu: »Verzeihung. Ich stehe noch unter Schock.«

»Ich weiß.« In diesem Moment klingelte es an der Tür: Die übrigen Brüder waren eingetroffen. Ihre Mutter hatte sie alle zu sich bestellt, denn sie fand, dass die Familie vor dem Begräbnis enger zusammenrücken sollte. Maureen hatte im Esszimmer auf der Anrichte und der Hausbar, in der noch immer der irische Whiskey und allerlei harte Schnäpse ihres Mannes standen, einen Imbiss angerichtet.

Sie unterhielten sich, tranken und verzehrten winzige Krabbenhäppchen, Obstspieße, Gemüse und Chicken Wings mit Dip. Im Fernsehen lief ein Baseballspiel: Die Giants verloren gerade gegen die Mariners. Die Brüder scharten sich um den Bildschirm.

Shannon erschien die gesamte Szene surreal; ihr war, als versuchte ihre Mutter irgendwie, das Unfassbare in die Normalität einzubetten, damit Mary Beth und ihr Andenken in Frieden ruhen konnten. Noch vor dem Begräbnis, bei dem der Flannery-Clan mit Mary Beths Familie konfrontiert werden würde.

Doch das gelang ihr nicht. Zwar gestand man es sich nicht ein, doch Mary Beth war gegenwärtiger denn je; ihr Geist schien im Raum anwesend zu sein, während sie hier banale, unsinnige Gespräche führten.

Shannons Kopfschmerzen meldeten sich zurück. Sie ging ins Bad, schluckte zwei Aspirin ohne Wasser, dann setzte sie sich auf den Rand der Badewanne und ließ sich von der Brise, die durchs offene Fenster wehte, den Nacken kühlen. Es war heiß im Haus. Stickig. Der Schweiß brach ihr aus allen Poren; mit einer Hand hob sie ihr Haar im Nacken an.

Sie hörte ihre Brüder auf der hinteren Veranda. Feuerzeuge klickten, die Luft trug Rauch und gedämpfte Stimmen herauf. Shannon belauschte ihr Gespräch ohne Hemmungen. Diese Angewohnheit hatte sie schon als Kind entwickelt, da sie sich angesichts der engen Bindung unter ihren Brüdern immer ein wenig ausgeschlossen fühlte.

Aaron sprach leise, doch sie schnappte das Stichwort ›Geburtenfolge‹ auf. Worüber redeten sie, zum Teufel?

Jemand, wahrscheinlich Shea, äußerte etwas über Neville, was sie jedoch nicht verstand. Und dann vernahm sie den Satzfetzen: »… haben wir unserem Vater zu verdanken.«

Shannons Neugier war geweckt. Leise schloss sie die Badezimmertür ab und stieg in die Wanne, von wo aus sie durch das Fenster spähen konnte. Sie blickte auf zwei Köpfe hinab, deren schwarzes Haar in der Sonne glänzte. Aaron und Shea rauchten und unterhielten sich leise im Schatten der Weinranken. Kolibris schwirrten um die Vogeltränke, Bienen summten im Garten mit den üppigen Fuchsien, Petunien, Tausendschönchen und Lavendelbüschen.

Wo steckten Robert und Oliver?

Standen sie unter dem Dach der Veranda, wo Shannon sie nicht sehen konnte? Oder waren sie bei ihrer Mutter im Haus?

Wollten Aaron und Shea unter sich sein?

Wieso empfand sie die Zusammenkunft dort unten irgendwie als bedrohlich? Ihre Brüder waren lediglich mit ihren Drinks nach draußen gegangen, um eine Zigarette zu rauchen, und trotzdem …

Es klopfte an der Badezimmertür.

Shannon fuhr erschrocken zusammen.

»Liebling, fehlt dir was?«, fragte Maureen und rüttelte an der Klinke.

»Nein.« Ihr Puls schlug schneller – um ein Haar wäre sie beim Lauschen ertappt worden. »Ich suche nur irgendwelche Schmerztabletten, Ibuprofen oder so.«

»Im Medizinschrank.«

»Schon gefunden.« Geräuschlos stieg Shannon aus der Wanne und stellte zufrieden fest, dass sie keine Fußspuren auf der glänzenden Emaille hinterlassen hatte.

»Geht es dir gut?«

»Ich habe nur Kopfschmerzen, Mutter.«

»Du solltest noch einmal zum Arzt gehen.«

»Das werde ich. In ein paar Tagen.«

Shannon betätigte die Toilettenspülung und drehte für ein paar Sekunden den Wasserhahn auf. Als sie die Tür öffnete, sah sie ihre Mutter vor der Kommode stehen. Sie warf einen Blick in den Spiegel und strich sich ein paar widerspenstige Löckchen hinter die Ohren. »Geht es dir auch wirklich gut?«, fragte sie, griff nach einer Dose Haarspray und sprühte ihre Frisur damit ein, bis sich kein Härchen mehr regen konnte.

»Ganz prima«, log Shannon, und ehe ihre Mutter sich wieder einmal über ihr ewiges Pech und den Fluch der

Flannerys auslassen konnte, setzte sie hinzu: »Ich muss jetzt wirklich gehen, Mom. Es war ein langer Tag, und außerdem habe ich einen neuen Welpen zu versorgen.«

»Natürlich.« Maureen hörte nur mit halbem Ohr zu, während sie ihr Halstuch richtete. Sie wandte den Kopf nach rechts und links und prüfte ihr Aussehen im Spiegel. Als ob ihre Kinder Wert darauf legten, wie die Falten ihres Halstuchs fielen.

»Bis später«, sagte Shannon.

»Beim Begräbnis. Falls ich dich abholen soll …«

»Das dürfte nicht nötig sein, aber ich rufe dich auf jeden Fall noch an«, sagte Shannon. Sie wusste, dass es ihrer Mutter viel bedeutete, zum Trost sämtliche Kinder um sich versammelt zu haben. Sie würde da sein, bei ihr Mutter sitzen, ihr die Hand halten, ihr Gejammer ertragen und – was das Wichtigste war – bei der Trauerfeier den Anschein von echtem Familienzusammenhalt erwecken.

Am Fuß der Treppe begegnete sie Oliver.

Kreidebleich, offenbar sehr aufgewühlt, fragte er: »Ist Mutter oben?«

»Ja.«

Er schien besorgt darüber.

»Sie richtet bloß ihr Haar.«

»Ich möchte nicht, dass sie allein ist.«

Shannon trat zur Seite, um ihm Platz zu machen. »Dann geh doch hoch und sprich mit ihr.«

»Und du?«

»Ich muss nach Hause, Oliver. Ich melde mich bald.«

»Shannon, warte mal.«

Als sie sich ihm zuwandte, sah er sie eindringlich an, und

etwas in seinem Blick erschreckte sie, ein gequälter Ausdruck. »Was ist denn?«

»Man sagt, Vergeben täte der Seele gut.«

»Beziehst du das auf mich?«, fragte sie. »Und wer ist ›man‹?«

»Ich wollte sagen …«

Er verstummte, als sich Schritte näherten, und im nächsten Moment kam Robert in den Eingangsflur.

»Du willst nach Hause?«, fragte er, an Shannon gewandt.

»Ich muss. Die Pflicht ruft, und die Hunde müssen versorgt werden.« Sie hauchte ihm einen Kuss auf die Schläfe und roch Zigarettenrauch und zwanzig Jahre alten Whiskey. »Pass auf dich auf, und grüß die Kinder von mir.«

»Mach ich«, sagte er und umarmte sie so fest wie schon seit zehn Jahren nicht mehr.

Sie blickte zu Oliver auf, der bereits ein paar Stufen die Treppe hinaufgestiegen war. Er sah sie fest an, doch dann wandte er sich sorgenvoll und resigniert ab und ging weiter.

Sein Benehmen machte Shannon Sorgen, aber sie konnte nicht viel tun. »Oliver«, rief sie ihm nach und warf ihm eine Kusshand zu. »Bis später.«

»Ja, bis dann«, sagte er ein wenig zögerlich.

»Bedrückt dich etwas?«, fragte sie.

»Alles bedrückt mich, Shannon. Wusstest du das nicht?«

»Willst du darüber reden?«

Er fing Roberts Blick auf. »Nein. Schon in Ordnung.«

»Bist du sicher?«, fragte Shannon und fühlte sich wieder

einmal von den Geheimnissen ihrer Brüder ausgeschlossen.
»Absolut.« Und mit einem Lächeln und einem schelmischen Funkeln in den Augen setzte er hinzu: »Geh mit Gott.«
Sie lachte. Immerhin hatte er seinen Humor nicht verloren und konnte noch über sich selbst lachen. »Also dann, bis später«, sagte sie, verabschiedete sich auch von den Übrigen und stieg ins Auto. Sie fuhr schnell, als hätte sie Angst, einer ihrer Brüder könnte ihr folgen und sie zurückzerren in diese Tragödie, die ihre Familie war.
»Sei nicht albern«, ermahnte sie sich, blickte aber trotzdem in den Rückspiegel. Es kam häufig vor, dass sie im Kreis ihrer Familie geradezu klaustrophobische Anwandlungen hatte und den Drang verspürte, sich rasch aus dem Staub zu machen.
Sie trat das Gaspedal noch weiter durch und schob diese Gedanken beiseite.

»Wir glauben, den Lieferwagen gefunden zu haben.« Carters Stimme klang grimmig. »Den Wagen mit Kennzeichen aus Arizona, den Madge Rickert bemerkt hat, als sie mit ihrem Hund Gassi ging, und den Earl Miller hinter Janssens Eisenwarenhandel gesehen hatte.«
Travis saß in seinem Motelzimmer am Fußende des Bettes. »Und Dani?«, flüsterte er. Seine Kehle war wie zugeschnürt.
»Sie war nicht dort, Travis. Aber ihr Handy.«
»Herrgott«, flüsterte er.
»Der Lieferwagen wurde in der Garage einer verlassenen

Farm in Idaho gefunden. Ein Nachbar, der dort einen Weizenacker gepachtet hat, parkte in der Nähe und bemerkte einen üblen Geruch. Er hatte seinen Hund dabei, und der Labrador drehte beinahe durch. Die Garage war mit einem brandneuen Schloss gesichert, das kam dem Farmer merkwürdig vor. Er wollte Blanche verständigen – die Farm in Idaho gehört ihr. Sie hat sie vor ein paar Jahren geerbt, aber seit ihrer Kindheit nicht mehr dort gewohnt. Soweit bekannt ist, war sie kaum jemals dort. Die Ranch ist ein Trümmerhaufen. In den letzten paar Jahren hat sie sie dem Nachbarn verpachtet. Wie auch immer, der Farmer wählte ihre Nummer, und so ist der Anruf bei uns gelandet.

Wir haben die Tür aufgebrochen, fanden den Lieferwagen und darin einen großen Müllsack voller blutiger Kleidungsstücke. Männerkleidung. Unmengen Blut.«

»Wessen Blut?«, zwang Travis sich zu fragen.

»Das von Blanche Johnson. Wir nehmen an, dass die Kleidung in dem Sack diejenige ist, die der Täter trug, als er Blanche umbrachte. Zurzeit wird sie auf Spuren untersucht.

Außerdem befand sich in dem Sack ein Schlachtermesser. Es passt zu dem Set in Blanche Johnsons Küche, von dem eines fehlt.«

Travis schloss die Augen, zählte langsam bis zwanzig und wartete darauf, dass sein Puls sich beruhigte.

»Aber Dani habt ihr nicht gefunden?«, vergewisserte er sich noch einmal.

»Nein. Ihr Handy lag auf dem Boden der Garage. Wir lassen das Gebiet mit Hunden absuchen, aber den Reifenspuren nach zu urteilen stand wohl ein weiteres Fahrzeug bereit, und der Täter ist damit längst über alle Berge.«

»Mit Dani?«

»Vermutlich. Wir haben Fußabdrücke im Staub gefunden. Unter anderem welche von Turnschuhen in Schuhgröße sieben. Die Größe deiner Tochter.«

Travis schloss die Augen. Ihr darf nichts zugestoßen sein! Sie muss noch leben!

»Es gibt auch noch andere Fußabdrücke, Männerschuhe in Größe dreizehn, und die Spurensicherung untersucht gerade die Garage und den Lieferwagen. Ich schätze, Blanches Mörder wollte, dass wir den Wagen finden ... Er muss gewusst haben, dass irgendwann einmal jemand vorbeikommen und womöglich den neuen Riegel bemerken würde. Und es ist jemand, der weiß, dass die Farm Blanche gehört.«

Travis fuhr sich mit der freien Hand durchs Haar, während er angespannt zuhörte.

»Die Staatspolizei von Idaho arbeitet mit dem FBI und dem Sheriff's Department zusammen. Wir überprüfen Blanches gesamten Bekanntenkreis, auch Leute, die sie vor langer Zeit gekannt haben. Aber so etwas braucht Zeit.«

»Zeit haben wir nicht, fürchte ich.«

»Halte durch.«

»Und jetzt ist er also hier, irgendwo in der Gegend von Santa Lucia«, sagte Travis und dachte an die jüngsten Ereignisse. »Und er hat Dani. Am Schauplatz des letzten Brandes hat er ihren Rucksack zurückgelassen.«

»Ich weiß, ich habe mit Paterno gesprochen. Ich versichere dir, wir arbeiten auf Hochtouren an dem Fall. Sobald ich etwas Neues erfahre, melde ich mich wieder«, versprach Carter und beendete das Gespräch.

Travis starrte sein Handy an. Wut, seine ständige Begleiterin in den letzten Tagen, drohte ihm den Verstand zu vernebeln. Er stand auf, trat ans Fenster und sah hinaus in die einbrechende Dunkelheit. Er war unruhig, musste etwas tun. Irgendwas. Es war ihm unerträglich, auch nur eine Sekunde länger in diesem Motelzimmer herumzusitzen.

Er nahm die Schlüssel vom Schreibtisch und ging hinaus auf den Parkplatz, wo Insekten um die Sicherheitslaternen schwirrten. Die Hitze des Tages hing noch schwer in der Luft, kein Windhauch brachte Abkühlung. Im El Ranchito gingen Gäste ein und aus, und Latino-Musik und Gesprächsfetzen wehten hinaus in die Nacht.

Bei seinem Pick-up blieb Travis stehen und warf einen Blick zur anderen Straßenseite hinüber. Der silberne Ford Taurus stand nicht mehr dort. Entweder waren die Detectives, die ihn überwachten, abgezogen worden oder … Er sah sich um, ob irgendwo ein anderes Zivilfahrzeug unauffällig geparkt stand.

Er entdeckte keines, und im Grunde war es ihm auch herzlich gleichgültig.

Er dachte an die Szene zurück, als Mary Beth Flannery hier auf diesem Parkplatz am silbernen Sportwagen ihres Mannes gelehnt und ihn drohend, kampflustig angesehen hatte, den Schlüssel am Finger baumelnd.

Nur Stunden nachdem die beiden zusammen weggefahren waren, hatte jemand sie umgebracht, in ihrem

Haus Feuer gelegt und Danis Rucksack am Tatort zurückgelassen.
Warum?
Was zum Teufel hatte Dani mit Robert Flannerys Frau zu tun? Mit Shannons Schwägerin?
Shannon.
Danis Mutter.
Travis atmete tief durch. Seit er sie kennengelernt hatte, musste er immerzu an sie denken. Er hatte sie gehasst, ihr misstraut. Hatte nach Beweisen dafür gesucht, dass sie irgendwie in die Entführung seines Kindes verwickelt war. Doch das war nicht der Fall. Sie steckte in der Sache drin, keine Frage, aber nicht so, wie er geglaubt hatte. Allem Anschein nach war sie keine Täterin, sondern selbst ein Opfer.
Vergiss nicht, der Schein kann trügen. Vertrau ihr nicht. Benutze sie einfach.
Seine Nackenmuskeln spannten sich an. Einen Moment lang hatte er das Bild von vorhin vor Augen: wie ihre grünen Augen in der Sonne geglänzt hatten, ihr Lächeln, das die weißen Zähne nur eben ahnen ließ, die sanft schimmenden rosa Lippen. Sie hatte intelligent, entschlossen und selbstbewusst gewirkt, als sie mit dem Hund arbeitete. Als sie vor dem Rettungshund in die Hocke ging, hatte Travis wahrgenommen, wie sich ihre Jeans über dem Gesäß spannte. Die verlockende bloße Haut über dem Hosenbund, wo ihr T-Shirt hochgerutscht war, hatte ihn mehr fasziniert, als gut war.
Aber für solche Gefühle war jetzt wahrhaftig kein Raum.

Benutze sie einfach für deine Zwecke ... Sie mag dich, das weißt du. Du hast es heute gespürt. Aber werd jetzt bloß nicht sentimental.

»Scheiße«, knurrte er und fühlte, wie ihm der Schweiß auf die Stirn trat. Er stieß mit dem Fuß nach einem Kieselstein und kickte ihn gegen die Radkappe eines verbeulten Minivans.

23. Kapitel

Paterno zog den Zündschlüssel ab. Nachdem er sich mit allen Informationen über die Familien Flannery und Carlyle vertraut gemacht hatte, die er bekommen konnte, war er mit Rossi von der Brandermittlung zu Shannon Flannerys kleiner Ranch gefahren. Zuvor hatte er bereits alle ihre Brüder befragt und auch mit Mary Beths Angehörigen und Freunden gesprochen.

»Gehen wir«, sagte er zu Rossi, und sie stiegen aus dem Wagen. Das Grundstück wirkte recht gepflegt. Im Haus brannte Licht, die Wohnung über der Garage jedoch war dunkel; und das einzige Fahrzeug, das er entdeckte, war der auf Shannon Flannery zugelassene Pick-up. Offenbar war der Mann, der mit auf dem Grundstück wohnte, Nate Santana, an diesem Abend nicht zu Hause.

Paterno überquerte den Kiesplatz zwischen den Wirtschaftsgebäuden, wobei er im Vorbeigehen einen Blick auf die Brandstelle warf. Als er sich dem Haus näherte, bellte ein Hund, und noch bevor er die Stufen zur Veranda erreicht hatte, ging das Licht an. In der Tür erschien eine feingliedrige, sportlich aussehende Frau. Ein zottiger, gefleckter Hund stand angespannt und mit gesträubtem Fell an ihrer Seite und blickte aus zwei ungleichen Augen zu dem Detective auf.

»Shannon Flannery?«, fragte er und zeigte ihr seine

Dienstmarke, wobei er den Hund fest im Blick behielt. Sie nickte. »Detective Paterno, Polizei von Santa Lucia. Und das ist …«

»Detective Rossi«, fiel Shannon ihm kühl ins Wort. »Wir kennen uns bereits.«

Paterno ignorierte den eisigen Blick, mit dem sie den jüngeren Detective bedachte. »Wir ermitteln im Mordfall Mary Beth Flannery. Wenn Sie gestatten, würden wir gern ins Haus kommen und Ihnen ein paar Fragen stellen.«

Angesichts ihrer Erfahrungen mit der Polizei rechnete er damit, dass sie Ausflüchte machte, zögerte oder sich sogar weigerte, ihn einzulassen. Stattdessen öffnete sie weit die Tür. »Ich habe Sie bereits erwartet«, sagte sie. »Wie ich hörte, haben Sie auch meine Mutter und meine Brüder aufgesucht. Treten Sie ein.« Zu dem Hund sagte sie: »Geh auf deine Decke. Ab.« Mit einem letzten flüchtigen Blick auf Paterno und Rossi gehorchte Khan und trottete in Richtung Küche, aus der das Winseln eines Welpen zu hören war. Ein würziger Geruch von Zwiebeln und Paprika zog durchs Haus. Als sie am Durchgang vorbeikamen, sah Paterno ein noch dampfendes Mikrowellen-Fertiggericht im Pappkarton auf dem Küchentresen stehen.

Shannon führte die Detectives in ein kleines Wohnzimmer mit abgenutztem Teppich. Fotos von Verwandten und auch von mehreren Hunden standen im Raum verteilt. Shannon nahm lässig in einem gestreiften Sessel mit passendem Fußschemel Platz und schlug die Beine unter. Paterno setzte sich auf ein verschlissenes Sofa, Rossi in einen Schaukelstuhl, der unter seinem Gewicht ächzte.

Shannon sah die beiden Männer wachsam an. »Was wollen Sie von mir wissen?« Ihr war klar gewesen, dass ein Verhör ihr nicht erspart bleiben würde, doch als Rossi anfing, sich Notizen zu machen, und Paterno mit ihrer Erlaubnis einen kleinen Kassettenrekorder auf den Kaffeetisch stellte, verkrampfte sie sich innerlich. Ein grausiges Déjà-vu-Gefühl packte sie, und sie dachte an das letzte Mal, als die Polizei sie in diesem Zimmer vernommen hatte.
Doch dieses Mal hatte sie nichts zu befürchten, hatte nichts getan, was sie verdächtig machte.
Paterno fragte zunächst nach ihrem Verhältnis zu Mary Beth und wollte wissen, was Shannon in der Nacht, als ihre Schwägerin ermordet wurde, getan hatte. Sie erklärte alles haarklein, bis hin zu der Fahrt an den Brandort, wo sie die Leiche ihrer Schwägerin selbst gesehen hatte, und der Tatsache, dass ihr Pick-up so von anderen Fahrzeugen zugeparkt worden war, dass sie ihn an der Straße stehen lassen musste.
Ja, sie war Zeugin des Streits zwischen Robert und Mary Beth gewesen und hatte gesehen, wie die beiden in seinen Wagen stiegen. Nein, sie hatte ihre Schwägerin nicht angerufen, obwohl Mary Beth es steif und fest behauptet hatte.
»Sind Sie sich da auch ganz sicher?«, fragte Paterno und beobachtete sie mit seinen Falkenaugen.
Shannon fiel es wie Schuppen von den Augen. »Lieber Himmel«, flüsterte sie und straffte sich. »Nein, ich habe sie nicht angerufen, aber ich hatte das Handy verloren. In der Nacht, als mein Schuppen brannte, hatte ich noch den

Notruf gewählt, aber danach war es tagelang verschwunden. Erst gestern habe ich es wiedergefunden, und da war der Akku natürlich leer. Seitdem habe ich es nicht benutzt. Augenblick bitte.« Sie eilte in die Küche und löste mit wild klopfendem Herzen das Handy vom Ladegerät. Ohne den Welpen zu beachten, der nach ihr winselte, oder Khan auf seiner Decke, der auf ein erlösendes Wort wartete, oder das Hühnchen Orientalisch aus der Mikrowelle, schaltete sie das Handy ein. Langsam ging sie zurück ins Wohnzimmer, den Blick auf das kleine Display gerichtet. Mit einem Tastendruck rief sie die letzten getätigten Anrufe auf.

»O Gott«, flüsterte sie und griff sich mit einer Hand an die Kehle, als sie die vertraute Nummer auf dem Display sah. Roberts und Mary Beth' Nummer, und zwar dreimal hintereinander. Sie reichte Paterno das belastende Beweisstück. »Ich habe es in meinem Pick-up wiedergefunden, unter dem Sitz, aber zu dem Zeitpunkt, als diese Anrufe erfolgten, war es verschwunden.« Sie musste sich beherrschen, um nicht hysterisch zu werden. Laut überlegte sie: »Wer kann das getan haben? Wer würde mein Handy an sich nehmen, die Anrufe tätigen und es dann in meinem Wagen verstecken?«

»Sie haben keine Ahnung?« Paterno schob ihr Handy vorsichtig in einen Klarsichtbeutel.

Shannon ließ sich auf den Schemel sinken. »Nein.«

»Und Sie wissen auch nicht, wer ein Interesse daran haben könnte, dass Sie in Verdacht geraten?«

»O mein Gott, Sie glauben doch nicht, dass … dass *ich* … Mary Beth umgebracht habe?«, fragte sie bestürzt.

»Wir wissen nicht, was wir glauben sollen«, sagte Paterno so geduldig, dass es sie ärgerte. »Aber Sie haben gefragt: ›Wer hat das getan?‹ … Ich denke, die Antwort kennen Sie selbst am besten.«

»Ich habe Detective Rossi und seiner Kollegin bereits eine Liste von Personen genannt, von denen ich mir eventuell vorstellen könnte, dass sie mich überfallen und meinen Schuppen anzünden würden. Das sind die Leute, von denen ich glaube, dass sie mir Schaden zufügen wollen.«

»Würden Sie uns bitte Ihr Verhältnis zu Ihrer Schwägerin näher beschrieben?«

Shannon sah ihn verständnislos an. Sie hatte keine Ahnung, was er wirklich dachte. »Früher, während der Schulzeit, waren wir beste Freundinnen. Durch mich hat sie Robert kennengelernt. Wir alle sind zusammen zur St.-Theresa-Schule gegangen: meine Brüder, Mary Beth, Liam, Kevin, Margaret und ich.«

»Ihr Mann auch?«

Shannon ballte die Fäuste. »Ja.«

»Ryan Carlyle war Mary Beth Carlyle Flannerys Cousin ersten Grades.«

»Stimmt.«

»Ihr Adoptiv-Cousin.«

»Ja«, bestätigte sie, »Ryan war adoptiert. Damit ging er nicht unbedingt hausieren, aber er und seine Familie haben auch kein Geheimnis daraus gemacht.«

»Er hatte einen Bruder, nicht wahr?«

Worauf wollte Paterno nur hinaus? »Ja. Teddy.«

»Sie kannten ihn.«

»Von der Grundschule. Er war ein Jahr älter als ich.«

Paterno warf einen Blick auf seine Notizen. »Er ging in dieselbe Klasse wie Ihre Brüder Neville und Oliver.«

»Ja«, sagte Shannon automatisch und dachte an Teddy Carlyle, einen verwöhnten, großmäuligen, sportlichen Jungen mit Sommersprossen und etwas unregelmäßigen Zähnen.

»War er mit Ihren Brüdern befreundet?«

»Mehr oder weniger«, sagte sie. »Eigentlich hauptsächlich mit Neville. Oliver und Teddy verstanden sich nicht so gut.«

»Warum nicht?«

»Ich denke, weil er sich zwischen Oliver und Neville drängte. Teddy war ein Unruhestifter und zog Oliver damit auf, dass er schüchtern war und ein Bücherwurm. Wenn Teddy bei uns war, gab es immer Probleme.«

»Sie mochten ihn also nicht.«

»Sie drehen mir das Wort im Mund um. Ich mochte es nicht, dass er den Familienfrieden störte, dass er zwischen den Zwillingen stand. Aber das war ihre Angelegenheit, nicht meine. Für mich hat Teddy sich nicht besonders interessiert.«

»Wohl aber Ryan.«

»Damals noch nicht.«

»Teddy war kein Adoptivkind«, warf der Detective unvermittelt in den Raum.

Shannon nahm eine Veränderung in der Atmosphäre wahr, spürte, wie Paterno sie ein wenig schärfer ins Auge fasste. »Nicht? Mag sein, ich weiß es nicht. Ich habe nie mit Ryan darüber geredet.« Sie runzelte die Stirn. »Aber was hat Teddy mit dieser Angelegenheit zu tun?«

»Er ist bei einem Autounfall ums Leben gekommen, als er gerade erst dreizehn Jahre alt war. Ryan saß am Steuer.«

Sie nickte, hatte das Gefühl, auf der Hut sein zu müssen. »Ein grauenhafter Unfall.«

»Ich weiß. Ich habe den Bericht gelesen. Ryan war Fahranfänger, knapp sechzehn, und kam von einem Football-Spiel zurück. Es war etwa zu dieser Jahreszeit.«

»Mag sein ...«, sagte Shannon wieder und musste sich zurückhalten, um nicht vor Nervosität an der Polsterung der Sessellehne herumzuzupfen. Worauf zum Teufel wollte Paterno mit seinen Fragen hinaus?

»Augenzeugenberichten und den Schleuderspuren am Unfallort zufolge war Ryan einem Reh ausgewichen, auf Kies geraten und hatte die Kontrolle über den Wagen verloren, der gegen einen Baum am Straßenrand prallte. Unfallzeugen sagten aus, Ryan habe versucht, den Jungen aus dem Wagen zu ziehen, der jedoch explodierte. Der Autopsiebericht hat ergeben, dass es ohnehin zu spät gewesen wäre: Teddy hatte den Sicherheitsgurt nicht angelegt. Er war auf der Stelle tot. Genickbruch.«

Shannon schauderte. Teddy war eine Nervensäge gewesen, hatte immerzu Unfrieden zwischen den Zwillingen gestiftet, aber es war bitter, dass er so jung hatte sterben müssen.

»Teddy war dreizehn, als es geschah. Er hatte etwa eine Woche vorher Geburtstag gehabt. Und jetzt ist Ihre Tochter dreizehn geworden und wurde kurz danach entführt, wurde vermutlich hierher verschleppt, auch wenn wir das nicht sicher wissen. Und dann diese Brände in letzter Zeit ... Sie erinnern an die Brände, die der ›unsichtbare Feuerteufel‹ seinerzeit gelegt hat. Sieht es nicht so aus, als bestünde da ein Zusammenhang?«

»Ich weiß nicht.«

»Ich glaube, das alles ist irgendwie miteinander verflochten, verstehen Sie? Wie bei Strickzeug: Man zieht an einem Faden, und alles fängt an, sich aufzulösen.«

»Dann ziehen Sie doch einen Faden«, versetzte Shannon gereizt. Sie war die unausgesprochenen Vorwürfe, die Anspielungen, die sie während der Vernehmung herausgehört hatte, herzlich leid.

»Ihre Brüder – standen sie einander nahe?«

»Wie bitte?«

»Die Zwillinge. Hingen sie aneinander?«

»Sehr.« Sie nickte, blieb jedoch auf der Hut. Nur weil die Fragen unverfänglicher wurden, durfte sie sich nicht in Sicherheit wiegen. Nicht gegenüber Paterno.

»Hatten die Zwillinge auch engeren Kontakt zu anderen Kindern?«

»Gelegentlich. Besonders Neville. Er ist ... war von den beiden der Aufgeschlossenere.«

»War?«, wiederholte Paterno. Der Schaukelstuhl knarrte, als Rossi sich bewegte. »Sie glauben, dass er tot ist?«

Shannon schüttelte nur stumm den Kopf.

»Er ist einfach verschwunden. Gleich nach dem Brand, in dem Ihr Mann ums Leben kam.«

»Nun ja ... Etwa drei Wochen später, glaube ich.«

»Sie haben ihn in diesen drei Wochen gesehen?«

»Natürlich.«

»Worüber haben Sie mit ihm geredet?«

»Ich kann mich nicht mehr erinnern! Alles ist irgendwie so verschwommen.« Sie hob hilflos die Hände, dachte daran zurück, wie entsetzt sie gewesen war, als sie vom Tod ihres Mannes erfuhr. Nein, sie hatte ihn nicht mehr geliebt, aber den Tod hatte sie ihm wahrhaftig nicht gewünscht. Sie wollte nur, dass er sie in Ruhe ließ, aufhörte, sie auf jede nur erdenkliche Art zu verletzen. Und dann war er im Feuer umgekommen. Der Verdacht, sie habe ihn umgebracht oder sei wenigstens an dem Mord beteiligt gewesen, hatte sie fast zur Verzweiflung getrieben. Ja, sie hatte Neville während dieser Zeit gesehen, aber ob sie mit ihm geredet hatte, und wenn ja, worüber? Sie wusste es nicht. Ihre Brüder hatten allerdings mit ihm gesprochen, soviel sie wusste. Der Letzte, der ihn gesehen hatte, war Oliver, und das war kurz vor Olivers Zusammenbruch und seiner Einweisung in die psychiatrische Klinik gewesen, wo er zu Gott fand. Wo Gott auf seine Gebete hin zu ihm gesprochen und ihn zum Priester berufen hatte.
Offensichtlich war Paterno über all das informiert. Ebenso offensichtlich glaubte er kein Wort davon.
»Ist das nicht sonderbar?«, bohrte der Detective nach. »Dass Ihr Bruder einfach so verschwunden ist?«
»Höchst sonderbar.« Sie seufzte, und ihr Blick wanderte zum Fenster. Draußen brach gerade die Nacht herein. »Ich … ich verstehe es nicht, habe es nie verstanden. Aber damals hatte ich auch meine eigenen Sorgen.«
»Wegen der Mordanklage.«
»Ja!« Sie funkelte ihn böse an, und der Zorn, den sie damals auf den Staatsanwalt, die Polizei und das ganze ver-

dammte System gehabt hatte, regte sich erneut. »Mein gesamtes Leben wurde auf den Kopf gestellt. Mein Mann war tot. Ermordet. Es wurde behauptet, er sei ein Serienbrandstifter gewesen, und ich wurde angeklagt, ihn umgebracht zu haben. Zudem verschwand auch noch mein Bruder, und niemand wusste, wo er war.« Sie beugte sich vor und stützte die Ellenbogen auf die Knie. »Hören Sie, Detective, das alles ist Schnee von gestern. Ich weiß nicht, was aus Neville geworden ist. Niemand in unserer Familie weiß es. Sie kennen natürlich meinen Bruder Shea, denn Sie haben diesen Fall ja von ihm übernommen, und mein Bruder Aaron ist Privatdetektiv. Beide haben, wie auch alle anderen Familienmitglieder, versucht, Neville ausfindig zu machen.«

»Ohne jeden Erfolg?«

»Genau.« Sie sah ihn an. Ihre Kopfschmerzen kehrten zurück. »Ich dachte, Sie wollten mir Fragen zu dem Mord an Mary Beth stellen.«

Er maß sie mit seinem Blick – geduldig, methodisch, unerschütterlich.

»Wie stand Mary Beth zum Tod ihres Cousins und der Mordanklage gegen Sie?«

»Sie gab mir die Schuld«, gestand Shannon. »Ebenso wie die gesamte Familie Carlyle, insbesondere Liam. Er und Ryan waren gleichaltrig, spielten in derselben Football-Mannschaft, waren beste Freunde.«

»Und Ihr Bruder Robert gehörte auch dazu.«

»Robert ging in dieselbe Klasse, ja.« Sie nickte, setzte sich resigniert wieder in den Sessel. Sie würde wohl noch ein paar weitere Fragen über sich ergehen lassen müssen.

»Eine eingeschworene Clique?«
»Meistens.« Die High-School-Zeit schien Generationen zurückzuliegen.
»Mary Beth hat vor Gericht als Zeugin ausgesagt.«
Shannon schloss die Augen. »Das haben sie alle.« Sie sah Mary Beth im Zeugenstand vor sich, als sie mit tränennassen Augen aussagte, sie habe gehört, wie Shannon ihrem Mann den Tod wünschte. Liam bestätigte ihre Worte äußerst nachdrücklich und pries Ryan in den höchsten Tönen. Kevin war ruhiger, hatte Shannon jedoch dermaßen hasserfüllt angesehen, dass ihr schauderte, und Margaret, fromm wie immer, bebte wie Espenlaub und bekreuzigte sich wiederholt, während sie aussagte, die Ehe ihres einzigen Cousins sei zerrüttet gewesen.
Dass Ryan ihr gegenüber gewalttätig geworden war, hatten sie alle natürlich nicht gewusst. So etwas hätten sie ihm niemals zugetraut. Wie die meisten.
»Ihr Mann« – Paternos Stimme holte Shannon in die Gegenwart zurück – »arbeitete zusammen mit Ihren Brüdern bei der Feuerwehr von Santa Lucia.
»Ja.«
»Liam Carlyle auch?«
»Ja.«
»Und nach dem Brand, bei dem Ryan Carlyle ums Leben kam, trat nicht nur Liam aus, sondern auch Ihr Bruder Neville. Ein paar Wochen später war Neville dann verschwunden. Und Sie haben keine Ahnung, wo er ist?«
»Wie ich bereits sagte: nein. Ich wollte, ich wüsste es – ehrlich gesagt vermute ich, dass ihm etwas zugestoßen ist.«

»Ein Verbrechen?«
»An einem Tag ist er noch bei uns und verhält sich völlig normal, am nächsten ist er fort.« Sie schnippte mit den Fingern. »Einfach so.«
»Wie kann ein Mensch einfach verschwinden?«
»Gute Frage. Wenden Sie sich doch mal an die Familie von Jimmy Hoffa«, brauste sie auf, dann lehnte sie sich in ihrem Sessel zurück »Ich wüsste selbst gern, was passiert ist.« Ihr Blick wanderte zum Fenster, sie sah die dunkle Landschaft und ihr eigenes Spiegelbild in der Scheibe und sagte: »Ich wollte, er wäre hier.«
»Er hatte eine Lebensversicherung abgeschlossen. Sie sind die Hauptbegünstigte.«
»Die Versicherung hat nie gezahlt.«
»Trotzdem … Die Summe steht noch aus, nicht wahr?«
»Mag sein.«
»Und Sie haben den Löwenanteil von seinem Besitz erhalten?«
Sie nickte. »Neville war nicht verheiratet, hatte keine Kinder.«
»Aber er hat einen Zwillingsbruder, einen eineiigen Zwilling, und Sie sagten doch, dass die beiden einander sehr eng verbunden waren. Sie haben gelegentlich sogar die Leute hinters Licht geführt, indem sie ihre Identität tauschten.«
»Sie meinen, er hätte seinen Besitz Oliver hinterlassen müssen.«
»Ich ziehe Fäden, Ms Flannery.«
Shannon senkte den Kopf. »Ich weiß nicht, warum ich die Begünstigte bin, Detective. Vielleicht hat Neville

gewusst, dass Oliver Geistlicher werden wollte«, sagte sie. Diese Frage hatte sie sich wieder und wieder gestellt. »Neville war kein übermäßig religiöser Mensch. Ich weiß es nicht. Alle meine Brüder haben mir gegenüber einen übertriebenen Beschützerinstinkt, schon immer. Ich bin die einzige Tochter der Familie und die Jüngste.«

»Nummer sechs.«

»Wie bitte?«

»Das sechste Kind.«

»Stimmt.« Wieder hatte sie das Gefühl, dass sich eine Veränderung in der Atmosphäre vollzog. Die feinen Härchen auf ihren Unterarmen richteten sich auf.

»Die Ziffer in den Symbolen, die bei Ihnen beziehungsweise am Brandort gefunden wurden, wo Mary Beth Flannery umgekommen ist.« Paterno zog zwei Blatt Papier mit jeweils einer Zeichnung aus seiner Tasche und reichte sie ihr. Die erste Zeichnung erkannte Shannon; es war das Symbol, das sie auf der angesengten Geburtsurkunde gesehen hatte. Die zweite – ein Stern, an dem ein Zacken fehlte, mit Ziffern und gestrichelten Linien – war ihr neu.

»Sie denken, die Sechs soll mich darstellen?«, fragte sie verblüfft. »Aber was soll das bedeuten?« Sie wartete die Antwort gar nicht erst ab. »Wenn ich die Nummer sechs bin, wer sind dann die anderen Ziffern?« Als sie versuchte, seiner Logik zu folgen, wurde ihr eiskalt. »Weitere Mitglieder meiner Familie?«

»Möglicherweise.«

»Aber wieso die gestrichelten Linien …? Warum stehe ich in der Mitte dieses Symbols?«, flüsterte sie und studierte die Zeichnungen, als könnte sie dadurch die Geheimnisse des Universums lüften oder doch zumindest die ihres eigenen Lebens und des Lebens der Menschen, die ihr nahestanden. Herrgott, diese Geschichte war unheimlich. »Ich verstehe nicht. Woher kommt das hier?«

»Wir haben dieses Symbol an zwei Stellen in Mary Beth Flannerys Haus gefunden. Einmal auf den Spiegel geschmiert, anscheinend mit Lippenstift, und ein weiteres Mal in der Klappe eines Rucksacks, der am Brandort zurückgelassen worden war. Travis Settler hat den Rucksack als den seiner Tochter identifiziert. Ihrer Tochter.«

»Wie bitte?«, flüsterte sie und bekam plötzlich keine Luft mehr. O Gott, nein. Die Vorstellung, dass Dani in irgendeiner Weise mit Mary Beths Tod in Zusammenhang gebracht wurde, war ihr unerträglich. »Ich verstehe nicht.«

»Ich auch nicht. Noch nicht.« Sein Handy klingelte, er stand auf und zog es aus der Tasche. »Paterno«, meldete er sich knapp. »Ja … Nein …« Ein rascher Blick auf die Uhr. »Ich kann in einer Viertelstunde da sein. Ja, hier bin ich gleich fertig … Verstanden.« Er klappte das Handy zu, deutete auf die Papiere, die Shannon noch immer in der Hand hielt, und sagte: »Ich glaube, das reicht vorerst. Das da können Sie behalten.«

Wie auf ein Stichwort stand Rossi auf.

»Oder möchten Sie uns noch irgendetwas sagen?«, fragte Paterno.

»Nein … Oder doch. Ich weiß nicht, ob es etwas zu bedeuten hat, aber mein Bruder Oliver glaubt, letzten Sonntag beim Gottesdienst Brendan Giles gesehen zu haben.«

Paterno furchte die Stirn. »Hat er mit ihm gesprochen?«

»Nein.« Shannon berichtete hastig, was sie von Oliver erfahren hatte.
»Wahrscheinlich ein Irrtum«, vermutete Rossi.
»Mag sein. Es ist so lange her. Ich dachte nur, Sie sollten es wissen.«
»Seltsam, dass Ihr Bruder in dem Gespräch mit mir nichts darüber geäußert hat«, bemerkte Paterno gedehnt. »Das hat er wohl vergessen.«
»Wie gesagt, er war sich nicht sicher.«
»Sonst noch etwas, was wir Ihrer Meinung nach wissen sollten?«, fragte er und zog eine Augenbraue hoch.
»Ja«, antwortete sie. »Eine Sache noch, aber ich bin nicht sicher, ob sie hierher gehört.«
»Raus damit.«
»In der Nacht, in der mein Schuppen niederbrannte, hat jemand anscheinend mit Absicht eines meiner Pferde verletzt.« Sie erklärte ihm Nates Theorie zu Mollys Verbrennungen, schlüpfte dann in ihre Schuhe und begleitete die beiden Polizisten zum Pferdestall, wo sie die versengten Haare am Maul der Stute selbst in Augenschein nahmen. Paternos Gesicht wirkte finster und verschlossen.
»Der Kerl ist eindeutig pervers«, bemerkte Rossi, der vor Zorn rot angelaufen war.
Ein Tier zu verletzen war in seinen Augen offenbar schlimmer als der Mord an einer Frau. Aber vielleicht war er im Lauf der Jahre auch nur abgestumpft, hatte sich daran gewöhnt, verkohlte Leichen in Badewannen zu finden. Shannon, selbst ausgesprochen tierlieb, verstand seine Wut, war jedoch zugleich überrascht. Paterno dagegen blieb ruhig. Sein Blick war düster und nachdenklich.

Auf dem Weg zurück zum Haus sagte Paterno: »Wenn Ihnen noch etwas einfallen sollte, rufen Sie uns an, ja?«
»Verlassen Sie sich darauf. Ich will doch auch, dass dieser Wahnsinnige endlich gefasst wird. Er hat meine Tochter.«
Paterno unterließ jeden Hinweis darauf, dass Shannon ihre Rechte als Mutter an dem Kind vor mehr als dreizehn Jahren aufgegeben hatte.
Ein kluger Mann.
Shannon begleitete die beiden Polizisten zu ihrem Wagen. Dann ging sie zurück ins Haus, schloss die Tür hinter sich und lehnte sich dagegen, froh, das Verhör hinter sich zu haben. Wieder wanderten ihre Gedanken zu Dani Settler, und sie betete stumm, ihr möge nichts zugestoßen sein.
Bei der Vorstellung, dass sie das Mädchen, dessen Bild auf ihrem Nachttisch stand, nie kennenlernen würde, zerriss es ihr fast das Herz. So grausam konnte Gott nicht sein. Sie spürte einen Kloß im Hals, und die Kopfschmerzen, gegen die sie schon den ganzen Tag ankämpfte, kehrten mit aller Macht zurück.
Aus der Küche ertönte Khans scharfes, Aufmerksamkeit heischendes Bellen. »Hast du gedacht, ich hätte dich vergessen?«, fragte sie und legte die Zeichnungen, die Paterno ihr überlassen hatte, auf den Küchentisch.
Der gefleckte Hund saß immer noch auf seiner Decke. Jeder Muskel war angespannt. »Wolltest du hier bis in alle Ewigkeit sitzen bleiben?«, fragte sie belustigt. Er wand und krümmte sich, als er sie sah, und Marilyn in ihrem Ställchen bellte und versuchte, am Maschendraht

hochzuklettern. »Komm!«, sagte Shannon zu Khan. Durchs Küchenfenster sah sie die Scheinwerfer des Streifenwagens aufleuchten. Im nächsten Moment sprang der Motor an, und der Wagen fuhr auf die Zufahrt hinaus. Shannon atmete erleichtert auf und wandte sich wieder ihrem Hund zu. »Du bist so ein braver Junge.«

Doch Khan war nicht in der Stimmung für Lob oder Plattitüden. Er stürmte zur Haustür und blieb dort stehen, die Nase an der Scheibe, das sich entfernende Fahrzeug fest im Blick, die Muskeln gespannt. »Ja, ich bin auch froh, dass es vorbei ist.« Ihr Blick fiel auf die Mikrowellen-Mahlzeit, die inzwischen kalt und angetrocknet war. Die Vorstellung, sie noch einmal aufzuwärmen, war ihr zuwider. Mit finsterer Miene warf sie die Schale in den Abfall. »So viel dazu«, sagte sie und wandte sich dem Welpen zu. »Hey, du.« Sie streichelte den samtweichen Kopf. Er stupste ihr seine feuchte Nase in die Handfläche. »Einen Moment noch, ja?«

Sie ließ den winselnden Welpen zurück und eilte die Treppe hinauf ins Bad. Dort schluckte sie zwei Aspirin, schlüpfte dann in ein Paar Flip-Flops und lief zurück nach unten.

Als sie wieder die Küche betrat, sprang der Welpe jaulend in seinem Verschlag herum. »Geduld ist nicht deine Stärke, wie?«, neckte sie ihn und hob den feisten kleinen Hund auf den Arm, der ihr sofort mit seiner rosa Zunge begeistert das Gesicht wusch.

Trotz ihrer gedrückten Stimmung musste Shannon kichern. »Ja, ja, ich mag dich auch.«

Khan, eifersüchtig wie immer, tauchte plötzlich vor ihr

auf, doch Shannon ignorierte ihn und setzte den Neuzugang zurück ins Ställchen. Marilyn machte sich gierig über ihr Trockenfutter her. Kaum hatte sie das letzte Bröckchen verzehrt und ein bisschen Wasser geschlabbert, hakte Shannon eine Trainingsleine an ihrem Halsband ein und führte sie nach draußen. Während Khan vorauslief, um in den Büschen und am Zaun zu schnuppern in der Hoffnung, ein Eichhörnchen oder sonst ein kleines Tier aufzustöbern, ließ Shannon den Welpen seine neue Umgebung erforschen.

Sie dachte an die merkwürdigen Symbole, die Detective Paterno ihr gezeigt hatte, und natürlich auch wieder an Mary Beth und Dani.

Dann wurde auf der Zufahrt Scheinwerferlicht sichtbar. Shannon sank in sich zusammen.

»O nein«, flüsterte sie, denn sie dachte, die beiden Detectives kämen zurück. Doch das Motorengeräusch klang satter als das der Polizeilimousine, und Sekunden später erkannte sie Travis Settlers Pick-up.

Erleichterung überspülte sie wie eine erfrischende Meereswoge, und sie gestattete sich sogar ein Lächeln. Dieses erstarb jedoch, als er aus dem Fahrzeug stieg. Mehrere Tage alter Bartwuchs verschattete sein Kinn, und seine finstere, unnahbare Miene verhieß Unheil.

»Ich habe Paterno wegfahren sehen«, sagte er mit einer Kopfbewegung in Richtung Zufahrt. Als er Shannon ansah, war tiefe Besorgnis in seinen dunklen Augen zu lesen. Er berührte ihre gesunde Schulter, und sie spürte seine Fingerkuppen warm durch den Ärmel. »Geht es Ihnen gut?«

Etwas in ihr zerbrach, ein kleines Stückchen des Schutzwalls um ihr Herz. »Und Ihnen?«, fragte sie, und er hätte um ein Haar gelächelt.

»Ich weiß nicht, ob es mir je wieder gut gehen kann.« Er strich sich mit der freien Hand über den Nacken, während die andere noch immer federleicht auf ihrer Schulter lag. »Die Detectives haben Ihnen von Danis Rucksack berichtet?«

»Ja.«

Er schloss die Augen. Der Druck auf ihrer Schulter verstärkte sich. »Wenn der Scheißkerl ihr etwas angetan hat, dann bringe ich ihn mit meinen bloßen Händen um, das schwöre ich.«

»Wenn ich Ihnen nicht zuvorkomme«, versetzte sie. Ihre Blicke begegneten sich in der zunehmenden Dunkelheit, die nur vom gespenstischen Schein der Sicherheitsleuchten schwach erhellt wurde. Shannon dachte an ihren Traum, in dem sie beinahe mit einem Mann geschlafen hätte, der womöglich Travis war, und sie kam sich albern vor, als eine innere Hitze in ihr aufstieg.

»Wer ist das?«, erkundigte sich Travis mit einem Blick auf den Welpen.

»Mein jüngster Familienzuwachs. Erst kürzlich auf den Namen Marilyn getauft.«

Travis lächelte kaum merklich und betrachtete das Hündchen.

»Kommen Sie, ich lade Sie zu einem Bier ein«, sagte Shannon.

Jetzt lächelte er wahrhaftig. »Das lasse ich mir nicht zweimal sagen.«

In der hellen Küche verflüchtigte sich das Gefühl der Intimität, das sie draußen geteilt hatten. Sie reichte ihm ein Bier, und beide nahmen am Tisch Platz. Shannon selbst, die ja gerade erst zwei Aspirin eingenommen hatte, nippte nur an ihrem Bier. Travis berichtete von seinem Telefonat mit Carter und von der Entdeckung des Lieferwagens, in dem wahrscheinlich Dani entführt worden war. Im Gegenzug erzählte Shannon von ihrer Unterredung mit Paterno und Rossi und erwähnte auch, dass Oliver glaubte, Brendan Giles in der Stadt gesehen zu haben. Sie zeigte ihm die sonderbaren Zeichnungen, von denen er bereits wusste. Und dann berichtete sie von Mollys Verletzung und Nate Santanas Theorie dazu.

Travis verzog das Gesicht, als sie Santana erwähnte. Er trank sein Bier aus und bat darum, das Pferd sehen zu dürfen. Sie gingen gemeinsam in den Pferdestall, wo Shannon mit Schnauben und Wiehern begrüßt wurde. Einige Tiere hoben die Köpfe mit gespitzten Ohren über die Boxentüren.

»Seit jener Nacht scheint schon eine Ewigkeit vergangen zu sein«, bemerkte Travis, den Blick auf die Stelle gerichtet, wo er Shannon gefunden hatte. Auf dem Boden waren noch immer Blutflecken zu sehen.

»Es ist eine Menge passiert.« Sie entriegelte die Boxentür. »Die arme Molly hier war auch ein Opfer.« Vorsichtig griff sie nach dem Halfter der Stute und zeigte Travis die angesengten Haare am Maul des Tieres.

Travis' Augen wurden ganz dunkel. Er presste die Lippen zusammen. »Schwein«, flüsterte er. »So ein verdammtes, perverses Schwein!« Er ballte die Fäuste und sah aus, als wollte er jemanden zusammenschlagen. Shannon konnte es ihm nicht verübeln. Sie verließen den Stall. »Und Sie sagen, Giles ist wieder in der Stadt?«

»Nein. Ich sagte, Oliver glaubt, Brendan gesehen zu haben. Als ich nachfragte, hat er einen Rückzieher gemacht. Ich habe Brendans Eltern angerufen, aber – welch eine Überraschung – sie haben sich nicht bei mir gemeldet. Für alle Fälle habe ich Paterno berichtet, was Oliver mir erzählt hat.«

»Gut«, knirschte Travis, sichtlich aufgebracht darüber, dass Danis leiblicher Vater sich womöglich in der Nähe aufhielt.

»Und da ist noch etwas«, fuhr Shannon auf dem Weg über den Parkplatz zum Haus fort. Eine leichte Brise raschelte im trockenen Laub und wirbelte Staub auf. »Ich habe mein Handy gefunden. In meinem Pick-up.« Sie berichtete von den Anrufen an Mary Beth und dass Paterno das Handy als Beweismittel an sich genommen hatte.

»Wann wurde das Handy dort abgelegt?«

»Ich weiß es nicht. Vielleicht zu der Zeit, als der Pick-up während des Brandes in der Nähe von Roberts Haus stand. Sie wissen ja, da waren scharenweise Leute in der Nähe, und ich musste den Wagen doch an der Straße stehenlassen.«

Travis sah sich nach dem Fahrzeug um. »Würden Sie mir zeigen, wo genau Sie das Handy gefunden haben?«

»Gern.« Sie ging über den Platz zu ihrem Pick-up, öffnete die Tür und deutete unter den Sitz. »Da.«

»Haben Sie eine Taschenlampe?«

»Klar … Warum?«

»Ich möchte mir die Stelle nur mal näher ansehen«, sagte er. Sie nahm die Taschenlampe aus dem Handschuhfach und reichte sie Travis, der sie anknipste und den Lichtstrahl unter den Sitz richtete.

»Was glauben Sie da zu finden?«

»Wahrscheinlich nichts, aber ich hoffe, der Dreckskerl hat einen Fehler begangen und etwas hinterlassen, was uns auf seine Spur führt.«

»Die Polizisten haben sich den Wagen nicht angesehen.«

»Sie haben Ihnen wohl nicht geglaubt, wie?«, versetzte er, ohne den Kopf zu heben.

Er kramte unter dem Sitz herum und fand eine alte Straßenkarte, ein paar Pommes frites, eine Zeitschrift und eine kleine Plastikhülle. »Gehört die hier Ihnen?«, fragte er und hielt sie ans Licht.

Shannon kniff die Augen zusammen. »Ich glaube nicht. Was ist das?«

»Ein Tonband.« Seine Stimme klang ernst, und er betrachtete die Kassette, als stamme sie geradewegs aus der Hölle. »Haben Sie einen Kassettenrekorder?«

»Ja … In der Stereoanlage. Aber er ist alt.« Shannon eilte bereits zum Haus, von bösen Vorahnungen getrieben. Sie wusste instinktiv, dass die Aufnahme wichtig war, vermutlich eine Botschaft des Mörders. »Sollen wir die Polizei rufen?«

»Noch nicht. Vielleicht ist es gar nichts, nur eine Musikkassette, die versehentlich dort liegengeblieben ist. Wir wollen doch Paterno nicht herbemühen, damit er sich schlechte Aufnahmen von Bon Jovi oder Madonna oder den Dixie Chicks anhört.«

»So etwas ist es aber nicht«, sagte sie leise und öffnete den Schrank, in dem die alte Stereoanlage stand. Travis ging vor dem Gerät in die Hocke und legte die Kassette behutsam ein, wobei er sie so wenig wie möglich berührte.
Gleich darauf ertönte eine Mädchenstimme aus den Lautsprechern.
»Mommy, hilf mir! Bitte, Mommy. Ich habe Angst. Komm und hol mich hier raus. Ich weiß nicht, wo ich bin, und ich habe Angst, dass er mir was antut.
Bitte, Mommy. Beeil dich!«

24. Kapitel

Alle Farbe wich aus Shannons Gesicht. Ihr wurde schwindelig. Sie wusste Bescheid, noch ehe Travis mit tonloser Stimme feststellte: »Dani. Das ist ihre Stimme.«

Shannon stützte sich mit einer Hand an der Wand ab. Travis hockte wie erstarrt vor der Stereoanlage. Er war leichenblass, seine Augen verdüsterten sich vor Zorn. Er fluchte und schlug mit der Faust auf den Tisch. Gerahmte Fotos fielen scheppernd um. »Dieser verdammte Scheißkerl«, zischte er mit zusammengebissenen Zähnen. Er sah Shannon an.

»Sie lebt.« Tränen strömten über Shannons Gesicht, als sie die Stimme ihrer Tochter hörte. Innerlich war sie wie zerrissen, sehnte sich danach, das Kind zu kennenzulernen, das sie seit dreizehn Jahren nicht gesehen hatte. »Aber da ist noch etwas, noch ein Geräusch«, sagte sie, und es ging ihr durch Mark und Bein, als sie das vertraute Prasseln vernahm.

»Feuer. Da, wo er sie gefangen hält, brennt es.«

»O Gott, o Gott.« Sie zitterte, ihre Gedanken überschlugen sich, die Gefühle drohten sie zu überwältigen. Danis Foto zu sehen, war ihr schon sehr ans Herz gegangen, doch die Stimme ihrer Tochter zu hören, zu wissen, dass sie irgendwo dort draußen in der Gewalt eines

Wahnsinnigen war, dass sie ihre Mutter um Hilfe anflehte, die Mutter, die sie vor all den Jahren weggegeben hatte … Shannon presste die Faust vor den Mund, um das Schluchzen zu ersticken.

Mommy, hilf mir! Bitte, Mommy. Ich habe Angst. Komm und hol mich hier raus. Ich weiß nicht, wo ich bin, und ich habe Angst, dass er mir was antut.

Bitte Mommy. Beeil dich!

Die Worte schwirrten ihr wieder und wieder durch den Kopf. »Herrgott«, flüsterte sie, wischte sich die Nase und hatte das Gefühl, ihr würde der Boden unter den Füßen weggezogen, alle ihre Überzeugungen würden in den Grundfesten erschüttert. Ihre Tochter wurde irgendwo gefangengehalten, und zwar an einem Ort, wo es brannte. Ein verzweifelter Aufschrei entfuhr ihr. Travis kam auf sie zu, nahm sie in die Arme und zog sie an seine Brust. Shannon brach völlig zusammen, krallte die Finger in sein Hemd, durchnässte es mit ihren Tränen. Ihre Schultern zuckten unkontrollierbar.

Starke Arme umfingen sie und hielten sie fest. Sie schloss die Augen, um dem Tränenstrom, dem ungeheuren Schmerz Einhalt zu gebieten.

»Schsch«, machte Travis leise und streichelte mit einer Hand sanft ihren Hinterkopf.

Das machte alles nur noch schlimmer. Welche inneren Qualen musste er selbst in diesem Moment leiden.

»Ich … ich … O Gott, Travis, es tut mir so leid«, flüsterte sie fassungslos.

»Es ist nicht deine Schuld.«

»Doch, natürlich. Wenn ich nicht wäre, hätte er sie nicht

entführt. Sie bittet mich um Hilfe, hast du das gehört? Mich! Ihre Mutter. Aber warum? Sie kennt mich doch gar nicht. Nein ... Jetzt verstehe ich. Er hat sie gezwungen, das zu sagen. Er hat es inszeniert, zum Prasseln von Feuer, damit wir das Geräusch erkennen. Und dann ... dann ... legt er die Aufzeichnung in meinen Pick-up, damit ich es weiß, ihre Not spüre ... O mein Gott ...« Ihre Knie gaben nach. Travis fing sie auf.

»Du darfst dir nicht die Schuld geben.«

»Aber all das geschieht meinetwegen.« Sie blinzelte, kämpfte gegen die Tränen, versuchte, Rücken und Schultern zu straffen. Travis hatte recht. Sie musste stark sein und gegen das Ungeheuer kämpfen, statt zusammenzubrechen, wie der Kerl sich zweifellos erhoffte. Doch in diesem Moment erschien es ihr unmöglich, sich zusammenzureißen, wie sie es ihr Leben lang getan hatte.

Der Kerl, der für all das verantwortlich war, wusste, wie er ihr weh tun konnte. Er wollte sie mitten ins Herz treffen, sich an ihrem Schmerz weiden. Sie schluckte und schniefte, klammerte sich an Travis, als könnte sie aus diesem Mann Kraft ziehen, Danis Vater, dem Mann, den die Ereignisse noch tiefer treffen mussten als sie selbst.

»Wir müssen sie finden«, sagte sie und blickte unter Tränen zu Travis auf. »Wir müssen alles tun, um sie zurückzubekommen.«

»Das werden wir. Wir tun es bereits«, sagte er mit heiserer Stimme. Auch seine Augen glänzten verdächtig. Doch trotz aller Angst, allem Schmerz war seine Entschlossenheit geradezu mit Händen zu greifen. Er biss die Zähne zusammen, spannte die Muskeln an; seine

Nasenflügel blähten sich, als gelte es, in die Schlacht zu ziehen. »Du solltest jetzt erst einmal ins Bett gehen und dich ausruhen. Ich rufe inzwischen Paterno an. Sie werden die Kassette mitnehmen und analysieren – vielleicht finden sie Fingerabdrücke darauf, oder es gibt irgendwelche Hintergrundgeräusche, die uns auf eine Spur bringen.«

»Er hat bestimmt keine Fehler gemacht.« Shannon wagte nicht zu hoffen.

»Jeder macht früher oder später einen Fehler. Komm jetzt, ich begleite dich nach oben ...«

»Nein ... Ich komme schon zurecht. Ich ... Lass mir einen Augenblick Zeit, ich will mich waschen.« Sie konnte nicht zulassen, dass er sie umsorgte wie ein zerbrechliches, weinerliches, erbärmliches Wesen, selbst wenn sie sich im Augenblick so benahm. Sie stemmte sich gegen ihn, schwankte jedoch, sobald seine Arme sie nicht mehr hielten. »Ruf Paterno an. Er soll die Kassette abholen, meinen Pick-up auf Spuren untersuchen oder was auch immer. Meinetwegen kann er mein ganzes Anwesen auf den Kopf stellen. Ich brauche nur eine Minute Zeit, ... um ... mich zu waschen.«

»Du solltest dich ausruhen«, widersprach Travis. »Du bist noch nicht ganz wiederhergestellt.«

»Gib mir eine Minute«, wehrte Shannon ab. »Ich wollte nicht schwach werden, aber es ist ... Ach, verdammt! ... Ihre Stimme zu hören ...«

»Ich weiß.« Er zog sie erneut an sich und gab ihr einen Kuss auf den Scheitel. Sein Atem drang durch ihr Haar und verursachte ein leichtes Prickeln auf ihrer Haut.

Sie wollte ihn von sich schieben, diese unpassende Umarmung beenden, brachte es jedoch nicht fertig. Die körperliche Nähe zwischen ihnen schien wie eine Bestätigung dafür, wie sehr sie beide ihrer gemeinsamen Sache, der Rettung ihres Kindes, ergeben waren. Nicht seines Kindes. Nicht ihrer Tochter. Sondern ihres gemeinsamen Kindes.

Sie begegnete seinem Blick, und ein Herzschlag wurde zu einer Ewigkeit. Dies war ein Mann, den sie lieben konnte, dachte sie flüchtig, ein alleinstehender Mann, dessen Leben seinem Kind gewidmet war.

Sie spürte einen Kloß im Hals, als sie ihm rasch einen Kuss auf die Wange gab und einen Hauch von Aftershave wahrnahm, Bartstoppeln an den Lippen spürte. »Ich bin gleich zurück. Du kannst mein Telefon benutzen.«

Und dann, bevor sie eine Dummheit begehen und ihn womöglich auf den Mund küssen konnte, lief sie ins Haus und die Treppe hinauf. Dabei spürte sie ihre Verletzungen kaum noch. Vor ihrem Bett blieb sie stehen, trat dann an den Nachttisch und hob das Bild von Dani Settler auf. Wieder stiegen ihr Tränen in die Augen bei dem Gedanken an die verzweifelten Worte ihrer Tochter, auch wenn diese inszeniert sein mochten. »Keine Angst, mein Liebling«, sagte sie und zeichnete mit der Fingerspitze Danis Kinnlinie nach. »Ich komme … Deine Mommy kommt und holt dich.«

Jetzt oder nie. Das Ungeheuer war seit fast einer Stunde fort. Sie glaubte nicht, dass er so früh zurückkam, wie er angekündigt hatte.

Und selbst wenn – Dani hielt es nicht eine Minute länger aus in diesem fensterlosen, stinkenden, heißen Raum mit der elenden Pritsche. Sie hatte schon zu viel Zeit verloren, hatte längst fliehen wollen, doch die Umstände hatten sie daran gehindert.

Er wurde ungeduldig. Sie erkannte es an seiner Zerstreutheit, daran, dass er ständig gereizt und rastlos war. Und er hätte sie nicht gezwungen, diese Bitte an ihre Mutter auf Band zu sprechen, wenn er nicht vorgehabt hätte, sich ihrer bald zu entledigen.

Sie gab sich keinen Illusionen hin.

Noch länger hierzubleiben, würde ihren Tod bedeuten.

Sie musste die Chance nutzen.

Sie war bereit. Sie hatte all ihre Kleidungsstücke angezogen, so schmutzig sie auch waren, und jetzt ging sie, den Nagel in der Hand, zur Tür, die ihr Tor zur Freiheit war. Sie war aufgeregt, ihre Nerven lagen bloß, als sie den Nagel in die Ritze zwischen Tür und Rahmen schob und ihn langsam, aber stetig aufwärts bewegte. Sie spürte Widerstand, als der Nagel auf den Haken traf, der ihre Tür verschlossen hielt, und sie schob weiter.

Nichts.

Der Haken rührte sich keinen Millimeter.

Nein, o nein! Ihr Plan durfte nicht scheitern. Sie musste fliehen. Der Gedanke daran, dem Mistkerl zu entkommen, war das Einzige, was sie davor bewahrt hatte, völlig zusammenzubrechen, solange sie mit ihm allein war. Ihr Plan hatte sie aufrechterhalten, und sie würde ihn jetzt nicht aufgeben wegen eines blöden Riegels, der sich nicht aushebeln lassen wollte.

Sie versuchte es noch einmal. Schob den Nagel an die richtige Stelle, bewegte ihn aufwärts. Wieder traf er auf den dünnen Metallhaken. »Los jetzt«, murmelte sie, schob weiter, nutzte die Hebelwirkung, stellte sich die Krümmung des Hakens vor, die so angelegt war, dass er sich nicht ohne Weiteres aus der Öse löste.

Es gelang ihr nicht.

»Verdammt!«, sagte sie leise, doch sofort unterdrückte sie ihre Wut. Sie musste sich konzentrieren. An ihren Taekwondo-Unterricht bei Meister Kim denken. Sie holte tief Luft, zwang sich zur Ruhe. Spannte die Nackenmuskeln an, immer in dem Bewusstsein, dass die Minuten verstrichen, dass das Ungeheuer jede Sekunde zurückkommen konnte, um sein perverses Ritual vor dem Feuer zu vollziehen.

Sie hielt den Nagel mit beiden Händen, so gut sie konnte, schob die Spitze in den Türspalt und bewegte ihn mit äußerster Konzentration langsam nach oben. Schob jeden anderen Gedanken beiseite, stellte sich nur bildlich vor, wie der Haken sich hob, aus der Öse glitt, wie die Tür sich knarrend öffnete. Sie spürte Widerstand, verminderte den Druck jedoch nicht. Atmete regelmäßig. Stellte sich ihre Flucht vor. Ihre Finger begannen zu schmerzen, ihre Unterarmmuskeln zitterten. Sie achtete nicht auf den Schmerz, dachte nur an den Druck von Metall gegen Metall. Komm schon, komm schon, dachte sie, ihr ganz persönliches Mantra. Komm schon, komm schon, komm schon …

Sie spürte, dass sich etwas tat. Etwas gab nach, der Haken bewegte sich leicht. Ihr Herz machte einen Satz, doch sie

hielt den Druck aufrecht, konzentrierte sich fest auf die Bewegung des Riegels.
Im nächsten Augenblick ließ der Druck nach. Der Haken ruckte nach oben, die Tür öffnete sich, und Dani taumelte in den Wohnbereich.
Ohne Zeit zu verlieren, nahm sie rasch das Messer und das Feuerzeug vom Kaminsims, holte die Taschenlampe hervor, die der Entführer in einer Kiste neben dem wackligen Sessel aufbewahrte, schob das Bild von ihrer Mutter – die Frau mit dem rot schimmernden Lockenhaar und den grünen Augen musste ihre leibliche Mutter sein – in ihre Tasche. All diese Dinge trugen die Fingerabdrücke des Täters. Sie hatte gesehen, wie er sie angefasst hatte. Also musste sie sorgfältig darauf achten, sie nicht zu verwischen.
Den Zigarettenstummel mit seiner DNA hatte sie zwar noch immer, aber Fingerabdrücke waren einfacher zu verfolgen, sofern der Mann in der Datenbank gespeichert war. Das glaubte Dani aus Fernsehkrimis zu wissen. Doch für derartige Überlegungen hatte sie jetzt keine Zeit. Sie musste sich beeilen.
Blitzschnell schlüpfte Dani zur Tür hinaus.
Die Nacht war dunkel, nur wenige Sterne und eine schmale Mondsichel schienen vom Himmel über der einsamen Berglandschaft. Dani dachte an Raubtiere, Klapperschlangen und Pumas, Stachelschweine und Fledermäuse, aber nichts, kein Tier auf der ganzen Welt, war so angsteinflößend und tödlich wie die Bestie, vor der sie jetzt floh.
Der Mann würde toben, wenn er feststellte, dass sie ihn

überlistet hatte. Ihre Flucht musste gelingen – sie wäre lieber gestorben, als ihm noch einmal in die Hände zu fallen.
Im spärlichen Licht der Taschenlampe folgte sie einem Wildpfad, so schnell sie konnte, ohne zu stolpern. Zwar würde sie früher oder später vom Weg abweichen müssen, damit er nicht ihre Fußspuren im Staub verfolgen konnte, aber zuerst wollte sie möglichst großen Abstand von der Hütte gewinnen.
Sie lief bergab in der Hoffnung, am Fuß des Hügels auf einen Bachlauf zu stoßen. Wenn sie ein Stück durchs Wasser watete, würde er ihre Spur verlieren, und wenn man den alten Filmen glauben konnte, würden dadurch sogar Spürhunde verwirrt. Zum Glück besaß er keinen Hund. Doch zu ihrem Pech waren in einem so trockenen, heißen Sommer wie diesem wahrscheinlich die meisten Bäche ausgetrocknet.
Trotzdem musste sie ihren Plan – sofern man von einem Plan reden konnte – weiterverfolgen.
Konzentrier dich, ermahnte sie sich. Konzentrier dich!

»Das ist also die Stimme Ihrer Tochter – sind Sie sicher?«, fragte Paterno. Er und Rossi waren auf Travis' Anruf hin zurückgekommen und hatten sich in Shannons Wohnzimmer die Kassette angehört.
»Ich kenne Danis Stimme, Detective«, fuhr Travis ihn an. »Und das andere Geräusch, das im Hintergrund, klingt wie das Prasseln von Flammen. Es scheint, als ob dort, wo dieser Mistkerl sie gefangen hält, ein Feuer brennt. Sicher will er uns damit etwas sagen.«

Paterno lauschte angestrengt, dann nickte er. »Sie haben recht.«
Shannon starb tausend Tode, so oft sie die aufgezeichnete Botschaft hörte. Das Wort ›Mommy‹ aus dem Mund ihrer Tochter zu hören, die sie seit der Geburt nicht gesehen hatte, trieb ihr die Tränen in die Augen.
»Aber Ihre Frau, Danis Mutter, ist tot!«
Shannon mischte sich ein: »Der Aufruf ist offensichtlich an mich gerichtet. Wir haben die Kassette in meinem Pick-up gefunden, an derselben Stelle, wo auch das Handy lag. Wer immer meine Toch... – Dani gezwungen hat, diese Worte zu sprechen, wollte damit mich treffen.«
»Genauso wie mit dem Feuer im Schuppen und dem Tod Ihrer Schwägerin?«, fragte Paterno, doch Shannon vermutete, dass er ihnen mit seinen Schlussfolgerungen in Wirklichkeit bereits weit voraus war. Er stellte Travis und sie mit seinen Fragen lediglich auf die Probe, tastete sich vor, beobachtete, wie sie reagierten. Sie standen alle im Wohnzimmer, Shannon am Fenster, die Männer vor dem niedrigen Schrank mit der Stereoanlage.
»Sie haben doch selbst gesagt, dass ich bei all diesen Ereignissen der Dreh- und Angelpunkt bin«, erwiderte Shannon. Sie sah ihr geisterhaftes Spiegelbild in der Fensterscheibe. »Die Nummer sechs in der Mitte dieses merkwürdigen Sterns.«
»Glauben Sie es jetzt?«
Sie verschränkte die Arme vor der Brust und entgegnete: »Wie Sie bereits festgestellt haben, bin ich das sechste Kind der Familie. Übrigens habe ich heute ein Gespräch meiner Brüder belauscht ...«

»Worüber?«, drängte Paterno, doch Shannon zögerte. Sie hatte das Gefühl, ihre eigene Familie zu belasten, die Männer, die sie stets beschützten. Wie Aaron gern sagte: »Keine Angst, Shannon. Ich passe auf dich auf.« Tat er das? Was hatte das Gespräch auf der Veranda ihrer Mutter zu bedeuten? Hatte es überhaupt eine Bedeutung? Und selbst wenn sie irgendeinen Verdacht auf ihre Brüder lenkte, wäre es falsch? Ein Kind, ihr Kind schwebte in Lebensgefahr. Eine Frau war ermordet worden. »Ich verstehe einfach nicht, was dieses Getue um die Geburtenfolge soll.«

»Geburtenfolge? Was meinen Sie damit?«, fragte Paterno. In der Scheibe sah sie sein Spiegelbild. Er starrte sie an, den Stift in der Hand.

»Sie wissen es«, sagte sie.

»Ich möchte nur sicherstellen, dass ich nichts übersehe.« Shannon bezweifelte insgeheim, dass Paterno je etwas übersah. »Aaron ist der Älteste, er ist gerade vierzig geworden. Dann folgt Robert mit knapp neununddreißig Jahren, die beiden sind nur etwas mehr als ein Jahr auseinander. Dann kommt Shea ... Er ist noch nicht ganz achtunddreißig. Oliver ist vierunddreißig und damit eineinhalb Jahre älter als ich.«

»Und Sie sind dreiunddreißig?«

»Richtig.«

»Und ihr Bruder Neville?«

»Er war ... Olivers Zwillingsbruder. Vierunddreißig.«

»Sie sprechen immer in der Vergangenheitsform von ihm.« Sie schloss die Augen. »Im Grunde glaube ich wohl doch nicht mehr daran, dass er noch am Leben ist«, sagte sie leise. Das hatte sie bisher noch nie eingestanden. Sie hatte immer zu ihrer Mutter gesagt: »Er wird zurückkommen, warte nur ab. Eines Tages steht Neville plötzlich vor deiner Haustür.« Doch jetzt wurde ihr klar, dass sie sich selbst etwas vorgemacht hatte. Tief im Inneren glaubte sie, dass ihr jüngster Bruder tot war. Sie wandte sich vom Fenster ab, sah den Detective an und bemerkte Travis, der neben ihm stand und sie beobachtete. »Ich meine, wenn er noch lebt, wo ist er dann? Warum versteckt er sich? Hat er heimlich eine andere Identität angenommen, leidet er unter Amnesie, wurde er ins Zeugenschutzprogramm aufgenommen oder … Was?«

»Vielleicht will er im Verborgenen bleiben.«

»Warum?«

»Möglicherweise ist er kriminell«, gab Paterno zu bedenken. »Vielleicht hat er etwas so Schlimmes verbrochen, dass er nicht zurückkommen kann.«

»Was denn zum Beispiel?«, fragte Shannon, doch dann begriff sie, worauf Paterno hinauswollte. »Sie glauben, er hätte Ryan umgebracht? Weil Neville kurz nach Ryans Tod verschwunden ist?« Sie konnte es nicht fassen, schüttelte den Kopf. Sie hatte unwillkürlich die Stimme erhoben, und Khan, der wieder auf seine Decke in der Küche verbannt worden war, knurrte. »Schsch!«, befahl sie, als der Welpe daraufhin zu winseln begann. Dann wandte sie sich wieder dem Detective zu. »Nein, dazu war – ist – Neville nicht fähig. Das glaube ich nicht.«

»Sie erwähnten ein Gespräch zwischen Ihren Brüdern?«

Während Rossi die Kassette in einen Klarsichtbeutel schob, gab Shannon wieder, was sie gehört hatte. »Ich weiß nicht, was es bedeutet, und hätte mir vermutlich gar nichts dabei gedacht, aber einer von ihnen, ich weiß nicht genau welcher, erwähnte die ›Geburtenfolge‹, der andere sprach davon, wir hätten es Dad zu verdanken – was auch immer er mit ›es‹ gemeint hat.« Um Paternos Frage vorwegzunehmen, fügte sie hinzu: »Ich weiß es nicht. Ich habe keine blasse Ahnung, worüber sie gesprochen haben, okay? Sie werden sie selbst fragen müssen.«

»Das werde ich«, entgegnete Paterno. Wenig später verabschiedeten sich die beiden Polizisten. Paterno kündigte an, er werde die Kassette analysieren lassen und Shannons Pick-up werde in die Polizeiwerkstatt in der Stadt transportiert und gründlich nach etwaigen Spuren der Person, die die Kassette hinterlegt hatte, durchsucht.

Travis blieb bei Shannon, bis der Abschleppwagen die Zufahrt entlangrumpelte. Schließlich blieben sie beide allein zurück.

»Und jetzt?«, fragte sie.

»Du brauchst Ruhe.« Er legte einen Finger an ihre Wange, auf der die letzten Schürfwunden verheilten. »Ich sorge fürs Abendessen.«

»In dieser Situation kannst du ans Kochen denken?«

»Nein.« Seine Lippen zuckten. »Aber ich bin der Meinung, wir sollten nach einem neuen Ansatz suchen.« Er versuchte, ruhig und beherrscht zu erscheinen, aber ein Tic unter seinem Auge verriet seine innere Anspannung. »Wir könnten das Ganze bei einer Pizza besprechen. Gibt es hier einen Lieferservice?«

»Ja, ›Gino's‹, aber die Fahrtkosten entsprechen ungefähr einem Rückflugticket nach Europa.«

»Ich lade dich ein.«
Sie begriff, dass er sie nicht allein lassen wollte. »Sie müssen nicht den Babysitter für mich spielen.«
»Tue ich das denn?«
»Es sieht ganz so aus.«
Er zuckte mit den Schultern. »Okay, zunächst einmal sitzt du hier fest, weil die Polizei deinen Pick-up mitgenommen hat, und zweitens scheint hier das Zentrum der Ereignisse zu sein. Und ich meine nicht nur die Sechs in der Mitte des Sterns, sondern die Tatsache, dass hier der Ort ist, an dem der Täter zuschlägt.«
»Dann bleibst du also entweder bei mir, um meinen Leibwächter zu spielen, oder weil du glaubst, du könntest ihn hier schnappen?«
»Ein bisschen von beidem, glaube ich.«
»Soll ich mich jetzt geschmeichelt fühlen oder sauer sein?«
Er zuckte die Achseln. Seine blauen Augen funkelten. »Ein bisschen von beidem, schätze ich«, wiederholte er. »Geh jetzt, zieh dir was Bequemeres an. Ärztliche Anordnung.«
»Wer ist der Arzt?«
»Ich.« Er lächelte ein wenig.
»Ja, klar.«
»Magst du spielen?«, fragte er.
»Was? Doktor?« Shannon sah ihn verdutzt an.
Er schnaubte. »Okay, blöder Scherz. Ich dachte bloß, wir sollten nicht so verkrampft sein.«
Sie zog eine Augenbraue hoch.
»Ich war in letzter Zeit so sehr auf diese eine Sache fixiert,

so ... angespannt und zielorientiert, dass ich nichts anderes mehr wahrgenommen habe.« Er kniff die Augen zusammen. »Versteh mich nicht falsch, natürlich geht es mir einzig und allein darum, meine Tochter zu finden und zu retten. Aber ich glaube, ich habe einen Tunnelblick entwickelt und dadurch das Gesamtbild aus den Augen verloren. Und zu diesem Gesamtbild gehörst du nun einmal mit dazu«, fuhr er fort. »Du stehst sogar im Mittelpunkt ...«

Sein Gehirn arbeitete fieberhaft auf der Suche nach neuen Ansätzen. Shannon erkannte es in seinen Augen.

»Hör zu, ob es uns passt oder nicht, wir stecken zusammen in dieser Sache drin. Er zwingt uns, zusammenzuarbeiten, und ich denke, wir sollten uns nicht dagegen wehren.«

»Hast du dich denn gewehrt?«

»Teufel, ja. Ich hätte die ganze Sache am liebsten im Alleingang durchgezogen, erfüllt von väterlichem Pflichtgefühl und Entschlossenheit. Ich wollte mein Kind selbst finden. Ich hatte die Polizei und das FBI gründlich satt, und vor allem das ewige Warten darauf, dass der Entführer sich rührt. Ich kam mir vor wie John Wayne! Aber das hat zu nichts geführt, wahrscheinlich weil der Dreckskerl, der mein Kind in seiner Gewalt hat, darauf zählt, dass ich mich genauso verhalte. In gewisser Weise habe ich ihm in die Hände gespielt ... Und du ebenfalls. Wenn wir etwas erreichen wollen, müssen wir die Sache mit kühlem Kopf angehen, die Dinge klar und aus einem neuen Blickwinkel sehen, einen Schritt voraus sein statt hinterher.

Das ist schwer. Verdammt schwer. Wir reden schließlich von meinem Kind. Trotzdem glaube ich, dass es hier nicht um mich geht, sondern um dich. Unter diesem Aspekt müssen wir das alles betrachten.« Er war sehr ernst. »Ich will dir nichts vormachen, Shannon, aber es wird hart werden.«

»Als wäre das Bisherige ein Kinderspiel gewesen.«

Er sah sie fest an und gab jeden Versuch, die Stimmung aufzulockern, auf. »Ich sage das äußerst ungern, aber – ja, möglicherweise ist das, was wir bisher durchgemacht haben, was Dani durchgemacht hat, ein Kinderspiel im Vergleich zu dem, was der Kerl noch für uns bereithält.«

Er folgte seinem Opfer in einiger Entfernung.

Stets wachsam.

Auf alles gefasst.

Niemand durfte ihn stellen, nicht jetzt, da er seinem Ziel so nahe war. Er parkte seinen Pick-up ein paar Blocks entfernt, lief zügig durch die Nacht und wartete dann im Dunkeln, versteckt in den Büschen, die rund um die alte Mission wuchsen. Der Gärtner hatte den Rasen gesprengt, und der Geruch von feuchter Erde drang ihm in die Nase, ein willkommener Duft in dieser heißen, trockenen Nacht. Muskeln und Nerven waren erwartungsvoll angespannt. Er musste an das Mädchen denken ... Irgendetwas stimmte nicht mit ihr. Er spürte es, und deswegen, wegen der verdammten Göre, konnte er diese Nacht nicht wirklich genießen. Er konnte sein jahrelang geplantes Ritual nicht auskosten, so sehr er es sich auch wünschte. Das ärgerte ihn. Die Kleine ging ihm auf die

Nerven. Sie war ihm unheimlich – wie sie ihn stumm anstarrte, jede seiner Bewegungen verfolgte, und wenn sie ausnahmsweise einmal sprach, belästigte sie ihn mit Fragen.

Aber bald würde das keine Rolle mehr spielen.

Nur noch ein Tag, höchsten zwei, dann würde sie ihren Zweck erfüllt haben, und er konnte sich ihrer endlich entledigen.

Der Gedanke bereitete ihm Befriedigung.

Doch jetzt, während die Nacht um ihn herum schwärzer wurde, musste er sich auf sein Werk konzentrieren. Endlich, nach jahrelangem Warten und Planen, würde er wohlverdiente Vergeltung üben.

Es würde ein kompliziertes Tänzchen werden, denn er hatte seinen Zeitplan straffen müssen. Jetzt durfte nichts mehr hinausgezögert werden. Er konnte der Kleinen nicht trauen, und außerdem ging seine Geduld zu Ende.

Die heutige Nacht würde einige Überraschungen bringen …

Den Blick auf die Straße vor einem kleinen, gepflegten Haus gerichtet, sah er den ihm bekannten Wagen herannahen und an der gewohnten Stelle einparken.

Alles ganz erwartungsgemäß.

Der Motor wurde ausgeschaltet, die Scheinwerfer ebenfalls, und der Fahrer stieg rasch aus, beinahe als spürte er die Gefahr, die ihm drohte, wenn er sich zu lange aufhielt. Er zögerte, warf einen kurzen Blick auf sein Häuschen, drehte sich dann um und ging mit raschem Schritt in Richtung Kirche. Offenbar hatte ›Pater‹ Oliver gewisse Sünden zu beichten.

Das Ungeheuer – so nannte ihn die Kleine, er hatte sie dabei ertappt, wie sie den Namen flüsterte, als sie glaubte, er sei außer Hörweite – lächelte, seine Vorfreude wuchs.
Es war besser, wenn seine Opfer schon im Voraus etwas Angst hatten, wenn sie spürten, dass ihre kostbare Zeit auf Erden ein abruptes Ende finden sollte.
Irgendwo in der Nähe schrie eine Eule.
Fledermäuse schwirrten um den Glockenturm und über seinen Kopf hinweg.
Das Opfer bemerkte es nicht, ging zügig weiter, beinahe im Laufschritt, als sei es verzweifelt.
Und verängstigt.
Mit gesenktem Kopf, in Gedanken versunken, eilte das Opfer zur Kirche und machte sich an einem großen Schlüsselring zu schaffen.
Verräter.
Das Ungeheuer spähte in die Dunkelheit, die nur von dem kränklich-blassen Schein einiger Straßenlaternen entlang des Weges durchbrochen wurde. Selbst das Scheinwerferlicht vorbeifahrender Autos drang kaum durch die dichten Büsche und Bäume rund um das Grundstück.
Es war perfekt.
Er leckte sich die trockenen Lippen, stellte sich voller Vorfreude das Blut vor, das er vergießen würde, die Flammen, die an den Wänden hinaufkrochen, das Knistern und Zischen des Feuers, wenn es auf den dickflüssigen, roten Saft traf.
Langsam … Lass dir Zeit. Es ist noch nicht so weit.
Er sah zu, wie sein nächstes Opfer an das Portal trat, die

Tür aufschloss und die St.-Benedictine-Kirche mit ihrem Ziegeldach und den verputzten Mauern betrat.

Er wartete.

Machte sich bereit.

Genau fünf Minuten nachdem die schwere Tür zugefallen war, griff das Ungeheuer in seine kleine Gürteltasche und zog das Messer heraus. Seine behandschuhten Finger schlossen sich um den Griff, er spürte das Gewicht in seiner Hand.

Eine perfekte Waffe – geeignet, um jemanden zu bedrohen, ihn einzuschüchtern, oder auch für den Akt des Tötens selbst.

Weitere zwei Minuten vergingen, und die Glocken begannen die Mitternachtsstunde zu schlagen. Eins, zwei, drei …

Er setzte sich in Bewegung, schlich durch die Dunkelheit.

Vier, fünf, sechs …

Der feierlichen Klang der Kirchenglocken übertönte seine Schritte. Rasch überquerte er den Rasen, war auf dem Weg zur Kirche ein paar Sekunden lang ohne Deckung.

Sieben, acht, neun …

Sein Atem ging unregelmäßig, sein Herz hämmerte erwartungsvoll, als er nach dem riesigen Türknauf griff.

Zehn, elf, zwölf …

Der Zeitpunkt war gekommen.

Ein Adrenalinstoß schoss ihm ins Blut.

Beim letzten Glockenschlag öffnete er die Tür zur St.-Benedictine-Kirche. Geräuschlos schlüpfte er hinein.

Es war ein schauderhafter Tag gewesen.
Lügen. Verrat. Ehebruch. Grausamkeit. Und Mord.
Um ihn herum wogte die Sünde, während er sich seiner Mutter und seinen Geschwistern widmete. Um Trost zu spenden, um zu beruhigen. Aber es gab weder Trost noch Ruhe und auch nicht viel Zeit für Trauer um den Verlust und geflüsterte Gebete. O nein …
Olivers Magen hob sich, es würgte ihn, als er an seinen Besuch in dem alten Haus an der St. Marie Avenue dachte.
In gedämpftem Ton wurde besprochen, was zu tun war. Wie man ›mit der Situation umgehen‹ sollte. Oliver zitterte innerlich, wusste, dass das, was sie planten, ganz und gar falsch war. Und trotzdem besaß er nicht die Charakterstärke, die Wahrheitsliebe und das Vertrauen in Christi Gnade, auf seinem Weg weiterzugehen. Deshalb hatte er sich hierher zurückgezogen, an seinen Zufluchtsort, in die Kirche, in der er so oft um den Mut gebetet hatte, den er nie aufbringen würde.
Die Last der Falschheit lag schwer auf seiner Seele. Er schluckte krampfhaft. Es war an der Zeit, den Lügen ein Ende zu machen, die Wahrheit auszusprechen, aufrecht zu stehen und den Skandal, die Strafe hinzunehmen.
Natürlich würde ihm dann die Priesterweihe versagt, vielleicht wurde er sogar seiner Sünden wegen exkommuniziert, aber seine Seele musste reingewaschen werden.
Er war schwach.
Ach, Vater im Himmel, so schwach.
Vielleicht war der Tod die einzige Lösung, dachte er, zündete ein paar Kerzen an und sah zu, wie die kleinen Flam-

men flackernd brannten. Wenn er seine Sünden beichtete, um Absolution betete, ließ der Herrgott ihn vielleicht doch in seinen Himmel ein. Er war schließlich ein gnädiger Gott.

Bestimmt wäre der Tod besser als diese endlose Qual auf Erden. Er hatte es schon einmal versucht … Aber jetzt … Durfte er eine Todsünde begehen? Wer würde ihm die Beichte abnehmen? Wer würde ihn lossprechen, bevor er starb? Pater Timothy?

Herr im Himmel, bitte … Hilf mir.

Er lauschte dem Glockenklang und fiel auf die Knie, auf den harten Steinboden der Kirche mit ihrer gewölbten Decke, den hohen Buntglasfenstern mit Bildern der Kreuzwegstationen und dem Altar. Süßer Weihrauchduft hing in der Luft und mischte sich mit seinem Körpergeruch, denn er schwitzte vor Nervosität. Er benötigte Führung und Buße, etwas, das ihn seinen Weg deutlich erkennen ließ, eine Möglichkeit der Absolution von so vielen Sünden. Er bekreuzigte sich hastig, spürte das Gewicht des Rosenkranzes in der tiefen Tasche seiner Jacke. »Vater im Himmel, vergib mir. Bitte, ich flehe dich an, gib mir die Kraft, ein Ende zu machen.« Er kämpfte gegen die Tränen und gegen die Dunkelheit, die in sein Bewusstsein dringen wollte. Depression und Angst rangen um seine Seele, und er war so müde, so erschöpft von der Last der Sünden, die er drei lange Jahre mit sich schleppte, dass er nicht wusste, wie er weiterleben sollte.

Als er glaubte, hinter sich Schritte zu hören, blickte er sich um. Er strengte Augen und Ohren an, doch niemand kam. Er war allein, war lediglich nervös, rat- und hilflos.

Die Kerzen schienen sich zu bewegen, er sah eine Maus zwischen den Bänken hindurchhuschen und in einem kleinen Mauerriss verschwinden. Wieder einmal bildete er sich Dinge ein. Erschrak vor seinem eigenen Schatten. Ließ den Wahnsinn in sein Leben einsickern.
So darfst du nicht denken. Gib der Angst, dem Hass nicht nach. Denk an Neville, der deine andere Hälfte war, äußerlich völlig gleich, innerlich jedoch so ganz und gar verschieden.
Bei dem Gedanken an seinen Zwillingsbruder begann Oliver zu weinen.
Hör auf, zeig endlich Rückgrat. Gib dem Satan keine Macht über dich, lass dich nicht deiner Schwäche wegen wegsperren, in die Psychiatrie, an einen Ort, wo Träume zerbrochen und Leben vernichtet werden.
Er erinnerte sich an ›Our Lady of Virtues‹. An die Dunkelheit, die durch die Flure kroch, die Geheimnisse hinter verschlossenen Türen, das allgegenwärtige Böse, das denen auflauerte, die das Unglück hatten, an diesem Ort leben zu müssen.
»Erlöse mich«, betete Oliver innerlich zitternd, verängstigt wie ein kleiner Junge. Das Glockenläuten setzte plötzlich aus, in der Kirche herrschte düsteres Schweigen, nur durchbrochen vom Geräusch seines Atems, dem Hämmern seines Herzens.
Nervös griff er in seine Tasche und zog den Rosenkranz hervor, dessen Perlen von häufiger Benutzung abgegriffen waren. Vielleicht würde er wie sonst Trost darin finden. Er atmete tief durch und schickte sich an, die Gebete zu flüstern, die auf immer Teil seines täglichen Lebens

geworden waren. Seine Finger schlossen sich um das Kreuz des Rosenkranzes, er bekreuzigte sich noch einmal. »Ich glaube an Gott, den allmächtigen Vater, Schöpfer des Himmels und der Erde ...«
Tränen der Reue stiegen ihm in die Augen. Die Gebete flüsternd blickte er auf zu der Figur Jesu am Kreuz. Er war so vertieft ins Beten, dass er den Lufthauch nicht bemerkte, als die Tür geöffnet wurde. Er hörte auch nicht die leisen Schritte, die sich näherten, nahm nicht wahr, dass jemand in finsterer Absicht in die Kirche geschlichen war, begriff nicht annähernd, warum er in dieser Nacht wie Jesus am Kreuz für die Sünden anderer sterben sollte ...

25. Kapitel

Danis Herz schlug wie rasend. Ihre Lunge brannte, Dornen und Gestrüpp zerkratzten ihr schmerzhaft die Beine, als sie den schmalen Pfad entlanglief. Sie hatte keine Ahnung, wie spät es war und wie viel Zeit seit ihrem Ausbruch aus dem Gefängnis vergangen war, aber sie musste laufen, bis sie nicht mehr konnte, so dringend ihr Körper auch nach einer Pause verlangte. Sie hatte Muskelkater an den Schienbeinen vom Bergablaufen, doch sie zwang sich durchzuhalten, wollte so weit wie eben möglich fort von der Hütte.

Je größer die Entfernung, desto größer die Chance zu entkommen.

Weiter. Lauf einfach weiter! Sie biss die Zähne zusammen, gönnte sich keine Pause, geriet gelegentlich ins Rutschen, stolperte über lose Steine, konnte sich jedoch abfangen. Wenn sie sich jetzt nur nicht den Knöchel verstauchte. Ängstlich leuchtete sie mit der Taschenlampe den Weg vor sich aus, lief, so schnell sie konnte, doch sie musste bereits nach Luft ringen, und einzig das Adrenalin in ihrem Blut ließ sie noch durchhalten.

Sie wusste nicht, ob es geschickt war, im Schutz der Dunkelheit zu flüchten. Er könnte den Schein ihrer Taschenlampe entdecken. Nach Tagesanbruch, wenn sie den Weg vor sich sah, würde sie schneller vorankommen, anderer-

seits bestand dann aber auch die Gefahr, selbst gesehen zu werden.
Jetzt hatte sie ihn bestimmt abgehängt.
Sicher war sie inzwischen so weit entfernt, dass er sie nicht mehr fand.
Doch sie dachte an seine stahlharte Entschlossenheit, wenn er nackt vor dem Feuer sein Training ableistete, schweißnass, das dunkle Haar feucht und strähnig, die Narben auf seinem Rücken gespannt und glänzend.
Er würde niemals aufgeben.
Bis er sie gefunden hatte.
Bis er sie für seine abartigen Zwecke missbraucht hatte.
Der Gedanke trieb sie weiter; sie rannte den Hang hinab, folgte dem Weg, bis ihr Kopf dröhnte und ihre Lunge zu platzen drohte. Keuchend blieb sie schließlich an einer Weggabelung stehen und lauschte angestrengt über das Rauschen des Blutes in ihren Ohren hinweg. Sie beugte sich vor, stützte die Hände auf die Knie, atmete tief durch und versuchte, sich zu orientieren und zu entspannen.
Sich nach den Sternen richten zu wollen war zwecklos – sie hatte keine Ahnung, in welche Himmelsrichtung sie flüchten musste.
Ihr Atem ging allmählicher ruhiger.
Schweiß tropfte von ihrer Nase in den Staub zu ihren Füßen. Ihre Kehle war völlig ausgetrocknet.
»Gott steh mir bei«, flüsterte sie und dachte an ihren Vater. Wo war er? Und Mom, ach, wenn sie ihrer Mutter doch noch ein einziges Mal sagen könnte, dass sie sie liebte. Sie spürte, wie ihr Tränen in die Augen stiegen, und fürchtete, völlig zusammenzubrechen, doch Schwä-

che und Selbstmitleid brachten sie jetzt nicht weiter. Sie musste durchhalten.
Sie hörte schwaches Glockengeläut. Kirchenglocken hallten durch das Tal, aber in weiter Ferne. Ihr Herz machte einen Satz. Sie straffte sich, spähte in die Dunkelheit. Wo eine Kirche stand, wohnten auch Menschen, sie näherte sich der Zivilisation! Sie blickte in die Richtung, aus der das Geräusch kam, und obwohl Gestrüpp und Bäume ihr teilweise die Sicht versperrten, glaubte sie Lichter zu erkennen, eine Stadt. Weit unten. Sehr weit unten.
Mist!
Wie kam sie dorthin? Sie konnte nicht einfach quer durch den Wald laufen, sie musste einem Weg folgen, sonst lief sie Gefahr, auf eine Stelle zu stoßen, wo sie nicht weiterkam. Womöglich würde sie sich verirren und im Kreis laufen.
Also hielt sie sich an den Weg, und an jeder Gabelung folgte sie der Abzweigung, die bergab zu führen schien. Zweimal jedoch schlug sie einen Weg ein, der aufwärts verlief, hinterließ Fußstapfen im Staub und kroch dann durchs Gestrüpp zurück, sorgsam darauf bedacht, Spuren zu vermeiden. Es war ein einfacher, wahrscheinlich nutzloser Trick, der Zeit kostete, aber sie hoffte trotz allem, dass es das Ungeheuer irreführte, wenn es die Verfolgung aufnahm.
Sie zweifelte nicht daran, dass ihr Entführer sie suchen würde. Er hatte etwas Bestimmtes mit ihr vor, und es hatte mit ihrer leiblichen Mutter zu tun, auch wenn sie keine Ahnung hatte, was es sein könnte. Jedenfalls etwas Schlimmes. Ihr wurde kalt bis ins Mark, wenn sie an seine

Pläne dachte, denn eines wusste sie: Er war abgrundtief schlecht. Böse. Und verrückt. Besessen von den Menschen, deren gerahmte Fotografien auf seinem Kaminsims standen. Sie tastete in ihrer Tasche nach dem Bild, das sie eingesteckt hatte, und dachte über die Frau auf dem Foto nach. War sie verheiratet? Hatte sie Kinder? Und überhaupt, warum hatte sie Dani nicht behalten können? Insbesondere dieser Gedanke hinterließ einen üblen Geschmack. Sie liebte ihren Dad und ihre verstorbene Mom, die Menschen, die sie großgezogen hatten, von ganzem Herzen, aber trotzdem … Sie hatte Dutzende Fragen an diese Frau. Das Licht der Taschenlampe wurde schwächer, doch Dani ging weiter, im Laufschritt, nur rasch möglichst weit fort von der Hütte. Sie mochte nicht an die Wut ihres Entführers denken, wenn er sie einholte, dieser Spinner, der so gern ins Feuer pinkelte. Es durfte nicht passieren. Unter keinen Umständen.

»Ich muss mit Oliver reden«, sagte Shannon und schob ihren Stuhl zurück. Die Stuhlbeine scharrten über den Küchenboden, als sie aufstand. Die übrigen drei Pizzaecken ließ sie unbeachtet im Pappkarton auf dem Küchentisch liegen.

»Es ist nach ein Uhr«, wandte Travis ein. Er saß noch am Tisch, trank sein Bier aus und studierte die Zeichnungen, die Paterno Shannon überlassen hatte. Er kam einfach nicht weiter. Innerlich war er völlig überdreht; dass er Danis Stimme gehört hatte, bereitete ihm immer noch Magenkrämpfe.

Er hatte schon einiges im Leben durchgemacht. Zum

Teufel, seine schlimmen Erfahrungen reichten für zwei, drei Leben, und dabei war er noch nicht einmal vierzig. Aber das hier … Zu wissen, dass seine Kleine irgendwo da draußen in der Dunkelheit war, allein mit einem grausamen, skrupellosen Mörder, und in ihrer Gefangenschaft Gott weiß was ertragen musste, das zerbrach ihn nahezu.

Ja, er war entschlossen, sie zu finden.

Ja, er würde den Mörder eigenhändig umbringen, ohne an die Konsequenzen zu denken.

Nein, er würde niemals aufgeben.

Aber verdammt noch mal, ja, er hatte Angst bis in die tiefste Seele. Angst war seine ständige Begleiterin. Die Zeit schien zu rasen. Er hätte vor Hilflosigkeit die Wände hochgehen mögen.

Ohne auf seine Einwände zu hören, tippte Shannon bereits die Nummer in das schnurlose Telefon. »Priester sind rund um die Uhr im Einsatz«, sagte sie und warf einen Blick in das Ställchen, in dem der winzige Welpe eingerollt lag und fest schlief, dabei in seinem Hundetraum jedoch leise winselnde Laute ausstieß.

Der andere Hund, Khan, lag unter dem Tisch, den Blick fest auf Travis gerichtet, und hoffte auf einen Leckerbissen.

»Verdammt!« Shannon knallte das Telefon auf die Ablage. Der Welpe kläffte kurz, schlief jedoch weiter. »Oliver meldet sich nicht.«

»Du hättest ihm eine Nachricht hinterlassen können.«

»Wenn mein Bruder endlich im einundzwanzigsten Jahrhundert angekommen wäre … Aber Oliver betrachtet sich selbst gern als letzte Bastion. Kein Anrufbeantworter, keine Mailbox, keine Caller ID, kein … gar nichts.« Sie ließ den Kopf kreisen und rieb ihren verspannten Nacken. »Er hätte Mönch werden sollen.«

»Priester reicht doch wohl«, sagte Travis und bemerkte, wie müde sie aussah. Ihre Haut war blass, unter den Augen lagen dunkle Ringe, und als sie sich ein wenig streckte, verzog sie vor Schmerz das Gesicht. »Du solltest dich jetzt wirklich ausruhen. Geh ins Bett.«

»Wozu? Damit ich mich die ganze Nacht lang schlaflos herumwälze, ständig diese Aufnahme von der Kassette in meinem Kopf höre und krank werde vor Sorge?«, entgegnete sie und sah ihn fest an. »Nein, danke.«

»Kannst du nicht ein Schlafmittel einnehmen?«

»Ich will kein Zombie werden«, versetzte Shannon.

»Und ich will nicht, dass du dich umbringst.«

»Tu ich nicht.« Sie hatte sich genug gereckt und tippte noch einmal die Nummer ins Telefon. »Los, Oliver, wach auf.«

»Vielleicht ist er nicht zu Hause.«

»Wo soll er denn sonst sein?« Shannon verdrehte die Augen. »Gut, ein Punkt für dich«, sagte sie und legte seufzend auf. »Sogar Priester beziehungsweise künftige Priester haben ein Privatleben.«

»Warum bist du so versessen darauf, heute Nacht mit ihm zu sprechen?«

»Weil ich ihn vorhin, als wir uns gesehen haben, nicht habe zu Wort kommen lassen.« Plötzlich wirkte sie schuldbewusst. »Zu Hause bei Mom wollte er mit mir reden. Offensichtlich bedrückte ihn etwas, ich habe es an seinen Augen erkannt, aber noch bevor er mir sagen konnte, was ihn beschäftigte, kam Robert dazu, und daraufhin hat Oliver nicht weitergesprochen.« Sie runzelte ein wenig die Stirn. »Ehrlich gesagt war ich ganz froh darüber. Ich hatte keine Lust, mich in ein tiefschürfendes Gespräch verwickeln zu lassen. Ich wollte nur noch weg.« Sie sah durchs Fenster in die Nacht hinaus.

»Aber jetzt ...« Sie schürzte nachdenklich die Lippen. »Jetzt denke ich, dass er mir vielleicht etwas Wichtiges sagen wollte, etwas, das ich seiner Meinung nach unbedingt wissen sollte.« Sie lehnte sich mit der Hüfte an den Küchentresen. »Oliver kam gerade von draußen herein, nach diesem Gespräch mit meinen Brüdern über die Geburtenfolge in unserer Familie und irgendetwas, das angeblich Dad zu verdanken ist.« Sie ging zum Tisch und griff nach den Zeichnungen, die Paterno ihr überlassen hatte. »Es kam mir so geheim vor, dass ich beinahe den Eindruck habe, es könnte irgendwie mit Danis Entführung oder sogar mit Mary Beth' Tod zu tun haben.« Sie tippte auf die Nummer sechs in dem unvollständigen Stern. »Ich könnte schwören, Oliver weiß etwas und wollte es mir heute sagen.«

»Wenn du so sicher bist, fragen wir ihn doch.«

»Wir beide, du und ich?«

»Ja.« Er stand auf und sah sie eindringlich an. »Du bist todmüde.«

»Ja, ja, das sagtest du bereits«, wehrte sie mit einer gereizten Handbewegung ab. »Aber ich könnte jetzt sowieso nicht schlafen. Du etwa?«

Travis schüttelte den Kopf.

»Dachte ich's mir. Da mein Pick-up bei der Polizei ist, müssen wir deinen nehmen. Ich fahre.«
Er bedachte sie mit einem Blick, der keinen Widerspruch duldete. »Ich fahre.«
»Also gut. Dann mal los.«

Paterno konnte nicht schlafen.
Der verdammte Fall ließ ihm einfach keine Ruhe.
Er zog sich aus bis auf Boxershorts und T-Shirt, holte ein Glas aus der Küche und gab eine Handvoll Eis aus einem Beutel, den er im Gefrierfach aufbewahrte, hinein. Dann schraubte er eine Whiskeyflasche auf, die auf dem Tresen stand, und lauschte auf das vertraute Knistern, als die Flüssigkeit auf die Eiswürfel traf. Er ließ den Drink im Glas kreisen und ging ins Wohnzimmer, wo der Fernseher lief, ESPN und, in einem Fenster unten rechts in der Ecke eingeblendet, CNN.
Herrgott, es war heiß. Seine Klimaanlage war defekt, und in seiner Wohnung im ersten Stock herrschte eine Gluthitze. Er öffnete die Schiebetür zur Dachterrasse, doch das brachte kaum Kühlung.
Auf der Straße unter ihm war fast gar kein Verkehr. Er trank einen Schluck, spürte den Whiskey durch die Kehle rinnen und sah beim Terrassenlicht etwas flattern. Er schlug die Insektenschutztür zu und blickte hinaus in die Nacht.
Also, was hatte er übersehen?
Er wandte sich seinem Schreibtisch zu, nippte an seinem Drink und blickte auf die in unordentlichen Stapeln aufgehäuften Notizen. Die Zeichnungen – damit konnte er

nichts anfangen, er hatte nur so eine Ahnung, dass die Zacken des Sterns etwas mit den Flannery-Brüdern zu tun hatten ... Und weiter? Der fehlende Zacken war der verschwundene Bruder, oder? Die gestrichelten Linien ... Sie bedeuteten, dass die verstorbene Person nicht Teil der Familie war, nur angeheiratet ... Oder nicht? Shannon stand in der Mitte ... umgeben von ihren Brüdern ... Ach, verdammt, ergab das einen Sinn? Nein. Wenn es um die Geburtenfolge ging, müssten die Zahlen dann nicht chronologisch nach dem Alter angeordnet sein? Aber so, wie er die Dinge sah, befand sich die Nummer fünf ohne Zacken neben der gestrichelten Spitze von Nummer zwei und in der Mitte die Sechs. Ganz gleich, wie man es betrachtete, die Zwei sollte nicht neben der Fünf, sondern zwischen Eins und Drei stehen ... Wenn seine Theorie zutraf. Aber wer behauptete denn, dass der Mörder logisch dachte?

Vielleicht lag er auch völlig falsch mit seiner Geburtenfolge-Theorie. Vielleicht war die Nummer sechs aus einem ganz anderen Grund von Bedeutung und wurde Shannon zugeordnet ... oder dem Mädchen? Möglich – immerhin handelte es sich um die Geburtsurkunde von Dani Settler, nicht um Shannons. Vielleicht war er völlig auf dem Holzweg.

Er musste zurück an den Ausgangspunkt. Den Hinweis auf die ›Geburtenfolge‹ vorerst vergessen und noch einmal von vorn anfangen.

Sein Blick wanderte zum nächsten Stapel. Anmerkungen zum ›unsichtbaren Feuerteufel‹ ... Bei dieser Serie von Bränden war außer einer Frau niemand ums Leben

gekommen. Es sah fast so aus, als hätte der Brandstifter absichtlich nur verlassene Gebäude gewählt.
Paterno trank noch einen Schluck und zerbiss einen Eiswürfel, dann blätterte er durch die drei Seiten Notizen über den unsichtbaren Feuerteufel ... Sein Blick fiel auf den Namen der Frau, die damals umgekommen war: Dolores Galvez.
Warum kam ihm der Name bekannt vor? Da war doch was ...
Er setzte sich an den Schreibtisch und zog eine Mappe mit Notizen hervor, Kopien der Ermittlungsunterlagen zu dem Fall. Die Seiten waren vergilbt und rochen muffig nach drei Jahren Lagerung. Während Paterno die Berichte durchsah, kreisten seine Gedanken um all die Brände, die sich ganz in der Nähe von Santa Lucia ereignet hatten. Zu jener Zeit war nicht nur Patrick, Shannons Vater, Feuerwehrmann gewesen, sondern auch seine Söhne. Sämtliche Söhne. Paterno prüfte das noch einmal: Aaron, Robert, Shea, Oliver und Neville. Und noch zwei weitere bekannte Namen tauchten auf: Ryan und Liam Carlyle. Cousins ersten Grades. »Was für eine inzestuöse Bande«, sagte Paterno zu sich selbst. Sie waren ihm allesamt unsympathisch, einschließlich der Verstorbenen. Ryan Carlyle war ein harter Brocken gewesen, und seine Cousins waren keinen Deut besser. Ein solches Schicksal hatte Mary Beth sicher nicht verdient, aber sie war doch ein herrschsüchtiges Weib gewesen. Ihre Schwester Margaret war eine frömmelnde Spießerin und Kevin, einer ihrer Brüder, ein regelrechter Kauz, ein Sonderling, der trotz seiner zahlreichen Diplome nur einen Verwaltungsjob

bei der Bundesregierung hatte. Liam, der älteste Bruder, der am engsten mit Ryan befreundet gewesen war, lebte ebenfalls zurückgezogen. Er war mehrmals verheiratet und wieder geschieden, und nachdem er seinen Job bei der Feuerwehr von Santa Lucia aufgegeben hatte, betätigte er sich als Brandermittler bei einer Versicherungsgesellschaft in Santa Rosa.

Und Teddy, Ryans jüngerer Bruder, war tot, im Alter von dreizehn Jahren bei einem Autounfall ums Leben gekommen. Ryan hatte am Steuer des Wagens gesessen.

Nein, dachte Paterno, er mochte weder die Flannerys noch die Carlyles.

Ryan war wohl der Schlimmste gewesen. Er hatte seine Frau geschlagen, das war erwiesen. Paterno hatte einen Teil von dem Tonband abgehört, auf dem der letzte Streit zwischen ihm und seiner Frau Shannon aufgezeichnet worden war.

Der gewalttätige Ehemann hatte die Geräte zwar zerstört, doch die Polizei hatte ein Stück des Bandes rekonstruieren können, auf dem Shannon ihn anschrie. Es klang, als kämpfe sie um ihr Leben. Dieses Stückchen Band hatte die Grundlage zu der Theorie geliefert, sie könne ihren Mann umgebracht haben … Sicher, es zeigte, dass sie ein Motiv gehabt hätte, doch das reichte nach Paternos Einschätzung nicht. Die Staatsanwaltschaft hatte darauf beharrt, Shannon habe den Mord entweder selbst begangen oder sich Hilfe gesucht – sei es bei einem Auftragskiller oder bei ihren Brüdern. Diese gaben sich gegenseitig ein Alibi.

Es war eine schwache Argumentation gewesen, und rück-

blickend fragte Paterno sich jetzt, warum der Staatsanwalt so sehr darauf aus gewesen war, eine Verurteilung zu erwirken. Der Mann hatte unter Druck gestanden, entschied er und starrte auf die Transkription des Bandes.
Er suchte weiter, bis er auf Informationen über das einzige Todesopfer der vom unsichtbaren Feuerteufel gelegten Brände stieß.
Dolores Galvez war zweiunddreißig Jahre alt gewesen, geschieden, kinderlos, Kellnerin in einem italienischen Restaurant, das inzwischen geschlossen hatte. Dolores hatte einen Bruder, der in Pasadena lebte. Ihre Eltern hatten vor drei Jahren in L. A. gelebt. Ihr Bruder hatte ausgesagt, sie habe wohl eine Beziehung gehabt, doch er hatte den Kerl nie gesehen, kannte seinen Namen nicht, er wusste nur, dass Dolores verliebt war. Mehr hatte sie ihm nicht anvertraut, und er hatte es mit einem Achselzucken abgetan. Seine Schwester habe sich sehr schnell verliebt – »ein paar Mal im Jahr«, sagte er. Wer dieser Mann war, mit dem sie angeblich zur fraglichen Zeit zusammen war, wurde nie aufgeklärt. Alle früheren Freunde waren überprüft worden, jedoch ergebnislos.
Nach der Tragödie hatte der geheimnisvolle Unbekannte sich auch nicht gemeldet. Wenn er am Begräbnis teilgenommen hatte, dann unerkannt.
Das gefiel Paterno nicht.
Er hatte ein ungutes Gefühl bei der Sache.
Aber das galt für alles, was mit diesem Fall zu tun hatte.
Er hoffte, dass das Labor Fingerabdrücke an der Kassette mit der Stimme des Mädchens fand oder in den Hintergrundgeräuschen einen Hinweis darauf entdeckte, wo die

Aufnahme gemacht worden war, aber er glaubte nicht daran. Vielleicht würde Shannons Handy ein paar Anhaltspunkte bringen; die Nummern der zuletzt ein- und ausgegangenen Anrufe mussten gespeichert sein, und er hatte ihre Daten schon von ihrem Mobilfunk-Anbieter angefordert. Und dann war da noch ihr Pick-up. War der Kerl, der das Handy in den Wagen gelegt hatte, nachlässig genug gewesen, Fingerabdrücke oder sonstige Spuren zu hinterlassen?

Er bezweifelte es.

Bisher hatte der Kerl sehr sorgfältig gearbeitet. Die Polizei hatte nur das gefunden, was sie finden sollte. Vielleicht hatte das FBI mehr Glück bei dem Lieferwagen, der auf Blanche Johnsons Anwesen in Idaho gefunden worden war. Doch auch darauf verließ Paterno sich nicht.

Er fuhr sich mit einer Hand übers Gesicht, das rauh war von achtzehn Stunden alten Bartstoppeln. Dann sah er einen weiteren Stapel Notizen durch, die zu dem Mord an Blanche Johnson.

Abrechnung, so lautete die Botschaft, die am Tatort gefunden wurde, mit Blut geschrieben. Was zum Teufel sollte das bedeuten? Und was hatte es mit Shannon Flannery zu tun?

Paterno hatte das Gefühl, dass er sich im Kreis drehte.

Am Morgen musste er die Behörden in Oregon anrufen und sich dann einmal mit dem schwer greifbaren Nate Santana unterhalten. Mal sehen, was der Bursche wusste. Er war in letzter Zeit viel unterwegs, nie zu Hause. Und er hatte gesessen, ob nun zu Recht oder nicht.

Paterno beschloss, Feierabend zu machen. Er leerte sein

Glas, schloss die Schiebetür. Der verdammte Nachtfalter flatterte immer noch hektisch um die Glühbirne.
»Gib's auf«, brummte Paterno und schaltete das Licht aus. Er wusste nicht recht, ob er mit dem flatternden Insekt oder mit sich selbst redete.

»Versuchen wir noch einmal, ihn anzurufen«, sagte Shannon, als Travis seinen Pick-up hinter einem weißen Toyota Camry an der Straße vor dem kleinen, unbeleuchteten Haus parkte.
»Sieht nicht so aus, als ob er zu Hause ist.« Doch Travis reichte ihr das Handy.
»Sein Auto steht aber da.« Sie tippte die Nummer ein und wies mit einer Kopfbewegung auf das Fahrzeug vor ihnen. »Komm schon, Oliver«, flüsterte sie, wartete und knabberte an ihrem Fingernagel, als wieder und wieder das Rufzeichen ertönte. Im Haus blieb alles dunkel. Schließlich klappte sie das Handy zu. »Da stimmt was nicht.«
Bevor Travis ein Wort sagen konnte, war sie schon ausgestiegen, ging voran über den gepflasterten Weg zur Haustür und drückte mehrmals die Türklingel. Wo war Oliver? In ihrem Kopf jagten sich die Gedanken – vielleicht hatte er noch zu tun, eine Letzte Ölung oder einen Krankenbesuch. Aber hätte er dann nicht den Wagen genommen? Ein Freund könnte ihn abgeholt haben, vielleicht war er auch bei einem ihrer Brüder, überlegte sie, aber es kam ihr doch merkwürdig vor. Sie warf einen Blick auf den Camry, der an seinem gewohnten Platz stand, und kalte Angst krampfte ihr den Magen zusammen.

»Oliver«, rief sie und hämmerte gegen die Tür. »Ich bin's, Shannon. Mach auf.«

Nichts.

»Oliver!« Sie hatte die Faust gehoben, um erneut gegen die Tür zu schlagen, doch Travis hielt sie zurück.

»Du weckst die Nachbarn.«

Sie blickte die menschenleere Straße entlang. »Ich weiß, wo er einen Schlüssel aufbewahrt«, sagte sie, und bevor Travis Einwände erheben konnte, war sie schon die zwei Stufen der Veranda hinuntergesprungen und lief um das Haus herum. Sie öffnete den Riegel des Törchens zum umzäunten Garten. Dabei versuchte sie, ihre Angst zu unterdrücken – sicher ging es Oliver gut. Sie musste ihn nur finden.

Doch dann dachte sie an Mary Beth, an Dani und daran, dass Oliver sie vorhin unbedingt hatte sprechen wollen. Sie hätte sich selbst dafür ohrfeigen mögen, dass sie ihm nicht zugehört hatte. Voller Unbehagen ging sie zur hinteren Veranda und tastete unter der untersten Stufe nach dem Schlüssel. Sekunden später drehte sie ihn im Schloss und trat zusammen mit Travis in das kleine, muffige, spartanisch eingerichtete Haus ihres Bruders.

Sie schaltete das Licht in der Küche an.

Alles war unauffällig und aufgeräumt. Kein Geschirr in der Spüle, kein Stapel ungelesener Post auf dem Tresen, beide Stühle waren ordentlich an den Tisch gerückt. Abgesehen vom Summen des Kühlschranks und dem Ticken der Uhr im Flur war alles still.

»Oliver?«, rief sie. Ein kalter Schauer lief ihr über den Rücken.

Im Wohnzimmer lag eine Bibel aufgeschlagen auf einem Tisch neben dem Sessel, dessen Lederbezug von jahrelanger Abnutzung glänzte. Der Kamin war kalt, unbenutzt, an den Wänden hingen mehrere Bilder von Jesus und Maria.

Rasch ging sie durch die zwei weiteren Zimmer. Das eine, Olivers Büro, war so kahl wie der Rest des Hauses und enthielt nur einen Schreibtisch, ein Tagesbett und Bücher, die ordentlich auf Regalbrettern standen. Shannon kannte die Titel: Texte über Religion, Theologie, Psychologie und so weiter. Der nächste Raum, Olivers Schlafzimmer mit seinem schmalen, ordentlich gerichteten Bett und einer Kommode, die noch aus seiner Jugendzeit stammte, war ebenfalls leer, das Bett unberührt.

»Wo steckt er nur?«, fragte sie, und ihr Blick streifte die offene Tür zum Badezimmer. Leer. Sauber und ordentlich. Das blaue Handtuch neben dem Waschbecken war militärisch korrekt zusammengelegt.

»Ich weiß es nicht.« Travis ging zurück ins Wohnzimmer, zu dem Tisch mit der Bibel. Er knipste das Licht an und überflog die aufgeschlagenen Seiten.

»Hast du was gefunden?«

Er schüttelte den Kopf. »Nein. Ich glaube nicht.«

»Es ist schon so spät.« Sie furchte die Stirn und war bereits im Begriff, einen ihrer Brüder zu alarmieren, war sogar schon auf dem Weg zum Wandtelefon in der Küche, blieb dann jedoch stehen und überlegte. Versuchte, sich in Oliver hineinzuversetzen. Sie betrachtete die Kruzifixe an den Wänden, die Palmwedel, die Kunstwerke. »Wenn man kurz vor der Priesterweihe steht und einen etwas bedrückt ... Wenn man große Sorgen mit sich herumschleppt ...«, überlegte sie laut, durchquerte das Wohnzimmer und öffnete die Jalousien, um über den kleinen Garten hinweg zum Grundstück der Mission auf der anderen Straßenseite hinüberzuschauen. Der Glockenturm und die Kreuze auf den Spitzdächern wurden von unten angestrahlt. »Wenn man in großer Sorge wäre, wohin ginge man dann?«

»Ich weiß es nicht. Ich bin nicht katholisch«, erwiderte Travis, trat jedoch zu ihr ans Fenster und folgte ihrem Blick.

»Wenn dich etwas quält, dich, Travis Settler, wohin gehst du dann, um Trost zu finden?«

»Ich mache gewöhnlich einen Spaziergang. Draußen. Irgendwo, wo es ruhig ist und ich nachdenken kann«, sagte er.

Shannon nickte. »Ich glaube, er ist in der Kirche bei der Mission. Gleich gegenüber.«

»Möglich«, räumte Travis ein.

Shannon eilte voran, und sie verließen das Haus auf demselben Weg, auf dem sie hereingekommen waren. Sie verfiel in Laufschritt, denn ihr Gefühl sagte ihr, dass die Zeit drängte. Warum hatte sie sich bei ihrer Mutter nicht auf das Gespräch mit Oliver eingelassen? Hätte sie nicht wenigstens ein paar Minuten für ihren Bruder erübrigen können, der sich offensichtlich mit etwas quälte?

Lass das, Shannon, mach dich nicht selbst fertig. Du weißt ja nicht einmal, was es war, das ihn belastete!

Sie lief über die Straße, Travis an ihrer Seite. Sie betraten den Plattenweg über das Grundstück, eine alte Missionsstation, die die Kirche noch nutzte. Diese Kirche war klein, nicht annähernd so groß oder modern wie die Hauptkirche, St. Theresa, eine halbe Meile nördlich, aber sie lag in die Nähe, und Olivers Auto stand vor dem Haus. Hier musste er sein.

Das Portal lag im Schatten; als sie sich näherten, war von drinnen kein Geräusch zu hören.

Shannon legte die Hand auf den großen Türknauf und zog. Die Tür öffnete sich geräuschlos. Sie zögerte einzutreten, empfand ein Unbehagen, als sei sie hier nicht willkommen, ein unbefugter Eindringling. So freundlich und warm und heilig dieser Raum tagsüber sein mochte, erfüllt von Gesang und Gebeten, Orgelmusik und Hoffnung – jetzt, da die Kirche leer war, dunkel, kalt und still, war sie kein einladender Ort. So hatte Shannon schon als kleines Mädchen empfunden.

Ihre Brüder, allesamt Messdiener, fühlten sich in der Apsis und im Hauptschiff zu Hause, sie jedoch kam sich fremd vor, wenn die Bänke leer waren wie jetzt.

Sie trat ein und blickte durch den Mittelgang zum Altar, auf dem Kerzen flackerten. Die Jesusfigur am Kreuz war erschreckend realistisch dargestellt – Blut tropfte von der mit Dornen gekrönten Stirn, rann über Hände und Füße, lief aus der Seitenwunde. Als kleines Kind hatte diese Figur Shannon zu Tode erschreckt.

Sie griff haltsuchend nach Travis' Hand, schob ihre Finger zwischen seine.

»Er ist nicht hier«, stellte Travis fest.

»Aber die Kerzen brennen«, flüsterte sie und deutete auf den Ständer, in dem mehrere Votivkerzen leicht flacker-

ten, als sie vorübergingen. »Jemand muss sie angezündet haben.«
»Shannon, die Kirche ist leer.«
»Dieser Teil der Kirche ist leer. Den Rest haben wir noch nicht gesehen.«
»Du willst hier herumstöbern?«
»Du nicht?«
»Es erscheint mir wie ein Sakrileg.«
»Ist es auch.« Shannon zog ihn an der Hand mit sich, den Mittelgang des Hauptschiffs entlang. Dabei sah sie sich wachsam nach allen Seiten um. Mit jedem Schritt klopfte ihr Herz angstvoller, und die Härchen auf ihren Unterarmen richteten sich auf. »Oliver?«, rief sie leise. »Oliver, bist du hier?«
Sie hielt inne. Lauschte.
Nichts.
Travis schüttelte den Kopf, doch Shannon ging weiter, verdrängte ihre lächerlichen Vorbehalte. Das hier war ein Haus Gottes, und Gott wollte mit Sicherheit, dass die Wahrheit ans Licht kam. Vor dem Altar blickte sie auf, bekreuzigte sich vor dem Bild des leidenden Christus, beugte jedoch nicht das Knie. Sie umfasste Travis' Hand nur noch fester.
Shannon ging zu einer Tür hinüber, die zu einer kleinen Seitenkapelle führte, und öffnete sie. Dies war ein Ort für intime Gebete – möglicherweise suchte Oliver hier nach Zwiesprache mit Gott. Es war dunkel. Sie tastete nach dem Schalter und machte Licht. Der Raum war leer.
»Vielleicht ist er wirklich nicht hier.« Travis drückte tröstend ihre Hand.

»Ich will ganz sichergehen.« Sie ließ das gedämpfte Licht in der Kapelle brennen und kehrte in den vorderen Teil der Kirche zurück, ging am Querschiff vorbei, spähte hinter den Altar. Nichts. Nur Stille und ein Geruch nach Asche und Weihrauch, ein scharfer Geruch, der permanent in der abgestandenen Luft hing.

Sie warf einen Blick in die Sakristei, entdeckte jedoch nichts außer den Gewändern und Gefäßen, die die Priester benutzten. An einer Wand bemerkte sie Beichtstühle, zwei dunkle Zellen.

Sie zog Travis mit sich. Sie erinnerte sich, wie sie als Kind im Beichtstuhl gekniet und Pater Timothy auf der anderen Seite des Gitters ihre Sünden gestanden hatte: Sie hatte schlimme Wörter ausgesprochen, ihrer Mutter Widerworte gegeben, ihre Brüder belogen. Dann hatte sie darauf gewartet, dass der Priester ihr leise eine Buße aufgab.

Sie trat an die Beichtstühle heran.

Mit klopfendem Herzen öffnete sie eine knarrende Tür.

Nichts.

Sie hielt den Atem an und näherte sich dem zweiten, riss mit zitternden Händen die Tür auf. Wieder nichts.

Behutsam ging sie zu der Seite, wo der Priester Platz nahm, öffnete auch dort erst die eine, dann die andere Tür und fand nichts.

»Oliver?«, rief sie noch einmal mit etwas lauterer Stimme, die von den Dachstreben widerhallte und ihr einen Schauer über den Rücken jagte.

»Er ist nicht hier«, sagte Travis sanft, doch dann spürte sie, wie seine Hand die ihre noch fester drückte. Er hob den Kopf und richtete den Blick auf einen Bogendurchgang zu einem dunklen Flur.

»Was ist?«

»Schsch!«, sagte er angespannt und näherte sich dem Bogen. »Riechst du das?«

»Was denn?« Sie schnupperte. Es roch schwach nach Rauch.

»Die Kerzen …«

Er schüttelte den Kopf, ließ ihre Hand los und bedeutete ihr, sich hinter ihm zu halten. Dann schlich er durch die dunkle Öffnung. Das ist doch verrückt, dachte sie. Wir sind in einer Kirche. Und wir führen uns auf wie in einem albernen Teenager-Horrorfilm.

Doch sie schwieg und folgte Travis mit heftig klopfendem Herzen. Der Rauchgeruch wurde intensiver.

Feuer?

Eine Gänsehaut lief ihr über den Rücken.

O bitte, lieber Gott, nein. Nicht hier. Nicht schon wieder!

Travis bog um eine Ecke und trat in einen kurzen Durchgang mit einer halbgeöffneten Tür. Durch den Spalt sah er huschende goldene Lichtflecken an der Wand und auf der Treppe, die ins Kellergeschoss führte.

»Nein!«, rief Shannon aus, als der Geruch eindeutig war und sie das erste Knistern hungriger Flammen vernahm.

Travis drückte ihr sein Handy in die Hand. »Ruf den Notdienst! Schnell!« Er stieß die Tür auf und hastete die Treppe hinunter.

Shannon folgte ihm auf den Fersen, tippte im Laufen die Notrufnummer ein und wäre dabei auf der steilen Holztreppe beinahe gestolpert. Rauch quoll ihnen entgegen, es

roch stark nach brennendem Kerosin. Panik stieg in ihr auf. Oliver! Wo war Oliver? Hier? »Nein«, sagte sie immer wieder vor sich hin, »Bitte nicht!« Bilder von Mary Beths verkohlter Leiche schossen ihr durch den Kopf.
Travis war am Fuß der Treppe angelangt, seine Schritte hallten auf dem Zementboden. »Herrgott!«, flüsterte er, und es klang fast wie ein Gebet. Er drehte sich um. »Geh zurück nach oben! Auf der Stelle!« Shannon hatte jetzt die unterste Stufe erreicht und hob den Blick. »Shannon, nein!«
Er versuchte, ihr die Sicht zu versperren, doch es war zu spät, sie hatte es bereits entdeckt: Ihr Bruder, umgeben von kleinen Flammen, hing leise baumelnd von einem Balken. Sein Körper drehte sich, das Seil knarrte ein wenig. Unter seinen Füßen lag ein umgestoßener Klappstuhl – es schien, als hätte er die hässliche Tat selbst begangen –, und um ihn herum brannte ein Feuer aus allerlei Gerümpel langsam nieder.
»Nein!«, schrie Shannon. »Nein!«
»Den Notruf!«, befahl Travis noch einmal.
Dann zog er sich rasch das Hemd über den Kopf und sprang in den nur noch schwelenden Feuerring. Er stellte den Klappstuhl auf und stieg hinauf.
Shannon drückte heftig auf die Ruftaste.
»Notruf der Polizei«, meldete sich eine ruhige Frauenstimme. »Um was für einen Notfall handelt es sich?«
»Hier brennt es, und ein … ein Mann braucht Hilfe, anscheinend ein Selbstmordversuch. Er hat sich erhängt, aber wir holen ihn herunter.«
»Ein Erhängter und ein Brand?«

»Ja! Schicken Sie Hilfe! Zu der Kirche an der Ecke Fifth und Arroyo! St. Benedictine!«, sagte sie und wiederholte dann: »Es geht um einen Brand und einen wahrscheinlich schwerverletzten Mann! Im Keller der St.-Benedictine-Kirche.« Shannon hyperventilierte, der Rauch brannte in ihrer Lunge. Sie sah zu, wie Travis mit seinem Messer das dicke Seil durchtrennte.

»Fifth und Arroyo, sagten Sie, Madam?«

»Ja! Schicken Sie Hilfe!«

»Bleiben Sie in der Leitung, ich gebe Ihre Meldung weiter. Ihr Name?«

»Shannon Flannery!«, stieß sie hervor. Es war wie ein Déjà-vu: Noch vor gar nicht langer Zeit hatte sie einen ähnlichen Notruf getätigt, kurz bevor sie in ihrem Pferdestall überfallen wurde. »Der Verletzte ist Oliver Flannery! Schicken Sie einen Notarzt! Beeilen Sie sich!«

»Ist schon unterwegs«, wurde ihr versichert. Travis hatte das Seil endlich durchgeschnitten. Oliver stürzte auf den schmutzigen Zementboden. Um ihn herum brannten immer noch Reste des Feuers.

»Madam, bleiben Sie bitte in der Leitung?«

Im nächsten Augenblick ging Travis neben ihm in die Hocke.

Shannon ließ das Handy fallen. Zitternd, hustend, fassungslos kam sie näher. »Oliver«, rief sie.

»Nicht! Zurück! Besorg lieber einen Feuerlöscher!« Travis hob abwehrend eine Hand, dann beugte er sich hinunter, überprüfte, ob Oliver atmete, und tastete nach dem Puls. Olivers Kopf fiel zur Seite. Seine Augen waren offen und starrten blicklos ins Leere.

Shannon glaubte innerlich zu zerbrechen. Erinnerungen an Sommer, Schmetterlinge, Angelruten und Wettrennen über weite Wiesen mit ihren Zwillingsbrüdern schossen ihr durch den Kopf. Wie Oliver lachte. Wie Neville sie beide herausforderte, schneller zu laufen.

Sie schluckte krampfhaft und wich zurück, stieß gegen den Pfosten am Fuß der Treppe.

Travis blickte auf und schüttelte den Kopf.

Noch bevor er die Worte aussprach, begriff sie mit lähmender Gewissheit, dass Oliver nie die Priesterweihe empfangen würde.

Ihr Bruder war tot.

26. Kapitel

Nichts wie weg hier.« Travis legte den Arm um Shannons Schultern und führte sie fort von der Kirche und dem Tumult, der nach der Entdeckung von Olivers Leiche dort ausgebrochen war. Löschzüge, Polizeistreifen und ein Notarztwagen waren mit gellenden Sirenen zum Schauplatz gerast, und der Lärm und die blinkenden Lichter hatten Schaulustige aus der Nachbarschaft angelockt, die sich an der von der Polizei errichteten Sperre sammelten. Rettungsfahrzeuge standen auf dem kleinen Parkplatz beim Seiteneingang. Die Straße zwischen Olivers Haus und der Kirche war zu beiden Seiten gesperrt.

Pater Timothy erschien, das graue Haar wirr, die Augen blutunterlaufen hinter seiner randlosen Brille. Nachbarn hatten ihn benachrichtigt. Er war nachlässig gekleidet und fassungslos, empört und wütend darüber, dass eine ›so abscheuliche Greueltat‹ in seiner Gemeinde, ja sogar in den heiligen Hallen der St.-Benedictine-Kirche geschehen war. Der Geistliche hatte als Einziger die Fragen der Reporter beantwortet, die scharenweise herbeiströmten, in ihren neuen weißen Lieferwagen samt Satellitenschüsseln, mit Mikrofonen, Kameras und grellen Lampen. Rivalisierende Sender waren eingetroffen, und die Reporter kämpften untereinander um die beste Aufnahme von der Kirche, die aktuellsten Nachrichten und ein Exklusiv-Interview mit irgendjemandem, der wusste, was passiert war. Shannon und Travis hatten wiederholt jeden Kommentar verweigert.

Die Nacht war heiß und trocken, kein Lufthauch regte sich, das geschehene Grauen schien die Hitze noch zu verstärken. Shannon zwang sich, nicht an den Anblick ihres Bruders zu denken, wie er leblos an dem Seil hing.

Sie und Travis hatten eine erste Befragung durch einen Polizisten der Behörde von Santa Lucia hinter sich gebracht, der als Erster am Tatort erschien. Beide hatten zugesagt, sich für weitere Vernehmungen zur Verfügung zu halten. Shannon war klar, was das hieß: Schon bald würde sie es erneut mit Detective Paterno zu tun bekommen. Was sollte sie ihm sagen? Dass jemand ihretwegen Menschen, die ihr nahestanden, umbrachte, entführte und terrorisierte? Warum?

Wenn sie nur mit Oliver geredet hätte, wenn sie es nur nicht so eilig gehabt hätte, das Haus ihrer Mutter zu verlassen. Was hätte es geschadet, wenn sie fünf Minuten ihrer Zeit für ihn erübrigt hätte? Schuldgefühle nagten an ihr. Dann bemerkte sie zwei ihrer Brüder, die unter einem Mammutbaum nicht weit vom Parkplatz die Köpfe zusammensteckten.

»Einen Augenblick«, sagte sie zu Travis und ging zu ihnen hinüber. Obwohl Robert nicht im Dienst und Shea von dem Fall abgezogen war, hatten sie sich unabhängig voneinander hier eingefunden und beantworteten nun die Fragen der Polizei, dieselben Fragen, die man auch Shannon gestellt hatte.

Wann sie Oliver zuletzt gesehen, mit ihm gesprochen hätten. Ob sie etwas über sein Privatleben wüssten – Liebschaften? Freunde? Feinde?
War jemand wütend auf ihn?
Wie sah sein Tagesablauf aus?
War er in letzter Zeit davon abgewichen?
Woher hatten sie von dem Vorfall erfahren? Oder, in Shannons und Travis' Fall: Wie hatten sie die Leiche gefunden? Warum hatte Shannon um ein Uhr früh unbedingt ihren Bruder sprechen wollen? Was war so dringend gewesen, dass es nicht bis zum Morgen warten konnte?
Kreidebleich, kopfschüttelnd, mit schmalen, zusammengepressten Lippen versuchten ihre Brüder in wütender Verzweiflung, den Verlust zu begreifen.
»Jetzt auch noch der andere Zwilling«, sagte Robert mit gesenktem Blick. »Tot. Und Mary Beth, die arme Mary Beth.«
»Anscheinend derselbe Täter«, bemerkte Shea, zündete sich eine Zigarette an und blies den Rauch aus dem Mundwinkel. Robert nickte, dann stieß er seinen Bruder an. »Darf ich eine schnorren?«
»Klar.« Sheas düsterer Blick schweifte von Shannon zum Glockenturm, doch Shannon ahnte, dass er in Gedanken tausend Meilen weit entfernt war, ebenso wie sie. Er reichte Robert ein zerdrücktes Päckchen Marlboro Lights. Robert klopfte mit zitternden Händen eine Zigarette heraus und zündete sie an.
»Natürlich ist es derselbe Irre«, sagte Shannon. Dessen war sie sich sicher, auch wenn sonst nichts gewiss schien.

»Hier können nicht zwei Wahnsinnige herumlaufen, die Mitglieder unserer Familie umbringen und merkwürdige Brandzeichen hinterlassen wie eine Art perverse Visitenkarte.

»Glaubst du, dass er darauf aus ist?«, fragte Robert.

»Du nicht?«

»Aber warum dann Mary Beth? Und warum ... warum nicht ...?« Er sprach den Satz nicht zu Ende.

Doch Shannon wusste, worauf er hinauswollte. »Du meinst, warum er mich nicht umgebracht hat, als er die Gelegenheit hatte?«

»Ja.«

Gute Frage, dachte Shannon nicht zum ersten Mal. Warum war sie bei dem Überfall mit dem Leben davongekommen?

Ein Versehen?

Daran glaubte sie nicht. Der Mörder hatte nur den Stiel der Heugabel gegen sie eingesetzt, nicht jedoch die Zinken.

Vielleicht war es eine Warnung?

Ein kleiner Vorgeschmack?

Innerlich schauderte sie. Der Mörder wollte, dass sie Angst hatte. Angst, die ihr die Seele zerfraß. Es war ihm gelungen.

Und heute Nacht ... Olivers Tod machte sie fassungslos. Der Anblick ihres Bruders, wie er von dem Balken baumelte, umgeben von einem niedrigen Feuerwall, hatte sich ihr ins Bewusstsein gebrannt. Sie hatte geschrien, gewürgt, war in die Knie gegangen und hätte sich beinahe übergeben.

Nachdem die Leiche abgeschnitten war, hatte Travis sie aus dem Flammenring gezogen, doch jede Rettung kam zu spät: Oliver war tot. Auch die Sanitäter konnten nichts mehr für ihn tun. Auf den ersten Blick hatte es nach Selbstmord ausgesehen, doch dann hatte sich herausgestellt, dass offenbar auch Oliver auf groteske Weise ermordet worden war: Als die Flammen gelöscht waren, stellte die Polizei fest, dass der Flammenring um die Leiche des Erhängten kein Ring war, sondern ein Stern, an dem mehrere Zacken fehlten. Ziffern, wie auf dem Rucksack und dem Spiegel, waren mit Kerosin aufgezeichnet und wahrscheinlich vorab verbrannt worden, bevor die endgültige Form um die Leiche herum angezündet wurde. Die Form entsprach der auf den Zeichnungen, abgesehen davon, dass in diesem Fall noch eine Spitze fehlte, und zwar die oben rechts. An ihrer Stelle stand die Ziffer vier.

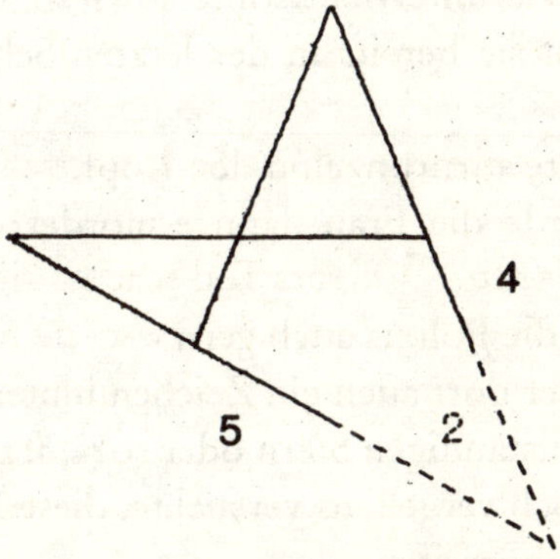

Shannon wurde übel, als sie die Zeichnung sah.

Hier hatte jemand keine Mühe gescheut.

Jemand wollte ihr auf makabre Weise etwas mitteilen.

Jemand, der es auf sämtliche Mitglieder ihrer Familie abgesehen hatte.

Und zwar nicht nur auf die nächsten Angehörigen – auch Mary Beth war ihm zum Opfer gefallen.

Travis meldete sich zu Wort, während Robert und Shea schweigend rauchten. »Was hier vorgeht, betrifft nicht nur Ihre Familie, denn schließlich wurde meine Tochter entführt.«

Robert stieß grauen Rauch aus. »Aber sie ist auch Shannons Tochter. Blutsverwandt.«

»Stimmt, aber in Oregon wurde noch eine Frau getötet. Danis Klavierlehrerin, Blanche Johnson.«

»Geschah das nicht in ursächlichem Zusammenhang mit der Entführung?«, fragte Robert, an Travis gewandt.

»Das steht nicht fest. Dani war am fraglichen Nachmittag nicht bei Blanche Johnson. Jedenfalls deutet nichts darauf hin. Der Klavierunterricht sollte sowieso ausfallen, und außerdem hat sie bereits in der letzten Schulstunde gefehlt.«

Shea schüttelte stirnrunzelnd den Kopf.

»Warum wurde die Frau dann ermordet?«, fragte Robert.

»Das wüsste die Polizei auch gern.«

»Hat der Täter dort auch ein Zeichen hinterlassen? Vielleicht den vollständigen Stern oder so?«, fragte Shannon, die immer noch vergebens versuchte, diese Häufung von Tragödien zu begreifen.

»Keinen Stern, aber eine schlichte Botschaft, in Blut an die Wand geschrieben: Abrechnung.«
»Himmel, Abrechnung wofür?«, knurrte Robert. »Was zum Teufel soll das heißen?
»Ist Dani Teil dieser Abrechnung?« Shannon brachte die Worte nur mit Mühe heraus.
Travis' Gesicht verfinsterte sich. »Wir wissen es nicht. Noch nicht.«
Shannon fasste ihn am Arm und blickte zu ihm auf. Wusste er mehr, verschwieg er ihr etwas?
»Hör zu, ich sage Mom Bescheid«, erklärte Shea, als das Schweigen unerträglich wurde. Er warf seinen Zigarettenstummel aufs Pflaster und trat ihn mit dem Stiefelabsatz aus. »Ich melde mich später wieder.« Über die Schulter warf er einen Blick auf die Ü-Wagen, die immer noch am Tatort standen. »Mom steht früh auf, und ich will nicht, dass sie aus den Nachrichten erfährt, was hier passiert ist.«
»Es wird ihr den Rest geben«, brummte Robert.
»Wem nicht?«, versetzte Shannon.
»Wir sollten uns wohl auf einiges gefasst machen«, sagte Shea. Eine Katze schlich zwischen den Büschen hindurch und lief über die Straße. »Es ist noch längst nicht vorüber.«
Shannon wurde flau im Magen. »Hat schon jemand Aaron angerufen?«, fragte sie.
»Warum sollten wir ihn wecken?« Shea zuckte mit den Schultern. »Er erfährt es früh genug. Ich hab's von jemandem aus der Zentrale gehört, und du, Robert, wusstest es von Cuddahey, stimmt's?«

»Ja, Kaye hat mich angerufen, nachdem der Notruf eingegangen war. Ich informiere Aaron morgen. Jetzt … möchte ich nur noch nach Hause. Zu meinen Kindern.«

»Dann mal los«, schloss Shea nüchtern. »Hier können wir ohnehin nichts mehr tun. Shannon, soll ich dich nach Hause bringen?«

»Ich fahre sie heim«, bot sich Travis an.

Die Brüder äußerten sich nicht dazu, doch als Shannon und Travis das kurze Stück zur Straße gingen, wo sein Pick-up stand, spürte sie ihre Blicke im Rücken. Ein Reporter sprach sie an, aber sie ging weiter, ohne ihn zu beachten. Sensationslüsterne Presseleute hatten ihr jetzt gerade noch gefehlt. Sie war müde bis in die Knochen und wollte nur noch nach Hause.

Mit Travis.

Travis umkurvte die Absperrungen am Ende der Straße. Schweigend fuhren sie durch den menschenleeren Ort. Um diese Nachtzeit herrschte so gut wie gar kein Verkehr, und die Fahrt zu ihrer kleinen Ranch dauerte kaum zwanzig Minuten.

Nates Pick-up war fort.

Wieder einmal.

Mitten in der Nacht.

In seiner Wohnung war alles dunkel – war er außer Haus oder schlief er?

Während Travis abbremste und anhielt, fragte Shannon sich, ob Nate womöglich eine Geliebte hatte, eine Frau, von der er ihr, Shannon, nichts erzählte. Warum sonst war er so spät noch unterwegs? So oft und so lange abwesend? Flüchtig dachte sie, er könnte an den Verbrechen an ihrer Familie beteiligt sein, doch dazu hatte er keinen Grund. Nein, sie durfte nicht das Vertrauen zu ihm verlieren. Aber sie nahm sich fest vor, mit ihm zu reden, wenn sie ihn das nächste Mal sah, und der Sache auf den Grund zu gehen. Was war noch seine letzte fadenscheinige Ausrede gewesen? Er habe »einiges zu tun«; sein Pick-up sei in der Werkstatt gewesen, er habe per Handy versucht, sie zu erreichen, sei aber nicht durchgekommen. Und seine Mailbox war voll gewesen, so dass sie ihm keine Nachricht hatte hinterlassen können.

Manchmal ist alles anders, als es scheint.

Das reichte nicht als Antwort.

Nicht, wenn sich Mordfälle häuften.

Was also wollte er vor ihr verbergen? Die Frage ließ ihr keine Ruhe. Seit Nate für sie arbeitete, hatte er sich kaum jemals freigenommen, doch kurz vor dem Überfall hatte er ihr mitgeteilt, er müsse für eine Weile fort, er brauche Urlaub.

»Kein Problem«, hatte sie gesagt und sich einverstanden erklärt, während der Woche seiner Abwesenheit die Pferde zu versorgen.

Und dann war er mitten in der Nacht des Überfalls vorzeitig zurückgekommen und hatte geholfen, ihre Verletzungen zu versorgen. Danach war er öfter für einige Zeit fort gewesen, hatte jedoch nie die Tiere vernachlässigt. Shannon erkannte keine Regelmäßigkeit darin, wann er kam und ging, aber die Tiere waren stets gefüttert und getränkt, wenn auch vielleicht nicht immer zur gewohnten Zeit. Auf jeden Fall waren sie gut versorgt.

Was also trieb er?

Travis schaltete den Motor aus, und Shannon tastete nach dem Türgriff.
»Ich muss nach den Tieren sehen«, erklärte sie. »Kommst du mit? Ich hätte gern noch etwas Gesellschaft.«
»Klar doch.«
Sie stieg aus dem Wagen. Die Nacht war warm, noch sommerlich, eine kleine Brise brachte etwas Abkühlung, die Mondsichel hing über den Baumkronen.
Shannon war völlig erschöpft, doch auf sie wartete Arbeit. Travis ging neben ihr her zum Stall. Die Pferde dösten, die Hunde hingegen waren augenblicklich hellwach, als sie das Licht einschaltete. Alles schien in bester Ordnung.
»Wo steckt eigentlich Santana?«, fragte Travis, als sie die Tür zu den Zwingern schloss und den Weg zum Haus einschlug.
Shannon sah zu den dunklen Fenstern über der Garage auf. »Möglich, dass er zu Hause ist. Er hat etwas von Problemen mit seinem Wagen gesagt, aber … Ich weiß nicht, er verhält sich sonderbar in letzter Zeit. Und er ist viel unterwegs.«
»Was meinst du mit ›sonderbar‹?«
»Distanziert. Verschlossen.« Vor der Tür blieb sie stirnrunzelnd stehen. »Ich habe mich nie in Nates Angelegenheiten eingemischt, ebenso wenig wie er sich in meine. Wir haben wohl beide genug davon, dass jemand in unserem Privatleben herumschnüffelt. Und er kümmert sich immer gut um die Tiere, ganz gleich, was geschieht.«
»Aber …?«, half Travis nach.

»Aber irgendetwas stimmt hier nicht. Ganz eindeutig nicht.« Sie streifte ihn mit einem Blick. »In letzter Zeit stimmt überhaupt nichts mehr.«

»Ich weiß.« Auf der dunklen Veranda blieben sie kurz stehen. Shannon sah auf in seine Augen, die im Mondlicht silberblau schimmerten.

Sein Blick blieb an ihrem Mund hängen.

Sie schnappte nach Luft, als er plötzlich den Kopf senkte und mit den Lippen ihre Wange berührte.

Es war eine unglaublich zärtliche Geste, die tief an ihr Herz rührte.

»Du solltest jetzt schlafen«, sagte er, und sein warmer Atem strich über ihre Wange.

»Und du?«

»Ich dachte, ich schlafe am besten hier bei dir. Auf dem Sofa.«

»Du glaubst wieder mal, ich bräuchte einen Babysitter?«

Er grinste, seine Zähne blitzten weiß in der Dunkelheit. »Ich glaube eher, ich brauche einen.«

Trotz allem hätte Shannon beinahe gelacht, und es tat gut. »Ich kann mir nicht vorstellen, dass du je einen Babysitter gebraucht hast, Cowboy«, versetzte sie. Zu ihrer Überraschung zog er sie in seine Arme, drückte sie fest an sich und legte das Kinn auf ihren Scheitel.

»Ach, Liebes«, flüsterte er. »Wenn du wüsstest.«

Sie hörte seinen Herzschlag, wollte sich behutsam von ihm lösen, doch er hielt sie nur noch fester. Es war, als hätte er einen stummen inneren Kampf ausgefochten und schließlich widerwillig nachgegeben.

»Ach, zum Teufel«, knurrte er und küsste sie auf den

Mund. Die zärtliche Berührung wurde stürmischer, er schob die Finger in ihr Haar und drückte sie an sich, so fest, dass sie kaum atmen konnte. Hungrige Lippen verschmolzen mit ihren.

Shannon erwiderte den Kuss begierig, spürte seinen festen, sehnigen, sehr männlichen Körper. Sie dachte nicht daran, wohin das führen könnte, nur daran, dass sie jetzt, in diesem Augenblick, begehrt, berührt, geküsst werden wollte.

Um alles andere zu vergessen.

Ihre Finger krallten sich in sein Hemd, in ihrem Kopf drehte sich alles. Pure, hemmungslose Phantasie wurde Wirklichkeit, bis hinter der Tür ein scharfes, forderndes Bellen ertönte.

Shannon stöhnte auf, unterbrach den Kuss. »Khan«, sagte sie.

Travis lachte leise. »Ich musste noch nie hinter einem Hund zurückstehen«, sagte er, und Lachfältchen in seinen Augenwinkeln verrieten seine Belustigung.

»Daran wirst du dich gewöhnen müssen, wenn du mich öfter sehen willst.«

Er ließ die Hände sinken. Sie drehte sich um, schüttelte den Kopf über die absurde Situation und öffnete die Tür. Khan stürmte ihr entgegen, wand sich um ihre Beine herum und bellte begeistert.

»Ja, du bist ein ganz Toller«, sagte Shannon. »Wir wissen es doch.«

Der Hund forderte auch von Travis Zuwendung ein, und erst nachdem er ausgiebig gekrault, gestreichelt und gelobt worden war, rannte er von der Veranda, um sich ein

Gebüsch oder einen Zaunpfahl zu suchen, an dem er sich erleichtern konnte.

»Ist er nicht großartig?«, neckte Shannon Travis.

»Unübertroffen.«

Also hatte der Cowboy sogar Sinn für Humor. Selbst angesichts einer so furchtbaren Situation. Das war gut. Shannon glaubte fest daran, dass schwarzer Humor besser war als gar keiner.

Im Haus winselte der Welpe. »Die Pflicht ruft«, sagte sie, ging hinein, schaltete das Licht an und verdrängte das Grauen der Nacht in den hintersten Winkel ihres Bewusstseins. Für solche Gedanken war später noch Zeit.

»Hi, Marilyn, wie geht's dir?«, fragte sie, griff in das Ställchen und hob den flauschigen, kleinen Welpen heraus. Er leckte ihr begeistert das Gesicht. »Ja, ja, du hast mir auch gefehlt. Sooo sehr.« Während der nächsten Viertelstunde beschäftigte Shannon sich mit der kleinen Hündin, fütterte sie, drückte sie an sich, sprach mit ihr und ging mit ihr Gassi.

Travis hatte inzwischen Shannons Hausbar entdeckt und schenkte ihnen beiden einen harten Drink ein.

Der Welpe war hellwach und hätte offenbar noch stundenlang herumtoben mögen.

»Ich weiß, du bist jetzt völlig überdreht, nicht wahr?«, sagte Shannon und küsste Marilyns weiches Köpfchen. »Aber nein.« Sie spielte noch ein paar Minuten lang mit den beiden Hunden. Als sie ruhiger wurden, richtete sie sich auf und nahm dankbar den Drink entgegen, ein niedriges Glas mit bernsteinfarbener Flüssigkeit auf Eiswürfeln.

»Scotch«, sagte Travis, und sie stießen an. »Auf ... bessere Tage.«
»Und Nächte.«
»Und darauf, dass wir unsere Tochter finden.«
Endlich hatte er es offen ausgesprochen: Sie beide waren gemeinsam die Eltern des verschwundenen Mädchens.
»Ja. Darauf, dass wir Dani finden.« Shannon spürte einen Kloß im Hals; sie nickte und kämpfte plötzlich mit den Tränen. Über den Rand ihres Glases hinweg sah sie Travis an und nippte vorsichtig an ihrem Whisky.
Trotz des Eises rann der Scotch heiß durch ihre Kehle, wärmte ihr Blut, linderte die Anspannung, die seit Tagen nicht von ihr gewichen war. Eigentlich hätte sie sich in Travis' Gegenwart unbehaglich fühlen müssen, doch das war nicht der Fall. Als sie ihr Glas geleert und in der Spüle abgestellt hatte, schien es das Natürlichste auf der Welt zu sein, sich auf die Zehenspitzen zu recken und zärtlich mit den Lippen über seine zu streichen. »Danke.«
»Wofür?«
Sie legte den Kopf schief. »Ach, du weißt schon.«
»Nein.«
»Dafür, dass du hier bist. Ich, hm, ich kann normalerweise ganz gut allein sein. Im Grunde bin ich sogar lieber allein als in Gesellschaft, aber heute Nacht ...« Sie hob eine Hand, suchte nach den richtigen Worten. »... Heute ist es einfach gut, dass du hier bist.«
»Weißt du, mir geht es genauso«, gestand er und wandte dann verlegen den Blick ab. »Ich weiß verdammt gut, dass es klüger wäre, einen deiner Brüder oder Freunde oder sonst wen anzurufen, damit du nicht allein bist. Ich sollte

mich schnellstens auf den Weg in mein Motel machen.« Er nickte, wie um sich selbst davon zu überzeugen, und sah sie dann wieder an. »Aber ich will nicht.«
»Und ich will es auch nicht.«
Plötzlich musste sie heftig schlucken. Fühlte sich unglaublich verwundbar. Sie nagte an ihrer Lippe, hörte ihn leise etwas murmeln. »Verdammt noch mal, Frau«, knurrte er und legte einen starken Arm um ihre Taille, um sie erneut an sich zu ziehen. Seine Lippen schmiegten sich an ihre, und er küsste sie stürmisch, mit einer Eindringlichkeit, die sie erbeben ließ. Alles an ihm war fest, kraftvoll, angespannt. Ihre Knie drohten nachzugeben, sie vermochte kaum zu atmen, konnte nicht denken, und es störte sie nicht.
Es war so lange her, dass sie mit einem Mann zusammen gewesen war, und dieser Mann – auch wenn er der Letzte war, mit dem sie sich hätte einlassen sollen – war der Einzige, den sie wollte. Verzweifelt begehrte.
Sie schloss die Augen, als er ihr einen Kuss auf die Schläfe gab und seufzte, den Mund dicht an ihrem Ohr. »Was machst du nur mit mir?«, flüsterte er, bevor seine Lippen ihre Lider berührten.
Ein Wall in ihrem Inneren gab nach, und lange unterdrückte Gefühle brachen sich Bahn.
Herrgott, sie wollte ihn, wollte sich in ihm verlieren, im Sex, im Verschmelzen zweier lebendiger Körper.
Wieder fanden sich ihre Lippen. Travis hatte eine Hand auf ihren Rücken gelegt, mit der anderen liebkoste er ihren Hals. Der Daumen strich über ihre Kehle, die Finger legten sich um ihren Nacken.

Sein Atem ging rauh und flach, und eng an ihn geschmiegt spürte sie durch die Jeans seine Erektion.
»Oh, Lady«, sagte er und hielt sie sehr fest. Einen Herzschlag lang glaubte sie, er würde sagen, dass es ein Fehler wäre, dass sie den Kopf verloren, dass sie sich nicht ablenken lassen durften. Verzweifelt öffnete sie den Mund, um etwas dazu zu sagen, doch in diesem Moment hob er sie hoch, drückte sie fest an sich. Mit einem Blick über die Schulter befahl er dem Hund: »Sitz!«
Khan regte sich nicht.
»Nicht zu fassen«, flüsterte Shannon. Ihr Herz pochte erwartungsvoll, sie hatte mit einer Hand seinen Nacken umfasst. »Er hört sonst auf niemanden außer mir.«
»Ich kann gut mit Tieren umgehen.« Travis grinste schelmisch, ein Aufblitzen weißer Zähne. Er löschte das Licht, stieß dann mit dem Fuß die Tür zur Küche zu. Shannon verlor ihre Schuhe, nacheinander fielen sie rumpelnd zu Boden, als er die Treppe hinaufstieg, sie nach oben trug in das Schlafzimmer, in dem sie noch nie geliebt hatte, noch nie mit einem Mann zusammen gewesen war. Seit sie nach Ryans Tod das Obergeschoss wieder in Besitz genommen und renoviert hatte, war nie ein Mann über die Schwelle zu diesem ihrem intimen Zufluchtsort getreten.
Bis jetzt.
Sie musste mehrmals schlucken, als sie beide taumelnd auf ihr Bett fielen. Dabei fuhr ein leichter Stich durch ihre Rippen. Wieder küsste Travis sie, und augenblicklich war der Schmerz vergessen, verdrängt von einem neuen heißen Gefühl, einer Sehnsucht, die aus ihrer tiefsten Seele aufstieg. Sein Mund war warm und sinnlich, berührte

und schmeckte sie, ließ heiße und kalte Schauer über ihre Haut laufen.

Sie küsste ihn begierig, schmeckte das Salz auf seiner Haut und roch die moschusartige Mischung von Aftershave und letzten Spuren von Rauch. Als sie die Finger in seinen Kragen schob, fühlte sie festes Fleisch unter glatter Haut.

Seine Zunge glitt zwischen ihre Lippen, drängte gegen ihre Zähne. Shannon stöhnte leise, öffnete den Mund, spürte, wie seine Zungenspitze die ihre berührte, sie verlockend umspielte, Begehren weckte.

Er schob eine Hand unter ihr Shirt und strich am engen Bund ihrer Hüftjeans entlang. Ihre Nerven prickelten, und als seine Fingerspitzen unter den Jeansstoff vordrangen und über ihre Hüftknochen strichen, wand sie sich, rückte dichter an ihn. Sie zog ihm das Hemd über den Kopf und ließ die Hände über seine von Schweiß feuchten, muskulösen Schultern gleiten.

Er war so männlich.

So kraftvoll.

So entschlossen.

Und sie wollte ihn.

Er beugte sich nieder küsste sie noch einmal, senkte seinen mitternachtsblauen Blick in ihren und zerrte am Bund ihrer Jeans. Bereitwillig schnurrend gab der Reißverschluss nach.

Shannons Atem ging heftig. Das Verlangen erfasste sie wie ein um sich greifendes Feuer. Seine beiden Hände fanden den Weg unter den Jeansstoff, erkundeten, liebkosten. Die Finger einer Hand glitten an ihrem Leib hinab unter den dünnen Slip, die andere streichelte federleicht über ihr Gesäß, so köstlich, dass sie sich wand vor Lust.

»Aaah.« Sie verglühte innerlich. »Aah, Travis«, schrie sie auf.

Ohne den Kuss zu unterbrechen, schob er einen Finger in ihre Spalte, in die warme Feuchte. Shannon rang nach Luft, bäumte sich auf, und er verstärkte den Druck, weitete sie, machte sie bereit. Seine andere Hand spreizte sich über ihr Gesäß, hielt sie fest, während er sie streichelte, sie tief innen berührte, so dass sie aufstöhnte. »O Gott«, schrie sie und grub die Finger in seine Schultern, während er fortfuhr, mit einem Knie ihre Schenkel auseinanderschob und mit der anderen Hand weiter zauberhafte Dinge mit ihr tat.

Es raubte ihr schier den Atem, und sie vermochte an nichts anderes mehr zu denken als an diese eine pulsierende, begierige Körperstelle und an die Art, wie er sie berührte, sie reizte, während sie mehr wollte, so viel mehr. Ihr Herz hämmerte wild, das Blut schoss heiß durch ihre Adern, ihr Puls raste. Je weiter er ging, desto mehr wollte sie, desto heftiger wand sie sich. Ihre Haut war schweißnass, und sie hatte das Gefühl, jeden Moment explodieren zu müssen. Heißer. Schneller. Wilder. Der Moment des Höhepunkts blendete sie; sie schrie auf, klammerte sich an ihn, ihr Bewusstsein zersprang in Scherben.

Schweratmend schlug Shannon Augen auf und sah in Travis' Gesicht, bevor sie sich schweißgebadet aufs Bett zurücksinken ließ. Das Blut kochte in ihren Adern.

Als ihr Atem allmählich ruhiger ging, legte sie einen Arm

über die Stirn. »Mein Gott«, sagte sie. »O mein Gott.« Lächelnd sah sie ihn an. »Man könnte meinen, du hast so was schon mal gemacht.«
Da lachte er atemlos. »Ein-, zweimal vielleicht.«
»Ja ... Bestimmt. Wow.« Sie seufzte. »Wow.«
Er streckte sich neben ihr aus, stützte sich auf einen Ellenbogen und lächelte im Halbdunkel. Sie legte eine Hand in seinen Nacken. »Komm her, du«, flüsterte sie. »Was du kannst, kann ich auch.«
»Meinst du?«
»Ich weiß es.«
»Dann beweise es, Darling«, versetzte er und küsste ihre Stirn. »Nur zu.«
Sie konnte nicht widerstehen. Biss sich auf die Unterlippe. Berührte seine Wange, strich mit einem Finger langsam an seinem Kiefer entlang bis zum Kinn, dann weiter an seiner Kehle hinunter, zog eine unsichtbare Spur. »Sag mir, wenn ich was tue, was du nicht magst«, sagte sie, und er lachte wieder.
»Versuch's nur.«
»Hmm.« Ihr Finger glitt tiefer, über seine feste, muskulöse Brust, dem dunklen Pfad einer feinen Haarlinie folgend über den Waschbrettbauch bis zum Bund seiner Jeans. Sie schob den Finger darunter und spürte, wie er den Bauch einzog, um ihr den Zugang zu erleichtern.
»Ich finde, jetzt bist du an der Reihe«, sagte sie, und ihr Atem strich über seine Brust, als sie zu ihm aufsah. Sie zupfte an seiner Jeans, und er hielt die Luft an, als die Knöpfe mit einem leisen Popp, Popp, Popp aufsprangen.

»Vorsicht, Lady«, warnte er leise. »Du spielst mit dem Feuer.«
»Du auch ...« Sie schob die Hand in den geöffneten Hosenschlitz und streifte mit den Fingerspitzen seine muskulösen Oberschenkel. Er drängte sich enger an sie und suchte gierig ihren Mund.
Küsste sie.
Berührte sie.
Streichelte sie.
Ihre Hände bewegten sich instinktiv. Ertasteten seine Härte, folgten der Länge seines Glieds. Ihr Atem ging unregelmäßig, als sie ihn mit einer Hand umfasste und die andere um eine Gesäßbacke legte.
»Mein Gott«, flüsterte er.
Sie begann, ihm die Jeans herunterzuziehen, doch er war ungeduldig, wälzte sich mit einem Stöhnen zur Seite und entledigte sich rasch seiner Levi's. Und dann lag er nackt über ihr. Schlanke, muskulöse Schenkel drängten sich an ihre. Er war fest, straff, seine Muskeln glänzten von Schweiß, seine Männlichkeit war hart und bereit.
Ihr stockte der Atem.
Er blickte auf sie nieder, beugte sich über sie und küsste zuerst die eine, dann die andere Brust. Er saugte heftig, begierig, liebkoste und reizte sie mit Zunge und Zähnen. Ihr Bewusstsein schloss alles aus außer dem schieren, instinkthaften Verlangen, das sie trieb, dem Bedürfnis, ihm nahe zu sein, dem Sehnen, das nur er lindern konnte.
Liebe mich, dachte sie, sprach es jedoch nicht aus.
Sie spürte, wie er sein Gewicht verlagerte, sich über sie schob und dann, während seine Lippen zärtlich ihren

Mund suchten, ihre Schenkel öffnete und in sie eindrang. Er stieß tief und hart, und eine verzehrende Glut überkam sie, machte sie ganz benommen. Er sah ihr tief in die Augen, und sie kam jedem seiner Stöße entgegen. Betrachtete ihn fasziniert, während er sie liebte, immer schneller, immer heftiger in sie hineinstieß, bis sie mit einem Keuchen erneut kam. Jeder Muskel ihres Körpers zuckte. Sie schloss die Augen, in ihrem Kopf drehte sich alles. Travis erstarrte, schrie rauh und heiser auf. »Shannon«, flüsterte er und sank über sie.

Schmerzen schossen durch ihre Seite. Scharfe, stechende Schmerzen. Sie unterdrückte einen Aufschrei, doch er begriff und wälzte sich rasch zur Seite. »Entschuldige«, sagte er und zog sie sanft an sich. »Ist alles in Ordnung?«

»Mhm.« Der Schmerz in ihren Rippen war fast augenblicklich wieder vergessen.

»Bestimmt?«, vergewisserte er sich besorgt.

»Ja, Cowboy ... Ganz bestimmt.« Sie schloss die Augen, spürte seinen Atem in ihrem Haar. An ihn geschmiegt, eingehüllt in den Duft von Sex und Moschus, mit diesem Mann in ihrem Bett, dachte sie flüchtig, dass sie niemals würde einschlafen können, dass sie viel zu aufgewühlt, zu überreizt dazu wäre.

Sie täuschte sich.

Die Erschöpfung forderte ihren Tribut.

In Travis Settlers Armen schlummerte sie ein.

27. Kapitel

Die Kleine war verschwunden!
Er konnte es nicht fassen. Er durchsuchte die engen Räume, schaute in jedes erdenkliche Versteck. Schränke, Nischen, jeden Winkel. Nichts!
Sie war einfach verschwunden.
Er fluchte in ohnmächtiger Wut. Nein! Das konnte doch nicht sein. Nicht jetzt!
Die verdammte Hütte war leer, die Tür zu ihrem Gefängnis stand weit offen.
Verdammt, hatte er etwa vergessen abzuschließen? Nein, er erinnerte sich, den Riegel noch einmal überprüft zu haben, wie immer. Doch trotz all seiner Vorsichtsmaßnahmen war das kleine Miststück entkommen. Undankbares Gör. Er stürmte noch einmal in ihre Kammer, richtete die Taschenlampe auf den Boden und die schmutzigen Decken, trat nach einem Kissen. Es prallte gegen die Wand, der dünne Stoff riss, Federn wirbelten auf und schwebten nieder wie Schnee. »Verdammte Scheiße!« Er schleuderte die Lampe zu Boden, fuhr sich mit beiden Händen durchs Haar und spürte die Wut tief in seinem Inneren auflodern, eine Weißglut, die ihm den Blick vernebelte. Er durfte sie nicht verlieren! Sie war der Schlüssel zu seinem Plan.
Der Köder.

Die Wut wühlte in seinen Eingeweiden.
Ihretwegen konnte er die Befriedigung über Olivers Tod nicht genießen. Dabei stand es ihm doch zu, den Mord richtig auszukosten, sich den Augenblick zu vergegenwärtigen, als Oliver, in seine albernen Gebete vertieft in der Kirche kniend, spürte, wie sich die rauhe Schlinge um seinen Hals legte, ruckartig den Kopf wandte und seinem Mörder in die Augen sah.
Er hatte ihn erkannt.
Hatte begriffen.
Und sein Schicksal hingenommen.
Fast so, als habe der Möchtegern-Priester den Tod erwartet.
Als habe er sich sogar danach gesehnt.
Keuchend, jedoch ohne echte Gegenwehr hatte Oliver sich an dem dicken Seil um seinem Hals bis an die Treppe zum Kellergeschoss schleifen lassen. Dort angekommen, war er bereits halbbewusstlos gewesen, so dass das Ungeheuer ihn die Stufen hinuntertragen musste.
Unten ließ er Olivers schlaffen Körper zu Boden fallen. Es dauerte nur ein paar Minuten, die Bühne zu gestalten. Er warf das Seil über einen Balken, zog Oliver, der inzwischen wieder ein wenig zu sich gekommen war, daran hoch und schob ihm einen Klappstuhl unter die Füße. Oliver sollte mitbekommen, was mit ihm geschah. Er sollte voller Grauen zusehen, wie das Feuer entzündet wurde – ein Feuer in Form eines Sterns, dem ein paar Zacken fehlten. Dann würde er einen seltsamen Schmerz verspüren, an sich hinunterblicken und sehen, dass sein eigenes Blut zu Boden tropfte und unter dem Stuhl eine

Lache bildete. Panik würde über ihn kommen, er würde das Ungeheuer ansehen, während ihm der Stuhl unter den Füßen weggetreten wurde, und erkennen, dass er gleich zur Hölle fahren würde. Das war der Plan.

Doch es kam anders. Oliver hatte nicht um sich geschlagen, nicht an der Schlinge gezerrt, nicht um sein Leben gefleht. Es war, als hätte er sein Los von vornherein akzeptiert … vielleicht sogar in seinen letzten Momenten Absolution gefunden.

Oliver hatte die Augen aufgeschlagen, die Flammen gesehen, die über um ihn herum aufgeschichtete Holzstücke, Seile und Lumpen züngelten. Hatte festgestellt, dass seine Handgelenke bluteten, das Ungeheuer angeblickt, gelächelt und dann, bevor das Ungeheuer reagieren konnte, seelenruhig den Stuhl umgestoßen, auf dem er stand. Der Stuhl polterte zu Boden.

Das hatte er nicht erwartet.

Unheimlich.

Es ärgerte ihn jetzt.

Ein Opfer, das seinen Tod willig hinnahm – das war ihm nicht recht.

Sich den Tod zu wünschen, war einfach falsch.

Wider die Natur.

Das Ungeheuer wollte den Kampf.

Er wollte Zeuge des Kampfes sein. Er wollte sich an der Panik seiner Opfer berauschen, zusehen, wie ihnen vor Angst das Mark gefror.

Nur so konnte er seinen Rachedurst stillen.

Das Gefühl der Macht erleben, das in ihm aufstieg, wenn das Opfer um sein Leben kämpfte, sich gegen ihn wehrte, wenn die Flammen immer höher loderten, alles verzehrten und er, das Ungeheuer, der Sieger war.

Olivers Selbstopferung hatte seinen Plan durchkreuzt.

Sie hinterließ einen faden Nachgeschmack.

Und jetzt dies hier! Die Flucht der Kleinen.

Offenbar war sie doch nicht so harmlos, wie sie sich gestellt hatte. Sie hatte ihn getäuscht, berechnend und entschlossen, eine würdige Gegnerin. Shannons Tochter. Es reizte ihn, sie zu jagen, sie zu stellen.

Sie würde verlieren.

Natürlich.

Gerissene kleine Göre! Er musste sie finden! Er musste!

Angesichts dieser neuen Herausforderung wurde er ruhiger, rüstete sich zur Jagd. Er ging hinüber in den Wohnbereich, blickte in den Spiegel und spürte, dass etwas nicht stimmte. Im nächsten Moment bemerkte er, dass eine seiner gerahmten Fotografien fehlte. Das Foto von Shannon. Er sah nach, ob es vielleicht heruntergefallen war oder von einem der anderen Bilder verdeckt wurde, aber nein, es war fort.

Er knirschte mit den Zähnen, als die Wut, die er eben noch gezügelt hatte, erneut in ihm aufbrodelte. Das elende kleine Miststück hatte das Foto gestohlen!

Oh … Das würde sie noch bereuen …

Wenn er sie erwischte, würde er ihr mit aller Deutlichkeit klarmachen, dass sie zu weit gegangen war. So etwas durfte nie wieder passieren. Was bildete sie sich eigentlich ein, zu glauben, sie könnte ihm das verdammte Foto stehlen? Am liebsten hätte er sie auf der Stelle umgebracht, schnell, um sie endlich loszuwerden, doch das ging nicht. Es hätte

seinen Plan zunichte gemacht, den er über Jahre hinweg so sorgfältig geschmiedet hatte.
Einen Plan, der ihretwegen jetzt gefährdet war.
Doch von einem erbärmlichen, hinterhältigen Teenager ließ er sich nicht aufhalten. Er würde sie finden. Und dann würde sie begreifen, mit wem sie es tun hatte.
Er schlug mit der Faust gegen die Wand. Er konnte es nicht erwarten, sie zu packen, sie zu schütteln und zu sehen, wie sie schrie vor Angst und Schmerz.
Hör auf! Denk nach! Beruhige dich.
Du kannst sie finden. Eine Flucht von hier aus ist nahezu unmöglich. Sie kann nicht weit gekommen sein. Du musst sie überlisten.
Seine Gedanken rasten, er zwang sich, tief und ruhig durchzuatmen, das vor ihm Liegende als Herausforderung zu betrachten. Als Jagd.
Wie viel Vorsprung hatte sie?
Nicht genug, dachte er. Er war nicht so lange fort gewesen, dass sie meilenweit hätte laufen können. Zwar bot der dichte Wald reichlich Deckung, aber sie würde sich an Wege und Straßen halten müssen, um nicht die Orientierung zu verlieren. Schließlich war es dunkel …
Er sah sich nach seiner Taschenlampe um. Sie war verschwunden.
Hastig durchsuchte er die ganze Hütte. Die Kleine hatte ein Messer und ein Feuerzeug, aber keine Ersatzbatterien mitgenommen. Die Taschenlampe würde noch vor Tagesanbruch versagen, und das Feuerzeug würde ihr wenig nutzen. Sie konnte kein Feuer machen, um Aufmerksamkeit zu erregen, denn es würde ihn auf ihre Spur locken.

Außerdem musste sie befürchten, im zundertrockenen Wald einen Brand zu verursachen, in dem sie dann selbst umkommen würde.

Nur ein alter, holpriger Fahrweg führte hier oben durch den Wald. Zwar gab es Wildpfade und Wanderwege, doch alle liefen an einem Punkt zusammen.

Bei den Brücken.

Es waren zwei: eine für die Eisenbahn und eine andere, die ursprünglich für Holztransporte gebaut war, für Lastwagen. Beide überspannten die Schlucht an einer schmalen Stelle, kaum vierhundert Meter voneinander entfernt.

Abgesehen davon gab es nur eine weitere Möglichkeit, von dem Berg hinunterzugelangen: indem man den Gipfel umrundete. Doch dazu musste man zunächst bergauf steigen, bis man auf den gleichermaßen steilen und gefährlichen Weg nach unten traf. Er setzte darauf, dass die Kleine wohl eher bergab als bergauf geflohen war.

Er brauchte sie also nur abzufangen.

Er ging nach draußen.

Sein Pick-up war bereits mit allem Nötigen beladen: Flinte, Munition, Jagdmesser, Stiefel, Handschuhe, Nachtsichtgerät und Seil.

Bei Tagesanbruch würde er das kleine Miststück wieder in seiner Gewalt haben.

Nichts und niemand durfte seinen Plan zunichte machen.

Er war schon so weit gekommen.

Danis Taschenlampe war nutzlos geworden; der schwache Strahl war nun vollständig erloschen. Erschöpft hockte sie sich hinter einen Baum. Vielleicht sollte sie lieber ein paar Stunden schlafen, bis zur Dämmerung. In der Dunkelheit kam sie nicht weiter.

Aber du musst weitergehen, sonst wird er dich finden.

Sie spürte ein Beben.

Der Boden zitterte, ebenso der Stamm des Baumes, an dem sie lehnte.

Heiliger Strohsack, war das ein Erdbeben? Das durfte doch nicht wahr sein – nach allem, was sie bereits durchgemacht hatte, auch noch ein verdammtes Erdbeben?

Sie sprang auf, überlegte fieberhaft, wo sie sich in Sicherheit bringen könnte, und dann hörte sie es: das vertraute Grollen eines durch die Nacht rasenden Zuges.

Wo? Sie sah sich verzweifelt um. Wo?

Licht drang durch den Wald, als der Zug näher kam. Ohne an ihre schmerzenden Muskeln zu denken, rannte Dani zwischen Bäumen und Gestrüpp hindurch und stand plötzlich vor den Gleisen, für die ein breiter Streifen Wald gerodet worden war. Das Licht war schon fast auf gleicher Höhe mit ihr, und mit einem ohrenbetäubenden Donnern schoss die Lok vorbei, eine endlose Schlange von Frachtwaggons hinter sich herziehend.

Keine Chance aufzuspringen – dabei hätte Dani jetzt verzweifelt gern in einem der großen Container gehockt, der sie aus diesem elenden Wald hinausgebracht hätte. Am nächsten Bahnhof wäre sie zur Polizei gegangen und hätte den Spinner angezeigt.

Unmöglich, der Zug fuhr viel zu schnell.

Im nächsten Moment verschwand er in der Nacht. Verzweiflung und Mutlosigkeit überwältigten Dani. Alles war so sinnlos.

Sie ging weiter in die Richtung, aus der der Zug gekommen war, fort von der Hütte. Fort von ihm.

Ihr Mund war trocken wie Sand, ihre Muskeln schmerzten. Sie hätte Gott weiß was für eine Cola und eine Pizza gegeben oder für die Spezial-Tacos ihres Dads. Wenn sie nach Hause kam, würde sie zuerst einmal den Kühlschrank plündern.

Falls sie wieder nach Hause kam.

Als die Sonne aufging, waren ihre Füße bereits wund gescheuert, und sie wusste, dass ein heißer Tag bevorstand. Schon jetzt, am frühen Morgen, spürte sie die Hitze, kein Hauch von Frühdunst lag in der Luft, keine Wolke war am Himmel zu sehen.

Hinter einer Wegbiegung sprangen zwei Rehe, ebenso erschrocken wie sie selbst, ins Gebüsch. Ihr Herz raste, und sie ermahnte sich zur Ruhe. Da sah sie die Brücke.

Dani erstarrte, wie vom Donner gerührt.

Ihr Herz drohte stehenzubleiben. Die schmale, hölzerne Eisenbahnbrücke spannte sich über den tiefen Abgrund zwischen steilen Felsen. In etwa dreißig Meter Tiefe verlief ein ausgetrocknetes Bachbett, kein Weg führte nach unten.

»Verdammt.«

Angst krampfte ihr das Herz zusammen.

Es gab doch sicher eine andere Möglichkeit … Doch als sie sich umschaute, wurde ihr klar, dass sie in eine Sackgasse geraten war.

Konnte es denn so schwierig sein? Sie war doch meilenweit den Schienen gefolgt und nicht ein einziges Mal gestürzt. Sie musste entweder den Weg zurückgehen, den sie gekommen war, oder die Brücke überqueren. Es war reine Nervensache. Sie durfte nicht nach unten blicken. Musste einen Fuß vor den anderen setzen. Nur nicht in Panik geraten.

Aber, Mannomann, es war eine so weite Strecke!

Vielleicht gab es noch einen anderen Weg über die Schlucht, vielleicht fand sie auch einen Pfad hinunter zum Bachbett, dem sie dann weiter folgen konnte. Verzweifelt blickte sie zur anderen Seite der Schlucht hinüber. Steile, schroffe Felswände ragten auf, nur von spärlichem Gestrüpp bewachsen.

Ein Stück weiter südlich entdeckte sie eine zweite Brücke, über die eine schmale Straße führte. Sie lief etwa fünfzig Meter zurück und hielt Ausschau nach einem Weg zu dieser Straße. Sie prüfte die Stelle, an der die Rehe ihr aus dem Weg gesprungen waren, fand jedoch keinen Wildpfad. Und selbst wenn dort ein Weg gewesen wäre, wer sagte denn, dass er zur Straße führte?

Zu der Straße, die das Ungeheuer wahrscheinlich benutzte.

Dort würde er warten. Vermutlich denkt er, du bist auf der Suche nach der Straße und folgst den unbefestigten Wegen nur, um ihn in die Irre zu leiten. Also tu's. Geh über die verdammte Eisenbahnbrücke. Los.

Zögernd setzte sie den Fuß auf die Brücke, darauf bedacht, jeden Schritt sicher auf die hölzernen Schwellen zu setzen. Durch die Lücken dazwischen sah sie den Abgrund unter sich.

Hier, wo keine Bäume Schatten spendeten, brannte die Sonne ihr erbarmungslos auf den Kopf. Der Schweiß lief

ihr übers Gesicht. Sie wagte es nicht, ihn aus den Augen zu wischen, aus Angst, das Gleichgewicht zu verlieren.
Die Hälfte der Brücke lag jetzt hinter ihr.
Sie holte tief Luft und ging weiter. Wenn sie es bis zur anderen Seite schaffte, würde sie weiter den Gleisen folgen und beten, dass sie in eine Stadt führten oder wenigstens zu einer Farm.
Sie stutzte, blickte auf – hatte sie da nicht gerade im Gebüsch entlang dem Bahndamm eine Bewegung gesehen? Hatte dort nicht etwas aufgeblitzt?
Sie blieb stehen, knapp fünf Meter vom Ende der Brücke entfernt, und spähte angestrengt zu der Stelle, wo sie das Aufblitzen bemerkt hatte, doch da war nichts im Gebüsch und Gestrüpp, nichts regte sich in den Schatten.
Trotzdem sträubten sich ihr die Nackenhaare.
Ein Schauder der Angst kroch ihr über den Rücken.
Er konnte doch nicht wissen, wo sie war?
War es möglich, dass er mit seinem Pick-up über die Straße hierhergekommen war im Vertrauen darauf, dass sie diese Richtung eingeschlagen hatte und er sie hier abfangen konnte? Nein … Das hieße, dem Kerl zu viel Scharfsinn zuzutrauen.
Oder?
Dani zögerte. Biss sich auf die Unterlippe. Blinzelte in Richtung der Berge, die vor ihr aufragten. Zögernd ging sie einen Schritt weiter, hielt dann erneut inne. Etwas war faul. Sie spürte es. Bewegte sich etwas dort im Schatten unter dem Baum? Ein Reh?
Sie tat einen Schritt zurück. Und noch einen.
Er war dort!

Das verfluchte Ungeheuer war da.
Ihre Augen weiteten sich vor Entsetzen.
Er sprang aus dem Schatten der Büsche, ein großer, muskulöser Mann in Tarnanzug und mit Sonnenbrille, kam direkt auf sie zu, trat furchtlos auf die Brücke, die unter seinen Schritten bebte.
Sie fuhr herum, verstauchte sich den Knöchel, lief aber trotzdem weiter, zurück in die Richtung, aus der sie gekommen war. Doch es war so weit bis zur anderen Seite, der Abgrund gähnte, seine Stiefeltritte dröhnten auf den Schwellen wie Donner. Danis Herz raste. Sie begann zu laufen, schneller, immer schneller, spürte, wie er dennoch aufholte.
»Halt, du verrücktes Miststück, halt!«
O Gott, nein, das durfte doch nicht sein, dass er sie erwischte, nachdem sie schon so weit gekommen war!
Sie stieß mit der Schuhspitze gegen eine Schwelle. Mit einem Schrei stürzte sie vornüber und sah den Abgrund unter sich. In der Tiefe glitzerten die Felsen im Sonnenlicht.
Eine kräftige Hand packte sie schmerzhaft am Arm und riss sie auf die Füße.
»Hey!«
Er warf sie sich über die Schulter. »Hör auf, du dummes Gör, sonst bringst du uns noch beide um!« Ihr Kopf hing über seinen Rücken hinunter, das Haar fiel ihr ins Gesicht, während er ihre Beine hielt und sie scheinbar mühelos zu der Böschung schleppte, an der er sich versteckt gehalten hatte – am Ende der Brücke, die ihre Rettung hätte sein sollen.

Tränen der Wut und Enttäuschung tropften auf den Boden; mit müden Fäusten trommelte sie auf seinen Rücken ein.

»Wenn du so weitermachst, Miststück, dann lass ich dich fallen, ich schwör's dir«, drohte er. Dani gab auf, ließ die Arme einfach schlaff hängen. Ihr ganzer Körper wurde von Schluchzern geschüttelt. Dies war das Ende, sie wusste es. Er würde sie wohl nicht sofort umbringen, aber es war nur eine Frage der Zeit. Hätte sie nur den Mut dazu gehabt, hätte sie sich losreißen und in den Abgrund stürzen können in der Hoffnung, ihn mitzunehmen. Ja, dann wäre sie jetzt tot, aber immerhin hätte sie auch diesen Psychopathen erledigt.

Stattdessen hatte sie klein beigegeben.

Ihr Entführer trug sie fast eine Meile weit bis zu der Stelle, an der er sein Fahrzeug geparkt hatte. Es wartete am Rand der sonnendurchglühten Straße auf ihn.

Während der Fahrt zurück zur Hütte blieb Dani stumm. Sie war zu erschöpft, um neue Fluchtpläne zu schmieden, und bemühte sich nicht einmal mehr, tapfer zu sein, sondern ließ den Tränen freien Lauf.

Er fuhr wie ein Wahnsinniger; der Pick-up rumpelte über die holprige Straße und ließ eine Staubwolke hinter sich. Schließlich parkte er an der gewohnten Stelle, zündete sich eine Zigarette an, stieß Dani dann seine verdammte Flinte in den Rücken und trieb sie über den unebenen Weg in die Hütte. Drinnen warf er seinen Zigarettenstummel in den Kamin und dirigierte Dani mit dem Lauf der Flinte in Richtung ihrer Kammer. Ihrer Gefängniszelle. »Ausziehen«, befahl er. Sie zögerte.

»Was?«
»Geh da rein und zieh dich aus. Wirf deine Kleidung und die Schuhe raus.«
»Nein, bitte nicht!«
»Mach schon!« Er starrte sie finster entschlossen an und zielte mit der Flinte genau zwischen ihre Brüste. »Nichts täte ich lieber, als dich auf der Stelle umzulegen, aber ich gewähre dir noch einen Aufschub. Sei ein braves Mädchen, verdammt noch mal, geh da rein und wirf deine Kleider raus. Und leere die Taschen nicht aus. Ich weiß, dass du mir was gestohlen hast, und ich will es zurück.« Als sie ihn trotzig ansah, stieß er sie noch einmal mit der Flinte. »Los!«
Sie tat, was er verlangte, zog sich bis auf die Unterwäsche aus und knüllte ihre Kleidung zusammen. Ihre Finger schlossen sich um etwas Hartes. Der Nagel. Sie hielt ihn krampfhaft in der Faust, zählte ihre Herzschläge, sammelte Kraft. Dann warf sie ihre Kleider hinaus.
»Die Schuhe«, erinnerte er sie.
Wütend schleuderte sie ihre Lieblingsturnschuhe durch die halboffene Tür und hörte, wie sie auf den Dielen landeten.
»Jetzt die Unterwäsche.«
»Nein … Moment mal.«
»Die Unterwäsche!«
»Aber ich …«
Sie hörte, wie er das Gewehr entsicherte.
»Zieh alles aus, oder ich komme rein und tue es eigenhändig.«
Perverses Ungeheuer.

Gedemütigt schwor sie sich stumm, dass sie ihn umbringen würde, wenn sich die Gelegenheit bot. Sie zog BH und Slip aus und warf beides aus der Kammer.
Dann kroch sie auf ihre Pritsche und zog sich die schmutzige Decke hoch bis zum Hals.
Die Tür wurde zugeschlagen, der Riegel klickte.
Wieder eingesperrt – aber sie hatte immer noch den Nagel.
Sie hörte ihn im Nebenzimmer herumlaufen. Wahrscheinlich bereitete er sich auf sein widerliches Ritual vor, doch heute wagte sie es nicht, ihn durch die Türritze zu beobachten, aus Angst, dass er sie dabei ertappte. Sie fühlte sich elend und beschämt bei dem Gedanken, dass er sie nackt sah. Also blieb sie auf der Pritsche liegen, bald übermannte sie trotz allem die Müdigkeit, und sie schlief ein.
RUMMS! RUMMS! RUMMS!
Die ganze Hütte erbebte.
Im ersten Moment wusste sie nicht, was das zu bedeuten hatte, doch dann ging ihr ein Licht auf. Er hämmerte an ihre Tür. Zweifellos nagelte er einen Querbalken fest.
Um sicherzustellen, dass sie nicht noch einmal aus diesem heißen, stickigen Gefängnis entkam.

28. Kapitel

Travis schlug die Augen auf.

Sonnenlicht flutete ins Zimmer.

Shannon lag nackt an ihn geschmiegt, ihr hinreißender Po drückte sich in seinen Schritt. Er erinnerte sich an die Liebesnacht, die Verzweiflung in diesem Akt, die Erfüllung, die Verzückung. Sex – das hatten sie beide gebraucht.

Er legte einen Arm um sie und küsste ihren Nacken. Sie lächelte und seufzte leise, zufrieden.

Ihr Duft umfing ihn, und obwohl er wusste, dass er aufstehen, sich dem Tag stellen musste, konnte er ihrem Anblick, dem Spiel der Sonnenstrahlen in ihrem feuerroten Haar, den festen Brüsten doch nicht widerstehen. Er kreiste mit dem Finger um eine Brustwarze, und Shannon seufzte erneut. Die Brustwarze richtete sich erwartungsvoll auf.

Er wurde schon bei ihrem bloßen Anblick steif, der Druck ihrer Gesäßbacken weckte das schmerzhafte Bedürfnis nach Erfüllung. Er spielte mit ihrer Brustwarze, und sie lächelte.

»Vorsicht, Cowboy. Fang nichts an, was du nicht zu Ende bringen kannst«, murmelte sie verschlafen, und damit war es um ihn geschehen.

Er beugte sich über sie, küsste sie mit einer Glut, die er nicht erlebt hatte, seit er ein sexbesessener Teenager gewesen war.

Langsam schlug sie die Augen auf, und ihr Blick forderte ihn heraus weiterzumachen. »Du willst schon wieder?«, fragte sie.
»Und wie.«
Sie zog eine rötliche Augenbraue hoch. Er drückte sanft ihren Nippel und sah, wie ihr Blick wacher wurde. »Bist du immer so, wenn du aufwachst?«, fragte sie.
»Ja, Madam«, antwortete er gedehnt, und sie lachte, legte die Arme um seinen Nacken und küsste ihn, als sei er der einzige Mann auf der Welt. Sein Körper reagierte, und sie wälzten sich in den zerwühlten Laken, Arme und Beine ineinander verschlungen, schweratmend, einander mit den Lippen erkundend, und der Druck wurde größer. Als er es nicht länger aushielt, drang er mit einem langen, festen Stoß in sie ein.
Ihr Körper war feucht und heiß, um ihn herum spannten sich die Muskeln an. Er bewegte sich, und sie übernahm seinen Rhythmus, grub ihrte Finger in seine Arme und sah ihn fest an.
Er spürte, wie sie am ganzen Körper zu beben begann, sah, wie sie den Atem anhielt, und konnte sich nicht länger zurückhalten. Er ergoss sich in ihr, und statt sich dann auf sie sinken zu lassen, auf ihre verletzten Rippen, stützte er sich auf den Ellenbogen ab, wälzte sich auf den Rücken und zog sie sanft über sich. Sie schmiegte die Wange an seine Schulter. Ihr Herzschlag war das Echo des seinen, als sie langsam wieder zu sich kamen, ihr Atem vermischte sich. Erst als sie schließlich einen langen Seufzer ausstieß, drehte er sich auf die Seite.
Sie blickte zu ihm auf. Ihre Augen funkelten verschmitzt,

sie zog einen Mundwinkel hoch. »Ich gehe als Erste duschen«, verkündete sie, küsste ihn auf die Stirn und schlüpfte aus dem Bett, bevor er sie zurückhalten konnte. Nackt lief sie ins Bad. Er blieb allein auf ihrem Bett liegen und fragte sich, was um alles in der Welt er da trieb. Als er hörte, wie das Wasser zu rauschen begann, kam ihm in den Sinn, ob er etwa im Begriff war, sich in sie zu verlieben. Sofort schob er diesen irrsinnigen Gedanken weit von sich. Nach seinem vergeblichen Versuch, bei Jenna Hughes zu landen, hatte er den Frauen abgeschworen. Es war schon in Ordnung, dass aus ihm und Jenna nichts geworden war, aber diese Frau hier ... Shannon Flannery, die leibliche Mutter seiner Tochter ... Das war noch schlimmer.

Doch dann hörte er sie unter der Dusche ziemlich schief singen und musste sich aufs äußerste beherrschen, um ihr nicht ins Bad zu folgen, zu ihr in die enge Duschkabine zu schlüpfen und sie mit glitschig eingeseiftem Körper hochzuheben und zu lieben, während das heiße Wasser auf sie niederprasselte.

Die Vorstellung reizte Travis so sehr, dass er sich bereits aus dem Bett wälzte, als sein Blick auf das Foto von Dani fiel, dass er Shannon im ›El Ranchito‹ gegeben hatte. Das Suchplakat, das er nach Danis Verschwinden erstellt hatte. Der Schmerz erwachte wieder. Travis war augenblicklich ernüchtert, und plötzlich erschienen ihm die vergangenen Stunden allzu frivol.

Für eine kurze Weile hatte er seine Mission aus den Augen verloren vor lauter Schmerz und Trauer. Jetzt kehrte seine Entschlossenheit mit einem Schlag zurück.

Er griff nach seiner Jeans, hörte dabei, wie das Wasser abgedreht wurde. Gleich darauf trat Shannon ins Zimmer, in ein Badetuch gewickelt, das Haar tropfnass.

Gott, war sie schön.

Selbst ohne einen Hauch von Make-up, mit immer noch schwach sichtbaren Blutergüssen im Gesicht, war sie unglaublich bezaubernd. »Wenn du willst, kannst du jetzt duschen.«

»Ich hätte dir Gesellschaft leisten sollen. Dann wären wir jetzt beide fertig.«

»Nein.« Sie schüttelte den Kopf. »Wir wären unter der Dusche geblieben, bis uns das heiße Wasser ausgegangen wäre. So ist es besser. Außerdem muss ich nach den Tieren sehen.

Khan ist bestimmt schon beleidigt, Marilyn braucht ihr Futter und muss Gassi gehen, und da draußen warten jede Menge Pferde und Hunde auf mich.«

»Ist das denn nicht Santanas Aufgabe?«

»Ja, aber in letzter Zeit …«

»Ich weiß, in letzter Zeit ist er sonderbar.«

Ihre Unbeschwertheit hatte einen Dämpfer erlitten. »Komm schon«, sagte sie. »Vielleicht hast du Glück, und ich mache dir Kaffee und Frühstück.«

»Ich glaube, Glück hatte ich ohnehin bereits.«

Ein Lächeln zog ihre Mundwinkel hoch. »Ich auch.«

Shannon lief die Treppe hinunter, schaltete die Kaffeemaschine ein, versorgte die beiden Hunde im Haus und machte sich dann auf den Weg zu den Zwingern. Khan trabte voraus, er kannte den Ablauf. Nates Pick-up stand

nicht an der gewohnten Stelle, doch die Pferde waren auf der Koppel.
Sie fütterte die Hunde und ließ sie in den Auslauf, damit sie sich austoben konnten. »Fühlst du dich vernachlässigt?«, fragte sie Atlas. Der große Hund stupste gegen ihr Bein, während Khan ein Eichhörnchen anbellte, das in den Zweigen einer Eiche zeterte. Shannon kraulte Atlas hinter den Ohren, und er seufzte. »Das gefällt dir, wie? Ich weiß … heute Abend bist du an der Reihe. Und du auch«, sagte sie zu Cissy, die wieder einmal auf der Lauer lag, flach ins trockene Gras geduckt, und den größeren Hund reglos fixierte, um sich bei der ersten Gelegenheit auf ihn zu stürzen.
»Kommt«, sagte Shannon und suchte das Hundespielzeug zusammen. Sie ließ die Hunde apportieren und genoss das Spiel mit ihnen. Sie befriedigten ein Bedürfnis in ihr, das sich jetzt – weil sie von Dani wusste – verlagert hatte. Jahrelang hatte sie geglaubt, sie würde nie Kinder haben, nie erfahren, wie es war, ein Kind großzuziehen. In gewisser Weise hatten die Hunde und Pferde diesen emotionalen Mangel ausgeglichen.
Das hatte sich jetzt geändert, und wenngleich sie die Tiere über alle Maßen liebte und es kaum erwarten konnte, sie in eine geeignetere Umgebung umzusiedeln, war ihr doch bewusst, dass sie nie den Platz ihres Kindes einnehmen würden.
Sie beobachtete eine Weile die Pferde auf der Koppel. Dabei kam ihr wieder das Gespräch ihrer Brüder in den Sinn, die sie neulich belauscht hatte. Dieses Getuschel über die ›Geburtenfolge‹ und etwas, das sie Dad ›zu ver-

danken‹ hätten. Inzwischen war sie überzeugt, dass Oliver ihr das Geheimnis hatte anvertrauen wollen.
Sie betrachtete die Falbstute, doch ihre Gedanken kreisten wieder einmal um die Reihenfolge, in der ihre Brüder zur Welt gekommen waren: Aaron, Robert, Shea, Oliver, Neville. Sie dachte an den jeweiligen Zeitraum zwischen den Geburten, an die Fehlgeburten, die ihre Mutter erlitten hatte, doch sie fand kein System darin.
Sie musste mit einem ihrer Brüder darüber reden, am besten mit Aaron. Wie mochte er die Nachricht von Olivers Tod aufgenommen haben? Dass sie selbst nicht das Bedürfnis empfand, im Kreis ihrer Familie zu trauern und Trost zu suchen, sondern lieber für sich blieb, war bezeichnend.
Shannon schlug mit der flachen Hand auf das Gatter, gab das Grübeln auf und ging durch den Stall. Die Boxen waren sauber, frisch mit Stroh ausgelegt. Nate war eindeutig im Stall gewesen. Welche Rolle spielte er bei all diesen Vorgängen? Vielleicht war ihr unausgesprochenes Übereinkommen, sich nicht in das Leben des jeweils anderen einzumischen, doch keine gute Idee.
Die Tür am anderen Ende des Stalls wurde geöffnet. Shannon fuhr erschrocken zusammen. Halb rechnete sie mit Travis, doch zu ihrer Überraschung zeichnete sich im Türrahmen Nates Silhouette ab.
Shannon war so in ihre Gedanken vertieft gewesen, dass sie seinen Wagen nicht gehört hatte.
»Nervös heute Morgen?«, fragte Nate. Er trug ein kurzärmeliges, ehemals rotes T-Shirt und Levi's mit zerrissenen Taschen.

»Kannst du es mir verdenken?«
»Nein.« Mit ernster Miene kam er auf sie zu. »Ich habe gerade in den Nachrichten von Olivers Tod gehört.« Seine Augen waren gerötet, als hätte er die ganze Nacht nicht geschlafen. »Es tut mir leid.«
»Mir auch.«
»Ich weiß nicht, was ich sagen soll.«
Shannon sah erneut vor sich, wie Olivers blutige Leiche von dem Balken hing, und ihre Kehle war wie zugeschnürt.
»Willst du darüber reden?«
Sie schüttelte den Kopf und blinzelte heftig. »Nein, lieber nicht. Es wird schon schwer genug, wenn ich mit meiner Familie sprechen muss, und die Polizei wird mich sicher auch noch einmal vernehmen ...« Sie empfand eine innere Leere, die sich wohl nie wieder würde ausfüllen lassen.
»Verstehe.«
»Und bitte bedränge mich jetzt nicht wieder wegen der Alarmanlage. Ich rufe noch heute eine Firma an«, setzte sie hinzu. »Gleich nachdem ich mit Mom gesprochen habe.«
»Wie geht es ihr?«
»Ich weiß es nicht«, gestand Shannon schuldbewusst. »Ich habe noch nicht angerufen. Shea ist noch in der Nacht zu ihr gefahren. Sie ist bestimmt völlig am Ende.«
»Du aber auch, scheint mir«, bemerkte Nate so zärtlich, dass Shannon beinahe in Tränen ausgebrochen wäre.
Doch sie beherrschte sich. Stattdessen sprach sie aus, was sie belastete. »Wo warst du, Nate? Und erzähl mir nicht wieder, du hättest viel zu tun, das weiß ich inzwischen.

Du warst nicht zu Hause, als ich heimkam, und das war spät, gegen drei Uhr. Und heute Morgen warst du auch nicht da. Aber irgendwann zwischendurch bist du hergekommen, hast die Tiere versorgt und bist wieder weggefahren. Was hat das zu bedeuten?«

»Ich dachte, wir sind uns einig darüber, dass jeder sein eigenes Leben führt.«

»Schon, aber hier ist doch etwas faul, Nate.« Sie zeigte mit dem Finger auf seine Brust. »Du verheimlichst mir etwas. Warum verrätst du mir nicht, wo du warst, was du treibst? Warum tauchst du plötzlich auf und verschwindest wieder wie ein verdammtes Gespenst?«

Er blickte zu Boden.

»Weißt du, du benimmst dich beinahe, als hättest du etwas mit einer Frau und wolltest es vor mir verbergen.«

Er presste die Lippen aufeinander und furchte die Stirn.

»Das ist es, oder?«, bohrte Shannon nach, als sei plötzlich alles klar. »Und ich finde es toll! Aber du brauchst deshalb nicht heimlich zu tun, verdammt.«

Er packte urplötzlich ihr Handgelenk. »Erinnerst du dich noch, dass ich mal gesagt habe, manchmal ist alles anders, als es scheint?«, fragte er und ließ sie unvermittelt wieder los, als sei ihm erst jetzt bewusst geworden, was er tat. »Nun, das ist momentan der Fall. Ja, es gibt da eine Frau, aber es ist nicht so, wie du denkst.« Er rieb sich den Nacken. »Vielleicht ist es an der Zeit, dich aufzuklären.«

»Höchste Zeit. Du bist der einzige Mann, dem ich wirklich vertrauen zu können glaubte. Mehr noch als meinen Brüdern.«

Ein Muskel unter seinem Auge zuckte.

»Gehen wir rein«, sagte er, und sein Blick schweifte zur offenen Stalltür. Draußen schien die Sonne, die Pferde grasten.
Der Morgen hatte so ruhig und harmlos begonnen, doch jetzt beschlichen Shannon böse Vorahnungen.
Nate war bereits auf dem Weg zur Tür. »Settler sollte es auch hören.«

Paterno saß an seinem Schreibtisch. Er hatte den Tatort in der Kirche untersucht und aus den Schleifspuren geschlossen, dass Oliver im Hauptschiff, wahrscheinlich beim Beten, angegriffen und dann in den Keller geschleppt worden war. Seine Handgelenke waren in einer Weise aufgeschlitzt, die Selbstmord ausschloss. Es schien, als hätte der Täter halbherzig versucht, Olivers Tod wie einen Selbstmord aussehen zu lassen. Doch Paterno war skeptisch: Dieser Mörder war schlau genug zu wissen, dass er so niemanden hinters Licht führen konnte. Er wollte lediglich daran erinnern, dass sein Opfer sich früher einmal in einem Selbstmordversuch die Pulsadern aufgeschnitten hatte.
Das war zumindest Paternos Interpretation. »Spinner«, murmelte er und ließ den Blick über seinen mit Papieren übersäten Schreibtisch wandern. Während er auf die Laborberichte wartete, studierte er erneut die vorliegenden Informationen zu den jüngsten Morden und auch zu Ryan Carlyles Tod. Zwischendurch wies er Anrufer von der Presse ab und malte Kringel auf einen Notizblock. Er notierte alles, was ihm zu diesem Fall in den Sinn kam, und zeichnete Sterne, einen nach dem anderen.

Rossi kam mit zwei Pappbechern Kaffee ins Büro. Es war später Vormittag. Paterno hatte in der vergangenen Nacht nur drei Stunden geschlafen, und die Brühe, die hier als Kaffee angeboten wurde, duftete für ihn verlockend. Er hatte bereits drei Becher getrunken, zwei zu Hause und einen im Büro. »Der Scheißkerl will uns einen Hinweis geben«, knurrte Paterno und deutete auf die Figuren, die bei jedem Brand entdeckt worden waren, einschließlich des letzten, bei dem die Ziffer vier an die Stelle des langen dreieckigen Sternzackens getreten war.

Rossi nickte. Er reichte Paterno einen Pappbecher. »Aber welchen?«

»Keine Ahnung«, versetzte der Detective, trank einen Schluck und betrachtete die Zeichnungen. »Shannon Flannery behauptet, es hängt mit der Geburtenfolge zusammen.«

»Geburtenfolge ... Stehen die Ziffern vielleicht für die Brüder in der Reihenfolge ihrer Geburt?«

»Schon möglich.«

»Sehr merkwürdig.« Rossi schüttelte den kahlen Kopf. »Der Kerl spielt mit uns.«

»Warum gibt er sich nur solche Mühe?«

»Er ist ein verdammter Psychopath. Hat zu viel Zeit.«

Paterno hob ruckartig den Kopf. »Zeit ... Allerdings, dieser Kerl inszeniert seine Taten mit einem enormen Zeitaufwand. Sollte er eine feste Arbeit oder eine Familie haben, dann muss er inzwischen todmüde sein.« Er trank einen großen Schluck und runzelte die Stirn. »Und wo zum Teufel steckt Travis Settlers Tochter?«

»Wenn ich das wüsste«, antwortete Rossi.

»Ich wollte, irgendwer außer dem Mörder wüsste es.«
Paterno betrachtete eine Karte der Umgebung, die an der Wand hing. Darauf hatte er mit blauen Pins die Wohnorte der Flannerys und der Carlyles markiert. Rote Nadeln zeigten an, wo es gebrannt hatte, schwarze, wo ein Mord geschehen war. Auf Shannon Flannery kamen zwei rote und zwei blaue Nadeln – für die angebrannte Geburtsurkunde, das Feuer in ihrem Schuppen und dafür, dass sie sowohl zur Familie Flannery als auch zu der der Carlyles gehörte. Roberts und Mary Beths Wohnung war auf der Karte mit einer roten, einer schwarzen und zwei blauen Nadeln markiert.

Doch bisher hatte dieses System nicht viel Aufschluss gegeben.

»Was wissen wir also?«, dachte Paterno laut. »Wir gehen davon aus, dass der Kerl die Kleine hier in der Nähe gefangen hält, in erreichbarer Nähe zu den Mordschauplätzen. Aber vielleicht ist das ein Trugschluss. Vielleicht lebt Dani Settler gar nicht mehr. Die Kassette, die in Shannon Flannerys Pick-up gelegt wurde, könnte bereits unmittelbar nach der Entführung aufgenommen worden sein. Wir wissen, dass der Täter sie nicht auf dieser Farm in Idaho zurückgelassen hat. Deshalb nehmen wir an, dass er sie nach Kalifornien gebracht hat, aber das ist eben nur eine Mutmaßung.«

»Aber er muss hier in der Nähe wohnen«, gab Rossi zu bedenken. »Er kennt seine Opfer ziemlich gut, ist über ihren Tagesablauf informiert, weiß, wo er ihnen auflauern kann, und findet Möglichkeiten, in die Häuser einzudringen.«

»Und er muss von Feuer fasziniert sein.«
»Wir überprüfen in unseren Datenbanken alle bekannten Brandstifter, die derzeit auf freiem Fuß sind, insbesondere die erst kürzlich Entlassenen. Bisher ohne Ergebnis.«
»Ich glaube sowieso nicht, dass dieser Ansatz zu etwas führt. Hier geht es um eine persönliche Angelegenheit. Und wenn du nach jemandem suchst, der fasziniert ist von Feuer, dann hast du die ganze verdammte Familie Flannery«, sagte Paterno. »Angefangen bei Shamus, dem Großvater, als die Feuerwehr noch ganz aus Freiwilligen bestand, dann Patrick, sein Sohn, und später dessen sämtliche Söhne.«
»Aber die sind wieder ausgeschieden.«
Paterno nickte. »Jetzt arbeitet nur noch Robert als Feuerwehrmann. Wie findest du das?« Er zog eine Augenbraue hoch und lehnte sich auf seinem Stuhl zurück. »Die übrigen Flannerys sind nicht unbedingt als Helden aus dem Dienst ausgeschieden. Schon der Alte, Patrick, ging nicht mit weißer Weste in den Ruhestand. Er wurde mehr oder weniger gezwungen.«
»Warum?«
»Soweit ich verstanden habe, wegen diverser Regelverstöße. Er hatte ein Alkoholproblem und verpatzte ein paar Einsätze. Merkwürdig ist, dass das gerade zu der Zeit geschah, als die gesamte Feuerwehr sich aufzulösen begann. Der Alte ging notgedrungen in Pension, und die Söhne verließen die Truppe wie Ratten das sinkende Schiff.« Paterno zählte sie an den Fingern ab. »Shea wechselt zur Polizei über. Aaron wird gekündigt wegen Insubordination, was immer das heißen mag. Neville tritt

auf der Stelle ebenfalls aus und verschwindet ein paar Wochen später, und Oliver findet zu Gott.« Er hielt den vierten Finger hoch. »Vier Brüder und der Alte sind raus, einfach so.«

Er trank einen großen Schluck und fuhr mit zusammengekniffenen Augen fort: »Und das sind erst die Flannerys. Dann wären da noch die Carlyles: Ryan verbrennt zur Unkenntlichkeit, und die Indizien deuten auf einen Mord hin. Danach scheidet Liam aus der Feuerwehr von Santa Lucia aus und nimmt eine Stelle bei einer Versicherungsgesellschaft an. Gibt alle seine Privilegien auf und fängt zu einem sehr viel geringeren Gehalt von vorn an. Ich könnte es ja noch verstehen, wenn er als Familienvater geregelte Arbeitszeiten und einen weniger gefährlichen Job angestrebt hätte, aber er hat keine Kinder und wurde damals gerade zum zweiten Mal geschieden.« Paterno kramte in seinen Unterlagen nach den Notizen über die Carlyles. »Nach jenem Waldbrand heiratete Carlyle zum dritten Mal, aber auch diese Ehe ist inzwischen gescheitert.«

Er runzelte die Stirn. »Damit war die Feuerwehr stark dezimiert und musste frisches Blut rekrutieren.«

Paternos Blick ruhte auf den Notizen über die Carlyles, einer Gruppe von Einzelgängern. »Der andere Bruder, Kevin, hat einen unglaublichen IQ, gibt sich aber mit einem Bürojob bei der Regierung zufrieden. Er hat nie geheiratet. Möglicherweise ist er schwul, auch wenn er sich nie offiziell geoutet hat. Die Schwester, Margaret, ist eine religiöse Fanatikerin. Bleibt noch Mary Beth. Und die ist tot.«

»Vielleicht hatte Liam es satt, sein Leben zu riskieren. Immerhin ist sein Cousin bei einem Brand umgekommen.«

»Aber nicht im Einsatz als Feuerwehrmann«, hob Paterno hervor. »Außerdem machen die meisten Feuerwehrmänner, die ich kenne, ihren Job aus Berufung, es liegt ihnen im Blut.« Er blickte zu Rossi auf. »So jemand hört nicht einfach auf.«

Paterno gefiel die ganze Sache nicht. Er stand auf, reckte sich, trat vor seine Karte und betrachtete sie finster. »Weißt du, Rossi, ich verstehe immer noch nicht, warum der Staatsanwalt Shannon Flannery die Sache anhängen wollte. Ich war zu der Zeit noch nicht hier, aber ich habe dic Akte studiert. Die Indizien waren ausgesprochen dürftig.«

Rossi schüttelte den Kopf. »Ich war damals gerade neu hier, war aus San Jose hergezogen. Der Staatsanwalt, Behringer, wollte einen Erfolg vorzuweisen haben. Die Behörde fürchtete um ihren Ruf; die Sache mit dem unsichtbaren Feuerteufel machte die ganze Stadt nervös. Für die Presse war das natürlich ein gefundenes Fressen, und so war die Staatsanwaltschaft schwer im Zugzwang, den Fall abzuschließen, damit die Leute sich wieder sicher fühlen konnten.

Behringer hat sich richtig in den Fall hineingesteigert. Ich denke, er war tatsächlich überzeugt, dass Shannon Flannery den Mord begangen hatte. Er war besessen von dem Wunsch, sie fertigzumachen. Sie hatte kein Alibi und ein handfestes Motiv: Carlyle prügelte sie. So schlimm, dass sie ihr Kind verloren hatte. Sie hatte eine Kontaktsperre gegen ihn erwirkt, die er nicht einhielt, und obwohl er eine Freundin hatte, sträubte er sich gegen die Scheidung. Seine Frau hatte ihn wegen häuslicher Gewalt angezeigt, aber bevor der Fall vor Gericht kam, wurde er umgebracht. Behringer brannte auf eine Verurteilung.«

»Aber er hatte nicht genug in der Hand.«

»Dann kam dieser anonyme Hinweis, Shannons Wagen sei in der fraglichen Nacht draußen auf der alten Holzfällerstraße gesehen worden, nicht weit vom Schauplatz des Mordes und des Brandes. Eine ältere Frau bestätigte das. Als die Verteidigung einwandte, Shannon sei gar nicht in der Lage gewesen, die Tat allein zu verüben, hieß es, sie habe entweder einen Auftragskiller eingesetzt oder Unterstützung von ihren Brüdern bekommen. Sie gaben einander Alibis, hatten aber sonst keine Zeugen zu ihrer Entlastung. Shannon beteuerte bis zuletzt ihre Unschuld. Ich glaube, Behringer rechnete damit, sie würde irgendwann zusammenbrechen, gestehen und mildernde Umstände bekommen, aber dazu kam es nicht. Der anonyme Anrufer meldete sich nie wieder, und die andere Zeugin, die glaubte, Shannon Flannerys Wagen in der Mordnacht gesehen zu haben, erwies sich als nahezu blind – sie konnte am helllichten Tag einen weißen Lieferwagen nicht von einer gelben Limousine unterscheiden. Nicht allzu glaubwürdig im Zeugenstand.

Ja, die Beweislage war wirklich dürftig. Der Fall hätte nie vor Gericht kommen dürfen; Behringers Karriere war damit am Ende.«

Paterno kannte die Sachlage natürlich aus den Akten, doch Rossis Schilderungen machten einiges klarer. Unterm Strich kam heraus, dass Behringer ein Idiot war.

Das Telefon klingelte. Der Detective wappnete sich – den ganzen Vormittag über riefen Reporter an, und ganz gleich, wie oft er sie ans Pressebüro der Behörde verwies, sie gaben nicht auf. Allerdings konnte es auch das Labor sein oder jemand mit Informationen zu dem Fall, ein Kollege vielleicht. Er trank seinen Kaffee aus, zerdrückte den Becher, warf ihn in den Papierkorb und griff nach dem Hörer. »Paterno.«

»Shane Carter«, meldete sich eine Männerstimme.

Paterno erkannte den Sheriff aus Oregon. »Wie geht's?«

»Könnte besser sein. Hören Sie, ich möchte Sie auf den neusten Standen bringen. Das FBI wird sich auch noch bei Ihnen melden.«

»Großartig.« Das fehlte Paterno gerade noch. Die meisten Leute vom FBI leisteten gute Arbeit und waren ganz in Ordnung, aber der Kerl von der für Santa Lucia zuständigen Abteilung war ein elender Spießer, darin waren sich alle einig. »Was gibt es bei Ihnen Neues?«

»Wie sich herausgestellt hat, war Blanche Johnson zweimal verheiratet. Der eine Ex-Mann ist tot, den anderen haben wir noch nicht aufgespürt. Außerdem gab es ein paar Liebschaften irgendwo im Nordwesten, nach einigen der Männer suchen wir ebenfalls noch. Und sie hatte zwei Söhne. Der Ältere ist als Teenager von zu Hause ausgerissen, den anderen hat sie, wie es scheint, im Säuglings- oder Kleinkindalter weggegeben. Damals lebte sie noch in Idaho. Wir forschen nach ihm, aber das braucht Zeit, denn die Adoptionspapiere waren damals Verschlusssache. Er dürfte jetzt etwa Mitte dreißig sein.«

»Halten Sie mich auf dem Laufenden«, sagte Paterno,

bevor er auflegte. Er verstand nicht, was die Tatsache, dass Blanche Johnson Kinder hatte, mit dem Fall zu tun haben sollte, aber er nahm die Information dennoch zu den Akten. Man konnte nie wissen.

Dann betrachtete er erneut die Karte mit den farbigen Pins. »Ich glaube, Rossi, du hast recht: Der Kerl muss in der Nähe wohnen, und wenn die Kleine noch lebt, ist sie auch nicht weit von hier.« Er deutete auf die markierten Tatorte. »Er muss in der Lage sein, sich schnell in dieser Gegend fortzubewegen. Er kommt und geht ganz nach Belieben, zu jeder Zeit, ohne dass es jemandem auffällt.«

Er trat einen Schritt zurück, um sich einen größeren Überblick zu verschaffen, in der Hoffnung, ein Muster zu entdecken. Ergaben die Verbindungslinien zwischen den markierten Orten vielleicht einen fünfzackigen Stern? Oder gab es jemanden, der im Mittelpunkt all der Brandschauplätze wohnte?

Nichts, er erkannte keinerlei System.

Nun, der Geistesblitz würde noch kommen. Er näherte sich dem Kern der Sache, das spürte er. Stirnrunzelnd blickte er auf seine Notizen, auf all die kleinen Sterne, die er gezeichnet hatte. »Hey, Rossi«, sagte er. »Zeichne mir doch mal einen Stern.«

»Was?« Der jüngere Detective sah ihn an, als fürchtete er um Paternos Verstand.

»Tu mir den Gefallen«, bat Paterno, den Blick auf die Formen gerichtet, die der Mörder an den Tatorten hinterlassen hatte. »Zeichne mir einen Stern … nein, am besten gleich zwei.«

Travis schenkte sich einen Becher Kaffee ein und setzte sich an den Tisch, auf dem immer noch die von Paterno zurückgelassenen Zeichnungen lagen. Was zum Teufel hatten die Sterne zu bedeuten?

Sein Handy klingelte, und er nahm den Anruf an. Es war Carter, doch er wusste nichts Neues über Dani. Ein Agent vom FBI würde ihn auf dem Laufenden halten. Carter hatte Paterno informiert und brachte jetzt Travis auf den neuesten Stand: Blanche Johnson hatte zwei Ex-Männer, ein paar ehemalige Liebhaber und zwei Söhne. Später am Tag würde es weitere Informationen geben.

Nachdem sie das Gespräch beendet hatten, ließ Travis die Neuigkeiten auf sich wirken und fragte sich, wie sie ins Bild passten. Durchs Fenster sah er Nate Santana mit Shannon auf das Haus zukommen.

Die beiden zogen ihre Stiefel aus und traten ein. Travis nahm eine Vertrautheit zwischen ihnen wahr, als hätten sie das Gleiche schon unzählige Male getan, und empfand heftige Eifersucht. Er dachte daran, wie Santana Shannon in der Brandnacht berührt, wie er sofort das Kommando übernommen hatte. Es hatte wirklich den Anschein, als seien er und Shannon ein Liebespaar, auch wenn sie es abstritt.

Jetzt war Shannons Miene hart und entschlossen. Sie warf Travis einen Blick zu, und er begriff, dass etwas faul war. Offenbar gab es wieder einmal schlechte Nachrichten.

»Was gibt's?«, fragte er und stand auf.

»Nate hat etwas auf dem Herzen«, sagte sie.

Travis sah Santana an. Der zögerte und nickte dann knapp. »Es könnte auch Sie betreffen«, sagte er.

»Nun rede schon«, verlangte Shannon. »Was zum Teufel ist los?«
»Ich *hatte* etwas mit einer Frau«, sagte er. »Das hast du ganz richtig erkannt.« Travis nahm eine Spannung in der Luft wahr. Was mochte jetzt wohl kommen? »Das Problem ist nur: Sie ist tot.«
»Was? Was redest du da?«, fragte Shannon. »Wer ist tot? Mary Beth?«
»Nein!« Santana ballte die Fäuste, trat ans Fenster und blickte hinaus. »Dolores Galvez.«
»Wer?«, fragte Travis, doch der Name kam ihm vage bekannt vor.
»Dolores ist vor fast dreieinhalb Jahren bei einem Brand ums Leben gekommen«, erklärte Nate tonlos und sehr beherrscht. »Sie war das einzige Todesopfer in der Brandserie, die man dem ›unsichtbaren Feuerteufel‹ zuschrieb.«
Shannon wurde kreidebleich. Sie stützte sich auf eine Stuhllehne. »O mein Gott«, flüsterte sie und sah Santana an. »Du meinst … Ryan hat sie umgebracht?«
Nate schüttelte den Kopf, drehte sich um und sah die beiden an. Sein Mund war nur ein schmaler Strich, seine Augen loderten vor Wut. »Das glaube ich nicht«, sagte er und krampfte die Finger um die Fensterbank, bis die Knöchel weiß hervortraten. »Ryan Carlyle war nicht der Brandstifter, der sie umgebracht hat, Shannon. Er war nicht der ›unsichtbare Feuerteufel‹.«

29. *Kapitel*

Was soll das heißen? Wieso glaubst du, dass Ryan nicht der ›unsichtbare Feuerteufel‹ war?«, fragte Shannon und sah verdutzt den Mann an, den sie seit zwei Jahren zu kennen glaubte. Khan zu ihren Füßen bettelte winselnd um Aufmerksamkeit, doch Shannon ignorierte ihn ausnahmsweise. Plötzlich erschien es ihr stickig im Haus. Sie ging an Nate vorbei zum Fenster und öffnete es. Vom Stalldach her krächzte eine Krähe. Es klang, als ob der Vogel lachte. »Woher willst du wissen, dass er es nicht war?«

Nate lehnte sich an den Küchentresen. »Noch weiß ich es nicht hundertprozentig, aber ich arbeite daran.«

»Du arbeitest daran?«, wiederholte sie. Es war, als ob sich in ihrem Kopf Puzzleteile zusammenfügten. Sie hatte Nate auf einer Pferdeauktion kennengelernt, war mit ihm ins Gespräch gekommen und hatte das Gefühl gehabt, viele Gemeinsamkeiten zu entdecken. Von da an sahen sie sich öfter, und irgendwann erwähnte Nate, dass er eine Stelle suchte, am liebsten als Partner in einem Betrieb, der Tiere abrichtete.

Sie selbst suchte gerade jemanden, der mit den Pferden arbeitete … Mit einem Schlag begriff sie, dass all das ein Manöver gewesen war. Sie fühlte sich in jeder Hinsicht betrogen. »Du hast mich benutzt«, flüsterte sie erschüttert. Der Mann, den sie bisher so eifrig verteidigt hätte, war ihr plötzlich fremd.

Travis schob seinen Stuhl zurück. »Was zum Teufel geht hier vor?«

Nate hob eine Hand. »Lasst mich erklären.«

»Dann tun Sie es.« Travis war aufgestanden, und die Küche wirkte plötzlich klein und eng. Bedrückend.

»Gehen wir nach draußen; hier bekomme ich keine Luft mehr«, sagte Shannon. Ihr Kopf dröhnte angesichts all der Lügen, der jahrelangen Täuschungen, der Halbwahrheiten. Und das von jemandem, dem sie vertraute. An den sie glaubte.

Sie schlüpfte in ihre Stiefel, blieb auf der Veranda stehen und hörte, wie die beiden Männer, beide gespannt wie zum Biss bereite Klapperschlangen, ihr folgten. »Okay«, sagte sie, als Nate unter dem Vordach der Veranda stehen blieb. Hinter ihm sah sie den schwarz verkohlten Schuppen, und sie fragte sich wieder einmal, ob Nate etwas mit diesem Akt der Zerstörung zu tun hatte, und wenn ja, inwiefern. »Also … Schieß los.«

Nate lehnte sich mit der Hüfte an das Geländer der Veranda. »Kurz gesagt: Ich habe Dolores in einem Restaurant kennengelernt, wo sie als Kellnerin arbeitete. Wir trafen uns mehrmals, und es entwickelte sich schnell eine enge Beziehung. Doch Dolores wollte sie geheim halten. Ihre Familie sollte nichts davon erfahren, weil sie eine bewegte Vergangenheit hatte: eine Scheidung, zwei aufgelöste Verlobungen. Ihre Verwandtschaft traute ihrem gesunden Menschenverstand nicht, wenn es um Männer ging, und rückblickend muss ich sagen, dass ich es ihnen

nicht verübeln kann. Damals trieb es mich in den Wahnsinn.« Er stieß ein freudloses Lachen aus. »In gewisser Weise war es Ironie des Schicksals. Ich war immer ein Mann gewesen, der sich ungern auf Bindungen einließ, die Ehe für ein lebenslängliches Gefängnis hielt, gern frei und unbeschwert seiner eigenen Wege ging. Doch dann lernte ich Dolores kennen, und ich ignorierte die Alarmglocken in meinem Kopf.« Er verzog den Mund. »Ich dachte, Dolores sei ›die Richtige‹, wenn es so etwas überhaupt gibt.«
Shannon traute ihren Ohren nicht, doch Nates angespannte Miene zeigte, dass er die Wahrheit sagte.
»Eines Abends hatten wir uns in diesem alten, leerstehenden Restaurant verabredet. Sie hatte den Treffpunkt ausgesucht; warum, weiß ich nicht. Aber ich wurde aufgehalten. Ich hatte Überstunden gemacht, geriet in einen Verkehrsstau … Und sie hatte kein Handy.« Sein Finger krampften sich um das Geländer. Er schloss die Augen, als durchlebte er die Szene noch einmal. »Als ich eine halbe Stunde verspätet eintraf, stand das alte Restaurant in Flammen. Sie war bereits tot.«
»Und du hast nie darüber gesprochen?« Shannon konnte es nicht fassen.
»Ich traute den Bullen nicht. Basta. Außerdem hätte es sie nicht wieder lebendig gemacht, wenn ich ihnen erzählt hätte, dass wir ein Paar waren. Es hätte nur Schwierigkeiten gegeben. Ich hätte erklären müssen, warum wir uns dort hatten treffen wollen, dabei weiß ich es selbst bis heute nicht. Ich nehme an, es war Zufall. Sie hatte früher mal dort gearbeitet, dachte, wir wären dort sicher. Himmel …«

»Ich kann es nicht glauben«, sagte Shannon. Sie blickte zu Nates Wohnung über der Garage hinüber. »Ich hätte dir mein Leben anvertraut«, flüsterte sie. »Wir wohnen zehn Meter voneinander entfernt, wir arbeiten tagtäglich zusammen, und du hast mir nie ein Wort davon gesagt!«

Travis fragte mit kalter Stimme: »Was war passiert?«

»Wie ich schon sagte, als ich ankam, brannte das Restaurant lichterloh. Die Feuerwehr war bereits bei der Arbeit. Ich drängte mich durch die Menschenmenge, hörte, wie ein Reporter Leute interviewte. Es hieß, der ›unsichtbare Feuerteufel‹ habe den Brand gelegt. Und dann sah ich den Leichensack und wusste, dass es Dolores war. Ich rief ihren Bruder an. Anonym. Damit er die Leiche identifizierte. Ich hätte es nicht ertragen, sie zu sehen.«

»Und Sie hatten nicht den Mut, die Wahrheit zu sagen«, bemerkte Travis tonlos.

»Ich war ein Ex-Sträfling. Sicher wäre früher oder später meine Unschuld bewiesen worden, aber ich wette, die Polizei hat die Anklage von damals immer noch in ihrer Datenbank. Ich dachte mir, das Beste wäre, wenn ich den verfluchten ›unsichtbaren Feuerteufel‹ selbst zur Strecke brächte.«

»Allein?« Shannon fühlte sich so betrogen, dass sie kaum ein Wort herausbrachte.

Travis sagte: »Wollen Sie etwa behaupten, Sie haben sich eingebildet, den Kerl stellen zu können, während die Profis versagten? Sie könnten erreichen, was einer ganzen Polizeibehörde mit ausgebildeten Ermittlern, Spezialisten und kostspieliger Ausrüstung nicht gelungen ist?«

»Ich wusste nicht, ob ich es könnte, aber ich wollte es

zumindest versuchen. Ich bin mit Jagen und Fährtensuchen aufgewachsen, habe einige Zeit als Bergführer gearbeitet. Um mir das College finanzieren zu können, habe ich im Sommer bei der Bekämpfung von Waldbränden mitgearbeitet. Im Winter war ich während meiner Schulzeit bei der Freiwilligen Feuerwehr tätig. Ich dachte, das reicht als Qualifikation.«

»Und die Mordanklage? Das war keine Lüge?«, fragte Shannon.

Er sah sie durchdringend an. »Leider nein. Ich wurde tatsächlich unschuldig des Mordes angeklagt und verurteilt. So, wie ich es dir berichtet habe.«

»Aber du hast dich nach meinem eigenen Prozess absichtlich an mich herangemacht, als bekannt wurde, dass die Polizei meinen Mann für den ›unsichtbaren Feuerteufel‹ hielt.«

Er nickte, senkte den Blick auf den Holzboden der Veranda. Khan trottete auf der Suche nach Eichhörnchen an der Hauswand entlang zum Holzstoß.

»Du hast es so arrangiert, dass wir uns kennenlernten, und mich belogen«, warf sie Nate wütend vor. Travis legte ihr eine Hand auf den Arm, doch Shannon schüttelte ihn ab. Sie hatte es satt, sich von Männern manipulieren zu lassen.

»Ich dachte, auf diese Weise hätte ich eine Chance, Näheres zu erfahren«, gestand er und errötete heftig. »Aber der Schuss ging nach hinten los. Denn was ich durch das Zusammensein mit dir erfahren habe, war nur, dass Dolores nicht die einzige Frau auf der Welt für mich war. Sie war nicht ›die einzig Richtige‹. Himmel, ich weiß nicht einmal mehr, ob ich das je geglaubt habe, denn dann verliebte ich mich in dich. Rettungslos.«

»Ich glaube dir kein Wort«

»Es ist die Wahrheit.«

»Herr im Himmel, Nate. Du hättest es mir sagen sollen.«

»Wenn er es dir gesagt hätte, wäre seine Tarnung dahin gewesen, und er hätte die Informationen, auf die er aus war, nicht bekommen«, bemerkte Travis. Er stand neben Shannon, blinzelte in die Sonne, die sein Haar golden aufleuchten ließ. Sein Mund war ein schmaler, harter Strich.

»So ist es«, bestätigte Nate und sah ihn wütend an. »Aber gerade Sie werden das wohl verstehen, nicht wahr? Sie benutzen Shannon für Ihre eigenen Zwecke.«

»Nein.«

Seine Abwehr klang irgendwie nicht echt. Shannon wich einen Schritt zurück. »Du auch?«, flüsterte sie, dachte daran, wie sie sich geliebt hatten, wie sie ihn noch an diesem Morgen verspielt geneckt hatte. Sie hatte natürlich gewusst, dass er nur des Kindes wegen hergekommen war – des Kindes, das er als ihr gemeinsames bezeichnet hatte. Bei Licht betrachtet erschien es ihr jetzt sentimental, nichts weiter als ein Trick, um ihr Vertrauen zu erschleichen.

»So ist es nicht«, protestierte Travis.

»O doch, Settler«, fuhr Nate ihm über den Mund. »Sie sind wegen Ihrer Tochter hergekommen, haben Shannon kennengelernt und ihre Nähe gesucht, um herauszubekommen, was sie weiß.«

Shannon begriff, dass Nate recht hatte. Sie hatte doch selbst gewusst, dass Travis sie ausspioniert hatte. Aber für kurze Zeit hatte sie sich eingebildet, sie könnten einander etwas bedeuten, einander lieben. Wie dumm sie gewesen war! Wieder einmal. Sie hatte das Gefühl, jemand habe ihr einen Schlag in die Magengrube versetzt. »Weiter, Nate«, sagte sie und löste den Blick von Travis mit seinem verdammten sonnengebleichten Haar, den blauen Schlafzimmeraugen und dem kantigen Kinn. »Erzähl, was du sonst noch zu wissen glaubst. Hat sich unsere gemeinsame Zeit für dich bezahlt gemacht?«

Santana nahm die Spitze hin, ohne mit der Wimper zu zucken. »Ich glaube, einer oder mehrere von deinen Brüdern stecken hinter den Bränden.«

»Wie bitte?!«, stieß sie fassungslos hervor. »Meine Brüder?«

»Ryan Carlyle war nicht der ›unsichtbare Feuerteufel‹. Er war nur der Sündenbock.«

»Verdammt, was wollen Sie uns jetzt wieder weismachen, Santana?«, knurrte Travis.

»Das ist doch Irrsinn!« Shannon glaubte, nicht richtig gehört zu haben. »Du denkst, dass Aaron oder Shea oder Robert der … der ›unsichtbare Feuerteufel‹ ist? Dass einer von ihnen die Brände der letzten Zeit gelegt und Mitglieder meiner Familie umgebracht hat? Dass … dass … Wie bitte? Dass einer meiner Brüder mich überfallen und Mary Beth und Oliver umgebracht hat?« Sie hob die Stimme, wurde geradezu hysterisch.

»Sie sind verrückt, Santana«, pflichtete Travis ihr trocken bei.

»Das glaube ich nicht.«

»Und wie hängt diese Theorie mit der Entführung meiner Tochter und dem Mord an Blanche Johnson zusammen? Hat etwa einer von Shannons Brüdern mein Kind gezwungen, ihr eine Nachricht auf Band zu sprechen?«

»Das habe ich noch nicht aufgeklärt. Deswegen wollte ich vorerst nicht darüber reden.«

Shannon presste mit zusammengebissenen Zähnen hervor: »Du wolltest also einfach so weitermachen mit deinem sonderbaren Verhalten? Mitten in der Nacht kommen und gehen? Um Himmels willen, Nate, wo um alles in der Welt warst du denn immer? Bist du um die Häuser meiner Angehörigen geschlichen auf der Suche nach Hinweisen auf diesen ›unsichtbaren Feuerteufel?‹ Hast Detektiv gespielt? Wie zum Kuckuck glaubst du denn diese Sache ›aufklären‹ zu können?«

»Ich habe versucht, Dani zu finden, verdammt«, fauchte Nate. »Es ist nun mal so, dass ich, seit ich von der Entführung Ihrer Tochter weiß, Settler, nach ihr gesucht habe.«

»Und Sie haben mir nichts gesagt?«

»Sie hätten mir nur im Weg gestanden.«

»Scheiße.«

Auf der Koppel wieherte ein Pferd, und Nate warf einen Blick zu den Tieren hinüber, ehe er fortfuhr: »Sehen Sie, meiner Meinung nach dreht sich alles, was hier vorgeht, um Dani. Der erste Hinweis war die Geburtsurkunde. Hier hinterlegt … beim Haus ihrer leiblichen Mutter.«

»Und du glaubst, einer meiner Brüder hält sie gefangen?« Shannon konnte es nicht fassen.

»Sie sind auf alle Fälle in die Sache verwickelt.«

»Keiner aus meiner Familie würde einem Kind etwas antun. Schon gar nicht meinem Kind.«

»Du kennst deine Verwandten nicht wirklich und weißt nicht, wozu sie fähig sind«, konterte er so laut, dass die Krähe, die immer noch auf dem Stalldach hockte, erschrocken aufflatterte.

»Sie glauben also, meine Tochter lebt noch«, bemerkte Travis.

»Ja.«

Shannon empfand eine gewisse Erleichterung. »Wegen der Kassette?«

»Nein.« Santana schüttelte den Kopf. Sein schwarzes Haar schimmerte im Sonnenlicht. »Weil der Mörder, wenn er sie umbringen würde, nichts mehr gegen dich in der Hand hätte. Und nach allem, was vorgefallen ist – der Überfall, die angesengte Geburtsurkunde –, glaube ich, dass dies alles sehr viel mit dir zu tun hat. Ich weiß bisher weder, was die Botschaft an der Wand in Blanche Johnsons Wohnung zu bedeuten hat, noch, was es mit dem Stern und den Ziffern auf sich hat, aber ich glaube, es hat mit deiner Familie zu tun.«

Shannon ging zum anderen Ende der Veranda und sah nach Khan, der um den abgebrannten Schuppen herumschnüffelte. »Wie sollte einer meiner Brüder nach Oregon und … und Idaho kommen, ohne hier vermisst zu werden?«

»Man kann in weniger als zwölf Stunden nach Oregon gelangen, in vierundzwanzig Stunden hin und zurück. Und wenn man beispielsweise mit einem Privatflugzeug fliegt, braucht man nur wenige Stunden.«

»Keiner von meinen Brüdern ist Pilot.«
»Aber sie haben Freunde.«
»Das wird ja immer irrsinniger.« Shannon drehte sich mit verschränkten Armen zu ihm um. »Du biegst dir alles so zurecht, wie es dir passt. Es geht hier nicht um eine große Verschwörung, wie das Attentat auf Kennedy oder Prinzessin Dianas Autounfall! Wer würde sich solche Mühe machen?«
»Ja, wer?«, stimmte er zu.
»Es ist keiner von meinen Brüdern!«, beharrte sie mit Nachdruck und hätte das Gespräch am liebsten beendet. »Ich kann nicht glauben, dass einer von meinen Brüdern mich so sehr hasst, dass er mich in Mordverdacht bringt! Und dann erst das hier!«
»Was ist mit Neville?«, fragte Travis.
Shannon erstarrte. »Neville?« Eine neue Angst streifte wie ein kalter Hauch ihren Nacken. »Aber er ist ... Er ist nicht mal hier in der Gegend.«
»Und warum nicht?«, fragte Nate.
Travis sträubte sich dagegen, irgendetwas zu glauben, was Nate behauptete, aber der Mann war auf der richtigen Fährte. Das spürte er.
»Ich weiß es nicht.«
»Was denkst du, Shannon?« Nate sah sie eindringlich an.
Eine einsame Wolke schob sich vor die Sonne, und der strahlend helle Tag wurde grau. »Nate, bitte, rede doch nicht solchen Unsinn. Ich habe keine Ahnung, was aus Neville geworden ist; aber er treibt sich sicher nicht heimlich hier herum und ermordet den Rest der Familie.«

»Warum ist er damals plötzlich verschwunden?«, fragte Travis.

»Das habe ich mich auch schon tausendmal gefragt«, antwortete Shannon matt. »Ich glaube … Ich muss wohl davon ausgehen, dass er tot ist.« Niemand sprach ein Wort. »Außerdem … Nein. Selbst wenn Neville noch leben sollte, würde er niemals Oliver umbringen. Auch nicht Mary Beth. Und jetzt reicht's! Du«, sagte sie, an Nate gewandt, »musst der Polizei mitteilen, was du weißt – und bitte, versuche um Himmels willen, meine Familie nicht zu belasten!« Sie wandte sich ab, wollte das Gespräch beenden, doch Nate hielt sie zurück.

»Hat Oliver dir nicht gesagt, er hätte kürzlich Brendan Giles gesehen?«

»Ja, und?«

»Brendan hält sich in Nicaragua auf«, sagte er. Khan kam auf die Veranda getrottet.

»Ach, ich bitte dich. Woher weißt du das?« Allmählich fürchtete sie, Nate hätte den Verstand verloren.

»Ich habe mit seinen Eltern gesprochen.«

»Und die haben es dir gesagt?« Sie dachte daran, dass niemand von Brendans Angehörigen auf ihren Anruf reagiert hatte. Oder? Hatte jemand zurückgerufen, und Nate hatte das Gespräch angenommen? »Mit mir weigern sie sich zu reden.«

»Ich habe sie persönlich aufgesucht, mich als Privatdetektiv augegeben und ihnen angedroht, wenn sie mir keine Auskunft geben, würde ich die Polizei einschalten. Daraufhin haben sie mir gesagt, was sie wussten. Ich habe Fotos und E-Mails gesehen.«

»Die irgendwer von Gott weiß wo geschickt haben könnte«, wandte Travis ein und lehnte sich an die Tür. »Fotos sind leicht zu fälschen, wenn man einigermaßen mit Computern umgehen kann, und ein E-Mail-Absender ebenfalls.

Nate nickte. »Stimmt, aber ich hatte nicht den Eindruck, dass diese Leute mir Lügen auftischten. Sie sagten, sie hätten ihren Sohn seit mehr als zehn Jahren nicht mehr gesehen.«

»Und plötzlich nimmt er Kontakt zu ihnen auf, ausgerechnet jetzt – komischer Zufall, wie?«

»Sie standen bereits seit vier Jahren in Kontakt zu ihm«, widersprach Nate. »Schon vor Ryans Tod. Und lange vor dieser neuen Brandserie. Sie haben nur niemandem davon erzählt.«

»Und warum nicht?«, fragte Shannon.

»Ich vermute, sie befürchteten, er könnte in illegale Geschäfte verwickelt sein. Drogen vielleicht.«

»Na toll«, versetzte Shannon sarkastisch. »Das wird ja immer besser.«

»Da stellt sich doch die Frage: Warum hat Oliver dich belogen und behauptet, er habe Brendan gesehen?«

»Er sagte, er sei sich nicht sicher, habe nur geglaubt, Brendan in der Kirche gesehen zu haben.«

»Die Giles sind nicht katholisch«, gab Nate zu bedenken. »Es war ein Täuschungsmanöver, Shannon. Er hatte etwas zu verbergen.«

Es drängte Shannon, ihren Bruder zu verteidigen. »Er ist … Er war nicht der ›unsichtbare Feuerteufel‹!«

»Stimmt. Sonst wäre er noch am Leben. Aber ich möchte

wetten, er wusste, wer es ist. Und wenn Oliver es wusste, besteht die Chance, dass noch einer von deinen Brüdern es auch weiß.«

»Wieder diese Verschwörungstheorie. Vielleicht solltest du dich bei der CIA bewerben.«

»Ja, vielleicht.« Santana maß sie mit einem eiskalten Blick, dann zog er sein Handy aus der Tasche. »Das ist ziemlich leicht zu überprüfen.« Er hielt ihr das Handy hin. »Rufen wir Aaron an.«

»Was haben Sie vor?«, fragte Travis.

»Warum Aaron?«, wollte Shannon wissen.

»Weil er der Erstgeborene ist. Der Älteste. Er weiß vermutlich am besten, was los ist.«

Während er wählte, überschlugen sich Shannons Gedanken. Der Erstgeborene. Der Älteste. Die Geburtenfolge. Kalter Schweiß brach ihr aus, Schauder der Angst überliefen sie. Es ertönte eine aufgezeichnete Ansage mit der Bitte, es später noch einmal zu versuchen; doch Shannon hörte nur das gedämpfte Flüstern ihrer Jugendzeit, die Gespräche zwischen den Brüdern, die verstummten, sobald sie sich näherte.

Eine eisige Faust schloss sich um ihr Herz. Aufgeschnappte Wortfetzen, die ihr nicht aus dem Sinn gingen, ihr bisher jedoch rätselhaft gewesen waren, begannen sich zusammenzufügen.

»Leg auf«, befahl sie Nate, und als er nicht gleich reagierte, wiederholte sie: »Leg sofort auf!«

Innerlich zitternd ging sie ins Haus, riss ein Blatt Papier von dem Block auf dem Küchentresen, setzte sich und notierte die Namen ihrer Brüder, einen unter den anderen. Sie hörte Nate und Travis eintreten. Die Bodendielen knarrten unter ihren Schritten.

»Was ist los?«, fragte Travis hörbar besorgt.

»Sieh mal.« Sie schrieb ihren eigenen Namen unter Nevilles.

Aaron
Robert
Shea
Oliver
Neville
Shannon

»O Gott, das ist doch Wahnsinn«, flüsterte sie und starrte auf die aufgelisteten Namen. Der Kloß in ihrem Hals raubte ihr fast den Atem. Sie dachte an die Gerüchte, die sie als Kind gehört hatte, den hässlichen Klatsch, der durch die Flure von St. Theresa sickerte. Ihr Vater sei ein schwarzes Schaf, er habe mit Absicht Brände gelegt, Auszeichnungen und Belobigungen für seine Tapferkeit bekommen, bevor die Wahrheit ans Licht kam. Doch es wurde nie etwas bewiesen, und er selbst hatte die Vorwürfe lachend abgetan, von Kollegenneid gesprochen.

War es das?

Eine Erinnerung an Mary Beth in ihrer Schuluniform im Umkleideraum der Sporthalle kam ihr in den Sinn. Shannon hatte sich in einer der Kabinen umgezogen. Sie spähte durch den Spalt zwischen Vorhang und Wand und sah die Spiegel über einer Reihe von Waschbecken. Mary Beth beugte sich gerade über einen tropfenden Wasserhahn und drückte sich am Spiegel fast die Nase platt, während sie Wimperntusche auf ihre ohnehin schönen, dichten Wimpern auftrug. Dabei tuschelte sie mit Gina Pratt, erzählte, ihr Vater, Mitglied der Feuerwehr von Santa Lucia, habe gesagt, Patrick Flannery sei ein ›Feuerteufel‹. Jeder bei der Feuerwehr wisse darüber Bescheid. Shannon hatte sich in aller Eile fertig angezogen und war ihrer ›Freundin‹ nachgelaufen, doch Mary Beth behauptete steif und fest, sie habe nur ›Spaß gemacht‹.

Und jetzt ... Sie schluckte krampfhaft.

»Was?«, fragte Travis. Er hatte die Hand auf ihre Schulter gelegt. Sie bemühte sich, die Zärtlichkeit dieser Geste nicht wahrzunehmen. Alles nur Heuchelei, redete sie sich zu. Er hatte aus Berechnung ihre Nähe gesucht, genauso wie Nate. Sie schüttelte die Hand ab und fuhr mit dem Finger an den Anfangsbuchstaben der Namen entlang, bis zu ihrem eigenen. A-R-S-O-N-S – Brandstifter. Ein Zufall? Ihr Vater war berüchtigt für seinen Hang zu zweifelhaften Scherzen, doch das hier war nicht lustig. Ganz und gar nichts. Es war einfach abscheulich. »ARSONS.«

Travis sah sie mit düsterer Miene an. »Was willst du damit sagen?«

»Ich habe meine Brüder von der ›Geburtenfolge‹ reden hören und auch davon, irgendetwas sei Dad ›zu verdanken‹. Wenn das, was Nate behauptet, stimmt, könnte ...? O Gott ...« Die Vorstellung war grauenhaft. Ihr war speiübel. »Kann es wirklich sein, dass mein Vater der ›unsichtbare Feuerteufel‹ war?«

»Möglich ist es«, sagte Nate.

Travis wandte ein: »Aber er ist tot. Und diese neue Brandserie wird allgemein demselben Täter zugeschrieben.«

»Stimmt.« Nate sah Shannon an. »Wer wäre wohl der

wahrscheinlichste Kandidat für Daddys Nachfolge? Auf wen mag der sprichwörtliche Funke übergesprungen sein?«

»Auf keinen«, beharrte sie, doch erste Zweifel regten sich.

Der Klingelton von Travis' Handy riss sie aus ihren Grübeleien. Er klappte es auf, und Shannon, die neben ihm stand, erkannte auf dem Display die Nummer des Sheriff-Büros in Lewis County, Oregon.

Sie wagte kaum zu atmen.

Travis hielt das Handy ans Ohr. »Settler.« Es folgte eine lange Pause. Travis sah Shannon an, während er schweigend zuhörte. Schließlich sagte er: »Danke«, klappte das Handy zu und schob es in die Tasche. »Ein weiteres Puzzleteil: Carter sagt, sie haben einen Richter gefunden, der die Adoptionspapiere für Blanche Johnsons zweites Kind freigegeben hat. Wie sich herausgestellt hat, wurde es von einem kinderlosen Paar aus dieser Gegend namens Carlyle adoptiert. Sie haben den Jungen Ryan genannt.«

30. Kapitel

Okay, okay, und was bedeuten nun die Sterne?«, fragte Rossi Paterno, der beladen mit Papierbögen in sein Büro zurückkehrte. Er hatte sie sämtlichen Kollegen, dem Sekretariat und sogar einem mutmaßlichen Autodieb, der gerade vernommen wurde, vorgelegt mit der Bitte, einen fünfzackigen Stern zu zeichnen, ohne den Stift abzusetzen. Zwar hatten ihn alle angesehen, als hätte er nicht mehr alle Tassen im Schrank, und der eine oder andere hatte ihn gefragt, ob er nicht lieber wieder in den Kindergarten gehen wollte, doch alle waren der Bitte nachgekommen.

»Hier«, sagte Paterno zu Rossi und lockerte seine Krawatte. Himmel, war es heiß im Büro. »Elf von dreizehn Personen haben den Stern genauso gezeichnet wie du und ich: angefangen mit der linken unteren Spitze, dann schräg nach oben, im spitzen Winkel wieder nach unten, schräg nach links, dann waagerecht nach rechts und schließlich zurück zum Ausgangspunkt.«

Rossi bemühte sich vergebens, interessiert zu wirken. »Hat das was zu bedeuten?«

»Ich glaube schon«, erwiderte Paterno. »Vielleicht mehr, als wir ahnen. Sagen wir mal, wenn du einen Stern auf diese Weise zeichnest, ohne den Stift abzusetzen, dann wäre der erste Zacken oben, siehst du« – er zeigte es ihm –, »von wo aus du eine Linie nach unten ziehst. Das ist die Nummer eins, der zweite Zacken, der rechts unten, ist die Nummer zwei. Kapiert?«

»Kapiert. Aber ich weiß immer noch nicht, worauf du hinauswillst.«

»Warte. Gleich verstehst du's.« Ohne den Stift abzusetzen, blickte er auf. Rossi nickte langsam. »Jetzt ziehen wir eine Linie nach oben links, dann waagerecht nach rechts und haben ...?«

»Den Zacken Nummer drei.« Rossi begriff.

»Genau! Schräg nach unten links, und Zacken Nummer vier entsteht, eine Linie zurück zum Ausgangspunkt, und links unten haben wir die Nummer fünf. Damit ist das Mittelstück vollständig und bekommt die Nummer sechs.« Er nickte vor sich hin, als prüfte er seine Figur noch einmal, dann schrieb er Namen in die Felder. »Wenn wir jetzt die Reihenfolge, in der die Zacken entstehen, mit der Geburtenfolge der Flannery-Geschwister zusammenführen, entsteht Folgendes:

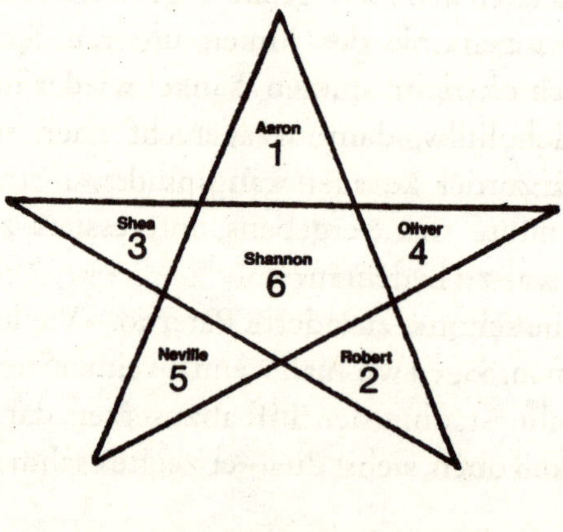

»Und wenn du genau hinschaust, befinden sich die Namen derjenigen, die tot oder verschwunden sind, die Nummern vier und fünf, dort, wo die Zacken fehlen. Weil sie schon tot sind.«

»Dann ist Neville also tot.«

»Darauf möchte ich wetten.«

»Was bedeutet dann die gestrichelte Linie für die Nummer zwei?« Rossi deutete auf die entsprechende Stelle der Zeichnung.

»Das könnte heißen, dass der Täter Mary Beth ermordet hat, Roberts Frau. War das seine Absicht? Wollte er damit ein Zeichen setzen? Oder hatte er es eigentlich auf Robert abgesehen?« Paterno furchte nachdenklich die Stirn. »Ich weiß es nicht, vielleicht hegte er auch einen Groll gegen sie, und die Linie wird erst durchgezogen, wenn er Robert ebenfalls umgebracht hat.«

»Sofern deine Theorie zutrifft.«

»Genau.« Paterno war richtig in Fahrt. Er empfand diese gewisse Spannung, wie immer, wenn er kurz davor stand, einen Fall zu lösen. Eine innere Erregung, eine Befriedigung, wenn er die Vorgehensweise irgendeines Perversen durchschaute, bevor dieser erneut zuschlagen konnte. »Ich weiß nicht, was für eine Rolle der Stern selbst spielen soll, aber der Mörder will uns damit etwas mitteilen.«

»Bisschen weit hergeholt, wenn du mich fragst«, bemerkte Rossi und kratzte sich am Kinn.

»Fällt dir was Besseres ein?«

»Nein.«

»Eben! Und auch wenn es abwegig klingt – vergiss bitte

nicht, dass wir es hier nicht mit einem normalen Menschen zu tun haben.« Paterno richtete sich auf und betrachtete die Zeichnung des Sterns mit den Namen darin. »Wir brauchen vielleicht noch etwas Zeit, um dahinterzukommen, aber ich schwöre dir, der Wahnsinn dieses Kerls hat Methode.«

»Wenn du es sagst«, erwiderte Rossi skeptisch.

»Allerdings. Und jetzt kommt der Hammer: Vorhin hat der Sheriff von Lewis County in Oregon angerufen. Die Frau, die dort am Tag von Danis Entführung ermordet wurde, war Ryan Carlyles leibliche Mutter.«

»Hat das eine was mit dem anderen zu tun?«, fragte Rossi und zeichnete mit einem dicken Finger den Stern nach.

»Es ist jedenfalls eine weitere Verbindung zu Shannon Flannery.«

»Aber wie hängt die Entführung der Kleinen mit all dem zusammen?«

»Das müssen wir noch herausfinden.« Paterno betrachtete seine Zeichnungen von mehr oder weniger unvollständigen Sternen. Was wollte der Mörder ihnen mitteilen? Er verstand nur so viel, dass Shannon Flannery im Zentrum des Geschehens stand.

Das Telefon klingelte. Er hob ab und meldete sich automatisch. »Paterno.«

Es war Jack Kim, der beste Techniker im Labor. »Wir haben hier was, das Sie interessieren dürfte«, sagte er.

»Was denn?«

»Etwas auf der Kassette mit der Mädchenstimme. Kommen Sie her, hören Sie es sich selbst an!«

»Bin gleich da.«

Sie durchquerten das Großraumbüro, das vom Klappern der Tastaturen, dem Klingeln von Telefonen, Stimmengesumm und dem Ächzen der alten Klimaanlage erfüllt war. Statt auf den Lift zu warten, eilten sie die drei Treppenabsätze hinunter. Ihre Schritte hallten auf dem zerkratzten Holz.

Im Labor war es immerhin ein paar Grad kühler. Paterno ging zielstrebig zu dem fensterlosen, schalldichten Audioraum, in dem der Techniker Jack Kim ihn erwartete. »Was haben Sie gefunden?«, fragte der Detective.

»Hören Sie sich das an.« Er spielte das Tonband ab. Sie hörten Dani Settlers Hilferuf an ihre Mutter und im Hintergrund das Knistern der Flammen. Kim hielt das Band an und spulte zurück. »Okay, und jetzt noch einmal von vorn. Wir haben die einzelnen Geräusche isoliert. Achten Sie einmal darauf, was Sie hören, wenn ich jetzt die Stimme und das Feuer herausfiltere.«

Er betätigte ein paar Hebel und Tasten und spielte die Kassette erneut ab.

Paterno erwartete, die Stimme des Entführers zu hören, der im Hintergrund etwas flüsterte. Doch stattdessen vernahm er ein leises Rumpeln – ein Geräusch, von dem er bisher angenommen hatte, dass es vom Feuer ausging.

»Was ist das?«, fragte er, doch seine Gedanken eilten schon voraus. Das Geräusch erschien ihm vertraut.

»Ein Zug«, stellte Rossi fest. »Er hält sie in der Nähe eines Bahnhofs oder einer Bahnstrecke gefangen.«

»Himmel, du hast recht. Spiel es noch einmal ab.« Sie lauschten erneut. »Okay. Das bleibt geheim«, entschied Paterno. »Niemand erfährt etwas, nicht einmal die Angehörigen. Der Mistkerl darf auf keinen Fall wissen, dass wir ihm auf der Spur sind. Danke«, sagte er zu Kim und klopfte ihm auf den Rücken. »Ich schulde Ihnen ein Bier.«

»Sie schulden mir mindestens eine halbe Kiste. Aber wer wird denn aufrechnen?«

»Sie vermutlich.«

Kim grinste. »Immer.«

»Weiß das FBI von dieser Sache?«

»Ich rufe die Dienststelle an, aber vermutlich haben sie es längst selbst herausgefunden. Sie haben eine Kopie von der Kassette.«

Rossi und Paterno verließen das Kellergeschoss und stiegen die Treppe hinauf. In seinem Büro setzte Paterno sich an den Computer und rief Karten der Umgebung auf. »Na, das bringt uns wirklich weiter«, brummte er sarkastisch. »Durch jede Stadt im gesamten Tal führt eine verdammte Eisenbahnlinie hinauf in die Berge.«

»Wir müssen davon ausgehen, dass er das Mädchen an einem abgelegenen Ort festhält, denn wir hören zwar Zuggeräusche, aber keinen Verkehrslärm«, hob Rossi hervor. »Überhaupt nichts sonst. Wenn wir einen Zug hören können, müssten wir dann nicht auch ein vorbeifahrendes Auto oder Hundegebell aus der Nachbarschaft oder dergleichen hören?«

»Nur wenn während der Aufnahme ein Auto vorbeigefahren wäre oder ein Hund gebellt hätte.«

»Immerhin wissen wir jetzt, dass das Mädchen zum Zeitpunkt der Aufzeichnung nicht in einem schalldichten Bunker gefangen gehalten wurde. Wo immer sie war, sei es nun draußen an einem Lagerfeuer oder in einer nicht

besonders gut lärmisolierten Wohnung – man hört einen Zug und sonst gar nichts.«
»Da hast du recht.« Paterno studierte auf dem Monitor den Verlauf sämtlicher Bahnstrecken in der Umgebung der Stadt. Im Grunde waren es gar nicht so viele, aber insgesamt doch meilenweite Strecken. »Es ist ein Ansatzpunkt. Zwar ein dürftiger, aber immerhin.« Er griff nach dem Telefon. Es war wohl an der Zeit, sich persönlich an das FBI zu wenden.

Shannon nahm ihre Handtasche und die Schlüssel. Sie hatte noch einmal nach den Tieren gesehen. In letzter Zeit traute sie Nate nicht mehr recht, obwohl sie zugestehen musste, dass er seine Pflichten noch nie vernachlässigt hatte.
Aber er war ein Lügner. Der sie benutzte. Und Gott weiß was sonst noch.
Sie hatte Alexi angerufen und bis zum Ende der Woche für beide Grundstücke eine Alarmanlage in Auftrag gegeben. Dann hatte sie mit ihren Brüdern sprechen wollen, hatte Aaron und Robert Nachrichten hinterlassen, bis sie endlich Shea persönlich erreichte. Er war bei ihrer Mutter und versprach, zu ihr zu kommen.
Aber eins nach dem anderen.
Zunächst einmal brauchte sie einen fahrbaren Untersatz, denn ihr Pick-up war von der Polizei noch nicht wieder freigegeben worden. Deshalb bat sie Travis, sie in die Stadt zu fahren, wo sie sich einen Mietwagen besorgen wollte.
»Das wäre nicht nötig«, sagte Travis auf dem Weg in die Stadt. »Ich fahre dich gern.«

»Ich will einen eigenen Wagen.« Nach Nates Geständnis und seinen Theorien traute sie niemandem mehr, auch Travis nicht. Außerdem wollte sie ihn nicht ständig um sich haben; sie gehörte nicht zu den Frauen, die zu jeder Tages- und Nachtzeit einen Mann an ihrer Seite brauchten ... Schon gar nicht einen Mann, der sie sexuell reizte und seine eigenen Pläne hatte.

»Du hast dich von Santana verunsichern lassen«, stellte er fest und bremste an einer Abzweigung kurz vor dem Ortseingang.

»Ich brauche einfach meinen Freiraum, okay?«

Er nahm eine Hand vom Steuer. »Schließ mich bitte nicht aus.«

»Warum nicht? Weil wir miteinander geschlafen haben?«, versetzte sie und hasste sich selbst für die scharfen Worte.

»Nein. Weil wir eine gemeinsame Tochter haben.«

»Tatsächlich?«, fuhr sie ihn an. »Ich glaube, da verstehst du etwas falsch. Wir haben nichts gemeinsam. Ich habe meine Rechte als Mutter schon vor langer Zeit aufgegeben.« Wütend verschränkte sie die Arme vor der Brust, wie um sich zu schützen. Was war nur in sie gefahren, sich von seinem Gerede über die gemeinsame Tochter einlullen zu lassen? Dani gehörte zu Travis. Punkt. Zwar hätte Shannon alles Menschenmögliche getan, um das Mädchen zu finden, und sehnte sich verzweifelt danach, das Kind kennenzulernen, das sie zur Welt gebracht hatte, aber sie wusste doch, dass ihr heimlicher Traum – dass sie irgendwie zusammen eine Familie sein könnten, Travis der Vater, sie die Mutter und Dani die liebe, heißgeliebte Tochter –

ein Phantasiegespinst ohne jeden Bezug zur Realität war. Es konnte niemals Wirklichkeit werden, nicht einmal wenn alle Beteiligten bereit wären, einen Versuch zu wagen.

»Da ist es.« Sie zeigte auf ein kleines Schaufenster zwischen einem Supermarkt und einem Donut-Stand. Darin hing ein Schild: Vermietung von Gebrauchtwagen. Travis bog auf den von Schlaglöchern übersäten Parkplatz ein. Noch ehe der Wagen stand, war Shannon bereits ausgestiegen. »Danke«, sagte sie kühl, besann sich jedoch und beschloss, sich einzugestehen, dass dieser Mann ihr etwas bedeutete – mehr, als ihr selbst lieb war. »Wirklich. Ich danke dir für alles, was du getan hast.«

»Ich könnte …«

Sie hob abwehrend die Hand. »Du hast genug getan. Ehrlich. Ich … ich rufe dich später an, oder du meldest dich bei mir, wenn du etwas Neues über Dani erfährst.«

»Shannon …«

»Jetzt nicht. Bitte. Wir haben beide keine Zeit. Lass uns Dani finden und dann weitersehen, okay?« Sie bemerkte die Fältchen in seinem Gesicht. Verdammt, er sah gut aus. Aber sie durfte ihm nicht trauen, ebenso wenig wie irgendeinem anderen Mann in ihrem Leben.

Eine halbe Stunde später saß sie am Steuer eines fünf Jahre alten Mazda in bestem Zustand, wenn auch ohne den Luxus einer Klimaanlage, und fuhr zu ihrer Mutter.

Er war gereizt. Nervös. Wütend auf die Kleine, auf sich selbst. Der Zeitverlust zwang ihn, einen Teil seiner Pläne aufzugeben. Da waren noch andere, die bezahlen mussten, aber das würde warten müssen. Bis danach.

Jetzt musste er wegen der verfluchten Göre seinen Zeitplan straffen.

Obwohl die Temperatur über dreißig Grad lag, zündete er ein Feuer an, zog sich aus und spürte die sengende Hitze auf seiner Haut. Sie brachte das Grauen zurück, das er immer und immer wieder im Geiste Revue passieren ließ, um sich daran zu erinnern, dass er Vergeltung üben musste.

Die Flammen des Holzfeuers in der Hütte loderten heißer, und er begann zu schwitzen, war jetzt nackt und spürte die Hitze umso stärker.

Flammen ... überall Flammen ... er erinnerte sich daran, wie er zugesehen hatte, als sie sein Opfer verschlangen ... Wie sie gewirbelt und aufgelodert, sich rasend schnell durch den Wald gefressen hatten. Der Mann war bereits bewusstlos gewesen, als das Feuer auf ihn zukroch und wütende schwarze Rauchwolken zum Himmel schickte.

Dann war Wind aufgekommen, hatte das Feuer in die entgegengesetzte Richtung getrieben, so dass es ihm den Fluchtweg abschnitt. Er durfte nicht länger warten. Er rannte bergauf, spürte die sengende Hitze, sah aus den Augenwinkeln, wie die Flammen einen Bogen beschrieben, und dann regneten ohne Vorwarnung Funken vom Himmel. Sie fielen in sein Haar, seinen Nacken, setzten seine Kleidung in Brand.

Brennender Schmerz überzog seinen Rücken. Er warf sich auf den Boden, wälzte sich hin und her in dem Versuch, das Feuer zu löschen, spürte die Glut, während um ihn herum der Wald prasselnd abbrannte.

Er war dumm gewesen.

Hatte zu lange gewartet.

Er würde mit seinem Opfer sterben müssen. Ryan Carlyle und ein nicht identifizierter Mann ... Sie würden lange brauchen, um herauszufinden, was sich tatsächlich ereignet hatte.

Er zwang sich aufzustehen und lief weiter. Sein Hemd war ihm vom Körper gebrannt, die Haut war wund, warf Blasen und schmerzte. So schnell er konnte, stieg er bergan zu der Stelle, an der er seinen Wagen abgestellt hatte. Sekundenlang fürchtete er, der Wagen könnte von Flammen eingeschlossen sein oder Feuer fangen, der Benzintank könnte explodieren, und dann würde ihm nichts anderes übrig bleiben, als zu Fuß zu flüchten.

Doch als er mit brennender Lunge den Berg hinaufhastete, sah er sein Fahrzeug und wusste, dass er entkommen würde.

Auf seinem Rücken tobte der Schmerz; zweifellos würden Narben zurückbleiben.

Aber er würde überleben.

Und er hatte überlebt.

Um Vergeltung zu üben.

Unter dem Eindruck der Erinnerung verzogen sich seine Lippen zu einem kalten Lächeln.

Er straffte sich und löschte die Flammen langsam mit seiner Pisse. Er mochte dieses Gefühl, genoss seine Macht über das Feuer. Er genoss es, das wütende Zischen zu hören, wenn er den Strahl in die Glut richtete. Er bebte vor Energie.

Jetzt war es Zeit.

Jetzt.

Als er fertig war, ging er nackt zur Tür des Raumes, in

dem er sie gefangen hielt. Er hämmerte mit der Faust dagegen und brüllte: »Okay, die Show beginnt.« Mit der Klaue seines Hammers zog er die langen Nägel, mit denen er die Tür gesichert hatte. Knarrend lösten sie sich aus dem Holz. Das Brett fiel mit einem Krach zu Boden. Er holte ihre Kleider und Schuhe und warf sie in den Raum, ohne auch nur nach ihr zu sehen. Sie konnte nicht geflohen sein, und jetzt würde sie endlich ihren Zweck erfüllen. »Beeil dich«, befahl er.

Zwar würden bis zum Einbruch der Nacht noch Stunden vergehen, aber er hatte eine Menge zu erledigen.

Shannon lenkte ihren kleinen Mazda durch die vertrauten Straßen. Dabei gingen ihr Nates Theorien durch den Kopf: dass ihr Vater der unsichtbare Feuerteufel gewesen sei, dass einer ihrer Brüder in die Fußstapfen ihres Dads getreten, ein geisteskranker, mörderischer Brandstifter geworden sei.

Ergab das einen Sinn?

War es überhaupt möglich?

Sie wusste, an welchem Tag Dani Settler entführt worden war. Hatte alles überprüft. Ihre Brüder gaben sich gegenseitig ein Alibi, hatten sonst jedoch keine Zeugen. Anscheinend hätte jeder von ihnen die Gelegenheit gehabt: Shea hatte zwei Tage Urlaub genommen, um ein verlängertes Wochenende mit Angeln zu verbringen. Robert hatte nach seinem Dienstplan frei. Aaron arbeitete selbstständig.

Oliver war inzwischen tot.

Schock und Schmerz ließen ganz allmählich nach und

machten einer rasenden Wut Platz. Shannon weigerte sich zu glauben, dass ihre Brüder solcher Taten, wie Nate sie angedeutet hatte, fähig wären. Und sie war wütend auf ihn wegen seiner verrückten Ideen, wütend, weil er sie belogen und benutzt hatte. Und für Travis galt das Gleiche. Hatte er nicht ihre Nähe allein deswegen gesucht, weil er seine Tochter finden wollte? Hatte er sie nicht anfangs in Verdacht gehabt, Dani entführt zu haben? Sie hatte am Morgen sein Gesicht gesehen, das Schuldbewusstsein, als Nate ihm vorwarf, sie zu benutzen. Deshalb war sie auf ihn genauso wütend wie auf ihre Brüder, die Geheimnisse vor ihr hatten.

Schlimmer noch, sie war wütend auf sich selbst.

Weil sie so verdammt vertrauensselig war.

Ihre Gedanken schweiften ab zu ihrem Vater.

Patrick hatte sich, wie schon sein Vater vor ihm, an den Glaubenssatz gehalten: Wer die Rute schont, verdirbt den Knaben. Doch es erschien ihr unfassbar, dass er ein Verbrecher gewesen sein sollte. Ein Brandstifter. Ein Mörder.

Patrick Flannery, der ›unsichtbare Feuerteufel‹? Nein … Nein …

Und was hatte es mit den Initialen der Namen seiner Kinder auf sich?

Sollte es ein schlechter Scherz sein, dass er sie so taufte, dass die Anfangsbuchstaben das Wort ›Arsons‹ – Brandstifter – ergaben? Was für ein Mann tat so etwas?

Sie bremste vor einer roten Ampel ab, trommelte nervös mit den Fingern aufs Lenkrad und versuchte, ihre Wut zu beherrschen. Im Grunde war sie auf so ziemlich jeden wütend, den sie kannte, ob tot oder lebendig. Zum Beispiel auf Brendan Giles, den Feigling, der sie fluchtartig verließ, als er von ihrer Schwangerschaft erfuhr. Auf Ryan, der am Ende keine andere Sprache mehr gekannt hatte als die der Fäuste. Auf ihre Zwillingsbrüder, denen sie sich immer am engsten verbunden gefühlt hatte und die sie beide, ob absichtlich oder nicht, im Stich gelassen hatten.

»Zum Teufel«, fauchte sie leise. Als die Ampel auf Grün umschaltete, trat sie so vehement aufs Gas, dass die Reifen des Mazda kreischten.

Sie fuhr an St. Theresa vorbei, schob die Gedanken an die dunklen heiligen Hallen der Schule von sich. Wenig später hielt sie vor dem Haus ihrer Mutter am Straßenrand. Es hatte sich seit ihrer Kindheit kaum verändert. Shannon fragte sich einen Moment lang, ob womöglich auch hier alles Lüge war. Allmählich gelangte sie zu der Überzeugung, dass nichts, worauf sie sich je verlassen hatte, nichts, woran sie geglaubt hatte, so war, wie es schien.

Energisch marschierte sie auf das Haus zu. Sie war nicht in der Stimmung für Entschuldigungen, für Plattitüden, für irgendetwas anderes als die Wahrheit.

Zwei Stufen auf einmal nehmend lief sie die Verandatreppe hinauf. Vor der Haustür blieb sie stehen, legte beide Hände gegen die dicke Eichenfüllung und atmete tief durch. Dann klopfte sie zweimal, öffnete die unverriegelte Tür und trat ein.

»Shannon?« Sheas Kopf tauchte über der halbhohen Trennwand zum Eingangsflur auf. Sein Blick war düster und gequält, seine Gesichtshaut spannte sich. »Schön,

dass du kommen konntest«, sagte er mit einem Hauch von Sarkasmus.
Shannon beachtete ihn nicht, sondern eilte schnurstracks die Treppe hinauf. Sie war nicht bereit, sich Schuldgefühle einreden zu lassen. Zweimal hatte sie angerufen und erklärt, wann sie kommen würde. »Wie geht es ihr?«
»Was erwartest du?«
»Nichts Gutes.«
»Sie verkraftet es schwer. Oliver und sie hatten ...«
»Ein sehr inniges Verhältnis.«
Shea nickte, schob die Hände in die Gesäßtaschen. Er sah aus, als sei er endlos vor der Schlafzimmertür auf und ab gelaufen. Das monotone Ticken der alten Standuhr im Eingansflur störte die Stille. »Ich habe heute Morgen den Arzt gerufen und Beruhigungsmittel aus der Apotheke besorgt«, sagte er. »Sie hat ein paar Tabletten genommen und ist jetzt etwas gefasster.«
»Wo sind die anderen?« Sie hatte halb damit gerechnet, ihre Brüder hier anzutreffen, Sheas Frau, vielleicht sogar Cynthia oder Roberts Kinder. Doch in dem alten, düsteren Haus herrschte Grabesstille.
Shea zuckte die Achseln. »Aaron hat sie angerufen, sagte, er würde später reinschauen. Aber bis jetzt ist er noch nicht aufgetaucht. Robert ... Wer weiß, was in letzter Zeit in Robert vorgeht? Er ist am Boden zerstört.«
»Sind wir das nicht alle?«
Shea schnaubte zustimmend. »Ich gehe mal auf die Veranda, eine Zigarette rauchen«, sagte er und zog ein Päckchen Marlboro Lights aus der vorderen Jeanstasche. »Sie« – er wies mit einer Kopfbewegung auf die offene Schlaf-

zimmertür – »schläft jetzt sicher erst mal eine Weile.« Er klopfte eine Zigarette aus der Schachtel und schob sie zwischen die Lippen. »Eine ältere Dame, die Mom aus der Kirchengemeinde kennt, Mrs. Sinclair, kommt her und bleibt ein paar Tage bei ihr. Sie war früher Krankenschwester. Pater Timothy hat das arrangiert, und ich halte es für eine gute Idee.« Er warf einen Blick auf die Uhr. »Sie müsste bald hier sein.« Damit wandte er sich ab und wollte die Treppe hinuntersteigen.

»Warte«, hielt Shannon ihn zurück. »Ich muss mit dir reden.« Bevor er etwas erwidern konnte, trat sie in das abgedunkelte Schlafzimmer, in dem ihre Mutter trotz der drückenden Hitze unter einer dicken Bettdecke lag. Die Vorhänge waren zugezogen.

Maureen wirkte klein und blass in dem großen Ehebett, das sie über vierzig Jahre lang mit ihrem Mann geteilt hatte. Auf dem Nachttisch standen ein halbvolles Glas Wasser, eine leere Teetasse und mehrere Tablettenröhrchen neben einer Schachtel mit Papiertüchern, der Bibel und ihrem Rosenkranz, außerdem ein Aschenbecher mit mehreren Kippen und eine halbleere Schachtel Salem, die Marke, die Maureen bevorzugt hatte, ehe sie vor über zwanzig Jahren das Rauchen aufgab.

Shannons Herz wurde schwer. So am Boden zerstört hatte sie ihre Mutter noch nie gesehen, nicht einmal beim Begräbnis ihres Mannes.

Maureens Augen waren halbgeschlossen, ihr rotes Haar, sonst immer ihr ganzer Stolz, war wirr und zerzaust.

»Hi, Mom.« Shannon trat näher, setzte sich auf die Bettkante und ergriff die Hand ihrer Mutter. »Wie geht es dir?«

Maureen antwortete nicht. Es brach Shannon das Herz.

»Ich weiß, es ist schwer.«

Immer noch keine Reaktion.

»Mom?«

Maureen sah sie an. Ihre Augen waren gerötet, ihr Blick glasig. Ihre farblosen Lippen verzogen sich zu einem matten Lächeln. »Shannon«, flüsterte sie und schloss ihre zarten Finger um Shannons Hand. »Oliver. Mein lieber, lieber Oliver.«

»Ich weiß, Mom, ich weiß.«

»Warum nur?«

»Gott, wenn ich das wüsste.«

Tränen traten in Maureens Augen. »Er ist jetzt in Gottes Hand«, sagte sie und tastete mit der freien Hand nach den Zigaretten.

»Mom, bitte, du solltest im Bett nicht rauchen … Du solltest überhaupt nicht rauchen. Es tut dir nicht gut.«

Ihre Mutter ließ die Hand auf die geblümte Bettdecke sinken. Sie wirkte erschreckend mager.

»Das spielt keine Rolle«, flüsterte sie mit belegter Stimme.

»Doch, natürlich.«

»Ich bin einfach so müde«, sagte sie.

»Ruh dich aus«, riet Shannon. Doch sie musste die Wahrheit erfahren. Auch wenn ihre Mutter trauerte, litt und durch die Beruhigungsmittel lethargisch war. »Aber … Kannst du mir von Dad erzählen?«

»Von deinem Vater?« Sie schlug die Augen auf, und die geweiteten Pupillen schienen klarer zu werden.

Shannon atmete tief durch. Sie fasste die zerbrechliche

Hand ihrer Mutter fester. »War er der ›unsichtbare Feuerteufel‹?«
»Der was?« Sie versank schon wieder in Müdigkeit, konnte kaum die Augen offen halten.
»Der Brandstifter?« Shannon wartete auf eine Antwort, doch ihre Mutter war bereits eingedämmert. »Mom, was hat es mit unseren Namen auf sich? Warum wurden wir …?«
»Was denn, Shannon?« Obwohl Shea leise sprach, schien seine Stimme durch das Zimmer zu dröhnen. »Warum wurden wir was?«
Shannon ließ Maureens Hand los, gab ihr einen flüchtigen Kuss auf die Schläfe und ging zur Tür, wo ihr Bruder wartete. »Du hast gelauscht.«
»Du hast Mom seltsame Fragen gestellt«, warf er ihr mit undurchdringlicher Miene vor.
Sie schloss die Schlafzimmertür. »Ich sagte doch: Wir müssen reden. Und zwar auf der Stelle.« Sie lief ihm voraus die Treppe hinunter, durch die Küche und die Hintertür auf die Veranda, wo ihre Brüder am Vortag die Köpfe zusammengesteckt und miteinander getuschelt hatten. Seitdem schien eine Ewigkeit vergangen zu sein.
»Ich will, dass du ehrlich mit mir bist«, verlangte sie.
»Worum geht es?« Er zündete seine Zigarette an.
»Um den ›unsichtbaren Feuerteufel‹. Um uns … unsere Familie.« Dann berichtete sie ihm alles, was sie am Morgen von Nate gehört hatte.
Shea rauchte schweigend, unterbrach sie nicht mit Fragen, sondern hörte nur zu, während im Garten die Wespen im Apfelbaum summten und sich im Vogelbad die

Meisen tummelten. Schließlich fragte Shannon: »Wie viel davon trifft zu, Shea?«

Er nahm einen letzten Zug und blies den Rauch aus dem Mundwinkel aus. »Ich wüsste nicht, was es jetzt noch bringen sollte, Dads Ruf zu ruinieren.«

»Soll das heißen, er war tatsächlich der Brandstifter?« Sie hatte geglaubt, sie sei auf alles gefasst, aber jetzt musste sie sich doch am Geländer festhalten.

»Ich weiß es nicht. Ich glaube nicht.« Er drückte die Zigarette in der feuchten Erde eines Blumenkübels mit pinkfarbenen Petunien aus.

»Und unsere Namen?«

»Ein unsäglicher Scherz.«

»Du wusstest davon?« Sie war außer sich.

»Ich hatte den Verdacht.«

»Aber Ryan …?«

»War auch kein Unschuldsengel.« Shea schlug nach einer Mücke, die ihm um den Kopf schwirrte.

»Mit seinem Tod hat die Brandserie geendet.«

»Ich glaube, Dad hatte Angst.«

»Du weißt es nicht?«

Shea schüttelte den Kopf. »Ich weiß nichts Genaues«, sagte er und wandte den Blick ab, sah über den Zaun hinweg aufs Nachbargrundstück mit dem Swimmingpool, auf dem eine leere Luftmatratze trieb.

»Wer hat Ryan umgebracht und mich ins Messer laufen lassen? War es Dad?«

Shea schloss die Augen. »Nein.«

»Du weißt etwas, Shea«, warf sie ihm vor. »Etwas, das die Mitglieder unserer Familie einen nach dem anderen umbringt. Wir haben bereits Neville verloren und jetzt seinen Zwilling. Roberts Frau wurde ermordet. Wer ist der Nächste, Shea? Du bist Gesetzeshüter, du musst etwas unternehmen, um Himmels willen!«

»Ich kann nicht«, brüllte er. »Begreifst du denn nicht, Shannon? Ich kann kein Wort sagen, verdammt!«

»Warum nicht?«, beharrte sie. »Menschen müssen sterben und ... und ...« Dann begriff sie. Die Erkenntnis traf sie wie ein Schlag. Nate hatte recht: Shea war in die Sache verwickelt.

31. Kapitel

Es gab keinen Ausweg.

Shea stand auf der Veranda seines Elternhauses, sah seine Schwester an und starb tausend Tode.

»Okay, Shannon«, gab er schließlich nach. »Du hast gewonnen. Du hast recht, ich kann es nicht mehr länger geheim halten … Das ist es einfach nicht wert. Doch bevor wir Einzelheiten besprechen, will ich erst noch meinen Anwalt kontaktieren. Anschließend spreche ich mit Paterno.«

»Wenn du nur die Wahrheit sagst«, forderte sie. Ihre grünen Augen warfen ihm alle erdenklichen Unaussprechlichkeiten vor.

»Nicht hier«, wehrte er mit einem Blick zum Haus ab.

»Wo dann?«, fragte Shannon.

»Fahren wir zu Aaron.«

»Er steckt auch mit drin?«, fragte sie.

Doch er erkannte an ihrem Gesichtsausdruck, dass sie es längst erraten hatte, selbst bereits mehr wusste, als sie zugab.

»Bis über beide Ohren.«

»Und Robert?«

»Natürlich.«

Sie war sichtlich erschüttert, reckte jedoch entschlossen das Kinn und verlangte: »Dann bringen wir es hinter uns.

Ich sage dir, wenn einer von euch weiß, wo Dani Settler steckt, dann …«

»Du brauchst mir nicht zu drohen, Shannon«, fiel er ihr zornig ins Wort. »Ich habe begriffen, okay? Und damit eines klar ist: Ich habe keine Ahnung, was der Kleinen zugestoßen ist.«

Er sah ihr an, dass sie ihm nicht glaubte, doch das scherte ihn nicht. Er rief seine Brüder und den Anwalt an. Sie verabredeten sich in der Fifth Street in Aarons Haus. Anschließend warteten er und Shannon in angespanntem Schweigen, bis Mrs. Sinclair erschien und Maureens Betreuung übernahm.

Shea und Shannon fuhren in getrennten Wagen zu Aaron. Dort trafen sie den Anwalt der Familie an, Peter Green, der gerade aus seinem schwarzen Mercedes stieg. In einer Hand trug er einen Aktenkoffer. Er wirkte furchtbar besorgt. Als er und Shea einander vor dem Haus gegenüberstanden, sagte er: »Ich glaube, du machst einen großen Fehler.«

»Das ist meine Sache, Pete«, erwiderte Shea. »Gehen wir rein.«

Gemeinsam betraten sie Aarons kleines Häuschen, einen stuckverzierten Bungalow aus den zwanziger Jahren. Robert und Aaron standen bereits auf der hinteren Terrasse im Schatten eines Mammutbaums, rauchten und sprachen im Flüsterton miteinander. Beide sahen entsetzlich niedergeschlagen aus.

»Was ist los?«, fragte Aaron, und sein Blick glitt von Shannon zu Peter und zurück zu Shea. Er zog an seiner Zigarette, als hinge sein Leben vom Nikotin ab.

»Es ist Zeit, die Wahrheit zu sagen«, begann Shea, und Aaron wurde kreidebleich. Roberts Miene verdüsterte sich. »Wir können nicht länger schweigen.« Müde ließ er sich auf einem Gartenstuhl an dem staubigen Tisch nieder. Peter und Shannon nahmen ebenfalls Platz. Aaron stand mit angespanntem Gesichtsausdruck unter dem Vordach der Terrasse. Robert ließ sich auf der obersten Treppenstufe nieder, unablässig rauchend, ein Bild des Elends. »Shannon hat eine ganze Menge von selbst durchschaut«, begann Shea und berichtete über den Stand der Dinge. »Es ist an der Zeit, dass wir mit Paterno sprechen. Wir überlassen das Reden Pete und warten ab, was er ausrichten kann.« Er wandte sich an Shannon. »Du willst die Wahrheit wissen? Nur zu, stell deine Fragen.«
»Also gut.« Sie und beugte sich vor, die Ellenbogen auf den Tisch gestützt. »Beginnen wir mit dem Nächstliegenden. Wo ist Dani Settler? Warum wurde sie entführt, und wer zum Kuckuck ist der ›unsichtbare Feuerteufel‹?«

Shannon hörte Sheas Bericht mit wachsendem Entsetzen an. »Du hattest recht«, begann er. »Dad hat diese Geschichte vom ›unsichtbaren Feuerteufel‹ ins Leben gerufen. Ich bin nicht sicher, ob er es je eingestanden hätte, aber damals arbeitete ich noch bei der Feuerwehr von Santa Lucia, und mir fiel auf, dass Dad regelmäßig für eine Weile verschwunden war, wenn einer der Brände ausbrach, die man dem Feuerteufel zuschrieb. In der Garage fand ich dann dieselbe Sorte Brandbeschleuniger, die auch der Feuerteufel benutzte, und Brennmaterial. Als ich Dad zur Rede stellte, erklärte er mir seine Beweggründe: Er arbeitete schon lange Jahre bei der Feuerwehr und war auf eine Beförderung aus, damit er mit einer höheren Pension in den Ruhestand gehen konnte. Dazu sorgte er selbst für Einsätze, bei denen er dann Heldentaten vollbringen konnte.«

Robert schloss die Augen und senkte den Kopf. Aaron wich Shannons Blick aus.

»Doch dann kam ein Mensch ums Leben«, flüsterte Shannon.

»Ja. Eine Frau namens Dolores Galvez.«

»Und Dad hatte den Brand gelegt?«

Shea nickte.

»Stimmt das, Aaron?«, fragte sie. Ihr fiel auf, dass ihr ältester Bruder kreidebleich geworden war.

»Dad hat nicht gewusst, dass sich jemand dort aufhielt.«

»Und ihr alle wusstet damals bereits Bescheid?« Ihre Stimme wurde vor Empörung lauter.

Peter hob die Hände. »Hört zu, ich bin der Meinung, ihr solltet mit niemandem außer mir darüber sprechen. Ihr würdet euch nur selbst belasten.«

Shannon schlug mit der Faust auf den Tisch.

Peter fuhr zusammen, ihre Brüder hoben ruckartig die Köpfe.

»Meine Tochter ist verschwunden. Irgendein Psychopath hat sie in seiner Gewalt, und das Ganze hängt offenbar mit der Feuerteufel-Geschichte zusammen. Wenn also Dad der Brandstifter war, wer ist dann jetzt der Trittbrettfahrer? Einer von euch?«

»Was?« Robert blinzelte entgeistert. »Glaubst du etwa, ich könnte Mary Beth umgebracht haben? Oder Oliver?«

Er sprang auf, trat an den Tisch und beugte sich dicht zu Shannon vor. »Nein, Shan. Ich bin's nicht!« Er schlug sich gegen die Brust. »Ich habe in meinem Leben so manches getan, worauf ich nicht stolz bin, aber ich habe ganz sicher nicht dein Kind entführt.«

»Und Ryan?«, fragte sie. Robert wich ein wenig zurück. »Wer hat ihn umgebracht? Dad? Wolltest du das sagen?«

»Robert, nicht«, warnte Peter.

»Ich … Ich weiß es nicht«, stammelte Robert mit großen Augen.

»Wusstet ihr, dass er Blanche Johnsons Sohn war? Dass sie ihn zur Adoption freigegeben hatte?

»Herrgott, nein. Das heißt, ich wusste natürlich, dass er adoptiert war, das war ja kein Geheimnis, aber … Was hat das zu bedeuten?«

»Sag du's mir!«

»Ich weiß es nicht!«

Er sah verzweifelt Shea an, und Shannon spürte, wie sich etwas in der Atmosphäre veränderte. Ihre drei Brüder wechselten bedeutungsvolle Blicke.

»Ich hole uns ein Bier«, sagte Aaron.

Peter schüttelte langsam den Kopf, versuchte, seinen Klienten an weiteren Geständnissen zu hindern, doch es war zu spät. Shea wirkte wie ein Sünder im Beichtstuhl.

»Wir fünf Brüder haben uns besprochen und sind zu dem Schluss gekommen, wir könnten es genauso machen wie Dad, aber nicht, um den Helden zu spielen, sondern um … etwas zum Besseren zu verändern.«

»Ihr wolltet die Welt verbessern, indem ihr Feuer legt? Das ist doch Irrsinn!«

Shea presste die Lippen zusammen. »Willst du es nun hören oder nicht?«
»Schon gut, schon gut.« Sie hob beide Hände. »Also, was sollte sich zum Besseren verändern?«
Aaron kam zurück und stellte vor jeden ein Bier hin, doch niemand außer ihm griff zu.
»Shea«, mischte Pete sich erneut ein. »Ich warne dich als dein Anwalt: Sag jetzt nichts mehr.«
»Shannon muss es wissen«, entgegnete Shea hitzig. »Es geht um das Leben ihres Kindes.« Er sah sie fest an. »Unser Plan war, Ryan Carlyle zu beseitigen.«
»Was!«, schrie sie auf.
»Er hatte dein Baby auf dem Gewissen«, verteidigte Aaron sich und seine Brüder. »Er hat dich mehrmals zusammengeschlagen. Und er wehrte sich gegen die Scheidung.«
»Ihr habt ihn umgebracht?«
»Im Grunde«, sagte Shea, »war es Nevilles Idee.«
»Neville?« Sie dachte zurück an ihren Bruder, den stärkeren der Zwillinge. Unfassbar, dass er an einem Mord beteiligt gewesen sein sollte. »Wollt ihr sagen, ihr fünf habt euch zu einer Mörderbande zusammengetan?« Shannon zitterte am ganzen Körper. Das Blut rauschte ihr in den Ohren. Sie schob ihren Stuhl zurück.
Robert öffnete seine Bierdose und sagte: »Wir haben uns nur ein paar Mal getroffen.«
»Aber ihr habt Ryan umgebracht«, flüsterte Shannon, »und zugelassen, dass der Verdacht auf mich fiel.«
»Nein.« Robert schüttelte heftig den Kopf. »So war es nicht.«

»Wir haben uns in jener Nacht im Wald getroffen«, fiel Shea seinem Bruder mit fester Stimme ins Wort. »Wir beschlossen Ryans Tod. Und er ist gestorben.«

»Ihr habt ihn umgebracht«, wiederholte sie entsetzt.

»Neville hat ihn umgebracht«, sagte Shea leise. »Und dann festgestellt, dass er hier nicht bleiben konnte, dass sein schlechtes Gewissen ihn in den Wahnsinn trieb.«

»Ihr wisst, wo er sich aufhält?«

Shea schüttelte den Kopf. Die übrigen Brüder interessierten sich plötzlich rege für ihre Bierdosen.

»Neville hat Ryan umgebracht«, stellte Shannon fest, »und ihr alle wusstet davon. Ihr hattet es zugelassen, sogar gutgeheißen. Als ob ihr Gott spielen könntet oder … oder Richter und Geschworene sein und beschließen, wer leben und wer sterben soll.« Sie stand so hastig auf, dass ihre ungeöffnete Bierdose umkippte und über die Tischplatte rollte. »Ich kann es nicht fassen«, flüsterte sie. Dann dämmerte ihr eine weitere Erkenntnis. »Deshalb ist Oliver durchgedreht und in der Psychiatrie gelandet, nicht wahr?«

»Oliver war schon immer schwach«, erwiderte Shea.

»Sensibel zu sein hat nichts mit Schwäche zu tun!« Shannon konnte es nicht fassen, dass diese *Mörder* ihre Brüder waren. »Und ihr habt tatenlos mit angesehen, wie ich verdächtigt und angeklagt wurde. Ihr, meine eigenen Brüder, die mich angeblich immer beschützen wollten, ihr habt das zugelassen.«

»Du wärest niemals verurteilt worden«, versicherte Shea. »Die Argumentation der Anklage war mehr als schwach. Ein Wunder, dass der Fall überhaupt vor Gericht kam.

Wenn du verurteilt worden wärest, hätten wir uns gestellt.«

»Und diese wilde Geschichte aufgetischt, Neville sei der Täter und spurlos verschwunden?«

»Shannon ...«, versuchte Robert sie zu beschwichtigen, doch sie hörte nicht auf ihn.

»Es ist abscheulich, verbrecherisch und durch und durch schlecht«, fauchte sie. »Und ... jetzt? Was? Habt ihr wieder angefangen?«

»Nein!«, antwortete Robert mit Nachdruck.

»Wer ist dann der Täter? Wer legt diese verdammten Brände?«, wollte sie wissen. Sie kochte vor Wut. »Wer spielt jetzt Richter und Gott und tötet die Menschen, die uns am nächsten stehen? Wer hat meine Tochter in seiner Gewalt? Wer hat Oliver und Mary Beth und Blanche Johnson umgebracht?«

Ihre Brüder schwiegen.

»*Wer?*«, fragte sie noch einmal. Shea hob eine Hand.

»Wir wissen es nicht, Shannon. Ich habe alles gesagt, was ich weiß, und ich denke, jetzt sollten wir mit Detective Paterno sprechen.«

»Nicht so hastig, Shea. Wir sollten uns erst darüber einigen, was ihr aussagen wollt und welche Absprachen vorher nötig sind«, wandte Pete ein.

Shannon verließ die Terrasse. Sie hatte genug gehört. Ihr Kopf dröhnte wieder, und sie konnte den abscheulichen Pakt ihrer Brüder, die verzweifelten Versuche des Anwalts, ein Schuldeingeständnis zu verhindern, keine Sekunde länger ertragen. Sie stieg in ihren Mietwagen, wendete vor Aarons Haus und fuhr aus der Stadt hinaus, vor-

bei an gepflegten Rasenflächen und Wohnungen, in denen man sich gerade zum Abendessen oder zum Fernsehen niederließ oder vernünftige Gespräche führte, in denen das Leben in normalen Bahnen verlief.
Normal.
Sie bezweifelte, dass es für sie jemals wieder so etwas wie Normalität geben würde.

Paterno saß zu Hause an seinem Schreibtisch. Die Eiswürfel schmolzen in seinem Drink, während er den Autopsiebericht von Ryan Carlyle studierte. Er wollte die Erkenntnisse des Gerichtsmediziners über Carlyle mit den Berichten über Blanche Johnson, Mary Beth Flannery und Oliver Flannery vergleichen. Nachdem er ein paar Beziehungen hatte spielen lassen, war der Gerichtsmediziner bereit gewesen, Olivers Autopsie vorzuziehen. Es lagen noch nicht alle Ergebnisse der toxikologischen Untersuchungen vor, doch der vorläufige Autopsiebericht war so gut wie vollständig.
»Gut genug für die Regierung«, scherzte er. Sein Abendbrot – eine reichliche Portion Hühnchen mit Pommes frites – stand noch unberührt auf dem Küchentresen. In der Spüle stapelte sich Geschirr, doch das störte ihn nicht. Heute Abend hatte er wahrhaftig andere Sorgen.
Er breitete die Kopien der Berichte auf seinem Schreibtisch aus und verglich sie miteinander. Zwei Frauen und zwei Männer. Auf ganz unterschiedliche Weise ermordet.
Er trank einen Schluck Whiskey, der ihm angenehm den Magen erwärmte. Dann setzte er seine Lesebrille auf. Gewöhnlich verzichtete er auf sie, aber neuerdings

erschien ihm die Schrift der Dokumente doch sehr klein, und seine Augen – ach, verdammt, nicht nur die Augen, sondern auch die Knie und der elende Rücken bereiteten ihm Probleme.
Blanche Johnson war regelrecht abgeschlachtet worden. Sie war verblutet, nachdem die Halsschlagader durchtrennt worden war, wahrscheinlich mit dem Messer, das später zusammen mit der blutigen Kleidung in dem Lieferwagen gefunden worden war. Mary Beth Flannery war gewürgt und unter Wasser gedrückt worden. Der Täter – mutmaßlich ein großer, starker Mann – hatte sie offenbar im Bad überrascht. Das Feuer wurde erst später gelegt. Oliver Flannery war ebenfalls erstickt, er war mit einem Seil langsam erhängt worden. Trotz der Schnitte an den Handgelenken war er nicht verblutet, und er war auch nicht an Rauchvergiftung gestorben wie Ryan Carlyle, dessen Körper anschließend verbrannt war.
Lauter verschiedene Methoden.
War der Mörder tatsächlich in allen Fällen derselbe?
Carlyles Ermordung war als Unfall getarnt worden, allerdings sehr ungeschickt. Fast als hätte der Mörder gewollt, dass die Polizei die Inszenierung durchschaute.
Wer immer der Täter war, er wollte Zeichen setzen.
Und er ging offenbar nach einem festen Zeitplan vor. Sonst wäre Shannon Flannery bereits tot.
Aber wozu die dreijährige Pause?
Warum hatte es gerade jetzt wieder angefangen?
Womöglich ist es nicht derselbe Täter wie damals …
Zwei Personen waren spurlos verschwunden: Brendan Giles und Neville Flannery.

Giles schien sich tatsächlich in Mittelamerika aufzuhalten.
Damit blieb noch Neville Flannery. Der verschwundene Zwilling.
Aber warum sollte er zurückkehren und eine Art Rachefeldzug gegen seine Geschwister antreten? Hatten sie ihm etwas angetan? War er durchgedreht? Könnte er tatsächlich das Kind seiner eigenen Schwester entführt haben? Womöglich war es das, wozu er drei Jahre benötigt hatte: um das Mädchen aufzuspüren und die Entführung vorzubereiten?
Paternos Blick fiel auf die Fotos von der Familie Flannery, die er zu den Akten legen wollte. Sämtliche Söhne waren auf typisch irische Weise dunkel und attraktiv, wie der Vater. Die Familienähnlichkeit war sehr ausgeprägt, und die Zwillinge ... Beinahe unheimlich, wie sie einander glichen.
Er zerbiss einen Eiswürfel.
Diese Überlegungen führten zu nichts. Als Nächstes nahm sich der Detective noch einmal den gerichtsmedizinischen Bericht zu Ryan Carlyle vor und las ihn Zeile für Zeile. Am Schluss entdeckte er etwas, das ihn stutzig machte. Das Identifikationsformular war an den Bericht geheftet. Die Leiche war zunächst vorläufig identifiziert worden anhand eines nicht vollständig verbrannten Führerscheins, der am Tatort gefunden wurde. Der Führerschein war auf Ryan Carlyle ausgestellt. Später hatten Patrick und Shea Flannery die Identifizierung bestätigt, nicht jedoch Carlyles Frau Shannon. Seltsam, dachte Paterno. Allerdings lebten Shannon und Ryan damals be-

reits getrennt, sie wollte sich scheiden lassen. Dennoch war sie die nächste Angehörige. Es musste schwierig gewesen sein, das Opfer zu identifizieren, schließlich war es bis zur Unkenntlichkeit verbrannt. Schon beim Anblick der Fotos in der Akte wurde dem Detective übel.

Trotzdem, da war etwas faul. Er wusste es.

Und der einzige Mensch, der vielleicht eine Erklärung hatte, war Shea Flannery.

Das Ungeheuer saß am Steuer. Und er war aufgebracht. Erregt.

Dani auf dem Beifahrersitz versuchte vergeblich, trotz der festen Augenbinde etwas zu erkennen. Sie hatte Angst wie nie zuvor in ihrem Leben.

Sie musste einen Fluchtweg finden. Und zwar bald.

Das Ungeheuer plante etwas Großes.

Kurz zuvor hatte er ihr befohlen, sich anzukleiden, und ihr dann sicherheitshalber die Hände auf dem Rücken gefesselt und die Fußknöchel zusammengebunden. Es war ihr gerade noch gelungen, den Nagel in die Hosentasche zu schieben, und er hatte sie nicht abgetastet. Doch das nutzte ihr jetzt auch nicht viel. Der Nagel war eine erbärmliche Waffe, und mit gefesselten Händen konnte sie ihn sowieso nicht benutzen.

Der Kerl war rasend wütend auf sie.

Das hatte er ihr sogar gesagt.

Wegen ihres Fluchtversuchs hatte er seine Pläne ändern müssen, und das passte ihm nicht. Sie hatte befürchtet, er könnte ihr in seiner Wut etwas antun, sie schlagen oder Schlimmeres, doch das war bisher nicht geschehen.

Nachdem er ihr die Augen verbunden und sie gefesselt hatte, steckte er ihr einen Knebel in den Mund, setzte sie auf die Veranda und ging zurück in die Hütte. Sie hörte ihn Möbel rücken. Kurz darauf hatte er sie bergab zu seinem Pick-up geschleppt, sie hineingestoßen und war losgefahren. Die ganze Zeit über roch es nach Benzin; die Dämpfe stachen ihr in der Nase.

Der Geruch war überall, er selbst schien ihn auszudünsten. Ihr wurde eiskalt vor Angst, wenn sie daran dachte, wozu er das Benzin wohl brauchte.

Durch einen schmalen Spalt am Rand ihrer Augenbinde erkannte sie, dass es dunkel wurde. Sie mochte nicht daran denken, was er mit ihr vorhatte.

Was auch immer es war, das Benzin gehörte dazu.

Das ängstigte sie zu Tode.

Shannon entdeckte Travis, der auf sie wartete, und ihr Herz tat einen Sprung. »Idiotin«, schalt sie sich selbst und lenkte den Mazda auf ihren Parkplatz neben der Garage. Was hatte dieser Mann nur an sich, dass sie nicht aufhören konnte, etwas für ihn zu empfinden? Dafür gibt es eine Bezeichnung, Shannon. Man nennt es Selbstzerstörung. Emotionale Selbstzerstörung.

»Dann mal los«, sagte sie leise und steckte den Schlüssel in ihre Handtasche.

Travis saß auf der obersten Stufe zu ihrer vorderen Veranda, hatte die langen Beine ausgestreckt, kraulte Khan hinter den Ohren und blickte ihr entgegen. Verdammt, er sah gut aus.

Irgendetwas an seiner schlaksigen Gestalt und seinem

Lächeln ging ihr unter die Haut. Ihre verspannten Schultern entkrampften sich, als sie aus dem Wagen stieg.
»Verräter«, sagte sie zu dem Hund. »Wie ist er nach draußen gekommen?«
»Santana hat einen Schlüssel.«
»Und er hat dich ins Haus gelassen?«
»Er hat den Hund herausgelassen«, korrigierte Travis. »Aber damit du es nur weißt: Ich glaube, er vertraut mir.«
Sie zog eine Augenbraue hoch. »Das bezweifle ich. Nate vertraut niemandem.«
»Er ist in dich verliebt.« Seine Augen waren strahlend blau.
»Das hat er gesagt.«
»Und du?«
Sie seufzte, schlenderte auf Travis zu und sagte: »Ach, du weißt doch, wie das ist. Man kann sein Herz nicht zu etwas zwingen, was es nicht will. Verstehst du, ich interessiere mich für einen anderen Mann.«
Sein Lächeln wurde breiter, als sie näher kam und sein Schatten über sie fiel. »Tatsächlich?«
»Mhm. Aber er hat mich verärgert. Sehr. Er hat mich belogen.«
Sein Lächeln erstarb. »Ich habe dich nie belogen. Ich war immer ehrlich zu dir.«
»Du hast doch nur Interesse an mir vorgetäuscht, um mich besser ausspionieren zu können und zu erfahren, was ich über Dani weiß.«
»Das stimmt nicht. Zwar wollte ich das alles wissen, aber ich habe nie Interesse an dir ›vorgetäuscht‹. Das war auch gar nicht nötig, ich habe mich von Anfang an zu dir hin-

gezogen gefühlt.« Er zog sie an sich. Sie roch einen Hauch von Aftershave. Er legte die Stirn gegen ihre, so dass sie einander aus nächster Nähe in die Augen sahen. Shannon verlor sich in der Eindringlichkeit seines Blicks, in dem leuchtenden Blau. »Ich habe mich gegen das Gefühl gewehrt. Zum Teufel, das war nicht so geplant, aber seit ich dich das erste Mal gesehen habe, durchs Fenster, als ich vor dem Brand die Umgebung deines Hauses auskundschaftete, da wusste ich, dass ich ein Problem hatte.«

Sie seufzte. »Und ich habe mir gesagt, dass du der letzte, der allerletzte Mann auf der Welt bist, mit dem ich mich einlassen dürfte.« Sie lächelte. »Aber sieh uns nur an.«

Mit einem Finger strich sie über seine Wange, und er stöhnte auf.

»Ach was«, knurrte er, zog sie fester an sich und küsste sie, dass die Hitze durch ihren ganzen Körper fuhr und sie lebhaft an die Liebesnacht mit ihm erinnert wurde.

Sie wollte Travis alles sagen, ihm ihr Herz ausschütten. Tränen traten ihr in die Augen.

»Was ist passiert?«, fragte er, doch sie schüttelte den Kopf. Travis blickte auf sie hinunter. Er nahm ihre Hand und zog sie ins Haus, wobei er Khan absichtlich vor der Tür ließ. Er führte sie ins Obergeschoss, und sie ließ es bereitwillig geschehen.

Es war verrückt, mit ihm ins Bett zu gehen, das war ihr bewusst, aber sie wollte es, brauchte es so sehr. Ihn zu spüren war so real, so greifbar, dass es das unwirkliche Gefühl, das Grauen vorübergehend verdrängte.

Hinterher machten sie Abendbrot. Travis hatte Steaks

und Sekt mitgebracht. Shannon fand eine Kartoffel in der Vorratskammer und pflückte ein paar Tomaten von den Kübelpflanzen auf der Veranda.
Er übernahm das Grillen. Sie schenkte den Sekt ein, und während auf dem Grill die Kartoffel garte und die Steaks brieten, berichteten sie einander von den Ereignissen des Tages.
»Ich bin auf strengste Geheimhaltung eingeschworen«, sagte sie beim Zwiebelschneiden. Der Welpe, der inzwischen frei in der Küche herumlaufen durfte, erforschte die neue Umgebung.
»Wem sollte ich etwas verraten?«
Sie sah ihn an. Zum Teufel mit ihren widerlichen, ränkevollen Brüdern. Travis war ein Vater, der entsetzliche Angst um seine Tochter ausstand. Kurz entschlossen erzählte sie ihm von ihrem Vater, ihren Brüdern, dem ›unsichtbaren Feuerteufel‹. Er hörte schweigend zu. Als sie geendet hatte, schüttelte er den Kopf.
»Dein Vater hat Dolores Galvez also versehentlich umgebracht und sich danach nicht mehr als Brandstifter betätigt. Die Söhne übernahmen sozusagen das Zepter, und obwohl sie entsetzt waren über die Taten ihres Vaters, beschlossen sie, noch einen Schritt weiterzugehen. Sie brachten deinen Mann um und sahen zu, wie du dafür vor Gericht gestellt wurdest.«
»Das trifft es im Wesentlichen.«
Travis griff nach der zweiten Flasche. Er ließ den Korken knallen, und der Sekt schäumte. »Glaubst du das alles?« Er schenkte die Gläser voll und reichte ihr eines.
»Größtenteils. Es bleiben immer noch Lücken. Ich ver-

mute, meine Brüder haben mir nicht die ganze Wahrheit gesagt.« Sie stieß mit ihm an und nahm einen Schluck von dem kalten, prickelnden Getränk. »Aber warum sollten sie ausgerechnet jetzt anfangen, ehrlich zu sein?«

»Diese Lücken sind so groß wie der Grand Canyon.« Er blickte durch das Fenster in die hereinbrechende Nacht hinaus. »Das Ganze passt nicht zusammen. Ganz gleich, wie man die einzelnen Teile zusammenfügt, irgendetwas stimmt nicht.«

»Sie wollen mit Paterno sprechen. Vielleicht zieht der ihnen die Wahrheit aus der Nase.«

»Aber sie haben bereits ihren Anwalt hinzugezogen.«

»Mhm.« Sie trank noch einen Schluck, bevor sie die Zwiebeln unter die Tomaten mischte.

»Ich glaube, sie wollen lediglich ihren eigenen Arsch retten.«

Shannon widersprach nicht. Sie hegte denselben Verdacht.

»Da ist etwas faul.«

Shannon nickte. Dann gab sie Olivenöl, Basilikum, Salz und Balsamico in die Schüssel, und Travis ging hinaus, um die Steaks vom Grill zu nehmen. Zu ihrem eigenen Erstaunen aß sie, als sei sie halbverhungert. Doch das Gefühl der Leere in ihrem Inneren blieb.

Schließlich schob sie den Teller von sich. Später, als sie und Travis zusammengekuschelt im Bett lagen, nur ein Laken über den nackten Körpern, ein Bild von Dani auf dem Nachttisch, fragte Shannon sich: Wo zum Teufel ist unsere Tochter?

32. Kapitel

Etwas stimmte nicht … Etwas stimmte ganz und gar nicht … Sie wanderte durchs Haus, das Haus ihrer Mutter, und suchte jemanden oder etwas.

»Neville?«, rief sie. »Oliver?«

Wo steckten die Zwillinge?

Sie hörte Fleisch brutzeln, roch gebratenen Speck, doch in der Küche war niemand, der Herd war nicht eingeschaltet.

»Keinen Speck, Shannon! Heute ist Freitag! Schäm dich«, schalt ihre Mutter, dabei war Maureen gar nicht in der Nähe, und als Shannon die Klinke der Kellertür drückte, fand sie sie verschlossen. »Du hast dich nie an die Regeln gehalten«, sagte ihre Mutter, und die Stimme kam jetzt aus dem Wohnzimmer.

»Mom?«, rief Shannon, doch auch der Raum, in dem ihr Vater immer seine Zigarren rauchte, war leer, nur der Rauchgeruch hing in der Luft, als sei ihr Vater Sekunden vor ihr hier gewesen, um seine Lieblingszigarren zu paffen. Dort langen sie in einem gläsernen Humidor auf seinem Schreibtisch, gleich neben einem Bild von Dani.

Eine kalte Faust presste Shannons Herz zusammen.

Wo war ihr kleines Mädchen?

Sie hörte ein Baby weinen und lief die Treppe hinauf, gefolgt von der körperlosen Stimme ihrer Mutter. »Der

Lohn der Sünde ist der Tod …« Doch das Baby weinte, und Rauch hing in der Luft.

»Dani!«, rief sie und schleppte sich mit bleischweren Beinen die Treppe hinauf, die kein Ende nehmen wollte. Sie hielt sich am Geländer fest; es war schlüpfrig. Als sie ihre Hand betrachtete, war sie blutig; Blut floss in Strömen am Geländer herunter, die Stufen herab, und der Rauch war immer noch da und das Baby weinte.

Sie hob den Blick und rang nach Luft. Am oberen Treppenabsatz sah sie Oliver, aufgehängt, umgeben von Rauch und Flammen. In den blutigen Händen hielt er einen nackten Säugling, ihr kleines Mädchen.

»Nein!«, schrie Shannon, nahm zwei Treppenstufen auf einmal und kam doch nicht näher. »Nicht! Oliver!«

Oliver öffnete abrupt die Augen, stierte auf sie herab, und voller Entsetzen begriff sie, dass er Neville war. Er warf das Baby hoch in die Luft, über die Flammen hinweg. Der schreiende Säugling flog hoch und immer höher in den Rauch hinein.

Panik erfasste Shannon, und sie schrie laut auf: »Neiiiin!«

Sie schlug die Augen auf.

Um sie herum war es dunkel.

Es war Nacht.

»Lieber Gott«, flüsterte sie und schmiegte sich erschüttert in Travis' Arme.

»Schsch.« Er zog sie an sich und gab ihr einen Kuss aufs Haar. Sie zitterte in seinen Armen, spürte seine Körperwärme, roch seinen männlichen Duft über den schwachen Rauchgeruch hinweg, der ihr aus dem Albtraum noch nachhing.

Es war ein Traum. Ein grausiger, lebensechter, verstörender Traum. Nichts weiter.

Und doch ... Sie roch immer noch Rauch. Travis umarmte sie fester. Shannon schlug die Augen auf und stellte fest, dass er wach war.

In seinen Augen spiegelte sich ein orangefarbener Schimmer.

Es war dunkel ... Bis auf diesen unheimlichen Schimmer.

Das Herz hämmerte in ihrer Brust. Mit einem Schlag begriff sie. O Gott.

Der ›unsichtbare Feuerteufel‹ war zurück.

Ein schriller Laut zerriss die Stille, das langgezogene Signal des Rauchmelders.

»Nein!«

Travis war bereits auf den Beinen und schlüpfte in seine Jeans.

Shannon sprang aus dem Bett, zog sich hastig an und stürzte die Treppe hinunter. »Ruf die Feuerwehr«, rief sie über die Schulter zurück und rannte in die Küche.

Khan jaulte, auch der Welpe war aufgeregt. Warum hatte sie die Hunde nur nicht gehört? Lag es an ihrer Erschöpfung? Am Sekt? Daran, dass sie sich geliebt hatten? Sie hatte keine Zeit, darüber nachzudenken, stieß stattdessen die Hintertür auf und zog die Stiefel an. Khan bellte wie verrückt und schoss zur Tür hinaus.

»Du bleibst hier«, sagte sie zu dem Welpen. In der Küchentür erschien Travis, der Anweisungen in sein Handy brüllte.

»Genau. Bei Shannon Flannery!«

Während er seine Stiefel anzog, gab er die Adresse durch. Dann beendete er das Gespräch.

»Ich lasse die Hunde heraus«, sagte Shannon, riss einen Feuerlöscher von der Wand und drückte ihn Travis in die Hand. »Lass die Pferde auf die Koppel. Ich hole den Wasserschlauch.«

Krank vor Angst überquerte sie den Parkplatz. Es brannte nicht nur an einer Stelle, sondern gleich an zweien! Im Stall und in den Zwingern.

»Du Schwein«, fauchte sie leise, dann schrie sie: »Nate! Santana! Wach auf!« Sie hatte nicht die Zeit, an seine Tür zu hämmern, denn die Flammen fraßen sich bereits durch die Gebäude, in denen die Tiere eingeschlossen waren. Sie sah Travis in den Stall laufen, ehe sie selbst die Tür zu den Zwingern aufriss.

Die Hunde waren außer sich, bellten, jaulten, kläfften in Panik. Aber das Feuer beschränkte sich auf das andere Ende des Gebäudes. Sie nahm einen Feuerlöscher von der Wand, versprühte Schaum und öffnete im Vorbeigehen die Hundezwinger. »Alles wird gut«, beschwichtigte sie die Tiere, auch wenn sie selbst nicht daran glaubte. Als sie Atlas' Zwinger entriegelte, jagte er an ihr vorbei zur offenen Tür hinaus.

Im nächsten Zwinger wartete Cissy ruhig und geduldig. Doch in dem Augenblick, als Shannon die Tür öffnete, stürmte der Border-Collie wie ein geölter Blitz hinaus. Im selben Moment erschütterte eine Explosion das Gebäude. Shannon wurde zu Boden geschleudert und schlug mit dem Kopf auf dem Beton auf.

Travis! Die Pferde!

Durchs Fenster sah sie hohe Flammen aus dem Stalldach lodern.

Travis stieß die Tür zum Pferdestall auf. Von der gegenüberliegenden Seite her, wo sich das Tor zur Koppel befand, schlugen ihm Flammen, Rauch und sengende Hitze entgegen. Die Pferde in ihren Boxen wieherten panisch. Der Rauch war dicht und schwarz, brannte in den Augen und raubte ihm die Sicht. Hustend, Schaum aus dem Feuerlöscher sprühend öffnete Travis den Riegel der ersten Box und arbeitete sich weiter vor.

Ein Falbe schoss an ihn vorüber. Die Hufe klapperten auf dem Betonboden, als die Stute in vollem Galopp auf das offene Tor zum Parkplatz zurannte.

Zwei Meter weiter fand er die nächste Box und öffnete sie. Wieder jagte ein gewaltiges Tier an ihm vorbei und hätte ihn beinahe umgerannt.

Verdammt, er konnte nichts sehen vor lauter Rauch. Die Flammen hingegen schienen noch keine gefährlichen Ausmaße angenommen zu haben. Travis tastete sich vor, öffnete die Boxen nacheinander, wich den flüchtenden Pferden aus, und dann, als der Rauch sich lichtete, sah er sie am anderen Ende des Stalls.

Seine Tochter. Gefesselt und geknebelt stand sie im Tor zur Koppel.

Er traute seinen Augen nicht. Sie lebte! Und war ihm so nahe. Sie schüttelte heftig den Kopf, Entsetzen in den Augen, als er auf sie zukam. Einen Herzschlag später erkannte er seinen Fehler, als eine dünne Schnur auf Knöchelhöhe riss.

Er warf sich nach vorn.
Eine Explosion ließ das Gebäude erzittern.
Es riss ihm die Füße unter dem Körper weg.
Er prallte gegen eine Boxentür und sah benommen, wie Feuerbälle durch den Stall schossen.
Dani! Wo war sie?

»Nein!«, schrie Shannon. Nicht Travis! Sie rannte hinüber zum Stall, sah die Pferde aus dem brennenden Gebäude stürmen. »Travis!«, schrie sie verzweifelt und hustete. Der Rauch brannte ihr in Nase und Augen. »Travis!«
In weiter Ferne hörte sie Sirenen.
»Beeilt euch, verdammt noch mal«, fluchte sie leise und hastete weiter. »Travis!« Der Rauch war dicht und schwarz, sie konnte nichts sehen, bekam keine Luft mehr. Flammen leckten an den Mauern, und ein einsames Pferd wieherte schrill vor Panik.
Entschlossen lief sie weiter, spürte bereits die Hitze, als sie die letzte Box sah. Das Pferd, ein brauner Wallach, war außer sich vor Angst, lief im Kreis, stieg und schnaubte. »Halte durch«, redete Shannon ihm zu, setzte den Feuerlöscher ein, hustete und zwang sich weiterzugehen. »Travis!«, schrie sie, als ein Fenster barst. Scherben flogen nach allen Seiten, blieben in ihrem Haar hängen, zerschnitten ihr das Gesicht. Das Pferd wieherte wild. »Travis!« Wo war er? Himmel, wenn er doch nur in Sicherheit wäre! »Travis!«
Der Wallach war völlig außer sich. Die Augen waren angstvoll aufgerissen, man sah das Weiße darin. Schaum, rot verfärbt von Verletzungen durch die umherfliegenden

Glassplitter, bedeckte sein dunkles Fell. »Schon gut, mein Junge«, sagte sie besänftigend, während sie verzweifelt Ausschau nach Travis hielt. »Shan ... Ganz ruhig.«
Ihre Lunge brannte wie Feuer. Sie nestelte am Riegel der Box. Los, los! *Wo zum Kuckuck steckte Travis?* Wo?
Endlich gab der Riegel nach, sie öffnete die Tür, und das Pferd schoss hinaus, stob die Stallgasse entlang. »Travis!«, rief sie immer wieder und richtete den Strahl des Feuerlöschers auf die Flammen, die an den Wänden emporleckten.
BAMM!
Eine neuerliche Explosion riss ihr den Boden unter den Füßen weg. Sie sah, wie das brennende Dach einstürzte.
»O Gott, nein!« Rückwärts kriechend versuchte sie zu entkommen. Ihr Fuß glitt ab, Glasscherben schnitten in ihre Handflächen. Sie musste hier raus. »Travis!«, schrie sie wieder. Sie durfte ihn nicht verlieren. Nein! Ächzend senkte sich ein brennender Balken, würde im nächsten Moment herabstürzen.
Shannon kam wieder auf die Beine, rannte den Pferden nach. Die Sirenen gellten jetzt näher. O bitte! Beeilt euch, beeilt euch, beeilt euch doch!
Sie stürzte hustend und keuchend zum Tor hinaus, sah sich nach Travis um. Ihre Augen tränten. Die Pferde und Hunde rannten die Straße entlang, wo sie Gefahr liefen, von den herannahenden Löschfahrzeugen angefahren zu werden.
Was war geschehen? Was?
Sie blickte zum Waldrand hinüber und entdeckte ein Mädchen. Sie stand da allein, am ganzen Körper zitternd,

Hände und Füße waren gefesselt, in ihrem Mund steckte ein Knebel. Durch den schaurigen orangefarbenen Schein des Feuers war das alles deutlich sichtbar.

Dani!

Shannon erkannte sie auf Anhieb.

Ihre Tochter.

Sie lebte!

O, Baby!

Ihr Herz krampfte sich zusammen, und sie rannte über den Kiesplatz, achtete nicht darauf, dass ihr Gesicht und ihre Hände blutüberströmt waren. »Ich komme«, schrie sie keuchend, immer noch benommen. Die Sirenen gellten, Rauch wallte zum Nachthimmel auf. Wer hatte ihr das angetan? Warum?

Dani weinte und schüttelte wild den Kopf, rührte sich aber nicht. Sie stand wie angewachsen. Offenbar war sie vor Verzweiflung schier außer sich. Sie musste Entsetzliches durchgemacht haben. »Halte durch!«, rief Shannon ihr zu und sah in die Augen des Mädchens, in denen kaltes Grauen stand.

Erst als sie auf drei Meter herangekommen war, begriff Shannon, dass Dani nicht aus Panik den Kopf schüttelte, sondern weil sie ihr etwas sagen, sie warnen wollte.

Vor einer Falle?

Sie trat einen weiteren Schritt vor und hörte ein grausiges Aufbrausen. Im Bruchteil einer Sekunde war sie von einem Feuerring eingeschlossen, der sie von dem Mädchen trennte.

Sie fuhr herum und sah ihren Angreifer.

Ihre Knie wurden weich.

Ein Mann in Schwarz, eine Kapuze tief ins Gesicht gezogen, kam auf sie zu. Sie versuchte zurückzuweichen, sah seine Augen durch die Schlitze in der Maske böse funkeln. »Wer sind Sie? Was wollen Sie?«, schrie sie, doch er sprach kein Wort. »Wo ist Travis?«

Sie wollte weglaufen, aber der Feuerwall umgab sie von allen Seiten.

Und dann stürzte der Unbekannte sich auf sie. Sie wehrte sich mit aller Kraft, versuchte, ihn zu verletzen, wand und krümmte sich, während um sie herum das Feuer prasselte und zischte. Sie durfte nicht aufgeben. Sie musste zu Dani. Zu Travis. Doch der Angreifer war schwer und stark, zwang sie zu Boden, wobei er das Feuer nicht zu beachten schien. Heftiger Schmerz durchfuhr ihre Schulter.

Er packte ihr Haar, zerrte es nach hinten, und die vernähte Kopfverletzung riss wieder auf. Shannon mühte sich ab, ihn von sich zu stoßen. Dann roch sie Benzin.

Benzin?

Hier? In diesem Inferno?

Ihre Augen weiteten sich vor Entsetzen. Er drückte sie mit seinem ganzen Gewicht zu Boden, packte ihren Hinterkopf und presste ihr einen mit Benzin getränkten Lappen über Mund und Nase. Sie versuchte vergebens, in seine Hand zu beißen. Benzingeschmack füllte ihren Mund. Sie würgte, und er fauchte an ihrem Ohr: »Wenn du dich wehrst, sollst du brennen.«

Sie zweifelte nicht eine Sekunde lang daran, dass er es ernst meinte.

Sie versuchte, zu schreien, sich loszureißen, doch die

Benzindämpfe, so gefährlich nahe am Feuer, erfüllten ihre Nase, ihren Mund, ihre Kehle. »Ganz recht, Shannon«, zischte er mit einer Stimme, die ihr grauenhaft vertraut war. »Wenn du Dummheiten machst, reiße ich ein Streichholz an und sehe zu, wie die Flammen geradewegs in deine Lunge kriechen.«

Sie erstarrte. Kämpfte gegen die drohende Bewusstlosigkeit an.

Ein paar Minuten noch.

Nur ein paar Minuten.

Die Feuerwehr ist schon ganz nahe!

Halte durch, ermahnte sie sich, als sie in Dunkelheit zu versinken begann. Lass dieses Schwein nicht gewinnen.

Doch es war zu spät. Sie konnte nicht atmen, ohne dass die Dämpfe sie betäubten.

Ihr war schwindelig. Ihr Magen rebellierte.

Trotz aller Gegenwehr verlor sie das Bewusstsein.

Dani versuchte zu schreien, doch der Knebel in ihrem Mund erstickte den Laut, und sie hatte das Gefühl, ihre Lunge müsse explodieren. Die Frau – ihre Mutter – wurde von dem Ungeheuer fortgeschleift, und die Flammen kamen immer näher. Sie zerrte an dem Seil, das sie hielt, dicht an dem Feuerring, in dem er sich auf ihre Mutter gestürzt hatte.

Dani war angepflockt wie ein Pferd und konnte nicht fort. Das Seil war so kurz, dass es ihr kaum Bewegungsfreiheit ließ. Verdammt! Sie hatte sich gewehrt, als er sie hierher brachte, hatte versucht zu fliehen. Sie hatte mit dem Nagel nach seinen Augen gestochen und gespürt,

wie er in sein Fleisch eindrang. Vor Zorn und Schmerz hatte er aufgeheult, sie aber trotzdem festgehalten und an den Pflock gebunden, während das Blut über sein wutverzerrtes Gesicht strömte. Sie hatte geglaubt, er werde sie auf der Stelle umbringen, doch er hielt sich an seinen Plan. Angebunden, als sei sie der Köder für ein Raubtier, musste sie voller Grauen zusehen, wie er mit der Ausführung seines Plans begann. Als in einem Zimmer im Obergeschoss das Licht gelöscht wurde, schleppte das Ungeheuer von seinem Pick-up, der etwa eine halbe Meile entfernt an einer Seitenstraße stand, Benzinkanister herbei.
Sie hatte sich bemüht, jemanden zu warnen.
Hatte trotz des Knebels versucht zu schreien, bis ihr Hals wund war.
Aber niemand hatte sie gehört. Zwar hatten ein paar Hunde angeschlagen, doch kein Mensch hatte darauf reagiert.
Dann hatte das Ungeheuer den Brand gelegt und war zu ihr zurückgekommen. Um sie als Köder zu benutzen, verdammt!
Sie hatte gesehen, wie ihr Vater und die Frau über den Parkplatz zu den Gebäuden liefen, die das Ungeheuer präpariert hatte.
Als er sie am Tor des Pferdestalls anpflockte, hatte Dani sich gewunden und versucht, um sich zu treten, doch der Mistkerl hatte sie festgehalten. Bis ihr Vater sie aus dem brennenden Stall heraus gesehen hatte. Er wollte zu ihr, doch es gelang ihm nicht.
Entsetzen erfasste sie. Das Ungeheuer hatte ihren Vater umgebracht. Er konnte nicht überlebt haben.

Doch der Irre war noch nicht fertig. Als Nächstes brachte er sie auf diese kleine Lichtung und pflockte sie so an, dass sie vom Parkplatz aus zu sehen war. Aus den Gebäuden stürmten die Tiere. Und dann setzten die Explosionen ein.

In dem verzweifelten Versuch, sich loszureißen, stürzte sie vornüber, die Augen nur Zentimeter entfernt von den Flammen, die immer näher krochen, sich durch trockene Zweige, Laub und Gras fraßen. Staub und Ruß drangen in ihre Nase, jeder Muskel in ihrem Körper schmerzte. Aber sie durfte nicht aufgeben.

Sie zitterte, wälzte sich zur Seite, wusste, dass sie verloren war.

Der Kerl hatte es endlich geschafft. Er hatte sie besiegt. Schweinehund!, dachte sie. Widerlicher, perverser Scheißkerl!

Wie konnte sie sich nur retten?

Sie hörte Sirenen ... Bitte, bitte! Würde man sie rechtzeitig finden? Sie versuchte sich aufzurappeln, stürzte erneut.

Die Flammen waren schon ganz nahe, als sie eine Bewegung bemerkte.

Einen dunklen Schatten.

Ihr graute. Der Psychopath kam zurück, um sie zu holen.

»Keine Angst, ich bin bei dir«, sagte eine kräftige Männerstimme. Der Fremde zog ein scharfes Messer und schnitt das Seil durch. Er packte sie und trug sie von den Flammen fort. In diesem Moment raste der erste Löschzug mit blitzenden Lichtern und heulender Sirene auf den Platz.

Sobald er zum Stehen kam, strömten Feuerwehrmänner aus dem großen Fahrzeug. Gleich darauf traf ein Notarztwagen ein.

»Bist du verletzt?«, fragte der Mann, der Dani festhielt, und löste ihren Knebel.

Sie schüttelte den Kopf. »Wer sind Sie?«

»Nate Santana. Ich kenne deinen Vater und ... und deine leibliche Mutter.«

»Mein Dad ...« Tränen traten Dani in die Augen.

»Schsch. Ihm geht's gut.« Er stellte sie auf den Boden und durchtrennte ihre Hand- und Fußfesseln. »Ich war schon bei ihm.« Er brachte ein schmales Lächeln zustande. »Er wird so froh sein, dich zu sehen. Komm.«

Der Mann wies mit einer Kopfbewegung zum Haus. Weitere Löschzüge kamen. Dani sah ihren Dad, der auf der Veranda saß und nach Luft rang. Bei seinem Anblick begann sie zu laufen. »Dad!«, schrie sie, und bevor er aufstehen konnte, warf sie sich in seine Arme, klammerte sich an ihn und schluchzte hemmungslos.

»Dani«, flüsterte er mit rauher Stimme und drückte sie an sich, als wollte er sie nie wieder loslassen. »Dani.« Tränen strömten über sein rußgeschwärztes Gesicht, und er begann ebenfalls zu schluchzen. »Bist du verletzt, mein Liebling?«

»Nein.«

»Hat er dir was angetan?«

»Nein ... Dad ... Er ... Mir fehlt nichts.« Sie sah ihn aus großen grünen Augen an. »Wirklich nicht.«

Seine Stimme brach. »Jetzt bist du in Sicherheit. Lieber Gott, meine Kleine, du bist gesund und wohlbehalten.

Ich lasse nicht zu, dass so etwas jemals wieder passiert, das schwöre ich dir!«
Sie klammerte sich weinend an ihn, als er, ohne sie loszulassen, aufstand. Um sie herum rollten Feuerwehrleute Schläuche aus, fingen an, Wasser zu pumpen, riefen einander Anweisungen zu. Der Pferdestall stand in hellen Flammen, das Feuer drohte auf die Garage überzuspringen. Die Schläuche wurden deshalb auch auf die umgebenden Gebäude gerichtet. Hektoliter Wasser strömten auf die Dächer des Wohnhauses, der Garage und des Zwingerhauses ein, während andere Männer die tosenden Flammen im Stall bekämpften.
»He, Sie«, schrie eine Brandbekämpferin und deutete auf Dani und Travis. »Aus dem Weg! Ist sonst noch jemand hier?«
»Shannon«, sagte Travis und sah sich um. Sein Herz setzte einen Schlag aus, als er sie nirgends entdeckte und feststellte, dass sämtliche Tiere befreit waren. »Sie ist hier ...«
»Nein! Er hat sie!«, platzte Dani heraus.
»Was?« Gott, sie sah so dünn und blass aus. Es fiel Travis schwer, sie nicht einfach in die Arme zu nehmen und zu wiegen und alles andere zu vergessen.
»Er hat sie mitgenommen.«
Herrgott, nein! »Was soll das heißen?«, fragte er, wusste jedoch bereits, was seine Tochter sagen wollte. Eiskaltes Grauen packte ihn.
»Er hat sie in seiner Gewalt!«, erklärte Dani, und in ihren Augen sah Travis eine Weisheit, die weit über ihre Jahre hinausging. Das Blut gefror ihm in den Adern. »Die Frau mit den roten Locken, die auf dem Foto. Sie ist meine

Mutter, stimmt's?« Sie reckte das kleine Kinn vor, blickte ihn fest an. In diesem Moment sah sie Shannon so ähnlich, dass es ihm das Herz brach.

»Ja«, bestätigte er. Wie verzweifelt mochte Dani nach ihrer leiblichen Mutter geforscht haben – und nun, da sie sie gefunden hatte, war Shannon verschwunden, in den Klauen des Psychopathen, der zuvor bereits Dani entführt hatte. Sekundenlang hatte Travis das Gefühl, seine Welt bräche zusammen. Er war so weit gekommen, hatte seine Tochter wieder, gesund und wohlbehalten, doch zugleich hatte er Shannon verloren. Er drückte Dani an sich, als fürchtete er, sie könnte sich in Luft auflösen.

»Das Ungeheuer hat sie. Wir müssen sie retten!«

»Das werden wir, Liebling. Das werden wir«, gelobte Travis und hoffte inständig, sein Versprechen halten zu können. Zu seinen Füßen strömte das Löschwasser, in der Luft hing der Gestank von feuchtem, verkohltem Holz.

Santana sah Dani eindringlich an. »Wer ist das Ungeheuer?«

»Der Psychopath!«, erklärte Dani, als sei Nate schwer von Begriff. »Der perverse Spinner, der mich reingelegt hat!«

»Scheiße«, murmelte Nate.

Die Brandbekämpferin kam auf sie zu. »Ist noch jemand im Haus oder in einem der Wirtschaftsgebäude?« Ihre Silhouette zeichnete sich schwarz gegen die wütenden Flammen und den Funkenregen im Hintergrund ab. Mit ernster Miene blickte sie von einem zu anderen.

»Nein.« Travis schüttelte den Kopf.

Sie sah Nate fragend an.
»Niemand«, brüllte Nate über den Lärm des Brandes und der Löscharbeiten hinweg. »Aber eine Frau wird vermisst. Shannon Flannery, die Besitzerin des Anwesens.« Nate zeigte auf Dani. »Das ist Dani Settler, das Mädchen, nach dem die Polizei sucht. Sie sagt, der Kerl, der sie gekidnappt und hierher gebracht hat, benutzte sie als Köder, um Shannon anzulocken und zu entführen.« Sein Gesicht war ebenso hart und entschlossen wie das der Feuerwehrfrau. Er sah Dani an. »Stimmt's?«
»Genau.« Dani nickte mit geballten Fäusten.
Es zerriss Travis fast das Herz. Er drückte seine Tochter fester an sich. »Du bist jetzt in Sicherheit«, flüsterte er, obwohl die Angst um Shannon ihm die Kehle zuschnürte. Wohin hatte das Ungeheuer sie verschleppt? Lebte sie noch? Er dachte an Oliver und Mary Beth und Blanche. Der Wahnsinnige würde sich nicht eher zufriedengeben, als bis er auch Shannon getötet hatte. Herrgott, sie mussten sie finden!
Die Feuerwehrfrau sah Dani eindringlich an. »Das erzählst du am besten gleich der Polizei. Ich rufe auf der Wache an und sorge dafür, dass die zuständige Person benachrichtigt wird.«
»Detective Paterno«, sagte Travis mit dem Gefühl, kostbare Minuten zu verlieren. Ihn quälte die Vorstellung, dass mit jeder Sekunde, die verging, Shannon weiter von ihm fortgeschleppt wurde. »Berichten Sie Paterno, was hier vorgefallen ist. Die Zeit drängt.«
»Wer hat dich entführt?«, fragte Nate, an Dani gewandt.
»Das Ungeheuer. Ich weiß nicht, wer er ist und wie er

heißt, aber er hatte ein Bild von ihr und er … er hat sie verschleppt. Das hat er schon lange geplant.« Sie sah zu ihrem Vater auf. »Ich war der Köder. Mich selbst wollte er gar nicht, er wollte sie.«

»Wohin hat er sie gebracht?«, wollte Nate wissen.

»Ich weiß nicht, aber … ich glaube, zur Hütte«, antwortete Dani.

»Was für eine Hütte?«

»Die, in der er mich gefangen gehalten hat.« Ihr rußgeschwärztes Gesicht war angespannt. »Wenn er sie nicht dorthin gebracht hat, dann weiß ich nicht, wohin. Er hat nichts darüber gesagt.«

Reifen knirschten auf der Zufahrt, und Travis sah in knapp zehn Meter Entfernung einen Ü-Wagen halten.

»Die verdammte Presse«, stellte die Brandbekämpferin fest.

»Weißt du, wo diese Hütte steht?«, fragte Travis seine Tochter, woraufhin das Mädchen den Kopf schüttelte.

»Ich glaube nicht, dass ich sie finden würde.« Sie nagte an ihrer Unterlippe, bewahrte jedoch Fassung.

Sanft, obwohl ihm die Angst im Nacken saß, forderte Travis sie auf: »Sag uns alles, was du darüber weißt.«

»Es … es ist sehr weit weg, in den Bergen. Er hat mich in einer Kammer mit vernagelten Fenstern eingesperrt«, berichtete Dani. »Die Hütte war alt und richtig schäbig … Kein Strom, veraltete Rohrleitungen. Er, hm, er hat jeden Abend Feuer gemacht, und manchmal fuhren in der Nähe Züge vorbei.« Sie sah zu Travis auf, und ihr Gesichtsausdruck veränderte sich. Wurde hart. »Einmal konnte ich fliehen. Ich bin Wildpfaden gefolgt, wie du es mir gezeigt hast. Immer bergab, und dann bin ich auf die Gleise gestoßen und ihnen gefolgt. Weißt du, ich dachte, sie führen bestimmt zu einer Stadt oder so.« Unter der Wucht der Erinnerung verdüsterte sich ihr Blick. »Fast wäre ich dem Ungeheuer entkommen. Aber dann kam ich zu einer Brücke, und da hat er mich geschnappt.«

Nate horchte auf. »Was für eine Brücke?«, fragte er rasch. »Kannst du sie beschreiben?«

»Eine Eisenbahnbrücke. Ich habe doch gesagt ...«

»Ein Eisenbahnviadukt? Aus Holzstreben und Querbalken, ja?«

»Ja.« Sie nickte. »Darauf habe ich eine furchtbar tiefe Schlucht überquert und ... und in der Nähe war noch eine Brücke, nicht für die Eisenbahn, sondern für Autos und Lastwagen.«

»Ich weiß, wo das ist«, sagte Nate mit einem Blick zu Travis. »Es ist nicht allzu weit von hier. Zehn, vielleicht zwölf Meilen nördlich.«

Travis war bereits auf dem Weg zu seinem Pick-up, ohne den Reporter zu beachten, der aus einem der Ü-Wagen stieg. »Los.«

»Wir brauchen einen Hund.« Nate stieß eine Folge von scharfen Pfiffen aus. Dann wandte er sich an die Feuerwehrfrau. »Verständigen Sie Paterno, berichten Sie ihm alles, was Sie hier erfahren haben, besonders die Sache mit der Hütte. Erzählen Sie ihm von dem Eisenbahnviadukt; die nächste Stadt ist, glaube ich, Holcomb, und von dort aus in Richtung Stinsons Peak. Parallel zu diesem Eisenbahnabschnitt verläuft eine Straße, die ... zum Teufel ... Wie heißt sie?«

»Johnson Creek Road«, half die Brandbekämpferin ihm aus.
»Genau.« Nate nickte. In diesem Moment tauchte Atlas, der große Schäferhund, aus der Dunkelheit auf. Trotz des Feuers kam der Hund direkt auf Santana zu.
Die Feuerwehrfrau griff bereits nach ihrem Handy.
Die Flammen waren inzwischen fast gelöscht, doch es roch noch immer stechend nach nasser Asche und Rauch.
Travis sagte zu Dani: »Vermutlich hat er dich in einem Fahrzeug hierher gebracht.«
»In einem Pick-up«, bestätigte sie. »Aber ich habe ihn erwischt.«
»Erwischt?«, fragte Travis, und sie schürzte die Lippen.
»Mit einem Nagel. Den habe ich ihm ins Gesicht gerammt. Ich wollte sein Auge treffen, aber das hat wohl nicht geklappt.« Sie blickte zu ihrem Vater auf. Tränen schimmerten in ihren Augen, in denen sich die ersterbenden goldenen Flammen spiegelten. »Ich wollte ihn töten …«
»Schon gut«, sagte Travis und blinzelte. »Jetzt bist du in Sicherheit.«
»Aber sie nicht. Er bringt sie um, Dad. Ich weiß es.« Dani stand das Schuldbewusstsein ins Gesicht geschrieben.
Travis drückte sie fest an sich. »Ich werde alles tun, um das zu verhindern. Und es ist nicht deine Schuld, Dani. Du hast nicht die geringste Schuld.«
»Aber wenn ich nicht im Internet nach ihr geforscht hätte, wäre ihr nichts passiert. Und ich wäre auch nicht entführt worden.«
»So darfst du nicht denken, okay? Wir jagen den Schweinehund.«

Sie nickte heftig.
»Gut. Also, kannst du mir sagen, wo er seinen Pick-up abgestellt hatte?«
»Da drüben.« Ohne zu zögern deutete sie auf eine Stelle jenseits der kreuz und quer auf der Zufahrt geparkten Fahrzeuge und des Zauns hinter Shannons Haus. »Auf der anderen Seite dieser Wiesen«, sagte sie und zeigte auf das Bauland. »In einer Seitenstraße.«
»Dann mal los. Du zeigst uns den Weg«, sagte Travis zu seiner Tochter.
Die Brandbekämpferin klappte ihr Handy zu. »Paterno ist bereits unterwegs.«
»Gut.« Travis, Dani und Nate liefen zu Nates Pick-up.
»Hey, Moment mal«, rief die Feuerwehrfrau ihm nach. Travis drehte sich halb zu ihr um, während Nate schon die Wagentür öffnete. Missbilligend wandte sie ein: »Ihre Tochter sollte hier bleiben und auf die Polizei warten.«
Travis ließ sich von niemandem hineinreden. »Wir dürfen keine Zeit verlieren«, widersprach er. Nate ließ den Motor an. Travis und Dani stiegen ein, und Nate gab Gas. Er fuhr dicht an einem besorgt aussehenden Reporter vorbei, der einem Kameramann ein Zeichen gab. Auf der Zufahrt beschleunigte Nate. In der Ferne heulten Sirenen.
Die Angst krampfte Travis das Herz zusammen. Er hatte seine Tochter wieder, ja, aber dafür hatte der grausame Psychopath jetzt Shannon in seiner Gewalt.
Er musste sie finden.
Bevor es zu spät war.

33. Kapitel

Shannons Lider öffneten sich flatternd.

Sie hustete, empfand einen brennenden Schmerz in der Nase.

Wo zum Teufel war sie?

Sie wollte sich bewegen, doch es ging nicht. Als ihr Kopf klarer wurde und ihre Augen sich an das Halbdunkel gewöhnten, erkannte sie, dass sie sich in einer Art Hütte befand. Es war dunkel, nur der gespenstische, blutrote Schein der Glut in dem verfallenen Kamin spendete etwas Licht. Wieder musste sie husten von dem scharfen Geruch, der ihr in Nase und Lunge stach.

Benzin!

Mit einem Schlag begann ihr Verstand zu arbeiten. Sie bewegte sich, versuchte aufzustehen. Doch sie war an einen Stuhl gefesselt. Die Hände waren ihr auf dem Rücken zusammengebunden, die Füße an die vorderen Stuhlbeine geschnallt.

»Nein!«, schrie sie und erschrak vor ihrer eigenen Stimme.

Bilder schossen ihr durch den Kopf. Das Feuer im Stall. Ihre Tochter in Fesseln. Ein Feuerring. Ein dunkler Mann mit Kapuze, der sich auf sie stürzte.

Das Grauen schnürte ihr die Kehle zu.

Das durfte nicht sein … nein.

»Aufgewacht?«, fragte eine tiefe, bösartige Stimme.
Sie erstarrte.
Die Stimme kam ihr bekannt vor.
Abscheu und Angst jagten ihr Schauer über den Rücken. Sie musste sich irren, bestimmt. Ausgeschlossen, dass diese grauenhafte Stimme aus ihrer Vergangenheit ... Nein ... O Gott, nein!
»Ryan?«, flüsterte sie, und das Blut wollte ihr in den Adern gefrieren.
»Du erinnerst dich also?«
Lieber Gott, bitte nicht!
Wie ein Gespenst tauchte er aus der Dunkelheit auf. Er war nackt, sein Körper schimmerte seltsam, als hätte er sich von Kopf bis Fuß eingeölt.
Sie starrte ihn fassungslos an. Blut strömte über seine Wange. Er hatte eine Verletzung am Auge, die sich zusehends violett verfärbte und anschwoll. Das alles konnte nur ein grausiger, absurder Albtraum sein.
Sein schmallippiges Lächeln war der Inbegriff des Bösen.
»Du hast mich also nicht vergessen.«
»Aber du ... du ...«
»Angeblich bin ich tot, nicht wahr?« Er kam näher. Straffe, geschmeidige Muskeln spielten unter seiner glatten Haut, als ob er täglich trainierte. Panik überfiel Shannon. Lass dir was einfallen, ermahnte sie sich selbst. Du darfst dich nicht geschlagen geben. Du musst kämpfen. Sie schloss die Augen und versuchte vergeblich, einen klaren Gedanken zu fassen.
»Welch eine Überraschung.« Seine Stimme klang samtig und selbstgefällig.

»Ich verstehe nicht.« Sie schlug die Augen wieder auf, blickte in das Gesicht, das sie einmal geliebt und dann verabscheut hatte. Er war abartig, ein widerlicher, geisteskranker Perverser. Irgendwie musste sie sich vor ihm retten.

Draußen war es stockdunkel, die Fenster nur schwarze Rechtecke. Demnach musste sie sich an einem sehr abgelegenen Ort befinden. Hier durfte sie nicht auf Hilfe hoffen. Niemand würde einen Rettungstrupp schicken.

Gib nicht auf. Lass nicht zu, dass dieses Schwein über dich triumphiert!

»Natürlich verstehst du nicht«, sagte er und ging in großem Bogen um sie herum, ohne sich ihr zu nähern. Sie sah seinen grauenhaft vernarbten Rücken und schauderte. »Aber du hast mich ja nie verstanden, liebes Frauchen, wie?«

Das Benzin – wo zum Teufel war das Benzin? Mit angstvoll klopfendem Herzen sah Shannon sich in dem dunklen Raum um, aber sie konnte nirgends einen Kanister entdecken … Hatte er ihn ausgeleert? Es war zu dunkel, um viel zu erkennen, doch im Feuerschein sah sie dunkle Linien auf dem Boden. Was war das? Er hatte das Benzin doch nicht etwa ausgegossen? Und warum brannte es so in ihrer Nase? Als ob sie … O Gott. Sie blickte an ihrer Kleidung hinunter. Er hatte doch nicht etwa …?

»Das Problem war, Shannon, dass du nie so klug warst, wie du dich gern dargestellt hast. Du dachtest, du wärst mit der Tat davongekommen, nicht wahr? Mit dem perfekten Mord?«

»Was redest du denn da?« Sie musste ihn ins Gespräch

verwickeln. Sie brauchte einen Ausweg, einen Fluchtplan. Aber ihre Kleidung ... Hatte er ihre Kleidung tatsächlich mit Benzin getränkt? War er deshalb nackt und sie noch angezogen? »We ... welcher Mord? Du weißt genau, dass ich nicht versucht habe, dich umzubringen. Was hast du getan, hast du deinen Tod vorgetäuscht? Warum? Wolltest du verschwinden?« Es fiel ihr schwer, sich zu konzentrieren. Die Angst hatte sie fest im Würgegriff, Schweiß lief ihr über den Rücken.

»Ich musste. Und du weißt es. Du hast doch hinter der Sache gesteckt.«

»Ich habe keine Ahnung, wovon du sprichst.«

»Spiel jetzt nicht die Unschuldige!«, fuhr er sie an. »Deine Brüder, die dich schon immer beschützt haben, hatten beschlossen, mich zu beseitigen. Deine Brüder. Meine Schwager.« Er klopfte auf seine nackte Brust. »Meine Kollegen, angeblich meine verdammten Freunde. Mit all ihren schmutzigen kleinen Geheimnissen.«

»Was für Geheimnisse?«, fragte sie, wusste jedoch, dass es mit dem Stern zu tun haben musste, mit den Initialen.

»Stell dich nicht dumm! ARSONS ... Aaron, Robert, Shea, Oliver, Neville und schließlich Shannon«, sagte er, spie ihren Namen aus, während er sie umkreiste. Er war erregt. Seine Hände zitterten. Sie versuchte, sein Gesicht im Auge zu behalten, auf Hinweise darauf zu achten, was er als Nächstes vorhatte.

Aber wusste sie das nicht im Grunde bereits? Der Benzingeruch verhieß ihr einen sicheren, schmerzhaften Tod.

»Kannst du nicht schneller fahren?«, drängte Travis, als der Pick-up die schmale, kurvenreiche Holzfällerstraße hinaufraste. Draußen war es stockfinster, nur die Scheinwerfer durchschnitten die Schwärze.

»Wir wollen doch lebend ankommen, oder?«, knurrte Santana, trat dann jedoch aufs Gaspedal, dass die Reifen durchdrehten.

»Da ist sie!«, rief Dani, als die schmale Brücke ins Blickfeld kam. »Hier hat er seinen Wagen abgestellt.

Sie waren stetig durch bewaldete Berge gefahren, und mit jeder Minute, die verstrich, steigerte sich Travis' Angst. Er betete, Shannon möge noch am Leben sein. Wenn sie sie nur rechtzeitig fanden, wenn Dani nur recht hatte und der Mörder Shannon wirklich in seinen Unterschlupf gebracht hatte.

Sonst würde er sie wohl nicht lebend wiedersehen.

Die Angst ließ ihm das Blut in den Adern stocken, und er hielt seine Tochter fest im Arm.

Gib, dass sie noch am Leben ist, betete er stumm. Gib, dass wir sie finden ... o Gott, bitte!

Shannon zerrte so wild an ihren Fesseln, dass ihre Handgelenke schmerzten.

Ryan schritt auf und ab. Erklärte. Es schien ihn zu erleichtern, sich alles von der Seele reden zu können.

»Deine Brüder hatten sich diese großartige, lächerliche Zeremonie zurechtgelegt, wie in einem Geheimbund ... Sie nahmen im Wald an den Zacken eines Sterns Aufstellung, und dann gelobte einer nach dem anderen, mich umzubringen. Kannst du dir das vorstellen?« Er beugte sich vor, bis seine Nase fast die ihre berührte. »Deinetwegen. Weil sie dich beschützen wollten, vor mir. Dabei war ich dein Mann! Dein Ehemann! Du solltest mich lieben und ehren! Erinnerst du dich an dein Gelöbnis, du Miststück?«, tobte er und hob die Hand, als wollte er sie schlagen.

Sie funkelte ihn an, ihr Herz hämmerte, ihre Nerven zuckten. Stumm forderte sie ihn heraus zuzuschlagen. Wie früher. Sein Gesicht verzerrte sich vor Wut, sein zugeschwollenes Auge verlieh ihm das Aussehen des Wahnsinnigen, der er letztendlich ja auch war.

»Ich wäre in jener Nacht getötet worden, wenn nicht Oliver mit seinen Gewissensbissen gewesen wäre. Er hat es mir verraten. Hat mich in das Geheimnis eingeweiht. Erklärt, was geschehen sollte, und mich gedrängt, die Stadt zu verlassen.«

»Aber das hast du nicht getan.«

»Du kennst mich doch, Shannon, ich laufe nicht davon.« Er lachte höhnisch. »Ich rechne ab. Es war ganz einfach. Neville war genauso groß wie ich. Er hat nichts geahnt.«

»Neville?«, flüsterte sie und wappnete sich für eine grauenhafte Wahrheit.

»Deshalb hat niemand je erfahren, dass ich die Nacht überlebte: Ich verwandelte mich in Neville. Ich habe ihn entführt, ihn verhört und herausgefunden, dass sein verrückter Zwilling die Wahrheit sagte. Dann habe ich die Rolle mit ihm getauscht, habe seine blöde Verkleidung getragen und bin zu dem Treffen im Wald gegangen, um zu erfahren, dass alles der Wahrheit entsprach. Deine Brüder planten meine Ermordung. Sie machten eine große Show daraus, und der Anführer – nach Nevilles Aussage Shea, auch wenn es keiner wissen sollte – erklärte den Plan. Sie alle gelobten in jener Nacht, Ryan Carlyle zu töten. Kapierst du?« Er umrundete sie immer noch, jetzt in rasender Wut. Shannon war übel von dem Benzingestank. »Ich bin ihnen lediglich zuvorgekommen. Ich habe meine Brieftasche bei Neville zurückgelassen, habe sie halb im Boden vergraben, damit sie nicht völlig von den Flammen vernichtet wurde. Ich ging davon aus, dass Neville bis zur Unkenntlichkeit verbrennen würde. Zu meinem Glück hatte deine Familie ein paar kleine Geheimnisse, die sie hüten wollte. Deine Brüder identifizierten Nevilles sterbliche Überreste als meine.«

»Das hätten sie nie getan. Sie würden keine Lügen über Nevilles Tod erzählen.«

»Nicht? Nun, vielleicht waren sie sich auch nicht ganz sicher. Jedenfalls wurde der Tote als Ryan Carlyle identifiziert, und alle waren glücklich und zufrieden.«

Shannon konnte es nicht fassen. Sie versuchte, auf taub zu schalten, nur an ihre Flucht zu denken.

»Dabei ist das hier passiert.« Er wies auf seinen Rücken. »Auf der Flucht bin ich gestolpert und wurde von den Flammen eingeholt. Aber ich konnte entkommen. Neville nicht.«

Shannon zuckte vor dem Anblick von Ryans grauenhaften Brandnarben zurück. Unwillkürlich musste sie sich vorstellen, wie Neville in den Flammen umgekommen war.

»Ich musste mich selbst behandeln ... Aber es hat die Erinnerung wachgehalten und mir geholfen, nie zu vergessen, dass ich zurückkommen musste. Um abzurechnen.«

Shannon fiel wieder ein, was Travis über das mit Blut geschriebene Wort in Blanche Johnsons Haus gesagt hatte. Travis …

Bitte, lieber Gott, schütze Travis und Dani vor diesem Wahnsinnigen.

Shannon wäre beinahe innerlich zerbrochen, als ihr klar wurde, dass diese beiden Menschen ihretwegen in Gefahr geraten waren.

»Ganz recht, liebes Frauchen, jetzt ist es Zeit für die Abrechnung – mit dem Miststück, das mich zur Adoption freigegeben hat, und mit dir und deiner Familie. Und meiner …«

»Mary Beth?«, flüsterte Shannon, die ahnte, dass er von seiner Cousine sprach.

»Dieses wetterwendische Weibsstück. Sie sollte mich verteidigen! Aber dein Anwalt hat ihr das Wort im Mund herumgedreht, sie verwirrt.« Seine Nasenflügel blähten sich. »Sie war schon immer saudumm.«

»Also hast du sie umgebracht.«

»Und nicht nur das«, sagte er selbstgefällig. »Ich wollte, dass Robert leidet. Er sollte mit dem Wissen leben müssen, dass er ihren Tod mit verschuldet hat, weil er wegen seiner Weibergeschichten nicht zur Stelle war, um seiner Frau beizustehen.«

Seine Augen wurden schmal, und mit größter Selbstzufriedenheit fügte er hinzu: »Ich schätze, das ist mir gelungen. Was meinst du?«

Ryan funkelte die Frau, seine Gefangene, die einst sein Leben gewesen war, böse an. Sie war eine Verräterin wie

alle anderen auch und hatte das Schicksal verdient, das er für sie vorgesehen hatte.
Alle hatten sich gegen ihn gewandt. Insbesondere dieses Miststück, das hilflos und gefesselt vor ihm auf dem Stuhl saß. Sie hatte Angst, er erkannte es an ihren Augen, an der Art, wie sie ihn beobachtete, aber stärker noch als ihre Angst war ihr Trotz. Wie immer. Sie hatte nie genug Verstand besessen, um sich vor ihm zu ducken, ihm seinen Willen zu lassen.
Blödes Weib.
Schlimmer noch, sie war nach wie vor schön. Umwerfend schön. Ihr ungebändigtes Haar, ihre großen Augen, ihr reizendes Lächeln hatte er immer geliebt. Dieses Lächeln war sein Untergang gewesen.
Er musterte sie. Wenn er genug Zeit hätte, würde er sie zuerst einmal ficken, sie daran erinnern, dass er ihr Mann war, sie wund und gepeinigt liegen lassen, damit sie begriff, dass *er* am längeren Hebel saß. Anschließend, während sie noch nach Luft rang, würde er sie umbringen.
Sie war keinen Deut besser als alle anderen. Eher noch schlimmer. Hatte sie nicht gelobt, ihn zu lieben und zu ehren, ›bis dass der Tod uns scheidet‹? *Tja, Baby, genau das wird jetzt geschehen.* Mit einem einzigen Streichholz würde er das Benzin entzünden, und sie würde die Schmerzen fühlen, die er erlitten hatte, die Glut des Feuers, die grauenhafte Gewissheit, gleich unter Qualen von den wütenden Flammen verzehrt zu werden …

Shannon musste immer wieder den Kopf drehen, um ihn über die Schulter im Auge zu behalten, während er sie umkreiste. Wenn er nicht hinsah, zerrte sie an ihren Fesseln. Rührte sich nicht schon etwas? Waren sie nicht bereits ein kleines bisschen lockerer? Wenn ihr genug Zeit blieb, sie zu bearbeiten, könnte sie dann die Hände aus den Schlingen ziehen?

»Neville ist nicht in den Flammen umgekommen«, widersprach Shannon mit zusammengebissenen Zähnen. »Wenn du es nicht warst, dann war es ein anderer, denn Neville wurde nach dem Waldbrand noch gesehen.« Sie bemühte sich verzweifelt, ihn in ein Gespräch zu verwickeln, ihn abzulenken. Sie brauchte Zeit, um sich zu befreien.

»Ich muss dich berichtigen«, entgegnete Ryan mit erhobenem Zeigefinger. »Oliver wurde gesehen, in Nevilles Rolle.«

»Du lügst!«, keuchte Shannon. »So etwas würde Oliver nie tun! Er hat Neville geliebt! Er war gottesfürchtig!«

»Du glaubst nicht, dass der arme, fromme Oliver so tief sinken konnte, ein paar Wochen lang in die Rolle seines Bruders zu schlüpfen?«

Sie schüttelte den Kopf. »Nein.«

»Er musste seine eigene Haut retten. Denk doch mal nach. Hast du Oliver und Neville nach meinem Tod je zusammen gesehen?«

Shannons Gedanken wanderten zurück zu jener entsetzlichen Zeit, als sie unter Mordverdacht stand, als man allgemein annahm, sie habe ihren Mann umgebracht. Ihre Brüder und Eltern waren bei ihr gewesen, aber die Bilder in ihrer Erinnerung waren verblasst. Sie hätte es nicht mehr sagen können.

»Du hast ihn nicht gesehen! Niemand hat ihn gesehen. Denn Neville war tot. Und Oliver verstand es meisterhaft, in Nevilles Haut zu schlüpfen und sich als seinen Zwilling auszugeben. Niemand erfuhr davon, aber irgendwann drehte er durch. Wieder einmal. Der arme, *unschuldige* Oliver konnte seine Rolle nicht weiterspielen und landete in der Klapsmühle.«

»Das ist doch alles Unsinn, Ryan«, versetzte Shannon. »Ich glaube dir nicht. Wenn Oliver gewusst hätte, dass du noch lebst ... Er hätte mich gewarnt.«

»Er wusste nur, dass ich lebe, das Übrige nicht. Aber alle hatten einen gewissen Verdacht ... Allerdings waren sie in Bezug auf Neville durch Olivers Rollenspiel verunsichert.« Ryan lachte gehässig. »Aber sieh den Tatsachen ins Gesicht, Schätzchen: Sie alle haben dich für meinen Tod leiden lassen. Sie hatten geplant, mich zu beseitigen, aber sie nahmen in Kauf, dass du des Mordes angeklagt wurdest!«

Trotz der Hitze wurde Shannon innerlich eiskalt.

»Feine Kerle, deine Brüder.«

»Ausgeschlossen, dass sie es gewusst haben.«

»Oliver wusste es auf jeden Fall. Er hat mich nicht verraten, nicht einmal, als er erfuhr, dass ich zurückgekehrt war. Ich habe ihm aufgelauert, im Beichtstuhl ... Du weißt ja, ein Priester muss um jeden Preis das Beichtgeheimnis wahren. Ich habe ihn daran erinnert, dass er nichts sagen dürfe, sonst würde Gottes Zorn ihn treffen.«

Sie war sprachlos. »Du hast die Kirche ... seinen Glauben ... gegen Oliver benutzt?«

»Nein, Miststück«, versetzte er, plötzlich wütend. »Ich habe seine Schuld benutzt!«
Shannon sah dieses Monster an, das einmal ihr Mann gewesen war. »Du hast sie alle umgebracht. Neville, Mary Beth … Oliver«, sagte sie tonlos angesichts der entsetzlichen Wahrheit. Es gab kein Entkommen. Auch sie war verloren. Der abscheuliche Benzingestank umfing sie. O Gott, bitte nicht ihre Kleidung … Doch ganz gleich, was er mit ihr vorhatte, es würde grauenhaft sein. Er wollte seine Rache auskosten bis zum Äußersten, und ihr war klar, dass ihr ein grauenhafter Tod bevorstand. Sie musste Ryan weiter zum Reden anhalten und eine Gelegenheit finden, ihn zu überlisten, sich zu retten.
»Ich bin zurückgekehrt, um abzurechnen, liebes Frauchen«, wiederholte er und umkreiste sie immer noch in gleich bleibendem Abstand. »Ich habe lange auf diese Gelegenheit gewartet. Das Land zu verlassen, war damals nicht so schwer, wie ich dachte. Ich hatte mir falsche Papiere besorgt, und es war kein Problem, ein Auto zu stehlen und nach Norden zu fahren. Den Pick-up habe ich stehengelassen, habe nördlich von Seattle einen Gebrauchtwagen gekauft und bin weitergefahren. In Kanada konnte ich gut untertauchen. Niemand sucht nach einem Toten.«
Sie mühte sich ab, die Fesseln zu weiten, und suchte zugleich fieberhaft nach Themen, um das Gespräch weiterzuführen.
»Wovon hast du gelebt?«
»Oh, ich habe in Sägewerken gearbeitet, mal hier, mal dort. Und die ganze Zeit über habe ich meinen Plan aus-

getüftelt, überlegt, wann und wie ich ihn am besten in die Tat umsetze. Dann kam mir die zündende Idee: Am besten konnte ich mich über deine Tochter an dir rächen. Die Tochter, die du weggegeben hast.«

Shannon bemühte sich, keine Reaktion zu zeigen. O Dani, bitte. Dir darf nichts geschehen sein.

»Sie war ein harter Brocken, ein Miststück wie du.« Er deutete auf die Verletzung an seinem Auge, die immer noch blutete. Das Auge war inzwischen so zugeschwollen, dass er damit kaum noch sehen konnte. »Sie hat es gewagt, mich mit einem Nagel anzufallen.«

»Lebt sie?«

»Natürlich nicht«, versetzte er ohne ein Spur von Gefühl und warf das gerahmte Foto von Shea ins Feuer. »Sie ist verbrannt. So, wie man es vor drei Jahren mit mir vorhatte!«

Er log! Es konnte nicht anders sein. Verzweifelt ballte Shannon die gefesselten Hände zu Fäusten. Wenn er sie umbringen wollte, nun, sollte er doch. Aber nicht ihr Kind. Nicht Dani!

Sie hob den Kopf, sah ihn an. Ihr Blick hätte töten können. »Du hast ihr nichts angetan.«

Er lächelte boshaft.

»Wenn doch, dann bringe ich dich um, das schwöre ich dir.«

»Gar nicht so einfach in deiner Lage.«

»Du Schwein!«

»Wie du meinst, Baby«, fauchte er. »Ganz wie du meinst!«

»Ist das der richtige Weg? Bist du sicher?«, vergewisserte sich Nate, während er den Pick-up über einen Kiesweg steuerte.

»Ich … Ich glaube schon.« Dani war diese Strecke nur zweimal gefahren. Als das Ungeheuer sie von der Hütte wegbrachte, hatte sie versucht, sich Anhaltspunkte zu merken. Da war ein großer Felsen gewesen, der über die Straße ragte, ein Überhang, den hatte sie gesehen, dann ein vom Blitz gespaltener, verkohlter Baum. Sie hatte den Weg beschrieben, aber es war so dunkel …

»Schon gut«, sagte ihr Vater, aber sie wusste, dass nichts gut war. Das Schicksal ihrer leiblichen Mutter hing von ihrem Erinnerungsvermögen ab.

»Und der Weg führt nicht mal bis zur Hütte.« Sie schluckte verkrampft. »Wie sollen wir die Hütte in dieser Dunkelheit finden?«

»Atlas hilft uns«, sagte Nate. »Er wird sie aufspüren.«

Dani starrte hinaus in die Finsternis und hoffte, dass er recht hatte.

Adrenalin trieb Shannon zum Äußersten. Immer wieder zerrte sie an ihren Fesseln. Bildete sie es sich nur ein, oder hatten sie sich wirklich noch ein wenig mehr geweitet?

Ryan ging zum Kamin. Bedächtig griff er nach den gerahmten Fotos auf dem Sims, die Shannon bisher nicht aufgefallen waren. Er ordnete sie fächerförmig an und hielt sie ihr vors Gesicht.

Sie sah die Fotos an, und neue Angst stieg in ihr auf.

»Erkennst du sie?«, fragte er.

»Meine Familie?«, fragte sie bestürzt. Was kam jetzt?

»Alle, die zählen.« Ein Muskel zuckte in seiner glänzenden Wange. »Scheiße! Ich hatte vor, zuerst sie umzubringen, aber die verfluchte Kleine … Ich konnte sie keine Minute länger ertragen, deshalb musste ich dich in die Finger bekommen. Sie war der Köder.«

Shannon dachte daran, wie sie das Mädchen während des Brandes gesehen hatte, und betete stumm um ihre Sicherheit. »Sie hatte nichts mit all dem zu tun. Ganz gleich, was dich gegen unsere Familie aufgebracht hat, meine Tochter hatte nichts damit zu tun!«

»Aber deine Brüder. Sie alle wollten meinen Tod. Es war ihnen gleich, auf welche Weise ich umkam, wie große Schmerzen ich ertragen musste.« Mit einer knappen Bewegung aus dem Handgelenk warf er Aarons Foto ins Feuer. Glas splitterte. Das Feuer zischte wütend.

Shannon riss in dem kurzen Moment, als er den Kopf wandte, an ihren Fesseln. Ihre Unterarme schmerzten vor Anstrengung, aber sie war sicher, dass die Fesseln sich lockerten. Knisternde Flammen verzehrten Aarons Bild.

Noch eine Drehung des Handgelenks. Das Foto von Robert fiel ins Kaminfeuer.

Shannon bearbeitete erneut ihre Fesseln.

Klirr!

Kleine, glitzernde Scherben regneten zu Boden und spiegelten den Feuerschein. Sie knisterten, und Shannon dachte an das Benzin. Es verdampfte so leicht … Wo zum Teufel war der Kanister? Sie wagte nicht zu fragen, wollte sich ihre Ängste nicht anmerken lassen. Lieber Gott … War dort noch so eine Linie auf dem Boden? Hatte er das zundertrockene Holz mit Benzin getränkt?

Ryan warf ein weiteres Foto, das von Oliver, in die Flammen. Wieder splitterte Glas, das Feuer loderte wütend auf, Funken flogen.
Shannon drehte die Handgelenke, versuchte, sich aus den Fesseln zu entwinden. Sie verstand, dass Ryan sie mit dem gleichen Feuer, das die Fotos ihrer Brüder verschlang, umbringen wollte. Es war eine symbolische Handlung, genauso wie seine Nacktheit. Teil des Rituals, mit dem er ihre Familie vernichten wollte. Ihr Blick huschte durch die kleine Hütte mit den rohen Holzwänden. Alles war knochentrocken und würde, einmal in Brand gesteckt, zu einem grauenhaften Inferno. Und ihre Kleider würden auf der Stelle in Flammen aufgehen.
»Kein Entkommen«, höhnte er, als hätte er ihre Gedanken gelesen.

Gott, er genoss es, sie zu quälen, zu sehen, wie sie sich wand. Genauso, wie er die früheren Morde genossen hatte. Zuerst Neville, dann Mary Beth und Oliver. Wenn er seinem Plan gefolgt wäre, hätten sie alle sterben müssen … Du kannst es immer noch schaffen … Du hast noch Zeit … Aber zuerst bringst du Shannon um. Vergiss nicht, was sie dir angetan hat. Wie sie die Polizei auf dich gehetzt hat. Zeig ihr kein Erbarmen. Bring sie um. Jetzt. Los!
Voller Vorfreude leckte er sich die Lippen, empfand das vertraute rauschhafte Prickeln. Es war Zeit. Sex wäre jetzt gut.
Aber das Miststück musste brennen.

»Ich wusste nichts von den Plänen meiner Brüder«, stieß Shannon verzweifelt hervor. Ihre Gedanken überschlugen sich, sie musste ihn zum Weiterreden anhalten. Es musste einen Ausweg geben!

»Oh, ganz recht, du bist natürlich ein Unschuldsengel.« Er schnaubte verächtlich. »Aber du hast mich reingelegt, Baby. Erinnerst du dich? Mit Aaron und den Kameras? Du wolltest, dass ich das Kontaktverbot breche. Wolltest alles auf Video aufzeichnen, damit die Polizei mich einsperren konnte.«

Er war jetzt rasend wütend. Er bleckte die Zähne, funkelte sie mit seinem gesunden Auge an. Das andere war inzwischen völlig zugeschwollen. Gut gemacht, Dani! Vielleicht konnte sie seine Sehschwäche irgendwie ausnutzen.

Er war ein Monster, stolz auf sich selbst. Wieder fiel ihr Blick auf seinen Rücken. O Gott, diese Narben – wie zerfleischt vom Feuer.

Er bemerkte ihren Blick, ihren Abscheu. »Wie gesagt, das verdanke ich deinen Brüdern.« Er ergriff das nächste Foto, das von Neville. Wütend schleuderte er es in Feuer. Der Rahmen zerbrach, Glas splitterte, Funken stoben. Der Benzingeruch war allgegenwärtig.

Und dann, als die Flammen höher schlugen und den kleinen Raum erhellten, begriff sie endlich, warum er Abstand hielt, stets darauf achtete, sie in weitem Bogen zu umkreisen. Die Linien, die ihr zuvor schon aufgefallen waren, traten nun deutlicher hervor. Jetzt wusste sie mit tödlicher Sicherheit, dass der Boden der Hütte mit Benzin getränkt war. Nicht kreisförmig, wie sie angenommen hatte, sondern in Form eines Fünfecks. Die Innenfläche des Sterns – dieselbe Form, in der er Danis Geburtsurkunde verbrannt hatte.

»Du und Mary Beth«, sagte er. »Miststücke.«

Er nahm das letzte Foto in die Hand, Shannons Porträt, und betrachtete es. »Deine Tochter hatte es mir geklaut«, sagte er verächtlich. Er sah Shannon in die Augen. »Ich habe es mir zurückgeholt.« Wütend warf er das Bild in die Glut. Das Glas sprang, doch es regnete keine Scherben. Erfüllt von Grauen sah Shannon zu, wie ihr Bild an den Außenrändern verschmorte, wie sich das Papier braun färbte, bevor es in Flammen aufging.

»ARSONS«, sagte er mit Nachdruck. Er zog den brennenden Splitter eines Fotorahmens aus dem Feuer, trat dann vorsichtig über die Benzinlinie und kam näher. Gänsehaut lief ihr über den Rücken, als er ihr die kleine Flamme vors Gesicht hielt. Sie zuckte zurück, wand sich, versuchte zu verhindern, dass die Flamme ihr zu nahe kam, ihren Kleidern zu nahe kam …

Tu was, Shannon! Dies ist deine Chance! Sonst stirbst du! Er wird dich ermorden wie die anderen auch! Du kannst ihn zumindest mitnehmen in den Tod, den Scheißkerl umbringen!

»Freust du dich nicht, mich zu sehen?«, fragte er und beugte sich zu ihr vor, als wollte er sie küssen.

Shannon warf sich mit aller Kraft nach vorn. Ihr Kinn traf krachend auf seinen Schädel. Schmerz durchfuhr ihren Rücken.

Ryan brüllte auf und taumelte. »Du Miststück!«, schrie er und ließ das brennende Stück des Bilderrahmens fallen.

Es traf seine nackte Haut. »Aaaah!« Hektisch schlug er nach den Flammen. Shannon bäumte sich erneut auf, und der Stuhl kippte.

Sie prallte gegen ihn, er schrie, schlug um sich, verlor das Gleichgewicht und stürzte. Die Flammen an seinem Körper entzündeten das Benzin.

Blitzschnell kreisten die Flammen ihn ein.

Er brüllte noch einmal auf, ein grausiges, nervenzerfetzendes Schreien, das durch die Nacht hallte.

Der Gestank von verbrennendem Fleisch erfüllte den Raum.

Shannon verlor keine Zeit. An den Stuhl gefesselt ruckelte sie durch die brennende Linie, zur verglasten Verandatür hin. Sie spürte, wie das Feuer nach ihrer Haut griff, nach ihren Kleidern.

O Gott, o Gott, o Gott!

Sie unterdrückte einen Schrei, bewegte sich weiter. Näher an die Tür. Die Hitze war erstickend. Sie weinte, ihr war klar, dass sie kaum eine Chance hatte.

Flammen liefen knisternd die Benzinspur entlang. Immer schneller, immer höher, bis der ganze ausgetrocknete Boden brannte.

Weiter! Los, weiter!

Ryans Schreie wurden gellend, grauenhafte Todesschreie.

Sieh dich nicht um.

Hopp! Hopp! Hopp! Zur Wand. In der Glastür spiegelte sich das Feuer, und der Mann hinter ihr, der in einem wild lodernden Flammenring verzweifelt um sich schlug.

Ryan war verloren.

Mit aller Kraft warf Shannon sich mitsamt dem Stuhl gegen die Verandatür. Das Glas barst und splitterte, und sie stürzte auf die Veranda. Ihr Kopf schlug mit dumpfen Poltern auf das Holz. Dunkelheit drohte sie zu umfangen. Die Stuhlbeine verhakten sich am Türrahmen.

»Nein!«, schrie sie, bäumte sich auf, ohne den Schmerz in der bereits verletzten Schulter zu beachten. Um sie herum splitterte Glas, während sie sich weiter vorwärts kämpfte. Die Hitze trieb sie an, doch sie war noch immer an den verdammten Stuhl gefesselt, und so konnte sie sich nur zentimeterweise über den Boden schieben.

Hinter ihr brüllte Ryan in Todesqual. Das knochentrockene Holz der Hütte würde in Windeseile in Flammen aufgehen. Das Feuer leckte bereits an den Wänden. In wenigen Sekunden würde auch die Veranda brennen.

Der Rauch reizte sie zum Husten, ihr Körper war ein einziger Schmerz. Tröstliche Bewusstlosigkeit wollte sie umfangen, sie verführen, den Kampf aufzugeben. »Ausgeschlossen«, knurrte sie, zwang sich, gegen die Ohnmacht anzukämpfen, sich zu retten.

Sie dachte an Travis.

An ihre Liebesnacht.

An Dani.

Das Kind, das sie seit der Geburt nicht gesehen hatte. Tränen strömten über ihre Wangen. Lieber Gott, gib mir die Kraft, zu ihnen zurückzukehren. Bitte, bitte, schütze sie beide! Bitte, Dani darf nicht tot sein!

Hinter ihr prasselte und fauchte das Feuer, streifte sie mit seinem Gluthauch. Doch über das Tosen hinweg glaubte sie Stimmen zu hören … menschliche Stimmen und das

Bellen eines Hundes und noch etwas – ein dumpfes Grollen, das in dieser Einöde fehl am Platz schien.
Unmöglich. Halluzinationen.
Wunschdenken.
Doch die Geräusche wurden lauter, eindringlich. Irgendwo in der Dunkelheit riefen Stimmen in die Nacht hinein. Shannon glaubte noch immer, sich alles nur einzubilden, in der Höllenglut des Feuers den Verstand verloren zu haben, da hörte sie deutlich: »Los jetzt!«
Nate? O bitte!
Die Hitze war inzwischen unerträglich. Shannon rang halberstickt nach Luft.
»Such!«, rief jemand. »Such Shannon!«
Travis?
Träumte sie oder hörte sie wirklich Travis' Stimme?
»Shannon!«, brüllte er, nun ziemlich nahe. Sie war im Begriff, den Kampf gegen die Bewusstlosigkeit zu verlieren.
»Um Himmels willen, Shannon, halte durch!«
Ihr Herz machte einen Satz. Sie versuchte, sich von der Hütte fortzuschieben, doch das Geländer, das bereits Feuer gefangen hatte, hinderte sie. Durch die verkohlenden Bretter sah sie ein Paar glühende Augen voller Entschlossenheit, einen zottigen Kopf. Atlas! Der Hund bellte. Hinter ihm tauchte Travis auf und befahl: »Sitz!«
Im nächsten Moment warf sich Travis durch die Flammen, stürzte auf die Veranda. Seine Schritte dröhnten auf dem Boden. Er packte sie und zerrte sie von der Veranda herunter, die Augenblicke später bereits in hellen Flammen stand.
»Ich bin bei dir«, sagte er, während er mit einem Messer

ihre Fesseln durchschnitt. Shannon hustete, rang nach Luft. Über ihren Köpfen knatterten die Rotoren eines Hubschraubers.
»Halte durch, Liebling«, flehte Travis.
»Dani?«, flüsterte sie. »Ist sie …?«
»Dani ist in Sicherheit. Sie wartet im Wagen.«
»Sie lebt?«, keuchte Shannon. Ihr Herz hämmerte; sie fühlte sich ganz schwach vor Erleichterung.
»Ja. Sie lebt. Sie ist unversehrt!«
Tränen traten ihr in die Augen. »Wie hast du mich gefunden?«, fragte sie erstickt. Das Tosen des Feuers hinter ihnen übertönte fast ihre Worte.
»Dani wurde in dieser Hütte gefangengehalten. Nate kennt die Gegend. Du hast Atlas gut abgerichtet, und der Forest Service hat uns geholfen. Ich erzähle dir später alles. Wo ist der Irre?«
»Drinnen.«
Travis wandte sich zu der Hütte um, die nun ein einziges Flammeninferno war. »Gut.«
Über den Lärm des Feuers hinweg hörten sie Sirenen näher kommen. Für Ryan war es zu spät. Dieses Mal war er wirklich tot, dessen war Shannon sicher. Keuchend, von Schluchzern geschüttelt klammerte sie sich an Travis. Es war vorbei. Ihre Tochter war in Sicherheit. Travis war bei ihr, und Ryan, der brutale Mörder, war endlich tot. Durch eigene Schuld. Shannon starrte in das Höllenfeuer. Man hörte nichts mehr außer dem hungrigen Brüllen der Flammen. Ryans Schreie waren mit ihm gestorben.
»Vor ihm brauchst du keine Angst mehr zu haben«, sagte Travis, als hätte er ihre Gedanken gelesen. »Nie wieder.

Ich schwöre es.« Shannon schmiegte sich an ihn und küsste ihn auf den Mund. Als sie den Kopf zurücklegte, lächelte er. »Ich halte dich, Liebling«, sagte er mit belegter Stimme und trug sie weiter fort von der Hütte. »Ich halte dich und lass dich nie wieder los.«

Sie hob den Blick und sah Nate und Dani neben dem Pick-up stehen. Sirenen gellten, riesige Löschzüge kamen mit blinkenden Signalleuchten auf sie zu.

»Dani!«, rief Shannon, und beim Anblick ihrer Tochter tat ihr das Herz weh.

Das Mädchen trat zögernd einen Schritt vor, stürmte dann los und rannte durch Gestrüpp und vertrocknetes Unkraut auf sie zu. Durch einen Tränenschleier sah Shannon, dass Dani ebenfalls weinte. Ihre schmutzigen Wangen waren tränennass. Sie warf sich ihrem Vater entgegen.

»Es tut mir so leid!«, weinte sie und umfing Travis und ihre Mutter mit beiden Armen. »Es tut mir so leid ... Shannon.«

Shannon schluchzte; Danis Schuldgefühle erschienen ihr absurd. »Schsch«, machte sie und spürte einen Kloß im Hals. »Es war nicht deine Schuld.«

»Aber ich ...«

»Du hast mich gefunden. Du hast deinen Vater und mich zusammengeführt.«

Travis löste sich behutsam von seiner Tochter. Er wollte Shannon zum wartenden Rettungswagen tragen, doch sie fasste nach Danis Hand. Dani ergriff sie und hielt sie fest. Mutter und Tochter sahen einander an, als könnten sie sich von dem Anblick der jeweils anderen nicht losreißen.

Von Gefühlen überwältigt, sagte Shannon mit erstickter Stimme: »Wenn du mir eine Chance gibst, hoffe ich, dass wir die verlorene Zeit wiedergutmachen können.«

Dani nickte.

Dann sah Shannon zu Travis auf und lächelte zittrig. Er küsste sie voller Leidenschaft.

»Vor uns liegt eine gemeinsame Zukunft«, sagte er mit unsicherer Stimme.

»Zu dritt«, flüsterte Shannon.

Dani schwieg; doch sie ließ Shannons Hand nicht los, und das sagte genug.

Epilog

Heiligabend

»And so this is Christmas ...« John Lennons Stimme tönte aus den neuen Boxen neben dem geschmückten Weihnachtsbaum und erfüllte die Räume des neuen Hauses am See.

Es war Heiligabend, vormittags. Mehr als zwei Monate waren vergangen seit der Nacht, in der Ryan Carlyle ums Leben kam. Danach hatte Shannon erfahren, dass Ryan Blanche Johnsons Sohn gewesen war und dass seine Mutter – die Frau, an der er kürzlich zum Mörder geworden war – ihn gleich nach der Geburt zur Adoption freigegeben hatte. Blanche hatte noch einen weiteren Sohn großgezogen, einen Serienmörder, der im vorangegangenen Winter in Oregon sein Unwesen getrieben hatte.

Es war eine lange, schreckliche Zeit des Grauens. Und jetzt war es vorbei.

Vieles hat sich verändert, dachte Shannon, während sie barfuß in die Küche ging, um auf dem alten Tresen, der bald ersetzt werden sollte, Kaffee zu mahlen. Ihre Brüder waren angeklagt, die Brände gelegt zu haben, die dem ›unsichtbaren Feuerteufel‹ zugeschrieben worden waren. Zum Mord an Neville liefen die Ermittlungen. Zwar hatte Ryan ihn umgebracht, doch Shannons Brüder waren in unterschiedlichem Maße daran beteiligt gewesen, die Tat zu vertuschen.

Es sieht nicht gut für sie aus, dachte sie. Deswegen war auch Roberts Affäre mit Cynthia Tallericco beendet und Sheas zweite Ehe endgültig zerrüttet.

Ihre Mutter hatte einen Nervenzusammenbruch erlitten. Nach einem kurzen Klinikaufenthalt war Maureen dann mit Pater Timothys Unterstützung in eine Einrichtung für betreutes Wohnen gezogen, wo sie sich trotz all der traumatischen Erlebnisse gut einlebte und Freunde fand.

Shannon drückte die Taste, und die Kaffeemühle setzte sich kreischend in Gang. Sie blickte aus dem Fenster zum See hinunter, wo Travis, Dani und ihre Freundin Allie Kramer auf dem Steg angelten. Allies Familie war aus Oregon zu Besuch gekommen und wohnte in Shannons früherem Haus, das Nate Santana demnächst übernehmen würde.

Marilyn, ehemals Skatouli, war inzwischen halberwachsen. Sie spähte ins Wasser und wedelte mit dem goldblonden Schwanz, während Khan, der Verräter, der Travis begeistert aufgenommen hatte, am Ufer herumschnupperte.

Die Pferde standen träge auf der neu eingezäunten runden Koppel; einige Hunde befanden sich im Zwinger, andere waren draußen, lagen vor dem Haus oder versuchten, Eichhörnchen und Kaninchen aufzustöbern.

Auf dem durchhängenden Dach stand ein Miniatur-Weihnachtsschlitten; ein lebensgroßer Weihnachtsmann hing an der Dachrinne. Keine Spur von Rudolph oder einem anderen Rentier. Sie schienen sich aus dem Staub gemacht zu haben.

Während die anderen Hunde draußen in der Sonne lagen,

döste Atlas auf einer Decke vor dem Kamin, in dem rote Kohlenglut sanft glomm.

Shannon betrachtete den Hund lächelnd, dann füllte sie Wasser in die Kaffeemaschine. Sie hatte geglaubt, nach allem, was sie erlebt hatte, müsse ein Feuer im Kamin ein traumatischer Anblick für sie sein.

Doch tatsächlich konnte sie es genießen, und die Bekränzung aus Misteln und Fichtengrün am Sims ließ eine wohlige Wärme in ihr aufsteigen. Ihre Verletzungen waren inzwischen verheilt, sogar die Schulter war so gut wie neu.

Sie schaltete die Kaffeemaschine ein. Atlas hob den breiten Kopf und fegte die Bodendielen mit dem Schwanz. »Das Leben könnte schlimmer sein«, sagte sie zu ihm. »Viel schlimmer.«

Dani und Allie bewohnten den Dachboden des kleinen Hauses.

Die beiden Mädchen schmiedeten Pläne für den Ausbau zu einer Suite für Dani, und Marilyn sollte auch bei ihr wohnen.

Der Kaffee begann durchzulaufen, erfüllte den Raum mit warmem Duft. Shannon sah sich in ihrem neuen Heim um. Mit Travis' Hilfe hatte sie den Umzug in das Häuschen am See bewältigt, und auch wenn die Renovierung noch lange nicht abgeschlossen war, fühlte sie sich doch bereits richtig heimisch.

Sie trat ans Fenster und blickte hinüber zum See, wo Travis, Allie und Dani angelten.

Ihre Familie.

Travis war der Entschluss, bei ihr zu bleiben, nicht

schwergefallen. Da Dani bald zur High School wechseln würde, fand er, der Zeitpunkt sei ideal für einen Umzug, und erstaunlicherweise erhob seine Tochter kaum Einwände. Ihre Tochter. Ihre gemeinsame Tochter.

Sie hatten bereits von Heirat gesprochen, jedoch beschlossen, es langsam anzugehen. Vielleicht im Frühling. Travis' Haus in Oregon stand zum Verkauf. Der Makler hatte sie wissen lassen, ein Ehepaar zeige ›großes Interesse‹ und werde ›sicher bald ein Angebot machen‹. Man würde sehen.

Shannon bemerkte einen Jeep auf der Zufahrt. Shane Carter saß am Steuer, neben ihm Jenna Hughes. Sie waren gekommen, um das Weihnachtsfest mit Travis und Dani in Kalifornien zu feiern. Im Fond saß Jennas ältere Tochter Cassie, die das Ebenbild ihrer Mutter war, nur etwas größer.

Shannon lief hinaus und ging den dreien entgegen. Shane stellte den Jeep neben der Garage ab, und ein paar der Hunde, darunter auch Khan, begrüßten die Neuankömmlinge mit Gebell, sobald sie aus dem Wagen stiegen.

»Wie hältst du es nur aus mit so vielen Tieren?«, fragte Cassie, doch sie meinte es nicht ernst. Sie lächelte und tätschelte jeden Hundekopf, der in ihre Nähe kam.

»Ich weiß nicht«, erwiderte Shannon, »aber ich liebe sie alle. Es bricht mir jedes Mal das Herz, wenn ich einen Hund verkaufen muss.«

»Ich würde keinen einzigen verkaufen, nie im Leben.« Cassie lief, begleitet von Khan, zum Steg, wo Allie gerade einen Fisch einholte.

»Fröhliche Weihnachten«, sagte Jenna und begann den Wagen auszuladen.

Sie war zierlich und umwerfend schön, wie Shannon fand – noch viel schöner als ihr Hollywood-Image. In abgetragenen Jeans, ohne Make-up, nur mit Lippenstift und dem Strahlen einer verliebten Frau war Jenna der Frauentyp, der jederzeit Blicke auf sich zog. Und sie hatte sich auch als eine warmherzige Freundin erwiesen.

»Fröhliche Weihnachten.« Shannon umarmte sie. Shane folgte seiner zukünftigen Stieftochter zum See.

Jenna blickte ihrer Ältesten nach. »Erstaunlich, wie widerstandsfähig Kinder doch sind. Letztes Jahr glaubte ich, sie würde ihre grausigen Erlebnisse während dieser Schneekatastrophe nie verkraften, aber sie hat mich wirklich überrascht. Sie macht sich gut in der Schule, und« – Jennas Lächeln wurde breiter – »sie hat einen neuen Freund. Einen, der mir gefällt.«

Shannon lachte. »Das wird nicht lange anhalten.«

»Ich weiß. Allein dadurch, dass ich mich mit ihm und seinen Eltern gut verstehe, ist die Beziehung zum Scheitern verurteilt.« Sie schob die Hände in die Taschen. »Und wie geht es Dani? Sie hat ja ebenfalls Furchtbares durchgemacht.«

Shannon machte eine vage Geste. »Mal so, mal so.«

»Aber sie kommt zurecht? Mit dem Umzug und so weiter?«

»Ich glaube schon. Allie fehlt ihr, aber sie hat ein paar neue Freundinnen gefunden, und neulich hat sie mich sogar versehentlich Mom genannt.« Shannon schüttelte lächelnd den Kopf. »Ich konnte es kaum glauben.«

»Das ist ja großartig.«

»Es ist ein schönes Gefühl«, gab Shannon zu. Ihr Blick

schweifte zum Steg, wo die Mädchen mit Shane und Travis plauderten. Der Anblick rührte an ihr Herz, wie jedes Mal, wenn sie Vater und Tochter zusammen sah. Er verstand sich so gut mit ihr.

Shannon dachte flüchtig an den Jungen, der Dani gezeugt hatte, und war froh, dass er weit fort war. Irgendwann, wenn Dani älter war und Näheres über ihren Erzeuger wissen wollte, würde Shannon ihr alles sagen, was sie wusste. Vorerst jedoch war einzig und allein Travis Settler der Vater des Mädchens.

Khan, der um seine Vorzugsstellung bei Shannon fürchtete, kam angetrabt und knurrte Atlas an. Der große Schäferhund schien es gar nicht wahrzunehmen; er wedelte lediglich mit dem Schwanz.

Shannon bückte sich und tätschelte beiden Hunden den Kopf. »Ihre seid beide brav«, sagte sie, als die zwei sich an sie drängten und mit den Schwänzen ihre Beine peitschten. Vom Steg her ertönte Gelächter.

»Der Weihnachtsmann ist große Klasse«, sagte Jenna zu Shannon und zeigte auf das Hausdach.

»Travis' Werk.«

»Das dachte ich mir.«

Jenna und Shannon gesellten sich zu den Übrigen. Die Sonne spiegelte sich im glasklaren See. Dani und Travis blickten Shannon an, und sie lächelte unwillkürlich.

Gut, es würde dauern, bis alle Wunden verheilt waren. Na und? Sie hatte alle Zeit der Welt. Wie hieß es noch gleich in John Lennons Song? … ›A very merry Christmas …‹

Ja, dachte sie und sah Travis und Dani an, so sollte es sein. Sehr, sehr fröhliche Weihnachten.

Danksagung

Sie kennen sicher die Redensart: »Um ein Kind aufzuziehen, bedarf es eines ganzen Dorfes.« Nun, ich glaube, es stimmt. Und manchmal bedarf es auch eines ganzen Dorfes, um einen Roman zu schreiben. Das war zumindest bei *Deathkiss – Süß schmeckt die Rache* der Fall. Ich habe ungeheuer viel Hilfe von meinen Freunden, Verwandten, von Rechercheuren und Promotion-Leuten in Anspruch genommen. Sie waren phänomenal. Zuallererst gilt mein Dank meiner Schwester Nancy Bush, die eine Schlüsselrolle spielte, indem sie diesen Roman nicht nur lektoriert hat, sondern auch die Öffentlichkeitsarbeit und das Kaufmännische sowie Familienkrisen und tägliche Telefonate bewältigt hat, während sie gleichzeitig an ihrem nächsten Roman, *Electric Blue,* arbeitete. Zweitens gebührt ein großes Dankeschön Kathy Baker, die mich von Anfang an unterstützt und motiviert hat. Seit einigen Jahren bringt Kathy nicht nur mit Begeisterung meine Bücher auf den Markt, sondern ist mir außerdem zu einer echten Freundin geworden. Und ich darf auch nicht vergessen, das fantastische Team von Kensington Publishing zu erwähnen, das mich stets mit größtem Einsatz unterstützt.

Folgende Personen waren maßgeblich an der Entstehung von *Deathkiss* beteiligt: Kelly Bush, Ken Bush, Eric Brown, Matthew Crose, Michael Crose, Danielle Katcher, Marilyn Katcher, Mike Kavanaugh, Ken Melum, Roz Noonan, Darren Foster, Bob Okano, Kathy Okano, Betty Pederson, Jack Pederson, Sally Peters, Jeff Rosenberg, Robin Rue, Samantha Santistevens, John Scognamiglio, Mike Seidel, Linda Sparks, Larry Sparks, Celia Stinson, Mark Stinson.

Sollte ich jemanden vergessen haben, so bitte ich um Entschuldigung.